主编 阎纯德 吴志良
北京语言大学
列国汉学史书系
Sinological History Series

# 交错的文化史——早期传教士汉学研究史稿

张西平 著

语言资源高精尖创新中心支持项目

学苑出版社

# 图书在版编目（CIP）数据

交错的文化史 ：早期传教士汉学研究史稿 ／ 张西平 著． — 北京 ：学苑出版社，2017.3（2019.10重印）
（列国汉学史书系 ／ 阎纯德，吴志良主编）
ISBN 978-7-5077-5202-1

Ⅰ．①交… Ⅱ．①张… Ⅲ．①传教士－汉学－研究 Ⅳ．①K207.8

中国版本图书馆CIP数据核字（2017）第065930号

责任编辑：杨　雷
封面设计：徐道会
出版发行：学苑出版社
社　　址：北京市丰台区南方庄2号院1号楼
邮政编码：100079
网　　址：www.book001.com
电子信箱：xueyuanpress@163.com
联系电话：010-67601101（销售部）　67603091（总编室）
经　　销：新华书店
印 刷 厂：北京建宏印刷有限公司
开本尺寸：710×1000　1/16
字　　数：500千字
印　　张：31.25
版　　次：2017年7月第1版
印　　次：2019年10月第2次印刷
定　　价：65.00元

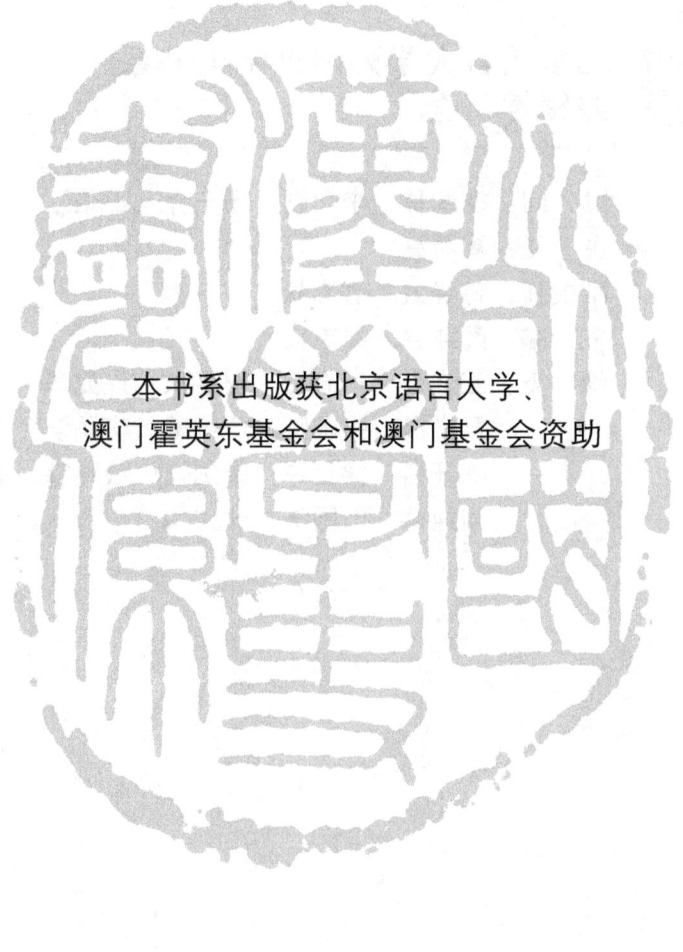

本书系出版获北京语言大学、
澳门霍英东基金会和澳门基金会资助

## 北京语言大学列国汉学史书系
## 编辑委员会

顾　问：季羡林　李学勤　汤一介　王路江　李宇明
主　任：崔希亮
副主任：韩经太　曹志耘
主　编：阎纯德　吴志良
编　委：王晓平　乐黛云　安平秋　许光华　刘顺利
　　　　吴志良　张国刚　严绍璗　李明滨　李海绩
　　　　陈开科　侯且岸　柴剑虹　钱林森　耿　昇
　　　　阎纯德　阎国栋　熊文华

# 序　一

经过近 30 年多位学者的辛劳努力,现在我们可以说,国际汉学研究确实已经成长为一门具有特色的学科了。

"汉学"一词本义是对中国语言、历史、文化等的研究,而在国内习惯上专指外国人的这种研究,所以特称"国际汉学",也有时作"世界汉学""国际中国学",以区别于中国人自己的研究。至于"国际汉学研究",则是对国际汉学的研究。中外都有学者从事国际汉学研究,但我们在这里讲的,是中国学术界的国际汉学研究。

自从"改革开放"以来,国际汉学研究改变了禁区的地位,逐渐开拓和发展。其进程我想不妨划分为三个阶段:一开始仅限于对国际汉学界状况的了解和介绍,中心工作是编纂有关的工具书,这是第一个阶段。到了 20 世纪 90 年代,出现国际汉学研究的专门机构,大量翻译和评述汉学论著,应作为第二个阶段。在这两个阶段里,学者们为深入研究国际汉学打好了基础,准备了条件。新世纪到来之后,进入全面系统地研究国际汉学的可能性应该说业已具备。

今后国际汉学研究应当如何发展,有待大家磋商讨论。以我个人的浅见,历史的研究与现实的考察应当并重。国际汉学研究不是和现实脱离的,认识国际汉学的现状,与外国汉学家交流沟通,对于我国学术文化的发展以至于多方面的工作都是必要的。我曾经提议,编写一部中等规模的《当代国际汉学手册》,使我们的学者便于使用;如果有条件的话,还要组织出版《国际汉学年鉴》。这样,大家在接触外国汉学界时,不会感到隔膜,阅读外国汉学作品,也就更容易体味了。必须指出的是,国际汉学有着长久的历史,因此现实和历史是分不开的,不了解各国汉学的历史传统,终究无法认识汉学的现状。

我们已经有了不少国际汉学史的著作及论文。实际上,公推为中国最早的汉学史专书,是 1949 年出版的莫东寅《汉学发达史》,尽管是通史体裁，也包含了分国的篇章。这本书最近已有经过校勘的新版，大家容易看到，尽管只是概述性的，却使读者能够看到各国汉学互相间的关系。由此可见，有组织、有系统地考察各国汉学的演进和成果，将之放在国际汉学整体的背景中来考察，实在是更为理想的。

这正是我在这里向大家推荐阎纯德教授、吴志良博士主编的这套"列国汉学史书系"的原因。

阎纯德教授在北京语言大学主持汉学研究所工作多年，是我在这方面的同行和老友，曾给我以许多帮助。他为推进国际汉学研究，可谓不遗余力，所做出的重要贡献是学术界周知的。在他的引导之下，《中国文化研究》季刊成为这一学科的园地，随之又主编了《汉学研究》，列为《中国文化研究汉学书系》，有非常广泛的影响。其锲而不舍的精神，我一直敬服无地。特别要说的是，阎纯德教授这几年为了编著这套"列国汉学史书系"所投入的心血精力，可称出人意想。

在《汉学研究》第八集的《卷前絮语》中，阎纯德教授慨叹："《汉学研究》很像同人刊物，究其原因，是从事这个领域研究的学者太少，尤其是专门的研究者更是少之又少，所以每一集多是读者相熟的面孔。"现在看"列国汉学史书系"，作者已形成不小的专业队伍，这是学科进步的表现，更不必说这套书涉及的范围比以前大为扩充了。希望"列国汉学史书系"的问世成为国际汉学研究这个学科在新世纪蓬勃发展的一个界标，让我们在此对阎纯德教授、这套书的各位作者，还有出版社各位所做出的劳绩表示感谢。

李学勤

2007 年 4 月 8 日

于清华大学国际汉学研究所

# 序 二
# 汉学历史和学术形态

汉学历史和学术形态历史是既抽象又具体的存在,是浩瀚无边的过去、现在和未来。历史会让我们兴奋,也会使我们悲哀,有时会令人觉得它又仿佛是一个梦。但是,当我们梦醒而理智的时候,便会发现——自然史、时间史、太阳史、地球史、人类社会史,一切的一切,不管是曾经存在过的恐龙,还是至今还在生生不息的蚂蚁社群,天上的,地下的,看得见的,看不见的,一切都有自己的历史。一切都有过发生,一切都还在发展,一切都还会灭亡。

任何事物的发生都有一个有形或无形的孕育过程,"汉学"(Sinology)也是这样,其孕育和成长,就是中国文化与异质文化相互交媾浸淫的历史。这个历史,始于公元1世纪前后汉代所开通的丝绸之路,接下来是七八世纪的大唐帝国、十四五世纪的明代、清末的鸦片战争和"五四"新文化运动,这种文化的碰撞和交流之潮时起时伏直到今天,还会发展到永远。这是历史,是汉学的昨天、今天和未来,是其孕育、发生和成长的过程显现出的文化精神。但是,昨天有远有近,我们可以循蛛丝马迹地探讨找回其真;而今天,只是一个过渡,一俟走过,便成为昨天的陈迹。写作汉学史是一件艰难的劳作,尤其对象是遥远的昨天,尤其是"遗失"在异国他乡的昨天,更非一件易事。时至今日,朦胧面纱下的汉学还不为一些学人所认识,因此有必要取下面纱,让人们看个究竟。

从20世纪70年代中期之后,尤其90年代以降,"汉学"(Sinology)便逐渐成为学术界耳熟能详的学术名词。中国大陆重提"汉学"(Sinology)至今,汉学就像隐藏在深山里的小溪,经过30年的艰辛跋涉之后,才终于形成一条奔腾的水流,并成为中国文化水系不可或缺的组成部分。这个变化是时代和历史变迁带来的结果,也是文化自己发展的规律。

那么,究竟什么是汉学(Sinology)呢? 首先,这里的汉学非指汉代研究经学注重名物、训诂——后世称"研究经、史、名物、训诂考据之学"的"汉学",而是指外国人研究中国历史、语言、哲学、文学、艺术、宗教、考古及社会、经济、法律、科技等人文和社会科学领域的那种学问,这起码已是200多年来世界上的习惯学术称谓。李学勤教授多次说:"汉学,英语是Sinology,意思是对中国历史文化和语言文学等方面的研究。在国内学术界,'汉学'一词主要是指外国人对中国历史文化等的研究。有的学者主张把它改译为'中国学',不过'汉学'沿用已久,在国外普遍流行,谈外国人这方面的研究,用'汉学'比较方便。"① Sinology 一词来自外国,它不是汉代的"汉",也不是汉族的"汉",不指一代一族,其词根 sino 源于秦朝的"秦"(Sin),所指是中国。

在历史长河里,汉学由胚胎逐渐发育成长。当汉学走过少年时代,在西学东渐和中学西传互示友情后,中学开始影响西方而成为人类文明史上的伟大事件。中世纪以来,欧洲视中国为"修明政治之邦",对中国充满了好奇与好感,当"中国热"蜂起欧洲,19世纪初期法国便成为西方汉学的中心,巴黎成为"汉学之都"。戴密微(Paul Demiéville)曾说汉学的先驱是葡萄牙、西班牙和意大利。但是,汉学作为学术研究和一种文化形态,举大旗的则是法国人。1814年12月11日,雷慕沙(Jean Pierre Abel Rémusat)在法兰西学院首开"汉语和鞑靼——满语语言与文学讲座",启开了西方真正的汉学时代。但指代汉学的"Sinologie"(英文"Sinology")一词则出现在18世纪末,应该早于雷慕沙主持第一个汉学讲座的时间,更不会晚于1838年。从此之后,"Sinology"便成为主导汉学世界的图腾、约定俗成的学术"域名"。在世界文化史和汉学史上,外国人把研究中国的学问称为"汉学",研究中国学问的造诣深厚的学者称为"汉学家"。因此,我认为,我们不必要标新立异,根据西方大部分汉学家的习惯看法,"Sinology"发展到如今,这一历史已久的学术概念有着最广阔的内涵,绝不是什么"汉族文化之学",更不是什么汉代独有的"汉学",它涵盖中国的一切学问,既有以儒释道为核心的传统文化,也包含"敦煌学""满学""西夏学""突厥学"以及"藏学"和"蒙古学"等领域。但是一直以来人们对汉学的理解和解释相

---

① 李学勤《国际汉学漫步·序》,石家庄:河北教育出版社,1997年。

左,因此便有了"中国学""海外汉学""海外中国学""域外汉学""国际汉学""世界汉学""国际中国文化"等不同的叫法;如果咬文嚼字,推演下来,一定还会有"国内汉学""国内中国学",甚至"北京汉学""河南汉学"等。由于汉学的发展、演进,以法国为首的"传统汉学"和以美国为首的"现代汉学",到了20世纪中叶之后,研究内容、理念和方法,已经出现相互兼容并包状态,就是说Sinology可以准确地包含Chinese Studies的内容和理念;从历史上看,尽管Sinology和Chinese Studies所负载的传统和内容有所不同,但现在可以互为表达、"雌雄同体"同一个学术概念了。话再说回来,对于这样一个负载着深刻而丰富历史内涵的学术"域名",我以为还是叫它Sinology最好,因为,Sinology不仅承继了汉学的传统,而且也容纳了Chinese Studies较为广阔的内容。另外,中国人对中国文化的研究应该称为国学,而外国学者研究中国文化的那种学问则称为汉学。汉学是国学的有血有灵魂的"影子",而汉学不是国学,是介于中学与西学两者之间,本质上更接近西学的一种文化形态。说它与国学同根而生,说它们是一条藤上的两个瓜,都不为过,然而瓜的形象与味道却不相同,一个是"东瓜",一个是"西瓜"。我认为这样认识汉学,既符合中国文化的学术规范,又符合世界上的历史认同与学术发展实际。

　　汉学的历史是中国文化与异质文化交流的历史,是外国学者阅读、认识、理解、研究、阐释中国文明的结晶。汉学作为外国人认识中国及其文化的桥梁,是中国文化和外国文化撞击后派生出来的学问,实际上也是中国文化另一种形式的自然延伸。但是,汉学不是纯粹的中国文化,它与中国文化有着密不可分的血缘关系,既是中外文化的"混血儿",又是可以照见"中国文化"的镜子,是可以攻玉的"他山之石"。"'Sinology'是一门在国际文化中涉及双边或多边文化关系的近代边缘性的学术,它以'中国文化'作为研究的'客体',以研究者各自的'本土文化语境'作为观察'客体'的基点,在'跨文化'的层面上各自表述其研究的结果,它具有'泛比较文化研究'的性质。"①以上两种表述虽有不同,但学理一致,基本可以厘清我们对于Sinology(汉学)的基本学术定位。

　　法国汉学家马伯乐(Henri Maspero)说过:"中国是欧洲以外仅有的这

---

① 严绍璗《我对Sinology的理解和思考》,载《世界汉学》2006年第4期。

样的一个国家:自远古起,其古老的本土文化传统一直流传至今。"法国哲学家弗朗索瓦·于连(François Jullien)也说:"中国文明是在与欧洲没有实际的借鉴或影响关系之下独自发展的、时间最长的文明……中国是从外部审视我们的思想——由此使之脱离传统成见——的理想形象。"①他在《为什么我们西方人研究哲学不能绕过中国》中提出:"我们选择出发,也就是选择离开,以创造远景思维的空间。人们这样穿越中国也是为了更好地阅读希腊。"为了获得一个"外在的视点",他才从遥远的视点出发,并借此视点去"解放"自己。这便是一个未曾断流、在世界上仅存的几种古老文化之一的中国文明的意义。中国文明是一道奔流不息的活水,活水流出去,以自己生命的光辉影响世界;流出的"活水"吸纳异国文化的智慧之后,形成既有中国文化的因子,又有外国文化思维的一种文化,这就是"汉学"。也就是说,汉学是以中国文化为原料,经过另一种文化精神的智慧加工而形成的一种文化。从某种意义上说,汉学既是外国化了的中国文化,又是中国化了的外国文化;抑或说是一种亦中亦西、不中不西有着独立个性的文化。汉学作为一门独立的具有跨文化性质的学科,是外国文化对中国文化借鉴的结果。汉学对外国人来说是他们的"中学",对中国人来说又是西学,它的思想和理论体系仍属"西学"。

汉学研究是指对外国汉学家及其对中国文化研究成果的再研究,是中国学者对外国学者研究中国文化的反馈,也是对外国文化借鉴的一个方面。凡是对历史或异质文化进行研究,都有一个价值判断和公正褒贬的问题。因此,对于外国汉学家对于我们中国文化的研究,必得有我们自己的判断,然后做出公正的褒贬。我们说汉学是可以攻玉的"他山之石",但是这句箴言并非只是适用于中国人,对外国人也是一样。汉学也像外国的本体文化一样,对我们来说有借鉴作用,对西方来说有启迪作用——西方学者以汉学为媒介来了解中国,汲取中国文化的精华,完善自己的文明。人类由于文化背景差异和文化语境的不同,思维方向和方式也会不同,因而就会得出不同的结论,讲出不同的道理。"西方学者接受近现代科学方法的训练,又由于他们置身局外,在庐山以外看庐山,有些问题国内学者司空

---

① [法]弗朗索瓦·于连(François Jullien)《迂回与进入》,香港:生活·读书·新知三联书店,1998年。

见惯,习而不察,外国学者往往探骊得珠。如语言学、民俗学、考古学、人类学、社会学诸多领域,时时迸发出耀眼的火花。"① 汉学的学术价值往往不被国人重视,并利用汉学家对于中国文化的一些误读贬低汉学的价值。其实,这并不公平,有些汉学家对于中国文化确实有其独到的见解,能发中国人未发之音。法国汉学家马伯乐(Henri Maspero, 1883—1945)对中国上古文化和上古宗教的研究就有独到的贡献,被称对中国宗教研究有"先河"之功。他研究中国宗教的宗教社会学的方法,促进和推动了中国学者采用宗教社会学来研究中国宗教,被称为"中国宗教社会学研究的真正创始人"。瑞典汉学家高本汉(Bernhard Karlgren, 1889—1978),终生的最高成就是根据研究古代韵书、韵图和现代汉语方言、日朝越诸语言中汉语借词译音构拟汉语中古音和根据中古音和《诗经》用韵、谐声字构拟古音,写出了著名的学术专著《中国音韵学研究》《汉语中古音与古音概要》《古汉语字典重订本》《中日汉字形声论》《论汉语》《诗经注释》《尚书注释》和《汉朝以前文献中的假借字》等,他对汉语音韵训诂的研究是不少中国学者所不及的,并深刻影响了对于中国音韵训诂的研究。20世纪著名的日本学者津田左右吉关于中国文化的研究著述甚丰,他认为中国文化是一种"人事本位文化",其核心是"帝王文化",其他认识上尽管有偏颇,但也有其独异性和深刻之处。这就是"他山之石"的意义和价值。当然,不可否认,汉学家对于中国文化的误读或歪曲也是常见的,诸如瑞典考古学家安特生(John Gunnar Andersson)于1921年10月对河南仰韶文化遗址发掘之后,便说中国彩陶制作技术源于西方,并在他的《甘肃考古记》和《黄土儿女》著作中反复强调他的这一错误观点。这一观点亦为"西方文化东移造成中国文化之说"提供了说辞。日本学者石田幹之助也推波助澜,闭门造车地推测出西方文化东渐的路线;甚至连我们的国学大师章太炎、刘师培也被"忽悠"得认可了"中国文化西来说"。② 美国现代汉学(中国学)的奠基人费正清对中国历史尤其近代史的研究独具风采,为美国人民认识中国搭建了一座桥梁;但他在研究上的所谓"冲击—回应"模式,却近乎荒谬,认为

---

① 季羡林《汉学研究·序》第七集,北京:中华书局,2003年。
② 《章太炎全集·〈訄书·序〉·〈种姓篇〉》,上海:上海古籍出版社,1985年;刘师培《刘申叔先生遗书·〈思念祖国〉·〈华夏篇〉·〈国土原始论〉》。

是西方给中国带来了文明,是西方的侵略拯救了中国。综上所述,对于汉学成果的研究,只有冷静、公正、客观、全面,才能在沙中淘得真金,拥抱"他山之石"。

在中国,汉学的接受与命运,诚实地说,在20世纪80年代初期之前,基本上是无视它的学术价值,更没人把它看作是中国文化的延伸。此外,由于民族心理上的历史"障碍",我们还曾视汉学为洪水猛兽,甚至觉得它是仇视中国、侮辱中国的一个境外的文化"孽种"。这种"观点",虽嫌偏颇,但也不是空穴来风。因为自19世纪"鸦片战争"前后,直至20世纪40年代,偌大的中国曾经惨遭蹂躏,整个历史写满了炮火压迫和宗教怀柔,其间也不乏为列强殖民政策服务的传教士、"旅行家"和"学者"深入中国腹地,以旅行、探险、考古之名而实行搜集社会情报、盗窃和骗取中国大批文物。

人类思想的飞翔,是受社会和历史禁锢的,山高水远的阻隔也使得人类互相寻找的岁月特别漫长。交流是人类文化选择的自然形态,汉学就发生在这种物质交流和文化交流之中。

公元前后,中国人被称为赛里斯(Seres),中国叫赛里加(Serice),这是陆路交往关于中国最初的叫法,时间较早;另一种叫法,把中国人称为秦尼(Sinai),中国叫秦(Sin),这是海路交往关于中国的叫法,时间较晚。由商人输往西方的中国丝绸绢绘是当时帝王贵族倾慕的奢侈珍品,Seres 和 Serice 两字系由阿尔泰语所转化,是希腊罗马称谓中国绢绘的 Serikon、Sericum 两字简化而来。西方人当时称中国为"秦"(Sin),称中国人为"秦尼"(Sinai),则是源于秦朝。①

人类在互相寻找的初级阶段,中国和西方试探性的商业交往还很原始,那时的人类,不同的国家、民族和族群处于相对落后和封闭的状态,人类各个角落的不同文化还处于相对不自觉或是相对蒙昧的历史时期。在人类最早的沟通中,中国人走在最前边。公元前139年,张骞奉汉武帝之命,越过葱岭,亲历大宛、康居、大月氏、大夏、乌孙、安息等地,直达地中海东岸,先后两次出使中亚各国,历时十多年,开创了古代和中世纪贯通欧亚非的陆路"丝绸之路",为人类交往开创了先河,也为汉学的萌发洒下最初

---

① 莫东寅《汉学发达史》,北平文化出版社,中华民国三十八年(1949年),第3页。

的雨露。

在文化史上,以孔孟儒家学说为核心的中国文化最先影响朝鲜半岛,然后才是日本和越南等周边国家。这些周边国家与中国的关系复杂,甚至被说成同种同文,因此可以说它们的文化与中国文化有着很深的"血缘"关系。公元522年,中国佛教渡海东传日本,从那时开始,中国典籍便大量传入日本,但这只是一种"输入",只是日本创建自己文化的借鉴,并没有形成对于中国文化的深层研究。及至唐代,由于文化上承接了汉朝的开放潮流,那时与异质文化的交流相对更加频繁,商贸往来和文化沟通有了发展,西方和中国周边国家或地域的人士通过陆路和水路进入中国腹地,长安、洛阳、扬州、广州、泉州等城市,都是中外贸易和文化交汇的重要都会,尤其是前者,更是当时世界最大的商业文化之都;而后者,由于东南沿海经济崛起、人口增多、手工业发达、农田水利的改善,为海外贸易发展创造了条件,再由于唐代中期"安史之乱"切断了陆路"丝绸之路"的缘故,曾称为"鲤城""温陵""刺桐城"的泉州,便成为联结亚洲、欧洲和非洲的海上丝绸之路的"东方第一大港",是那时以丝绸、金银、铜器、铁器、瓷器为主的国际贸易之都。通过频繁的往来和交流,外国人对中国文化的认识越来越多、越来越深,汉学也便在这种交流中不知不觉慢慢衍生。

但是,源远流长的汉学,人们习惯地认为其洪流和网络在西方,西方是汉学的形象代表。这一看法一是源自近代以来西方强势文化和中国人的崇洋心理;二是西方汉学的某些特征也确实有别于朝鲜半岛、日本和越南的汉学。其实,如果我们从世界汉学历史发展的角度看,日本、朝鲜半岛和越南的汉学要早于西方的汉学,比如日本在十四五世纪已经初步形成了汉学,而那时西方的传教士还没有进入中国。因此,对于汉学的研究,无论是西方还是东方(朝鲜半岛、日本和越南),我们都不能顾此失彼,要以同样的关注和努力探讨其历史。当然,汉学的历史藏在文献里,而隐性源头却在文献之外。

文化往往伴随经济流动,其交流也会在不自觉或无意识状态下发生。到了明代初年,郑和率舰队出使西洋,前后七次,历经二十八年,到过三十多个国家,最远抵达非洲东岸和红海口,真正拓展了海上"丝绸之路"。

在公元八九世纪至十六七八世纪期间,关于中国,多见于西方商人、外交使节、旅行家、探险家、传教士、文化人所写的游记、日记、札记、通信、报告之中，这些文字包含着重要的汉学资源，因此有人把这些文献称为"旅游汉学"。这些来源于文艺复兴，因为思潮的开放影响了欧洲人的思想和生活，他们或通商，或传教，或猎奇，但了解和研究中国文化却是一致的，于是汉学便在葡萄牙、西班牙、意大利、法国、荷兰、英国、德国、俄罗斯等主要的西方国家逐步发展起来。

这类游记和著作较早的有约在公元851年成书的描述大唐帝国繁荣富强的阿拉伯佚名作者的《中国与印度游记》，吕布吕基斯的《远东游记》（1254），意大利的雅各·德安克纳的《光明城》，贝尔西奥的《中华王国的风俗与法律》（1554），《利玛窦中国札记》，亚历山大·德·罗德的《在中国的数次旅行》（1666），南怀仁的《中国皇帝出游西鞑靼行记》（1684），费尔南·门德斯·托平的《游记》，李明的《关于中国现状的新回忆录》（1696）和《中华帝国全志》（《中国通志》）等，以及罗明坚、金尼阁、汤若望、卫匡国等名士的著作，还有大量名不见经传的传教士、商人、旅行家、探险家的各种记述，都成为日后汉学兴旺发达的必然因素。这类著作主要涉及中国的物质文明，较多描述、介绍中国的山川、城池、气候以及生活起居、饮食、服饰、音乐、舞蹈，也涉及一些中国的观念文化。这些"旅游汉学"著作中，影响最大的是《马可·波罗纪行》（《东方见闻录》）。马可·波罗（Marco Polo）于1275年随父亲和叔父来中国，觐见过元世祖忽必烈，1295年回国后出版了这本书，它以美丽的语言和无穷的魅力翔实地记述了中国元朝的财富、人口、政治、物产、文化、社会与生活，第一次向西方细腻地展示了"唯一的文明国家"——"神秘中国"——的方方面面。

这些包罗万象的文献，不仅记录了不同时代的中国，还以自己的文化视角开始了中西文化最初的碰撞。作为文献，这些游记、日记、札记、通信和报告，有赞美，有误读，也有批评，但因为其中包含大量中国物质文化及政治、经济、历史、地理、宗教、科举等多方面的文化记载，而成为汉学的重要组成部分，在学术史上有重要价值。

汉学的发生、发展与经济、政治、交通以及资讯分不开。有学者把汉学的历史分为"萌芽""初创""成熟""发展""繁荣"几个时期，也有的分为"游记汉学时期""传教士汉学时期"和"专业汉学时期"三个阶段。但汉学的真正形成是在明末兴起的"西学东渐"和"中学西传"的互动之中。

从16世纪到十八九世纪，在数以千计的散布在中国各地的传教士中，有不少人成为名载史册的汉学先驱,他们为汉学的发展做出了重大贡献。自1540年罗耀拉(S.Ignatins de Loyola)、圣方济各·沙勿略(Francisco Xavier)等人来华,开始了以意大利、西班牙传教士为主的第一时期的耶稣会的传教活动。接着,意大利的范礼安(Alexandre Valignani)、罗明坚(Michel Ruggieri)等著名传教士来华。1583年,即明朝万历十一年,罗明坚将利玛窦神甫(Matteo Ricci)带到中国,从此,耶稣会士在中国的宗教活动无论是对于西方或是东方,都开始了一个新的历史时期。西班牙的胡安·冈萨雷斯·德·门多萨(Juan Gonzalez de Mendoza)的《中华大帝国史》于1588年问世,这部世界汉学史上的第一部汉学著作,名副其实地对中国的政治、历史、地理、文字、教育、科学、军事、矿产、物产、衣食住行、风俗习惯等做了百科全书式的介绍,具有相当的学术价值,以七种文字印行,风靡欧洲。以利玛窦为核心的耶稣会士的历史意义在于他们开始了对中国文化的全面"开垦",不仅著书立说,还把《大学》《中庸》《论语》《孟子》等中国文化经典译成西文,不仅开西学东渐之先河,也推动了中学西传,使中国文化对西方科学与哲学产生重要影响,因此这位思想家当仁不让地被视为西方汉学的鼻祖。与其先后到达中国的著名的传教士都著书立说、传播中国文化,对推动西学东渐和中学西传作出了贡献。在世界汉学史上,除了以上提及的,还有许多汉学家的名字十分响亮,诸如曾德照、柏应理、卫匡国、殷铎泽、南怀仁、汤若望、龙华民、金尼阁、罗如望、熊三拔、李明、张诚、白晋、马若瑟、宋君荣、钱德明、翟理斯、安特生、雷慕沙、儒莲、德理文、安东尼·巴赞、蒙田、冯秉正、尼·雅·比丘林、巴拉第·卡法罗夫、瓦西里耶夫、沙畹、伯希和、马伯乐、葛兰言、斯文赫定、马礼逊、斯坦因、理雅各、翟理斯、李约瑟、韦利、霍克斯、卫礼贤、福兰阁、孔拉迪、高本汉、卫三畏、费正清、戴密微、石泰安、谢和耐、欧文等。他们和东方日本、朝鲜半岛的富有建树的汉学家以及当今散布在各国的汉学家,对中国文化的独特理解,铸造成汉学史上的思想学术之碑,开垦了汉学成长的沃土。

"西方的汉学是由法国人创立的。"但是,在欧洲全面研究中国文明的问题上,"法国的先驱是葡萄牙、西班牙和意大利"。[①] 戴密微把以上三个

---

① 戴密微《法国汉学研究史》,载耿昇译《法国当代中国学》,北京:中国社会科学出版社,1998年。

国家誉为汉学的先锋,"他们于16世纪末叶,为法国的汉学家开辟了道路,而法国的汉学家稍后又在汉学中取代了他们",真正建立起作为学术的汉学传统。就传统汉学而言,法国是汉学家最多的国家之一,有许多汉学界的学术巨擘,不断为汉学的崇高而添砖加瓦。

中外文化交流的结果不仅意味着中国文化"外化"的传播,也意味着异质文化对中国文化"内化"的接受。汉学家作为中外文化交流的桥梁和使者,在异质文化的交流中,也是人类和谐与进步的推动者。

汉学诞生在与异质文化碰撞、交流和相互浸淫之中。这个结果无异于一枚果子的成熟,只有"风调雨顺"才生长得好。和谐、宽容、理解与尊重,是异质文化彼此借鉴的保证。作为文化形态的汉学,其成长和生存离不开良好的国际语境。就中国而言,历史上凡是开放的时代,文化交流多,汉学就发展;反之,汉学就停滞,这似乎成为一种规律。

作为学术公器的汉学,文化上有其自己的成长过程。汉学是发展的,这一植根于中国文化土壤,生存于异国他乡的文化,同样深受不同时代语境的极大影响。这里所说的语境,既包括中国的历史演变,也包括异国和世界的历史变化。也就是说,不同的历史时期,不同的社会、政治、经济、文化背景,在很大程度上左右着汉学的发展方向和内容;换句话说,汉学的形成和发展,不仅受制于中国历史的更迭,也受制于他者社会的变化。这就是以历史悠久的中国文化为研究对象的汉学发展的基本轨迹。

汉学作为一种学术形态,总体上可以分为"传统汉学"和"现代汉学"。传统汉学以法国为中心,而现代汉学兴显于美国,20世纪中期以来,在西方其他国家葆有传统汉学的同时,现代汉学也很繁荣。随着中国与世界政治关系的变化,随着中国文化与世界文化交流的拓展,现代汉学有了显著的发展。

虽然20世纪的后五十多年,中国文化与世界各国文化接触开始多了起来,但就整体而言,1949年后约有三十多年是一个相对"闭关锁国"的时期。公正地讲,这道意识形态的"长城"也并非就是中国的政策,是那时期以美国为首的国家在政治、经济、军事、文化上对我国全面封锁的结果。这个时期的"汉学"涂满了政治色彩,以法国为代表的汉学较多地保持着传统汉学的学术精神,而美国的"中国学"却成了充满政治意识的现代汉学的代表。美国的"中国学"所关心的不是中国文化,更不是中国的传统文化,而是中国的政治、经济、军事、教育和社会生活各个层面的问题。这种政治特征,是那个时期美国汉学的基础,这一特征也影响了其他国家汉学的研究方向和内容。

由于中国与世界的隔离,由于西方与中国少有交流,因此汉学家不了解中国最新的文化进展(比如新的考古发现),致使汉学处于断炊或"无米之炊"的状态,没有中国文化的支持,西方汉学要想取得研究上的突破也很困难。陌生感和神秘感困扰着汉学家,这不仅是文化的尴尬,也是汉学家的难堪。

人类文化包含了物质文化和观念文化等。物质文化表现在衣食住行生活方面,是一种看得见、摸得着又极易变化的"具象"文化,如饮食、服饰、住房、音乐、舞蹈等;观念文化是一个民族的核心,表现在人的价值观、道德观、家庭观、宗教观等诸多方面,以及关于自由、平等、民主的理解,观念文化是一个民族的思维经过高度抽象后形成的思想、观念和精神,它通过文化灵魂——哲学、文学、语言、宗教、历史等来表达。[①] 观念文化,一俟进入外国汉学家的研究视野,他们的研究也就进入了对中国文化核心的深层研究。

汉学家从对中国物质文化到观念文化的研究,其领域越来越广越来越深。现在,汉学不仅包括对中国的哲学、文学、宗教、历史领域的研究,还包括社会学、政治学和自然科学。Sinology(汉学)和 Chinese Studies(中国学),它们已经发展到可以"异名共体"的地步。

时至今日,传统汉学和现代汉学这两种汉学形态不仅同时存在着、共荣着,而且还互相浸透着。

19 世纪末至 20 世纪初,美国汉学悄然嬗变为中国学,并以自己独有的个性特点和极强的生命力出现在世人面前。美国汉学始自 1830 年东方学会(American Oriental Society)的建立,这个学会虽然代表了欧洲那种对东方学文学的兴趣,但这个学会"从一开始就有一种与众不同的使命感"——"为美国国家利益服务,为美国对东方的扩张政策服务"。[②] 这个

---

① 任继愈《汉学发展前景无限》,载《中华读书报》2001 年 9 月 19 日。
② 侯且岸《费正清与中国学》,载李学勤主编《国际汉学漫步》(上),石家庄:河北教育出版社,1997 年。

特点也与"美国海外传教工作理事会"向中国派出基督教传教士的宗旨相一致。可见，美国汉学一开始就和美国的国际战略和对华政策联系在一起。卫三畏（Samuel Wells Williams）1848年出版的百科全书式的《中国总论：中华帝国的地理、政府、教育、社会、生活、艺术、宗教及其居民观》就带有较为浓厚的社会科学特点，与欧洲具有人文科学特征的汉学颇有差异，但它依然属于Sinology的范畴。

美国从南北战争后的统一中走向强大，加入强国之列。八国联军对中国的侵略行径，是列强联合的第一次尝试。从那时起，承担着相当"政治"角色的传教士进入中国。真正美国式的"汉学"——中国学，就从那时开始，而奠基人和开拓者是之后的费正清（John King Fairbank）。作为美国首席中国问题专家的费正清，他的中国学研究不仅影响了美国，也对其他国家的汉学研究或中国学研究有强烈的影响。

在西方，费正清的魅力在于，没有谁能像他那样以更清晰、更富于洞察力的笔触来表述中国。"在使美国人了解中国，了解中国的传统、中国纷扰不安的近代史，以及中国神秘莫测的现状等方面，谁的贡献也没有像他那样大。"费正清等一批知名的美国中国学家都参与过战时情报工作，在战后作为美国政府的智囊而直接为制定对华政策服务。费正清的研究虽然充满了实用和功利色彩，立场和观点也有偏见，但这并不妨碍他在历史上作为一个贡献巨大的汉学家和中国人民的朋友的光辉。美国学者从事研究的根本出发点是"使命感""学术个性"和"反唯理智论倾向"，"蔑视学问，更为强调实用性知识"，"更为明显同自己以外的社会，即政治家、实业家及其实践家始终保持紧密的联系"。① 这就是美国中国学家的基本心态，他们讲究功利和实用，不理会学术上的理智倾向，这与法国汉学家的学术心态、学术个性与学术传统几乎大相径庭。

传统汉学（Sinology）和现代汉学（Chinese Studies）的差异在于前者是以文献研究和古典研究为中心，它们包括哲学、宗教、历史、文学、语言等；而以美国为中心的现代汉学（中国学）则以现实为中心，以实用为原则，其兴趣根本不在那些负载着古典文化资源的"古典文献"，而重视正在演进、发展着的信息资源。但是，汉学发展到21世纪，其研究内容和方式已经出

---

① ［美］赖肖尔《近代日本新观》，北京：生活·读书·新知三联书店，1992年。

现了融通这两种形态的特点。这种状况既出现在欧洲的汉学世界,也出现在美国的中国学研究之中,可以说世界各国汉学家的研究中,都兼有以上两种汉学形态。

汉学(Sinology)对中国研究者来说,被尘封得太久,所以它的空白很多,浩如烟海的资源还有待于深入开掘。这种开掘,不仅可以收获汉学,还可以无意中发现被历史"放逐"和"遗失"在异国他乡的中国文化。编撰"列国汉学史书系"的目的和宗旨,不仅是为了梳理已有的汉学资源,在世界范围内追踪中国文化的外传历史状况、经验及影响,同时探究汉学的产生、成长、发展与繁荣,还要尽可能厘清这块"他山之石"对于中国文化的作用。当然,"列国汉学史书系"还期望对推动中国文化与世界文化的交流有所裨益。

"列国汉学史书系"作为一个文化工程,其撰写的难度非一般学术著作所能比拟。严绍璗教授谈到 Sinology 的研究者的学识素养时提出四个"必须":①必须具有本国的文化素养(尤其是相关的历史、哲学素养);②必须具有特定对象国的文化素养(同样包括历史、哲学素养);③必须具有关于文化史学的基本学理素养(特别是关于"文化本体"理论的修养);④必须具有两种以上语文的素养(很好的中文素养和对象国的语文素养)。这几点确实都是汉学研究者必须具备的文化和语文素养,否则很难进入汉学研究的学术境界。

写作"列国汉学史"艰难,而出版可谓难上加难。人间的事好像天上的云、地上的风,飘忽不定没有根,铁板钉钉是没有的,因为钉子可以用"权力"拔出来,一切承诺和协议,都可以化为乌有。虽然"列国汉学史书系"一直受到经济的困扰,但它终没有自毙于摇篮之中,冬天之后是春天,接着便是收获的季节。这套富有创意和价值的书系,将对中外文化交流和汉学的发展及其比较研究产生深远影响。

有人认为"汉学史中国人写不了",当然这是一个很奇怪的"立论"。日本人石田幹之助写了《欧人的中国研究》(1932)、莫东寅写了《汉学发达史》(1949),接下来又有严绍璗的《日本中国学史》(1991),张国刚的《德国的汉学研究》(1994),张静河写了《瑞典汉学史》(1995),何寅、许光华主编的《国外汉学史》(2002),刘正的《图说汉学史》(2005)和李庆的《日本汉学史》(2005)相继面世。在人类的文化长廊里,无论是中国还是外国,各种史书琳琅满目,这其中有外国人写中国的各类历史,也有中国人写外国的各类历史。历史,是往事,是记录,是选择,并有相对独立的评论和褒贬。但是,事实上任何一部历史都不是最后的历史,历史随着时光的流逝而演进,修史很难一步到位,它需要一代代学者"积跬步"才能"至千里",只有"积土成山,积水成渊",方能"风雨兴""蛟龙生"。学问之事非一夕之功,非得有前赴后继者敢于赴汤蹈火"流血牺牲",才会达至光明顶峰。

开拓者也许会在某个时候将自己的真诚劳作化为欢乐,因为在以后的岁月里,定会有人踏着自己的肩膀或是踩着自己的鼻子和头顶攀上高峰,以鸟瞰美丽风光。21世纪是经济的大空间,对汉学来说也是一个"大空间"。但是,要探索这个"大空间",需要有个和谐的"太空站",需要大家联袂共建;当然世界上需要多元文化和谐相处的历史语境,共同创造彼此接近、认识、理解、尊重、沟通、借鉴与融合的机会,这个机会,就是汉学研究发展的机会。

时间在行走,历史在行走。人类创造过历史,书写过历史,但是没有最后的历史。汉学有历史,而且还正在创造新的历史,汉学及其研究将以自己的品格和个性在人类文化的世界里放出异彩。

阎纯德

2006年12月5日

于北京半亩春

# 自　序

　　明清之际的中西文化交流是人类历史上少有的较为平等的文化交流,荷兰汉学家许理和说这是"中西关系史上一段最令人陶醉的时期:这是中国和文艺复兴之后的欧洲高层知识界的第一次接触和对话"。① 正是在这段时间,中西文化思想开始实质性的接触。就中国来说,这是自佛教传入中国来最大规模的一次与外部文化的交流与融合,就西方来说,这是欧洲思想文化首次在宗教、哲学思想层面与中国相遇。在这一时期,尽管中国历经乾嘉百年禁教,但天主教已经在中国扎根,西学改变了中国思想文化的进程,西学入,乾嘉汉学兴,这便是明证。这一时期,中国儒学核心经典大部分已经翻译成欧洲语言,启蒙运动的思想家们手执耶稣会士们从东方传来的火炬,燃起了一场大的思想革命,欧洲走出了中世纪的城堡。

　　这是一个交错的文化史,双方的历史文化和思想都已经不能在原有的框架中加以解释,你中有我,我中有你。中国在世界之中,世界在中国之中。

　　也就是在这个意义上,将明清之际的中西文化交流史研究仅仅作为西学东渐去做,甚至仅仅将其压缩为中国天主教史研究都是值得反思的。同样,如果离开了对耶稣会等传教修会在华传教活动,如果不熟悉传教士们的汉文写作及其西文翻译,也很难把欧洲启蒙运动与中国文化的关系说清楚。

　　我在《罗明坚:西方汉学的奠基人》一文中提出西方汉学发展大体经历了"游记汉学""传教士汉学"和"专业汉学"三个阶段。西方汉学形成与发展的重要一环是传教士汉学,这是它的基础。就中西文化交流史而言,在一定意义上讲"传教士汉学"与"中国基督教历史"是一个一体两面的事情,二者很难分得开,如果有所区别只是研究的角度有所不同而已。在"传

---

① ［荷］许理和,辛岩译《十七—十八世纪耶稣会研究》,载任继愈主编《国际汉学》第 4 期,郑州:大象出版社,1999 年,第 429 页。

教士汉学——中国基督宗教史"这个中西文化交流史主干的两端便是：中国近代思想文化史和欧洲近代文化思想史。明清中西文化交流史是一个在世界范围展开的一个宏大的文化互动、互鉴的的历史运动，其规模之大，文献之多、思想之复杂在中外文化交流史绝无仅有。我们只有从两端同时把握，才能察其全貌，悟其精华。从我进入这个研究领域后的第一本著作《中国和欧洲早期宗教与哲学交流史》到中华书局出版的《欧洲早期汉学史：中西文化交流与欧洲汉学的兴起》一书，我都是沿着这样的思路去展开研究的。

这次，我所以把这本书定名为《交错的文化史——早期传教士汉学研究史稿》是因为大多数研究者都是从中国基督宗教史或者中国近代史角度研究这段历史的，毫无疑问，从这样的角度展开无疑是正确的，而且是十分重要的。但来华耶稣会士们在中国的活动同时也是传教士汉学展开的历史。他们用中文所书写的"西学汉籍"，既是中国近代宗教史、文化史的重要文献，同时也是西方汉学史的基础性文献；反之亦然，来华传教士们用西文所写作的著作、信件、报告等，所翻译的中国典籍等，既是西方汉学的基础性文献，也是中国明清史、中国基督宗教的重要历史文献。这样我们才能理解何为"交错的文化史"。由此，本书的逻辑安排和实际历史发展进程是一致的，从西人来到东方，占领满剌加开始，到最终1814年法国设置首个专业汉学教席，一个历史过程的结束。所以，历史与逻辑的统一是本书基本构架原则。

这样，在本书中我集中研究传教士的汉文写作及其在中国及东亚的传教活动，对于他们西文写作及其影响，虽然也略有涉及，但不是本书的主干。对于来华传教士以西文文献为主的"中学西传"研究，可以参看我的另一部著作。[①] 在这个意义上，这本书也可以称为"明清之际天主教史研究"。虽然，我的写作对象已经基本放到了中文文献上，但视角却是西方汉学史的研究视角，希望通过这些文章的研究，既能推进中国天主教史的研究，也能从这个研究中展示出传教士汉学的内容和特点，并最终揭示出传教士汉学的发展与西方专业汉学兴起之间微妙多重的复杂历史联系。

---

[①] 张西平《儒学西传欧洲导论：16—18世纪中学西传的轨迹与影响》，北京：北京大学出版社，2016年。

# 目　录

**第一章　西人东来与满剌加灭亡**　……………………………（1）
　　一、满剌加与中国　………………………………………（1）
　　二、满剌加与葡萄牙　……………………………………（8）
　　三、中国与葡萄牙的首次交锋：围绕满剌加　…………（13）
　　四、世界历史的新一页　…………………………………（15）

**第二章　澳门与中西文化交流**　………………………………（23）
　　一、白银资本的中转站：澳门　…………………………（23）
　　二、西学东渐的策源地：澳门　…………………………（25）
　　三、中学西传的桥梁：澳门　……………………………（30）

**第三章　《葡汉词典》中的散页文献研究**　…………………（34）
　　一、《葡华辞典》整体结构和辞典外的散页文献内容　…（35）
　　二、关于《葡华辞典》的作者　…………………………（46）
　　三、关于《葡华辞典》和《汉葡辞典》的讨论　………（54）
　　四、《葡华辞典》中的散页文献的语言学内容初探　……（59）

**第四章　来华传教士早期的汉语学习文献**　…………………（63）
　　一、《中国天主教教义》的内容　…………………………（63）
　　二、《中国天主教教义》基本内容的分析　………………（72）
　　三、《佛顶尊胜陀罗尼经》与《中国天主教教义》的比较　………（73）
　　四、关于《中国天主教教义》的作者、写作时间与写作地点　………（78）
　　五、《中国天主教教义》在中国天主教史上的价值　……（79）
　　六、汉字拉丁注音的逐步发展　…………………………（82）

**第五章　来华耶稣会士成熟期汉语学习文献**　………………（85）
　　一、《会客问答》的版本、时代与作者　…………………（85）

二、《会客问答》的语言特点 …………………………………… (91)
  三、《会客问答》的历史学价值 ………………………………… (93)
  四、《会客问答》的来源与影响 ………………………………… (100)

## 第六章　中国近代汉语词汇的变迁：汉语神学词汇的产生 … (102)
  一、罗明坚与利玛窦所创造的汉语神学词汇 ………………… (103)
  二、万济国的《华语官话词典》简介 …………………………… (115)
  三、万济国的《华语官话词典》贡献 …………………………… (119)
  四、万济国的《华语官话词典》所收录的汉语神学词汇 ……… (121)
  五、万济国其人 …………………………………………………… (126)
  六、小结 …………………………………………………………… (128)
  附录：万济国《华语官话词典》前言 …………………………… (134)

## 第七章　刊书传教的展开 …………………………………… (136)
  一、论明清之际"西学汉籍"的文化意义 ……………………… (136)
  二、明清之际《圣经》翻译研究 ………………………………… (161)
  三、欧洲对"西学汉籍"的的收集和整理 ……………………… (185)
  附录1：百年利玛窦研究 ………………………………………… (210)
  附录2：17世纪中国对西方人文主义文化的儒家回应 ……… (223)
  附录3：相互之间的苛求：康熙皇帝和欧洲人，1661—1722年 … (235)

## 第八章　中国知识西传 ……………………………………… (249)
  一、17世纪汉字在欧洲的传播 ………………………………… (249)
  二、《耶稣会在亚洲》(*Jesuítas na Ásia*)所介绍的中国知识 … (283)
  三、罗明坚《中国地图集》在西方汉学史的重要贡献 ………… (298)
  附录1：对欧洲出版的第一部中文字典的注释(1670年) …… (326)
  附录2：《耶稣会在亚洲目录》(JESUITAS NA ÁSIA——CATÁLOGO E GUIA)重要文献目录翻译 ………………………………… (363)

## 第九章　专业汉学的兴起 …………………………………… (410)
  一、卜弥格与欧洲专业汉学的兴起——简论卜弥格与雷慕莎的学术连接 ………………………………………………… (410)
  二、传教士汉学与西方的中国形象——兼论形象学对欧洲早期汉学研究的方法论意义 ………………………………… (423)

附录：西方第一位专业汉学家雷慕莎的博士论文《舌诊研究，
　　　即论从舌头看出的病征，以中医理论为中心》 …………（440）

**跋** ……………………………………………………………（451）
**人名索引** ……………………………………………………（454）
**文献索引** ……………………………………………………（467）

# 第一章
# 西人东来与满剌加灭亡

## 一、满剌加与中国

满剌加①,今为马来西亚马六甲,地处马六甲海峡要塞,它是连接太平洋和印度洋的十字路口。这里原本是一个"沙卤之地,气候朝热暮寒,田瘦谷薄,人少耕种"②,仅居住了二三十个土著马来人的荒僻渔村。满剌加国的创建人是拜里迷苏剌(Parameswara),他原是巨港夏连特拉王朝的一个王子。"他最初是在巨港充当麻嗒巴歇的封臣。14世纪90年代,他摆脱了爪哇的霸权后,便转到单马锡(现今的新加坡)"③,大约于1400年辗转到马来半岛,开始以马六甲为落脚点,建立港口贸易城市。此时,满剌加尚称不上是一个独立的王国。此处是暹罗王国的势力,"拉马铁善菩提(1350—1369)是第一位统治马来邦国的暹罗国君"④。中文史料也证明了这一点。马欢说:"此处旧不称国,因海有五屿之名,遂名曰五屿。无国王,

---

① 满剌加(Malacca),马来文(Malaka),即今日之马来西亚。马欢《瀛涯胜览》、费信《星槎胜览》《郑和海图》、黄衷《海语》也称满剌加;陈伦炯《海国见闻录》称麻利甲;谢清高《海录》称马六呷;张燮《东西洋考》称麻六甲;《皇清职贡图》称麻六甲;许云樵翻译《马来纪年》时叫满利加。关于满剌加的历史记载,西方学者主要依靠《马来纪年》和葡萄牙人皮雷斯(Tome Pries)的《东方志》(Suma Oriental),又称《东方国家叙事全集》,西方学者对中国这些历史文献所知甚少,中国学者的中文研究论文和著作至今尚未被西方学术界所重视。参阅芭芭拉·沃森等著,黄秋迪译《马来西亚史》,北京:中国大百科全书出版社,2010年。
② 马欢《瀛涯胜览》,上海:商务印书馆,1937年。
③ [新]尼古拉·塔林主编,贺圣达等译《剑桥东南亚史》(第1卷),昆明:云南人民出版社,2003年,第143页。
④ 吴迪著,陈礼颂译《暹罗史》,北京:商务印书馆,1974年,第78页。

止有头目掌管。此地属暹罗管辖,岁输金四十两,否则差人征伐。"①

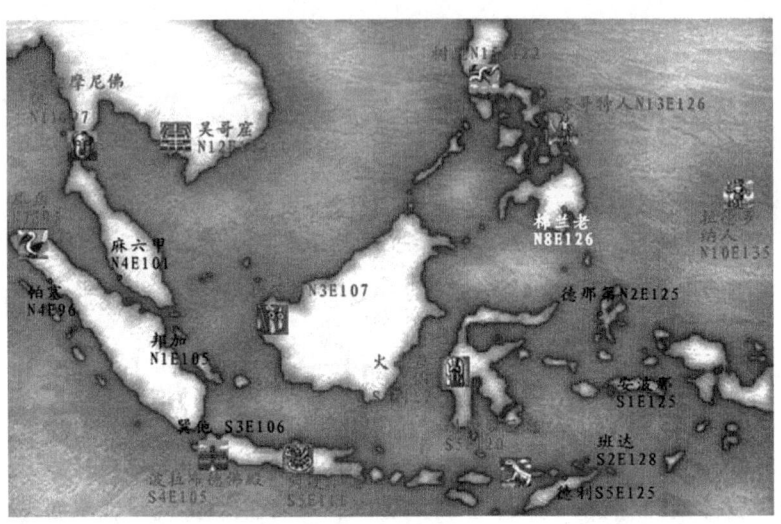

马六甲海峡古图

满剌加国迅速崛起有三大原因:其一,与中国建立朝贡关系,确立了自身的地位,摆脱了暹罗的控制;其二,充分利用当时马来半岛贸易形势的变化,抓住了历史机遇;其三,充分利用了地理优势。

首先,看满剌加与中国的关系。明成祖朱棣即位后,在永乐元年(1403)十月派"尹庆使其地,赐以金织文绮、金帐幔诸物"②。拜里迷苏剌抓住了这个机会,永乐三年(1405)九月,满剌加的使者就跟随尹庆到南京进行回访,同年十月丁丑日,明成祖赐宴满剌加使团,③其使者言:"王慕义,愿同中国列郡,岁效职贡,请封其山为一国之镇。"④明成祖非常高兴"封为满剌加国王",馈赠褚印、采币、袭衣、黄盖等礼物。永乐三年十月壬午《明太宗实录》又载录了《赐满剌加镇国山碑铭》,⑤永乐五年九月

---

① 马欢《瀛涯胜览》,上海:商务印书馆,1937年。
② 清代官修《明史》卷325,北京:中华书局,1974年。
③ 明官修《明太祖实录》卷47,上海:上海书店出版社,1982年。
④ 《明史》卷325。
⑤ 《明太宗实录》卷47。

# 第一章　西人东来与满剌加灭亡

（1407）满剌加派使者随郑和来朝贡。①

这里有一个问题尚待研究，即郑和第一次下西洋时，是否与满剌加国联系。"以往中外学者一般认为，郑和第一次下西洋与满剌加没有发生直接关系。中国与满剌加关系的开始建立，是由尹庆完成的。"尹庆出使满剌加是在永乐元年（1403）十月，《明实录》记载，永乐三年（1405）九月，尹庆使团返回，并带有满剌加使臣第一次来华，而在此前，这一年六月，永乐帝已下诏派遣郑和第一次下西洋。因此二者之间似乎联系不上，就此得出的结论是郑和第一次下西洋没有到满剌加。学者万明认为郑和很可能是同满剌加使臣一起回国，"郑和作为正使，在第一次下西洋时赍诏赐印，'建碑封城'于满剌加的可能性。更何况中国史籍中没有满剌加首次派来使臣回国的记录，因此，可以认为他们有可能是郑和第一次下西洋船队带回国的。"②由此她认为郑和第一次下西洋时，"作为正使，'赍诏赐印'，'建碑封城'"。

笔者赞成万明的观点，并做以下论证：

第一，永乐元年（1403）十月派明成祖已经派尹庆去了满剌加，这说明当时朝中已经知道满剌加。郑和第一次下西洋是永乐三年（1405）六月己卯，"遣中官郑和等赍勒往谕西洋诸国王金织、文绮、彩绢各有差"③。具体的时间应是1405年6月27至7月25日。④ 满剌加的使者就跟随尹庆到南京进行回访的时间是永乐三年（1405）九月，应该说，郑和并未见到满剌加第一次来华朝贡的使臣。但这并不妨碍郑和第一次下西洋时"作为正使，'赍诏赐印'，'建碑封城'"。⑤

---

① 万明《郑和与满剌加：一个世界文明互动中心的和平崛起》，载《中国文化研究》2005年春之卷。

② 参阅万明《郑和与满剌加：一个世界文明互动中心的和平崛起》，载《中国文化研究》2005年春之卷。

③ 《明太宗实录》卷43。

④ 伯希和《郑和下西洋考》，北京：中华书局，1955年，第28页。万明认为"关于郑和第一次下西洋的出发时间史载阙如"。看来并不是如此。

⑤ 史书对究竟是郑和第一次下西洋还是第三次下西洋到满剌加，记载并不一致。《西洋朝贡录》"永乐初，诏赐头目双台银印冠带袍服，名满剌加国。"《殊域周咨录》"本朝永乐三年，其王西利八儿速剌使奉金叶表文朝贡，赐王彩缎袭衣。七年，明中官郑和等持诏封为满剌加国王。"《西洋朝贡录》的记载可以理解为郑和在尹庆永乐元年出使满剌加后，接着又作为正使，在第一次下西洋时去了满剌加。但《西洋朝贡录》则可以理解为郑和第一次去满剌加是永乐七年。《星槎胜览》记述同《西洋朝贡录》一致。

第二,《明太宗实录》(卷 47)文中写道:"永乐五年(1407)九月,尔[满]剌加国王,遣使来朝,具陈王意。以谓:厥土协和,民康物阜,风俗淳熙,怀仁慕义,愿同中国属郡,超异要荒,永为甸服,岁岁贡赋。"从时间上看,"这应是郑和第一次西洋回程中国时随来的满剌加使者所上的奏陈"①。这样便可以理解,如果郑和第一次下西洋未去满剌加国,何以带满剌加国使臣回国,并表示"岁岁朝贡"。因此,郑和第一次下西洋就去了满剌加是可能的。

满剌加来使以"王慕义,愿同中国属郡,岁效职贡,请封其山为一国"②,明成祖依其所请,"封为国王,给以印绶"③,因为满剌加原为暹罗所属国"岁输金丝十两"④。明朝对满剌加的嘉封引起暹罗的不满,"发兵夺其所受朝廷印诰"⑤。拜里迷苏剌于永乐五年(1407)九月遣使诉,请求明朝出面干涉此事。朱棣认为满剌加与暹罗"均受(封)朝廷,比肩而立",都是独立之国。暹罗不应"持强,拘其朝使,夺其印诰"。遣使责谕暹罗归还"所受印诰,自今安分守礼,睦邻保境,庶永享太平"⑥。永乐七年(1407),郑和第二次下西洋的目的之一就是送去《赐满剌加镇国山碑铭》,⑦

    西南巨海中国通,输天灌地亿载同。
    洗日沐月光景融,雨崖露石草木浓。
    金花宝钿生青红,有国于此民俗雍。
    王好善义思朝宗,愿比内郡依华风。
    出入导从张盖重,仪文褐袭礼虔恭。
    大书贞石表尔忠,尔国西山永镇封。
    山君海伯翕扈从,皇考险降在彼穹。

---

 ① 郑永常《海禁的转折:民初东亚沿海国际形势与郑和下西洋》,台北:稻乡出版社,2011年,第 160 页。
 ② 《明史》卷 325。
 ③ 《明太宗实录》卷 46,永乐三年九月癸卯。
 ④ 巩珍《西洋番国志》,北京:中华书局,2000 年,第 15 页。
 ⑤ 《明太宗永乐实录》卷 53,[马来西亚]敦·斯利·拉囊著,黄元焕译《马来纪年》,吉隆坡:学林书局,2004 年。第 102—105 页,记载满剌加和暹罗至今的战争。
 ⑥ 《明太宗永乐实录》卷 60。
 ⑦ 郑永常在这里将郑和第二次下西洋的时间和目的都讲清楚了,也说明了《赐满剌加镇国山碑铭》是郑和第二次下西洋带去的。参阅《海禁的转折:民初东亚沿海国际形势与郑和下西洋》,台北:稻乡出版社,2011 年,第 171 页。

后天监视久弥隆,尔众子孙万福祟。①

让郑和带去"头目双台银印、冠带袍服,建碑,封城,遂名满剌加国。是后暹罗国莫敢侵扰"②。费信《星槎胜览·满剌加国》记载:"永乐七年,皇上命正使太监郑和等赍捧诏敕,赐以双台银印,冠带袍服,建碑封域,为满剌加国,其暹罗始不敢扰。"③

这是满剌加与明朝的正式建交,满剌加由此加入了明朝的朝贡体系之中。④

由此,满剌加成为郑和下西洋的重要中转站,"中国宝船到彼,则立排栅,城垣设四门更鼓楼,夜则提铃巡警。内又立重栅小城,盖造库藏仓廒,一应钱粮顿放在内,去各国船只俱回到此取齐,打整番货,装载停当,等候南风正顺,于五月中旬开洋回还"⑤。中国和满剌加的友好关系也达到了很高的水平,从1411年到1432年,21年间,满剌加三位国王先后五次访问中国,据不完全的统计,在1405—1508年间,这一百多年间,满剌加先后二十六次派出使者对明朝进行友好访问,而在1403—1481年间,不算郑和航队的经过停留访问,明朝先后七次派出使者到满剌加进行友好访问。这样的来往关系在明朝与东南亚各国中是极其少见的。

由于双方的友好关系,郑和七下西洋,双方贸易往来极为频繁。根据《明会典》的记载,满剌加运来货物有四十余种之多。这些货物是:犀角、象牙、玳瑁、玛瑙珠、鹤顶、金母鹤顶、珊瑚树、珊瑚珠、金镶戒指、鹦鹉、黑猿、黑熊、白鹿、锁服、撒哈剌、白芯布、姜黄布、撒都细布、西洋布、花鳗、蔷薇露、栀子花、乌爹泥、苏合油、片脑、沉香、乳香、黄速香、金银香、降真香、紫檀香、丁香、树香、木香、没药、阿魏、大枫子、乌木、苏木、番锡、番盐、黑小厮等。⑥ 而中国的瓷器、丝绸、绫绢、纱罗、彩帛、锦绮、瓷器、药材、铁器、铜

---

① 《明史》卷325,"外国六,满剌加"。
② 《瀛涯胜览·满剌加国》。
③ 《西洋番国志·满剌加国》"主国封王,建竖碑";《东西洋考·麻六甲》"从此不复隶暹罗矣"。参阅《马来纪年》第132—133页。
④ 王赓武先生所指出的:"马六甲是接受永乐皇帝碑铭的第一个海外国家,这一事实是突出的。"见姚楠编《东南亚与华人——王赓武教授论文选集》,北京:中国友谊出版公司,1987年,第88页。
⑤ (明)马欢原著,万明校注《明抄本〈瀛涯胜览〉校注》,北京:海洋出版社,2005年,第41页。
⑥ 申时行等《明会典》卷105,北京:中华书局,1989年。

钱、茶叶、麝香、大黄等也运往满剌加,转运到阿拉伯世界。①

政治的友好,经济的往来,这些促使满剌加的华人移民增多。郑和船队每次都是2万多人,许多船员都是福建、广州一带的渔民,而郑和返航时人员大减,除伤亡外,随船出海的沿海居民滞留海外也不失为一个重要原因。据《厦门志》载,万历时文莱岛就有不少华人居住,许多是随郑和下西洋而留居下来的。《明史·婆罗传》记有"万历时为王者,闽人也。或言郑和使婆罗,有闽人从之,因留居其地。其后人竟据其国而王之"。学者估计,郑和七次下西洋,仅仅随他出海下西洋而滞留在南洋的,估计就有10多万人。② 朝廷对所在国的态度,即是否是友好国家;贸易是否繁荣,即是否有商业利益;所在国的环境如何,即是否利于经商,这是中国古代人是否向外移民所考虑的三个主要问题。郑和下西洋后,明朝与南洋诸国关系友好,永乐二十一年(1423),出现了西洋古里、忽鲁谟斯、锡兰山、阿丹、祖法儿、剌撒、不剌哇、木骨都剌、柯枝、加异勒、溜山、南渤利、苏门答剌、阿鲁、满剌加等16国派遣使节1200人到明朝朝贡的盛况。这大大推动着移民潮的到来。而满剌加连接太平洋和印度洋,四方来客,种类繁多的中国商品在这里受到欢迎。这说明,这里商业环境很好。所有这些都是明朝移民南洋诸国的重要原因。郑和下西洋有力地促进了中国向满剌加等南洋国家的移民活动,这是一个不争的事实。

以郑和下西洋为契机,满剌加抓住了这个历史性机遇,很快使满剌加成为中国与非洲,阿拉伯世界贸易的交汇点。

其次,马来半岛贸易形势的变化。马来半岛最初的强国是室利佛逝。室利佛逝是一个统称,"用来指7至14世纪以苏门答腊东南部为中心的连续存在的海上政权"③。唐昭宗天祐元年(904)以后的中国文献改称其为"三佛齐"或"佛齐"。④ 宋代时与中国关系密切,在很长时间里室利佛逝是马来半岛的强大政权。但到13世纪室利佛逝逐渐走向衰落,1397年被兴起于东爪哇的麻若巴歇王国所灭。麻若巴歇(Majapahit)也称作麻喏八歇,

---

① 参阅余定邦《明代中国与满剌加(马六甲)的友好关系》,载《世界历史》1979年第1期。
② 参阅万明《郑和下西洋与亚洲国际贸易网的建构》,载《吉林大学社会科学学报》2004年第11期。
③ [新]尼古拉·塔林主编,贺圣达等译《剑桥东南亚史》(第1卷),昆明:云南人民出版社,2003年,第142页。
④ 梁志明等《东南亚古代史》,北京:北京大学出版社,2013年,第452页。

满者伯夷,门遮把逸。"麻若巴歇是借助元军力量在新柯沙里王国的基础上建立起来的,它是1293—1478年统治马来群岛绝大部分地区的跨岛帝国,在印尼古代历史上谱写了辉煌灿烂的一页。"①麻诺巴歇是一个跨岛统治的商业帝国,虽中央集权有一定的力量,但地方势力与中央之间关系并不稳定,同时因为贵族之间的争斗和矛盾,很快四分五裂,麻诺巴歇所控制的爪哇逐步丧失了对马六甲海峡贸易的控制权。1478年,淡目攻下了麻诺巴歇的首都,麻诺巴歇成了淡目的所属国。"随着爪哇北部海岸的多个穆斯林政权的出现和掌握主动权,麻喏巴歇逐渐从人们的视野中消失。"②

在这样的背景下,穿越马六甲海峡的东西方船只和商人们希望在海峡有一个稳定的国家政权来控制海峡,保护航道。拜里迷苏剌看准了这一点,他迅速地与中国建立友好关系,大大巩固了他在马来半岛的地位,从而很快在爪哇之后,使马六甲成为海峡航运的中心。另外,度量衡的统一,对多民族的经商活动加以细化管理,"当局任命了4名沙班答(syahbandar,港口官吏),每个沙班答各自代表一个不同的种族群体",这可以很好地解决贸易与族群之间的矛盾。满剌加政权这些对商业的有效管理,使港口的经商环境的大大优化,满剌加逐步成为当时东南亚的重要港口。如学者所说:"从上述可见,十五世纪中后期,马六甲能够迅速发展成为当时世界上最大的国际转口贸易港之一和东南亚最主要的货物集散地,在国际贸易和东西方经济文化交流中发挥了如此重要的作用,除了其特有的地理位置和强盛的马六甲帝国所统辖的广袤地区的物产作为经济基础外,王国鼓励吸引各国商人前来贸易、允许各种货币流通使用和管理港口的一整套有效的措施(包括设置港务官、规定进出口税、统一度量衡等)及对来自各方商人的保护政策等等都是促成其繁盛的重要原因。"③

满剌加以马六甲海峡为中心,地跨马来半岛和苏门答腊岛,呈东南至西北走向,西北端接安达曼海进入印度洋,东南端接南中国海进入太平洋,全长108千米,海峡最宽处370千米,东南部最窄处约37千米,满剌加国地处海峡中部最狭窄的地方,可谓一剑锁喉,它对于穿梭印度洋与太平洋之间船队来说是至关重要的咽喉要冲。"马六甲位于中国和印度之间的狭

---

① 梁志明等《东南亚古代史》,北京:北京大学出版社,2013年,第468页。
② [新]尼古拉·塔林主编,贺圣达等译《剑桥东南亚史》(第1卷),昆明:云南人民出版社,2003年,第147页。
③ 余思伟《马六甲港在十五世纪的历史作用》,载《世界历史》1983年6期。

小海道的汇合点上,港口有密布红树林的沼泽地作为屏障,海道之深足以使大吨位船舶安全。……由于拥有丰富而洁净的水资源和木材供给,马六甲是一个理想的国际贸易地点。在各种条件中起决定性作用的是它天然具有易守难攻的地理优势。虽然麻坡也是一个很有前途的贸易地,但它比马六甲更容易受到攻击,而马六甲有一座高耸的小山,从那里可以俯瞰入海口。"①满刺加是一座天然良港,是欧洲、非洲与亚洲连接的关键点。

满刺加在15世纪中至16世纪初(1434—1511)已经成为东南亚最重要的国际贸易枢纽,南海贸易的中心。16世纪初曾到过满刺加的葡萄牙人巴博沙(Duarte Barbosa)赞叹道:"这个马六甲城是最富的商埠,有最多的批发商,舰船之多,贸易之盛,甲于全球。"②

满刺加王国的崛起与强大,尽管有天时、地利与人和,但与中国友好关系的确立无疑是最重要的原因。郑和七下西洋是一个伟大的壮举,"这样大规模的航海活动是人类历史上的破天荒头一次,明朝的船队在葡萄牙人于1498年到达印度洋的近一个世纪之前就到达了印度洋地区,比西班牙的无敌船队于1588年进攻英格兰亦早了150年"③。郑和七下西洋极大地扩大了明朝官方朝贡贸易活动,他依托满刺加为贸易据点,沟通印度洋与东南亚和中国的贸易,从而,极大地带动了满刺加的商业贸易,使其迅速成一个繁盛的贸易中心,"一个名副其实的世界文明互动中心,这种繁荣的局面持续了一个世纪,直至西方葡萄牙人东来才被打断。"④

## 二、满刺加与葡萄牙

15世纪是利比里亚半岛上的西班牙和葡萄牙向外扩张的时期,这个被称为地理大发现的时代是欧洲向世界扩张的开始。"亚洲的贸易——无论是对内贸易还是对外贸易——以及生产总量人口和财富都比欧洲大得多,这使得欧洲人急于寻找到直接联系他们的途径,尤其是1293年马可波

---

① 芭芭拉・沃森・安达娅(Andaya.B.W.)等著,黄秋迪译《马来西亚史》,北京:中国大百科全书出版社,2010年,第44页。
② [英]理查德・温斯泰德著,姚梓良译《马来亚史》,北京:商务印书馆,1974年,第109页。
③ [美]费正清《中国传统与变迁》,北京:世界知识出版社,2002年,第224—225页。
④ 万明《郑和与满刺加一个世界文明互动中心的和平崛起》,载《中国文化研究》2005年春之卷。

罗从中国返回后,他对契丹财富神话般的描述产生了巨大的影响。"①寻找契丹成为百年大航海的灵魂。

《约翰·曼德维尔游记》。使用指南针在印度洋上航行,约1412年。

葡萄牙沿着西非海岸不断前进,达·伽玛(Vasco da Gama,1469—1524)1497年率领船队绕过好望角进入印度洋。1502年,达·伽玛率领一支由20艘帆船组成的巨大舰队第二次进入卡利利卡特,并开始了对印度西南海岸的武力征服及在科钦建立代理站。葡萄牙认为:"这次伟大的航行历时两年以上,出发时一百七十人,回来的不到三分之一。但是葡萄牙与东方建立了联系,那是真正的东方,而西班牙在大西洋彼岸所发现的不毛之地,未免相形见绌。"②1504年,意大利人亚历山德罗·佐治(Alessandro Zorzi)在其《印度游记》中称,葡萄牙船队与来自中国的白人相遇。1505年,葡王派遣唐弗朗西科·德·阿尔梅达(Francisco de Almeida)

---

① Kenneth Scott Latourette, *A History of Christian Missions in China*, the Macmillan Company, New York, 1929, p.80.

② [美]查·爱·诺埃尔著,南京师范学院教育系译《葡萄牙史》(上册),南京:江苏人民出版社,1973年,第123页。

出任葡印舰队司令时,并嘱咐他"对满剌加及尚未十分了解的地区"①进行开发。1508 年葡王诏令海军将领狄奥戈·薛奎罗（Diego Lopes de Sequeira）远征马六甲,并指示他:"你必须探明有关秦人的情况,他们来自何方？路途有多远？他们何时到马六甲或他们进行贸易的其他地方？带来些什么货物？他们的船每年来多少艘？他们的船只的形式和大小如何？他们是否在来的当年就回国？他们在马六甲或其他任何国家是否有代理商或商站？他们是富商吗？他们是懦弱的还是强悍的？他们有无武器或火炮？他们穿着什么样的衣服？他们的身体是否高大？还有其他一切有关他们的情况。他们是基督教徒还是异教徒？他们的国家大吗？国内是否不止一个国王？是否有不遵奉他们的法律和信仰的摩尔人或其它任何民族和他们一道居住？还有,倘若他们不是基督教徒,那么他们信奉的是什么？崇拜的是什么？他们遵守的是什么样的风俗习惯？他们的国土扩展到什么地方？与哪些国家为邻？"②

1509 年,塞格拉的船队驶抵满剌加,并与华人交往。1509 年,葡萄牙海军将领狄奥戈·薛奎罗率船 5 艘远征,先抵科钦后抵苏门答腊（Sumatra）之亚齐（Achin）,于当日抵达马六甲,要求与马六甲通商,并希望与马六甲苏端妈末（Sutan Mahmud Shah）签订友好通商条约,但当时马六甲实际掌权者为莫泰希,苏端妈末不过是傀儡,而印度回教徒摩尔人欲垄断马六甲之商务,故挑唆莫泰希拒绝与葡人贸易。他们设宴席宴请狄奥戈·薛奎罗等上岸,企图望全获葡人舰队。但消息走漏,拘葡人 20 余名,焚葡船 2 艘,狄奥戈·薛奎罗率余船返葡。狄奥戈·薛奎罗离开马六甲港时,遇到了两三艘中国船,他直接接触了中国商人,并在中国船上吃过饭,还了解了一些中国人的习俗。③ 1510 年 2 月 6 日,当时被满剌加抓住并关在满剌加监狱的卢伊·德·阿拉乌热（Rui de Araujio）从满剌加监狱中偷偷发出了一封信,详细介绍了满剌加的贸易、航行以及防卫等情况。④

葡萄牙人了解了满剌加的地理位置以后,开始认识到它的重要性。用皮雷斯的话来说,就是"地位如此重要,获利如此丰厚,以至于在我

---

① 转引自金国平、吴志良《镜海缥缈》,澳门成人教育学会,2001 年,第 21 页。
② 张天泽《中葡早期通商史》,香港:香港中华书局,1988 年,第 36 页。
③ 张天泽《中葡早期通商史》,香港:香港中华书局,1988 年,第 36 页。
④ [美]查·爱·诺埃尔著南京师范学院教育系翻译《葡萄牙史》（上册）,南京:江苏人民出版社,1973 年,第 132 页。

看来,世界上没有一个国家能同马六甲相媲美。"①占领满剌加已经成为葡萄牙的战略目标。

葡萄牙东方帝国的真正创建者是继阿尔梅达为印度总督的阿丰索·德·亚伯奎(Monsode Albuquerque)②。1510 年 11 月,亚伯奎占领印度果阿,以此作为葡萄牙东方帝国的中心和控制印度洋贸易的据点。他的战略计划是"首先攻占马六甲,控制东部入口;其次在红海的入口占领亚丁;最后夺取波斯湾的霍尔木兹"③。1511 年 5 月 2 日,在一切准备就绪后,亚伯奎统领 19 艘船只和 1400 人的军队(其中葡萄牙人 800 名,印度和霍尔木兹士兵 600 名),驶向马六甲港。1511 年 7 月 1 日薄暮时分,葡萄牙船队驶入马六甲港。马哈茂德素丹知来者不善,此时莫泰希首相已被诛杀,他派人通知亚伯奎说,首相因对葡萄牙人滋生事端已伏法,可以商谈。但亚伯奎置之不理,向马六甲提出交还被押的葡萄牙人,并用莫泰希的产业来赔偿葡萄牙人损失的要求。满剌加使者要求首先签订一项和平条约,然后释放俘虏,但亚伯奎坚持自己的条件,声称将不惜发动战争。在葡萄牙人对满剌加人开战前,他们也与停泊在港口中的华人做了接触,华人告诫他们,攻打满剌加并不容易,城中有 2 万多守兵。但亚伯奎决心开战,他对他们的部下说:"华人以为此次攻打难以成功。""为押回面子,他决定在华人返回中国前攻打满剌加城堡,为国王效劳。"④

7 月 7 日,亚伯奎率船驶入港口,开炮摧毁岸上的房屋和停泊在港内的商船,抢走 5 艘中国商人的帆船,素丹被迫释放俘虏,归还葡萄牙人财物,并允诺划出一地供葡萄牙人建立要塞。然而,亚伯奎并不善罢甘休,又提出更多新要求。素丹见和谈无望,便调集战象 20 头、兵士两万名准备应战,马六甲战事一触即发。⑤

7 月 24 日拂晓,葡军对马六甲发动第一次总攻击。葡军在这天的战斗中付出了惨重代价,约有 70 人被马六甲军队的毒箭射伤,后来除一人外

---

① 转引自芭芭拉·沃森等著黄秋迪译《马来西亚史》,北京:中国大百科全书出版社,2010年,第40页。
② 如果按照葡萄牙汉文译名,应为"阿丰索·德·阿尔布开克",但在《明史录》《明史》中有"亚伯奎"之称,在这里用了亚伯奎。参阅廖大柯《"佛朗机黑番"籍贯考》。
③ 转引自金国平、吴志良《镜海缥缈》,澳门成人教育学会,2001 年,第 23 页。
④ 转引自金国平《1511 年满剌加沦陷对中华帝国的冲击》,载金国平、吴志良《镜海缥缈》,澳门成人教育学会,2001 年,第 24 页。
⑤ 关于满剌加和葡萄牙人之战参阅《马来纪年》,第 271—279 页。

全部毙命。

葡军经过十几天的周密准备,于 8 月 10 日涨潮时葡军再次发起总攻击。亚伯奎用高于大桥的大帆船作为水上堡垒,船头装上挡箭板,另外有两艘船装载重炮,用炮火从侧翼掩护。他指挥士兵首先在城北登陆,接着又分兵一队攻占清真寺和夺取封锁主要街道的围栅。这些围栅受到葡军船上炮火的轰击,迅即被占领。素丹和王子顽强抵抗后被迫后撤,葡军兵力少,无法分兵追击,而是从船上搬下已备物资构筑炮垒,将战船开进停泊在桥头两侧,巩固占领地带。亚伯奎接着下令在城内大肆劫掠,对男女老幼格杀勿论,被害者不计其数。入夜,葡军不断炮轰城内,马哈茂德素丹携带家眷和财宝逃出城外。马六甲陷落,满剌加国亡。①

《马来纪事》中也详尽记载了满剌加与葡萄牙的战斗。第 23 章记述了葡萄牙人和满剌加的第一次战斗,以失败而告终。第 34 章记述了葡萄牙第二次攻打满剌加,"佛郎机驻果阿总督阿尔方梭·楚尔柏尔加尔基卸下总督职务后,回国谒见葡萄牙国王,请国王出兵进攻满剌加。国王同意他的请求,拨给他四艘大型帆船及五艘长艇。他即驾船赴果阿,在果阿又加上三艘海船、八艘三桅船、四艘长艇及十六艘战船,总计四十三艘船只浩浩荡荡杀奔满剌加来。""满剌加兵不能抵挡佛郎机兵的进攻,节节败退。佛郎机兵随后掩杀,追到王宫前。他们登上王殿,闯入宫内。满剌加王苏丹·阿赫玛特被迫离宫逃亡,宰相也由人用轿子抬走。"②尽管《马来纪事》是文学作品,不是历史著作,但仍可以从中看到一些当时满剌加人与葡萄牙人的战斗情况。

在葡萄牙人的研究著作中也提到了葡萄牙对满剌加的占领。《葡萄牙史》中说:"首先是马六甲问题,1511 年阿尔布克尔克③出发到那里,向这个胆敢袭击洛佩斯·德·塞克拉钧城市大兴问罪之师,并迫使它变成葡萄牙的一个永久据点。阿尔布克尔克遭到猛烈的反抗,对马六甲进攻好几次才把它占领下来。"《葡萄牙的发现》一书中也记录了这场战役:"那时的马六甲是一座拥有近 10 万人口的城市,由 3 万马来人和爪哇人守卫着,他们

---

① 参阅梁志明主编《殖民主义史:东南亚卷》,北京:北京大学出版社,1999 年,第 53—57 页。
② [马来西亚]敦·斯利·拉囊著,黄元焕译《马来纪事》,吉隆坡:学林书局,2004 年,第 271—274 页。参阅罗杰傅聪聪等译/著《〈马来纪事〉翻译与研究》,北京大学出版社,2013 年。
③ 就是上面提到的阿丰索·德·亚伯奎(Monsode Albuquerque,1453—1515)。

多数是优秀的战士,拥有许多战船、几千门火炮,还有大象和蘸了毒液的武器。尽管该城首领及其谋士们都知道舰队统帅的名声及其业绩,但看到兵力悬殊如此之大,仍拒绝了阿尔布克尔克提出的交出俘虏、进行赔偿及割让一块土地来修建一座要塞的要求和建议,7月24日,阿尔布克尔克发动的第一次进攻没有奏效,葡萄牙人只得退回到战船上。8月10日,舰队统帅再次向该城发起攻击,经过一个星期的鏖战,终于攻克了该城。"①遗憾的是当代葡萄牙史的专家们尽管也认为他是一个为葡萄牙做出杰出贡献和令人厌恶的罪行交织在一起的矛盾人物,但对其道德的批判显然不够,反而从道德上将其说成一个大无畏的英雄,这是不可以接受的。从今天的历史观来看西方学者应承认西方在全球扩张中对东方民族所犯下的罪恶,应给予谴责。这点,西方学术著作做的不够。我们应看到,尽管在东方民族的血泊中,历史也得到进步,但这种在宗教狂热和自身国家经济利益促动下的殖民在道德上应永钉在历史的耻辱架上。

## 三、中国与葡萄牙的首次交锋:围绕满剌加

满剌加被葡萄牙占领2年后,1513年(正德八年)葡萄牙人若热·阿尔瓦·雷斯(Jorge Alvares)到达中国广东珠江口的屯门,葡萄牙开始进入中国。葡萄牙人占领满剌加六年后,1517年他们派出了一个访问中国的使团。团长就是托梅·皮雷斯(Tome Pires),进入屯门后,称自己是佛郎机(Feringis)国王的特使。广州的官员尽管不知佛郎机国为何方国家,但仍允许其在此停留一段,待上报有结果后再议。

《明武宗实录》对此有记载:"佛郎机国差使臣加必丹末等贡方物,请封,并给勘合。广东镇抚等官以海南诸番无谓佛郎机者,况使者无本国文书,未可信,乃留其使者以请。下礼部议处。得旨:'令谕还国,其方物给与之。'"②在南京期间,因通事火者亚三"贪缘镇守中贵",贿赂武宗佞臣江彬,他们见到武宗皇帝,据葡萄牙文记载明武宗甚至和皮雷斯一起下棋,并十分喜欢会几种语言的火者亚三。③

---

① [葡]雅依梅·科尔特桑《葡萄牙的发现》第5卷,北京:中国对外翻译出版公司,1997年,第1242页。
② 《明武宗实录》卷158,正德十三年正月壬寅。
③ 廖大珂《满剌加的陷落与中葡交涉》,载《南洋问题研究》2003年第3期。

中葡第一次外交并未成功。究其原因,一是武宗返京后病故;二是通事火者亚三骄横,见到礼部主事不行跪拜礼,引起众怒;三是明朝官员逐步开始知道葡萄牙吞并满剌加之事。

满剌加于正德十五年第一次具奏求救,《明实录》武宗正德十五年十二月中有"宜候满剌加使臣到日,令官译洁佛郎机蕃使侵夺邻国、扰害地方之故,奏请处置"。一年后正德皇上有旨,"会满剌加国使者为昔英等,亦以贡至,请省谕诸国王,及遣将助兵复其国。……满剌加救援事宜,请下兵部议。既而兵部议事软责佛郎机,令还满剌加之地,谕遇罗诸夷以救患恤邻之义。其巡海备楼等官,闻夷变不早奏闻,并宜逮问,上皆从之"①。监察御史丘道隆得知这个消息后,要求驱出葡萄牙使臣。"满剌加乃救封之国,而佛郎机敢并之,且唻我以利,邀求封贡,决不可许。宜却其使臣,明示顺逆,令还满剌加疆土,方许朝贡,倘执迷不悛,必檄告诸蕃,声罪致讨。"②御史何鳌言:"佛郎机最凶狡,兵械较诸蕃独精,前岁驾大舶突入广东会城,炮声殷地。留驿者违制交通,入都者桀骜争长。今听其往来贸易,办必争斗杀伤,南方之祸殆无纪极。"③

正德十六年(1521)三月武宗驾崩,四月世宗嗣位,杀江彬、亚三,明廷对葡萄牙态度发生大的变化。使团被责令返回广州,随员都被关入广州牢中。第一次中葡外交以失败而告终。④

围绕着满剌加被占一事,中国和葡萄牙展开了一场外交博弈。历史已告诉我们,在这场博弈中,明朝处于被动一方。

按照葡萄牙人克里斯托旺·维埃拉的记载,在葡萄牙人占领了满剌加以后,满剌加流亡国王的儿子端·穆罕墨德(Tuan Mohammed)到了北京,向皇帝倾诉了葡萄牙在满剌加的罪行。"这伙佛郎机强盗用大军蛮横无理地闯入马六甲,侵占土地,大肆破坏,荼毒生意,洗劫众人而把其他人投入牢狱。那些留在当地的人处于佛郎机统治之下。为此,马六甲国王终日心惊胆战,愁悒不寐。他携带那个中国国王赐予的印玺逃亡宾坦(Bentao),现在仍在该地。我的兄弟和亲友们则唐王其他国家。那儿现在正在中国土地上的葡萄牙国王的使臣是个骗子。他并不是抱着诚意前来,而是想骗

---

① 《明世宗实录》(卷 4,正德十六年七月己卯),上海:上海古籍出版社,1983 年,第 208 页。
② 《明史》卷 325,《佛郎机》。
③ 《明史》卷 325,《佛郎机》。
④ 参阅万明《中葡早期关系史》,北京:社会科学文献出版社,2001 年。

中国。仰乞中国国王对忧心忡忡的马六甲国王表示怜悯,特呈现礼物,恳求得到救助和援军,使他们得以收复失土。"①但明朝反应迟钝,《明史》载:"后佛郎机强,举兵侵夺其地,王苏端妈末出奔,遣使告难。时世宗嗣位,敕责佛郎机,令还其故土。谕暹罗诸国救灾恤邻之义,迄无应者,满剌加竟为所灭。"②明朝并未采取任何行动,至正德十六年(1521年)武宗死后才传遣旨:"佛郎机等处进贡夷人俱给赏令还国。"③如学者所说,这只是"一具纸文"④所说的"谕暹罗之诸夷以救患恤邻之义""敕责佛郎机,令归满剌加之地"。吴晗先生说:"明人不自强,不造浮海大舶,与佛郎机荷兰等国争锋与海上,而独欲一纸敕谕令佛郎机还满剌加地,令暹罗出兵,明人谬甚。"此言极是!尽管明朝已将葡萄牙使团人员扣留广州狱中,但这些马后炮已经解决不了满剌加亡国后的实际问题。中葡围绕着满剌加国所展开的外交博弈,实际上以明朝失败,葡萄牙人实际控制马六甲海峡为最终结局。

## 四、世界历史的新一页

葡萄牙是欧洲一个小国,满剌加是马来半岛的强国,中国的宗属国,中国是亚洲大国。中国和葡萄牙围绕着满剌加的争夺是中国与西方第一次的利益冲突和交锋。葡萄牙对满剌加的占领,中国与葡萄牙围绕满剌加展开的斗争的失败,对全球的经济和政治格局都产生了深远的影响。

首先,葡萄牙对满剌加国的占领是其对欧洲香料市场争夺的一个重大胜利。由于地理气候原因,欧洲不产香料。法国有句古老的谚语"贵如胡椒(Cher comme poivre)"以形容某件商品的昂贵,可见香料的地位。中世纪里,西方人最需要的东方商品是香料,"香料一词在当时包括各种各样的东方物产;芬芳的甘松香;可用以止血和清洗血腥的豆香;妇女们极为欣赏的树胶脂格篷香胶;龙涎香、樟脑、苦艾和象;诸如锡兰肉桂、肉豆蔻干皮、肉豆蔻、丁香、多香果、姜和辣椒之类的调味品,其中,辣椒居首要地位,香料在只晓得用盐处理食品、对其他食物保存技术知道得很少的世界里,是

---

① 张天泽《中葡早期通商史》,香港:中华书局,1988年,第58—59页。
② 《明史》卷325,《佛郎机》。
③ 《明武宗实录》卷197,正德十六年三月丙寅,第3682页。
④ 廖大珂《满剌加的陷落与中葡交涉》,载《南洋问题研究》2003年第3期。

极受欢迎的。"①

  一直以来欧洲人并不知香料的真正产地,只是通过中间贸易获得香料,14世纪至葡萄牙占据满剌加以前,香料贸易的中心是威尼斯,14世纪末,香料占威尼斯利凡特贸易总投资额的75%以上,有时甚至高达98%。但当葡萄牙人开辟了印度洋的新航线后,特别是占据了满剌加后,欧洲香料贸易的格局开始被打破。皮雷斯曾说过对"马来商人说,上帝赐予帝汶檀香木,赐给班达肉豆蔻衣,赐给马鲁古丁香。除了这几个地方外,世界上没有任何地方能够获得这些商品"②。1513—1519年是葡萄牙香料贸易的鼎盛期,年均进口香料37493担(quintal),1518年的进口量更是多达48062担,达到峰值。同时,威尼斯人的香料贸易几近崩溃,1514年,连威尼斯自己也从里斯本购买香料。③ 由于威尼斯的香料是从埃及进口的,葡萄牙新航线的发现,满剌加的占领,导致了埃及人在威尼斯人的全力支持下,希望夺回香料贸易主导权。埃及于1508年派遣一支海军远征队,去帮助印度王公把葡萄牙的侵占他人权利者从印度洋中赶出去。埃及人的努力失败了,但是,于1517年征服埃及的土耳其人继续从事反对葡萄牙人的运动,在以后数十年中派出了好几支舰队。不过他们也没有成功,香料依旧绕过好望角流向欧洲。④ 对印度洋和东南亚香料的垄断,使葡萄牙获得巨额的利润,我们可以从一些基本数据看到葡萄牙在香料上所获得的巨大利益,"在1511年占据东南亚著名港口马六甲之前,葡萄牙人自己运抵欧洲的香料不及穆斯林船队运输量的四分之一。从1513年到16世纪30年代,葡萄牙人时来运转,平均每年转运30多吨的丁香和10吨的肉豆蔻,从而主宰了欧洲市场"⑤。历史的转折就是从葡萄牙占领满剌加开始,由此,

---

  ① [美]斯塔夫里阿诺斯著、吴象婴等译《全球通史:1500年以后的世界》,上海:上海社会科学院出版社,1999年,第76页。
  ② [澳]安东尼·瑞德著、孙来臣等译《东南亚的贸易时代:1450—1680》(第2卷),北京:商务印书馆,2010年,第2页。
  ③ 田汝英《葡萄牙与16世纪的亚欧香料贸易》,载《首都师范大学学报(社会科学版)》2013年第1期。
  ④ [美]斯塔夫里阿诺斯著、吴象婴等译《全球通史:1500年以后的世界》,上海:上海社会科学院出版社,1999年,第137页。
  ⑤ [澳]安东尼·瑞德著、孙来臣等译《东南亚的贸易时代:1450—1680》(第2卷《扩张与危机》),北京:商务印书馆,2010年,第16页。

"获取香料并控制香料贸易的欲望促使葡萄牙创建了其'胡椒帝国'"①,从而使葡萄牙一跃成为当时欧洲的强国,成为"一个在规模和性质上前所未有的政治实体,标志着全球贸易平衡和力量平衡开始了具有决定性意义的转变"。② 葡萄牙对满剌加的占领造就了这个海上帝国的兴起。

其次,葡萄牙对满剌加的占领是其进入东方市场的关键一役。

葡萄牙人占据满剌加后很快就与中国建立了贸易关系,对中国来说,这是历史上第一次将自己的商品直接卖给欧洲人,而不再经过中间商人的盘剥,但实际上葡萄牙从中国买来的货物很少运回本国。因为他们在返回印度洋时,就会在印度洋国家把中国的货物卖掉,获得利润,再拉上南亚的香料和货物回到欧洲。同时,他们开始利用满剌加这个据点把东南亚的胡椒拉到中国,意大利人安德雷·科萨里曾说过:"将香料载往国所获得的利润与载往葡萄牙所获得的利润同样多。"③葡萄牙人将来自苏门答腊、马拉巴尔、班达等地的胡椒、坎贝药材、鸦片、五倍子、藏红花等运往中国,开始垄断中国与南洋各国的贸易。

与此同时,当葡萄牙人在澳门站稳脚跟以后,他们充分利用了明朝当时因为防止海盗,禁止出海的法令的机会,使其成为东亚内部贸易的中转者,直接参与到东亚内部的贸易体系中来。由此,澳门成为马尼拉、日本、朝鲜、东南亚的贸易中心。澳门-日本是当时利润最高的一条贸易航线④,澳门-马尼拉同样是葡萄牙所控制的利润最高的航线,"1634—1637 年间,澳门-马尼拉贸易利润约为澳门海外贸易的50%"⑤,葡萄牙充分利用东亚和东南亚各国的制度与文化差异,将其贸易形式发展成极为复杂的形式,并从中获得巨额利润。如学者所说,葡萄牙以澳门为基地,充分利用了亚洲内部复杂的贸易网络,每年 4—5 月葡萄牙人将佛兰芒钟、葡萄酒、印度的棉布等运到印度的科钦,在科钦换得香料和宝石,然后将这些南亚的货物运至马六甲,卖掉棉布等商品后买来东南亚的胡椒、丁香、肉豆蔻、苏木、

---

① A.R.Disney, *Twilight of the pepper Empire Portuguese Trade in southwest India in the Early 17$^{th}$ Century* , Manohar Publication, 2010.
② 田汝英《葡萄牙与16世纪的亚欧香料贸易》,载《首都师范大学学报(社会科学版)》2013年第1期。
③ 张天泽《中葡早期通商史》,北京:中华书局,1998年,第67页。
④ 戚印平《早期澳日贸易》,载《澳门史新编》第2册,澳门基金会,2008年,第408—430页。
⑤ 罗利路(Rui Lourido)《16—18世纪的澳门贸易与社会》,载《澳门史新编》第2册,澳门基金会,2008年,第402页。

檀香、沉香、樟脑等。一路顺风到达到澳门后用东南亚的香料换取中国丝绸。待到第二年6—8月,乘着西南季风前往日本,在那里卖掉中国的丝绸换来中国急缺的白银。10—11月初乘东北季风在从日本返航澳门,卖掉白银后可得二三倍的利润。然后,在澳门这个葡萄牙人临时的据点滞留数月后,满载中国的丝绸、麝香等返回南亚。归途中,葡萄牙人将丁香贩卖给印度,满载中国的货物和南亚的香料返回欧洲。在一定意义上,葡萄牙入侵者,这个亚洲的外来户,确实成为这一时期亚洲内部贸易的"海上马车夫"。

葡萄牙人最充分地利用了亚洲内部的贸易体系,最充分利用其独家掌握的通向中国的航道,发了一百多年的横财,使其成为欧洲当时的第一强国。

最后,葡萄牙对满剌加的占领是中国朝贡国际体系瓦解的开始。朝贡贸易是中国历代王朝遵从儒家传统文化处理对外关系中的一种行为方式。它具有较强的伦理性。从思想上讲,"夷夏之辨"是朝贡制度建立的理论前提;从政治上讲,"天下共主"是朝贡制度的政治追求;从文化上讲,"礼治德化"是朝贡制度的基本目的;从经济上讲,"厚往薄来"是朝贡制度的重要方法;朝贡制度是一种和平主义的国际关系。就历史来看,在人类历史上国家之间的关系,大体有三种形式:军事征服、经济贸易和文化传播,朝贡制度采取的是通过经济贸易和文化传播达到国家之间的和谐关系。尽管朝贡国在形式上中国与各国是宗藩关系,但实际上各国依然保留自己的完整的国家机构,也不会受到中国的干预。因此,同西方国际关系理论中的利己主义原则相比,中国的朝贡制度具有道德的高度和浓重的伦理色彩。费正清曾说:"纳贡的地位就是给外国人在特定条件下的经商权,使皇帝对外国朝觐者的权威合法化。但是这并非附庸关系,也并不表示要求清朝保护。"①

不能将朝贡体系仅仅看成一种政治关系,它是中华帝国与外部政治与经济关系的一个完整体系;也不能仅仅将朝贡体系看成官方单一的行为,它同时包含着官方和民间两种贸易内容。"岛夷朝贡,不过利于互市赐予,

---

① 费正清《晚清中国剑桥史》(上),北京:中国社会科学出版社,2007年,第44页。

岂真慕义而来。"①而对于海外诸国来说，"虽云修贡，实则慕利"②。"朝贡贸易本身带有互通有无的互市贸易过程。私人贸易不仅在会同馆中是存在的，而且在官方远航的海外贸易中也是存在的。"③

郑和下西洋的伟大意义在于，通过官方和民间的贸易，中国和亚洲、非洲各国建立一个庞大的贸易体系。葡萄牙人占领满剌加后对朝贡贸易体系产生了重要的影响，一方面，他们充分利用这个贸易体系，另一方面又逐步蚕食和瓦解了朝贡国与中国的关系。我们分别来论述。

首先，不要夸大葡萄牙在亚洲贸易体系中的建设性作用。有些学者认为，在葡萄牙进入亚洲之前，亚洲没有现代国际贸易体系，葡萄牙人占领满剌加后，中国的朝贡贸易基本上就解体了，取代的是西方的贸易体系。郑和最后一次下西洋是明宣德五年至八年(1430—1433)，随着郑和下西洋的停止，亚洲内部的旧有的贸易系统也逐步停止了。

这个观点有两个问题：第一，亚洲在葡萄牙人到来以前已经有着一个庞大的贸易体系。从1000年到1500年印度洋一直是全球贸易的中心，阿拉伯商人掌握着从东非到红海口、波斯湾以及印度西海岸的贸易，印度商人控制着从锡兰到孟加拉湾再到东南亚的贸易，而中国人控制这从中国到印度尼西亚和马六甲海峡的南中国海贸易。美国学者罗伯特·B·马克斯(Robert B.Marks)认为："四大文明和经济实力中心为印度洋贸易提供了原动力：伊斯兰教的中近东、印度教的印度、中国、印度尼西亚或香料群岛。中国人把制造品——其中特别是丝绸、瓷器、铁器、铜器——运到马六甲，换取香料、新异食品、珍珠、棉织品及白银带回中国。印度人打来棉织品换回香料。印度出口棉纺织品和其他制造品到中东和非洲东部，其中一些纺织品还远达非洲西部。从非洲和阿拉伯人那里，印度人得到棕榈油、可可、花生和贵金属。……这种巨大的全球贸易的引擎主要是中国和印度。"④亚洲-非洲之间的贸易体系一直就存在，并非是葡萄牙人带来的，郑和七下西洋就证明了这一点，满剌加国的兴起与繁荣也证明了这一点。按照滨下

---

① 马端临《文献通考》卷331，《四裔八》。
② 《正德大明会典》卷97《礼部》五六《朝贡》二；卷98《礼部》五七《朝贡》三。
③ 万明《郑和下西洋与亚洲国际贸易网的建构》，载《吉林大学社会科学学报》2004年第6期。
④ 罗伯特.B.马克斯《现代世界的起源：全球的、生态的述说》，北京：商务印书馆，2006年，第70页。

武志的看法,亚洲内部以朝贡体制为特征的贸易圈一直是很活跃的,直到鸦片战争前都是主导型的贸易体制。"自14、15世纪以来,亚洲区域内的贸易在逐渐扩大,存在着一个以中国为中心的东亚贸易圈,以印度为中心的南亚贸易圈,及以此两个贸易圈为中轴,中间夹以几个贸易中转港的亚洲区域内的亚洲贸易圈,欧美各国为寻求亚洲的特产品,携带着白银也加入到这卜贸易圈中来,并在此加入的过程中与亚洲既存的贸易圈发生关系,英、印、中三角间贸易关系就是其表现之一。"①

第二,葡萄牙人进入亚洲后并没有带来新的贸易体系。无论是葡萄牙人在占领满剌加之前抑或后,他们不过是充分利用了亚洲内部已经存在的贸易体系而已。"就亚洲贸易而言,建立在战争、强制和暴力之上的葡萄牙殖民统治时期根本就不是什么经济上'高度发达'的阶段。传统的贸易结构尽管遭到穆斯林与基督徒之间爆发的宗教战争的严重破坏,但依然如故,这一时期的贸易额并没有什么值得一提的增长。葡萄牙殖民统治时期的贸易和经济管理方式同亚洲贸易和亚洲经济管理方式一个样……葡萄牙殖民统治时期因而并未向东南亚的贸易入什么新鲜玩艺儿。"贡德·佛兰克的《白银资本:重视经济全球化中的东方》证明了这一点,18世纪前中国是世界经济的主车轮,"欧洲诸国对亚洲的渗透,特别是西班牙、葡萄牙的渗透,其过程是为欧洲诸国谋求所需的亚洲产品,通过进入亚洲区域内的贸易而获取了最初的可能,也就是说,在此不是以西方的产品和亚洲的产品进行直接的交换,西方要么将白银运来,要么利用在亚洲区域内进行贸易的所得再购买亚洲产品"②。

所以,认为葡萄牙占领满剌加后,建立了一个新的贸易体系,取代了朝贡贸易体系的看法是不符合历史的。

其次,不能忽视葡萄牙占领满剌加后对朝贡体系的瓦解作用。葡萄牙以武力形式占领了满剌加,当时能够制止葡萄牙这种行为的只有中国,但明朝没有采取实际行动制止葡萄牙这种野蛮行为。这是由于当时明朝自

---

① 滨下武志《近代中国的国际契机:朝贡贸易体系与近代亚洲经济圈》,北京:中国社会科学出版社,1999年,第10页。长期以来西方学术界以"冲击-反应"式来解释中国近代的发展,将中国和亚洲只是作为欧洲发展的一个阶段来处理,亚洲近代以来没有自身的动力,像沃尔斯坦所说,欧洲是近代经济的中心,而亚洲只是边缘。这样就过分强调了西方进入亚洲后的作用,这并不符合亚洲实际的经济史。

② 滨下武志《近代中国的国际契机:朝贡贸易体系与近代亚洲经济圈》,北京:中国社会科学出版社,1999年,第31页。

身的衰落,同时说明虽然中国通过郑和七下西洋成功地在东南亚建立起朝贡体系,有了以中国为中心的国际秩序。"但这种新秩序必须建立在实力的基础上,如果没有海上武装力量和殖民制度的支撑,是缺乏竞争威力的,一旦受到西欧殖民势力的强有力的挑战,则显露出一筹莫展的窘态。"①

中国和葡萄牙围绕满剌加展开的博弈从实质上反映了两种国家关系理论与实践的差别与斗争。一种是中国的朝贡体制,这是一种具有理想主义和浓厚伦理色彩的国际关系设计,以"天下共主"的理想国际社会秩序为目标,而"非有意于臣服之也"②。一种是葡萄牙的武力征服的形式,这是一种完全的自身国家利益至上,以强权奴役、欺辱、占领、剥削弱小国家的殖民主义的设计。两种国际关系理论,两种国际秩序设计,当中国朝贡体系缺乏强大的国力来维护这个体系时,葡萄牙这种殖民主义就占了上风。《明会典》所载63个朝贡国,有三分之二以上位于满剌加以西。明王朝一旦失去满剌加,意味着朝贡体系不仅被打破,而且面临着根本上动摇和瓦解的危险。历史证明了这一点,当葡萄牙人占领满剌加后,就控制了马六甲海峡,同时也确立了它在东南亚的海上霸权地位。葡萄牙的霸权使那些原为中国朝贡国的各国纷纷放弃向明朝贡,转而承认葡萄牙的霸权。"在占领满剌加的最初几年里,就有彭亨(Pahang)、监篦(Campar)和英德拉基里(Indragiri)成为葡萄牙的朝贡国,米南加保(Menangkabau)、阿鲁(Aru)、巴塞(Pase)和勃固(Pegu)成为友好的属国,暹罗成为友好的国家,还有马鲁古、爪哇的革儿昔(Grisee)、杜板(Tuban)、Sidayu、泗水(Surabaya)、巽他(Sunda)和渤泥(Brunei)都向葡萄牙人表示臣服。"③中国与这些朝贡国的关系开始疏远与终结,葡萄牙在政治上树立了自己的霸权。

但又要看到葡萄牙此时并未建立新的贸易体系,他只是充分利用明朝原有的朝贡体系和亚洲内部早已经存在的贸易网络。朝贡体系政治经济一体化的结构,在葡萄牙占领满剌加后开始逐步解体,明王朝的对外关系中政治和经济开始分离,经济上允许葡萄牙合法地在亚洲贸易体系内活动,政治上则逐步失去了对朝贡国的保护,从而从根本上动摇了明王朝建

---

① 廖大珂《满剌加的陷落与中葡交涉》,载《南洋问题研究》2003年第3期。
② 《明太祖实录》卷37,洪武元年十二月壬辰,第750页。
③ 廖大珂《满剌加的陷落与中葡交涉》,载《南洋问题研究》2003年第3期。

立的朝贡制度。英国历史学家D.G.E.霍尔在《东南亚史》书中说过:"亚洲感觉到欧洲人统治的威胁是从1511年(东南亚的马六甲被葡萄牙人侵占)开始的。"这无疑是正确的。1511年葡萄牙占领满剌加无论对世界还是对中国都是一个具有转折性意义的重大历史事件。"满剌加的沦陷,意味着西方在与东方的角力中占了上风。葡人据居澳门,象征着西方在东方建立了侵略渗透的桥头堡,预示了中国不久将世界政治经济中心让位与西方。"①

---

① 金国平《1511年满剌加沦陷对中华帝国的冲击》,载金国平、吴志良《镜海缥缈》,澳门成人教育学会,2001年,第32页。

# 第二章
# 澳门与中西文化交流

葡萄牙人租借澳门后,澳门这个中国海边的小镇迅速成为中西文化交流的枢纽。

## 一、白银资本的中转站:澳门

全球化史(history of globalization)是史学研究的一个新视野,这样的史学观在于"说明人类同属一种,经历同一历史,生活在同一地球上;其方法,是综合考察人类文化多样性与运作机制的统一性,说明文明、民族或国家等不同形态的人类组织在全球这一'动态交往网络'中的互动关系;其本质,是继承西方史学以'模式'框架解释世界历史的传统,用'互动模式'取代'主导—传播模式'"。(刘新城)由此,"互动"成为理解全球化史的关键,这样不同地区和国家之间的贸易史渐成史学关注之热点,同样传教史也开始以新的视角加以解释,而全球生态史,跨文化交流史自然引起人们的兴趣,同时,地方史也开始在全球史背景下展开,被称为"地方史全球化"。

一旦确立了全球化史的研究视角,我们会发现澳门在全球化史研究中具有极为特殊的地位。澳门位于我国大陆东南部沿海,东隔伶仃洋与香港相望,西与广东省珠海市的湾仔镇一衣带水。在一些人看来澳门这个不足30平方公里,人口不足50万的弹丸之地在浩瀚的中国历史长河中不足一谈,而实际上,一旦将澳门放入全球化史的历史进程中,它就会大放异彩。

15世纪的地理大发现拉开了全球化的序幕,1492年哥伦布发现新大陆,1498年葡萄牙人打通了从西非海岸进入印度洋的道路。当葡萄牙人在澳门站稳了脚跟,西班牙人从太平洋到吕宋岛开始和中国展开贸易,伊比里亚半岛上的这两个国家在中国南海相遇,全球化合围,澳门成为初期全球化的聚焦点。

中国在1750年以前有着世界上最完备的交通系统和农业社会时期最好的商品,这就是丝绸、茶叶和瓷器。正如一位历史学家所说,在15世纪"中国仍然是世界上最大的经济强国。它拥有可能超过1亿人口、生产能力巨大的农业部门、庞大而且复杂的贸易网络、有在生产手段和产品质量上几乎每一方面都超过欧亚大陆其他地区的手工业。"①中国从明代开始已经使用白银作为金属货币,它将丝绸、茶叶和瓷器卖给欧洲,然后从欧洲换回白银。由于当时中国的银价同世界其他地区相比比较高,因此,在全球的贸易中加速了白银向中国的流通。中国经济史家全汉昇在论述美洲的白银流向中国时指出:"从1592年到17世纪初,在广州用黄金兑换白银的比价是1:5.5到1:7,而西班牙的兑换比价是1:12.5到1:14,由此表明,中国的银价是西班牙银价的两倍。"②因此,当时荷兰东印度公司和英国的东印度公司都把黄金——白银——铜之间的套利活动作为他们在世界范围进行贸易的主要内容之一。这点,西方经济学的奠基人亚当·斯密也是这样说的,"自发现美洲以来,其银矿出产物市场就在逐步扩大……欧洲大部分都有很大的进步……东印度是美洲银矿的另一市场……该市场所吸收的银量日有增加……尤其在中国和印度斯坦,贵金属的价值……比欧洲高得多,迄今仍是如此……综合这些理由,贵金属由欧洲运往印度,以前一直极为有利,现今仍极为有利。"③

根据经济学家的估计,从1500年到1800年间当时世界生产了大约38000吨白银,流入中国的大约有7000—10000吨白银,占据了世界白银产量的四分之一到三分之一,"从16—18世纪,来自新大陆的四分之三的白银全部流入中国,这一方面是中国高质量的丝绸、瓷器、茶叶等出口商品的功劳,另一方面也与中国对白银的大量需求有关,这里的白银价格占到了世界其他地方的2倍。"④用一位历史学家的话说就是白银围绕世界运转,

---

① *The Cambridge History of China*, vol. 8, part2, p.378.
② [德]贡德·弗兰克著,刘北成译《白银资本:重视经济全球化中的东方》,2005年,第192页。
③ 转引自[德]贡德·弗兰克著,刘北成译《白银资本:重视经济全球化中的东方》,2005年,第192页。
④ 乔万尼·阿吉里等主编《东亚的复兴:以500年、1500年和50年为视角》,北京:社会科学文献出版社,2006年,第350页。

并促使世界运转。此时,按照美国经济史专家贡当·弗兰克的看法,中国是当时全球经济的主车轮,而欧洲人不过是挤上这辆车,买了个三等位。在白银资本的世界经济中,澳门成为连接世界经济的桥梁。

## 二、西学东渐的策源地:澳门

从澳门出发进入中国内地,以罗明坚、利玛窦为代表的耶稣会士,经过十余年的摸索,找到了一条"合儒易佛"的"适应文化"路线,科技传教、文化传教、刊书传教成为传教士们的主要方法,由此,拉开了中西文化交流,西学东渐的大幕。《崇祯历书》到顺治时已经换成《西洋历法》,王朝的历局已经开始使用西方天文学的方法。哥白尼学说在中国的传播,那种认为来华耶稣会士对此"缄口不谈"的观点是不符合事实的。《崇祯历书》已把哥白尼列为四大天文学家之一,并给予了较高的评价。此外,书中还大量运用了哥白尼《天体运行论》的材料,这点中国天文学史专家席泽宗先生有非常详尽的说明。另外,汤若望等人在《崇祯历书》中之所以采用第谷的天文学理论而没有直接采用哥白尼的理论还有一个观察的准确性问题。对于耶稣会士来说,观察和计算的准确性是首要的,只有如此才能取得中国皇帝和士大夫的信任,天主教在中国的传播才有可能。根据江晓原博士的研究证明:"中国天文学的代数体系尽管有许多不利因素,但在预推天象这一点上也能达到相当的精确度。研究表明:中法的精确度当时优于哥白尼天文体系,而不及第谷体系……因此在传播天文学为了传教这一原则之下,由于天文学本身的原因,耶稣会士也不能在《历书》(《崇祯历书》——作者注)中用哥白尼体系。"①

对大航海后西方地理学知识的介绍是入华传教士们所做的一个重要工作,它首先表现在绘图上,接着是详细介绍西方的地理学知识。这件事在当时中国的影响和传教士们所介绍的西方天文学、数学一样,真可谓石破天惊,一石激起千层浪,对中国人的思想产生了重要的影响。同时,传教士们也开始在西方绘制并出版中国地图,从而向欧洲拉开了中国神秘的面纱。

---

① 江晓原、钮卫星《欧洲天文学东渐发微》,上海:上海书店出版社,2009年,第297—354页。

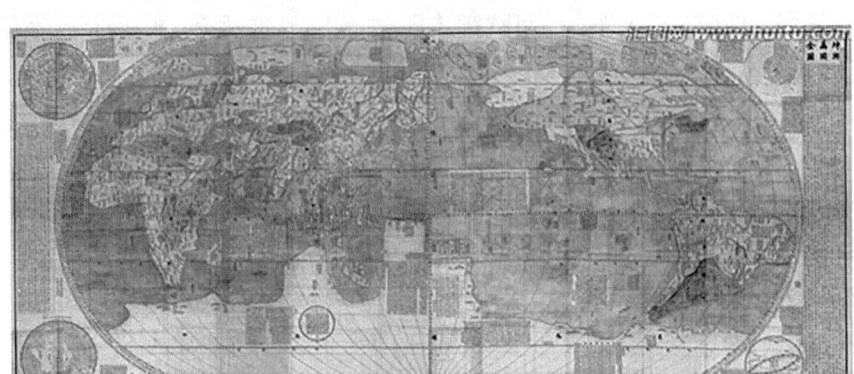

利玛窦的《坤舆万国全图》

利玛窦在肇庆时,凡到他的房间去的文人们最喜欢的东西之一就是他挂在墙上那幅"山海舆地全图"。利玛窦在日记中记载,许多中国人第一次看到这幅地图时,简直目瞪口呆,不知说什么为好。因为几千年来的"夷夏之分"使中国人自认为在世界上只有自己的国度是最文明的,其他地方都是蛮荒之地;中国历来地处世界的中心,是文明的中心。现在这幅地图上竟然在中国之外还有那么多的文明国家,更不可容忍的是,中国在世界上竟不处在中心地位,与整个世界相比,"泱泱大国"竟如此之小。利玛窦看出了这幅地图对中国文人们的冲击,为了使中国人更好地接受,他重新绘制了这幅地图,只是这次将中国放在地图的中心地位,这样可以使中国人在心理上舒服些,满足了"华夏中心"的想法,反正地球是圆的,狡猾的利玛窦这样画时也倒没有违反什么原则。目前尚不能肯定利玛窦所绘制地图的原本是哪本书,但大多数学者认为很可能是1570年出版的奥特里乌斯的《地球大观》(*Theatrum Orbis Terrarum*)一书,这本书现藏在北京的国家图书馆。

一时间,利玛窦的"山海舆地全图"成为文人的热门话题,根据洪煨莲先生的考察在短短的时间里竟然在全国先后被翻刻了十二次之多,它们分别是:1584年在肇庆由王泮刻印的《山海舆地图》,1595年在南昌刻印的《世界图志》,1598年赵可怀、勒石在苏州两度刻印的《山海舆地图》,1596年在南昌刻印的《世界地图》和《世界图志》,1600年吴中明在南京刻印的

《山海舆地图》,1601年冯应京在北京刻印的《舆地全图》,1602年李之藻在北京刻印的《坤舆万国全图》,1603年在北京刻印的《两仪玄览图》,1604年郭子章在贵州刻印的《山海舆地全图》,1606年李应试在北京刻印的《世界地图》,1608年宫中的太监们摹绘的《坤舆万国全图》。

那么,利玛窦的这幅"万国全图"给当时的中国人带来什么新的东西呢?它凭什么得到了上至皇帝,下到书生们的喜欢呢?或者说为什么会受到另一些人的强烈反对呢?这幅地图为何如此受到朝鲜和日本人的喜爱,被其不断地翻刻和收藏呢?

我想大约有以下两条:

第一,打破了"夷夏之分"的传统观念。"夷夏之分"是儒家的一个重要看法。远在春秋时代孔子从政治统一的观点出发在《春秋》中主张尊王攘夷;从文化的角度出发,在《论语》中主张用夏变夷。这样夷夏之分的思想就成了儒家主要传统思想之一。先秦儒家通过"吾闻用夏变夷者,未闻变于夷者也"(《孟子·滕文公上》)的"夷夏之辨"确立了华夏文化的"远人不服,则修文德以来之"(《论语·季氏》)的自信心和"夷狄之有君,不如诸夏之无也"(《论语·八佾》)的优越感。宋代理学家石介所谓《中国论》说得最为明白"天处乎上,地处乎下,居天地之中者曰中国,居天地之偏者曰四夷,四夷之外也,中国内也。"①这种文化上的自信心和优越感,一直是中国士大夫们天下观的支撑点。今天,在利玛窦的地图面前,文人们突然发现华夏并不等于天下,在这个世界上,中国之外也并非都是蛮夷之地,遥远的欧罗巴其文明程度几乎和中华文明一样灿烂和悠远,那里"工皆精巧,天文性理无不通晓,俗敦实,重五伦,物汇甚盛,君臣康富,四时与外国相同,客商游遍天下"。这样,几千年脑中的"夷夏之分"瞬间突然倒塌,这种冲击可想而知。

所以,利玛窦的地图所介绍的这种文化观念始终受到不少人的批评,晚明文人李维桢看到利玛窦的地图上中国画的很小(实际上,利玛窦为了满足中国文人的华夏中心的观念,已经把中国放到了地图的中央)很生气,认为地图"狭小中国",当时接受了西学知识的文人陈祖绶解释说:"夫西学非小中国也,大地也。地大,则中国小。"那些坚决反对传教士的人更是气不打一处来,说:"乃利玛窦何物?直外国一狡夷耳!"这些人拿出《尔

---

① 《徂徕石先生文集》,北京:中华书局,1984年,第116页。

雅》《说文解字》考证"亚"字,就是"小",就是"次",就是"丑",就是"微",而利玛窦把中国所在地说成是"亚细亚洲",居心何在。利玛窦的地图触动了几千年来的"华夏中心"的观念,这样的反对声音是很正常的。

当然,拥护、赞同利玛窦地图的人也不少。刻印利玛窦地图的郭子章有句话很典型,他在自己所刻印的《山海舆地全图》的序言中说:"利生之图说"是"中国千古以来未闻之说者"。当别人说,利玛窦是个老外,他怎么可能与中国古代的天地观念一样呢?郭子章用孔子说过的"天子失官,学在四夷"为自己辩护,寻找理由。文人学子们在接受利玛窦的世界观念的同时,实际上开始逐渐地走出了华夏中心的老观念。和传教士多有接触的瞿式榖说:"且夷夏亦何常之有?其人而忠信焉,明哲焉,元元本本焉,虽远在殊方,诸夏也!"①这里他已经完全消除了夷夏之分,在他看来,像利玛窦这些西洋人,忠厚老实,思想深刻,待人本分,虽然,他们在八万里之外,但那里也和我们华夏一样,同样是礼仪之邦。李之藻在《坤舆万国全图序》中则完全突破了传统的夷夏观念,以一种开放的态度看待东方和西方,力求会通中西。"昔儒以为最善言天,今观此图,意与暗契。东海西海,心同理同,于兹不信然乎?"

一幅地图,是一个新的世界观;一幅地图,是一个新的文化观。利玛窦的地图,从文化上第一次打破了中国几千年的"华夏中心论",就此而言,给予利玛窦的地图再高的评价也不为过。

第二,它打破了"天圆地方"的观念。在中国第一个宣传地圆说的并不是利玛窦,而是道明会的传教士高母羡(Juan Cobo,1546—1592),他著有《无极天主正教真传实录》一书,在其中已经明确提出地圆说,但这本书在中国并无流传,只是方豪 1952 年在西班牙的国家图书馆里发现。而利玛窦的地图是广为流传的,实际上中国文人所知的地圆学说也是从利玛窦这里听到的。利玛窦在他的地图中说:"地与海本是圆,而合为一球,居天球之中,诚如鸡子黄在清内。有谓地为方者,乃语其定而不移之性,非语其形体也。"(《坤舆万国全图》禹贡学会 1933 年本)文人们见到这样的文字感触是很深的,对传教士所介绍的西学一直抱有热情的杨廷筠说:"西方之人,独出千古,开创一家,谓天地俱有穷也,而实无穷。以其形皆大圆,故无起止,无中边。"(《职方外记序》),利玛窦可谓"独创新说的千古伟人"。

---

① 艾儒略著,谢方校释《职方外记校释》,北京:中华书局,1996 年,第 9—10 页。

对绝大多数的文人来说地圆之说也是前所未闻,所以刘献廷在《广阳杂记》中说:"如地圆之说,直到利氏西来,而始知之。"利玛窦自己也说:"他对中国整个思想界感到震惊,因为几百年来,他们才第一次从他那里听到地球是圆的。"①

西方的数学、西方的艺术、西方的绘画、西方的语言开始像涓涓的溪流进入到中国的知识系统中。在利玛窦赠给程大约的四幅宗教画中,文人看到了拉丁文的字体,在艾儒略的《天主降生言行记略》中看到了西方的木刻画。而对西洋绘画的传播,贡献最大,并在中国画界产生广泛影响的当属郎士宁(Joseph Castiglion,1688—1766)、王致诚(Jean-Denis Attiret,1702—1768)、马国贤(Matteo Ripa,1692—1745)等人为代表的宫廷画师。郎士宁所画的《平安春信图》《哈萨克贡马图》,以及他为南堂所画的壁画,都充分反映了他的西洋画的技法,如《画赵渠笈》中所说,"世宁之画本西法而能以中法参之"。郎士宁、王致诚、马国贤等所代表的西洋画师们对中国画坛产生了影响,如康熙间的画家焦秉贞,他所画的作品其"位置之自远而近,由大及小,不夹毫毛,盖西洋法也"。正是在这一时期,一些画家像焦秉贞那样,参用西法,"而产生了糅合中西画法的新画派"。

在《西学凡》中人们知道了西方的制度和体系,在《名理探》中开始了解中国所没有的逻辑学,在《圣母行实》中文人们知道了西方圣经的故事。《齐家西学》《修身西学》西方的故事,文艺复兴的故事,开始呈现在中国人的面前。

清初历狱,杨光先将汤若望、南怀仁(Ferdnand Verbiest,1622—1688)、安文思(Gabriel de Magalhaens,1609—1677)、利类思(Louis Baglio,1606—1682)等人打入死牢,发生了西洋历法和已经在中国使用多年的回回历法之争。年幼的康熙皇帝在处理这个案件中,不仅表现出高度的政治智慧,还以此案为契机,将鳌拜集团粉碎;而且,正是在这场天文历法之争中,引起了他对西洋科学的兴趣。也正是在康熙朝期间,西方科学技术和文化在中国得到大规模的传播。康熙演数学,学医学,绘地图,测天文,对西方科学表现出浓厚的兴趣。乾隆皇帝继承康熙的遗风,对西洋传教士一直十分

---

① 《利玛窦日记》英文版,转引自林进水《利玛窦输入地圆学说的影响与意义》,载《文史知识》1985年,第325页。

钟爱,宫中西洋风势头不减,画西洋画,建圆明园大水法,造西洋表,西方文化在娱乐的形式中延续、传播和发展。

同时,天主教开始中国传播,并基本在中国扎下了根,尽管雍乾百年禁教,但作为一种外来宗教它已经开始融入中国社会。

西学东渐,拉开了中国近代化的序幕,尤其是晚明到清中期的西学东渐,尽管中西文化之间也有这冲突、争执,但文化之间的相识、相遇、理解和学习仍是主流,这和晚清时的中西文化交流有着显著的不同。1840 年后中西文化交流的中枢日益转向香港,但澳门在 1500—1800 这三百年中所积累的西学东渐知识为中国近代文化的转型奠基了基础,同时,提供了比 1800—1949 年间的西学东渐更为珍贵的历史经验。

## 三、中学西传的桥梁:澳门

谈到澳门的作用时,大多数学者都将目光集中在"西学东渐"上,而实际上,澳门在中国文化西传上的作用一点也不比它在西学东渐上的作用小,甚至还要大。

美国汉学家费正清在谈到基督教传教士在中西文化交流的作用时说,这些传教士站在中西文化的双行线上,一方面他们把西方文化介绍给中国,另一方面,他们把中国文化介绍给西方。这个评价是很恰当的。明清之际的中西文化交流史的魅力就在,它是在一个世界范围内讨论着中国文化和西方文化。在中国从文人到皇帝在思考和讨论着基督教所代表的西方文化,而在西方从思想家到帝王在讨论着以儒家为代表的中国文化。这场世界范围内的中西文化的大讨论首先是从传教士对中国的典籍翻译开始的。

第一个来到澳门的罗明坚(Michel Ruggieri,1543—1607)最先将中国的典籍翻译成拉丁文。长期在澳门生活的葡萄牙传教士曾德昭(Alvare de Semedo,1585—1658)在他的《大中国志》中介绍了儒家,他认为孔子作为一个四处奔走的教育家和哲学家,总希望各国君主采纳他的哲学,尽管屡遭挫折,但孔子不屈不挠。曾德昭对孔子这种人格给予很高的评价。他说:"孔夫子这位伟人受到中国人的崇敬,他撰写的书及他身后留下的格言教导,也极受重视,以致人们不仅把他当作圣人,同时也把他当先师和博士,他的话被视为是神谕圣言,而且在全国所有城镇修建了纪念他的庙宇,人们定期在那里举行隆重的仪式以表示对他的尊崇。考试的那一年,有一项主要的典礼是:所有生员都要一同去礼敬他,宣称他是他们的先师。"①

曾德昭认为,孔子的主要贡献就是他写了"五经",对于《四书》,他没有谈更多,但提到《四书》一部分来自孔子,一部分来自孟子,他认为《四书》是在强调一个圣人政府应建立在家庭和个人的道德之上。他说:"这九部书是全中国人都要学习的自然和道德哲学,而且学位考试时要从这些书中抽出来供学生阅读或撰写文章的题目。"从澳门返回欧洲的意大利传教士卫匡国(Martino Martini,1614—1654)在欧洲出版了《中国新地图志》(*Novus atlas Sinensis*)、《中国上古史》(*Sinicae historiae decas Prima*)、《鞑靼战记》(*De bello tartarico historia*)更为详细地介绍了中国的情况。

比利时来华耶稣会士柏应理(Philippe Couplet,1624—1692)从澳门回到欧洲后出版了《中国哲学家孔子》《西书直解》,这本书在欧洲产生了广泛的影响,著名哲学家莱尼茨也看到了这本书,并对他产生了影响。对于中国这个遥远的国度,莱布尼茨(Gottfried Wilhelm Leibniz,1646—1716)始终抱以一种平等的态度,他没有传教士们那种"欧洲中心主义",基督教文化至高无上的观点,他在《中国近事》中说:"我希望有一天他们会教授我们感兴趣的东西——实用哲学之道和更加合理的生活方式,甚至其他艺术。……因此我相信,若不是我们借一个超人的伟大圣德,也即基督宗教给我们的神圣馈赠而胜过他们,如果推举一位智者来评判哪个民族最杰出,而不是评判哪个女神最美貌,那么他将会把金苹果判给中国人。"伏尔泰(Voltaire,1694—1778)读到了这本书成为儒家的信仰者,他以儒家思想为武器展开与中世纪神学的斗争,由此拉开了欧洲近代思想变革之幕。与此同时,在欧洲形成的18世纪中国热是从澳门出发返回欧洲的传教士们所催生出来的社会文化思潮。

从澳门传回欧洲的中国文化在西方的东方学中终于催生出了一门新的学科:汉学。雷慕莎(Jean-Pierre Abel-Rémusat,1788—1832)成为西方第一位专业汉学家,如果我们今天将雷慕莎和以耶稣会士为代表的传教士汉学家做个对比,我们就会看到在雷慕莎那里已经开始有了重大的转变,这表现在:

第一,研究的目的变了。传教士门对汉语和中国文化的研究从根本上

---

① 曾德昭著,何高济译《大中国志》,上海:上海古籍出版社,1999年,第59—60页。

来说是为了传教,在礼仪之争以后,传教士汉学研究的另一目的就是维护其各修会的传教路线,特别是耶稣会士,几乎所有的研究都是为了回应争论的对手。这里,耶稣会内部的索隐派的研究,他们对中国文化的熟悉程度恐怕很难有人相比,但他们全部研究的指向却是为了解决礼仪之争中的问题,为耶稣会在中国的传教提供更为坚实的理论基础。雷慕莎当然也不否认学习汉语、研究中国文化对传教有利,但他同时强调,学好汉语可以更好地理解中国文化。作为法兰西学院的教授,作为西方第一个专业的汉学家,他的研究指向是很清楚的:作为学术的汉学,而不是作为传教的汉学。

第二,研究的重点开始发生变化。耶稣会的传教路线是"合儒易佛",在对中国文化的研究上重点是儒家,因此,对儒家学说的翻译成为一代又一代耶稣会士的汉学家们的重要任务,虽然,在后来的法国耶稣会那里也对中国的历史、地理和科学做了很出色的研究,但重点是没有变的,例如,在中国最后一个耶稣会士钱德明(Jean-Joseph-Marie Amiot,1718—1793)对孔子及其弟子和学派的研究成为他研究的特色。在雷慕莎这里,他研究的重点再不是儒学,他的博士论文写的中国医学,他的成名作《法显(佛国记)的译注》,这是过去在华的耶稣会士的汉学家们从来没有做过的,这本译著实际上开辟了以后法国汉学的一个重要的研究方向:对佛教的研究。他的《汉译马可波罗传考》《"真腊风土记"译注》《回教徒著述家的蒙古史》,《由中国著述家的书里所见佛徒的世界观和世界生成说》表明他开始对中国与外部世界的关系关注,对西域的中外文化交流感兴趣。从雷慕莎的全部著作目录中,我们很难看出雷慕莎有一个显著的研究重点,他的研究范围比较广泛,这是欧洲早期汉学的一般性特点。但他的研究和在华的耶稣会士汉学的研究重点不同,并发生变化,这是不可否认的。

第三,研究的情趣发生了变化。政治文化,帝王,科学知识。这是传教士汉学向欧洲介绍的重点,由此,我们可以感觉到传教士汉学的题目一般比较重大,即便有些介绍中国的科学等文章、著作,也是为向欧洲展示在中国传教的正当性。但雷慕莎在研究的情趣上更为世俗化,虽然,对中国重大的历史和政治的关心也是他的研究内容,他也有这方面的文章,但对中国世俗性的生活介绍已经成为他的研究内容。例如,他翻译的《玉娇梨法文翻译》《法译中国短篇小说集》就是一个证明,马若瑟也翻译了《赵氏孤儿》,但这个剧本的儒家特点太明显,《玉娇梨》也是儒家伦理下的才子佳人小说,但它在中国文学史中不像《赵氏孤儿》那样有突出,它只是当时的市井流行小说,雷慕莎还写过《一种韵文的中国传奇〈花笺记〉》这样的论文。这些都说明雷慕莎在研究的情趣上更加的世俗化。当然,这里的分析只是初步根据雷慕莎的书目著作表来判断的,未必完全准确,但从他的研究书目中还是可以看出这些最基本的特点的。雷慕莎——这是中国学术界应该记住的名字,正是从他开始对中国文化的研究开始在世界范围内正式展开,汉学研究进入西方的教育研究体制之中,整个西方汉学界应该感谢澳门,这里才是西方汉学的真正起点。

杜赫德《中国帝国史》中的利玛窦、汤若望、南怀仁

# 第三章
# 《葡汉词典》中的散页文献研究

来华耶稣会士在澳门期间完成的一项重要工作就是编写了《葡华辞典》,作者是罗明坚,利玛窦只是作为助手做了一些工作。

罗明坚——西方汉学的奠基人,①在罗明坚的研究中最为薄弱的是对《葡华辞典》的研究。《葡华辞典》是世界上第一部中文和西方语言对照的汉语学习辞典,是西方人汉语学习的最早一部辞典,在中西文化交流史研究上,在世界汉语教育史研究上都具有十分重要的价值。1934年意大利汉学家德礼贤(D'Elia,Pasquale)在罗马耶稣会档案馆(Archivium Romanum Societatis Iesu-ARSI)首次发现了《葡汉词典》,档案编号是:Jap Sin I,198。这部文献发现后学术界做了初步的研究,②最重要的成果是2001年在纪念利玛窦进京400周年时,澳门基金会联合学术界出版的《葡汉辞典》的影印版,魏若望(John W.Witek,S.J.)写了序言,杨福绵发表了长篇学术论文《罗明坚和利玛窦的〈葡华辞典〉(历史语言学导论)》,《葡华辞典》重新影印出版,杨福绵的长篇学术论文代表了近年来学术界对这部词典研究的最新进展。③

杨福绵的论文侧重对《葡华辞典》历史语言学的研究,特别是在语音学

---

① 参阅张西平以下涉及罗明坚的著作和论文:《罗明坚——西方汉学的奠基人》,《历史研究》2001年第2期;《16—19世纪西方人的中国语言观》,载《汉学研究通讯》2003年3月;《西方近代以来的汉语研究》,载澳门《文化》2003年4月;《中国和欧洲早期宗教与哲学交流史》,北京:东方出版社,2001年;《西方人早期汉语学习史调查》(主编),北京:中国大百科全书出版社,2003年;《欧洲早期汉学史:中西文化交流与西方汉学的兴起》,北京:中华书局,2010年;《中西文化的初识:北京与罗马》,上海:华东师大出版社,2011年。

② Joseph Abraham Levi, *O diciónario Português-Chinês de Padre Matteo Ricci, S. J. (1552—1610): uma abordagem histórico-linguistica*, New Orleans, La: University Press of the South, 1998.

③ [美]杨福绵、罗明坚、利玛窦《葡汉辞典》所记录的明代官话,原载《中国语言学报》第五期,1995年6月,第35—81页。

的研究具有开创性,但对《葡华辞典》文献中的散页并未展开研究,杨福绵认为"辞典之前和之后是利玛窦或罗明坚手书的语言学、神学或科学笔记,笔记的汉语行文出自他们的教师之手。这些笔记很可能是由罗明坚带到罗马,而且很久之后才和辞典手稿合并在一起。手稿的页码是由档案员后来加上的,而且在编排上存在相当的任意性,有时文章之间甚至完全没有先后顺序。尽管大部分笔记与辞典无关,但是对于了解手稿的写作日期,以及了解与罗明坚和利玛窦传教活动有关的历史事件的日期,欲具有重大意义。"①本章试图从历史学和语言学的角度对《葡华辞典》的其余散页部分做初步的探讨。

## 一、《葡华辞典》整体结构和辞典外的散页文献内容

罗马耶稣会档案馆的这份档案号为 Jap-Sin I 198 号文献,文献名为《葡华辞典》,共有 189 页,②其中第 32—156 页为《葡华辞典》的正文,也就是《葡华辞典》本身有 124 页,其余文献有 65 页。陈绪伦在《罗马耶稣会档案馆藏汉和图书文献目录举要》一书的第 253 页中列出了散页的标题,③但对于这 65 页文献尚无系统研究,④我按照文献的自然顺序和内容对这 65 页文献做一个简单的分类和简单的介绍。

1.这是《葡华辞典》首页上的文字,是德礼贤所写。

以下是德礼贤在手稿附页上对这份文献基本内容的介绍:

Questo è il dizionario europeo cinese fatto dal Ruggieri-Ricci

这是一部欧语中文字典,是由罗明坚和利玛窦做的

E' il primo del genere 是第一种这样的辞典

Lavoro maggior parte è italiano probabilmente del Ricci

大部分是意大利文,大概是利玛窦所写

Spesso scrittura del Ruggieri

---

① 魏若望编《葡华辞典》,杨福绵文,葡萄牙国家图书馆、葡萄牙东方学会、美国旧金山利玛窦中西文化研究所,2001 年,第 106 页。

② 杨福绵文中有误,说"手稿一共 89 张",显然是文章打印错误。见魏若望编《葡华辞典》,杨福绵文,澳门基金会,2001 年,第 106 页。

③ Albert Chan, *Chinese Books and Documents in the Jesuit Archives in Rome*: *A Descriptive Catalogue Japonica-Sinica I-IV*, New York, London, 2002.

④ 笔者在《欧洲早期汉学史》一书对其中部分文献做过探讨,参阅张西平《欧洲早期汉学史》,第 45—54 页。

经常有罗明坚写法

Al principio c'e la prima catechesi verso il 1583—88

开始也有天主教教理内容,大概在 1583—1588 年

E alcune nozioni di cosmografia

也有一些关于宇宙学的资料

Deve essere di 1583—1588

大概　1583—1588 年

Molto prezioso

很宝贵的

6.10.34　　1934 年 10 月 6 日

P.D'Elia①

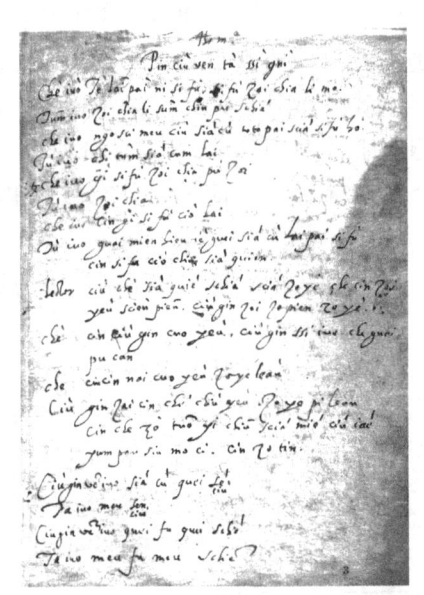

第 001 页:记有个别单词和数字的散页;第 003—007 页:这是一份用罗马注音写成的一个对话录,完全由罗明坚手写的。文献的标题是"Pin ciù ven tà ssìgnì",意大利汉学家德礼贤将其翻译成《平常问答词意》,杨福绵认为德礼贤将"Pin"翻译成"平"不对,他根据辞典中的相同注音,认为应该翻译成"宾",这样题目就是"宾客问答词意"。这份文献国内学术界也常有混淆,将《葡华辞典》和《宾客问答词意》混为一谈。② 这篇文献的写作时间,根据对话中问答:"师傅来此几时? 答:仅两年。"罗明坚和利玛窦是 1583 年 9 月 0 日前往肇庆的,按照此计算,这个对话应在 1583 年 10

---

① 在这里感谢意大利汉学家麦克雷(Ferrero Michele)教授将德礼贤手迹转写出来并翻译成中文。

② 赵继明、[丹]伦贝克《早期欧洲汉学线索》,载《文史哲》1998 年第 4 期。

月后。①

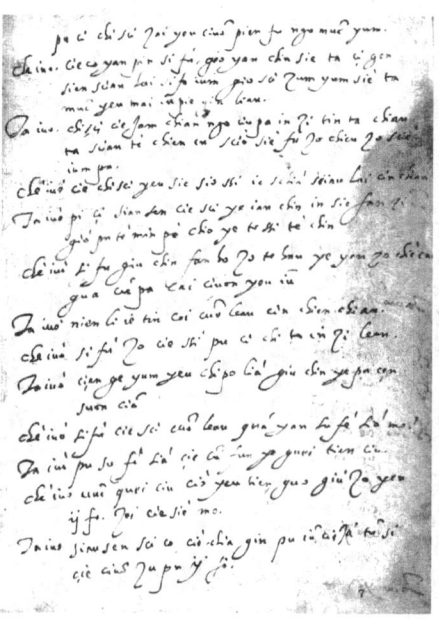

第008—0012 页：空白页

第012v—16v 页：《解释圣水除前罪》，这是罗明坚所写的对天主教教义的简单介绍。文献前的标题为，如开篇说"人欲进天主之教门者，则请教门之僧代诵经文，以其天主圣水而与之净首，既得天主圣水则前日之罪恶尽弃，方识其天主而升天庭矣。"这篇文献对研究天主教历史和神学词汇有很高的价值。如文中说："僧自天竺国，心慕华教，不远万里航海，三年前到广东肇庆府，蒙督抚军门部，俯赐柔远，施地一所，创建一寺，名曰仙花寺。请师教习儒书……"这样我们判断这篇文献可能写于1586年。② 这篇文献可能是最早的中文天主教文献，文献中的天主教人名的中文译名都在变

---

① 杨福绵《罗明坚、利马窦〈葡汉辞典〉所记录的明代官话》，载《中国语言学报》1995年第5期，第35—81页。参阅［日］古屋昭弘著，刘丽川译《〈宾主问答解疑〉的音系》，载《中国语学研究》1998年12期。

② 文献的原字迹应是中国儒生帮助所写，陈伦绪认为这几页是从罗明坚的拉丁文教义问答中翻译过来的，从散页内容来看，不太符合。

化之中,这对我们研究天主教翻译史具有重要的学术价值。①

第017v—23v页:是介绍西方天文学的知识,完全的散页,文献没有标题,没有连续性。文中提到整个天体的各个星座和每个星座内的数量,文中说:"此球西竺儒者作上有四十八宿,每宿有人物像。"又说:"地球在九重天中间又如心一般其体不动……"此文献虽然只有8页,但很可能是西方天文学在中国的第一次介绍,在天文学上很有价值。同时,由于此时,罗明坚已经学习了中文,开始将中国的传统天文学,例如二十四节气等放入西方天文学中加以解释,以便中国儒生理解。因此,这篇文献在中国科学史上是很有价值的。

---

① 参阅张西平《天主教要考》,载《世界宗教研究》1999第4期;张西平《传教士汉学研究》,郑州:大象出版社,2005年。这几页散页仍需做深入研究,这里不做展开。

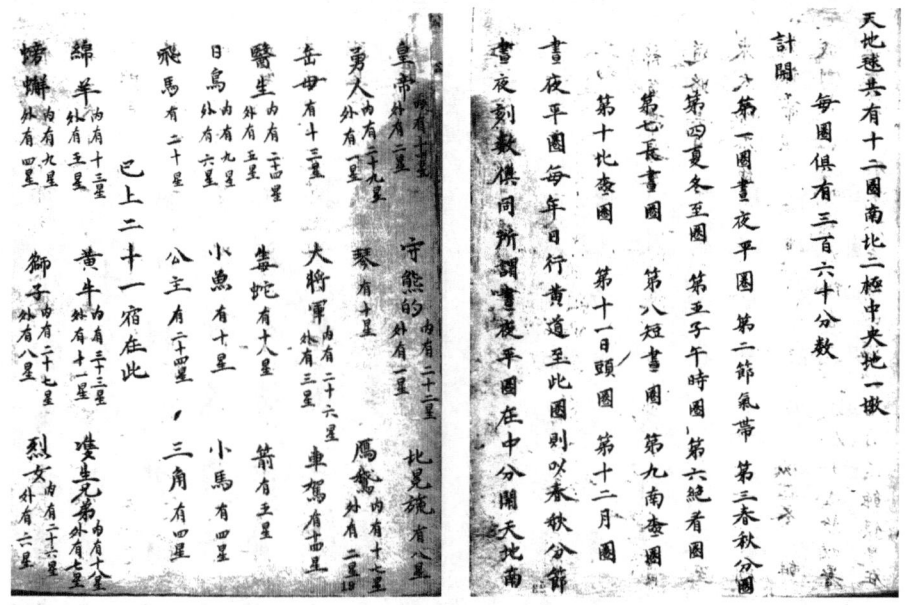

第024页：中国二十四节气表，每个汉字皆有罗马注音。

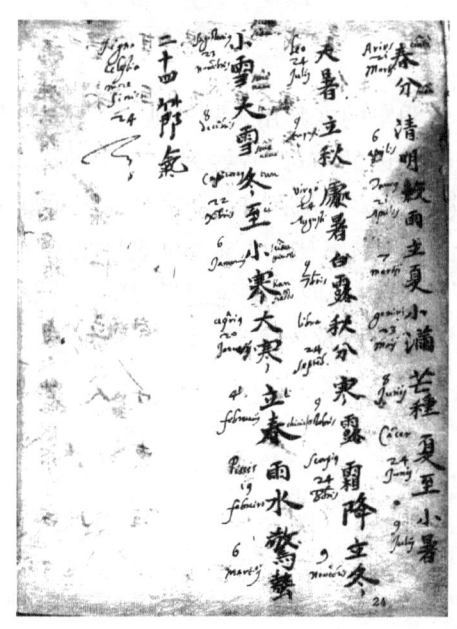

显然这是罗明坚用来学习汉语的基础性材料,通过注音形式来练习发音。

第24v—26页,这是一个汉字表,共有348个字。

估计这是当年罗明坚的老师用来教授他们汉语所用,为何是这些汉字呢?有些的汉字表示汉语的声母,有些表示汉字的韵母。"表示声母的汉字共有339个,其中许多汉字表示同一个声母。表示韵母的汉字不超过39个。"全部有348个字,杨福绵认为"这个字表中的声母和韵母与《中原音韵》中的完全一致",①这说明罗明坚他们学习的是官话。

第27页:中国的地名以及语言学习词汇。

---

① 杨福绵《罗明坚和利玛窦的〈葡华辞典〉(历史语言学导论)》,载魏若望(John W. Witek,S. J.)《葡汉辞典》,2001年。

## 第三章 《葡汉词典》中的散页文献研究

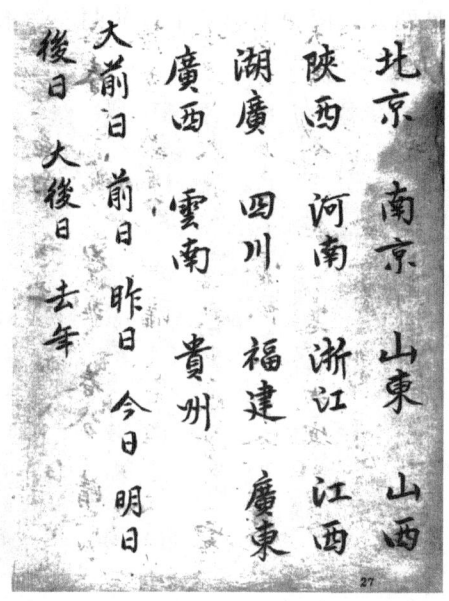

第 27v—28 页：中国节气词汇和天干地支词汇。

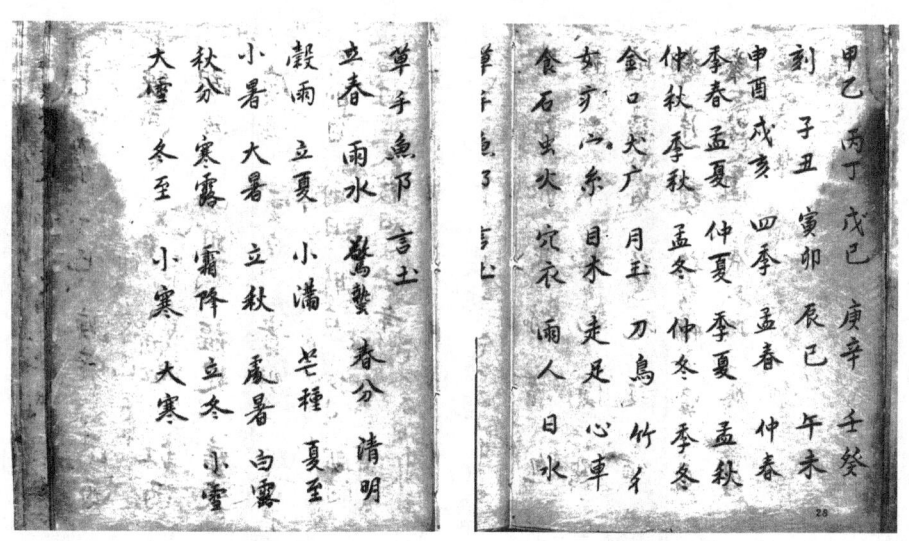

第 28v—29 页：这是一个汉语官话中使用的的量词表，共收入量词 49

个,如个、本、条、把、副、行、盏等。中国语言学史以往没有量词这种词类分类,这个词表恐怕是西人汉语史上第一个量词词表学术意义很大。

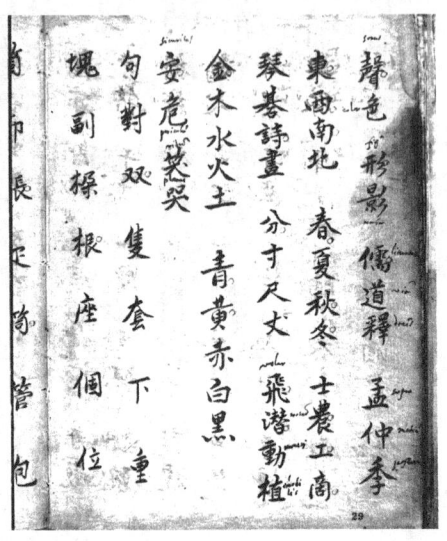

第29页是一个双音节同义词表:
第30v—31v页是双音节反义词表:

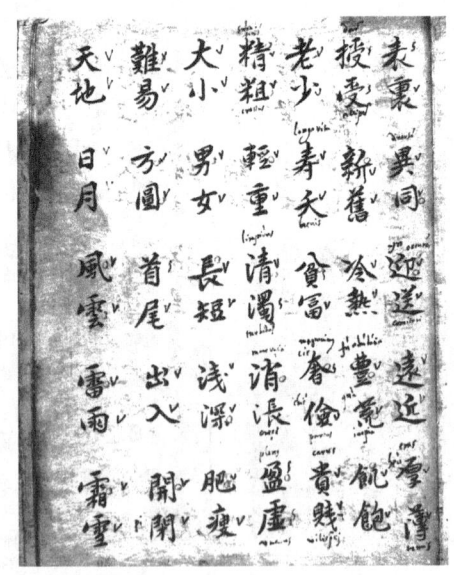

第32—156页为《葡华辞典》的正文:

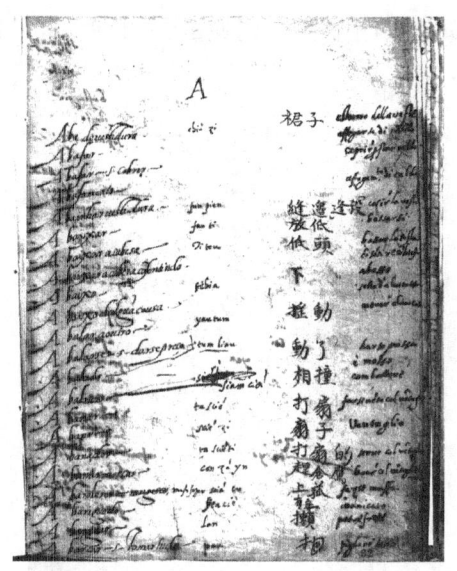

初步统计,这个辞典共收入了 6000 个葡语词条,其中只有 5461 个词条有汉语对应词,仍有一些葡语词汇尚未有对应的汉语词汇。

第 157—169 页:这是《葡华辞典》后的双语散页,内有中文和西文单词。

第 170—171v 页:日则图。① 但排列有问题,由于文献管理者不懂中文,将散页序号排反了,阅读时,应从 171v 开始阅读,到 170 页结束。

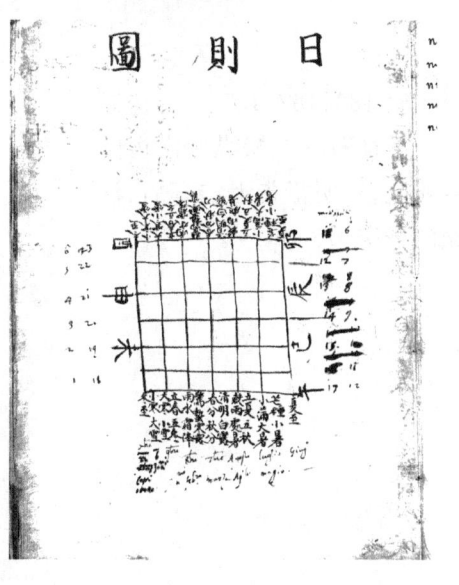

---

① 中国学者石云里在阅读这份文献后,认为《日则图》文献少了一页,我认为,由于这是一份散页文献,这是很可能出现的,目前陈神父的文献序号排列在内容的先后顺序上和我复制的文献有一定区别,但在文献总序号上是一致的,都是 189v。这说明,在陈神父阅读《日则图》时并未发现这份文献缺页。目前笔者正在通过联系,补上这张缺页,在这里感谢石云里教授所给出的意见。参阅朱浩浩《罗明坚、利玛窦〈葡汉辞典〉所附"天地毯"与"混天毯"手稿研究》,载《上海交通大学学报》2015 年第 1 期;许洁《〈日则诀〉研究》,载《中国科技史杂志》第 36 季 2015 年第 2 期。

第172—182页是罗明坚编辑词典的散页，每页上都有数量不等的中文词汇和西文词汇。

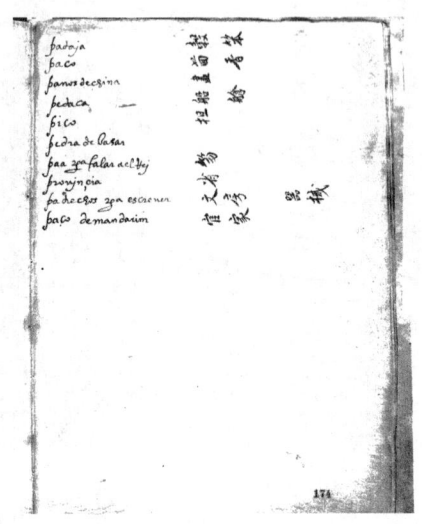

第183，187，187v页：这是关于教徒蔡一龙操纵罗洪诬陷罗明坚，罗明坚告上法庭后，法庭的裁决书抄本。①

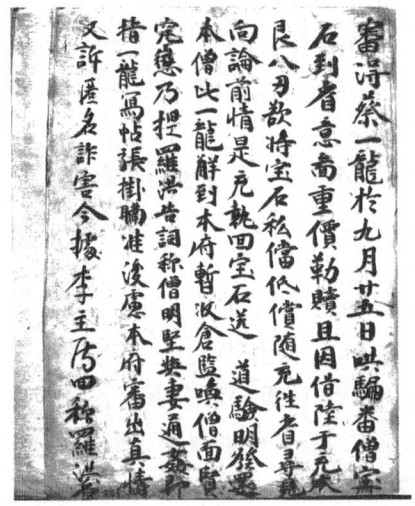

---

① 在《葡华辞典》的文件编号上，我所复制的电子版和陈伦绪的序号有些不同，他在 Chinese Books and Documents in the Jesuit Archives in Rome：A Descriptive Catalogue Japonica-Sinica I-IV 中说这份文献是186v-187v，但我从耶稣会档案馆所复制的文献是，183，187，187v，三页，从序号上我所复制的文献缺少184—186 三页，陈神父的序号中 184—185 属于《日则决》文献，这是我们两人在这份文献上的编号不同，但就这份文献内容来说则是完全一致的。我估计，由于这是一份散页文献，陈神父当年工作后，仍有不少学者借阅，我复制这份文献在陈神父之后，这样在排序上会发生问题。

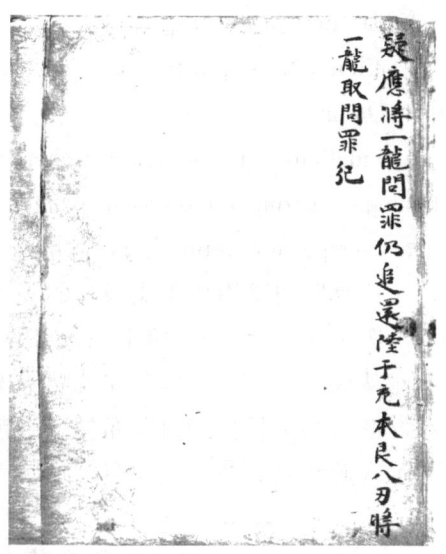

第188,189,189v页：这三页为罗明坚学习中国古代诗歌的散页，188页上有：人门，时人，偷闲，少年，野僧，渔郎。下面是手写的祈祷文。

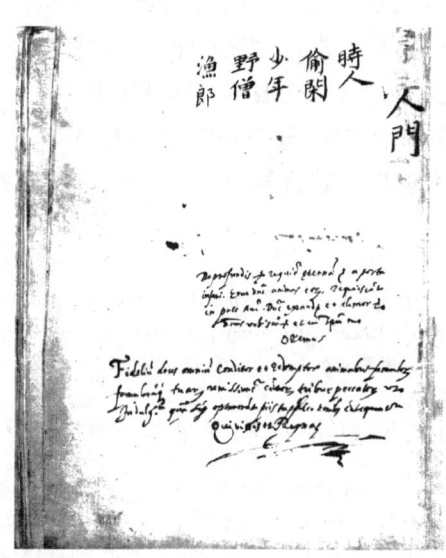

Erue Domine animas eorum requiescant in pace Amen
Domine exaudi orationem meam / et clamor meus ad te veniat

Dominus vobiscum

　　Et cum spiritu tuo

De profundis et requiem aeternam　／a porta inferi

　　Oremus

　　Fidelium Deus omnium conditor, et redemptor, animabus famulorum, famularumque tuarum remissionem cunctorum tribue peccatorum: ut indulgentiam, quam semper optaverunt, piis supplicationibus consequantur. Qui vivis et regnas

这是罗明坚用拉丁文所写的祈祷书。①

第 189 页,有一个拉丁语人名的中文翻译"德阿多尼阿"(teotonio),杨福绵认为:"这是 st. Theotoniu,意大利为(Teotonio, 1086—1166)的汉语译名。此公乃正教公理科英布拉圣十字教团创始人,后来 S. Antonio de Padua 也加入此教团。"②

## 二、关于《葡华辞典》的作者

在费赖之的《在华耶稣会士列传及书目》一书中,在谈及罗明坚和利玛窦的作品时均未提到这部书。③ 在利玛窦自己所著的《利玛窦中国札记》中,在谈到罗明坚时从未提到过这本书,在谈到他和罗明坚共同学习汉语时,也从未提到他们两人合作,编辑了这部字典。④

在罗明坚一系列书信中并未提到自己编写辞典的计划,⑤同样,在利玛窦的一系列书信中他也未曾提到过自己在学习汉语的过程中编制辞典

---

①　英文可以翻译为:"De profundis" and eternal rest/from the power of hell ; O Lord free their soul and may they rest in peace; O Lord listen to my prayer and my cry come to you; The Lord be with you; And with your spirit. 在这里感谢意大利汉学家麦克雷教授(Ferrero, Michele)将拉丁文转写出来并翻译。

②　杨福绵《罗明坚和利玛窦的〈葡华辞典〉(历史语言学导论)》,载魏若望(John W. Witek, S.J.)《葡汉辞典》,2001 年。

③　[法]费赖之《在华耶稣会士列传及书目》,北京:中华书局,1995 年。

④　利玛窦在自己的书中说:"他们以高薪聘请了一位有声望的中国学者,住在他们家里当老师,而他们的书库有着丰富的中国书籍收藏。"这是利玛窦所谈的自己学习汉语的唯一记载,完全没有提到他和罗明坚共同编写辞典。传教士在进行中文写作和学习时,有一个令人怀疑的问题,即他们从来不提他们的汉语老师,从来不提他们中文著作的润笔者。

⑤　参阅罗渔译《利玛窦全集》第 4 卷,台北:光启出版社,1986 年。

一事。①

对中国天主教史做过深入研究的裴化行(H.Bernard)在其著名的《天主教十六世纪在华传教志》(Aux portes de la chime les missionaires du XVIe siècle)一书中从未提到罗明坚和利玛窦编辑《葡华辞典》一事。②

将《葡华辞典》作者归于利玛窦一人的观点,最明确的是邓恩(Geroge H.Dunne),他在《从利玛窦到汤若望——晚明的耶稣会士》(Generation of Giants:The Story of the Jesuits in China in the Last Decades of Ming Dynasty),他说:"这是一本由利玛窦在肇庆生活期间所编撰的《中葡词汇表》。这份词汇表有9页,这是他为帮助自己记忆而写的。"③

意大利汉学家德礼贤首次发现这份文献时所使用的"罗明坚-利玛窦"这样的作者署名方式。他在《利氏史料》中首次公布了这份文献,

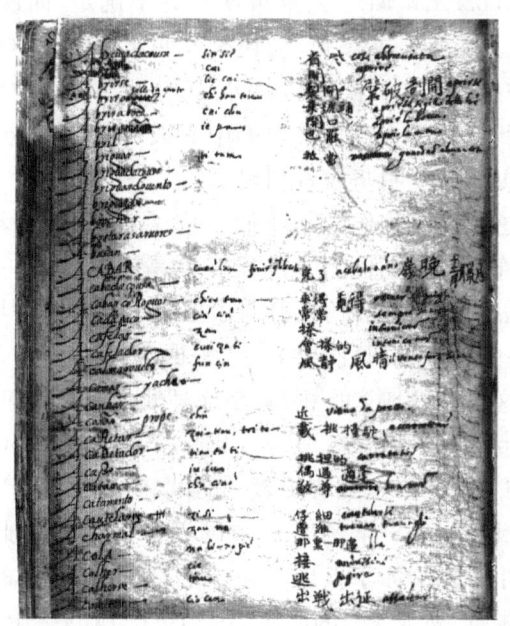

---

① 参阅罗渔译《利玛窦全集》第4卷,台北:光启出版社,1986年。
② [法]裴化行著,肖濬华译《天主教十六世纪在华传教志》,上海:商务印书馆,1936年。
③ [美]邓恩著,余三乐等《从利玛窦到汤若望——晚明的耶稣会士》,上海:上海古籍出版社,2003年,第16页。这个说法太有问题,在中文翻译上也不妥,如果"一本"和"一份"在中文的量词上是很不同的,邓恩这里究竟说的那种文献呢? 从未见到利玛窦本人有独立的一本《中葡词汇表》,根据邓恩所提供的注释,他说,自己的这份文献来自德礼贤的"Civilta Cattolica Anno 86"罗马,1935年,II,第75页。

在解释《葡华辞典》的这一页时他说:"字典每页纸都有 3 竖行:一竖行是葡萄牙词条,按照字母排列从 abitar 到 zunir。这一竖行可能是一个抄写员抄写的。另一竖行是意大利文字母,感觉应该是利玛窦写的,没有声调和语调的标注。第 3 竖行是中文,其中一部分是两位耶稣会士中的一个写的。在最初的几页中(ff. 32—35b),和 f. 34a 的一部分,有第 4 竖行,是意大利文条目,应该是罗明坚写的。在两个附录中还有几个附加的条目(ff. 157a—169—172—186a)。字典没有完成,因为不是所有葡萄牙文词条都配上了中文释义。结尾有这样的文字,可能是罗明坚写的:Laus Deo Virginique Matri.Divis Gervasio et Protasio.Amen.Jesus."①德礼贤的这段论述很含糊,在谈到意大利字母时,他说:"另一竖行是意大利文字母,感觉应该是利玛窦写的,没有声调和语调的标注。"他这里用了"感觉应该是利玛窦写的"(a quanto sembra,dal Ricci),这说明他并不确定,而谈到罗明坚时,却说"有第 4 竖行,是意大利文条目,应该是罗明坚写的",这说得很坚定。他认为辞典中的中文是"第 3 竖行是中文,其中一部分是两位耶稣会士中的一个写的",笔者认为,绝大部分辞典的中文很可能是一位文人帮助传教士们所写的,而不可能是罗明坚或者利玛窦。

德礼贤后,这部辞典的作者问题似乎成了定论,即是利玛窦和罗明坚合作而成,杨福绵具有开创性意义的研究更是明确了这一点,他大体是在重复德礼贤的观点,但已经和德礼贤有了区别,他认为,罗明坚在这部辞典中的作用是主要的,利玛窦是次要的。"根据手稿的纸张、笔迹,以及内容,我们可以证明这部《辞典》的主编者是罗明坚(Michele Ruggieri,S J,1543—1607),合编者是利玛窦(Matteo Ricci,S J,1552—1610)。编纂年代当是罗利二氏初入中国广东肇庆传教的时期。他们两人于 1583 年秋天抵达肇庆,而罗氏则于 1588 年冬离开中国返回罗马。因此这部书稿当在 1584—1588 年间完成。也可能是罗氏亲自带回罗马去的。除了笔迹以外,我们还可以根据《辞典》前的附页,得到更确切的结论。"②中国学者近

---

① Pasquale M.D'Elia,SJ,*Documenti Originali Concernenti Matteo Ricci E LA Storia Delle Prime Relazione Tra l'Europa e La Cina*(1579—1615),Roma:Libreria dello Stato,1942,第一集,第 2 卷,第 35 页。感谢金国平先生提供《利氏史料》电子版,感谢王苏娜提供《利氏史料》纸本版,以上是王苏娜帮助我翻译的,在此表示感谢。

② 杨福绵《罗明坚、利马窦〈葡汉辞典〉所记录的明代官话》,载《中国语言学报》1995 年第 5 期,第 35—81 页。

期开始关注这个问题,在此之前很少在自己的著作中提到这部辞典。①

笔者认为,《葡华辞典》应属于罗明坚所做的,其理由如下:

第一,《葡华辞典》中关于罗明坚官司的散页。

上面我们看散页的第 183,187,187v 三页是关于教徒蔡一龙操纵罗洪诬陷罗明坚,罗明坚告上法庭后,法庭的裁决书。在德礼贤所整理的《利氏史料》(Fonti Ricciane)中是这样记载的。②"这个骗子已经成功地编造了一大堆诬蔑之词,甚至发展到在街头巷尾散发传单,指控一名神父和一名妇女胡作非为。女人的丈夫是参加诬陷的同伙,把案子上报给岭西道……所谓的丑事告到了官府,但是被告却不难摆脱指控。据称进行犯罪活动的那天,被告罗明坚神父正在广西作两个月的旅行,并不在省城。这件事法官一清二楚。最后揭露出整个故事是马丁捏造的。……公堂的判决宣布神父无罪,……。因此,靠上帝的恩典,神父们摆脱了危险的处境,并免除了一项丑闻。"德礼贤在整理利玛窦的原稿时,在《葡华辞典》的手稿中发现了关于罗明坚官司的散页,这样他在《利氏史料》第 242 页的注释 6 中,将《葡华辞典》的这份文献介绍了,以加深对利玛窦记载此事的理解。德礼贤在 242 页注释 6 中写道:"我 1934 年在耶稣会(Compagnia di Gesu')罗马档案馆找到了它(Jap-Sin.,I,198,p. 187 a-b)第 418 页下注释 2。根据这份珍贵的档案,蔡一龙(Martino)向陆于充借了 8 个银锭,1587 年 10 月 26 日从番僧(罗明坚)那里骗来了一个三棱镜,之后就去广东了。陆于充追了过去,他从蔡一龙那儿拿了三棱镜,交给岭西道,让他还给番僧,并把蔡一龙投进了肇庆的监狱以作惩罚。有个叫罗洪的诬告罗明坚与自己住在南门的妻子有染,为了把事情闹大,他还在墙上贴了蔡一龙写的状子,并且到官府匿名告发。但是李主湾证明罗洪已经和他的妻子分开了,而且罗明坚与他也没有任何关系。罗明坚显然不可能操着外国口音,穿着外国服饰,走在从天主教堂到南门这么长一段路上去犯下那样的罪行而不被发现,何况(状子上说)事情发生已经有一段时间了。罗洪不愿意上公堂,诬告显然是蔡一

---

① 参阅方豪《中国天主教人物传》,北京:中华书局,1988 年;杨森富《中国基督教史》,台北:台湾商务印书馆,1968 年;林金水《利玛窦与中国》,北京:中国社会科学出版社,1996 年;董少新《形神之间:早起西洋医学入华史》,上海:上海古籍出版社,2012 年。这是中文著作中仅有的几部书中提到《葡华辞典》的,但仍是杨福绵的观点。

② 利玛窦《利玛窦中国札记》,中华书局,1983 年,第 203—204 页。利玛窦《耶稣气与天主教进入中国史》,商务印书馆,2014 年,第 125 页。

龙设计的,因此应该判他有罪,并让他把8锭银归还陆于充。"①

本人在《西方汉学的奠基人：罗明坚》一文中做了初步的分析,在文中写道："这段手稿所记载的就是利玛窦在《天主教进入中国史》第2卷第10章'孟三德返澳门,罗明坚遭诬告'中所讲之事。手稿中的'蔡一龙'就是利玛窦所说的'玛尔定'。"这段文字使我们更可确信这组手稿作者是罗明坚,而且我认为这段中文手迹很可能是罗明坚亲笔所写,因文中缺字、错字颇多,不像中国文人所写。进而推测《葡汉辞典》也主要是罗明坚所编,利玛窦只是作为助手出现的,《葡汉辞典》中的中文语词部分可能也是罗明坚亲自所撰,而不是中国文人代笔。② 近期宋黎明在《神父的新衣：利玛窦在中国(1582—1610)》一书中也介绍了这份文献,夏伯嘉在《紫禁城里的耶稣会》一书中也谈到这份文献,近期宋黎明整理这篇文献,现抄录如下：

> 审得蔡一龙,于九月二十五日哄骗番僧宝石到省,意图重价勒索,且因借陆于充本艮(银)八两,欲将宝石私当低(抵)偿。随充往省寻见,问谂前情,是充执回宝石,送道验明,发还本僧。比一龙解到本府,暂收仓监,唤僧面质究惩。乃捏罗洪告词,称僧明坚与妻通奸,即指一龙写帖张挂,瞒准(住？),后虑本府审出真情,又诉匿名诈害。今李主簿回称,罗洪原案住南门,与妻先期逃躲,即是一龙供报。详看罗洪与明坚素无来往,何故将妻自污、告害番僧？况南门去本寺颇远,以异言异服之僧,欲往通奸,一路地方邻佑,岂不窥见？即使潜踪,亦难逃于近处耳目;此奸棍甚多,脱一瞰如,登时捉获,或送官,或吓诈,仍所不遂,而始待久出之夫告鸣耶？此俚(理)之所必无,可知矣。今洪既不出官对俚(理),即一龙捏名妄告,图泄私忿无疑。应将一龙问罪,乃追还陆于充本艮(银)八两,将一龙取问罪犯。③

这份文献涉及罗明坚,通过上面我们对利玛窦的《利玛窦札记》(英文

---

① Pasquale M.D'Elia,SJ,*Documenti Originali Concernenti Matteo Ricci e La Storia Delle Prime Relazione Tra l'Europa e La Cina*(1579—1615),Roma:Libreria dello Stato,1942,p.242.
② 张西平《西方汉学的奠基人罗明坚》,载《历史研究》2001年第3期。
③ 宋黎明《一流的学者,二流著作:评夏伯嘉著作〈紫禁城的耶稣会士:利玛窦(1582—1610)〉》,载《中国图书评论》2012年第10期。

翻译成中文版）和《利氏史料》中原有的意大利文记载，可以看出，无论是英译本的中文翻译，还是意大利文的原版整理都可以说明确有此事。而这份文献则从原始文献证明此事的真实性，如果仅有这份文献还属于孤证，现在利玛窦的外文著作和这份文献互证，说明此事的真实性。而这份证词现存在《葡华辞典》的散页之中，说明这份文献是罗明坚返回欧洲所带回的，从这份散页文献有力证明《葡华辞典》的作者是罗明坚，即便利玛窦做了一些工作也是微乎其微的。

杨福绵认为"辞典之前和之后是利玛窦或罗明坚手书的语言学、神学或科学笔记，笔记的汉语行文出自他们的教师之手。这些笔记很可能是由罗明坚带到罗马，而且很久之后才和辞典手稿合并在一起。手稿的页码是由档案员后来加上的，而且在编排上存在相当的任意性，有时文章之间甚至完全没有先后顺序。尽管大部分笔记与辞典无关，但是对于了解手稿的写作日期，以及了解与罗明坚和利玛窦传教活动有关的历史事件的日期，具有重大意义。"①杨福绵这段话说明，这些手稿和散页不可能是利玛窦和罗明坚共同所有，他使用了"是利玛窦或罗明坚手书的语言学、神学或科学笔记"，这样的看法和他讲《葡华辞典》看成是"这部辞典是罗明坚和利玛窦合著的"的观点有重大区别，同时，杨福绵也认为，这批文献是罗明坚带回罗马的。这说明，这批散页只能是一个人所为，而不是两人合作的结果。通过罗明坚官司的散页文献，现在我们证明这批散页文献应是罗明坚所为，从而也间接证明《葡华辞典》是罗明坚的作品。

当然，这只是从档案编号是：Jap Sin I, 198 文献的整体存放来论证的，即这是一批放在一个编号中的文献，我们证明了其中的一份散页文献是罗明坚所有，就可以间接证明，这批文献的整体是罗明坚所有。这个证明思路还可以得到另一个佐证。

第二，《葡华辞典》中关于学习中国诗词的散页。

《葡华辞典》，188，189，和189v 三页是作者学习中国古典诗歌的笔记散页。

"188—时人，人门，时人、偷闲，少年，野僧，渔郎

189—德阿朵尼阿

189v—地门，水绿，长安，冢上，池边，清溪，遥山，山光，青山，碧园，水光，源头活水来，源白，水远，绿遍，山山长，插田，山头，长沙，暮田，丘"

---

① 魏若望编《葡华辞典》，杨福绵文，澳门基金会，2001年，第106页。

恰恰这些散页的诗句提供了它和罗明坚之间的关系。在耶稣会档案馆的Jap.Sin.II,159号的文献就是罗明坚所写的诗歌,①陈伦绪神父将这些诗歌首次在西方期刊上公布发表,②在罗明坚这些诗中有两首明显是和这三页散页有联系的。例如:

第十首寓广西白水围写京

绿水青山白水围,乱莺啼柳燕双飞。
茅檐瓦房清溪上,落日村庄人自归。

这里用了189v散页中的"青山"和"清溪"。

第十一首 偶怀

朝读四书暮诗篇,优游那觉岁时迁。
时人不识予心乐,将谓偷闲学少年。

这里用了188号散页的"时人"和"偷闲"。而第十八首的"天主生旦十二首"中的其四:

天地星辰妇对夫,风云雷雨兔同鸟。
东西南北春对夏,天主灵通对却无。

这首诗采用的中国文字中的双音节反义词,同时也是古代诗人在练习写作诗词时,作为对仗的基础性词汇训练,例如"云对雨,雪对风,晚照对晴空","春对夏,秋对冬,暮鼓对晨钟";而在散页的第29,30v—31v中,我们可以发现这里的词汇在罗明坚的第十六诗的"其四"中使用,例如,第29页的"东西南北""春夏秋冬",第31页的"天地""日月""风云""雷雨"。

这些可以再次证明这些《葡华辞典》中的散页和罗明坚的关系,说明这些

---

① Albert Chan S.J., *Chinese Books and Documents in the Jesuit Archives in Rome*; *A Descriptive Catalogue Japonica-Sinica I-I*.
② Albert Chan, S.J., *Michele Ruggieri, S.J.（1543—1607）and his Chinese Poems*, Monumenta Serica 41,1993,pp.129—176.参阅张西平《欧洲早期汉学史:中西文化交流与西方汉学的兴起》,北京:中华书局,2009年,第59—66页。

散页是罗明坚带回欧洲的,同时,由于这些散页是和《葡华辞典》作为一个完整档案存放在耶稣会档案馆,这样可以间接证明《葡华辞典》是罗明坚所做。

第三,关于《解释圣水除前罪》散页与罗明坚的关系。

第015v—016共8页,是罗明坚写的一篇介绍天主教的短文,无标题,但对了解这批文献和罗明坚的关系有着重要的意义。他在散页中说:"中华大邦与本国辽绝,素不相通,故不知天主,不见经文。僧自天竺国,心慕华教,不远万里,船海三年前到广东肇庆府,蒙督抚军门郭俯锡柔远,施地一所,创建一寺,名曰'仙花',请师教习儒书。幸承仕宦诸公,往来教益,第审之不识天主并其经文。僧敬将经本译成华语,兼撰'实录'奉览。"这里的"实录"就是他所写的《圣教天主实录》①,罗明坚1584年在耶稣会总会长的信中第一次谈到这个问题,他说:"现在我已校正了我的《新编天主实录》,是用中文撰写的,用了4年功夫,曾呈现给中国官吏批阅,他们曾予我褒奖,要我赶紧印刷,越快越好。"②这应是对这些散页和《葡华辞典》属于罗明坚的最直接的证明。③

另外,从笔者对这批散页文献的研究,发现这些散页并非和《葡华辞典》无关,其中部分散页的内容已经被收录到辞典之中,如散页文献的27页中关于中文日期的说法"大前日,前日,昨日,今日,明日,后日,大后日,去年",这些全部被收录到辞典之中。这说明,这些散页是罗明坚编辑《葡华词典》时的一些准备材料。④

以上的材料可以初步确定《葡华辞典》是罗明坚所做的,利玛窦即使参与了部分工作也是微乎其微的。从常识来讲,如果这部辞典属于利玛窦和罗明坚共同所有,罗明坚是不能将手稿带回的。现在我们看到的这部字典的原始手稿,在中国并未发现任何这部辞典的抄本。

罗明坚在来华耶稣会的历史地位评价需要重新考虑,我在文章和书中都对这个问题表达了看法。近期学术界也有这样的看法,宋黎明在讨论罗明坚和利玛窦的汉语水平时,认为当年范礼安遣返罗明坚回欧洲的两个基本理由都是站不住的,利玛窦晚年对贬低罗明坚的汉语水平也是不符合实

---

① 1583年第一次出版时名为《新编西竺国天主实录》。
② 《罗明坚给耶稣会总会长阿桂委瓦的信》,载《利玛窦书信集》第2卷,台北:光启出版社,1986年,第456页。
③ 参阅张西平《欧洲早期汉学史》第三章,北京:中华书局,2009年。
④ 下一步笔者将研究关于这批散页的中部分由注音的材料和《葡华辞典》在注音上异同,并通过对注音系统的研究说明散页和辞典的关系。

际的。宋黎明在文章中已经谈到这些问题,无论如何,罗明坚的汉语口语绝对好于孟三德,更好于麦安东;孟三德和麦安东继续待在中国,罗明坚更有理由留下。既然范礼安列举的两个理由均不能成立,那么他遣返罗明坚的真实动机到底是什么?利玛窦如此贬低罗明坚,又处于什么动机?夏伯嘉也对罗明坚早期的贡献给予了肯定。①

《葡华辞典》的作者究竟是谁?利玛窦还是罗明坚?利玛窦为主编辑还是罗明坚为主编辑,或者是在澳门的其他人所编辑,②这些都在研究和讨论之中,笔者成一家之言,希望与国内外学术界展开讨论。显然,进一步的讨论超出了本文的范围,但这却是中西文化交流史上一个亟待深入研究的重大问题。

## 三、关于《葡华辞典》和《汉葡辞典》的讨论

与利玛窦相关的语言学辞典有两部,一部就是我们现在所讨论的《葡华辞典》,一部就是他第一次进北京失败后,从北京返回南京的路上,与钟鸣仁(Sebastien Fernandez,1581—1620)和郭居静(Lazare Cattaneo,1560—1640)一起所编制的一部汉葡辞典。关于后一部汉葡辞典利玛窦晚年曾回忆道:"整整用了一个月的功夫才到达临清。"这看来似乎是浪费了一个月的宝贵时间,实际上却不是。钟鸣仁擅长使用中国语言,由于他的可贵帮助,神父们利用这个时间编制了一份中国词汇。他们还编成另外几套字词表,我们的教士们学习语言时从中学到了大量汉字。在观察中他们注意到整个中国语言都是由单音节组成,中国人用声韵和音调来变化字义。不知道这些声韵就会产生语言混乱,几乎不能进行交谈,因为没有声韵,谈话人就不能了解别人,也不能被别人了解。他们采用五种记号来区别所用的声韵,使学者可以决定特别的声韵而赋予它各种意义,因为他们共有五声。郭居静神父对这个工作做了很大的贡献。他是一个优秀的音乐家,善于分

---

① 参阅:夏伯嘉《利玛窦:紫禁城里的耶稣会士》,上海:上海古籍出版社,2012年。

② "辞典是否可能是由一些葡萄牙俗人,加上中国文人的帮忙而写成?但有些葡萄牙俗人,如 Matias Panela 法官(他曾陪罗明坚到肇庆)一定有能力写一本葡华辞典,因为他的葡萄牙文及中文程度非常好。"康华伦《罗明坚和利玛窦编辑的所谓〈葡华辞典〉中的一些不一致》,载魏思齐(Zbigniew Wesolowski)主编《辅仁大学第六届汉学国际研讨会:西方早期(1552—1814)汉语学习和研究》,台北:辅仁大学出版社,2011年。

辨各种细微的神韵变化,能很快辨明声调的不同。善于聆听音乐对于学习语言诗歌很大的帮助。这种以音韵书写的方法,是由我们两个最早的耶稣会士所创造的,现在仍被步他们后尘的人们所使用。如果是随意书写而没有这种指导,就会产生混乱,而对阅读它的人来说,书写就没有意义了。"①

　　杨福绵在他的研究中认为德礼贤将《葡华辞典》和后来利玛窦等人编辑的《汉葡辞典》混淆了,误将后者作为前者。在《罗明坚和利玛窦的〈葡华辞典〉(历史语言学导论)》一文中,杨福绵在解释了利玛窦等人编撰的《汉葡辞典》后,写道:"德礼贤认为这部辞典就是利玛窦和罗明坚在肇庆编撰的那部辞典,他在1935年写道:'我还发现了第一部由欧洲编撰的欧洲语言-汉语辞典。这是第一部汉学著作,由罗明坚和利玛窦以兄弟般的合作完成。它肯定就是基尔舍(Kircher)1667年提到的那部辞典。基尔舍当时这样写道:至于我们(耶稣会士)使用的汉语辞典,我这里有一副本,如果我有足够的资金,我愿意出版这个副本。'"②杨福绵对德礼贤的这个批评是有待商榷的,他在《罗明坚和利玛窦的〈葡华辞典〉(历史语言学导论)》一文中所引用德礼贤的话说是在他1935年的文章中写的。③ 这篇文章笔者没有读到,或许德礼贤在1935年的文章曾将《葡华辞典》和《汉葡辞典》搞混了,但在1942年出版的《利氏史料》时,德礼贤在整理转写利玛窦第一次从北京返回南京,在运河上路径临清时编撰《汉葡辞典》的文字时,德礼贤在注释中说:"事实上罗明坚和利玛窦在肇庆的最初几年(1589

---

①　[意]利玛窦《利玛窦中国札记》,北京:中华书局,1983年,第336页。
②　参阅杨福绵《罗明坚和利玛窦的〈葡华辞典〉(历史语言学导论)》,载魏若望(John W. Witek, S.J.)《葡汉辞典》,2001年澳门。杨福绵在中国大陆的《中国语言学报》第5期发表的《罗明坚、利玛窦〈葡汉辞典〉所记录的明代官话》一文中也同样表达这个看法,在文中说:"德礼贤以为利氏上面所述的字典就是《葡汉辞典》。他说:'我也找到了欧洲人编写的第一部欧汉字典。这是罗明坚和利玛窦合编的第一部汉学著作。毫无疑义地,这便是季尔赫尔(Athanasius Kircher,又名基歇尔)在1667年所提到的',他说:'我有一部为我们(耶稣会传教士)使用的汉语词典手稿,如能获得印刷费,我很想把它付印成书。'但是事实上恐怕并非如此……这部字典为Vocabulario Sinicoeoruopeo《汉欧字汇》或《汉欧字典》。上述季尔赫尔称它为《汉语字典》,而且是可以付梓的定稿,就是说,其中罗马字系统声调及送气音符号都已定型。这一切都表示这部字典的原语是汉语,是一部《汉欧(葡)》字典,它与《汉葡辞典》并非一书。"
③　杨福绵的《罗明坚和利玛窦的〈葡华辞典〉(历史语言学导论)》排印有误,说德礼贤是在1935年写的文章,但在他的注释参考文献没有注出1935年的文章,而是注出了1938年的一本书。同时在正文中他将德礼贤的这篇文章出处标成"德礼贤1983b:695",这实际上是杨福绵自己在后面注释中所指德礼贤在1938年所写的书,即Atti del XIX Congresso Internazionale degli Orientalisti, Roma,1938,第693—698页,杨福绵将1938误写成1983了。

年前,很有可能是在1584—1588)就已经写作了一本不错的字典。1598年10月18日,龙华民称'利玛窦做了这本欧汉字典的相当一部分'。这部汉学古字典是世界上第一本欧汉字典,我们可以给这本字典这样一个名称——葡华字典。这部字典的手稿藏于耶稣会罗马档案馆jap-sin,I,198。我本人于1934年找到并证实了这部文献。这部字典用的是中国纸,尺寸为23乘16.5。"①这里很清楚,德礼贤明确的知道这是两部辞典,而且完全不一样,并且在《利氏史料》的第33页复制出了《葡华辞典》的一页。德礼贤在这里是清楚的,他并未混淆这两部辞典。只不过在这里个别语句的语言表达上容易引起歧义。例如,德礼贤在注释中所说的"1598年10月18日,龙华民称'利玛窦做了这本欧汉字典的相当一部分'"这句话有些模糊,因为,1598年正是利玛窦第一次从北京返回南京时,这样龙华民这句话很容易使人理解为是《汉葡辞典》。而《葡华辞典》,龙华民是根本不可能看到的,德礼贤将龙华民这句话放在这里容易产生模糊。当然,德礼贤在注释的最后说得很清楚"我们可以给这本字典这样一个名称——葡华字典。这部字典的手稿藏于耶稣会罗马档案馆jap-sin,I,198",因此,杨福绵用德礼贤1938年的话做依据来批评德礼贤,这是有失公允的。②

  关于《汉葡辞典》的下落问题,这是涉及利玛窦研究的重大文献问题。在这里略作展开。至今在利玛窦研究中,利玛窦有两部著作尚未发现,一个就是1598年他和郭居静等合作,编撰的《汉葡辞典》,一个就是他所翻译的《四书》。

  关于《汉葡辞典》于利玛窦后失传,不知去向,中外学者都在寻找这部辞典。在西方最引人关注的说法是基歇尔在《中国图说》中所提的一部辞典。杨福绵在文中提到这件事,"这便是季尔赫尔(Athanasius Kircher,又名基歇尔)在1667年所提到的",他说:"我有一部为我们(耶稣会传教士)使用的汉语词典手稿,如能获得印刷费,我很想把它付印成书。"③1667年《中国图说》法文版出版时,书后附有一个法汉辞典,尽管没有一个汉字,但字典采取的注音汉字的方法,也可以达到对汉字的理解。因此,1667年《中国图说》出版后

---

  ① 《利氏史料》第一集,第32页注释1。
  ② 杨福棉这样的批评在国内也有影响,徐文堪先生在《谈早期西方传教士与辞典编撰》一文中就认同杨福绵的观点"德礼贤则认为,利氏所述的辞典即他发现的《葡汉辞典》。这显然不妥。"见《辞书研究》2009年第9期。
  ③ Louis Aloys Pfister, *Notices biographiques et bibliographiques sur les jésuites de l'ancienne mission de Chine*, 1552—1773, Chang-Hai: Imprimerie de la mission catholique, 1932, II:996.参阅张西平、杨慧玲等译《中国图说》,郑州:大象出版社,2010年,第224页。

## 第三章 《葡汉词典》中的散页文献研究

关于这部辞典的来源和作者一直引起学者的探讨，法国著名汉学家伯希和认为，1667年《中国图说》后所附录的法汉辞典很可能就是利玛窦—罗明坚藏在耶稣会档案馆的《葡华辞典》，他说："如此看来，《中国图说》法文译本中所载无汉字的字典，说是利玛窦的这部字典，亦有其可能。"①

笔者认为，基歇尔看到罗明坚的这部字典可能性很小，他在罗马分别见过曾德昭、卜弥格、卫匡国、白乃心，但和罗明坚并未见过面。同时，利玛窦后来和郭居静合编的《汉葡辞典》带回欧洲的可能性也很小。关于《汉葡辞典》柏应理(Philipus Couplet,1624—1692)曾说，郭居静编过一部《按照欧洲拼音字母排序并按照声调分部的词汇表》(*Vocabularium sinicum, ordine alphabetico Europaeorum more concinnatum, et per accentus suos digestum*)，利玛窦和郭居静编撰的《汉葡辞典》在哪里？杨福绵在文中说："那就是费赖之(Louis Pfister,S.J.,1833—1891)的《入华耶稣会书士书目及列传》1934年法文增订版的卷末参考书中(996页)附了一条 Catalogue Ms de Pékin《北京手抄(耶稣会士人名)目录》。在该条脚注中谓这份目录是裴化行(Henri Bernard,S.J.)和范德(Fr. Van den Brand,C.M.)两位神父在一部《汉葡字典》手稿附录里发现的。而这部字典是他二人于1933年在北京图书馆发现的。该手稿编号是22.658，共8+624+34页，32开本。字典未标明编著者姓名、成书年月及地址。费氏书增订人在括弧里注有'或许是1660—1661? 年间完成的。'②这部字典很可能是根据利玛窦等的《汉葡字典》编成的。不过要解答这个问题，必须查阅该稿本，并与《葡汉辞典》的罗马拼音方案以及词汇作一番比较和考证的工作，才能得到结论。"③

1987年金国平就注意到了这部辞典，他查阅后认为：国图藏汉葡词典是供个人使用而编纂的，从葡文字迹以及中译葡的不确之处来看，作者的葡语水平高于汉语。至于此葡汉词典的编纂年代，从词典附录判断不早于1660年。④

---

① 冯承钧译《西域南海史地考证译丛第三卷》，商务印书馆，1999年，第233页。关于《中国图说》1667年法文版后所附的法汉辞典的研究，参阅马西尼、杨少芳《对欧洲出版的第一部中文字典的注释(1670年)》，载张西平主编《国际汉学》，郑州：大象出版社，2009年。
② 费赖之《入华耶稣会书士书目及列传》，北京：中华书局，1995年。
③ 杨福绵《罗明坚、利马窦〈葡汉辞典〉所记录的明代官话》，载《中国语言学报》1995年第5期，第35—81页。
④ 金国平《汉语中葡语词源词汇及中葡、葡中辞书考》*Alguns dados sobre léxico chinês de origem portuguesa e lexicografia sino-portuguesa e vice-versa*, Congresso sobre o Estado Actual da Língua Portuguesa no Mundo, Actas Vol.II: pp. 364—379, Lisboa, Instituto de Língua e Cultura Portuguesa, 1987.

杨慧玲对这个辞典做了更为深入的研究,她在《中国国家图书馆藏汉葡辞典抄本及其史料价值》一文详细介绍了中国国家图书馆所藏的这部辞典的基本情况。

20世纪30年代裴化行、费赖之等人所提国立北平图书馆藏汉葡词典现藏国家图书馆善本部,编号已经变更为 V/PL1459 P6C5。这部手稿汉葡词典页宽7厘米左右,页长10厘米左右,是一部袖珍型词典。现存页码有8页汉字部首表,624页单页词典正文,24页的附录,与费赖之1934年记载的34页附录相比,有10页的数差。费赖之等人并未对汉葡词典的内容进行介绍。

国图善本手稿汉葡词典按欧洲人习惯从左向右翻页,单页编排页码,内容完整,字迹整齐。汉字系中国人用毛笔书写,罗马注音及葡萄牙文释义系欧洲人用钢笔书写。

词典正文前有一个322个汉字部首表,右侧标出了在词典正文中该部首汉字组的起始页码。正文中的汉字部首均用红色墨水书写,汉字均按剩余笔画数列于剩余笔画数数字之下,剩余笔画数也是红色墨水书写,非常醒目。部首表相当于初级检索表,正文醒目的红色部首和剩余笔画数对所收汉字进行了简单标注,起到了便利检索和查找使用的功能。

正文中每个词条都是注音、汉字词目、葡萄牙语对应词形式排列,释文部分没有任何汉字形式的例词。一个汉字常常对应多个注音。也有许多汉字词目下仅有注音而没有葡萄牙文释义。

国图手稿汉葡词典附录的内容有:2页名帖格式,7页礼品名称数量名录,2页从1624年至1683年欧洲纪年和中国甲子纪年对应的甲子纪年表(天干地支用金粉书写),4页书信套语,8页77名来华传教士名录,2页中国修士名录。

笔者发现,这份从1581年来华的耶稣会士沙勿略起至1660年入华的77名基督教传教士名录中,不全是耶稣会士。绝大多数耶稣会士名前都标注了"†"符号,道明会传教士名字前有"D",其余未标符号的人名部分是入华耶稣会士,也有方济各会传教士等。

手稿词典最后一页有紫色"G.ROS"的字样。封底内封上有两个用圆规绘制未完成的两个多层同心圆图形。①

从裴化行后,学术界一直对中国国家图书馆的这部辞典是否是利玛窦

---

① 参阅杨慧玲《中国国家图书馆藏汉葡手稿词典手稿及其史料价值》,载《史学史研究》2012年第4期。

和郭居静所编制的辞典有一定的期待,杨慧玲是在金国平后更为深入地对这部辞典展开深入研究的学者,她的结论是:

"因此,从双语词典史发展的角度推断,北京国图藏的汉葡词典以单一汉字为词目的词典,肯定晚于罗马藏混合词目的手稿汉葡词典。陈绪伦推测罗马耶稣会档案馆藏汉葡词典大约作于 1625 年至 1644 年间,①笔者也发现虽然罗马藏汉葡词典与利玛窦有一定的关系,但罗马藏汉葡词典完成时间在明末。结合国图藏汉葡词典的附录入华传教士名单,如卫匡国、南怀仁、潘国光、白乃心等一些著名耶稣会士名字前竟然没有标注耶稣会标志,收入的最后一位入华传教士是 1660 年入华,而且没有中文名这样一些特征,可以推断:国图藏手稿汉葡词典是由非耶稣会士编写的、约在 1660—1661 年间完成的一部汉葡词典。"②

笔者认为,关于中国国家图书馆这部辞典的归属至少我们已经可以有这样一个结论:这部辞典不是利玛窦和郭居静所编制的《汉葡辞典》,那么,利玛窦和郭居静所编制的《汉葡辞典》藏在何处?这仍是利玛窦研究,中西文化交流史研究中的一个重大遗留问题。

## 四、《葡华辞典》中的散页文献的语言学内容初探

首先,《葡华辞典》中的散页文献在中国音韵学上值得关注。先来看《宾客问答辞义》,笔者认为这篇文献是西方汉语史上第一篇汉语对话教材,虽然,全文没有一个汉字,汉字全部是罗马注音所代替,但这种形式确使我们看到中国汉语史上最早的罗马字注音汉字的文献,显然,这篇文献在时间上早于《葡华辞典》。

《宾主问答辞义》里 5a 页有下面一段宾主对话:

Che iuo:si fu tau cie li yi chi nien liau
客曰:师父到这里已几年了?

---

① 陈绪伦(Albert Chan)《罗马耶稣会档案处藏汉和图书文献目录举要》,M.E.Sharp,1998。陈绪伦认为罗马耶稣会档案馆藏编号为 Japonica-Sinica IV 7 的汉葡辞典可能是耶稣会的费奇规或曾德昭的汉葡词典。

② 参阅杨慧玲《中国国家图书馆藏汉葡手稿词典手稿及其史料价值》,载《史学史研究》2012 年第 4 期。

Ta iuo:zai yeu liã nien

答曰:才有两年。

Che iuo:giu chin ni schiau te'mun cie piē cuõ cua po schiau te'

客曰:如今你晓得我们这边官话不晓得?

Ta iuo:ye schiau te'chi chiu

答曰:也晓得几句。

Che iuo:ye chian te.

客曰:也讲得?

Ta iuo:lio schio kiã chi chiu

答曰:略学讲几句。①

    日本学者古屋昭弘考察了文献中的注音特点,认同了杨福绵和德礼贤提出的,在这一时期,罗明坚和利玛窦在用罗马字给汉字注音时,尚无注意到汉语语音发音中的送气和不送气的区别,所以,这篇文献没有标注出送气和不送气的区别。上述内容说明:"《问答》中的声调表示法虽然不完善,但可以说已具备了接受以后的五声符号的基础。"②

    同时,作者在文章中对通过对《问答》音系和《西儒耳目资》音系之间关系的考察,得出的结论是:"1584年罗明坚、利玛窦在广东肇庆市编写的《问答》和金尼阁根据耶稣会在全国活动的需要,于1626年在杭州出版的《西儒耳目资》这两份文献,音系上没有太大差异,在考虑到明代'官话'的方言基础这点上,是很令人揣摩的。"③这说明,关于这篇文献的注音系统和后来的《西儒耳目资》注音系统之间的关系仍待深入研究。

    再看第24a—26b页上的汉字表,这个汉字表共有348个字,在前一时期的研究中,笔者尚未从语音学的角度来看待这个字表,仅仅是从汉字识字的角度来谈的。④ 杨福绵先生认为这个字表是表示汉语的声母和韵母

---

    ① 杨福绵《罗明坚、利马窦〈葡汉辞典〉所记录的明代官话》,载《中国语言学报》1995年第5期,第35—81页。

    ② 参阅[日]古屋昭弘著,刘丽川译《〈宾主问答解疑〉的音系》,载《中国语学研究》1998年12期。

    ③ 参阅[日]古屋昭弘著,刘丽川译《〈宾主问答解疑〉的音系》,载《中国语学研究》1998年12期。

    ④ 参阅张西平《欧洲早期汉学史》与《中西文化的初识:北京与罗马》中关于罗明坚汉语学习部分。

的材料。他认为,其中"表示声母的汉字 339 个,其中许多汉字表示同一个声母。表示韵母的汉字不超过 39 个。这个汉字表中的声母与韵母与《中原音韵》中的完全一样"。①

散页中还有一些汉字和罗马字注音材料,这些材料为进一步深入研究《葡华辞典》的语音系统提供了参考。这里不做展开,笔者会在以后的研究中深入探讨。

因此,这些散页中的语音材料是我们理解和打开《葡华辞典》语音系统奥秘的辅助文献,在学术上仍有着重要的价值。②

其次,《葡华辞典》散页文献的词汇研究。

第 29 页是一个双音节同义词表:

声色,形影,儒道释,孟仲季,东南西北,春夏秋东,士农工商,琴棋书画,分寸尺丈,飞潜动植,金木水火土,青黄赤白黑,安危笑哭。

第 30v—31v 页是双音节反义词表:

表里,异同,迎送,远近,厚薄,授受,新旧,冷热,丰荒,饥饱,老少,寿夭,贫穷,奢俭,贵贱,精粗,轻重,清浊,消长,盈虚,大小,男女,长短,浅深,肥瘦,难易,方圆,首尾,出入,开闭,天地,日月,风云,雷雨,霜雪。

真伪,爱恶,是非,文武,强弱,生死,存忘,浮沉,动静,抑扬,俯仰,前后,左右,长幼,尊卑,众寡,聚散,贤愚,优劣,生孰,干湿,始终,早脱,昼夜,昏明,宾主,亲疏,巧挫,顺逆,用舍,吞吐,向悖,离合,买卖。

阴阳,升降,寒暑,往来,上下,高低,内外,进退,香臭,甘苦,幽明,隐现,有无,虚实,得失,荣枯,盛衰,兴败,曲直,斜正,喜怒,哀乐,勤懒,逸劳,古今,治乱,急缓,宽窄,起倒,舒倦,钝利,美丑,横直,屈伸,善恶。

这些反映了罗明坚初学汉语时的实际情况,对我们掌握汉语习得的规律是有帮助的。

最值得我们关注的是罗明坚关于量词的记载。量词是汉藏语系的独特语言现象。在中国古代语言中就已经存在量词,在甲骨文中,在先秦文学中都已经存在。但作为一个语法内容加以重视则是西方语法体系传入中国以后。《马氏文通》作为研究中国古汉语的语法书,当时并未给量词

---

① 魏若望编《葡华辞典》,杨福绵文,澳门基金会,2001 年,第 107 页。
② 参阅张西平《欧洲早期汉学史》,北京:中华书局,2009 年。

命名,只是称之为"记数之别称"。① 直到黎锦颐的《新著国语文法》才给量词一个明确的定义:"量词就是表数量的名词,添加在数之下,用来做所计数的事物之单位。"②

传教士入华后按照西方语言来理解中国语法,卫匡国(Marinus Martini,1614—1661)的《中国文法》是传教士第一本中文语法书,在书中按照拉丁语法,将中文分为八大词类:代词、形容词、动词、副词、叹词、连词、数词。他将量词放入"数词和数量词"之中,在他的例句中包括了 40 个量词。③ 西班牙传教士万济国(Francisco Varo)在他的《华语官话》中专列出"量词",并举出了 56 个量词。④

罗明坚在《葡华辞典》散页中最早注意到汉语的量词问题,但由于这不是一本语法书,只是辞典的散页,所以,他并未提出量词的概念,但他列举出了 49 个量词表。罗明坚这里的贡献在于:第一,他或许是最早注意到汉语中的量词问题的西方来华传教士,第二,他第一次初步提出一个量词词表。因为,卫匡国和万济国虽然是最早从语法上定义量词的,但都未将量词专门列出,而只是在例句中现实出来。所以,罗明坚的而这个量词词表在西方汉语史上是有价值的。

总之,《葡华辞典》作为来华耶稣会最有价值的早期文献,在学术上有着多重价值,以往的研究都只集中在《葡华辞典》本身的研究,对其中所包含的散页几乎无人系统地展开分析和研究,本文做一尝试,提交给学界,恳请学术界给予斧正。本文在写作过程中分别得到金国平、杨慧玲、麦克雷、王苏娜、孙双、李慧等多位学者的帮助,正是由于他们的无私帮助,他们所提供的材料、翻译,才使本文得以完成。在此,对以上学者表示感谢。

---

① 参阅马建忠《马氏文通》,北京:商务印书馆,1983 年。
② 参阅黎锦颐《新著国语文法》,商务印书馆,1992 年。由于认识的发展,现在主流语言学家已经放弃了将量词仅仅作为名词中一个类别的做法,而主张量词是一个独立的词类。
③ 参阅[意]卫匡国著,白佐良、白桦译《中国文法》,上海:华东师大出版社,2010 年;姚小平《西方语言学史》,北京:外语教学与研究出版社,2011 年,第 143 页。
④ [西]弗朗西斯科·瓦罗著,姚小平、马又清译《华语官话语法》,北京:外语教学与研究出版社,2003 年。

# 第四章
# 来华传教士早期的汉语学习文献

## 一、《中国天主教教义》的内容

1993年笔者在原北京图书馆发现一份署名利玛窦的《中国天主教教义》的中西文混编的文献,在此以前,中文文献中未有任何人对此做过报道和研究,为确定这篇文献的内容,1998年秋我曾同已故的美国汉学家魏若望先生(John W. Witek, S.J.)共同在北京图书馆对该文献做初步研究。① 为慎重起见,我暂未将研究成果发表。1999年北京图书馆出版社出版了任继愈先生主编的《中国国家图书馆古籍珍品图录》,第216页公布该文献的书影,并注明为利玛窦所撰。②

这篇文献在中国国家图书馆的编号为:v.bx1960 r49,经文的书名是编目人员用英文写在存放文献的一个黑色硬壳书封上的"Fragments of Catholic Catechism in Chinese, with note in Latin by Matteo Ricci 1588"。该文献共二张纸,折为7页,每页长25.5cm,宽19cm。第1—2页为用拉丁文

---

① 在这里我首先要感谢美国的已故的魏若望教授,这里的拉丁文是他帮助我整理出来的;其次,我要感谢中国社会科学院世界宗教研究所的魏道儒先生,他帮助我找到了有关佛教的文献,在理解这篇文献的佛教内容时他也给了我很大的帮助。本文为2001年笔者参加在北京理工大学召开的"相遇与对话:纪念利玛窦进京四百周年国际学术讨论会"论文,北外海外汉学研究中心作为这次会议最早的发起者和会议协办方,在论文编辑时完全被排除在外,个别西方汉学家们主导了这本论文集的编辑,将相遇与对话这个文明互鉴的广泛内容,几乎压缩为中国基督教史研究的内容,许明龙、法国汉学家蓝莉的很好的关于中学西传的研究论文均未收入。2005年我曾将此文的部分内容收入我的《传教士汉学研究》一书。20年来,中国学术界,特别是中国基督教史的研究,中西文化交流史的研究,经过这些年的发展,应该走出依靠境外一些研究机构支持才能展开自己研究的"学徒期"了。个别汉学家以"教师爷"的身份来训导中国学者的时代过去了。

② 任继愈主编《中国国家图书馆古籍珍品图录》,北京:北京图书馆出版社,1999年。

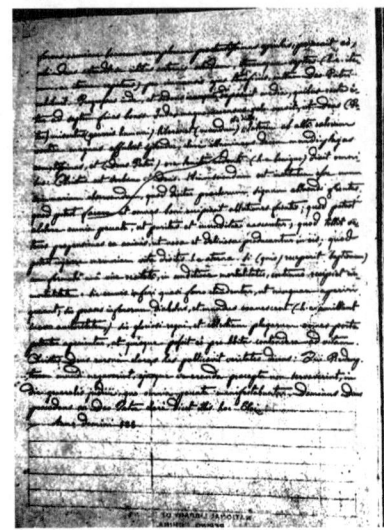

所写的经文,第3—5页为中文、罗马字母为每个中文注音、拉丁文解释中文,第6页空白,第7页为用中文所写的经文。这两页纸不是宣纸,很可能是当时传教士带入中国的欧洲纸张,拉丁文和中文显然都是用西洋书写工具所书写。1999年第一次公布这篇文献的书影时,编者注明作者为"利玛窦"①鉴于这份文献至今仍未全文发表,我这里将整理后的全文公布如下。②

1. 拉丁文部分

Deus videns mundum implicatum septem propensionibus ( h. e sep/③tem peccatis capitalibus )④ consequenter peolapsum esse ad ima infero/rum; neminem inter homines invenire potuit, qui illum ( mundum ) sal/varet. potuit proinde statuit descendere at terras, et per paupearta/tem ac supplica peccata redimere. Hâc inentione filius Dei, pro/purgatione peccatorum, transcendens alta

---

① 任继愈编《中国国家图书馆古籍珍品图录》,北京:北京图书馆出版社,1999年,第216页。个别汉学家认为中国国家图书馆的这个目录并不重要,不应成为学术讨论的对象。此言不妥,因为,中国国家图书馆是中国(学术地位及学术水平)最高的图书馆,它的目录,图录,历来受中国学术界重视。其二,这是第一次公布这篇文献的书影,理应重视。或许已经有西方学者研究了这篇文献,但这篇文献在中国国家图书馆收藏,收藏地公布了原始文献,当然应重视。
② 笔者在《中国和欧洲早期哲学与宗教交流史》一书中对这份文献曾做过简单的介绍。
③ 文中的"/"是表明原抄本中的转行。
④ 此括号内的内容在拉汉对照中没有。

caelorum, incamatus factus/est homo. Cum praedicatio djus divina de die in diem diffunderetur, li-/mens(seu sollicitus) pro salute humanâ celeriter contendit, (ex officio) redemptoris, ad templum Dei, ubi a capite ad pedes(h.e..profunde)/prostratus, et imbrem lacrymarum cum lamentabili clamore profun/dens (Deo patri) exposuit clarè, in quam profundam abyssum cecide/rint res praefatae(h.e.humanae) (deinde sensum doloris intra fines su/os ulterius retinere non valens) exclamavit: O mi Deus! quid(in tam/miserabili rerum statu) east faciendum? Cum Deus pater audiens haec/omnia ultra modum progressa, quasi perterritus, tacitamente: O qua/ta mala (inquit) procreârunt septem propensiones(seu peccata?) Ex in/de attente "examinans caelestibus(seu divinis) oculis videns"① vidit porcos/(symbolum luxuriae) canes, (-avaritiae apub Sinenses), hyanas, (-irae)/corvos(-gulae) picas(-invidiae) "dracones(-superbiae) serpen/tes (-pigritiae;" haec sunt symbola septem peccatorum capitalium apud/Sinas)"② esse ibi alligatos, quò virtutes contendere deberent (h. e. tenere)/menten humanam, quam septem③ oppositae virtutes occupare deberent), ac/pasci rebus immundis (h. e. sustentari occasionibus peccandi) Interim/Deus videns haec omnia, quasi lanceâ tristiae transverbratus con/solari non potuit, consideravit enim, quis posset salvari, si preafa/ta animalia (h. e. peccata) sua sponte sint introducta. Inter haec alia/erectus sententiâ consideravit fore, ut soli bonitatem, rectitudinem et/alias virtutes sapientes perventuri sint ad finem salutis ④Proinde Chris/tus ap ipsâ aurora aetatis, protulit omne aromaticos virtutum flores, et/(start the verso) ferens omnium bonorum exemplum praestantissimas epulis, perrexit eò/ubi Deus ostendit se ritibus externis colendum, interansque septies (h. e./rum, ac iterum repetens) pro immensis ejus beneficiis, cultum Deo Patri/exhibuit. Progressus inde, et sedens in conspectu Dei exposuit media, quibus recte i-/tur ad septem fines bonos. Inde magno accensus zelo oravit, ut Deus(pa/ter) misertus(generis humani) liberaret (mundum). His dictis interim ab alta caelorum/vertice magnus effulsit

---

① 此句在拉汉对照中没有。
② 此句在拉汉对照中没有。
③ 此处在拉汉对照中有 uirtutes 一词。
④ 此处拉汉对照中有 oterno 一词。

splendor, clar illuminas decem mundi plagas/remotissimas, et (Deus pater) ore leviter ridenti (h.e.benigno) dixit omni/bus: Christus est verbum Deus. Hinc sciendum est institutum esse unum/summarium obsrvandum, quod dicitur praeclarrum signum abluendis frontes/quo potesr facere ut omnes boni accipiant ablutiones frontis; quod, potest/abolere omnia peccata, ut puritas et munditia nascantur; quod tollit ve/teres propensiones ex animis, ut novae et deliciosae producantur in eis; quod/potest injicere memoriam vitae divitis h.e.aeternae. Si (quis receperit baptismum)/cum formulâ Unâ vice recitaâ in conditione mortalitatis, continuo recipiet im/mortalitatem. Sic omnes inferi quasi ferro claudentur, ut nunquam aperiri/queant; sic praeses inferorum diabolus, et mundus evanescent (h.e.amittenet/suam auctoritatem) sic gloriosi regni, et caelestium plagarum omnes portae/potentes aperientur, ut quisue possit eò pro libitu contendere ad vitam./Christus Deus rursum claras has publicavit veritates dicens: Qui Redemptorem mundi negaverint, ejusque venerada praecepta non servaverint, in/die generalis judicii, quo omnia peccata manifestabuntur, Domine Deus/procedens ex Deo Patre clare dicet illis hoc Eloi" qeneralis gubernator seu Rex regum et Dominus Dominatium, Jesus christus dicitur juxta quod dictum erat de illo: Dominabitur A Mari usque ad mare, et a flumine usque ad fines orbis Terrarum, Proindeille numerus iuem Sonal ac"①

Anno Domini 58.②

2. 拉汉对照部分

主瞻部州　　chou tchan pou tcheou

Deus videns mundum

经历七趣　　kin ly tsy hu

Implicatum septem propensionnibus③

然后坠地域　　jan heou thouy ty yu

Consequenter prolapsum esse ad ima infero

---

① 这一句拉丁文中没有，拉汉对照文中有。

② 文中"/"表示手抄稿的转行处，此段拉丁文是由美国的魏若望教授整理的，他回美国将整理稿寄我，在此对他的帮助表示感谢。

③ 在拉汉对照部分第一行是罗马字母注音汉字，第二行为用拉丁文翻译中文内容与第一部基本相同。

人中无脱援生　Jan tchong ou To yuen sen
Tum neminen inter homines invenire potuit, qui illum(mundum)Salvaret.
而决临下　eul kue lin hia
Potuit proind statuit descendere at terras,
贫窘拯非　pin kuin tchen fey
Et per paupertatem ac supplicia peccata redimere
而天子衍汶,跨高降凡　eui tien tse yen ouen koua kao kiang fan
Hâc inentione filius Dei, pro purgatione peccatorum, transcendens alta caelorum incarnatus factus east homo.
怖化日甚　pou houa je chen
Cum praedicatio djus divina de die in diem diffunderetur,
惶怖速往帝释所　houany pou siou quang ty che tien so
Limens(seu sollicitus)pro salute humanâ celeriter contendit,(ex officio)redemptoris ad templum Dei,
稽首顶足悲啼雨泪　ky cheou lin tiou pey ty yu loucy
Ubi a capite ad pedes(h. e profunde)prostratus, et imbrem lacrymarum cum lamentabili clamore profun
具白前唯溺　kui pe hien sse ouy ngy
Dens(Deo Patri)exposuit clarè, in quam profundam abyssum cecide rint res prafatae(h.e.humancae)
天主奈之何　tien tchou tang lay tche ho
(deinde sensum dolris intra fines suos ulteriuo retinere nou valens exclamsvit:O mi Deus! Quid(in tam miserabili rerum statu)est faciendum?
尔时天主闻此诸超　Eul che tian tchou ouen tie tchou titao
Cum Deus pater audiens haec omnia ultra modum progressa,①
极性惊怪作如是念　ky sen kin jen tso jou chen ngien
Quasi perterritus, tacitamente：
何为七趣　ho ouy tsy tsu
O quanta mala(inquit)procreârunt septem propensiones(seu peccata?)
默然思惟　me jan sse ouy

---

① 这个词仅在拉汉对照中有。

Ex in de attente  conliderans;seu exaaminans

以天眼观见猪、犬、野猄、乌、鹊、龙、蛇 y tien yen kouan kien tchou kiuen ye kin ou tsio poung ché

Suis① caelestibus,seu divinis oculis videns"vidit(symbelo septem peuatorum copitalium apud sma)nempe perious"②(symbolum luxuriate)canes,(-auaritiae apud Sinenses),hyenas,(-irae)corvos(-gulae)picas(invidiae)dracones(-superbiae)serpentes(-pigritae)

系于尔所趣皆食不净  hy yu oul so tsu kiay che pou tsin

Esse ibi alligatos,guò virtutes contendere deberent(h.e tenere)mentem humanan,quam septem"uirtutes"③ oppositae vuitutes occupare deberent ac pasci rebus immundis(h.e sustentari occasionibus peccandi.

尔时天主见斯事如矛刺心忧愁不乐  Eul che tieu tchou kien sse sse y jou meou tse sin yeou tsesu pou lo

Interim Deus videns haec omnia,guasi lanceâ trislitiae transverberatus consolari non potuit,

念谁能救是所故投  ngien chouy nen kiesu,che so kou teou

Consideravit enim,quis posset salvari,(si preafta animalia h.e peccata)④ sua sponte sint introducta

复作是念  fou tso che ngien

Intes haec(alia erectus sententiâ)⑤Consideravit

唯有如来应等觉,是而归趣  ouy yeou jou lay yn tchen ten kio che eul kouy tsu

Fore ut soli bonitatem,rectitudinem,et alias virutes sapientes perventuri sint ad finem Salatis(otermo)⑥

尔时帝释至于晓,持众系香花种种饮食  eul che ty che tche yu hiao che tihe tihoung hiang houa tchoung tihoung yu che

---

① 这个词仅在拉汉对照中有。
② 引号内的这一句仅在拉汉对照中有,引号是笔者另加的。
③ 这个词仅在拉汉对照中有。
④ 此括号仅在拉汉对照中有。
⑤ 这个括号仅在拉汉对照中有。
⑥ 括号内一词仅拉汉对照部分有。

Proinde Christus, ap ipsâ aurora aetatis, protulit omne aromaticos virutum flores, et① ferens omnium bonorum exemplum prastantissimas epulis,

往世尊所显面礼, 旋绕七匝恭敬洪养　　Ouang che hen so hien mien ly suen tsy tsa koung kin haung yang

Perrexit eòubi Deus ostendit Se ritibus externis colendum, iteransque Septies(h. e iterum ac iterum repetens) pro immensis ejus beneficiis, cultum Deo Patri exhibuit

进坐一面于世尊所　　tsin tso y mien yu che tseng so

Progressus inde, et sedens in conspectu Dei

见白善往七趣之事　　kiu pe chan ouang tsy tihe sse

Exposuit media, quibus recte i-tur ad septem fines bonos.

唯愿世尊哀愍救拔　　ouy yuen che tsen rgay mim kieou pa

Inde magno accensus zelo oravit, ut Deus(Pater misertus generis humani) liberaret(mundum)

（说此语已）尔时从顶上放大光明, 照十方界远　　Eul che tasoung tin tien chang fang la kouang, mim tsao che fang kiay ynen

His dictis interim ab alta caelorum vertice magnus effusit splendor, clare illuminans decem mumdi plagas remotisslmas,

复口中见微笑, 相告帝释言天主　　fou kou tchong kie Ouy siao jiang kao ty che yen tien tihou

Et(Deus Pater) ore leviter ridenti(h. e benigno) dixit omnibus Christus east verbum Deus.

当知有一总持名曰佛顶尊踪　　tang tche yeou y tsoung tch min yue fou tin tsen tsoung

Hinc Sciendum est institutam esse unum Summarium observandum quod dicitur praclarum signum abluendis frontes

能举一切如来, 会受灌顶　　nen kiu y tsia jou lay lin cheou kouan tin

Quod potest facere ut omnes boni accipiant ablutiones frontis

能言签一切有约成清净　　nen tchar y tsie yeou houan tchen tsin toin

Quod potest abolere omnia peccata, ut puritas et munditia nascantus

---

① 在纯拉定文部分中还有"start verso"。

除归于令趣所生之处　tchou kieou yu lim tou po tsu so sen tchen tichou
Quod tollit veteres propensiones ex annimis ut novae et deliciasae producantur in eis,

能忆富命　nen y fou min
Quod potest injicere memoriam vitae divitis(h.e aeternae)

若诵一遍　jo soung y pie
Si(quis)receperit(Baptismum)cum formulâ unâ vice recitatâ

设寿尽者现护延寿　chen chou tsa tsin tche hia yay cheou
In conditione mortalitatis,continuo recipiet immarlitatem.

一切地域铁定芪生　y tsie ty yu tie tin mie sen
Sic Omnes inferi quasi ferro claudentur ut nunquam aperiri queant

狱主世界悉杳成空　yu tchen che kiay sy yao tchen koung
Sic praeses in ferorum diabolus et mundus evanescent(h.e amittent Suam auctoriratem)

能开一切佛国天界人之门　nen kay y tsie fou koue tien kiay tche men
Sic gloriosi regni,et calestium plagarum omnes Portae potetes aperintur

随愿往生　chouy yuen ouang sen
Ut quisque possit eò pro libitu contendere ad vitam

帝释天主复白佛言　ty che tie tchou fou pe fou yen
Christus Deus rursum claras has publicavit veritates dicens

悖赎世尊法诫总持章非时　pey chou che tsen fa kiay tsoung tcha tchang fey che
Qui Redemptorem mundi negaverint ejusque venreranda pracepta non servaverint in die generalis judicii,quo omnia peccata manifestabuntur

世尊受天文清说此陀啰呢　che tsen cheou tien tchou tsin cho tse E po-I
Domines Deus procedens ex Deo patre clare dicet ills hoc Eloi

总持　tsoung tche
Qeneralis gubernator seu Rex regum et Dominus Dominatium, Jesus Christus dicitur①

总持　tsoung tch

---

① 此句拉丁文仅在拉汉对照中有。

Juxta quoa dictum erat de illo: Dominabitur a mari usque ad mare, et a flumine usque ad fines orbis Terrarum, proinde ille numerus①

总持五百八十八春　　tsoung tche ou pe pa che lctouen

Iuem Sonal ac anno domini 588

### 3.中文部分

主瞻部州,经历七趣,然后堕地域,人中无脱援生,而决临下,贫窘拯非。而天子衍汶,跨高降凡,怖化日甚,惶怖速往帝释所,稽首顶足悲啼雨泪,具白前唯溺,天主奈之何？尔时天主闻此诸超,极生惊怪作如是念:何为七趣？默然思惟,以天眼观见猪、犬、野猿、乌、鹊、龙、蛇,系于尔所趣皆食不净,尔时天主见斯事如矛刺心,忧愁不乐。念谁能救是所故投？复作是念:"唯有如来应等觉,是而归趣"尔时帝释至于晓,持众系香花种种饮食,往世尊所显面礼,旋绕七匝恭敬洪养。进坐一面于世尊所,见白善往七趣之事,唯愿世尊哀愍救拔,(说此语已),尔时从顶上放大光明,照十方界远,复口中见微笑,相告帝释言天主,当知有一总持名曰佛顶尊踪,能举一切如来,会受灌顶;能言签一切有约成清净,除归于令趣所生之处;能忆富命,若诵一遍,设寿尽者现获延寿,一切地域铁定芪生。狱主世界悉杳成空,能开一切佛国天界之门,随愿往生,帝释天主复白佛言,悖赎世尊法诫,总持章非时,世尊受天主清说此陀啰呢。云云。②

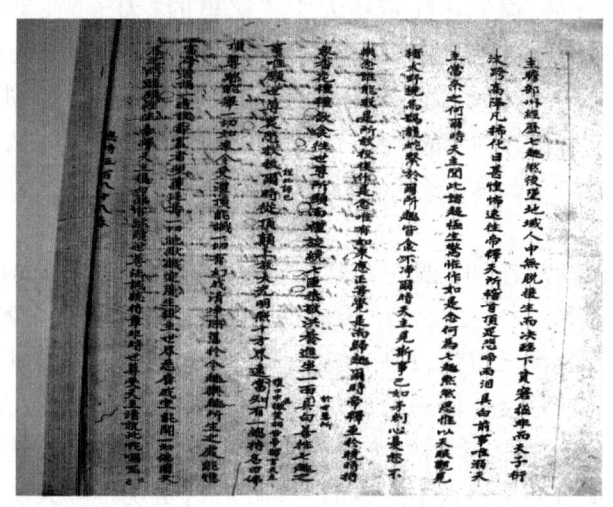

---

① 此句拉丁文仅在拉汉对照中有。

② "云云"仅在中文中有。

## 二、《中国天主教教义》基本内容的分析

从以上的研究我们可以得知,这是利玛窦等人入华不久,在仍以"西僧"名义展开活动时期的文献。从文献的内容结构来看,这篇文献既是他们学习佛教理论的见证,也是他们学习中文的一个读本。正因为这个特点,在中文的抄写上有一些错误,这给我们解释文献的内容带来一些困难。因此,我们首先应该对经文的内容做初步的解释。

在佛教中有"四洲"之说,也称四大部洲,即"东胜神洲""南瞻部洲""西牛货洲""北俱庐洲"。利玛窦经文中的"瞻部州"也就是"南瞻部洲"。在佛教中"南瞻部洲"(梵文 Jambudvipa)的"瞻部"(Jambu)是浦桃树的音译,该州地形如车厢,人面亦如车厢。由于南瞻部洲是人所居住的地方,所以生于此世间的人有四种最胜之缘,即:见佛、闻法、出家、得道。这份经文中的"主"无法理解,笔者认为此字很可能是"住"字的误写。"经历七趣",在佛教中指七种所往,即地狱趣、饿鬼趣、畜生趣、人趣、神仙趣、天趣、阿修罗趣。"然后堕入地域",即人堕入地狱。"人中无脱援生,而决临下,贫窘拯非",尚不能确切解释,大意为人堕入地狱后的困境。"而天子衍汶,跨高降凡,怖化日甚,惶怖速往帝释天所。"这里的"天子"在佛教中指人中王、国王,因得诸天之保护,故又称天子。"怖化",很可能是佛教中"怖畏"的误写,表示恐惧害怕之意。"帝释天",它原为印度教之神,那时称它"因陀罗",入佛教后被称为"帝释天""天主",它是佛教的护法神,乃十二天之一,为忉利天(三十三天)之主。文献中的这一句说明天主前往帝释天之处问询有关情况。

"稽首顶足悲啼雨泪,具白前唯溺,天主奈之何?"这一句中的"具白"很可能是佛经中一人物的名。"稽道顶足"是佛教中的一种礼仪,描述具白痛哭流涕向帝释天叙说,现已堕入地狱,该怎么办?"尔时天主闻此诸超,极生惊怪作如是念:何为七趣?默然思惟,以天观见猪、犬、野豮、乌、鹊、龙、蛇,系于尔所趣皆食不净,尔时天主见斯事如矛刺心,忧愁不乐。"这里的"天观"很可能是佛教中所说的"天眼",这是说帝释天所看到的七趣均属"皆食不净"的动物,因而非常忧虑。上面已讲佛教中的七趣不仅仅是"畜生趣",还有人趣、神仙趣和天趣等,而帝释天以天眼所察具白仅在"畜生趣"中,自然忧心如焚,怎么办呢?"念谁能救是所故投?"具白问谁

能相救呢？帝释天答复说"唯有如来应等觉,是而归趣"。如来是释迦牟尼的名号,表示"乘如实之道而来,而成正觉之意"。"等觉"也就是"正觉",在佛教中它表示"证悟一切诸法之真正觉智,即如来之实智,故成佛又称成正觉"。显然帝释天说,此事你只有找如来请教,他会给你解脱。

"尔时帝释至于晓,持众香花种种饮食,往世尊所显面礼,旋绕七匝恭敬洪养。"这是说此时天已破晓,帝释天手持鲜花和食物到如来那里。"世尊"指的是如来,"洪养"很可能是"供养"的误笔。"旋绕七匝恭敬洪养"显然讲的是帝释天见如来时的礼节,并献上所持的鲜花与食物。"进坐一面于世尊,见白善往七趣之事,唯愿世尊哀愍救拔",这是帝释天在向如来叙说具白堕地狱,所经七趣之事,希望如来悲天悯人给予救拔。在文字上这一句恐怕有错,"进坐"应为"退坐",因退坐才是见如来时的礼节;"说此语已,尔时从顶上放大光明照十方界远。"在佛教中"六地藏"指能化导六道众生之六尊地藏菩萨,其中化导畜生的地藏菩萨名叫"大光明"。另外,佛教把四方、四维、上下之总称为"十方",并认为十万有无数世界及净土,将其称为"十方世界",这是从佛教上描绘如来听到帝释天后的反应。

"复口中见微笑,相告帝释言:天主,当知有一总持名曰佛顶尊踪,一能举一切如来,会受灌顶;能言签一切有幻成清净。"如来告诉帝释天只有"佛顶尊踪",即佛教中所说的"尊胜陀罗尼",能给以灌顶,能远离因恶行所招致的过错而带来的烦恼。"除归于令趣所生之处;能忆富命,若诵一遍,设寿尽者现护延寿,一切地域铁定芪生。狱主,世界悉杳成空,能开一切佛国天界人之门,随愿往生。"这仍是如来所说,他告诫天主我可以免除你畜生趣之苦,只要背诵一遍"尊胜陀罗尼"经,就可以延年益寿,免受地狱之苦,能升入天界。"帝释天主复白佛言,悖赎世尊法诫总持章非时"这是帝释天的答复。这样,如来受天主所求,开始念'尊胜陀罗尼'经,即"世尊受天主清说此陀罗呢"。"总持、总持、总持五百八十八春"这便是如来所念的经文。

## 三、《佛顶尊胜陀罗尼经》与《中国天主教教义》的比较

《佛顶尊胜陀罗尼经》是唐代著名印度译经家佛陀波利（Buddha-pala）所译,相传在唐高宗仪凤元年（676）佛陀波利在五台山"逢一神异之老翁,蒙其示教",他随后返回印度取来《尊胜陀罗尼经》。唐高宗先令日照和杜

行颉译出,而后应佛陀波利的请求,高宗把梵文原本还给他,佛陀波利住西明寺与顺贞共译。除了这两个译本外,另还有七种译本,但以佛陀波利的译本流传最广。为对照"利玛窦佛经译文"下面我将佛陀波的译本抄录如下:

佛顶尊胜陀罗尼经
罽宾国沙门佛陀波利奉　诏译

如是我闻,一时薄伽梵在室罗筏。住誓多林给孤独园,与大苾刍众千二百五十人俱,又与诸大菩萨僧二千人俱,尔时三十三天于善法堂会。有一天子名曰善住,与诸大天游于园观,又与大天受胜尊贵。与诸天女前后围绕,欢喜游戏种种音乐,共相娱乐受诸快乐。

尔时善住天子即于夜分闻有声言,善住天子却后七日命将欲尽,命终之后生赡部洲。受七返畜生身,即受地狱苦,从地狱出希得人身生于贫贱,处于母胎即无两目。

尔时善住天子闻此声已,即人惊怖身毛皆竖愁尤不乐。速疾往诣天帝释所,悲啼号哭惶怖无计,顶礼帝释二足尊已。白帝释言听我所说,我与诸天女共相围绕受诸快乐,闻有声言善住天子却后七日命将欲尽。命终之从后赡部洲,七返受畜生身,受七身已即堕诸地狱,从地狱出希得人身,生贫贱家而无两目,天帝云何令我得免斯苦。

尔时帝释闻善住天子语已,甚大惊愕即自思维。此善住天子受何七返恶道之身? 尔时帝释须史静住入定谛观,即见善住当受七返恶道之身。所谓猪狗野干猕猴蟒索鸟鹫等身,食诸秽恶不净之物。尔时帝释观见善住天子当堕七返恶道之身,极助苦恼痛割于心。谛思无计何所归依,唯有如来应正等觉,令其善住得免斯苦。

尔时帝释即于此日初夜分时,以种种花鬘涂香末香。以妙天衣庄严,执持往诣誓多林园于世尊所,到已顶礼佛足右绕七匝,即于佛前广大供养。佛前胡跪而白佛言,世尊善住天子云何当受七返畜生恶道之身,具如上说。

尔时如来顶上放种种光,遍满十方一切世界已,其光还来绕佛三匝，从佛口入，佛便微笑告帝释言。天帝有陀罗尼，名为如来佛顶尊胜。能净一切恶道，能净除一切生死苦恼，又能净除诸地狱阎罗王界畜生之苦，又破一切地狱能回向善道。

天帝此佛顶尊胜陀罗尼，若有人闻一经于耳。先世所造一切地狱恶业，悉皆消灭当得清净之身，随所生处忆持不忘，从一佛刹至一佛刹，从一天界至一天界，遍历三十三天，所生之处忆持不忘。

天帝若人命欲将终，须臾忆念此陀罗尼，还得增寿得身口意净，身无苦痛，随其福利随处安隐。一切如来之所观视，一切天神恒常侍卫，为人所敬，恶障消灭。一切菩萨同心覆护。

天帝若人能须臾读诵此陀罗尼者，此人所有一切地狱畜生阎罗王界饿鬼之苦，破坏消灭无有遗余。诸佛刹土及诸天宫，一切菩萨所住之门，无有障碍随意趣入。

尔时帝释白佛言，世尊唯原如来为众生，说增益寿命之法。

尔时世尊知帝释意心之所念，乐闻佛说是陀罗尼法。即说咒曰

（咒语省略）

佛告帝释言，此咒名净除一切恶道，佛顶尊胜陀罗尼，能除一切罪业等障，能破一切秽恶道苦。天帝此大陀罗尼，八十八殑伽沙俱胝百千诸佛同共宣说。随喜受持，大日如来智印印之。为破一切众生秽恶道苦故，为一切地狱畜生阎罗王界众生得解脱故。临急苦难，堕生死海中众生得解脱故。短命薄福，无救护众生，乐造杂染恶业众生，得饶益故。又此陀罗尼于赡部洲住持力故。能令地狱恶道众生，种种流转生命，薄福众生，不信善恶业失正道众生等，得解脱义故。

佛告天帝，我说此陀罗尼付嘱于汝。汝当授与善住天子，复当受持读诵思惟，爱乐忆念供养于赡部洲与一切众生，广为宣说此陀罗尼，印亦为一切诸天子故说此陀罗尼印。付嘱于汝！天帝汝当善持守护勿令忘失，天帝若人须臾得闻此陀罗尼。千劫已来积造恶化重障，应受种种流转生死，地狱饿鬼畜生阎罗王界阿修罗身，夜叉罗刹鬼神布单那羯吒布单那阿波娑摩罗，蚊虻龟狗蟒蛇一切诸鸟，及诸猛兽一切蠢动含灵。乃至义子之身更不重受，

即得转生诸佛如来一生补处菩萨同会处生,或得大姓婆罗门家生,或得大刹利种家生,或得豪贵最胜家生。天帝此,人得如上贵处生者,皆由闻此陀罗尼故。转所生处皆得清净,天帝乃至得到菩提道场最胜之处,皆由赞美此陀罗尼功德。如是天帝此陀罗尼,名为吉祥,能净一切恶道。此佛顶尊胜陀罗尼,犹如日藏摩尼之宝。净无瑕秽净等虚空,光焰照彻,无不周遍。若诸众生,持此陀罗尼亦复如是。亦如阎浮檀金明净柔软,令人喜见不为秽恶之所染著。天帝若有众生,持此陀罗尼亦复如是。乘斯善,净得生善道。天帝此陀罗尼所在之处,若能书写流通,受持读诵听闻供养。能如是者一切恶道皆得清净,一切地狱苦恼悉谐消灭。

佛告天帝,若人能书写此陀罗尼,安高幢上,或安高山,或安楼上,乃至安置窣堵波中。天帝若有苾刍苾刍尼优婆塞,优婆夷,族姓男,族姓女,于幢等上或见与相近。其影映身,或风吹陀罗尼,上幢等上尘落在身上。天帝彼诸众生所有罪业,应堕恶道地狱,畜生阎罗王界,饿鬼界,阿修罗身恶道之苦。皆悉不受亦不为罪垢染污,天帝此等众生.为一切诸佛之所授记。皆得不退转。于阿耨多罗三藐三菩提。

大帝何况更以多诸供具华鬘,涂香末香幢幡盖等衣服璎珞,作诸庄严。于四衢道造窣堵波,安置陀罗尼。合掌恭旋绕行道归依礼拜,天帝彼人能如是供养者,名摩阿萨埵.真是佛子持法栋梁,又是如来全身舍利窣堵波塔。

尔时阎摩罗法王,于时夜分来诣佛所,到已以种种天衣妙华涂香庄严,供养佛已。绕佛七匝顶礼佛足,而作是言:我闻如来演说,讚持大力陀罗尼故来修学。若有受持读诵是陀罗尼者,我常随逐守护,不令持者堕于地狱,以彼随顺如来言教而护念之。

尔时护世四天大王,绕佛三匝白佛言,世尊唯原如来为我,广说持陀罗尼法。尔时佛告四天王,汝今谛听我当为汝.宣说受持此陀罗尼法,亦为短命诸众生说。当先洗浴著新净衣,白月圆满十五时,持斋诵此陀罗尼。满其千遍,令短命众生还得增寿。永离病苦一切业障悉皆消灭,一切地狱诸苦亦得解脱。诸飞鸟畜生含云之类,闻此陀罗尼一经于耳。尽此一身更不复受。

佛言若人遇大恶病,闻此陀罗尼,即得永离一切诸病,亦得消灭应堕恶道,亦得除断,即得往生寂静世界。从此身已后更不受胞胎之身,所生这处莲花化生,一切生处忆持不忘,常识宿命。

佛言若人先造一切极重恶业,遂即命终乘斯恶业应堕地狱,或随畜生阎罗王界,或堕饿鬼乃至堕大阿鼻地狱,或生水中或生禽兽异类之身,取其亡者堕身分骨。以土一把诵此陀罗尼二十一遍,散亡者骨上即得生天。

佛言若人能日日诵此陀罗尼二十一遍,应消一切世间广大供养。舍身往生极乐世界,若常诵念得大涅槃,复增寿命受胜快乐。舍此身已即得往生种种微妙诸佛刹土,常与诸佛俱会一处。一切如来恒为演说微妙之义,一切世尊即受其记。身光照曜一切刹土,佛言若诵此陀罗尼法,于其佛前选取净土,作坛随其大小,方四角作,以种种草花散于坛上,烧众名香,右膝著地胡跪,心常念佛,作慕陀罗尼印,屈其头指以大母指,押合掌,当其心上.诵此陀罗尼一百八十遍讫。于其坛中如云王雨花,能遍供养八十八俱胝殑伽沙那庾多百千诸佛。彼佛世尊咸共赞言,善哉希有真是佛子,即有无障碍智三昧,得大菩提心庄严三昧。持此陀罗尼法应如是。佛告天帝我以此方便,一切众生应堕地狱道令得解脱。一切恶道亦得清净,复令持者增益寿命。天帝汝去将我此陀罗尼,授与善住天子。满其七日,汝与善住俱来见我。

尔时天帝于世尊所,受此陀罗尼法奉持还于本天,授与善住天子。尔时善住天子,受此陀罗尼已,满六日六夜,依法受持一切原满。应受一切恶道等苦,即得解脱住菩提道。增寿无量甚大欢喜,高声欢言希有如来。希有妙法,希有明验,甚为难得令我解脱。尔时帝释至第七日,与善住天子将诸天众,严持花鬘涂香末宝幢幡盖天衣璎珞微妙庄严,往诣佛所设大供养。以妙天衣及诸璎珞,供养世尊绕百千匝,于佛前立踊跃欢喜坐而听法。

尔时世尊舒金色臂,摩善住天子顶,而为说法授菩提记。佛言此经名净除一切恶道佛顶尊胜陀罗尼,汝当受持,尔时大众闻法欢喜,信受奉行佛顶尊胜陀罗尼经。

(咒语省略)

通过以上佛经原文,比较两个文本我们可以看出以下两点:

其一，中国国家图书馆所藏的利玛窦《天主教教义》，从经文内容上看与天主教教义无关，它实际上是一篇佛教的经文，其内容属于"佛顶尊胜陀罗尼经"。但内容更为简单。由于此经文还有另外七种译本，目前尚不清楚传教士们具体抄录的那一个译本。① 但内容上肯定是从《佛顶尊胜陀罗尼经》摘抄来的，而不是用佛教语言所写的天主经。

其二，二者的不同之处在于《佛顶尊胜陀罗尼经》有两部分构成，一是有关善住天子向帝释天求经的故事，二是尊胜陀罗尼经的经文。中国国家图书馆的抄本只有第一部分，而无第二部分。即便第一部分，国家图书馆的抄本也过于简单，内容只相当于原经文的十分之一不到。

造成这种不同的原因很可能是传教士刚入华不久，语言能力不强，他们选抄此经主要是为了学习汉语。若采用原经文内容太多，不易理解、不利语言的学习。这样他们选择了一个民间流行的简单的经文，用它来作语言学习的课本。

## 四、关于《中国天主教教义》的作者、写作时间与写作地点

首先，我们研究这篇文献的作者。《中国国家图书馆古籍珍品图录》的编者认为该文献的作者是利玛窦，证据何在？根据魏若望教授的研究，此手稿不是利玛窦的手迹。之后我也根据魏若望教授提供给我的利玛窦手迹，反复做了对比研究，认为这完全是两种笔迹。例如，在 D、P 等字母的书写习惯上完全不同。另外，我根据《葡华词典》中的罗明坚的手迹②，反复与此文献的笔迹做了对比研究。我认为这篇文献也决非罗明坚所做。例如，在 B、D、S 等字母的书写习惯上完全不同。那么，这篇文献真正的作者是谁？

我认为这篇文献的真正作者可能是麦安东（Antoine D'Almeyda，1556—1591），理由有以下三点：

第一，这篇文献很可能是在肇庆的入华耶稣会士所写。1588 年时耶稣会在中国只有澳门和肇庆两个点，③以后随利玛窦北上，在肇庆的部分天主教文

---

① 笔者在《中国与欧洲早期宗教和哲学交流史》一书中将此手稿定为利玛窦用佛经语言写的天主经，现在看来有误。
② 耶稣会档案馆 Jap-Sin.I 198。
③ 徐宗泽《中国天主教传教史概论》，上海：上海书店出版社，1990 年，第 172 页。

献被利玛窦带到北京。这份文献作为手稿,不可能是传教士在澳门所写,尔后带到肇庆的,只能是在肇庆的传教士所写。这篇文献现藏于中国国家图书馆,众所周知,中国国家图书馆除原北堂藏书①外,还藏有不少有关明清天主教方面的藏书,这篇文献何时流入中国国家图书馆还须进一步考证。②

第二,1588年前到过肇庆的传教士共有五位:罗明坚、巴范济(Francois Pasio,1551—1612)、利玛窦、孟三德(Edouard de Sande,1531—1600)、麦安东。巴范济在中国待的时间很短,1583年就去了日本,若从字迹上再把罗明坚、利玛窦的可能性排除掉,那么这篇文献的作者只能是孟三德和麦安东两人。

第三,从文献"五八八春"的字样看,中国国家图书馆编目时将其确定为"1588年"是正确的。笔者也请教过一些佛教的专家,他们也认为"五八八春"应该指的是"1588年"。如果这个前提成立,1587年8月因罗明坚在广西传教不顺利,孟三德返回澳门③,1588年1月罗明坚也返回澳门。④此时留在肇庆的只有利玛窦和麦安东两人,因该文献字迹与利玛窦不符,这样麦安东是该文献的作者可能性最大。写作地点是肇庆,因他和利玛窦在1589年8月才离开肇庆,前往韶州。⑤

## 五、《中国天主教教义》在中国天主教史上的价值

从沙勿略(Xavier,Saint Francisco,1506—1552)来到东方起就已经注意到中国的佛教⑥,罗明坚刚到澳门就参观了澳门的佛寺。⑦ 进入肇庆以后,罗明坚和巴范济住在佛教的天宁寺,并正式致信给当地官员"承认改着

---

① 方豪《明季西书七千部流入中国考》,见《方豪六十自定稿》,台北:学生书局,1969年,第9—55页。H,Verhaeren,*Catalogue de la Bibliothepue Du Pé-T*,*ang*,Pékin Imprimerie des Lazaristes,1949。
② 中国国家图书馆当年在接受北堂藏书时,除《北堂书目》(Catalogue of the PEI·T'ANG library)所藏的西文书外,也有一批尚未收录《北堂书目》的稿本、抄本、散页文献,一并收入国家图书馆,此文献可能是原北堂图书馆散页文献,后转入国家图书馆。
③ 费赖之著,冯承钧译《在华耶稣会士列传及书目》第一册,北京:中华书局,1995年,第70页。
④ [法]裴化行著,管震湖译《利玛窦评传》上册,北京:商务印书馆,1993年,第97页。
⑤ 当然,这只是笔者的意见,希望有新的研究者共同讨论这个问题。
⑥ "其(释迦)弟子中的一些人去了中国设说他的教诲与信仰的方法使中国全境改宗并破坏了以前中国拥相的所有偶像与手寺院。"转引戚印平《沙勿略与耶稣会在华传教史》,载《世界宗教研究》2001年第1期。
⑦ [日]平川佑弘著,刘岸伟、徐一平译《利玛窦传》,北京:光明日报出版社,1999年,第60页。

僧众服装"①。从他们的行为来看当地的人们,无论是官员还是民众都认为"神父和中国寺庙里的和尚所行的某些职能有类似之处"②。

从1582年12月罗明坚和巴范济正式在肇庆居住下来,到利玛窦1595年5月17—18日(万历二十三年四月初九至初十)在江西樟树正式戴儒冠着儒服③,耶稣会士入华以后在长达十二年之久的时间中采取的亲和佛教的形式在中国展开各种活动,这表现在他们高兴地接受王泮将他们的寓所定名为"仙花寺",④罗明坚在浙江传教时住在寺庙中,⑤利玛窦等人参观佛教圣地南华寺,以致南华寺的和尚们以为利玛窦是新来的住持。⑥ 罗明坚在他的第一本中文著作中以来自天竺国的"西僧"自称,⑦在利玛窦所起草的教宗致大明国王书中将教宗称为"都僧皇"⑧。如果我们确认以上事实,那么我们便可看出这篇文献的价值。

第一,入华耶稣会亲和佛教的传教路线在文献上得到进一步证实。长期以来罗明坚和利玛窦与佛教的交往多有记载,利玛窦自己在晚年的《中国传教史》中也都有详细的叙述,但从未发现过他们研读佛经的具体文献,我们只能偶尔从他们自称的"西僧"名称中感觉到他们肯定读过佛经。这篇文献的发现证实了他们研读佛经这一事实,说明了他们所采取的亲和佛教的路线决不仅仅是外在的、形式上的,而是自觉的行为,有着理论上的准备和努力。无论这篇手稿的作者是谁,它都无可争辩地说明了这一点。

第二,《佛顶尊胜陀罗尼经》和基督教教义相通之处。正如在利玛窦

---

① [法]裴化行著,萧浚华译《天主教十六世纪在华传教志》下册,上海:商务印书馆,1936年,第209页。
② 利玛窦著,何高济等译《利玛窦中国札记》,北京:中华书局,1983年,第276页。
③ 关于利玛窦着儒服的时间各类书籍记载颇为混乱,前后不一。本文采用计翔翔的研究成果《关于利玛窦衣儒服的研究》,此文为作者在1998年在杭州大学召开的《中西文化交流史国际学术研讨会》上的发言,在此对计翔翔表示感谢。
④ [美]霍华德·林斯特拉英译,万明中译《1583—1584年在华耶稣会士的8封信》,任继愈主编《国际汉学》,郑州:大象出版社,1998年 第2辑,第262—263页。
⑤ [法]裴化行著,萧浚华译《天主教十六世纪在华传教志》下册,北京:商务印书馆,1936年,第120页。
⑥ 利玛窦著,何高济等译《利玛窦中国札记》,桂林:广西师范大学出版社,2001年,第236—239页。
⑦ 罗明坚《天主实录》名称和署名有变化,但《天主圣教实录》第一版署名是"西僧"。参阅张西平《中国与欧洲早期宗教和哲学交流史》,北京:东方出版社,2001年;张西平《罗明坚西方汉学的奠基人》,载《历史研究》2001年第3期。
⑧ 张奉箴《福音流传中国史略》上篇卷2,台北:辅仁大学出版社,1971年。

确定"合儒"路线后,把儒家的《四书》作为新入华传教士的汉语读本一样,①传教士选择"佛顶尊胜陀罗尼经"作为语言读本,也不仅仅是一个语言学习的问题。选择什么样的中国文献作自己的语言教材,这表示着他们的一种文化态度,一种文化立场。佛教作为一种宗教的确与基督教有着一些共同之处,如佛教的三宝:佛、僧、法很类似基督教的圣父、圣子、圣灵的"三位一体",佛教的"五戒"和基督教的"十诫"多有相似之处。"佛顶尊胜陀罗尼经"的逻辑结构:佛、帝释天、善住天子三者的层次关系与基督教的上帝、耶稣基督有某种表面上的相似。天堂、地狱之分,对世俗情欲的节制则在理论上和基督教有很近似之处。因而,传教士选择此经作为语言读本,除去它有简明扼要易于语言学习的原因外,还有着他们当时对佛教的认同。在这个意义上,确定《佛顶尊胜陀罗尼经》作为语言读本绝不是偶然的,它有着深刻的必然性。

第三,应客观评价入华耶稣会士的亲和佛教的路线,毫无疑问,利玛窦以后着儒服,采取"合儒补儒"的路线是耶稣会在华传教路线的重大转变。这种转变是其对中国深入认识的表现,是其调整传教策略以便更加适应中国社会的重要措施。正如他在 1595 年 11 月 4 日的信中所说:"从此我们决定放弃'僧'这个称号,……僧和我们的托钵会兄弟差不多,在中国并不太受重视。在这里有三大宗教:儒、道、释,而释可说地位最低的一个,他们不结婚,每日在寺中念经礼佛,多不读书,可谓低级百姓之一……我们既称僧人,很容易被人目为和僧人是一丘之貉。"②但这并不意味着他们在长达十二年的历史中亲和佛教的路线是错误的。佛教自东汉末年传入中国以后,历经六百多年,到禅宗时已完全融入中国文化,成为中国文化的重要组成部分。③ 采取佛教的形式传教同样是耶稣会"适应"政策的表现,④利玛窦采取"合儒"路线固然比原来罗明坚所确定的"合佛"路线高明一些,但若从晚明时的佛学与儒学互通⑤,当时流行的"三教合一"运动来看,他的"排佛"

---

① D.E.Mungello, *Curious Land: Jesuit Accommodation and the Origins of Sinology*, University of Hawaii Press, 1989 pp.247—299.
② 罗渔泽《利玛窦通信集》,台北:光启出版社,1986 年,第 202 页。
③ 任继愈主编《中国佛教史》第 1 卷,北京:中国社会科学出版社,1981 年;葛兆光《七世纪至十九世纪:中国的知识、思想与信仰》,上海:复旦大学出版社,2000 年。
④ 有的学者认为利玛窦采取排斥佛教的形式是错误的,见[法]谢和耐《中国与基督教》,北京:商务印书馆,2013 年,第 110—111 页。
⑤ 参阅赖永海《佛学与儒学》,杭州:浙江人民出版社,1996 年。

路线未必是很高明的。① 从这个角度来看,罗明坚、利玛窦等人在初入华的十二年中所采取的亲和佛教的路线,应视为他们探索基督教与中国文化相结合的一个重要阶段,因此,这份手稿在中国基督教思想史上具有重要的价值。

## 六、汉字拉丁注音的逐步发展

这篇文献应是传教士用罗马字母注音汉字的早期重要文献。关于汉字拉丁注音问题,尹斌庸先生认为《葡汉辞典》是汉字拉丁注音的初创时期,真正完成时期是1598年利玛窦第一次进京失败后,返回南方过程中,在运河的船中与郭居静(Lazare Cattaneo,1560—1640)合作制定拼音方案,在《利玛窦中国札记》中这样说:"整整用了一个月的工夫才到达临清城。这看来似乎是浪费了一个月的宝贵时间,但实际上却不是。钟鸣仁擅长使用中国语言,由于他的可贵帮助,神父们利用这个时间编制了一份中国词汇。他们还编成另外几套字词表,我们的教士们学习语言时从中学到了大量汉字。在观察中他们注意到整个中国语文都是由单音节组成,中国人用声韵和音调来变化字义。不知道这些声韵就产生语言混乱,几乎不能进行交谈,因为没有声韵,谈话的人就不能了解别人,也不能被别人了解。他们采用五种记号来区别所用的声韵,使学者可以决定特别的声韵而赋予它各种意义,因为他们共有五声。郭居静神父对这个工作做了很大贡献。他是一个优秀的音乐家,善于分辨各种细微的声韵变化,能很快辨明声调的不同。善于聆听音乐对于学习语言是个很大的帮助。这种以音韵书写的方法,是由我们两个最早的耶稣会传教士所创作的,现在仍被步他们后尘的人们所使用。如果是随意书写而没有这种指导,就会产生混乱,而对阅读的人来说,书写就没有意义了。"

这个完成时期所制定的"音韵字典"至今尚未被发现。

1601年利玛窦历经波折终于定居北京,在京期间应当时制墨专家程大约之邀为赠其版画三幅,并以拉丁字母注音了三篇文章,这三篇文章后"由教会单独编成一本小册子,全书共只有六页,取名叫作《西字奇迹》,收藏在梵蒂(冈)图书馆,编号是 Racc.,Gen.Oriente,Ⅲ,2331(12)"。②

---

① 弥维礼《利玛窦在认识中国宗教诸方面之作为》,载刘梦溪主编《中国文化》1990年第2期;孙尚杨《利玛窦对佛教的批判及其对耶稣会在华传教活动的影响》,载《世界宗教研究》1998年第4期。

② 尹斌庸《利玛窦等创造汉语拼写方案考证》,载王元化主编《学术集林》第1卷,上海:上海远东出版社,1995年,第349页。参阅尹斌庸《〈西字奇迹〉考》,载《中国语文天地》1986年第2期。

比利时传教士金尼阁(Nicolas Trigault,1577—1628)在利玛窦死后,与中国文人王徵合作1626年完成《西儒耳目资》一书。这部书是对利玛窦方案的一个具体运用,它"只是对利玛窦等人的方案做了一些非原则性的修改,其中主要是简化了拼法,可以说是对这个方案的进一步完善。"①

从《葡汉辞典》到《西儒耳目资》,入华耶稣会士完成了用拉丁字母拼读方案的制定,"《西儒耳目资》是一部具有划时代意义的著作……"②。罗常培先生把从利玛窦到金尼阁的努力称为"利—金方案",并认为这一方案对中国音韵学有三大贡献:

第一,"借用罗马字母作为拼音的符号,使后人对于音韵学的研究,可以执简驭繁"。

第二,可以依据"利—金方案"所提供的材料来确定明末"官话"的音值;

第三,"自从利玛窦金尼阁用罗马字标注汉音,方以智、杨选杞、刘献迁受到了他们的启示,遂给中国音韵学的研究,开辟出一条新路径。"③

金尼阁的《西儒耳目资》的拼音方案为今日的汉语拼音打下了基础,以下两个表④可看出二者之间的关系。

表一

| | 韵母声母 | 名称字母 | 声调 | 中文音节 |
| --- | --- | --- | --- | --- |
| 《西儒耳目资》方案 | 50个 20个 | 29个 | 5个 | 1507个 |
| 现有方案 | 35个 21个 | 26个 | 4个 | 1331个 |

表二

| | 一字韵母 | 二字韵母 | 三字韵母 | 四字韵母 |
| --- | --- | --- | --- | --- |
| 《西儒耳目资》方案 | 5个 | 20个 | 22个 | 1个 |
| 现有方案 | 6个 | 21个 | 12个 | 4个 |

---

① 尹斌庸《利玛窦等创制汉语拼写方案考证》,载王元化主编《学术集林》卷4,第350页。
② 何九盈《中国古代语言学史》,北京:北京大学出版社,2006年,第251页。
③ 罗常培《耶稣会士在音韵学上的贡献》,载《历史语言研究所集刊》第3分册,1930年,第2670—388页。
④ 以上两表摘自黎难秋《中国科技文献翻译史稿》,北京:中国科学技术出版社,1993年,第246页。

从这两个表的相似性可以看出，今天我们所采用的拼音方案是受到了金尼阁、王徵《西儒耳目资》拼音方案的影响。

从这里我们看到西方传教士的汉语学习与研究是一个涉及双边文化的语言研究领域，一方面，它是西方汉学史，扩大而言也是西方语言史的一部分，同时，它又是中国近代语言史的一部分，这批文献可以明显看出近代以来中西文化交错发展的复杂历史。① 从中国语言学来说，罗常培对利玛窦、金尼阁《西儒耳目资》的注音研究得出结论：耶稣会士对于中国音韵学的第一个贡献是用"罗马字母分析汉字的音素，使向来被人看成繁难的反切变成简易的东西"；第二个贡献是"用罗马字母标注明季的字音，使现在对于当时的普通音，仍可推知大概"；第三个贡献是"给中国音韵学研究开出一条新路，使当时的音韵学者，……受了很大的影响"。②

利玛窦像

---

① 参阅张西平主编《西方人汉语学习史调查》，北京：中国大百科全书出版社，2003年；杨慧玲《19世纪汉英词典传统：马礼逊、卫三畏、翟理斯汉英辞典的谱系研究》，北京：商务印书馆，2012年；董海樱《16世纪至19世纪初西人汉语研究》，北京：商务印书馆，2011年；李真《马若瑟〈汉语札记〉研究》，北京：商务印书馆，2014年；[西]瓦罗《华语官话语法》，北京：外语教学与研究出版社，2003年；[意]卫匡国著，[意]白佐良拉丁文翻译，白桦中文翻译《中国文法》，上海：华东师大出版社，2011年；陈辉《论早期东亚与欧洲的语言接触》，北京：中国社会科学出版社，2007年；姚小平《西方语言学史》，北京：外语教学与研究出版社，2011年；宋桔《〈语言自迩集〉的汉语语法研究》，上海：复旦大学出版社，2015年；李葆嘉《中国转型语法学：基于欧美模板与汉语类型的沉思》，南京：南京师范大学出版社，2008年；[英]James Summers著，方环海、于海阔译注《汉语手册》，厦门：厦门大学出版社，2013年。

② 张西平、杨慧玲编《近代西方汉语研究论集》，北京：商务印书馆，2013年，第2页。

# 第五章
## 来华耶稣会士成熟期汉语学习文献

近期笔者在从事梵蒂冈藏明清中西文化交流史文献整理研究中，发现了一份中文编写的传教士对话文献，标题为《会客问答》。这份文献内容丰富，应是来华传教士后期汉语学习的重要文献，本章对这份文献做一初步研究。

## 一、《会客问答》的版本、时代与作者

美国著名学者夏伯嘉在其《利玛窦：紫禁城中的耶稣会士》一书中国提到一本书《释客问答》，认为这本书"其用途是作为语言和社会入门教材"。① 夏伯嘉所说的这本书是法国国家图书馆的古郎书目，② 书号 Chinois 为 7024。该文献 1—37 页是原文，后空一页，第 39 页重复出现《拜客问答》的第一页，后又 Chinois 3046 的书号。③ 学者李毓中在西班牙发现了《拜客训示》，在这份文献中也含有《拜客问答》的内容。④

现梵蒂冈图书馆所藏有多份《会客问答》，一份编号 Borg.cin. 316 的文献共有 93 面，每面 2 页，除去空白页，文献标注页码 178 页。每 5 行，每行 10 字，字

---

① ［美］夏伯嘉著，向红艳、李春园译《利玛窦：紫禁城里的耶稣会士》，上海：上海古籍出版社，2012 年，第 223 页。关于这本书藏点夏伯嘉先生明确注释出为"藏法国国家图书馆，编号 Chinois 7024."，关于的中译本的讨论参阅古伟瀛在《台湾大学学报》发表的有关论文。阎国栋《俄国汉学史：迄于 1917 年》，北京：人民出版社，2006 年，第 644 页。

② Maurice Courant, *Catalogue des livres Chinois, Careens, Japonais, Etc*, Vol. 3, Paris, Ernest Leroux, 1902.

③ 参阅郑海娟《明末耶稣会稀见文献〈拜客问答〉初探》，载《北京社会科学》2015 年第 8 期；李庆《利玛窦〈拜客问答〉及其流变考》，载赵克生主编《利玛窦与中西文化交流》，广州：中山大学出版社，2015 年，第 193 页。

④ 感谢李毓中提供给他的未发表论文《洋"老爷"的一天：从〈拜客训示〉看明末耶稣会士中国》。

体楷书,毛笔书写;一份藏号 Borgia Latino 523;一份为《拜客问答》,藏号为 Borg Cinese 503;一份为《拜客问答》,藏号为 Vaticano Estremo Oriente 14[①]。

梵蒂冈图书馆所藏的另一份文献 Borg.cin. 503 号,这份文文献共有 57 面,除第一面和最后一面是一页外,其余均为一面 2 页。每页 4 行,每行 21 个字左右。每个字有罗马注音,每行中文旁有外文翻译。在《拜客问答》旁有拉丁文 Visitationi hospitum interrogatio, et responsio;第一行的中文"譬如中国有一个人或是秀才或是有职官员"旁有外文翻译,翻译的语种是拉丁和西班牙文的混杂。Verbigratia in Chinisdatur unus homo, vel est Bachiller( +colegiales/dotorales del colegio real 西班牙语, o tiogrados + de licenciados) vel Esthabens officium mand.n;第二行中文是"来拜在京的客,初进门长班手拿一个帖子问某老师"旁有外文翻译。venit visitare stantem in Regiahospitae initio ingressus portae famulus manibus accipit unum*tiě* percotatur talis Dns;第三行中文是:"或某相公在家里不在,这家里管家若说不在家里。"旁的外文翻译是 vel talis Dominus est domi, an non est; qui domi est, famulus si dicit; non est domi, famulus。[①]

这样看来 Borg.cin. 503 号更具有学习辞典的特点,有外文对译,每个字有罗马注音,每个的注音还有声调。从中国语言史角度来看,这份文献是研究晚明时期语音的重要历史文献。

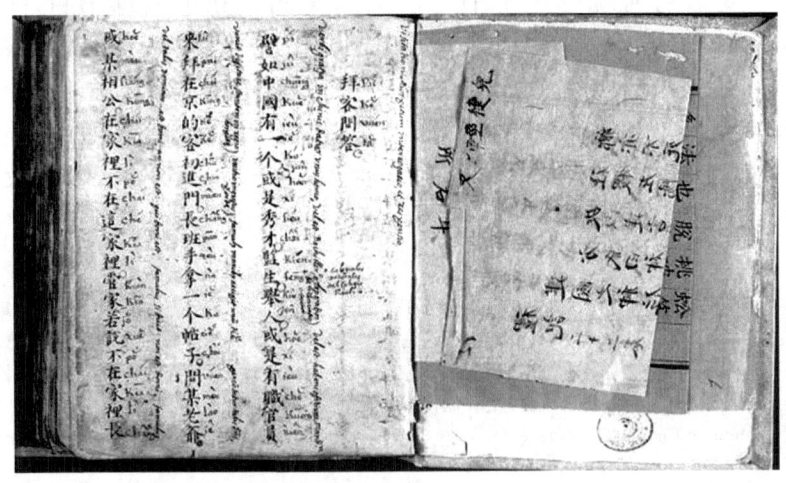

这里的第一个需要研究的问题就是文献的版本问题:这三个版本有哪

---

① 感谢李慧帮助我转写了中文旁的外文。

些不同呢？首先名字不同，一个是《释客问答》或《拜客问答》，①一个是《会客问答》。另一个不同在于，巴黎国家图书馆藏本仅有38页，而梵蒂冈图书馆藏本有93页，二者内容一样，但抄录的板式有很大的不同。二者之间又有这密切联系：其一，这两个藏本都是早期来华耶稣会士的汉语学习教材，都是通过对话来训练新来的传教士掌握中文口语会话特点和中国文化常识；其二，内容文字叙述大都一致。李毓中近期的研究表明，这份文献也有一份藏于西班牙马德里附近古城阿尔卡拉·德·埃钠雷斯（Alcalà de Jesús AHPTSJ）历史档案馆的一份名为《拜客训示》的文献。西班牙所藏这份文献在内容上要比法国所藏和梵蒂冈图书馆所藏更为丰富。②

  法国巴黎藏本有"譬如中国有一个人。或是秀才。举人监生。或是有职官员。来拜在京的官。初进门。长班手拿一个帖子。问某老爷或某相公在家里不在。这家里管家若说不在家。这长班又说。往那里去了。管家或说。今早四鼓时候便进朝里去修理自鸣钟"。

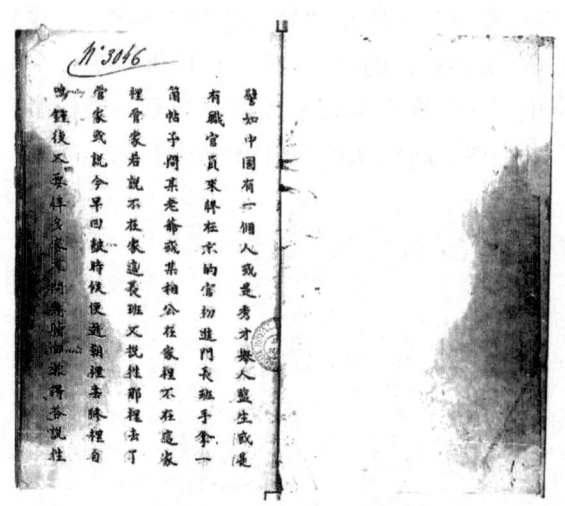

法国国家图书馆藏《拜客问答》（又名《释客问答》）书影－第1叶

---

  ① 法文版本名应为《拜客问答》，《释客问答》是古郎编辑之误，因为文献中并无"释客问答"的字样。"古兰如此释读手稿：'释客问答，与客人的对话，文辞不雅，37页。'"误读有两处，一则手稿题目实为'拜客问答'二则手稿有文字内容共38页。"参阅李庆《利玛窦〈拜客问答〉及其流变考》，载赵克生主编《利玛窦与中西文化交流》，广州：中山大学出版社，2015年，第193页。

  ② 参阅李毓中《〈拜客训示〉点校并加注》，载李毓中主编《季风亚洲研究》第1卷第1期，台湾清华大学人文社会研究中心出版，在此感谢李毓中所赠寄的这份刊物。

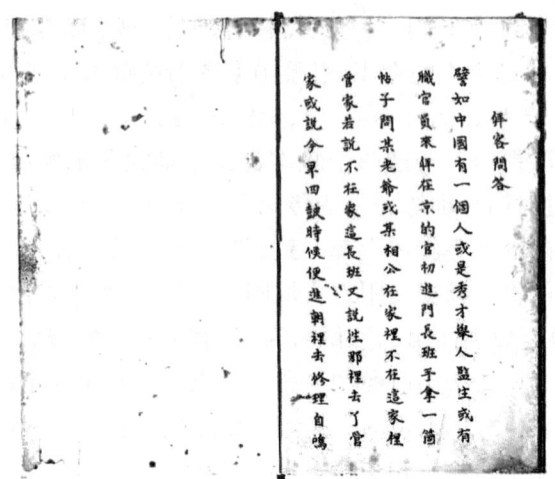

法国国家图书馆藏《拜客问答》（又名《释客问答》）书影-第38叶

梵蒂冈图书馆藏本开卷便是："譬如中国有一个人，或是秀才，举人监生，或是有职官员，来拜在京的客。初进门，长班手拿一个帖子，问某老爷或某相公，在家里不在？这家里管家或说不在家。这长班又问，往那里去了？管家或说，今早四鼓时候便进朝里去修理自鸣钟。"①

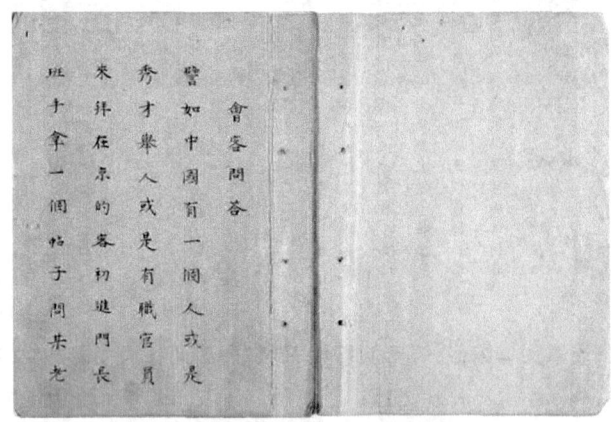

梵蒂冈图书馆藏《会客问答》首页

---

① 关于《拜客问答》的最新研究成果是吴惠仪所写的《十七、十八世纪之交欧洲在华传教士汉语知识的传承与流变：基于一份梵蒂冈宗座图书馆手稿的个案探讨》，此文将在《国际汉学》2017年第4期上发表。

其次,文献的写作时间。

通过文本中的对话,我们可以初步做一个判定,该文献写作的时间为晚明年间。文献中有这样的对话:

> 长班又问:"往哪里去了?"
> 管家或说:"今早四更鼓时便进朝去修自鸣钟。"

进宫中修理自鸣钟是利玛窦寓居北京时的重要内容。这点在利玛窦的回忆录中有明确记载。"皇帝就要钟了。钟就要遵命搬到他那里去。他非常喜欢它,立刻给这些太监进级加俸,太监们很高兴把此事报告给神父们,特别是因为从那天起,他们之中有两个人被准许到皇帝面前给一个小钟上发条。"①利玛窦等人进宫修自鸣钟作为制度确定下来,是因为自鸣钟曾经坏了,拿到神父那里修理,"钟一拿出来,放了三天的期间,好奇的群众都涌到这里来。皇帝知道后,就下令此后不得把钟拿出皇宫。如果钟表需要修理,就召送钟人进宫修理。这当然就传出了皇帝对欧洲人有好感的故事。此外,为了防止太监们不断请求允许神父们进宫,皇上钦准神父们可以获允一年进宫四次而无须要求此准,从那时起他们就可以进入皇宫,不是一年四次,而是可以经常随意进出了,还可以自由地带领此后来京的教友同去参观。访问和谈话助长了太监们的善意和友谊,并且日渐增进。"②

这份文献写于明代的另一个重要证据就是在文献第 27 页,有一段介绍服饰的对话。

"中士又问西士曰:贵国做官的也戴纱帽,穿圆领否? 答说,衣冠与贵处亦不同。"

明朝立国不久,就下令禁穿元代服装,恢复了唐朝衣冠制度,《大明会典》"冠服"以及《明史》"舆服",对官员的服饰有很具体的,官吏戴乌纱帽,穿圆领袍。官员平日里在本署衙门办理公务,则穿常服。常服的规制

---

① 《利玛窦中国札记》,北京:中华书局,1983 年,第 405 页。
② 《利玛窦中国札记》,北京:中华书局,1983 年,第 426—427 页。

是:头戴乌纱帽,身穿团领衫,腰间束带。①

所以,从这个对话我们可以明确说此文献写作时间是在晚明,具体时间应是在1601年至1644年期间,1601是利玛窦进京,由此才有传教士进宫修理自鸣钟的历史记载,1644年是崇祯上吊自杀,明朝亡。

第三,关于文献的作者。夏伯嘉认为作者是一位耶稣会士(很可能是利玛窦本人),但夏伯嘉尚未做出具体的论证和分析,为何可能是利玛窦。郑海娟对文献的作者研究做了进一步的推进。她认为作者是利玛窦的理由是:法文版中有"尊称这位西士为'老先生',并说'老先生到了这边(中国)二十年'"。按照时间推断,当时在北京参与修自鸣钟的传教士主要有利玛窦和西班牙传教士庞迪我(Pantoja, Diego de, 1571—1618),而庞迪我当时来华才十余年,这样只有利玛窦是二十余年。郑海娟这个研究有一定道理,但由于文献本身没有署名,没有具体时间,如果推到崇祯年间,在京的来华耶稣会士符合二十多年的还有几人,利玛窦和庞迪我的中文都很好,他们的著作都在中国流传很广,利玛窦的《天主实义》、庞迪我的《七克》等,但究竟是哪位所做,尚不能确定。因此,学者的推论都有合理性,但都尚不能作为定论。从传教士的类似文献来看,这是长期积累,不断修订

---

① 现据《明史·舆服志》及《明会要》卷24《舆服下》的记载,将明代百官衣冠服饰制整理成简表如下:

| 品级 | 朝冠 | 带 | 绶 | 笏 | 公服颜色 | 补子绣纹 | |
|---|---|---|---|---|---|---|---|
| | | | | | | 文官 | 武官 |
| 一品 | 七梁 | 玉 | 云凤,四色 | 象牙 | 绯袍 | 仙鹤 | 麒麟 |
| 二品 | 六梁 | 犀 | 同一品 | 象牙 | 绯袍 | 锦鸡 | 狮子 |
| 三品 | 五梁 | 金花 | 云鹤 | 象牙 | 绯袍 | 孔雀 | 虎豹 |
| 四品 | 四梁 | 素花 | 同三品 | 象牙 | 绯袍 | 云雁 | 虎豹 |
| 五品 | 三梁 | 银钑花 | 盘雕 | 象牙 | 青袍 | 白鹇 | 熊罴 |
| 六品 | 二梁 | 素银 | 练鹊,三色 | 槐木 | 青袍 | 鹭鸶 | 彪 |
| 七品 | 二梁 | 素银 | 同六品 | 槐木 | 青袍 | 鸂鶒 | 彪 |
| 八品 | 一梁 | 乌角 | 鸂鶒,二色 | 槐木 | 绿袍 | 黄鹂 | 犀牛 |
| 九品 | 一梁 | 乌角 | 同八品 | 槐木 | 绿袍 | 鹌鹑 | 海马 |
| 未入流 | | | | | 与八品以下同 | 练鹊 | |

的结果,从而形成其内部的公共产品,而不再属于私人作品。因此,这篇文献很可能是起源于利玛窦、庞迪我等早期进入北京的传教士,后经过不断修订成为较为完整的定本。这样也可以解释为何这个文献会有不同的藏本。李庆的研究更为明确,虽然他不能完全认定此文献的作者,但他引用晚明徐时进在《欧罗巴国记》中的问话,同《拜客问答》对照,说明这份文献有可能是利玛窦所做,并由此推论这篇文献对后来艾儒略的《西方问答》有着一定的联系。尽管这些研究仍不能定论此文献的作者,但足以说明这篇文献的重要性。①

从文献的字体来看,此文很可能是传教士们口述,中国文人或教徒所书写。至今我们从历史文献中尚未发现过利玛窦和庞迪我的中文字迹。②

## 二、《会客问答》的语言特点

首先,《会客问答》是晚明时期的西方传教士汉语学习教材。在东亚地区中文很早传入周边国家,日本《古事记》记载,在公元284年,阿直岐自百济东渡日本,日本皇子要跟他学习汉语,他推荐了王仁做老师,王仁带去的就是《论语》和《千字文》,并没有专门的汉语学习教材。

目前所发现的中国最早的汉语学习文献是1909年在黑水城遗址所发现的西夏文献《番汉时掌中珠》,考古学家研究该文献大约写于公元1190年。这份文献其实就是一份番汉对照的词汇。对话体的汉语教学教材应是元代的《老乞大》。它的价值在于,标志着汉语学习从词汇对译发展到了对话体。《老乞大》完全采取口语教学。例如:

大哥,你从那里来?
我从高丽王京来。

---

① 徐时进,字见可,号九瀛,浙江鄞县人,万历二十三年进士。历官南京工部主事,分守芜湖权关,升南兵部职方司员外郎、郎中;三十年调荆州知府。丁外艰,补惠州知府、广东按察司副使。三十八年入贺万寿,疏乞归。天启改元,起南光禄少卿,寻改太仆少卿,皆不就。加大理寺卿致仕。年八十四卒。著有《鸠兹集》《啜墨亭集》《逸我堂余稿》。参阅李庆《利玛窦〈拜客问答〉及其流变考》,载赵克生主编《利玛窦与中西文化交流》,广州:中山大学出版社,2015年,第193页。

② 梵蒂冈图书馆另藏有罗马注音和葡萄外文译文,但没有汉字的藏书,Pà Kè Vén Tá,藏号Borgia Latino 523;另有一份附有罗马字注音和葡萄牙文逐字翻译的中文汉字版《拜客问答》,藏号Vaticano Estremo Orinte 14。

如今那里去？

我往北京去。

你几时离了王京？

我这月初一日离了王京。

既是这月初一日离了王京,到今半个月,怎么才到的这里？

我有一个伙伴落后了来,我沿路上慢慢的行着等候来,因此上来的迟了。

《会客问答》也是以会话问答形式展开汉语学习,完全继承了《老乞大》的传统。

例如以下的回会话：

问：贵国叫做什么国？

答说：敝国总叫欧罗巴,这总地方内有三十多国,各有本王统管。

问：既是各国有王,国又多,毕竟常有相战？

答：相战的少,国都结了亲,大概敝处国王太子不娶本国的亲,娶邻近国王的公主；

又答：应说道若放敝处大西洋一总的地方,比贵国自然是大,若论敝处各国相比还是贵国大。

客又问：贵国风俗与中国都一样了或是不一样？

答说：大同小异。

又问：贵国人穿的衣服与我这边是一样不是一样？

答说：敝国衣服与贵国做法不同,那衣服的材料同,亦有绫绸缎子,但多锁眼,锁缎,如布匹都是一样。

其次,《会客问答》体现了口语化特征。

《会客问答》中的会话完全是口语化,而非书面语言。中国传统的书面语言是文言文,其表达典雅、含蓄。但在实际生活过程中人们讲的是白话,①这种白话并非今天的白话,实际上是古白话。《会客问答》基本上属于古白话形式,将口语记录下来,就是白话。口语是第二语言学习的基础阶段,从口语到书面语,汉语教学由浅到深。对话体汉语教材利于学习者掌握第二语言。

最后,这是一份文化教学内容为主题的汉语学习教材。

对话体汉语教材有多种,从简单的生活知识为内容的对话体教材到以文化知识为主题的对话教材是对话教材的两个阶段。

来华传教士的第一份汉语学习文献是《天主教义》,前面我们已经研究,罗明坚和利玛窦最初以佛教徒身份出现时,通过学习佛教文献来学习汉语的材料。而《葡华辞典》中的《宾客问答辞义》则只是简单的生活问答。这样我们看到来华耶稣会士在汉语学习上的三个阶段:从利用佛教文献作为汉语学习教材到自主编辑汉语教材,再从简单会话教材发展到以介绍西方文化为主的对话体文化教材。从这里看出传教士们对中国文化的日益适应及其汉语学习上的变迁。《会客问答》是一份以文化知识为内容的对话体教材。从这里,我们看到来华传教士在汉语学习上的进步。

## 三、《会客问答》的历史学价值

这部写于晚明时期的会话文献,不仅仅在语言学上有着重要的价值,在历史学上也有着重要的价值。

首先,《会客问答》披露了晚明时期一些重要的历史细节。利玛窦留住北京后,很快成为京城一景。"神父的寓所一时门庭若市,全城拍手庆贺。……来看望神父的还有许多皇亲国戚,尽管他们不像西方皇族成员那样拥有实权,但外出时前呼后拥,排场很大。此外还有很多总兵和其他显要人物,看来我们可以说,登门的尽是各方显贵。没有地位的人不敢进神父的寓所,虽然寓所的大门常开着,像城内的普通民宅一样。凡有些权势

---

① 学者认为:"'古白话'是与'文言'相对的一种古代汉语书面形式。江蓝生等学者认为,古白话的起源以东汉末年佛教的传入和汉译佛经的大量涌现为契机。我们在此基础上对古白话的起源问题做了进一步的思考,认为古白话书面语虽出现于东汉,但'古白话口语'却早于此而存在。东汉译经的需要与纸张的普遍使用相结合,使古白话书面语于公元 2 世纪中期应运而生。"参阅徐正考等《关于古白话起源问题的再思考》,载《社会科学战线》2011 年第 10 期。

的人,没有不把与神父有来往或神父曾到过他们的府邸视为荣耀之事的。"①

《会客答问》的对话中也反映出当时传教士门庭若市的情况。

> 拜客的相公或又说:你相公如何常出门不在家里,如何应酬这等烦拜客、来往不绝?
> 管家说:再不敢烦劳相公来,几日极忙,莫有空闲,没有一日得在家里,还要过几日拜完了客,方闲。
> 大理寺堂管来拜,一客长班来问说:某老爷在家不在家里?我老爷停会就要来拜,还有三四位同来,请老爷莫出门。

大理寺是当时重要的官府,明清时与刑部、都察院并称"三法司"。会话中大理寺的官员一来就是三四位,这足以说明当时利玛窦等人受到京城官员的重视。从这些会话也说明,利玛窦在自己的回忆录中所记载的"神父的寓所一时门庭若市,全城拍手庆贺"是符合事实的。

当然,传教士们大多满腹经纶,熟读经书,很是令文人们喜欢,但他们航海九万里来中国干什么,这使很多文人不解。晚明画家、文学家李日华赠诗给利玛窦:"云海荡朝日,乘流信彩霞。西来六万里,东泛一孤槎。浮世常如寄,幽栖即是家。那堪作归梦?春色任天涯。"这里他对利玛窦浪迹天涯,出家人的生活有所了解,但看到利玛窦虽近五十岁,却气质非凡,面如桃花,就觉得"窦有异术,人不能害,又善纳气内观,故疾孽不作"。看来,利玛窦气色好,使人感觉到他必会气功之类的养生之术。在南京时,有位专门研究长寿的人来找利玛窦,认为他能活二百年,希望利玛窦给他传授经验,真是闹得他哭笑不得。这样,越是对这些西洋人摸不透,就越觉其神奇,自然会往炼丹术上想。谈迁在谈到汤若望时对其的描述充满神秘色彩,说他所藏的西洋书是从左到右看,而且横排。对这样的书籍中国文人是很奇怪的。更重要的是他"有秘册二本,专炼黄白之术。……汤又善缩银,淬银以药,随未碎,临用镕之。故有玻璃瓶,莹然如水。忽现花,丽艳夺

---

① [意]利玛窦著,文铮译《耶稣会与天主教进入中国史》,商务印书馆,2014年,第299—301页。

## 第五章 来华耶稣会士成熟期汉语学习文献

目。盖炼花之精隐入之,值药即荣也。"①谈迁说得神乎其神,而且有鼻子有眼,有名有姓,说在清兵入北京时,陈名夏逃入教堂,想跟汤若望学黄白之术,未成。所以,很多人找传教士学点金术,这并非无道理。直到南京教案时,所罗列的传教士罪状之一就是"烧炼金银",不然,他们的钱哪里来的?利玛窦自己也知道这一点,他在给友人的信中,谈到他在中国所以受人重视有五个原因,其中第二条就是"有谣言我通点金术,因此许多人要跟我学此术,他们十分重视此术。我告诉他们,我对此术是门外汉,而且我根本也不信这一套"②。

这点,在《会客问答》中有十分清楚的记载。

又问:老先生到这边几十年,费用亦大,是哪里来的。

答:是敝国来的,二三年一次,同会朋友寄来,没有不送。

问:贵友托甚么寄银子来?

答:小西洋的船年年到广东,银子托一个商人带。我们差人去取。

问:那商人折本或沉溺怎么处?

答:就是我们的银子与他的银子都没有了,若到广东,毕竟借贷银子送这边来。

问:贵处有这样的高情,比我们这边人大不相同。如我这边可托银子的人难得。

又问:一次寄多少?

答:寄够用的。

问:闻老先生有个做银子秘密的妙法?

答:人见家里费用不知所,从来阶以有这个传说,学生从来不信。有个法亦恐普天下没有做得来的,就是做得来,学生亦不重他。

从这段对话我们更可以证明《会客问答》是晚明耶稣会士所编的。③

---

① 谈迁《北游录》,北京:中华书局,1997年,第278页。
② 罗渔译《利玛窦通信集》,台北:光启出版社,1986年,第188页。
③ 关于来华耶稣会士的生活费用来源,学术界已经研究,主要是通过澳门与日本的贸易所得。参阅戚印平《日本早期耶稣会史研究》,北京:商务印书馆,2003年;戚印平《远东耶稣会史研究》,北京:中华书局,2007年。

其次,对非洲的介绍。

当中士问到他们是如何来到中国时,管家讲述了他们来到中国的漫长历程,其中较为详细地介绍了非洲国家的情况,十分有价值。

中国历史上很早就有对黑人的记载,《新唐书》221卷《西域》中就有"自拂菻西南度碛三千里,有国曰磨邻,曰老勃萨,其人黑而性悍,地瘴疠,无草木五谷,饲马以槁鱼,自食鹘莽。"宋元时期对非洲的记载也不少,明代郑和下西洋"三十余国,所取无名宝物,不可胜计,而中国耗废亦不赀"①。如果对比中国史书中所记载的非洲文字,可以发现,这篇文献多有贡献:

第一,《会客问答》是明代中文文献中首次提到西非国家。

中国历史上记载的非洲主要是东非,例如郑和所去的"术骨都束(Makdaahau)、麻林(Malindi)、竹步(Jubb)三地均在东非沿岸,术骨都束在今索马利,麻林在今肯尼亚,竹步在今索马利"。② 从目前史料来看,中国史书上没有记载过西非国家的文字。在这篇文献有以下对话:

> 又问:自贵国到此经过几多国?
> 答说:经过得多,但头一个是黑人国,除了眼白,除了牙齿,其余都是黑的,如墨一般。女人亦是黑的,与男人差不多。他们到看得白色人为魈。黑色反为美。人人都生的有膻气。难当不穿衣服的极多,腰间挂一片布。这了前后冬天也是这样等,真正因他赤道下,四季只是大热,并无冬天。

葡萄牙在世界的扩张首先是从非洲开始的,他们占领的非洲第一个地方就是休达。后来葡萄牙和西班牙当时做了分工,葡萄牙向南发展,沿非洲西海岸向南;西班牙向西发展,跨过大西洋。③ 利玛窦时代的所有来中国的耶稣会士都是从葡萄牙的里斯本出发,然后沿着西非海岸,绕过好望

---

① 《明史》卷304,《郑和传》。
② 张星烺《中西交通史料汇编》第2册,北京:中华书局,2003年,第667页。
③ "1478年,葡萄牙、西班牙在长期争吵后,经教皇调解,达成第一个划分海外势力范围的协议。加那利群岛归西班牙。……西班牙则不再对加那利群岛以南已发现的和将发现的陆地提出要求。同时将待发现的世界以穿过加那利群岛的纬线(约北纬28度半)为界分成南北两个部分,北部由西班牙去发现,南部葡萄牙去探索。"张箭《地理大发现:15—17世纪》,北京:商务印书馆,2002年,第89页。

角进入印度洋,经过印度的果阿,穿过马六甲海峡,就到了中国南海。对话中提到赤道,在非洲,赤道通过的国家有:赤道几内亚、肯尼亚、民主刚果、埃塞俄比亚。葡萄牙在西非海岸的第一个殖民地就是安哥拉和刚果。这里说经过的第一个国家就是黑人国,是和历史相符合的。① 这也是中文文献中第一次对西非国家的记载。

第二,《会客问答》对西非国家的风俗做了较为详细的介绍。

中国史书对东非国家的介绍大都十分简洁,而《会客问答》的介绍则较为详细。

《会客问答》对西非国家物产的介绍。会话中说:

> 又问:那黑人国内地出产什么物件?
> 答说:出产金子、乌木、象牙,那地方的猪肉是天下绝美的。他金都不稀罕。喜布,喜五彩玻璃,商人边带这样东西去换他们的金子。②

《会客问答》对西非国家文化的介绍。会话中说:

> 答说:少时取草汁画身上成文采,以为好看,或取快刀将自身皮肉割刻,做花文,医好了留有痕迹,为好看。
> 又问:黑人国有文字么?
> 答说:没有文字,不晓得读书。那里的黑人俱是愚蠢得紧,果

---

① "葡萄牙殖民者的入侵1482年,葡萄牙航海家D.卡昂进入刚果王国。1491年初葡萄牙天主教徒进入刚果王国,刚果国王受洗改信天主教。葡萄牙人到刚果从事象牙、蜂蜡买卖,后又搞奴隶贸易。1571年葡萄牙航海家B.迪亚士的孙子P.迪亚士在宽扎河口南岸得到一块葡萄牙王批准的世袭领地。1575年迪亚士带领400名欧洲人远征队到达罗安达岛,1576年建罗安达城,作为葡萄牙在安哥拉殖民统治的中心。葡萄牙殖民者诱迫非洲人签订正式或口头协定,把安哥拉大大小小的王国与酋长作为自己的藩属。这些藩属必须定期向葡萄牙交纳奴隶、象牙及其他贵重物资。为了找到金银矿,葡萄牙殖民者打通到莫桑比克的通道,极力向内地推进。"http://www.chinabaike.com/article/316/religion/2008/200801021124058.html

② "1481年若奥二世(1481—1495)继位后,加大了探索西非的力度。他派遣以阿桑布雅为首的船队前往黄金海岸,在今加纳海岸修建了圣乔治·达·米纳城堡,意为在金矿上的圣乔治。后简称为埃尔米纳,米纳意为矿藏。它是葡萄牙人在西非沿岸继阿奎姆的第二个殖民据点,并成为在几内亚湾和西非中部进行探险和殖民活动的中心和基地,葡萄牙人在这里找到一个大型金矿。"见张箭《地理大发现研究:15—17世纪》,北京:商务印书馆,2002年,第90页。

然不懂道理。但有一件大好处,有人教他肯做好人。服事主人极尽心,竭力又极忠心……人的性情极爽快,听见鼓乐声音便禁不得要舞蹈,极有气力,一个敌得四五个人。那里亦有国王,但虽有的亦如没有国王一样。

《会客问答》对社会风俗的介绍。

又问:黑人吃什么?

答说:吃小米,象肉等,亦喜吃人肉。相斗时这边房那边的人,那边房这边的人。房的人不就食他,先养得肥了,才杀他食。今天极多这一种人,没有官府断他的事。若是受了人的辱,就拿兵器弓箭和自家亲戚朋友到那边相战。还有拿骨头插在房中墙里,做杀人的表记,这等人一百年前有无数,如今没有十分多。因敝国修道人到那边去劝他莫相食,莫相杀也。

不仅在明代的文献中,即便在宋元的历史文献中如此详细地介绍西非国家风俗文化的文字也极为罕见,中国史书所记载的仅限于东非国家的情况,①特别突出的是作为口语,以古白话记载的西非国家文献至今尚未发现其他,这更显出该文献的价值。

最后,《会客问答》丰富了晚明对西方社会文化的介绍内容。

晚明时期由来华耶稣会士刊刻的介绍西方文化的书主要有艾儒略(Jules Aleni,1582—1649)《西学凡》,这本书主要是介绍了西方当时的大学内的六科:文科、理科、医科、法科、教科、道科。《西方问答》是艾儒略另一本从总体上介绍西方文化的书,上卷介绍了:国土、路程、海航、海险、海贼、海奇、登岸、土产、制造国王、西学、管职、服饰、风俗、五伦、法度、谒魂、交易、饮食、医乐、人情、济院、宫室、城池、兵备、婚配、续弦、守贞、葬礼,丧服、送葬、祭祖。下卷介绍了:地图、历法、交食、列宿、年月、岁首、年号、西士、堪舆、术数、风鉴、择日。由利类思(Ludovico Buglio 1606—1682)、安文思(Gabriel de Magalhes,1609—1667)和南怀仁(Ferdinand Verbiest,1623—

---

① 参阅中华书局《中外交通史籍丛刊》中的《诸番志校释》《西洋番国志》《郑和航海图》《两种海道针经》《南海寄归内发传校注》《岛夷志略校释》《西域行程记》等。

1688)三人给康熙帝所写的《西方要记》则已经到了清初,不在本文讨论之列。

《会客问答》中对西方文化介绍的内容大体有:国土、路程、海航、海险、海奇、国家、西学、法度、道学、医学、风俗、服饰、兵备、婚姻、续弦、守贞、陆路行程、历法、交食、风水、狮子等。

对照《西方问答》和《会客问答》,在内容上大体接近,只是在介绍西方科技、天文方面不如《西方问答》详尽,但其特点也十分明显。

首先,《会客问答》介绍了《西方问答》中没有的内容。例如:

又问:贵处那边做官的与我们这一般样否?
答:亦有,只是敝国官的俸禄比这边更丰厚,一个宰相一年六万两,也有十万两的。
又问:贵处的官贪不贪?
答:有个把,少的有一二个。
……
又问:贵国有娼妓否?
答曰:少,私底下做不好事或亦有之,若在城里必不容她。
……
又问,女人缠脚不缠脚?
答说:敝处妇女不以脚小为美。
又问:既不是以脚大小(为美),也有什么粉束?
答曰:敝国女人与贵国同也,蓄长发,带金银珠宝,其衣服也都长到地。

这些介绍都是《西方问答》中没有的,这样的内容还有不少,限于篇幅无法一一介绍。

其次,《会客问答》从细节上丰富了《西方问答》。例如,《西方问答》在"法度"介绍了当时的西方法律,说"定罪必依国法,不敢参以私意。若不依法者,罪反归于有司矣"。① 这里的介绍仍是十分扼要,在《会客问答》中

---

① 黄兴涛、王国荣《明清之际西学文本:50种重要文献汇编》第2册,北京:中华书局,2013年,第744页。

则详细做了介绍。

  当问到西方的法律时,西士说:敝国有一件好处,那个人不真犯罪,官府毫厘不难为得他,若他不服法官,官府要不得他分文,就是官府要钱,那个人不肯把官府,也没奈他何。若越是贫人、寡妇,官府越怕难为他。
  又问:为什么缘故?
  答说:寡妇、贫人受了官府的累,写一张状词,待朝廷出来时节,跪路上,手拿了一张纸,没有人敢阻拦他。朝廷译出来,那个人拿状词放在头上,别人就晓得那个人有所告于王。……

## 四、《会客问答》的来源与影响

  从目前掌握的文献来看《葡华辞典》散页中的《宾主问答辞义》可能是目前我们所掌握的最早一份来华传教士的对话体汉语教材。这份《宾主问答辞义》作为《葡华辞典》的散页,与其放在一起。全文没有一个汉字,全部采取罗马注音形式表现汉字,这说明当时刚进入中国的罗明坚和利玛窦的汉语能力还较差。如果将其拉丁注音的汉字转写出来就可以看出《宾主问答辞义》的对话内容。

  上面我们在研究中也对比了《会客问答》与《西方问答》之间的连接和区别。

  首先从语言上来看,会客问答的语体是口语语体,而《西方问答》这是书面语体,前者是作为来华传教士学习汉语的口语教材,在 Borg.cin.503 号文献中体现得更为清楚,每个字有注音,每句话有西文对译,这些都是汉语学习教材的基本特点。《西方问答》不是写给传教士们看的,主要是写给中国士大夫们看的,所以是完全的书面语叙述。

  其次,从介绍的内容上看,二者互有特点,在介绍西方文化特点方面《西方问答》更为详细一些,但在介绍其他文化方面《会客问答》则更为丰富,例如对非洲文化的介绍,在《西方问答》中完全没有了。

  所以,很难说《西方问答》是在《会客问答》的基础上"结合新的时局以及自己的知识背景修订《拜客问答》,使文本符合刊刻所需,答词亦更为准

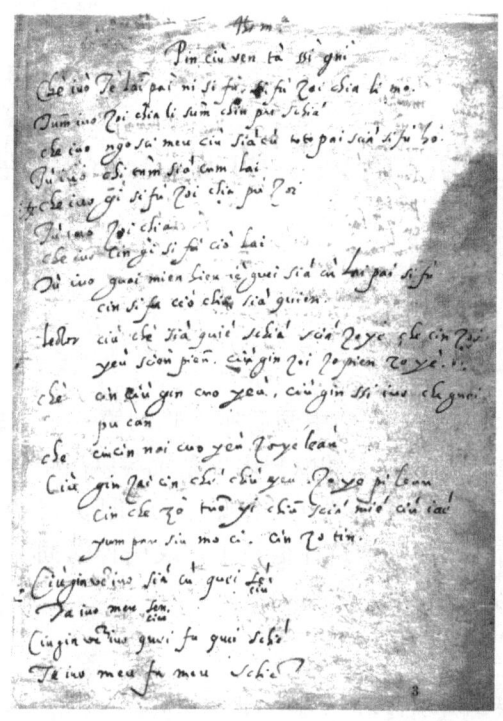

**罗明坚、利玛窦所编的第一份对语体汉语教材《宾主问答辞义》**

确和丰富"①。尽管二者都介绍了西方文化,但阅读对象和使用范围是完全不同的。

总之,这是一篇晚明时期极有学术价值的原始文献,无论是从语言学上、历史学上还是从当时对西方文化的介绍上都是十分珍贵的。由于它是作为传教士汉语学习的口语教材,全文读起来朗朗上口,给我们提供了一份难得的晚明西方人汉语学习的口语文化教材。

---

① 李庆《利玛窦〈拜客问答〉及其流变考》,载赵克生主编《利玛窦与中西文化交流》,广州:中山大学出版社,2015年,第202页。

# 第六章
# 中国近代汉语词汇的变迁：汉语神学词汇的产生

明清之际西洋传教士来到中国后所面临的第一个问题就是要学习汉语，这是当时以拉丁语为代表的欧洲语言系统与以汉字为代表的汉语语言系统的首次相遇，学术界对传教士的汉语学习和研究已经展开了初步的研究。①本章将对清初来华的西班牙传教士在汉语神学词汇上的贡献做初步的研究和探讨，以求教于各位方家。②

---

① 罗常培《耶稣会士在音韵学上的贡献》，载《历史语言研究所集刊》（第一本，第三分卷），1930年；尹斌庸《〈西字奇迹〉考》，载《中国语文天地》1986年第2期；尹斌庸《利玛窦等创造汉语拼写方案考证》，载王元化主编《学术集林》第一卷，上海远东出版社，1995年；姚小平《〈汉语经纬〉与〈马氏文通〉》，载《当代语言学》1999年第2期；张国刚《明清传教士与欧洲汉学》（班立华执笔的第五章），2001年，北京：中国社会科学出版社；游汝杰《西洋传教士汉语方言学著作书目考述》，哈尔滨：黑龙江教育出版社，2002年；张西平《西方人早期汉语学习史调查》（上下），北京：中国大百科全书出版社，2003年；[西]弗朗西斯科•瓦罗著，姚小平、马又清译《华语官话语法》，北京：外语教学与研究出版社，2003年；马西尼《17～18世纪西方传教士所编撰的汉语字典》，载卓新平主编：《相遇与对话》，北京：宗教文化出版社，2003年，第334—348页；姚小平《西方早期汉语研究再认识——17—19世纪西方汉语研究史简述》，载《21世纪中国语言学》，北京：商务印书馆，2004年；徐文堪《谈早期传教士与辞书编写》，载《辞书研究》2004年第5期；张西平等主编《世界汉语教育史研究》，澳门理工学院，2005年；李真《〈汉语札记〉对世界汉语教育史的贡献》，载《世界汉语教学》2005年第4期；龚缨晏等著《西人东来之后》董海婴执笔的第2章，杭州：浙江大学出版社，2006年；杨慧玲《叶尊孝的〈汉字西译〉与马礼逊的〈汉英词典〉》，载《辞书研究》2007年第1期；姚小平《早期汉外字典：梵蒂冈馆藏西士语文手稿十四种略述》，载《当代语言学》第9卷，2007年第2期。

② 关于来华西班牙人的汉语学习参阅：韩可龙（Henning Klöter）《菲律宾或中国大陆：第一批欧洲人於何时开始学习与研究汉语？是否需要典范转移？》，载魏思齐（Zbigniew Wesolowski）主编《辅仁大学第六届汉学国际研讨会：西方早期（1552—1814）汉语学习和研究》，辅仁大学出版社2011年；韩可龙《早期西方文献中的官话与方言》，载复旦大学文史研究院编《西方文献中的中国》，北京：中华书局，2012年。

## 一、罗明坚与利玛窦所创造的汉语神学词汇

基督宗教传入中国始于唐代景教入华,845年,唐武宗灭佛后景教也受到极大的影响,一般认为"元亡而景教亦与之亡"。景教创立了最早的汉语基督宗教术语,但这些术语大都没有流传下来,[①]而真正奠基了汉语基督宗教术语的是明清之际的来华传教士和信教文人。

从利玛窦为代表的来华耶稣会士极重文字之功,他们对文字在文明史的作用有着十分清醒的认识,体现了文艺复兴后对文字理解的精神。利玛窦在谈到文字的作用时说:"广哉,文字之功于宇内耶!世无文,何任其愤悱,何堪期闇汶乎?百步之远,声不相闻,而寓书以通,即两人者暌居几万里之外,且相问答谈论如对坐焉;百世之后人未生,吾未能知其何人,而以此文也令万世之后可达己意,如同世而在百世之前。先正已没,后人因其遗书,犹闻其法言,视其丰容,知其时之治乱,于生彼时者无已也。"在这样一种文明观的基础上,文字传教就成为他的传教策略的重要手段,如他所说:"圣教之业,百家之工,六艺之巧,无书,何令今至盛若是与?故国逾尚文逾易治。何者?言之传,莫纪之以书,不广也,不稳也。一人之言,或万人听之,多声不暨已;书者能令无量数人同闻之,其远也,且异方无碍也。"[②]

两种文化相遇,以文字为桥梁,以翻译为手段,由此开始文化间的容受与理解,排斥与争论。这些来华传教士在中国传播西学时,在文字翻译上侧重两个领域,即科技与宗教。对于来华传教士在科技方面的翻译研究较

---

[①] 关于唐代景教研究参阅李之藻《读景教碑书后》,后收入阳玛诺《唐景教碑颂正诠》,上海土山湾印书馆,1927年;罗香林《唐元二代之景教》,香港:中国学社,1966年;伯希和《唐元时代中亚及东亚之基督教徒》,载冯承钧《西域南海史地考证译丛》第1卷,北京:商务印书馆,1995年;冯承钧《景教碑考》,商务印书馆,1931年;林悟殊《唐代景教再研究》,北京:中国社会科学出版社,2003年;荣新江:《一个入仕唐朝的波斯景教家族》,《中古中国与外来文明》,北京:生活·读书·新知三联书店,2001年;翁绍军《汉语景教文典诠释》,北京:生活·读书·新知三联书店,1996年。关于元代景教在中国流传参阅牛汝极《十字莲花:中国元代叙利亚文景教碑铭文献研究》,上海:上海古籍出版社,2008年。

[②] 利玛窦《西字奇迹》,载朱维铮主编《利玛窦中文著译集》,上海:复旦大学出版社,2001年,第268页。

为深入,①但对传教士在宗教哲学方面的翻译至今没有较为满意的成果。②明清之际的汉语基督宗教文献是一个亟待研究的广阔领域,③本章仅限定在明清之际最早入华的耶稣会士罗明坚和利玛窦两人的中文著作和文献来考察汉语基督宗教哲学术语的创立,试图从语言学的角度,揭示出两种文化相遇的真实境遇。

(1)罗明坚所创立的汉语基督宗教哲学术语

罗明坚(Michele Ruggieri,1543—1607)是最早来华的耶稣会士,④根据目前本人所掌握的材料,他留下的汉文文献和著作有:

①无标题汉语天主教短文。这篇短文是汉语手稿,无标题,藏于罗马耶稣会档案馆的 Jap.Sina 1—198 散页文献中,在这批文献中既有罗明坚打官司的告示状,也有他与明代文人士大夫唱和的诗歌,同时也有他学习汉语的手稿和词表,其中在第 015v—016v 页是一篇用中文写成的关于阐述天主教教理的短文。关于这篇短文,我在《欧洲早期汉学史》一书中已经抄录出来,但尚未做学理上的分析。⑤

②《解释圣水除前罪》。这也是罗明坚的手稿,藏点和所藏位置与上面所谈的"无标题汉语天主教短文"相同。⑥

③《祖传天主十诫》。⑦

④《圣教天主实录》。⑧

⑤汉诗三十四首。

根据罗明坚以上的中文文献,我们经过筛选和分析,由罗明坚首次使

---

① 黎难秋《中国科学翻译史》,中国科学技术大学出版社,2006 年,[荷兰]安国风《欧几里得在中国:汉译〈几何原本〉的源流与影响》,南京:凤凰出版传媒集团,2008 年。

② 马祖毅等著《中国翻译通史》一书基本上对明清天主教传入中国的翻译鲜有突破性及展开性。任东升的《圣经汉译文化研究》,在明清之际的《圣经》汉译上基本停留在二手文献,对一手翻译文献所知甚少,从而直接影响了研究的深度。

③ 张西平《明末清初天主教入华史中文文献研究的回顾与展望》,载张西平《传教士汉学研究》,郑州:大象出版社,2005 年。

④ 关于罗明坚的研究参阅张西平《西方汉学的奠基人:罗明坚》,载《历史研究》2001 年第 3 期;张西平《传教士汉学研究》。

⑤ 参阅张西平《欧洲早期汉学史》,北京:中华书局,2009 年,第 55—56 页。

⑥ 此文全文我已经在《欧洲早期汉学史》一书中公布,同上,第 55 页。

⑦ 原文参阅张西平《中国与欧洲早期宗教和哲学交流史》,北京:东方出版社,2001 年,第 151—152 页。

⑧ 关于罗明坚《圣教天主实录》的版本变迁参阅张西平《罗明坚:西方汉学的奠基人》,载《历史研究》2001 年第 3 期,张西平《传教士汉学研究》,郑州:大象出版社,2005 年,第 20—23 页。

用的天主教宗教哲学词汇有40个,具体如下:①

亚当(1——Adam)②,也物(1——Eva),妈利亚(里呀)(1——Maria),𨱏𠰴(耶稣作者注1——Iesus)圣水(2——aqua benedica),前罪(2——peccatum),天主(2——Deus),天堂(2——caelum),净首(2——puritas originalis),魂灵(2——anima),地狱(2——paradisus),十诫(3——decalogus),礼拜(3——ritus),灵魂(4-4——anima)③,圣教(4——Ecclesia),根因(4-4——causa prima),人魂(4-7—— anima),净水(4-8—— aqua pura),天主经(4-9——oratio Dominica),普世(4-10——universalis),知觉(4-16——intellectus),世界(4-20——mundus),真理(4-20——veritas),祖公(4-29——progenitores),哑噹(4-29——Adam),也物(4-30——Eva),下品之魂(4-39——anima vegetalis),中品之魂(4-39——anima sensibilis),上品之魂(4-39——anima rationalis),五觉(4-40——quinque sensus),目司(4-40——visus),耳司(4-40——auditus),赎罪(4-48——penitentia),诺耶(4-54——Noe),梅瑟(4-56——Moysis),热所(4-58,耶稣—Iesus),妈利亚(4-59——Maria),十字架(4-63——crux Christi),亚明(4-84——amen),妈利呀(4-84——Maria),圣图(5-6——sacra imago)④

(2)利玛窦所创立的汉语基督宗教哲学术语

利玛窦的中文著作有13部,这13部中文著作分别是:

①《交友论》(1595年);

②《西国记法》(1595年);

③《二十五言》(1599年);

④《上大明皇帝贡献土物奏》(1601年);

⑤《坤舆万国全图》(1602年);

⑥《天主实义》(1603年);

⑦《西字奇迹》(1606年);

⑧《几何原本》(1607年)(此书是与徐光启合译的);

⑨《浑盖通宪图说》(1607年);

---

① 以下词汇对应的拉丁文,数字表示上面标出的罗明坚的著作。
② 括号的的数字表示罗明坚的五篇文献序号。
③ 括号中第一个数字表示罗明坚文献五篇文献的序号,第二个数字表示这一词汇出现在《耶稣会罗马档案馆明清天主教文献》第一册的页码。
④ 括号中的5表示罗明坚文献序号,6表示是第六首诗。

⑩《畸人十篇》(1608 年);
⑪《乾坤体义》(1610 年)①。
⑫《天主约要》②
⑬《斋旨》③

对利玛窦的中文著作的词汇学界也有研究,最重要的论文是黄和清先生的《利玛窦对汉语的贡献》一文,但黄先生在研究利玛窦词汇时所用的原则是"作者对利玛窦的一些中文著译进行了考察。对利氏使用过的一些词语进行了挑选,选出了利玛窦创造的,现在仍在使用的汉语词语",④笔者这里对利玛窦中文著作的词汇选择与黄先生略有区别:一是,只要利玛窦使用过的属于外来宗教哲学词汇的,不管其是否流传下来,笔者一概收录;二是,这里主要侧重利玛窦所使用的中文西方宗教哲学词汇,对于他所创立的科技等新词语不在讨论之列。

黄和清先生在他的论文中所确定由利玛窦所创造,至今仍在使用的天主教新词有 7 个:

上帝(1——Deus),圣经(6——Scriptura),圣母(4——mater Dei),审判(10——iudicium),十字架(4——crux Christi),耶稣(6——Iesus),枕骨(2——os occipitale)。⑤

笔者按照上面所说的原则,在利玛窦中文著作中择录出来的中文西方宗教哲学外来词汇,具体如下:

天主(6-7——Deus)⑥,公教(6-8——Ecclesia),知觉(6-9——intellectus),固然(6-9——necessitas),所以然(6-9——causa,见 44 页的解释),徒斯(6-9——Deus),造物(6-10——creatio),诸宗(6-12——ori-

---

① 朱维铮先生主编的《利玛窦中文著译集》(复旦大学出版社,2001 年),将《理法器撮要》(1610年)收入其中,此文不属于利玛窦著,学术界已经有定论。"有些学者认为这本书题为'泰西利玛窦撰'的抄本乃是一本伪作,虽然它对于我们理清明清时期西式日晷制作技术在中国的传承关系具有重要意义,但从版本学上看应不是利玛窦的著作。"见许洁、石云里(2006):抄本《理法器撮要》作者献疑,《或问》[日本]11:15-24;笔者论文《百年利玛窦研究》,《世界宗教研究》,2010 年 3 期。
② 钟鸣旦、杜鼎克主编《耶稣会罗马档案馆明清天主教文献》第一册,这是近年来所公布的为数不多的几篇利玛窦本人的重要文献。
③ 钟鸣旦、杜鼎克、黄一农、祝平一等编《徐家汇藏书楼明清天主教文献》第一册,台北:辅仁大学神学院,1996 年。这是近年来所公布的为数不多的几篇利玛窦本人的重要文献。
④ 黄和清《利玛窦对汉语的贡献》,载《语文建设通讯》第 74 期。
⑤ "上帝"一这个词汇并非利玛窦所创立。
⑥ 括号中的第一个数字是利玛窦的中文著作序号,第二个是《利玛窦中文著译集》的页码。

gines），作者（6-120——causa efficiens），模者（6-12——causa formalis s），质者（6-12——causa materialis），为者（6-12——causa finalis），物之内（6-12——in re），物之外（6-12——extra rem），本体（6-18 参阅 72 页 -essentia），宗品（6-18），本品（6-18——principium），自立者（6-18——substantia），依赖者（6-18——accidentia），总名（6-19——nomen collectivum），语法（6-22——grammatica），三品（6-26，参阅 51 页 -tres partes animae），生魂（6-26——anima vegetativa），觉魂（6-26——anima sensitiva），灵魂（6-26——anima），推论（6-26——discurrere），目司（6-27——visus），耳司（6-27——auditus），鼻司（6-27——odoratus），口司（6-27——gustus），四行（6-27 参阅 5-216——elementa），自检（6-27——examen conscientiae），公理（6-27——evidentia），

形性（6-28——natura corporalis），神性（6-28——natura spiritualis），性之性（6-28——natura），超性之性（6-28——supernaturalis），司欲（6-29——voluntas），司悟（6-29——intellectus），无形之性（6-29——natura spiritualis），隐体（6-29——secreta），良觉（6-31——conscientia），外现（6-35 参阅 51 页，73 页），然（6-35），别类（6-38——distinctio），同类（6-38 参阅 72 页 similitudo/similis categoria），内分（6-39，见 45 页的内分，外分解释），同类（6-45——similitudo/similis categoria），欧罗巴（6-49——Europa），拂郎祭斯克（6-65——Francescus），陁襪（6-69——Eva），良善（6-74——virtus a natura），习善（6-74——virtus acquisita），记含司（6-76——memoria），明悟司（6-76——ratio），爱欲司（6-76——voluntas），教化王（6-86——Summus Pontifex），四圣录（6-94——quattuor evangelia），九重天（5-216——novem astra），月天（5-177——dies lunae），水星天（5-177——dies Mercurii），金星天（5-177——dies Veneris），火星天（5-177——dies Martis），木星天（5-177——dies Iovis），土星天（5-177——dies Saturni），列宿天（5-177——sabbatum），宗动天（5-177——dies dominica），十二圣徒（7-251——apostolus），元徒（7-251 discipuli），伯多落（7-251 Petrus），圣经（7-256——sacra scriptura），外文（7-269——lingua），界说（8-301 参阅 325 页），公论（8-301——opinio communis），所据（8-301 参阅安国风书），保禄（10-452——Paulus），形体（10-453——corpus），若翰（10-456——Johannes），元行（11-526——elementa），额辣济亚 - 圣母（12-91——mater Dei），亚玻斯多罗 - 使徒（12-

95——apostolus），性薄禄-共具（12-95——symbolum），罢德肋-父（12-96——pater），费略-子（12-96—— filius），利斯督（12-97—— 基利斯督 christus），宗撒责耳铎德-圣油（12-97——chrisma），斯彼利多三多-圣灵（12-97—— Spiritus Sanctus），厄格勒西亚-教会（12-99——Ecclesia），真福（12-104——beatus），撒格辣孟多-圣迹（12-111——sacramentum），拔第斯摩-洗（12-111——ablutio），共斐儿玛藏-振也（12-112——confirmatio），共蒙仰-相取（12-112 communio），白尼登济亚-悔痛（12-113——paenitentia），陀斯得肋麻翁藏-圣油终傅（12-114——extrema unctio）阿儿等-品级（12-114——ordo）。

（3）《葡华词典》中汉语基督宗教哲学术语

《葡华词典》是罗明坚和利玛窦共同创作的作品，①笔者找出 15 个西方宗教哲学外来词汇，具体是：②

誓愿（Ajurametarse）、爱欲（Contentamento）、天主生万物（Criador）、生物（Criar）、十字（Crux）、教书（Dar lição）、造化（Dita）、无形神魂（Esprito）、爱欲（Gostar delectar）、爱欲（Gosto）、西洋（India）、西番（Indiano）、地狱、阴府（Inferno）、无尽、无边无穷（Infinido）、儒者、书生（Letrado）、解教（Meter na cabeça persuadere）、西方（Occidente）、念经、诵经（Orar）、经布（Ordir）、本（Original de liuro）、源初（Origem）、七政（Pranetas sette）、许愿（Prometer fazer voto）、历书、历本、历日（Pronostico）、电（Relampago）、电光（Relampagar）、日经、日晷定时、辰牌（Relogio do sol）、时辰钟（Relogio di fero）、闹钟（Repriccar）、回生、复苏（Reuerdeçer）、进香的（Romeiro）、神（Siso Juiço）、罪（Viço）、有罪（Viçoso），③

（4）罗明坚、利玛窦汉语西方宗教哲学外来词汇的语言学分析

外来词研究是近来学术界关注的一个研究领域，我认为学术界对外来词研究的重视，除了纯粹的语言学原因外，主要是在中国学术日益融进世界学术的今天，对中外文化交流的研究日益加深，而外来词是文化间交流的产物，如史有为所说："外来词是语言接触的一种结果，而语言接触又以文化交流、

---

① 董少新《形神之间：早期西洋医学入华史稿》（上海：上海古籍出版社，2008 年）对《葡华词典》医学词汇做了研究。陈辉《论早期东亚与欧洲语言接触》（北京：中国社会科学出版社，2007 年）对《葡华词典》的语音系统做了研究。

② 这只是一个初步的梳理，有待进一步深化研究。

③ 参阅董少新《形神之间：早期西洋医学入华史稿》，上海：上海古籍出版社，2008 年。作者对《葡华词典》中有关医学的词汇做了研究。

文化接触为前提、为共生物。因此外来词也是异文化的一种存留。就此而言,它也许可称为'异文化的使者'。"①另一个原因是在中国近一百年的西学东渐过程中,整个中国文化和学术的表述发生了巨大的变化,按照有的学者说是西方文化对中国文化的"反向格义",这样如果重建中国文化和学术,如果说清楚近百年来中国学术的变迁,近代概念史的形成和变迁就必须做深入研究,而展开概念史研究的基础是从语言学角度对外来词进行梳理。

按照沈国威先生的研究,中国近代学术史上胡以鲁在1914年的《论译名》一文中最早提出了如何把握译词的问题。"传四裔之语者曰译。故称译必从其义。若袭用其音。则为借用语。音译两字不可通也。"②

王力先生也对外来词的研究做了原则的界定,他说:"借词和译词都是受别的语言的影响而产生的词;它们所表示的是一些新的概念。当我们把别的语言中的词连音带义都接受过来的时候,就把这种词叫作借词,也就是一般所谓意译;当我们利用汉语原来的构词方式把别的语言中的词所代表的概念介绍到汉语中来的时候,就把这种词叫作译词。有人认为:音译和意译都应称为外来语。我们认为只有借词才是外来语,而译词不应该算作外来语。"③

罗常培先生通常将外来词称为"借词",他认为近代汉语里的外国借词有四种:"(甲)声音的替代(phonetic substitution),就是把外国语词的声音转写下来,或混合外国音和本地的意义造成的新词。……(乙)新谐声字(new phonetic-compound),外国语词借到中国后,本国的文人想把他们汉化,于是就着原来的译音再应用传统的'飞禽安鸟,水族著鱼'的办法硬把他们写成谐声字。……自从科学输入以后,像化学名词的铝(aluminum),钙(calcium),氨(ammonia),氦(helium)之类,更是多得不可胜数……(丙)借译词(loan-translation),当许多中国旧来没有的观念从外国借来时,翻译的人不能把他们和旧观念印证,只好把原来的语词逐字直译下来,这就是所谓的借译。……近代借词的许多哲学名词,像葛林(Thomas H. Green)的'自我实现(self-realization),尼采(Friedrich W. Nietzsche)的'超人'(Übermensch),也就是所谓的借译词。描写词(descriptive form),有些外来词找不出相等的本地名词,于是就造一个新词来描写它,

---

① 史有为《外来词:异文化的使者》,上海:上海辞书出版社,2004年,第3页。
② 转引自沈国威《近代中日词汇交流研究:汉字新词的创制、容受与共享》,北京:中华书局,2010年,第30页。其实,这个问题早在晚明时已被提及,在徐光启、李之藻的著作多有论述。
③ 王力《汉语史稿》(修订稿,下册6),北京:中华书局,1980年,第516页。

或者在多少可以比较的本地物件上加上'胡''洋''番''西'一类的字样，这就是所谓的描写词。"①

史有为先生对外来词做了比较全面的概括，他说："外来词，从字节来源的'发明权'来看，他们是外来词，是由外民族首先发明并凝聚了词的概念，更重要的是，是由外民族赋予了特殊的形式，或者是语音形式，或者是文字形式，而借入汉语之后却又经过不同程度的再创造，在语音形式和文字形式、语义内容上进行适合汉语的再创造，更重要的是他们多次使用于汉语中，从而融入汉语词汇，成为汉语的词。这就是我们对外来词的'定格'。"②

近年来在如何对待意译词上有了新的提法，因为这类词完全是中文本身具有的，但在含义上赋予了外来的新的含义，有的学者将其称为外来概念词，并试图将外来概念词作为整个外来词的总称。③

王力先生认为："现代汉语新词的产生，比任何时期都多得多。佛教词汇的输入中国，在历史上算是一件大事，但是，比起西洋词汇的输入，那就要差千百倍。"④目前，对晚清以后的西洋外来词汇和东洋的外来词汇研究有了许多重要的成果，⑤但对明末清初的来华天主教传教士在中国近代词汇学上的贡献研究明显不足。

本文结合以上的讨论，从三个方面将罗明坚和利玛窦的汉语西方宗教哲学外来词汇做一个类型分析。由于篇幅有限，本文无法对所罗列出来的全部外来词做外来词的类型学分析，同时，上面所罗列出来的外来词，相当一部分的拉丁词源尚未确定，这也为我的分析带来困难。因此，下面我只是对所罗列出的外来词中挑选出的代表性词汇做一个外来词的类型分析。

第一，罗明坚和利玛窦的汉语神学词汇中的音译词和混合词。

---

① 罗常培《语言与文化》，北京：语文出版社，1996年，第27—29页。
② 史有为《外来词：异文化的使者》，上海：上海辞书出版社，2004年，第6页。
③ "因此，我们给汉语中的'外来概念词'所下的定义是：汉语中表示本位外族语词的那种概念。"《词库建设通讯》1993年第1期，香港：中国语文学会，第5页。
④ 王力《汉语史稿》（修订稿，下册6），北京：中华书局，1980年，第525页。
⑤ 参阅马西尼《现代汉语词汇的形成：十九世纪汉语外来词研究》、沈国威《近代中日词汇交流研究：汉字新词的创制、容受与共享》，北京：中华书局，2010年；刘禾《跨语际实践：文学民族文化与被译介的现代性中国——1900—1937》，北京：生活·读书·新知三联书店，2002年；钟少华《中国近代新词语谈薮》，北京：外语教学与研究出版社，2006年；中国语文学会《近现代汉语新词词源词典》，2001年；姚小平主编《海外汉语探索四百年管窥》，北京：外语教学与研究出版社，2008年；陈辉《论早期东亚与欧洲的语言接触》，北京：中国社会科学出版社，2007年；姚小平《罗马读书记》，北京：外语教学与研究出版社，2009年。

## 第六章 中国近代汉语词汇的变迁：汉语神学词汇的产生

在汉语和外来文化交流之中，最早出现的新词是音译词，因为在最初的语言接触中外来语在汉语中尚找不到理想的汉语词汇，这样一般都采取音译的方法"音译词是向读者表示外来单词语音的唯一方法"。①

混合词则是外来的音译词与本族词相结合而成，一般来讲，本族词表示音译词部分的意义。

这两个方面其实都是上面所说的"借词"。

1. 亚当(1-Adam)②、哑噹(4-29——Adam)。亚当是《圣经》旧约中的人物，希伯来文为 Adham，罗明坚和利玛窦都是从拉丁文音译而来，这是中文文献中首次使用这个词。以后，在《老残游记》中开始使用这个词，鲁迅在《坟·摩罗诗力说》中也使用了这个词。③

2. 也物(1-Eva)、陃襪(6-69-Eva)。夏娃也是《圣经》旧约中的人物，希伯来文是 Hawwah，罗明坚和利玛窦都是从拉丁文音译而来，这是中文文献中首次使用这个词。罗明坚使用"也物"，利玛窦使用"陃襪"。这个词后来也被称为"厄娃"，在鲁迅的《坟·摩罗诗力说》中采用的是"夏娃"。④

3. 妈利亚(里呀)(1-Maria)，马利亚是《圣经》中人物，耶稣的母亲，罗明坚这里从拉丁文音译而来，这个词也在以后的中文中流传下来，冰心在《南归》中就描写了马利亚。

4. 徒斯(6-9——Deus)，利玛窦在对天主教唯一神 Deus 的翻译上有一个变化的过程，在《天主实义》中他既使用了"徒斯"，也使用了"天主"。但他的主要用法是"天主"，这点从《天主实义》的书名可以看出。由于利玛窦在世时"礼仪之争"尚未发生，利玛窦这样混同使用是没有任何问题的。但在利玛窦去世后，关于如何翻译"Deus"成了一个大问题，由此形成了近四百年的"礼仪之争"，并对中西双方的历史都产生了重要的影响。尽管这个词汇没有在中文近代传统中保存下来，但确是近代以来对中西文化交流影响最大的外来词。

第二，罗明坚和利玛窦的汉语神学词汇中的意译词和仿译词。

马西尼指出，在意译词和仿译词中很难看出外来词的痕迹，因为意译

---

① 马西尼《现代汉语词汇的形成：十九世纪汉语外来词研究》，上海：汉语大词典出版社，1997年，第164页。
② 括号的的数字表示罗明坚的五篇文献序号。
③ 《汉语大词典》上卷，上海：汉语大词典出版社，1986年，第230页。
④ 《汉语大词典》上卷，上海：汉语大词典出版社，1986年，第1950页。

词和仿译词与汉语本族词有两个共同的特征,一是词的音和形有着语义的联系,二是"语义单位的连接体是根据词素组合规则决定的"①。因此,用意译和仿译的方法来创造新词是汉语外来词的主要方法。意译词是指给原来的汉语词汇增加新的含义,它采用的通常都是汉语本族词。仿译词是指根据外语词汇来创造的词,却和原来的汉语词汇有着某种程度上的相互对应,汉语提供了仿译词的意义和句法结构。

这就是上面所说的"译词",如学者所说"意译则要求译者对原词融会贯通,然后在目的语中找出一个最大近似值"②。

1.上帝(1——Deus),《易经·豫》中"先王以作乐崇德,殷荐之上帝,以配祖考"。利玛窦在《天主实义》中说"吾国天主,即华言上帝"。"吾天主,乃古经书所称上帝。"这是一个典型的意译词,充分反映了利玛窦的传教策略。

2.圣经(6——Scriptura),这是一个意译词,《圣经》在中文文献中即指儒家的经典,也可以指佛教或其他宗教的经典,也可以特指犹太教的经典,如《律法书》《先知书》《圣录》。自从利玛窦采用这个词特指天主教的经典以来,就赋予了《圣经》新的含义,这个特指也在以后的中文术语中流传了下来。③

3.圣母(4—mater Dei),如果说马利亚是个音译词,那么,圣母就是一个意译词,在中国古代是皇太后的尊称。这个词也流传至今。

4.公教(6-8——Ecclesia),在汉语中指官办教育,宋叶适曾说:"臣闻朝廷开学校,建儒管,公教育于上……"④现在中国教会认为天主教是"基督教的三大派别之一。音译加特力教,意译公教,也称罗马正教。中国人根据明末耶稣会传教士的翻译,称之为天主教、罗马天主教"。但至今没有

---

① 马西尼《现代汉语词汇的形成:十九世纪汉语外来词研究》,上海:汉语大词典出版社,1997年,第169—170页。
② 沈国威《近代中日词汇交流研究:汉字新词的创制、容受与共享》,北京:中华书局,2010年,第31页。
③ 参阅《汉语大词典》上卷,上海:汉语大词典出版社,1986年,第5006—5009页。
④ 《汉语大词典》上卷,第768页。

人明确指出这个意译词是利玛窦所创。①

5.撒格辣孟多-圣迹(12-111——miraculum),汉语中的"圣迹"一词有两层含义:其一是古圣人的遗迹,《汉书》中有"往者秦为无道,贱贼天下,杀术士,燔诗书,灭圣迹……"其二是有关某宗教或其传说的遗迹。② 这里利玛窦利用了中文"圣迹"表达了天主教的神学思想,显然这是一个意译词。"撒格辣孟多"是"注译词"。

6.罢德肋-父(12-96——pater),利玛窦在《圣教约言》中说:"天主,罢德肋,译言父也。乃天主三位之第一位也。"显然,译言"父"就是"圣父"。在中文中"圣父"是指太上皇的尊称,《宋史》中有"既尊圣父,亦燕寿母"。③ 用"父"或"圣父"来指称天主教中的三位一体中的第一格,显然,这是一个意译词,罢德肋是个"注译词"。

7.斯彼利多三多-圣灵(12-97——Spiritus Sanctus),在中文文献中"圣灵"有多层含义,《汉语大词典》将基督教含义上的"圣灵"的出现说成在太平天国时代,显然是晚了。④ 利玛窦这里所使用的基督教含义上的"圣灵"应为第一次。"斯彼利多三多"是个注译词。

第三,罗明坚和利玛窦的汉语神学词汇中的汉语新词。

马西尼认为汉语新词产生的传统方法是将外来语的新意归并到原有的汉语词汇中,或者将这种新意和已有词汇综合形成,在这种情况下创造的新词是语义新词。但"如果用汉字的重新组合来创造的新词,那么这种新词就是组合新词。在语义新词中,只是在词义或功能方面有一种变化。在组合新词中,新词的新意义和新功能全是创新的。"⑤沈国威也说:"明末清初来华的耶稣会士们,为了有效地推进在中国的传教,翻译出版了大量的介绍西方知识的书籍。在他们的译书过程中,创造了为数众多的新词和

---

① 百度百科中关于公教的解释还有另一种说法:"公教会"的"公"原文起源自拉丁语的 catholicus,意思是"普遍的",翻译作中文"公"是取自"天下为公"的"公",因为天主教徒认为只有天主教会才是"全世界的""一般的""大众的"教会。他们选择这个名字,是由于他们认为最初的教会是开放给全部的人,而不是特定的种族、阶级、或者特定宗派的。

② 《汉语大词典》中卷,第5010页。

③ 《汉语大词典》中卷,第5007页。

④ 《汉语大词典》中卷,第5012页。

⑤ 马西尼《现代汉语词汇的形成:十九世纪汉语外来词研究》,第182—183页。

译词。"①

1.十字架(4—crux Christi),这是一个新词。十字架是基督教的精神象征,耶稣在首次预告苦难后即对门徒说:"谁若愿跟随我,该弃绝自己,背着自己的十字架,跟随我。"(谷八34)从利玛窦后来华的传教士普遍采用这个词②,新教入华后也采用这个词,马礼逊在《英华词典》中收录。这个词在晚清后逐步流传下来,在清俞正燮的《癸巳类稿·天主教》中,在巴金和郁达夫的作品中都使用了这个词。③

2.耶稣(6—Iesus),这是一个由罗明坚和利玛窦开创的新词。朱谦之先生《中国景教》一书,认为唐代传入中国的"景教"徒,在他们翻译为中文的"经文"中,把"耶稣基督"叫作"移鼠迷师诃"。据朱谦之先生分析,这个"译音",来自窣利语(中古波斯语)yiso msiha。④《汉语大词典》认为耶稣是希腊文 Iesous 的音译词,岑麟祥在《汉语外来语词典》中认为拉丁文 Jesus 源于希伯来语 Yeshua⑤。黄遵宪认为"耶稣"是音译兼译词,他说:"假视天如父,七日复苏义为'耶稣',此假借之法也。"王闿运说:"竟符金桂谶,共唱耶稣妖",他在文下注释说:"'耶稣'非夷言,乃隐语也。'耶'即'父'也,'稣',死而复生也,谓天父能生人也。"钱钟书在评价黄遵宪和王闿运的看法时说,"王望'稣'之文而生议小异于黄耳。"⑥

3.别类(6-38——distinctio),利玛窦在《天主实义》中说:"夫正偏大小,不足以别类,谨别同类之等耳。正山,偏山,大山,小山,并为山类也。"⑦拉丁语 distinctio 是区别的意思,用别类表示中文的区别这是一个新的外来词。

4.拔第斯摩-洗(12-111——ablutio)这里的"洗"就是"洗礼"。利玛窦在《圣教约要》中说:"耶稣在世,将升天之前,谕命十二宗徒及以后主教

---

① 沈国威《近代中日词汇交流研究:汉字新词的创制、容受与共享》,北京:中华书局,2010年,第111页。
② 参阅 W.South Coblin, *Francisco Varo's Glossary of the Mandarin Language*, Monumenta Serica Institute 2006, p. 62.
③ 参阅《汉语大词典》上卷,上海:汉语大词典出版社,1986年,第347—348页。
④ 参阅朱谦子《中国景教》,北京:人民出版社,1998年。
⑤ 岑麟祥《汉语外来语词典》,北京:商务印书馆1990年,第418页。
⑥ 参阅钱锺书《管锥篇》,北京:中华书局,1986年,第4册,第1461—1462页,第5册,第114页。以上转引自黄和清"耶稣"词条,见《词库建设通讯》第8期,第55页。
⑦ 朱维铮《利玛窦中文著译集》,上海:复旦大学出版社,2001年,第38页。

者,凡世人初从圣教当依定礼用清水,祝咏经言,以洗确之。"拉丁文 ablutio 就是"洗礼"之意。《汉语大词典》认为此词出现在中文是在民国期间,显然时间上有误。这个词应为新的外来词,拔第斯摩是"注译词"。

"洗礼"在中文有另一个表达:付洗,领洗(Baptismus)来华的基督新教传教士最早在《英华词典》中使用了这个词,后来清代的严如煜(1759—1826)在《三省边防备览·策略》一文中在介绍基督教时讲到领洗"进教者无论男女必要领洗"。马礼逊认为这两个词来自天主教的概念,"领洗"被明末清初的来华天主教采用,①"付洗"未被采用,当时天主教用"付圣洗"。应该说,最早使用这个词的是利玛窦,以后逐步从"洗"发展到"洗礼""付洗"和"领洗",这两个词都属于意译词。

5. 亚玻斯多罗-使徒(12-95——apostolus),使徒,耶稣的使徒。这是利玛窦首先使用的一个重要概念,后来马礼逊在《英华词典》第 6 册I,第 30 页用(Apostle, Apostle of Jesus),在基督教意义上,使徒指被基督派往全球传播福音的人。瓦罗词典没有这个词。汉语没有这个词,这是一个汉语组合新词。"亚玻斯多罗"是注译词。

6. 宗撒责耳铎德-圣油(12-97——chrisma),这个词出现在《圣经》出埃及记 30 章 22-25 节,天主教在圣周(星期四)由主教祝圣的橄榄油有三种:(1)用于慕道者候洗期。(2)用于圣洗、坚振及圣秩(神品)圣事等。(3)用于病人傅油圣事;"圣油"需要经过主教祝圣之后才能被使用。涂圣油是表示"圣灵恩赐的印记"。这是在刚受洗后的施行的,为的是使新入教者坚定对三位一体真神的信仰。这是一个新词,"宗撒责耳铎德"是个注译词。②

## 二、万济国的《华语官话词典》简介

来华传教士最早开始编写字典的是罗明坚和利玛窦,两人合作而成《葡汉辞典》,这部字典 1588 年 11 月被罗明坚带回罗马,1934 年被意大利

---

① 参阅 W.South Coblin, *Francisco Varo's Glossary of the Mandarin Language*, Monumenta Serica Institute 2006, p.31, 186.

② 外来词研究需要庞大的中文数据库支撑,以上词汇是否是第一次使用,仍有待汉语数据库的检验。但从"意译"的角度看,既便这些词汇在以往的汉语文献之中使用过,但意义已经完全变了,它们已有了天主教的思想含义。

汉学家德礼贤（Pasquale D'Elia）所发现,2001 年澳门基金会重新影印了这部字典的手稿。① 此后不久,从太平洋进入中国南部的西班牙道明会传教士在菲律宾和中国福建一带也编写了一些词典。②

万济国在福建传教期间开始编写《华语官话词典》,1670 年基本完成了这部词典的编撰,他自己在书的前言中说,他在编写《华语官话词典》时每天不离手的工具书就是《葡汉辞典》,③万济国的《华语官话词典》并未出版,只是以手稿形式保留了下来。根据柯蔚南（W.South Coblin）的研究,万济国《华语官话词典》的手稿主要藏在四个图书馆:第一份手稿藏在柏林国家图书馆,编号:Libr.Sin. 29,这部手稿没有日期,手稿中夹有一些小的纸片,从纸片的手记来看是西班牙文,手稿共 228 页,手稿标题为:Vocabulario da Lingoa Mandarina。

第二份手稿藏在伦敦英国国家图书馆,藏书号为:Sol Sloan 3419。这份手稿上显示的日期是 1695 年,并注明《华语官话词典》被一名叫 Thomas Hortiz（即 Tomás Ortiz, 1668—1742, OESA）的人所使用, Tomás Ortiz 是 1695—1708 年在中国传教。这部手稿也没有序言,手稿共 184 张,标题是:Vocabulario da Lingoa。

第三份手稿藏在梵蒂冈图书馆,藏书号:Borgia Cinese 420。这份手稿有一个序言,时间表明是 1670 年,并说明是万济国所著,手稿共 211 页,在手稿的 132 页后有法文词汇,这说明这份手稿几易其手。

第四份手稿藏在巴黎外方传教会的档案馆（Missions Etrangères de Paris）编号:AMEP vol. 1084,这份手稿有 3 页的西班牙文的改写本,也有一个序言。

《华语官话辞典》的基本结构是:全书的顺序按照从 A-Z 来排列;每一个词条是:西班牙语词汇,罗马字母的中文发音注音,每个注音上都标出音调;在词条后列出数量不等的同义词词汇,或反义词词汇,或例句。例如,

---

① 参阅[美]杨福绵《罗明坚、利玛窦〈葡汉辞典〉所记录的明代官话》,载《中国语言学报》1995 年第 5 期。

② 参阅马西尼《17、18 世纪西方传教士所编撰的汉语字典》,载《相遇与对话:明末清初中西文化交流国际学术研讨会论文集》,北京:宗教文化出版社,2003 年,第 335—347 页。

③ 这里有一个问题,罗明坚 1588 年已经离开中国,将《葡华辞典》手稿带回欧洲,万济国最早来中国也在 1623 年,黎玉范返回欧洲后将其带到中国,因此,万济国说他每日看利玛窦和罗明坚的《葡华辞典》是不可能的,除非被罗明坚带回欧洲的《葡华辞典》还有一份抄本,或者他看的就是利玛窦和郭居静所编写的《汉葡辞典》。

以Interjeccion(呀)开头的词条包括:

| 西班牙语 | 罗马注音(含音调) | 汉语 |
|---|---|---|
| Interjeccion | iā | 呀 |
| a senor | iā gu chu | 呀吾主 |

este mas se usa para escritura que para hablar(这是万济国对这个词汇做的一个说明,意思为:这样的用法在书面语中比在口语使用更多)

万济国在序言中说:"这里所收录的词语虽然都是口语的,但有的书面色彩也较浓,普通百姓、民间口语用词不是很多,相当一部分是文人使用的。这类词下面都会划线做以标注。"[1]这样,万济国的这部辞典主要是书面语的官话辞典,这是这部字典的重要特点,柯蔚南在他整理的序言中注意到了这点,他举例说明万济国这样的编排思路。例如:

合理的:hǒ lì 合理/lì chī tāng jěn 理所当然/iùng tāng 永当/tāng kǐ kò' 当其可/lì chī sò ì 理之所以。

柯蔚南认为"合理的"是书面语,在口语中就是"能站住脚的",但万济国没有使用"能站住脚的"。这说明这部辞典主要是书面语的辞典。

在发音上,万济国明确地说:"需要说明的是,在任何地方、任何人,没有谁能够说一口完全标准的官话,都或多或少地夹杂了本地的词汇和发音方法,即所谓的'乡谈'。为了方便那些从其他地方来的人,这里就不再修改一些词的发音了,因为这些词的发音都是选自中国的字典,根据南京话的发音的。""为了说好汉语,我们应该留意中国人的发音。我在中国学说汉语期间,学习和模仿南京话讲得好的博学之才,因为南京话是官话,是中国其他语言的母语。但是我们应该注意的是,他们说官话,这并不代表他们都是有学识的人,只是因为他们来自南京、赣州或信丰,这些地方都是以南京话作为本土话的。北京话、山东话和标准的官话之间还是有些区别的。这部辞典严格按照南京话编写。"[2]

在发音上,万济国大量引用了金尼阁的《西儒耳目资》体系,柯蔚南根据辞典对他所采用的语音系统做了很好的归纳:"以下音标是万济国编写的,括号中的部分有很高的语音学价值。

---

[1] W. South Coblin, *Francisco Varo's Glossary of the Mandrin Language*, Volume 1, p. 16, Monumenta Serica Institute, Sankt Augustin 2006.

[2] W. South Coblin, *Francisco Varo's Glossary of the Mandrin Language*, Volume 1, p. 2, Monumenta Serica Institute, Sankt Augustin 2006.

首字母中的辅音：

p[p] p'[p'] m[m] f[f] v[v]

t[t] t'[t'] n[n] l[l]

ch[ts] ch'[ts'] s,c[s]

ch[ts] ch'[ts'] x[s] j[z]

k[k] k'[k'] g[g] h[x] or[h]

go[vw] or[w]

最后的音节：

a[a] ia[ia] ua,oa[ua] ai[ai] iai[iai] uai,oai[uai] ao[au] iao,eao[iau] an[an] uan,oan[uan] ang[aɡ] iang,eang[iaɡ] uang,oang[uaɡ] ǎ[a?] iǎ[ia?] uǎ[ua?]

i[i] in[in] ing[iɡ]

u[u] ui[ui] un[yn,un] ung[uɡ] iung[iuɡ] ǔ[u?]

ul[e]

iü[y] iǔ[y?] ü[u]

e[e] ie[ie] iue[ye] uei,oei[uei] eu[eu] ieu[ieu] en[en] ien[ien] uen,oen[uen] iuen[yen] eng[eɡ] ě[e?] iě[ie?] uě,oě[ue?] iuě[ye?]

ě[e?] iě[ie?]

o[o] uo[uo] uon[uon] ð[o?] ið[io?]

ð[o?] ið[io?]

音调：

Qīngpíng 清平 中或上中

Zhuópíng 浊平 低降

Shǎng 上 中降

Q 去 上中或高扬

Rù 入 中扬"①

柯蔚南对这四份手稿做了综合性的整理,他是以柏林的手稿为底本,以伦敦的手稿为校本,在编辑中对这两个稿本进行互校,并在整理文本中注明这些不同,同时,他也参考了梵蒂冈本。在抄录原手稿的西班牙文的

---

① W.South Coblin, *Francisco Varo's Glossary of the Mandrin Language*, Volume 1, pp.25—26, Monumenta Serica Institute · Sankt Augustin 2006.

同时,在每个词汇后他都注出了英文。最后,在整理本的后面附上了拼音索引和注明了英文翻译的那些中国词汇的索引。特别使读者满意的是他翻译整理出了万济国所写的序言,这样经过柯蔚南所整理的这份文献就给我们提供了一个很好的研究基础。

## 三、万济国的《华语官话词典》贡献

目前在尚未全面研究来华传教士所编辑的词典以前,我们还不能更为准确全面地评价万济国词典在来华传教士所编写的双语词典和中国双语词典史以及西方双语词典史这三个方面的贡献,但根据目前笔者所掌握的材料,我们可以通过对万济国《华语官话词典》(*Vocabulario da Lingoa Mandarina*)与罗明坚的《葡汉辞典》做一初步的比较,从中看出万济国辞典的进步。

罗明坚和利玛窦编《葡汉辞典》时尚无任何可以参考的双语辞典,即便在欧洲16世纪也刚刚开始有双语词典,① 更别说有欧洲语言和非欧洲语言的双语词典,罗明坚和利玛窦编《葡汉辞典》是"第一部欧洲语言——汉语(官话)双语辞典"。② 另外,当时,罗明坚和利玛窦对中文的理解也有一个过程,他们在编写《葡汉辞典》时的中文水平远不如后来利玛窦和郭居静(Lazare Cattaneo,1560—1640)编写《汉葡辞典》。

万济国在编写《华语官话词典》时将《葡华辞典》每日放在手边,这样《华语官话词典》在编写上肯定要超过《葡华辞典》。

首先,在辞典的规模上《华语官话词典》要比《葡华辞典》大。《葡华辞典》198页,《华语官话词典》221页,《葡华辞典》共收录6000个葡语词条,其中有5461个词条有汉语对应词,还有549个葡语没有对应的汉语。

其次,在词汇的编排上《华语官话词典》比《葡汉辞典》更利于使用者

---

① 罗明坚所编的《葡汉辞典》就是依据葡萄牙的第一部双语词典《葡—拉》词典编成的。
② 参阅[美]杨福绵《罗明坚、利玛窦〈葡汉辞典〉所记录的明代官话》。这里的"双语辞典"只是限定在"一个语言的词语,按照字母顺序或按照'词根'顺序,同时注释出一个语言相应的词;而不是指分别注释出词的不同词义的辞典。这类词表或词汇表早在明朝初期就已经出现,其中最著名的为《华夷译语》"。现研究指出,罗明坚、利玛窦编写《葡华辞典》时参考了卡尔各佐(Jerónimo cardoso,1500—1569)的《葡—拉辞典》,参阅梅斯纳《第一部葡萄牙—汉语双语辞典》,澳门《文化杂志》,2003年秋季号。

学习。例如,在《葡华辞典》中"风"只有两个词"风静""风晴",而在《华语官话词典》中万济国列出的由"风"组成的短语,句子和词汇有27条,它们是"风暴""风车""风吹""风吹倒""风灯""风帆""风火墙""风烈""风流人""风浪""风浪大作舟船将覆""风领""风蓬""风平浪静""风气痛""风气之冷""风琴""风水""风水便""风水顺""风俗""风栗""风箱""风箫""风息了""风押倒""风雨暴疾"。从这个对比可以看出,《华语官话词典》例句多,词汇丰富,更利于学习者学习。

最后,在语音的安排上《华语官话词典》比《葡华辞典》更为周全。《葡华辞典》对每个例句的注音不规律,如果只有一个汉语对应,则肯定有罗马注音,例如,Aguoa(葡语的"水"字),罗马注音是:Scioj,汉语的对应词是:水。如果有多个对应汉字,则有的有罗马注音,有的则没有。例如:葡语的Bomparecer,罗马注音是:piau ci,对应的汉语是:标致、美貌、嘉。这里的"美貌、嘉"都没有罗马注音。在《华语官话词典》对所列出的每个词,每条例句全部逐字注音,使任何一个学习者立即可以按照辞典读出例句,读出短语,学习时十分方便。例如上面所列出的"风"的27个例句、短语,每个字全部都有罗马注音。

在《葡华辞典》的注音中,每个字没有声调,也没有送气音符号,例如,pa 既表示"巴"〔pa〕也表示"帕"〔p'a〕;ta 既表示"大"〔a〕也表示"他"〔t'a〕。杨福绵认为:"送气音与非送气音的区别没有标释出来,是因为当时罗明坚尚未发明标释这种区别的方法,而不是因为罗明坚不知道存在这区别。罗明坚系统里没有标释符号,其最明显的原因是,在像意大利语和葡萄牙语这样的罗曼语中,没有送气音与非送气音的区别,也没有不同音调的区别。"①

在《华语官话词典》中每个字都有注音,每个字都有声调。例如,"上水",他给的罗马注音和音调是:xáng xùy;"下水",他给的罗马注音和音调是:hiá xùy;这样,每个字看着字典就可以读出,这对传教士的学习是很方便的。

---

① 参阅[美]杨福绵《罗明坚、利玛窦〈葡汉辞典〉所记录的明代官话》;Michel Ruggieri, Matteo Ricci, John W Witek, S.J.编《葡汉辞典》。

## 四、万济国的《华语官话词典》所收录的汉语神学词汇

在《华语官话词典》中,万济国也创造了不少新的词汇,对于这样的词汇他比较谨慎,一般都用"我们说"作为标志:

受到神圣的洗礼:lìng xíng tì' 领圣体

神圣的油:xíng iěu 圣油,涂抹它:fú xíng iěu 傅圣油

使教堂圣化:liě xíng táng' 立圣堂

每日祈祷书:kīng puèn 经本/xǐkīng puèn 时经本①

明清之际来华传教士对中国近代语言学的贡献,特别是对中国近代概念形成的贡献,目前研究的不多,研究者大都集中在晚清以来新词汇的形成上。因此,对于在《华语官话词典》中出现有着大量的新词汇的研究需要建立在对从罗明坚、利玛窦以来的全部传教士的中文文献和双语辞典展开系统的研究的基础上。因此,在这篇文章中,我尚不能确定哪些词汇是万济国首创的新词汇,哪些是在他之前来华的传教士创立的,哪些是他对以前的传教士所创造词汇的改造。这里我仅仅将《华语官话词典》中从西班牙字母的 A 到 Y,万济国辞典的第 1—122 页中的中的基督教词汇摘录出来,②待以后深入研究。这些词汇中既有"音译词",也有作为"借词"存在和作为"外来词"存在的不同的形态。

从词性来说,大体分为:科学类词汇,宗教性词汇,逻辑性词汇,哲学性词汇,社会类词汇。我将会在以后不久的论文中对这些词汇做具体的研究,这里只是初步地罗列出来。

1.abad(abbot)隐修会长③

2.abadesa(abbess)隐修女会长

3.abaxar Dios a encarnar(for God to come down(to the world)to assume a physical body)降生

4.absolver en la Confession(to grant absolution in confession)打圣号

---

① W. South Coblin, *Francisco Varo's Glossary of the Mandrin Language*, Volume 1, p. 20, Monumenta Serica Institute, Sankt Augustin 2006.

② 万济国的词典共 228 页,我尚未做的还有 106 页。

③ 括号中的英文是柯蔚南在整理中加,参阅 W.South Coblin, *Francisco Varo's Glossary of the Mandrin Language*, Volume 1, Monumenta Serica Institute, Sankt Augustin 2006.

5. acufre(sulfur)硫磺、臭磺

6. advertir,reparar(take notice of,give attention to)觉、知觉、觉得

7. ageno del estado,o persona(remote or removed from a situation or person)不合本质

8. ayudador,bien echor(helper,benefactor)救主、恩主

9. angel(angel)天神

10. apostoles(apostles)宗徒、圣徒

11. arcobispo,nosotros le llamamos(archbishop,as we ourseves so call him)一省主教

12. armonia(harmony)节奏、奏乐

13. arrebatado,ut extasis,arrobabo(overcome,as of ecstasy,in rapturous amazement,out of one's sense)入神、神定

14. articulos 12 de la fe(the twelve articles of faith)十二信

15. astrolabio(astrolabe)平浑、简平仪

16 bautismo(baptism)圣洗

17. bautizar(to baptize)傅圣水、傅圣洗

18. bendezir(to bless,as we call it)打圣号、圣过

19. bendezir alabando(to glorify,praise)赞美

20. benefficio real(royal favor)恩典

21. bienes eternos(eternal felicity)永福、天福

22. bienauenturado(one who has been blessed)真福者

23. calcular los astros(to cast horoscopes)考验推步

24. calendario perpetuo,ut el nuestro(a perpetual or liturgical calendar,like our<i.e.Christian>one)永年历

25. canonizar,to canonize(consecrate)考定为圣人、入圣人之册、登圣人之品

26. canon,pluma nuestra para escriuir,quill(our quill-pen for writing)鹅翎,鹅毛笔

27. cardinal de para(papal cardinal<as we call him>)教皇宰相

28. casta cosa,castidad,chastity(sexual continence)绝欲、贞洁、绝色

29. castidad virginal(virginity,virginal chastity)童贞、童身

30. castidad vidual(chastity of widowhooh)寡贞

31. castigo del cielo(Heaven's punishment)天谴

32. causa, cause(reason)原故、原因、原由

33. causa eficiente(effectual cause)造者、为者、作者

34. causa material(material cause)质所以然、质者

35. causa primera(first or primary cause)最初所以然

36. causas secundes(secondary causes)次所以然

37. causas universales(universal causes)公所以然

38. causas particulares(particular causes)事所以然

39. causa, o negocio(cause or affair)事体、事势、事情

40. causar, ser causa de algo(to cause, be the cause of something)招引、原引

41. celestial, cosa del cielo(celestial pertaining to Heaven)天事、天保、天爵、天上的事

42. ciertamente(realmente, certainly, in reality)果然、实然、断然、确然

43. circulo, linea redonda(a circle, round line)圈

44. clerigo, clergyman(as we call it)圣 Pĕtōlò 会的

45. companones(testicles)阴子、肾子、卵子、外肾

46. compass, compass(the mathematical instrument)规矩、规尺、规量

47. comulgar(to receive the holy sacrament<as we say>)领圣体

48. comun, en comun(common, in common)公通、通公、共总

49. confesar, ut sic(to confess, as such)认、知认

50. confesar la fee(to profess the faith)承认圣教、认从教

51. confesar al sacerdote(to confess to a priest)解罪、告罪、供告

52. confesonario(a confessional)解罪座、听人罪座

53. conforme a las leyes(in compliance with the laws)依律

54. conjeturar(to conjecture)量测、测验

55. consagrar(to consecrate)打圣、立圣

56. contra dezir, inpugnar(to contradict, confute)倒辩、反辩、辩折

57. contricion(contrition)善痛

58. conuertir, ut Gentiles(to convert, as of pagans)劝化

59. conuertir ensenando(to convert through tezching, to educate)教化、教诲

60. convertirse ala ley（to be converted to Christianity, i.e. Catholicism）归教、入教

61. cordones pequenos（small cords or strands；also：cords for tying monks' habits）带

62. corporeo（corporeal）有形的、有形体

63. corporales, los nuestros de missa, corporals（our altar linens for the mass<as we say>）圣体布、圣体方帕

64. criador, nuestro Dios（the creator, our God）造物者、造天地万物之主

65. crisma（consecrated or holy oil<as we say>）圣油

66. cristal（crystal）水晶

67. cristalino, cosa de cristal（crystalline, made of crystal）水晶的

68. cristo, Jesus（Christ, Jesus）耶稣基利稣多、救世之主

69. cristianos（Christians）教中人、奉教人

70. cristiano, hazerse christiano（Christian, too become a Christian）入进教、进教

71. cristiandad, ley nuestra（Christianity, our religion）天主圣教

72. crucificar（to crucify）订十字架

73. crucifixo（crucifix）订十字架的

74. cruz（a cross）十字架

75. curar, ut sic（to cure an illness）医疗

76. dadiuas, beneficios, gifts（favors, kindnesses）恩赐、所与的

77. dedicar las yglesias（to consecrate churches <as we say>）立圣堂

78. dedicacion, dia en que se dedica dedica（dedication, the day on which a consecration is performed）入圣堂, 初开圣堂

79. defensor, Patrono（protector, patron）做主、主保

80. dezir de antemano（to say ahead of time）预说、预言

81. dezir missa（to say mass）做弥撒、做天主

82. dia de fiesta（feast day, holy day）瞻礼日

83. dia del nacimiento（birthday）生日

84. diacono（deacon as we say））御祭、圣诞

85. dicho comun（common talk）公论、公言

86. dios（God<our term>）天主

87.dios Padre(God the Father)天主夫

88.discurrir con el entendimiento(to discourse on something with knowledge and understanding)推论、推测

89.diuinidad,natura diuina(divinity,divine nature)天主的性

90.doblado,o dos doblezes(a fold,hem,or two creases)两重的

91.domingo(Sunday)主日

92.entendimiento,ut ppotencia(understanding,as,for example,faculty or ability)明悟、明思、明达之力、灵才、明能

93.equinoctial linea(the equinoctial line)赤道、昼夜平线

94.equinoctial(equinoctial)昼夜平分、平行线

95.equinoctial circulo(equinoctial circle)昼夜平圈、纬线

96.equilibrio(equilibrium)平线

97.especular(to speculate,contemplate)推论、细思、默究

98.espectaculo,apariencia(visible form,appearance)形状、模样、形模

99.espiritu sin cantidad,ni material(spirit without quantity or matter)无形、无影、灵体

100.espiritual ayuda,o auxilio(spiritual help or aid)圣佑

101.evangelio(gospel)福音、新教经典

102.euangelista(evangelist)圣使、记录的

103.evangelizer(to evangelize,spread the gospel)传教、行教、布教

104.Europa(Europe)大西洋

105.exemplos como Milagros(examples like miracles)圣迹、古事

106.extrema unicion(extreme unction)临终傅圣油

107 fee,creencia(faith,belief)信

108.fiestas nuestras(our feast days or holy days)瞻礼日

109.filosophia(philosophy)格物穷理之学、性学

110.filosophar(to study or practice philosophy)推论、推思、议论

111.fin,tener lo,end(to have an end)有终、有限、有穷尽

112.gracia de Dios(the grace of God)圣宠、天主宠爱

113.gracia del Rey(grace or favor of the king)宠爱、恩宠、恩爱

114.grados del Cielo(divisions of the sky)度数

115 hazer las cuentas(to do or figure accounts)算账、算术

116. hazer bien à otro, socorrerle(to do good to another, to help him) 救济人

117. Yesus(Jesus) 耶稣

118. Yndial oriental(East India) 小西洋

120 ynferir(to infer, deduce) 推测、测量、窥测

121. ynfiel, gentil(infidel, gentile) 外教的、不从教的

122. ynfinito(infinite) 无穷、无疆、无量

123. ynocencia, tiempo dela inocencia, innocence(the time of innocence) 赤子之初、未开明悟知

124. ynsensible cosas(insensible things or objects) 无觉情之物、无觉魂的

125. ynspirado, o reuelado de Dios(inspired or revealed by God) 天主默示的

126. yglesia formal, la santa yglesia(the Church as a formal entity, the holy Church) 天主圣教会

127. yglesia material(a church as a physical entity, a church building, as we say) 天主堂、圣堂

128. ymagen, ut sic(an image, as such) 像、形象

129. ymmenso, immense(unlimited) 无量、无限际

130. ysla Hermosa(Formosa, Taiwan) 大弯、基隆淡水

131. ysopo para agua bendita(a sprinkle for holy water) 洒圣水的器具①

## 五、万济国其人

万济国(Fracisco Varo, 1627—1687), 1627 年 10 月 4 日生于西班牙的塞维利亚(Seville), 1642 年 10 月 7 日进入家乡的修道院。万济国的时代正是西方各国向东方扩张的时代, 在这种扩张中, 天主教的各个修会分别派传教士前来中国, 1582 年耶稣会士罗明坚(Michele Ruggieri, 1543—1607)进入中国内地肇庆, 1579 年西班牙籍的方济各会(Franciscan Order)传教士阿尔法罗(Petrus de Alfaro)到达广州; 1586 年道明会(Dominican Order)的传教士高琦(Angelo Cocchi)进入福建福安地区; 1575 年奥斯定

---

① 这些只是一个初步的研究,初步列出词汇仍待进一步深化,逐一对词汇展开研究。尽管这里对万济国词典的研究仍是一个很初步的研究,但在学术上已完全突破了《近代汉语词典》的所收范围。由于晚明以来传教士的"西学汉籍"很难看到,近代汉语词典的编纂者大都忽略了这批文献。参阅白维国主编,江蓝生、汪维辉副主编《近代汉语词典》,上海教育出版社,2015 年。

(Augustinia Order)的传教士拉达(Martin Rada)和马里诺(Jerónie Marino)因配合明朝剿匪而进入中国。

"1632年(崇祯五年)在中国传教的西班牙传教士科齐(Angelus Cocchi)①神父突然致函马尼拉,谓他唯一助手和同伴斯埃拉(Thomas Sierra)神父去世,急需人员前往中国协助传教。"②这样方济会的神父利安当(Antonio Caballero 或 Antonio de Santa Maria Caballero,又称"李安堂")和道明会的黎玉范(Juan Bautista Morales)从菲律宾的马尼拉被派到了中国的福建。正是黎玉范在后来从中国返回罗马时③,回到了西班牙,将万济国招到了自己组织的到中国的传教团中。

万济国在福建的居留在清史文献中有记载:"康熙十年九月,礼部题称,准两广总督金光祖咨称,看得西洋任栗安当等,准部文,查内有通晓历法,起送来京,其不晓历法,即令各归本省本堂,除查将通晓历法之恩理格(日耳曼国人)、闵明我(意大利国人)二名送京,不晓历法之汪汝望(法兰西国人)等十九名送各本堂讫。又西洋人万济国(西班牙人)一名,系康熙十年三月内,准福建督臣刘斗咨,从福建驿送广州安置之人,不在栗安当等人数之内。据西洋人何大化(葡萄牙国人)具呈,随伊归福建省堂,应否令归该堂,相应请旨定夺者也等语到部。臣等查康熙九年内,据浙闽督臣刘兆麟,将流行西洋人万济国从福建福宁州地方盘获具题,臣部题复,驿送广州总督安置,其万济国原非福建居住之人,不便与何大化同归福建省堂,万济国应仍留香山墺可也。奉旨:何大化既愿带万济国住福建居住,准其住福建居住。钦此。"④

万济国在中国传教中明确地站在道明会和方济各会的反对耶稣会传教路线的立场上,他写下了著名的《辨斋》一书,此书在康熙二十年(1681),被在福州传教的耶稣会士李西满看到,李西满认为方济各会士万

---

① 这里的"科齐"即上面讲的"高琦"。
② 崔维孝《明清之际西班牙方济会在华传教研究(1579—1732)》,北京:中华书局,2006年,第113页。
③ "当南明政权与清军载福安地区展开争斗时,福安的老传教士黎玉范已经从罗马返回马尼拉。他在马尼拉停留了一段时间后,准备返回福安。计划与他一同前往的还有另外三位道明会传教士万济国、窦迪莫、马玛诺及一些方济各会士。"参阅张先清博士论文抽样本《官府、宗族与天主教:明清时期闽东福安的乡村教会发展》。
④ 《正教奉褒》,韩琦、吴旻校注《熙朝崇正集熙朝定案(外三种)》,北京:中华书局,2006年,第327页。

济国轻率地把中国天主教徒"祀孔祭祖"斥为"异端",这是对中国文化传统思想的不尊重,这样的看法一定会严重危害天主教在中国的传播。于是,他自己写下了《辨斋参评》,在书中逐条反驳万济国。同时,李西满也发动福州士大夫教徒批判该书。先是参与校辑《口铎日抄》一书的福清教徒李九功的儿子李良爵作《〈辩祭〉参评》,对《辩祭》一书曲解"祀孔祭祖"的观点提出质疑。教徒严谟则是点名批评万济国,"万老师摘《礼记》《诗经》十数条,以证祭祖有来享,有求福。愚为考辨其原意不于求福之事……"①

1684 年罗马教宗委派巴黎外方传教会的陆方济任中国南区主教,随同带来了以后对中国"礼仪之争"产生重要影响的阎当。在福安地区陆方济受到了万济国等道明会在福安的传教士的接待,1684 年陆方济在福安的穆洋病故,万济国为他举行了隆重的葬礼。②

不久,礼仪之争在中国愈演愈烈,在杨光先教案期间传教士被集中到广州,1687 年万济国病逝于广州。

# 六、小　结

对西学东渐的研究在历史学范围内已经做的比较深入,在对明清之际的西方语言学传入的研究上,在语法、语音、方言等方面也都取得了较大进展,但唯独对外来词的研究较为薄弱。因三个方面的原因推动笔者开始注意这方面的研究:

第一,学术界对近代以来从日本传来的外来词研究有了较大的进展,例如沈国威的《近代中日词汇交流研究:汉字新词的创制、容受与共享》一书,系统地梳理了近代以来中日之间在汉语新词的交流和影响,但是在近代从日语所传来的外来词中有两类,一类是直接从日语所创造的词汇传入的,一类是日本在吸收了中国的新词后又返回中国的,马西尼教授认为"回归借词",他说:"这样一类词:它们原来在汉语中某一很特殊的场合里使用,后来在日本得到了广泛的传播,最后又回到了中国。"对于"回归借词"马西尼认为有两种,一种是中国语言中原有的词汇,另一类是明清来华传

---

① 严谟《辨斋》(早期抄本),钟鸣旦、杜鼎克主编《耶稣会罗马档案馆藏明清天主教文献》第十一册,台北:利氏学社,2002 年,第 46 页。

② 参阅张先清《官府、宗族与天主教:17—19 世纪福安的乡村教会的历史叙事》,北京:中华书局,2009 年。

教士所使用的词汇传入日本,又返回中国语言中的。他认为,对于"明清时期创造的回归借词,旁证材料极少"。①

从历史看明清来华传教士的中文著作传入日本,应该在日本产生影响。日本学术界为对国内所藏的明清之际来华的耶稣会相关书籍做一个全面了解,在昭和60—62年(注:1985—1987)对全国的国立大学图书馆和都道府县立图书馆进行全部调查,这个调查所指的耶稣会士是16世纪到18世纪到中国的天主教系传教士,并非仅限于所谓的耶稣会的成员,也包含隶属于其他会派的人。因此,鸦片战争以后的新教徒系的传教士不在研究对象之内。但是,徐光启和李之藻例外,他们包含在研究对象之内。这次调查最终调查图书馆数是包括私立大学图书馆和市立大学图书馆等在内的100家,其中找出现存相关书目的图书馆37家,总件数866件,他们最后出版了《耶稣会士相关著书译作所在地调查报告》②。

本次调查中已确认的相关书目,有189种,866件,现在从内容大致分为历算科学技术类、宗教格言类、地理地志类3个领域,从刊本、抄本的角度分为原刻(17世纪)、后刻(翻刻、丛书收录的书目)、抄本三类,总结如下表(但是,其他的11件除外)。

|  | 种数 | 原刻 | 后刻 | 抄本 | 合计<br>(注:件数) |
| --- | --- | --- | --- | --- | --- |
| 历算科学技术类 | 79 | 127 | 120 | 184 | 431 |
| 宗教格言类 | 93 | 66 | 225 | 45 | 336 |
| 地理地志类 | 17 | 9 | 42 | 37 | 88 |
| 合计 | 189 | 202 | 387 | 266 | 855 |

---

① 马西尼《现代汉语词汇的形成:十九世纪汉语外来词研究》,上海:汉语大词典出版社,1997年,第178页。

② 这次调查的机构"其中国立大学及附设研究所31,私立大学9,都道府县立图书馆28,市町立图书馆、机构18,国立机构(内阁文库、日本学士院)2,私立图书馆、机构(东洋文库、静嘉堂文库、蓬左文库等)12"。原本是指在调查主要国立大学、各都道府县立图书馆的全部,但是很遗憾,能够对两者都进行调查的都道府县只有27个,占全体的不到六成。另外,此次对国会图书馆、东京天文台、早稻田大学图书馆、伊能忠敬纪念馆(千叶县、佐原市)也就相关书籍进行了确认,但是没有完成全部的调查,不作为此次调查报告范围。择自《耶稣会士相关著书译作所在地调查报告》,以上内容是有北外研究生周娜帮助我翻译的在此表示感谢。

从日本学术界的这个不完全的调查可以看出,目前在日本藏有明清之际的来华传教士的西学汉籍有 189 种,886 件,如果对日本各图书馆展开全面调查,实际的数量会超过这个数量。

这样,通过历史和现状两个方面我们可以初步看到西学汉籍在日本的流布。这些中文书籍传入日本后对日本的新词有何影响?哪些在晚清时又传回中国,成为马西尼所说的"回归借词"? 至今在我的阅读范围内尚未见到研究。在这个意义上,仅仅从晚清日本新词传入中国来研究东亚文化和知识的传播就显然不够了。

第二,明末清初汉译西学的特点。

明末清初的西学著作翻译主要是三种形式,第一种是传教士口述,中国文人笔录。这类汉译西书的典型代表就是《几何原本》,利玛窦在序言中说得很清楚,他早有翻译此书的想法,但"才既菲薄,且东西文理又自绝殊,字义相求仍多阙略,了然于口尚可勉图,肆笔为文便成艰涩矣"。当徐光启提出让其口述,他来笔录的办法后,利玛窦十分高兴地说:"先生就功,命余口述,自以笔受焉,反复辗转,求和本书之意,以中夏之文重复订政,凡三易稿"。

第二种是署名传教士所写,但实际上文人润笔。例如利玛窦的《天主实义》。《天主实义》写于万历三十一年,即 1603 年,《几何原本》写于万历三十五年,即 1608 年。他在《几何原本》中清楚地说他写作有困难,五年后就能完全自己写作? 这不太符合实际。他在《天主实义》序言中说:"承二三友见示,谓虽不识正音,见偷不声,固为不可;或傍有仁恻矫毅,闻声与起攻之。窦乃述答中士下问吾侪之意,以成一帙。"这里没有明说,实际上是他口述,也写了初稿,后面文人加以修改。

第三种是传教士自己所写,期间文人也可能帮助,但基本是传教士所写。例如利类思(Louis Baglio,1606—1682)所写的《超性学要》,这本书实际上是托马斯·阿奎那(Thomas Aquinas,约 1225 年—1274 年 3 月 7 日)的《神学大全》(Summa Theologica)的翻译,这是一本很艰辛的西学著作译本,从目前的译本看,主要应由利类思完成。

这样,将明末清初汉籍西学著作的翻译形式仅仅归结为传教士口述,文人笔录尚不能概括明末清初西学翻译的全貌。同时,也增加了研究明末清初西学译本的复杂性。上面我所列出的罗明坚和利玛窦的这些中文著作署名都是他们自己,但肯定有中国文人帮助。明末清初期间中国人懂拉丁文的人少之又少。罗文藻,又名火沼,字汝鼎,号我存,拉丁名 Gregorioilopez,他是第一位中国人的主教,也到菲律宾去传教,懂西班牙文,但至今尚不知他是否留下关于西学的中文著作。① 另一位从罗马培养出来的中国神父郑玛诺,回国后不久就病逝,也没有留下西学的翻译著作。②

对中国学术界来说,首先应该对明清之际的外来词做一个系统的研究,这方面的工作已经开始展开,如上面提到的黄和清对利玛窦词汇的研究,但对西方宗教哲学词汇的研究极少,③正是从这样的角度,笔者感到系统梳理明清之际的西学宗教哲学外来词汇是一项重要的工作。

第三,近年来关于汉语神学的讨论成为中国基督教学术界一个重要的问题,刘小枫在《现代语境中的汉语基督神学》提出:"汉语基督神学在明代已经出现,中国士大夫中第一批基督徒(徐光启、李之藻、杨廷筠)在汉语思想的织体中承纳了基督信理,并与儒、佛思想展开辩难。"④在如何看待汉语神学的问题上学术界有较大的争议,何光沪认为:"汉语历史神学应该把从景教到也可温教(元代传入中国的基督教),从利玛窦到赵紫宸,以致后来用中文著述的神学思想纳入自己的视野,列为历史神学的研究对象。"⑤实际上刘小枫做自己所理解的汉语基督教神学主要在近15年,对在建立汉语基督教神学时是否回到明清之际的汉语基督教思想与概念,他并不明确。⑥ 实际上,在我看来,汉语神学的建立主要在明清之际,不了解这段历史是无法说明基督教进入中国后汉语化的实际历史过程,但由于目前明清之际的汉语神学文献没有得到系统的整理,从而使学者忽略了这段历史的价值。从上面的分析可以看到汉语基督神学的许多基本概念在罗明坚和利玛窦时期就已经确立了。因此,系统地梳理明清之际的汉语神学概念演变史是学术界必须展开的一项工作,本文就是这样一个初步的尝试。

---

① 方豪《中国天主教人物传》(中册),北京:中华书局,1988年,第144—161页。
② 方豪《中国天主教人物传》(中册),北京:中华书局,1988年,第187—199页。
③ 徐光台《明末西方"范畴论"重要语词的传入与翻译:从〈天主实义〉到〈名理探〉》,载姚小平《海外汉语探索四百年管窥》,北京:外语教学与研究出版社,2008年。
④ 刘小枫《现代语境中汉语基督神学》,载李秋零、杨熙楠主编《现代性、传统变迁与汉语神学》,上海:华东师范大学出版社,2010年。
⑤ 何光沪《汉语神学的方法与进路》,载李秋零、杨熙楠主编《现代性、传统变迁与汉语神学》上编,上海:华东师范大学出版社,2010年,第160页。
⑥ "明代至清初的基督教与中国文化的冲突位置,在人类学方面(礼仪之争)和理念方面(耶儒之争)。当今的汉语神学是否值得重新回到这一位置,并重新起步?"李秋零、杨熙楠主编《现代性、传统变迁与汉语神学》上编,上海:华东师范大学出版社,2010年,第9页。

最后,西人汉语学习的历史和近代汉语变迁的历史的重合性。通过上面的分析我们可以看到,罗明坚和利玛窦在创立汉语神学和哲学词汇时,是一个学习摸索的过程。罗明坚的部分中文材料我们甚至可以说是他汉语学习过程中的"中介语",例如,他对马利亚的译名就有:妈利亚(里呀)、妈利亚、妈利呀,对耶稣的译名就有两个,这说明了他是一边学习汉语,一边发展汉语,创造汉语神学词汇。这揭示了汉语作为第二语言习得的过程和汉语本身的发展变迁过程不是分离的,而是一体两面的一个历史过程。

我在《世界汉语教育史》一书中认为,世界汉语教育史的研究有三个方面的重要学术意义,其中第二点就是谈的这个。我指出:"世界汉语教育史的研究将直接推进对汉语本体的研究。文化间的交往必然带来语言间的交往,当汉语作为外语在世界各地被学习时,学习者会不自觉地受到母语的影响,从第二语言习得的角度来看,母语的作用会直接影响到学习者的汉语学习。但很少注意到,学习者的这种习惯力量也同时推动着语言间的融和。"

王力先生说:"中国语言学曾经受过两次外来的影响:第一次是印度的影响,第二次是西洋的影响。前者是局部的,只影响到音韵学方面;后者是全面的,影响到语言学的各个方面。"①这两次影响的发端都是从汉语作为外语学习开始的,佛教的传入,印度的僧侣们要学习汉语,要通过学习汉语来翻译佛经,结果是直接产生了反切。王力先生说,反切的产生是中国语言学史上值得大书特书的一件大事,是汉族人民善于吸收外来文化的表现。西方语言学对中国的影响表现得更为突出,来华的传教士正是为了学习汉语,编写了汉语语法书,如卫匡国(Martin Martini, 1614—1661),为了读中国的书,写下了《汉语文法》;传教士们为了阅读中国典籍,发明了用罗马字母拼写汉字,传教士们为了以中国人听懂的语言来布道以及翻译圣经等宗教书籍,创造了一系列近代的新的词汇,包括至今我们仍在使用的大量的词汇。这说明,当一种语言作为外语来被学习时,它并不是凝固的,它也会随着学习的需求而不断发生变化;反之,学习者虽然将汉语作为第二语言来学习的,但学习者并不是完全被动的,学习者也会对自己的目的语产生影响。语言间的融合与变迁就是这样发生的。直到今天,现代汉语形成的历史尚未完全说清,而世界汉语教育史的研究则可以直接推动汉语

---

① 王力《中国语言学史》,上海:复旦大学出版社,2006年。

本体的研究,从而直接推动近代汉语史的研究。一个最明显的例子就是,关于明清之际中国官话问题的讨论,长期以来一直认为明清之际的官话是北京话,但最近在传教士的很多汉语学习文献中发现,他们的注音系统是南京话,这些传教士在文献和他们的著作中也明确地说他们学习的官话是南京话。不仅仅是西方的传教士的汉语学习材料证明了这一点,同时在日本的汉语学习材料也证明了这一点。如日本江户时期冈岛冠山所编写的《唐话纂要》《唐译便览》《唐话便用》《唐音雅俗语类》《经学字海便览》等书,六角恒广研究了冈岛冠山的片假名发音后,明确地说:"这里所谓的官音是指官话的南京话。"①这说明作为汉语学习的文献直接动摇了长期以来中国语言学史研究的结论。张卫东通过研究《老乞大》和《语言自迩集》这两本汉语学习教材,对中国语言学史的语音问题的研究结论都有很大的启发。

至于在语法和词汇两个方面就有更多的文献和材料说明只有在搞清世界汉语教育史的情况下,才能更清楚地研究好近代中国语言学史,甚至可以说,随着世界汉语教育史研究的深入,原有的中国语言学史的结论有可能将被重新改写。②

---

① 六角恒广著,王顺洪译《日本中国语教育史研究》,北京:北京语言学院出版社,1992年。
② 张西平主编《世界汉语教育史》,北京:商务印书馆,2010年,第12—13页。

# 附录:万济国《华语官话词典》前言

万济国为他的这部词典专门写了篇短的前言,这篇前言对于我们研究这一部词典具有重要的价值,现翻译如下,作为本文的附录。

## 词 典

题为官话,是用 Castilian 语写的,全书由万济国编写,他是后期入华传教士修道会的神父。此书写于 1677 年,成于 1679 年 5 月 19 日。

## 致 读 者

虽说一些居住在中国当地的传教士在学习中国官话的时候,混杂很多语言,这其中包括中国其他地方的方言和欧洲各式各样的语言,但书写时都是汉字字体。有些传教士一开始学习汉语时就是这样,所以到后期遇到词的引申义时不是很明白,会出现很多错误。除此之外,在读、写之间我没有发现任何的不同,但事实上二者的差别是很大的。初学者希望能够在学习语言的过程中传播教义思想,或者在其他语言中找到相对应的词,有的时候会找到四五个同义词,其中包括单音节词,也有合成词。他们倾向于选用那些仅在书写中用到的书面语。有时候传教士布道或者说话的时候用到所学的汉语,而中国听众听不懂,这让传教士们很苦恼,不得其解。因此,为了避免这种问题的出现,帮助居住在中国的传教士学习官话,我从事这个职业三十年之久,学习、整理汉语口语,这部辞典中包括那些仅在汉语中存在、其他语言中没有的词汇,没有收入书面语。在以后的著作中能够找到这些词,特别是在 cabecillas(词汇汇编)中。这个词汇汇编被看作此类工作中最杰出的成果,由德高望重的 Fray Francisco Dias 神父编纂而成。在这里我不便于使用汉字,一方面是为了避免读者看不懂,另一方面,既然这里给出的短语和词组都是口语,就没有必要让大家知道它们的书写形式。如果有人想以汉字发表或印刷书籍,就将所用词说给中国基督徒中的文人学者,可以以这部辞典为材料,让他找到相对应的汉字。

这里所收录的词语虽然都是口语的,但有的书面色彩也较浓,普通百姓、民间口语用词不是很多,相当一部分是文人使用的。这类词下面都会画线做以标注。需要说明的是,在任何地方、任何人,没有谁能够说一口完全标准的官话,都或多或少地夹杂了本地的词汇和发音方法,即所谓的"乡谈"。为了方便那些从其他地方来的人,这里就不再修改一些词的发音了,因为这些词的发音都是选自中国的字典,根据南京话的发音的。还应该注意的是,这里收录的一些词可能在某个省内使用的次数远远多于其他省。比如,某个词在福建广为使用。相应的,其他省的人也会看到在他们自己省内使用频繁的词。这里还收录了许多同义词,通常来讲最前面的那个词使用最频繁。

我必须承认,虽然在编写此词典的过程中我尽量做到最好,但是错误的出现仍不可避免。此后的工作者可能会发现这些错误,可以对其进行修改和增补,但是请不要否认他们的修改工作是在我这项工作的基础之上完成的。我谨以薄力恳请热心的读者继往开来,帮助之后的传教士更便捷地学习汉语。也请读者们能够谅解这部词典中的错误。此词典成于福宁市道明会会祖、神父 St.Dominic 教堂,1679 年 5 月 20 日。

恳请使用这部词典的读者能够虔诚信仰上帝,牢记一切灵魂来自上帝。上帝的忠诚拥护者编写了此书,并进行了翻译。这些工作都是为了方便后来者,也是为了方便 1689 年在罗源的创作。

# 第七章
# 刊书传教的展开

## 一、论明清之际"西学汉籍"的文化意义

明清之际从时间上说是晚明万历朝到乾隆朝时期。王夫之说明清之际是"天崩地解"。此言极是。国内明清鼎革,历经满汉政权与文化之巨变;世界范围内从15世纪开始地理大发现,使西方的文化与体制在全球扩张。16—18世纪世界市场开始有了雏形,文化相遇与冲突以多重形式展开。今日之世界源于此。

对中国和西方关系来说,最重要的事件是葡萄牙和西班牙从印度洋和太平洋来到东亚,耶稣会入华。由此,中华文明和欧洲文明在文化与精神上真正相遇。著名汉学家许理和认为17—18世纪的中西文化交流史是"一段最令人陶醉的时期:这是中国和文艺复兴之后的欧洲高层知识界的第一次接触和对话"[①]。

### (一)

正是在这次文化相遇与对话中,来华的传教士将刊书作为传教的重要手段。利玛窦说:"基督教信仰的要义通过文字比通过口头更容易得到传播,因为中国人好读有任何新内容的书。"[②]"任何以中文写成的书籍都肯定可以进入全国的十五个省份而有所获益。而且,日本人、朝鲜人、交趾支

---

① [荷]许理和《十七—十八世纪耶稣会研究》,载《国际汉学》1999年第4期。
② 利玛窦、金尼阁著,何高济等译《利玛窦中国札记》,北京:中华书局,1983年,第172页。

那的居民、琉球人以及甚至其他国家的人,都能像中国人一样地阅读中文,也能看懂这些书。虽然这些种族的口头语言有如我们可能想象的那样,是大不相同的,但他们都能看懂中文,因为中文写的每一个字都代表一样东西。如果到处都如此的话,我们就能够把我们的思想以文字形式传达给别的国家的人民,尽管我们不能和他们讲话。"①梵蒂冈图书馆所藏的《天主圣教书目·历法格物穷理书目》中明确说出传教士刻书传教之目的:"夫天主圣教为至真至实,宜信宜从,其确据有二:在外,在内。在内者则本教诸修士著述各端,极合正理之确,论其所论之事虽有彼此相距甚远者,如天地、神人、灵魂、形体、现世、后世、生死等项,然各依本性自然之明,穷究其理。总归于一道之定向,始终至理通贯,并无先后矛盾之处。更有本教翻译诸书百部——可考,无非发明昭事上帝,尽性命之道,语语切要,不设虚玄。其在外之确据以本教之功行踪迹,目所易见者,则与吾人讲求归复大事,永远固福辟邪指正而已。至若诸修士所著天学格物致知,气象历法等事,亦有百十余部,久行于世,皆足征。天主圣教真实之理,愿同志诸君子归斯正道而共昭事焉。"②

由此,明清之际开始,在中国的历史文献中出现了一批新的类型的书籍,即以翻译和介绍欧洲文化宗教的汉文书籍。③ 梁启超在《中国近三百年学术史》中说:"明末有一场大公案,为中国学术史上应该大笔特书者,曰:欧洲历算学之输入。先是马丁路德既创新教,罗马旧教在欧洲大受打击,于是有所谓'耶稣会'者起,想从旧教内部改革振作。他的计划是要传教海外,中国及美洲实为其最主要之目的地。于是利玛窦、庞迪我、熊三拔、龙华民、邓玉函、阳玛诺、罗雅谷、艾儒略、汤若望等,自万历末年至天启、崇祯间先后入中国。中国学者如徐文定(名光启,号元扈,上海人,崇祯六年(1633)卒,今上海徐家汇即其故宅)、李凉庵(名之藻)等都和他们来往,对于各种学问有精深的研究。先是所行'大统历',循元郭守敬'授时历'之旧,错谬很多。万历末年,朱世堉、邢云路先后上疏指出他的错处,请

---

① 利玛窦、金尼阁著,何高济等译《利玛窦中国札记》,北京:中华书局,1983年,第483页。
② 梵蒂冈图书馆藏 RACCOLTA GENERALE-ORIENTE Stragrandi. 13a,据杜鼎克的 CCT-database 数据库著录,编撰者为比利时耶稣会士安多(Antoine Thomas,1644—1709)。
③ 与此同时,在欧洲的文献中出现了大量的关于东亚和中国的报道与研究的书籍,中国古代文化典籍被译成各种欧洲语言,中国的思想和文化开始进入欧洲思想家和民众的视野,从而逐渐形成到18世纪欧洲中国热。鉴于本文的主题所限,这里不做展开。

重为厘正。天启、崇祯两朝十几年间,很拿这件事当一件大事办。经屡次辩争,卒以徐文定、李凉庵领其事,而请利、庞、熊诸客卿共同参与,卒完成历法改革之业。此外中外学者合译或分撰的书籍,不下百数十种。最著名者,如利、徐合译之《几何原本》,字字精金美玉,为千古不朽之作,无用我再为赞叹了。其余《天学初函》《崇祯历书》中几十部书,都是我国历算学界很丰厚的遗产。又《辨学》一编,为西洋论理学输入之鼻祖。又徐文定之《农政全书》六十卷,熊三拔之《泰西水法》六卷,实农学界空前之著作。我们只要肯把当时那班人的著译书目一翻,便可以想见他们对于新知识之传播如何的努力。只要肯把那个时代的代表作品——如《几何原本》之类择一两部细读一过,便可以知道他们对于学问如何的忠实。要而言之,中国知识线和外国知识线相接触,晋唐间的佛学为第一次,明末的历算学便是第二次。中国元代时和阿拉伯文化有接触,但影响不大。在这种新环境之下,学界空气,当然变换,后此清朝一代学者,对于历算学都有兴味,而且最喜欢谈经世致用之学,大概受利、徐诸人影响不小。"①梁公这段论述有两点十分重要:一是,明清之际的中西文化交流是继佛教传入中国后,中华文明与外部世界知识最重要的一次接触。他从中国历史的角度将明清之际的中西文化交流史定位,对其评价的视野与高度都是前所未有的;其二,对传教士与文人所合作翻译的"西学汉籍"给予了高度的评价,认为是"字字精金美玉,为千古不朽之作"。

梁启超对这批书籍并未统一定义,学界也有用"汉文西书"来定义,②这个定义尚不能全面概括这类文献的特点,一是在文献呈现形式上并非全部是以书的形式出现,其中含有大量手稿、舆图等;二是从文献内容上不仅有大量向中国介绍西方的学术和知识的内容,也有传教士用中文写作,研读中国文化的文献,例如白晋的汉文《易经》手稿。笔者认为用"西学汉籍"较为稳妥。"汉籍"目前学术界已经不再将其仅仅理解为中国士人在

---

① 梁启超《中国近三百年学术史》,北京:东方出版社,2004年,第9页。
② "今天我们也用该词来泛指16—19纪通过西方传教士介绍给中国的西方学术、西方知识或西方的知识体系自成反映这一部分内容的文献,可以统称为'汉文西书'。"见邹振环《晚明汉文西学经典:编译、诠释、流传与影响》,上海:复旦大学出版社,2013年,第6页。书中邹振环认为"西学"一词最早出现在中国人的著述中,可能是南宋李心传(1167—1244)记述高宗一代史事的史书《建炎以来系年要录》,其中吾二夫六记载曹冠在廷试对策中所言:"凡以伊川之学者,皆德之贼也。又曰:自西学盛行,士多浮伪。陛下排斥异端,道术亦有所统一矣。"经我的查找,"西学"最早可能出现在《礼记·祭义》中:"祀先贤于西学,所以教诸侯之德也。"

历史上的出版物,凡是用汉文书写的历史文献都可称为汉籍。① 这些我们在下面介绍梵蒂冈图书馆藏明清中西文化交流史文献时再具体展开。

对这批文献的整理史,最早可以追溯到 1615 年(万历四十三年)杨廷筠所编的《绝徼同文纪序》,书中收入了包括部分来华耶稣会士在内的中国文人为西学汉书所写的 70 篇序言和 7 篇明朝关于处理来华传教士的公文,这些序言涉及传教士所出版的西学汉籍 25 部。杨廷筠在序言中说:"知六经之外自有文字,九州之表更有畸人,由是纪以索观其书,由读书以接通其人。"②尽管《绝徼同文纪序》以西学汉籍的题跋序言为主,但开启了对西学汉籍的整体收集与整理。李之藻在 1623 年(明天启三年)的《天学初函》,书中收录了传教士和中国文人的著作二十篇,其中"理编"十篇,"器编"十篇。收入理编的有:《西学凡(唐景教碑附)》《畸人十篇(附西琴八章)》《交友论》《二十五言》《天主实义》《辩学遗牍》《七克》《灵言蠡勺》《职方外记》;收入器编的有:《泰西水法》《浑盖通宪图说》《几何原本》《表度说》《天问略》《简平仪》《圆容较义》《测量法义》《勾股义》《测量异同》。他在《天学初函》的序中说:"时则有利玛窦者,九万里抱道来宾,重演斯义,迄今又五十年;多贤似续,翻译渐广……顾其书散在四方,愿学者每以不能尽观为憾!"康熙朝后西学影响日益扩大,后因"礼仪之争",特别是雍乾禁教后西学日渐式微,但作为一种新的知识,官方仍不能忽视这批文献,在《四库全书》看来"西学所长在于测算,其短则在于崇奉天主,以炫惑人心"。这样它仅收入西学汉籍 22 种。对于西学汉籍中的非科学类书籍《四库全书》是"止存书名",不收其书。这样有 15 部西学汉籍择入《四库存目》之中,其中收入子部杂家类的 11 种,收入史部地理类的 2 种,收入经部小学类的 2 种。③

生于 1620 的中国文人刘凝,一生未得功名,弱冠入县学④。他编辑的《天学集解》,涉及西学汉籍的有 284 本,分类方法是首集、道集、法集、理

---

① 张伯伟编《域外汉籍研究集刊》第 1—4 辑,北京:中华书局,2005—2008 年。
② (清)杨廷筠《绝徼同文纪序》,载[比]钟鸣旦、杜鼎克、蒙曦编《法国国家图书馆藏明清天主教文献》第 6 卷,台北:利氏学社,2009 年,第 10 页。
③ 参阅计文德《从四库全书探究明清间输入之西学》,台北:济美图书有限公司,1991 年。
④ 肖清和《清初儒家基督徒刘凝生平事迹与人际网络考》,载《中国典籍与文化》2012 年第 4 期。

集、器集、后集。① 尽管是手稿尚未出版,但是收集了当时最全面的西学汉籍的序跋。② 这些序跋的大部分撰写于 1599—1679 年间。

"刊书传教"已成为利玛窦所确立的"适应路线"的重要举措,从教内各类书目也可以看出这批"西学汉籍"的传播,上面提到的梵蒂冈图书馆所藏的中文书中有两份文献专门记载了这批书目③。*Inventaire sommaire des manuscrits et imprimés chinois de la Bibliothèque Vaticane*,里有 Raccolta Generale Oriente 部分的编号"R.G.Oriente 13( a )"这份文献上有两个书目,《天主圣教书目》收录了宗教类著作 123 种,《历法格物穷理书目》,著录了 89 部西学汉籍文献,两份文献共收录了 212 种文献。

《圣教信证》是张赓和韩霖合写的一部书,书编纂来华传教士的汉文著作,以表达"续辑以志,源源不绝之意"。全书收录 92 名传教士的简要生平和 229 部汉文西书。同治年间的胡璜著《道学家传》有着很高的文献学价值。全书共收录了传教士 89 人,其中有中文著述的 38 人,共写下中文著作 224 部。

与此同时,在中国文人所编的各种书目和丛书中也开始著录西学汉籍的图书。④ 初步研究大约有 15 种书目著录了各种西学书籍,共收录的西学汉籍约 138 部。⑤ 同时随着欧洲天主教修会进入中国,各地教徒的增加,各地修会也开始翻刻耶稣会所出版的书籍,同时,自己也开始翻译并编写出版各类西学书籍。⑥

在西方汉学界最早注意来华耶稣会中文著作的是基歇尔( Athanasius Kirecher,1602—1680),由于和来华耶稣会士有着密切的关系,他于 1667

---

① 参见 Ad Dudink,The Rediscovery of a Seventeenth-Century Collection of Chinese Christian Texts:The Manuscript Tianxue jijie,Sino-Western Cultural Relations Journal 15( 1993),pp.1—26。

② 胡文婷《明清之际西学汉籍书目研究初探》抽样本。

③ [法]伯希和编,高田时雄补编《梵蒂冈图书馆所藏汉籍目录》。

④ 徐宗泽的《明清间耶稣会士译著提要》统计,共有 13 种丛书收录了西学文献,而据郑鹤声、郑鹤春《中国文献学概要》,上海:上海书店,1990 年,共有 11 种丛书收录了西学文献。

⑤ 赵用贤(1535—1596)的《赵定宇书目》,祁承㷆(1565—1628)的《澹生堂藏书目》,赵琦美(1563—1624)的《脉望馆书目》,徐渤(1570—1642)的《徐氏家藏书目》,陈第(1541—1617)的《世善堂书目》,董其昌(1556—1636)的《玄赏斋书目》,无名氏(明末)的《近古堂书目》,钱谦益(1582—1664)的《绛云楼书目》,季振宜(1630—?)的《季沧苇藏书目》,钱曾(1629—1699 之后)的《也是园藏书目》,黄虞稷(1629—1691)的《千顷堂书目》,徐乾学(1631—1694)的《传是楼书目》。参阅钟鸣旦、杜鼎克《简论明末清初耶稣会著作在中国的流传》,载《史林》1999 年第 2 期。

⑥ 张淑琼《明末清初天主教传教士在粤刻印书籍述略》,载《图书馆论坛》2013 年第 3 期。

年在阿姆斯特丹的《中国图说》首次向欧洲介绍了入华传教士的中文著作,其中包括利玛窦、罗雅谷、高一志等人的书籍。①

明末清初来华传教士究竟出版了多少西学汉文书籍?写作并留下多少西学汉文手稿?这些学术界至今尚无定论。

亨利·考狄(Henri Cordier, 1849—1925)1901 年所编写的《十七十八世纪欧洲人在中国的出版书目》(*L'Imprimerie sino-européenne en Chine : bibliographie des ouvrages publiés en Chine par les Européens au XVIIe et au XVIIIe siècle.*)书目中收录了明清之际的西学汉籍有是 363 种。

法国汉学家,著名的中国基督教史研究专家裴化行(Henri Bernard, s. j)1945 年在《华裔学志》(Monumenta Serica)第 5 卷上发表了 *Les Adaptations Chinoses D'ouvrages Européens : Bibliographie chronologique deouisv la foundation de la Mission fraçaise de Pékin jusqu'à la mort de l'empereur K'ien-long*, 1514—1688 的论文②,在这篇文章中刊登出 38 位传教士名单,其中 36 人有中文著作,共 236 种。1960 年,在《华裔学志》的第 14 期,他又发表了 *Les Adaptations Chinoses D'ouvrages Européens : Bibliographie chronologique deouisv la foundation de la Mission fraçaise de Pékin jusqu'à la mort de l'empereur K'ien-long*, 1689—1799,该论文整理出《北京刊行天主圣教书板目》《历法格物穷理书板目》《福建福州府钦一堂刊书板目》《浙江杭州府天主堂刊书板目录》四篇目录,目录中共刊录了 303 篇文献。

由冯承均所译的法国中国基督教史研究专家费赖之(P. Louis Pfister, s. j)1932 年所做的《在华耶稣会士列传及书目》(*Notices Blographiques et Biblographiques sur les Jesuttes de L'ancienne Mission de Chine* 1552—1773)是一部研究入华传教士的重要的工具书,他把传教士的中文和西文的文献统一编目,提供了入华耶稣会士中文文献的重要但丰富的信息。《在华耶稣会士列传及书目》中共有 63 人写了 366 种中文文献。③

《法国国家图书馆馆藏中国图书目录》(*Catalogue de Livres Chinois*

---

① [德]基歇尔著,张西平、杨慧玲等译《中国图说》,郑州:大象出版社,2013 年;张西平《明末清初天主教入华史中文文献研究的回顾与展望》,载《陈垣先生的史学研究与教育事业》,北京:北京师范大学出版社,2010 年,第 234—238 页。

② 张西平《明末清初天主教入华史中文文献研究的回顾与展望》,载《陈垣先生的史学研究与教育事业》,北京:北京师范大学出版社,2010 年,第 234—238 页。

③ 这里的统计包含地图,但未包含汉外双语或多语词典的数量和相关的作者。

*Coréens*, *Japonais*, *etc*)这个目录是 1912 年由法国人古郎（Mauricr Courant）所做,古郎书目共收入了 99 名作者的明清天主教文献 374 种①,这些作者中耶稣会的传教士 56 人,方济各会、道明会、奥斯定会等其他修会的传教士 15 人,中国士人 28 人。这 374 部文献中署名作者的文献有 278 种,无作者的文献 96 种。②

徐宗泽在《明清间耶稣会士译著提要》③第十卷的《徐汇书楼所藏明末清初耶稣会士及中国公教学者译著书目》中统计达 402 种,其中基督教宗教类书目 296 种,占总数的 74%;属于自然科学技术方面的书目共 62 种,占总数的 15%;关于中西哲学、政治、教育、社会、语言文学艺术方面的共 31 种,约占总数的 8%;传教士奏疏等历史文献共 13 种,约占 3%。译著书籍的主体是宗教类文献,其次是自然科学技术类文献。在第十卷的《巴黎国立图书馆所藏明末清初耶稣会会士及中国公教学者译著书目录》中著录了 760 种,基本是宗教、神哲学类译著文献。十卷中的《梵蒂冈图书馆所藏明末清初耶稣会士及中国公教学者译著书》有 169 种。

据钱存训统计,明清之际耶稣会传教士在华两百年间共翻译西书 437 种,其中纯属宗教的书籍 251 种,占总数的 57%;属自然科学的书籍 131 种,占总数的 30%;属人文科学书籍 55 种,占总数的 13%。④ 梁启超在《中国近三百年学术史》中著录的西学汉籍 321 种。李天纲估计明末清初关于天主教的文献应该不少于 1000 种。⑤

（二）

雍乾禁教以后,天主教发展处于低潮,从而使得许多天主教方面的书

---

① 不含副本,这只是一个初步的统计,徐宗泽的统计是 733 部,他的统计含重复和副本。
② 笔者于 2002 年在这里访问了三个月,初步将其全部的明清天主教文献过眼一遍,并在古郎书目的基础上做了简目。国内学者大都很熟悉徐宗泽书后所附的《巴黎国立图书馆所藏明末清初耶稣会会士及中国公教学者译著书目录》,但徐宗泽的目录并未收全古郎书目的西学汉籍文献,如罗明坚所准备的《罗马教皇致大明国国主书》,就未收入其中。
③ 徐宗泽《明清间耶稣会士译著提要》。
④ 钱存训《近世译书对中国现代化的影响》,载《文献》1986 年第 2 期。宋巧燕《明清之际耶稣会士译著文献的刊刻与流传》,载《世界宗教研究》2011 年第 6 期。
⑤ 参见李天纲《中文文献与中国基督宗教史研究》,载张先清编《史料与视界》,上海:上海人民出版社,2007 年,第 7 页。

第七章　刊书传教的展开

只有存目,不见其书,到清末时一些书已经很难找到,如陈垣先生所说:"童时阅四库提要,即知有此类书,四库概屏不录,仅存其目,且深诋之,久欲一睹原书,粤中苦无传本也。"①

由此,民国初年到今天,中外学者为收集和整理这批文献进行了长达一百多年的努力。马相伯是清末民初的风云人物,晚年时极力主张天主教的本色化,他在明末清初的入华耶稣会的中文著作中找到了心中的理想,"找到一种天造地设的契合,而利所译最切近这理想"②。因此对这批文献的收集十分重视。他曾写下了《重刊〈辩学遗牍〉跋》《重刊〈主制群征〉序》《书〈利玛窦行迹〉后》《重刊〈真主灵性理证〉序》《重刊〈灵魂道体说〉序》《重刊〈灵言蠡勺〉序》等多篇有关整理明末清初天主教文献的文字。在他和英敛之等人的通信中曾提到他自己过眼的明清天主教文献有26部之多。③ 为做好这件事,他曾和英敛之、陈垣多次通信,对陈垣的工作倍加赏识,在给英敛之的信中说"援庵实可敬可爱"。④ 在推动明清天主教文献的整理方面,马相伯发挥了重要的作用。

英敛之早年正是读了利玛窦、艾儒略等人的书后才加入天主教的,民国初年,他经十余年努力找到了《天学初函》的全本,并重新刊印其中的部分文献,他在重刊《辩学遗牍》的序言中说:"《天学初函》自明季李之藻汇刊以来,三百余年,书已希绝。鄙人数十年中,苦志搜罗,今幸寻得全帙。内中除器编十种,天文历法,学术较今稍旧,而理编则文笔雅洁,道理奥衍,非近人译著所及。鄙人欣快之余,不敢自秘,拟先将《辩学遗牍》一种排印,以供大雅之研究。"⑤

马相伯、英敛之、陈垣三人中当属陈垣学术成就最高,他的《元也里可温教考》一举成名,奠基了中国天主教史研究的基础,在明清天主教文献的

---

① 方豪《李之藻辑刻天学初函考》,载《天学初函》重印本,台北:学生书局,1965年。
② 李天纲《信仰与传统——马相伯的宗教生涯》,载朱维铮编《马相伯集》,上海:复旦大学出版社,1996年。
③ 马相伯所提到和眼的文献有:《辩学遗牍》《主制群徵》《景教碑》《名理探》《利先生行迹》《天学举要》(阳玛诺)、《真主性灵理证》(卫匡国)、《灵魂道体说》《铎书》《天教明辩》《圣经直解》《圣教奉褒》《圣教史略》《圣梦歌》《寰宇诠》《童幼教育》《超性学要》《王觉斯赠汤若望诗翰》《天学初函》《七克》《教要序论》《代疑论》(阳玛诺)、《畸人十篇》《三山论学记》《遵主圣范》《灵言蠡勺》。
④ 朱维铮编《马相伯集》,第369页。
⑤ 方豪《李之藻辑刻天学初函考》。

收集和整理上他也着力最大。

他不仅整理和出版了入华传教士的著作，如《辩学遗牍》《灵言蠡勺》《明季之欧化美术及罗马字注音》《利玛窦行迹》等，而且在教外典籍中发现了许多重要的文献，他所写下的《从教外典籍见明末清初之天主教》《雍乾间奉天主教之宗室》《泾阳王徵传》《休宁金声传》《明末殉国者陈于阶传》《华亭许缵曾传》《汤若望与木陈忞》等一系列论文不仅在学术上大大加深了天主教入华传教史的研究，在历史研究和文献研究上也开辟了一个崭新的领域。陈寅恪在陈垣先生的《明季滇黔佛教考》的序言中说："中国乙部之中，几无完善之宗教史，然其有之，实自近岁新会陈援庵先生之著述。"①这说明了陈垣先生在中国宗教史，特别是在中国基督教史上研究的地位。

陈垣先生在谈到这批文献的整理时，认为应该继承李之藻的事业，把《天学初函》继续出版下去，在给英敛之的信中说："顷言翻刻旧籍事，与其请人膳抄，毋宁径将要籍借出影印。假定接续天学初函理编为天学二函，三函分期出版，此事想非难办。细想一遍，总胜于抄，抄而又校，校而付排印，又再校，未免太费力；故拟仿涵芬楼新出四部从刊格式，先将《超性学要》(21册)影印，即名为天学二函，并选其他佳作为三函，有余力并复影初函，如此所费不多，事轻而易举，无膳校之劳，有流通之效，宜若可为也。乞函商相老从速图之。此事倘性行之于数年前，今已蔚为大观矣。"②

为此，他曾肆力搜集有关史料，并计划仿《开元释教目录》及《经义考》《小学考》体制而为《乾嘉基督教录》，为中国天主教的文献作一次全面的清理，也为《四库全书目》补缺拾遗。

这一计划最终仅完成了一部分，即附刊在《基督教录入华史略》后的《明清间教士译述目录》，这个目录虽然限于当时的条件只收集了有关天主教史的教理和宗教史的部分，尚未更多收集到天文、历算、地理、艺术等方面的传教士重要的著述，但在徐宗泽《明清间耶稣会士译著提要》之前，他的这份目录是当时搜集天主教文献最多的一个目录，其中未刊本较多于已刊，由此可见其搜访之勤。

正是在马、英、陈三人的努力下，民国初年在这批文献的收集和整理、出版上取得了显著的成绩。

---

① 陈垣《明季滇黔佛教考》，北京：中华书局，1959年，第3页。
② 方豪《李之藻辑刻天学初函考》。

向达先生是治中外关系史的大家,他在"敦煌学""目录学"等方面的贡献大都为学界所知,但在收集和整理明清入华天主教史文献上也有显著成绩却许多人不知。在这方面,他不仅写下了《明清之际中国美术所受西洋之影响》等重要的论文,还整理和收集了部分天主教史的书籍,其点校的《合校本大西西泰利先生行迹》是他把自己在法国,罗马等地的几个刻本统一勘校后整理出来的,很长时间是最好的校本。他自己还收藏了许多珍本,《上智编译馆》曾公布过觉明先生所藏的有关天主教的书目。

王重民先生是我国著名的目录学家、文献学家、敦煌学家,他在明清天主教文献的收集和整理上有着重要的贡献。1934年他和向达先生被北京图书馆派往欧洲进行学术考察,在欧洲访问期间,他把收集明清天主教文献作为其在欧洲访书的第二项任务,他在访问巴黎国家图书馆和罗马的梵蒂冈图书馆时,对这类书格外关注,并从欧洲带回了部分重要文献。之后他先后写下了有关明清间陕西地区重要的基督徒韩霖的著作《跋慎守要录》和有关明人熊人霖著作《跋地纬》,以及《王徵遗书序》《跋王徵的王端节公遗集》《跋爱余堂本隐居通义》《跋格致草》《文公家礼仪节》《道学家传跋》《经天该跋》《历代明公画谱跋》《尚古卿传》《程大约传》《跋慎守要》《关于杨淇园先生年谱的几件文档》《海外希见录》《罗马访书录》等有影响的文章。他和陈垣先生一样想编一个入华传教士译著的书目,并定名为《明清之间天主教士译述书目》,这本书已有初稿,但以后没有完成,书稿也已丢失。①

徐宗泽是徐光启的第十二代世孙,21岁时入耶稣会,并到欧美学习,1921年返回中国后不久,担任了《圣教杂志》的主编和徐家汇天主堂图书馆的馆长。在此期间,他发表了一系列有关明清天主教史的论文和著作。在明清之际天主教历史文献方面,他最有影响的还是关于明清天主教史的中文著作目录。他的首篇目录《梵蒂冈图书馆藏明清中国天主教人士译著简目》是发表在1947年的《上智编译馆馆刊》第二卷第二期,但当年便因病逝世。《上智编译馆馆刊》第二卷第四、五期合刊上有发表了他的遗著《上海徐家汇藏书楼所藏明清间教会书目》,1949年中华书局出版了他编

---

① 王重民《冷庐文薮》,上海:上海古籍出版社,1992年,第937页。笔者曾就职于中国国家图书馆6年,对王先生一直心怀敬意,每当想起他"文革"中屈死于颐和园长廊,未完成《明清间天主教士译述书目》,更感我辈之责任。

著的《明清间耶稣会士译著提要》。这本书的学术价值直到今天仍然很高，它有两个贡献是其他任何同类工具书所不及的：其一，他同时公布了世界上主要图书馆所藏明清间天主教史的书目，大大拓宽了当时学界对这批西学汉籍的认识；其二，他公布了210篇文献的序、跋、前言、后记。对于难以见到原始文献的研究者来说，这些序跋无疑是雪中送炭。

方豪先生是继陈垣先生后，在明清天主教史和明清天主教文献研究方面最有成就的学者，他不仅继承了马相伯、英华等教内之人的传统，也和学术界的董作宾、傅斯年、胡适、陈垣等人有学术的交往，特别是和陈垣先生交往更深。方豪先生自信"史学就是史料学"的格言，在文献和史料上着力最深，在这段时间内写下了一批有关明清天主教历史文献和史料考证的重要文章。应该值得一提的是方豪先生从1946年9月到1948年7月主持《上智编译馆馆刊》，历时两年，共出版《上智编译馆馆刊》三卷十三期，这十三期《上智编译馆馆刊》成为当时收集和整理明清天主教史文献最为重要的学术阵地，也是在民国时期在这批文献的收集和整理上所达到的最高水平，今天我们在文献的校勘，标点研究上仍必须汲取他们的成果。

陈垣先生当年在给他的信中说："公教论文，学人久不置目，足下孤军深入，一鸣惊人，天学中兴，舍君莫属矣！"①方豪一生以陈氏私淑弟子自居，陈寅恪曾说他是"新会学案第一人"②，实不为过。1965年，《天主教东传文献》和《天学初函》在方豪推动下在台湾出版，接着先后于1966年、1998年出版了《天主教东传文献续编》和《天主教东传文献三编》，从而开启了明清之际天主教文献大规模的复制整理工作。学术界有的学者认为方豪是"史料学派理论最佳的阐释者与实践者，称其为台湾，甚或中国，史料学派的最后一人不为过"。③

近三十年来，在谢和耐(Jacques Gernet)、许理和(Erik Zürcher, 1928—2008)提出欧洲汉学界在明清之际的研究上应该实行"汉学的转向"，"从传

---

① 陈智超编注《陈垣来往书信集》，上海：上海古籍出版社，1993年，第306页。
② 见牟润孙《敬悼先师陈援庵先生》，第16—17页，转引李东华《方豪先生年谱》，台北：国史馆，2001年，第262页。
③ 李东华《方豪先生年谱》，第262页。在这一期间还有二位学者我们不能忘记，这就是阎宗临先生和冯承均先生。阎先生是当时为数不多的能到欧洲有关图书馆访书的学者，为完成他的博士论文，阎先生曾几次前往罗马梵蒂冈图书馆查阅文献，抄录档案。这些档案抗战期间他大多数发表在《扫荡报》的《文史地》上。冯先生是治中西交通的大家，他的《西域南海史地考证译丛》中的译文也十分重要。

教学和欧洲中心的范式转到为汉学和中国中心论范式"。① 即"中国文化(包括中国传统文化对外国文化传入的反应),应该总是我们研究的首要问题"。② 这样一种学术范式的转变主要是从欧洲自身的研究传统来讲的,对中国学术界来说则是另一个问题。③ 学术范式的转变带来了明清之际天主教文献整理出版的高潮:1996 年,比利时学者钟鸣旦、杜鼎克和中国台湾学者黄一农、祝平一编辑的《徐家汇藏书楼明清天主教文献》(五册)由台湾辅仁大学神学院出版,2002 年,钟鸣旦、杜鼎克编辑的《罗马耶稣会档案馆明清天主教文献》(十二册)由台北利氏学社出版,2009 年钟鸣旦、杜鼎克、蒙曦(Nathalie Monnet)编辑的《法国国家图书馆藏明清天主教文献》(二十六册)由台北利氏学社出版,2011 年钟鸣旦、杜鼎克、王仁芳编辑的《上海徐家汇藏书楼明清天主教文献》(十二册)由台北利氏学社出版。这些"文献选择精当,史料价值高,大多数是孤本,于学界大有裨益"。④ 中国学术界继承陈垣先生的传统,始终对中文文献十分重视,1984 年王重民先生整理的《徐光启集》,虽文献有所缺漏,但毕竟是大陆第一本

---

① [比]钟鸣旦《基督教在华传播史研究的新趋势》,载《国际汉学》1999 年第四期。
② [荷]许理和《十七—十八世纪耶稣会研究》。
③ 许理和在文中说,从陈垣开始早就这样做了,因此,对中国学者来说不存在一个从欧洲文献转向汉语文献的问题,但存在一个如何将明清之际的天主教史纳入到中国近代文化史之中,"从传记的史事铺陈中走出来,尝试对西学东渐在社会所产生的反响,进行一较全面深入的探讨"。参阅黄一农《明末清初天主教传华史研究的回顾与展望》,载《国际汉学》1999 年第 4 期。同时,明清之际基督教来华研究是中西文化交流史的一侧,另一侧则是西方汉学的"传教士汉学阶段",传教士汉学的西方语言材料呈现出多样性,它即构成中国天主教史的一部分,也同时构成欧洲近代思想文化史的一部分。对中国学者来说,优势在于对中文文献的掌握和理解,弱势在于对西方语言文献的掌握和理解较为困难。这样,对中国学术界来说,不仅仅要重点关注中文文献的研读,将天主教史的西学纳入到整个中国近代史视域加以研究。同时,加大对来华传教士西文文献的翻译整理,加强中文和西文材料的相互辩读,亦是明清之际天主教史研究的一个重要维度。北京外国语大学中国海外汉学研究中心在这方面的努力和成就受到中国学术界的认可,其原因在于此。同时,从更为宏观的角度来看明清之际的中西文化交流史,则不应仅仅局限于"西学东渐",基督教对于中国近代社会的影响研究这个维度,而应同时关注传教士汉学对于欧洲思想文化史的影响。黄一农先生提出:"我们也应尝试将研究的视野打开,不要将目光自我局限在中国或耶稣会,不仅有必要去理解并探讨当时世界的政经局势和教会的内部生态对天主教传华所产生的影响,对朱谦之在其《中国哲学对于欧洲的影响》一书中所开创的重要研究方向,也应努力承续,以调整先前的偏颇而能更进一步对当时中、欧文明所出现的双向交流有一较全面的掌握。"这无疑是一个非常重要的思想,按照这样的思路,欧洲汉学家们所提出的"汉学转向"模式也有着自身的问题。1500—1800 是全球化初始阶段,应从全球史研究的范式,开启新的研究模式,这是中国学术界新的使命。参阅张西平《欧洲早期汉学史:中西文化交流与欧洲汉学的兴起》,北京:中华书局,2010 年。
④ 李天纲《中文文献与中国基督宗教史研究》。

较为完整的《徐光启文集》。1999年汤开建主编的《明清时期澳门问题档案文献汇编》（五、六册，150万字），在人民出版社出版，2000年青年学者周岩以一人之力点校整理出版了《明末清初天主教史文献丛编》（北京图书馆出版社），①这一年陈占山点校的《不得已附二种》在安徽黄山书社出版，2003年中国第一历史档案馆编辑出版了《清中前期西洋天主教在华活动档案史料》（三册，中华书局），2003年朱维铮先生主编的《利玛窦中文著作集》在复旦大学出版社出版，在学界引起较大反响。2006年韩琦、吴旻校注的《熙朝崇正集〈熙朝定案〉（外三种）》，在中华书局出版，2011年朱维铮、李天纲主编的《徐光启集》（十册）在上海古籍出版社出版，2013年黄兴涛、王国荣编的《明清之际西学文本：50种重要文献汇编》（4册），在中华书局出版，这一年已故青年学者周岩的《明末清初天主教史文献新编》（三册）在国家图书馆出版社出版，年底周振鹤先生主编的《明清之际西方传教士汉籍丛刊》出版，第一辑收入文献30种。台湾学者李奭学主编的《晚明天主教翻译文学笺注》，这些都说明了中国学者不仅仅在文献的复制上迈开了较大的步伐，在文献的点校整理上更显示出特有的优势，取得了令人称道的成绩。

近三十年来中外学术界在明清之际天主教史中文文献的收集、复制、整理上取得了前所未有的好成绩，大大推动了学术界对明清之际中西文化交流史的研究。②

（三）

近年来这些明清之际西学汉籍文献大多在台湾出版，2015年《梵蒂冈藏明清中西文化交流史文献丛刊》是首次在大陆系统出版明清之际的西学汉籍，由于梵蒂冈图书馆馆藏的地位和特点，在文献数量上基本覆盖台湾已经出版的天主教历史文献大多数都覆盖。梵蒂冈所藏的明清之际中西文化交流史文献与以往所出版的同类文献一个重要的不同在于，它收藏了众多来华传教修会的汉文文献，而不仅仅是来华耶稣会士的汉文文献，从

---

① 这一年郑安德主编的《明末清初耶稣会思想文献汇编》（五卷）以内部文献形式出版。
② 关于中文学术界在研究领域中取得的进展同样值得称道，鉴于本文主题在文献的整理，这里不再一一记述。

而给我们展示了一个更为丰富多彩的历史画卷。自然,也不能仅仅将这批文献归结为"传教汉籍",因为它包含有大量的中国士大夫、文人信徒乃至佛教等批评天主教的文献,甚至还包括传教士从中国带回罗马的一些中国古籍。这些文献从纯中文文献角度来看似乎没有太大价值,但将其放入当时的中西文化交流史和传教士的汉籍写作,这批中文文献就凸显出特殊的学术意义,因为,这些文献是传教士们编写辞典和撰写汉书的工具书和思想的来源。这批文献的出版必将对中国明清史研究、中国天主教史研究、中国翻译史研究、中国语言史、中国思想文化史研究,乃至对西方汉学史和全球化史研究都将会产生重要影响。陈寅恪在《陈垣敦煌劫余录序》中有一段十分精辟的论述:"一时一代之学术,必有其新材料与新问题。取用此材料,以研求问题,则为此时一代学术之新潮流。"①

　　这批西学汉籍文献的出版对中国明清史的研究将会有所推动。嵇文甫在《晚明思想史论》对那个时代有一个很生动的描写:"晚明时代,是一个动荡时代,是一个斑驳陆离的过渡时代。照耀着这个时代的,不是一轮赫然当空的太阳,而是许多道光彩纷披的明霞。你尽可以说它'杂',却绝不能说它'庸',尽可以说它'嚣张'却决不能说它'死板',尽可以说它是'乱世之音',却决不能说它是'衰世之音'。它把一个旧时代送终,却又使一个新时代开始.它在超现实主义的云雾中,透露出现实主义的曙光。"②晚明之"杂"就在于"西学"开始进入中国,中国文化面临一个完全陌生的对话者,中国历史开始因利比里亚半岛上的葡萄牙和西班牙的到来,发生了一系列新的问题。近年来学术界对于在华耶稣会士在晚明的活动也多有研究,③但限于文献,有不少关键性问题无法研究透彻。如关于南明王朝的研究,对王丰肃(Alfonse Vagnoni,1566—1640,又名高一志)的研究已经有了很好的文章,但只有读到他的全部中文著作后才能对南京教案的研究,对晚明绛州地方史的研究进一步深入。这些年南明研究有了很好的学

---

① 陈寅恪《金明馆丛稿一编》,上海:上海古籍出版社,1980年,第236页。
② 嵇文甫《晚明思想史论》,北京:东方出版社,1996年,第1页。
③ 南炳文、汤纲《明史》(上下),上海:上海人民出版社,2003年;樊树志《晚明史(1573—1644)》,上海:复旦大学出版社,2003年;[美]牟复礼、[英]崔瑞德编《剑桥中国明代史》,北京:中国社会科学出版社,1992年;张天泽《中葡早期通商史》,香港:中华书局,1988年;万明《中葡早期关系史》,北京:中国科学文献出版社,2011年;万明主编《晚明社会变迁问题与研究》,北京:商务印书馆,2005年。

术著作,①但学者很少注意到来华耶稣会士毕方济(Francois Sabiasi,1582—1649)的中文文献,很少注意到波兰来华传教士卜弥格作为南明朝特使赴罗马的一些汉文文献,②如果不掌握梵蒂冈所藏卜弥格所带回的全部材料,很难说清永历朝后期的问题,这些对晚明和南明的研究有着重要价值。

  如果对中国史的研究,清以前主要是中文文献的挖掘和收集,那么,关于清史研究,中西文化交流史文献的挖掘和收集就显得格外重要。特别是传教士的西学汉籍文献。正如戴逸先生所说,清代的历史与以往的朝代不一样,它自始至终与世界保持着联系,你必须在世界的背景下观察中国,必须了解当时西方人对中国写了些什么,说了些什么,做了些什么。我们编纂清史,如果不了解这些,清史没法写。在梵蒂冈的这批文献中有清史的罕见珍贵历史文献。例如,顺治皇帝嘉封汤若望三代的文献,汤若望的奏疏,白晋在康熙指示下学习《易经》的手稿,马若瑟、马国贤在康熙朝时的一些中文手抄散页,雍正四年关于穆敬远和毕天祥的诏书,傅圣泽带回罗马的大量清代钦天监的手稿,这些对于研究清代历史具有重要的学术意义。

  更为重要的是这批西学汉籍一旦纳入到中国近代历史的研究,将成为打破原有的以1840年鸦片战争中国近代史为开端的史学根据,而融入晚明文化之中的西学汉籍将成为确认鸦片战争以前的中国社会已具有自己内发原生的近代性思想文化因素的证明,明清之际将会成为中国近代史的开端。目前中国历史的分期,"文化大革命"以前受苏联模式影响,以"侵略—革命"模式来裁定中国历史;改革开放后费正清的"冲击—反应"模式传入中国,这两种模式都将鸦片战争定位中国近代历史的起源。20世纪以来,一大批中国学者在明清学术研究领域潜心,开拓,以大量的史实证明了中国有自己内发原生的近代性思想文化因素的观点从而中国近代思想史可以追溯到16世纪。早在20世纪伊始,章太炎先生就写了《清儒》《说林》《释戴》等文章,从资产阶级革命派的观点出发表彰残明遗老和戴震的学说;与此同时,梁启超作《中国学术变迁之大势》,纵论明清思想史,首倡

---

① 顾诚《南明史》,北京:中国青年出版社,1997年;钱海岳《南明史》,北京:中华书局,2006年;黄一农《两头蛇》,上海:上海古籍出版社,2006年。
② [波]卜弥格著,张振辉、张西平译《卜弥格文集》,上海:华东师大出版社,2013年。

"中国文艺复兴说"。辛亥之年,蔡元培著《中国伦理学史》,特表彰黄宗羲、戴震、俞正燮三家学说"殆为自山思想之先声"。"五四"时期,吴虞论证了清代学术"与意大利文艺复兴绝相类"的观点。至20世纪末,胡适之、熊十力、嵇文甫、容肇祖、谢国祯、侯外庐、邱汉生、萧萐父诸大师接踵而来,慧解卓识,蔚为大观。其中,堪与梁启超、胡适之的"文艺复兴说"相媲美且更具论史卓识者,有嵇文甫在《晚明思想史论》中提出的"曙光说",侯外庐在《近代中国思想学说史》中提出的"早期启蒙说",萧萐父在《明清启蒙学术流变》一书中提出的以明清之际的启蒙思想为传统与现代之间的"历史接合点说"。特别是侯外庐的《近代中国思想学说史》(1947)一书,把中国近代史看作是中国资本主义萌芽和具有近代人文主义性质的启蒙思潮发生和发展的历史,以明清之际作为中国近代史的开端,同时也是中国近代思想史的开端,观点最为鲜明。① 在以上学者的论证中来华传教士的西学汉籍著作都受到普遍重视,并作为立论的根据之一。因此,晚明西学汉籍并不仅仅在史学材料上提供了新的文献,而且这批文献的出版将推动中国近代历史的变革性研究。

  基督教三次入华,唯明清之际的传入获得成功。明清之际的西学东渐研究,中国天主教史研究是其重要的内容。近三十年来这一领域研究取得了长足的进步,②李天纲的《中国礼仪之争:历史·文献与意义》、张先清的《官府、宗族与天主教:17—19世纪福安乡村教会的历史叙事》、汤开建的《明清天主教史论稿初编:从澳门出发》等著作从不同侧面推进了中国天主教史的研究。汤开建认为:"研究中国天主教史,中国的专家应走在这一学科的前沿,这应是理所当然,且义不容辞,而要走到中国天主教史研究的前沿,像两腿走路的方针必不可少。一条腿必须坚实地站在中文档案文献的基础之上,另一条腿则要迈进浩瀚无涯的各种西文档案文献的海洋之中,缺一不可。"③他对藏在梵蒂冈图书馆等地的天主教文献给予了很大的期待。

  应该说,梵蒂冈藏的明清之际天主教历史文献会大大促进对中文文献的开拓,这批文献既有一些中国教徒的原始性文献,也有传教士关于教区

---

① 许苏民《中国近代思想史研究亟待实现三大突破》,载《天津社会科学》2004年第6期。
② [比]钟鸣旦、孙尚扬《一八四〇年前的中国基督教》,北京:学苑出版社,2004年。
③ 汤开建《明清天主教史论稿初编:从澳门出发》,澳门:澳门大学出版社,2012年,第11页。

发展的一些重要历史文献,例如方济各会来华传教士康和子(Bernadinus della chiesa)详尽记述了他在山东传教历程,并附有原始的教徒名册,这在中国天主教史研究中是十分罕见的历史文献。

基督教作为外来宗教,在其本土化过程中形成自己的神学思想和表达方式,因此,中国天主教史研究的另一个方面就是在历史的进程中汉语神学思想的形成。近年来,关于汉语神学的讨论十分热烈,①尽管汉语神学的倡导者也承认中国汉语神学起源于明清之际,却认为"汉语神学属于中国基督徒学人,属于当今和未来的每一个中国基督徒学人"。② 由此,作者很轻易地把明清之际由来华传教士和中国文人共同书写的这批西学汉籍排除在汉语神学外,否认了这批西学汉籍在汉语神学形成史上的地位。笔者认为,即便作者没有读到更多的明清之际的汉语神学的原著,但利玛窦的《天主实义》等著作已经清楚地表明汉语神学具体形态。鉴于此,学术界提出了不同的意见,认为将利玛窦为代表的"这些孜孜矻矻以汉语作品言述其对耶稣基督之认信经验与对其信仰之反思的传教士排除在汉语神学之外,是不是有炮制新型的排他性的'中国之大理'的嫌疑?……笔者认为,凡是以汉语进行写作,回应汉语语境中的各种问题的神学,不论其主体是中国人,还是西方人,都应包容性地将其纳入汉语神学的范畴之内"。③

汉语神学提出的一个理论根据是"圣言"总是通过"人言"来表达的,在这个意义上,汉语神学和作为母语神学的拉丁语神学、德语神学、法语神学一样,这样汉语神学就"没有必要在用一种'人言'去置换另一种'人言'。亦即没有必要去把其他'人言'表现形式'中国化'或者'本色化',而应当用'汉语'这种'人言'去直接承纳、言述'圣言'"。④ 这样的理解实际上把基督教神学的丰富历史传统一笔勾销了,从学理上也只是一种理想神学,"理论形态的基督神学"是通过在具体语境和历史中的"道成肉身"成为现实的。因此,离开犹太语的基督"人言",我们是无法直接去理解"圣言"的。耶稣会入华带来的就是这种具体语境中的神学,并将其翻译

---

① 1995年刘小枫在《现代语境中的汉语基督神学》提出后学术界多有讨论。载李秋零、杨熙楠编《现代性、传统变迁与汉语神学》,上海:华东师大出版社,2010年。
② 刘小枫《汉语神学与历史哲学》,香港:汉语基督教文化研究所,2000年,第4页。
③ 参阅孙尚扬、潘凤娟《汉学神学:接着利玛窦讲》,香港:道风书社,2010年。
④ 李秋零《"汉语神学"的历史反思》,载李秋零、杨熙楠编《现代性、传统变迁与汉语神学》(下),第651页。

成汉语。"明清之际关于中西信仰之争,其实就是'汉语神学'。"①

汉语神学的提出者对汉语神学的解释缺乏对中国基督教历史的全面了解,将整个中国基督教历史归结为与民族国家冲突的历史,尚不知明清之际的中西文化交流是一个平等的文化交流。这样,很自然将明清之际所形成的汉语神学传统和资源放在了一边。王晓朝说的好:"从中西文化交流史的角度看,中国社会接受基督教是四百年中西文化交流的产物,也是中西文化在这四百年中双向互动的结果。不了解始于400年前中西文化交流史,就无法明了中西双方在新世纪全球一体化进程中的位置与作用,更无法为基督教在当代中国社会文化中的作用准确定位。历史是一面可资借鉴的镜子,但若观察者不具有足够宽阔的视野和多维的视角,那么历史会成一个沉重的包袱。"②

"明清之际,中国正经历着历史上另一个大变局。……天主教在不同的宗教和学说传统中,做着统摄和融合的工作。实际上是为中国教会和信徒建立一种'汉语神学'。"③回到明清之际中国基督教第一批汉语神学文献,这些问题就迎刃而解了。因此,这批西学汉籍不仅仅为中国教会史提供新的史料,同时,也会使我们对汉语神学的历史有一个更为清晰的认识。

中国翻译历史源于对佛教文献的翻译,对佛典的翻译直接影响了中国文学的发展,胡适认为,一是佛典翻译"遂成为白话文与白话诗的重要发源地"。二是"中国的浪漫主义的文学是印度的文学影响的产儿"。三是"佛教的散文与偈体杂用,这也与后来的文学体裁有关系"。④ 来华传教士的西学汉籍基本上是翻译作品或者编译作品,其数量是继佛教文献传入中国后最大的一批域外翻译文献,这是欧洲文化、文学、宗教首次在中国登陆,其学术意义重大。近来李奭学先生从翻译角度做了十分出色的研究,他认为:"以往大家知道近代中国文学始自清末,殊不知清末文学新像乃萌乎明末,尤应接续自明末的翻译活动。"在这批西学汉籍中"有中国第一次继承的欧洲歌词的集子,有中国第一次出现的欧洲传奇小说,有中国第一次译

---

① 李天纲《明清时期汉语神学:神学论题引介》,载《基督教文化评论》2007年第27期。
② 王晓朝《关于基督教与中国文化融会的若干问题》,载李秋零、杨熙楠编《现代性、传统变迁与汉语神学》(中),第372—373页。
③ 李天纲《明清时期汉语神学:神学论题引介》。
④ 胡适《佛教的翻译文学》,载罗新璋、陈应年编《翻译论集》,北京:商务印书馆,2009年,第123—124页。

出的欧洲上古与中古传奇,有中国第一次翻译的欧洲修辞学专著,有中国第一次可见的玛利亚奇迹故事集,有中国第一次中译英国诗,也是中国第一次见到欧人灵修小品集。"① 传教士们不仅仅是在介绍欧洲的文学,而且按照中国古代小说的形式用汉语来写小说,来华法国耶稣会士马若瑟(Joseph de Prémare 1666—1736)的《儒交信》《梦美士记》就是一个例子。② 晚清后来华的基督新教传教士继承天主教传教士的这个传统,开始用汉文写作各类文体的文学作品,成为近代中国文学的一个重要方面。③ 中国翻译史研究中最为薄弱的就是明清之际的翻译历史研究,文本的缺乏,语言能力的不足是重要原因,随着这批西学汉籍的出版,将会有更多学者投入明末清初西学汉籍的翻译研究,从而丰富中国翻译的研究。④ 另一方面,这批西学汉籍的来源考证方面,现在已经迈出了坚实的步伐,随着这批文献在大陆的出版,将会引起更多明清文学史研究者的关注,从而展开这批欧洲文学的翻译文本对晚明和清初文坛的影响的研究。近期出现了对来华耶稣会贺清泰(Louis de Poirot, 1735—1771)《圣经》中译本稿本的研究,《圣经》中译本或许是近代以来最早的白话文学。⑤ 至于晚清来华基督新教传教士米怜(William Milne, 1785—1822)《张远两友相论》及其基督教《圣经》译本的翻译在近代文学的影响,学界已有研究,这里不再展开。⑥ 但明显不足在于目前对西学汉籍的翻译研究和文学研究,绝大多数停留在

---

① 李奭学《译述:明末耶稣会翻译文学论》序言,香港:香港中文大学,2012 年。参阅李奭学《中国晚明与欧洲文学——明末耶稣会古典型证道故事考诠》,北京:生活·读书·新知三联书店,2010 年。

② 张西平《清代来华传教士马若瑟研究》,载《清史研究》2009 年第 2 期。

③ 宋莉华《传教士汉文小说研究》,上海:上海古籍出版社,2010 年;黎子鹏编注《晚清基督教叙事文学选粹》,台北:橄榄出版有限公司,2012 年。

④ 马祖毅《中国翻译史》,武汉:湖北教育出版社,1999 年;马祖毅《中国翻译通史》,武汉:湖北教育出版社,2006 年。黎难秋《中国科学翻译史》,合肥:中国科技大学出版社,2006 年;王宏志主编《翻译史研究》,上海:复旦大学出版社,2011—2015 年。从这些研究可以明显看出,翻译史研究领域的学者基本上局限在晚清翻译史的研究,对明末清初翻译史的研究仍是一个亟待开辟的领域。

⑤ 郑海娟博士论文《贺清泰〈古新圣经〉研究》,北京大学,2012 年。

⑥ 朱维之曾说过:"民国以来,中国基督教对于中国文学上最大的贡献,第一是和合译本《圣经》的出版,第二便是《普天颂》的出版。二者虽不能说是十全十美的本子,但至少可以说已经打定了基督教文学的根基,而且作为中国新文学的先驱,这是值得大书特书的。" 参阅杨剑龙《旷野的呼声:中国作家与基督教文化》,上海:上海教育出版社,1998 年;陈镭《文学革命时期的汉译圣经接受:以胡适、陈独秀为中心》,载《广州社会主义学院学报》2010 年第 2 期;张楠硕士论文《合和本〈圣经〉的异化翻译及对中国现当代文学的影响》,山东师范大学,2011 年。

晚清阶段,明清之际西学汉籍翻译与文学影响的研究才刚刚开始。正是在这个意义上,梵蒂冈藏明清之际西学汉籍文献的出版就具有重大的学术意义。

中国近代概念史研究是文化史研究的一个重要方面,这几年取得了显著的进展,无论是从语言研究的角度,如马西尼的《现代汉语词汇的形成:十九世纪汉语外来词研究》、沈国威的《近代中日词汇交流研究:汉字新词的创制、容受与共享》,还是从文化史角度的研究,如刘禾的《跨语际实践:文学、民族文化与被译介的现代性(中国,1900—1937)》,金观涛、刘青峰的《观念史研究:中国现代重要政治术语的形成》,这些著作都打开了一个新的研究领域,引起学界关注。① "一个伟大时代的出现,往往会使语言成为巨大的实验场,新词层出不穷。""一般说来,人们在发现自己的价值体系和习惯规则受到冲击甚至威胁时,会努力寻求新的精神依托,新的发现或价值转换会体现于语言。"②晚清是"三千年未有之大变局"的时代,新词汇、新概念喷涌而出,这些词汇、新概念逐步改变了中国的思维方式,同时,新词汇所构成的新知识又直接影响了人们对世界和时代的理解,成为新思想产生的基础。正如黄兴涛所说的,大量双音节以上新名词的出现明显地增强了汉语语言表达的准确性,同时,反过来通过使用这些新名词的社会文化实践,极为有效地增进了中国人思维的严密性和逻辑性,这是中国语言和思想现代化的重要表现形式。这些新词汇极大地扩展了中国人的思想空间、运思的广度和深度,提高了科学思维的能力和效率,从而为新思想体系的产生,奠定了重要的思维基础。③

但是目前对近代新词汇的研究学者大都集中在晚清中日之间的词汇交流,而实际上明末清初时期天主教东来后,创造了大量新词汇,这些新词汇在东亚开始传播。当时,东亚对西学的接受是一个整体,来华传教士们所出版的西学汉书同样流传到日本、韩国和越南。用汉文写作来推动传教成了传教士们的共识。利玛窦的信中也写到过:"当获悉我们用中文编译的书在日本也可通用时,便感到莫大的安慰。因此视察员神父范礼安在广

---

① 冯天瑜《封建考论》,武汉:武汉大学出版社,2007年;黄兴涛《"她"字的文化史——女性新代词的发明与认同研究》,福州:福建教育出版社,2009年。
② 同上,序言。
③ 黄兴涛《近代中国新名词的思想史意义发微——兼谈对于"一般思想史"之认识》,载《开放时代》2003年第4期。

州又印刷了一次,以便带往日本。副省会长巴范济神父曾要求我们,把我们编译的书多给他寄一些,因为中国书籍在日本甚受欢迎。"①日本学者杉本孜在《近代日中语言交流史序论》中曾指出:"现代日本的数学术语一般被认为是明治以后从欧洲学来的所谓洋算用语。但是,明清的汉籍对日本数学用语所作的贡献是不能抹杀的。这些都是包括方以智在内的中国学者和在华传教士即'西儒'共同在中国大地上播下的种子,是他们用汉语精心创造并建立起来的学术用语体系。"②明清之际的西学汉籍传入日本后被接受了多少?哪些词汇被日本接受后在晚清时又被作为日本创造的新词返回中国?这些问题至今无人回答。根本在于对明清之际的西学汉籍了解不够。

从事晚清文化史研究的黄兴涛先生认识到这一点,他说:"因为要想弄清近代中国流行的相当一部分新名词的真实来源,并辨析他们对明治维新后日本汉字新名词之间的复杂关系,非得下决心去一一翻检明末清初直至清中叶那些承载和传播西学的各种书籍不可。"③他与王国荣所点校的《明清之际西学文本》是目前点校整理最多的出版物,随着文献的整理,明清之际新词语的研究必将进一步推进。邹振环的《晚明汉文西学经典》一书则打通了晚明和晚清,论证了"晚明汉文西学经典如何在晚清得到反复诠释,以及在晚清西学知识场重建过程中的意义,借此阐明晚明与晚清在学术上之承上启下的关联问题。"④这些研究证明了明清之际的西学汉籍在中国近代知识进展的历史中的重要性,其核心是新知识的形成,而承载新知识的新词语、新概念就成为其关键。

语言具有"共时性"层面和"历时性"两个方面。在历史过程中,语言会随着时间的演化而演化,但是它在任何一个时间点上都有一个既定的结构。"概念史"的研究既关注于语言的"历时性"层面,也关注于语言的"共时性"层面,"它不仅在一个特定的历史时间点上,在一个特定的语义域内对'核心概念'(core concepts)'共时性'分析,而且还对'核心概念'做一种'历时性'分析,这种'历时性'分析将凸显出'概念'的意义变迁。"⑤明清

---

① 刘俊余、王玉川译《利玛窦全集》卷4,第366—367页。
② 陆坚、王勇编《中国典籍在日本的流传与影响》,杭州:杭州大学出版社,1990年,第263页。
③ 参阅黄兴涛、王国荣《明清之际西学文本:50种重要文献汇编》,北京:中华书局,2013年。
④ 邹振环《晚明汉文西学经典:编译、诠释、流传与影响》。
⑤ [英]伊安·汉普歇尔著,周保巍译《比较视野中的概念史》,上海:华东师大出版社,2010年,第3页。

之新词汇、新概念研究的学术意义在于,近代西学进入中国后,产生的新词语、新概念直接关系到对近代中国文化史和思想史的理解,关系到今天中国学术体系与概念的重建。这正是陈寅恪所说的"凡解一字即是一部文化史",也如黑格尔所说的"只有当一个民族用自己的语言掌握了一门科学的时候,我们才能说这门科学属于这个民族了"①。

在梵蒂冈图书馆这批文献中还有一批是关于科技、舆图的,这些资料在以往的文献整理中往往反映不够,例如近年来在台湾出版的几套文献。从《天学初函》开始,李之藻就把"器编"与"理编"相对作为一个重要的内容。梵蒂冈图书馆中有一些十分罕见、珍贵的中国科技史文献,例如汤若望在《近五十年来欧洲天文学之进展》一书中详细介绍了哥白尼的天文学说,这就打破了以往所说的耶稣会不介绍哥白尼的天文学的说法,认为耶稣会只是到了乾隆时代的蒋友仁(Michel Benoist,1715—1774)才把哥白尼学说介绍到中国。特别要指出的是傅圣泽从北京返回罗马后,因为他在钦天监工作,因此带回了大量的他在历局工作的材料和手稿,其中不乏他的天文演算手稿,这对于研究清代科技史有着重要的意义。在舆图方面,梵蒂冈图书馆所藏的利玛窦的《坤舆万国全图》,卜弥格所绘制的中国分省地图都是极为珍贵的历史文献。尽管美国科学史家席文(Nathan Sivin,1931—)和李约瑟(Joseph Terence Montgomery Needham,1900—1995)对来华耶稣会士所介绍的西方天文学、数学等知识评价不高,但近十余年的研究已经证明,耶稣会士们所介绍的这些科学知识推进了中国天文学的发展,"耶稣会士在中国大力传播西方天文学,后果之一,是使中国天文学一度处在与欧洲非常接近的有利状况。就若干方面来说,当时中国与欧洲天文学的最新发展只有不到十年的差距。例如,伽利略用望远镜做出的天文学新发现,发表于1610年,而这些发现的主要内容在阳玛诺1615年刊行的中文著作《天问略》中就已有介绍。又如,整个《崇祯历书》虽以第谷的体系为基础,但其中也采纳开普勒好几种著作中的成果,最晚的一种出版于1618—1621年,下距《崇祯历书》开始编撰仅八年。"②梵蒂冈图书馆所藏的各类科学类文献必将大大推进我们对近代中国科技史的研究,梵蒂冈

---

① [德]黑格尔《哲学史讲演录》第4卷,北京:商务印书馆,1978年。冯天瑜《封建考论》,武汉:武汉大学出版社,2006年;[德]郎宓谢、[德]阿梅龙、[德]顾有信等著,赵兴胜译《新词语新概念:西学译介与晚清汉语词汇之变迁》,济南:山东画报社出版社,2012年。

② 江晓原、钮卫星《欧洲天文学东渐发微》,上海:上海书店出版社,2009年,第447页。

所藏的科技史文献将进一步证实这个观点。

梵蒂冈图书馆所藏的明清中西文化交流史文献中，特别引人注意是一批汉外双语词典，这是中国双语词典史的重要历史文献。中文和欧洲语言的双语词典起源于罗明坚和利玛窦的《葡华辞典》。传教士来到东亚后第一件事就是学习汉语，这样编撰辞典成为他们的一件大事，为此，传教士们付出了极大的精力。杨慧玲认为："从罗明坚、利玛窦的葡汉词典到万济国的西汉词典，体现了欧汉、汉欧词典萌芽和最初发展的轨迹。"直到1813年在叶尊孝(Basilio Brollo，1648—1704)的《汉字西译》在巴黎出版，汉欧双语词典达到了它的高潮。① 遗憾的是，这批汉外双语词典绝大多数仍以手稿形式藏在世界各地的图书馆，以梵蒂冈图书馆所藏最多。学术界对这批价值连城的汉外双语词典的研究只是在近年来才逐步开展起来。②

索绪尔把与语言有关的因素区分为"内部要素"和"外部要素"，认为语言的"外部要素"不触及"语言的内部机构"而予以排除。他说："至于内部语言学，情况却完全不同：它不容许随意安排；语言是一个系统，它只知道自己固有的秩序。"③语言是一个同质的结构，语言学主要研究语言内部稳定的系统和特点。这样，他们把语言的外在因素放在了一边，对外部因素对语言的变异影响不太关注。

语言接触(language contact)的认识始于19世纪。从20世纪90年代开始语言接触成为语言学研究的热门话题，甚至要成为语言学的一个分支。同时，社会语言学也开始关注这个问题，语言的"外部要素"也成为历史语言学主要内容的一部分。

这说明语言的变化并不仅仅在内部因素，外部因素也有着重要的作用，即语言接触引起的变化。对汉语的变化影响最大的两次是汉语与外部语言的接触。一次是佛教传入中国后对汉语的影响，一次是晚明后基督教传入对汉语发展产生的影响。随着梵蒂冈所藏的这批欧汉双语词典的公布，必将

---

① 杨慧玲《19世纪汉英词典传统：从马礼逊、卫三畏、翟理斯汉英辞典的谱系研究》，北京：商务印书馆，2012年，第71页。

② 张西平等主编《西方人早期汉语学习史调查》，北京：中国大百科出版社，2003年；姚小平主编《海外汉语探索四百年管窥》，北京：北京外语与教学研究出版社，2008年；姚小平《西方语言学史》，北京：北京外语与教学研究出版社，2011年；姚小平《罗马读书记》，北京：北京外语与教学研究出版社，2009年；董海樱《16~19世纪初西人汉语研究》，北京：商务印书馆，2011年；魏思齐编《西方早期(1552—1814间)汉语学习和研究》，台北：辅仁大学出版社，2011年。

③ [瑞士]索绪尔《普通语言学教程》，北京：外语教学与研究出版社，2001年，第46页。

## 第七章　刊书传教的展开

大大推动中外语言交流史的研究和中国词典史与中国语言史的研究。

最后,明清之际西学汉籍将会大大加深中国近代思想史的研究。① 明清之际西学的影响不仅仅停留在知识论的水平,也不仅仅是信教和反教两类人物对西学的理解,最重要的是西学已经和晚明至清初的中国本土思想产生了互动。晚明王学盛行,尤其在江浙一带。王学反对死读先贤古圣的书,主张"涂之人皆可为禹",陆九渊的"东南西北海有圣人出焉,同此心同此理也"自然为接受外来文化奠定了基础。明清之际接受西学的大都是王学之徒,而反对西学大都是朱学之后。② 朱维铮先生说:"王学信徒:接受外来文化,皈依西方宗教。这就反映出一个事实,即王学藐视宋以来的礼教传统,在客观上创造了一种文化氛围,使近代意义的西学在中国得以立足,而王学系统的学者,在认知方面的特有平等观念,即王守仁所谓'良知良能,愚夫愚妇与圣人同',在清代仍以隐晦的形式得到保存,实际上为汉学家们所汲取。这看来是悖论,然而却是事实。"他认为清初的汉学和西学之间"性质关联""结构关联""方法关联"和"心态的关联"。③

明清之际所传入的西学与中国近代思想变迁之间的关系,从梁启超到胡适,到当代学者多有注意,但限于文献不够充分,这个方向的论证仍在进展之中。近年来学者仅仅使用台湾出版的部分西学文献就已经大大推进了西学与明清思想史的研究。许苏民认为高一志的"西学治平四书",即《西学治平》《治政源本》《民治西学》《王亦温和》《王政须臣》直接影响了顾炎武,因为高一志在山西传教15年,顾炎武在写《日知录》时也在山西和陕西一带,他的朋友圈就有研习西学的李鲈。他在《日知录》中提出的"合天下之私以成天下之公,此所以为王政也……此义不明久矣。世之君子必曰:有公而无私,此后世之美言,非先王之至训也。"④这是很重要的思想,承认了个人私有的合理性,这样"衡量王政的标准不再是'有公而无私',

---

① 陈卫平《第一页与胚胎:明清之际的中西文化比较》,上海:上海人民出版社,1992年;孙尚扬《明末天主教与儒学的交流和冲突》,台北:文津出版社,1982年;何俊《西学与晚明思潮的裂变》,上海:上海人民出版社,1998年;李天纲《跨文化的诠释:经学与神学的相遇》,北京:新星出版社,2007年。
② 卜恩理(Heinrich Busch)著,江日新译《东林书院及其政治的和哲学的意义》,附录2《东林书院与天主教会》,载魏思齐(Zbigniew Wesolowski)编《〈华裔学志〉中译论文精选:文化交流和中国基督宗教史研究》,台北:辅仁大学出版社,2009年,第278页。
③ 朱维铮《走出中世纪》增订版,上海:复旦大学出版社,2007年,第154—158页。
④ 顾炎武《日知录》卷3《言私其雍》,载《日知录集释》,长沙:岳麓书社,1994年,第92页。

只有'合天下之私以成天下之公',才是'王政'之本质"。① 许苏民认为顾炎武这个思想直接来源于高一志的《王亦温和》一书,书中谈到"王权由何而生存"时说:"人性原自私爱,乃无不好自从自适,岂有甘臣而从他人之命耶?即始明视他人之才能功德绝超于众,而因自足庇保下民者一,即不待强而自甘服从,以致成君臣之伦也。"

方以智和传教士有直接的联系,王夫之在天主教主导的永历王朝任职,黄宗羲研读西学已经有文献所证。从历史研究上已经做了大量的考证,②随着梵蒂冈图书馆所藏的明清中西文化交流史文献的出版,西学汉籍的总体面貌呈献给中国学术界,那时,将会大大拓宽和加深这一研究方向。

传教士们所写下的这些西学汉籍还有另一重意义,即这批文献也是西方汉学史的一个重要组成部分,当然,这些西学汉籍背后有着不少中国文人为其润笔着墨。这批中外合作的西学汉籍,实际上是全球化史初期,世界文化交流史上的瑰宝,它的双边性,展示了其在世界文化史上中国文明和欧洲文明初识后的对话与交流、文明间互鉴的丰硕成果。它不仅仅是东亚走向现代化进程的重要思想资源,也是西方文化如何与异质文化相处的宝贵文化资源和具有当代意义的重要思想遗产。这是一批具有世界文化史意义的重要宝藏。

如果从张元济先生1910年出国期间,访问罗马教廷梵蒂冈图书馆,首次从梵蒂冈图书馆复制了南明朝重要文献算起,历经百年努力,我辈踏前贤足迹,与梵蒂冈图书馆合作五年,今天这批文献终于全部回到中国,这是继敦煌文献全部复制回国后,中国学术史重要的事件。③

---

① 许苏民《晚明西学东渐与顾炎武政治哲学之突破》,载《社会科学战线》2013年第6期。参阅许苏民《中西哲学比较研究》(上下),南京大学出版社,2014年,在西学东渐与中国近代思想史研究方面许苏民成就显著。

② 方豪《明末清初旅华西人与士大夫之晋接》,载《东方杂志》第29卷,第5号,1943年;徐海松《清初士人与西学》,北京:东方出版社,2001年;许苏民《王夫之与儒耶哲学对话》,载《武汉大学学报(人文社科版)》2012年1月;许苏民《黄宗羲与儒耶哲学对话》,载《北京行政学院学报》2013年第4期;冯天喻《明清之际西学与中国学术近代转型》,载《江汉论坛》2003年第3期。

③ 张西平、任大援、马西尼等主编《梵蒂冈图书馆藏明清中西文化交流史文献丛刊》(第一辑),大象出版社,2014年。在此特别感谢戴逸先生、于沛先生、王刘纯先生的鼎力支持,没有他们的支持,《梵蒂冈图书馆藏明清中西文化交流史文献丛刊》不可能完成复制工作和出版工作。本节部分内为笔者和任大援先生为此套书所写的序言。

## 二、明清之际《圣经》翻译研究

中国是印刷术的故乡,这是中外公认的事实。但近代西人东来以后,金属活字印刷和石印技术传入我国,使中国近代的印刷出版发生了重大的变化。讨论近代中国的印刷和出版历史无论如何是绕不过来华传教士这个环节的。净雨在《清代印刷史小记》一文中说:"嘉庆十二年(1807)春,伦敦布道会遣马礼逊(Dr. Robert Morrison)来华传教。马氏尝从粤人杨善达游,①复在博物院中得读中文《新约》及拉丁文对译字典而手录之,及至广州又续习华语。当时欧洲人之精通汉文华语者并马氏仅三人耳。……马氏初编《华英词典》及文法,又译《新约》为中文,遂有以西洋印刷印布之意,密雇匠人制字模,谋泄于有司,刻工恐罹祸,举所有付诸丙丁以灭其迹。是役,虽事败受损,而华文改用西式字模铸字,当以此为嚆矢矣。"②

讨论中国近代印刷出版,需从马礼逊开始,研究马礼逊的中文印刷出版活动需从他印刷《新约》开始,而探究马礼逊的《圣经》翻译和印刷则必须从他在大英图书馆所抄录的《四史攸编耶稣基利斯督福音之会编》开始。马礼逊所抄录的此《圣经》新约部分的中文翻译来自何人之手?这个中文译本和明末清初来华耶稣会士诸公的《圣经》的部分翻译和介绍有何关联?这就是本节所要研究的。

### (一)马礼逊和马士曼的《圣经》翻译与白日昇

作为英国伦敦会(London Missionary Society)派往中国的第一个传教士马礼逊(Robert Morrison, 1782—1834),他的入华负有三大使命:学习中文、编撰中英文字典、翻译《圣经》。马礼逊翻译《圣经》的进度是:1810年译完《使徒行传》;1811年译完《路加福音》;1812年译完《约翰福音》;1813年译完《新约》全部;1814年出版《新约》。

---

① 学术界长期一直称此人为容三德(Yong Sam-Tak),没有中文名字。参阅苏精《中国,开门!马礼逊及相关人物研究》,香港:中国宗教文化研究社,2005年,第13页;苏精《马礼逊与中文印刷出版》,台北:学生书局,2000年,第57页;谭树林《马礼逊与中西文化交流》,北京:中国美术学院出版社,2004年,第42页。

② 张静庐辑注《中国近代出版史料》(二编),上海:上海书店出版社,2011年,第353页。

米怜到中国后参与了对《旧约》的翻译。1819 年 11 月中文版《圣经》全部译完。1823 年《神天圣书》全部出版,《旧约》取名为《旧遗诏书》,《新约》取名为《新遗诏书》。①

马礼逊在 1819 年 11 月 25 日的信中对自己和米怜的翻译工作做了全面的总结,他写道:"本月 12 日,米怜先生译完了《约伯记》和《旧约》中历史书部分,这是他选择翻译的部分。其余完全由我一个人翻译的部分有《旧约》:1.创世纪 2.出埃及记 3.利未记 4.民数记 5.路得记 6.诗篇 7.箴言 8.传道书 9.雅歌 10.以赛亚书 11.耶利米书 12.耶利米哀歌 13.以西结书 14.但以理书 15.何西阿书 16.约珥书 17.阿摩斯书 18.俄巴底亚书 19.约拿书 20.弥迦书 21.那鸿书 22.哈巴谷书 23.西番雅书 24.哈该书 25.撒迦利亚书 26.玛拉基书。

《新约》:27.马太福音 28.马可福音 29.路加福音 30.约翰福音 31.希伯来书 32.雅各书 33.彼得前书 34.彼得后书 35.约翰一书 36.约翰二书 37.约翰三书 38.犹大书 39.启示录。"②

马礼逊公开承认他所翻译的《圣经》得益于藏在英国博物馆的一本中文《圣经》的抄本,他说:"我经常向你们坦诚我有一部手抄本中文《圣经》译本,原稿由英国博物馆收藏,通过伦敦会我获得了一个抄本。正是在这部抄本的基础上,我完成了《圣经》的翻译和编辑工作。"③

马士曼(Joshua Marshman,1768—1837)是英国浸礼会(Baptist Churches)派往东方的传教士,他在印度的塞兰坡开始学习中文,并将《圣经》翻译成中文。

马士曼出版《圣经》的进度是:1810 年出版了《此嘉语由于所著》(《马太福音》);1811 年出版了《此嘉音由嗍所著》(《马可福音》)。1813 年出版了《若翰所书之福音》(《约翰福音》);1815—1822 年,他用活版铅字刊印了《新约》;1816—1822 年陆续刊印了活版铅字的《旧约》;1822 年用活版铅字印刷了五卷本的《圣经》。根据史料记载,这是第一部完整的汉语《圣经》。

---

① 参阅[英]艾莉莎·马礼逊编,杨慧玲译《马礼逊回忆录》,郑州:大象出版社,2008 年,第 1 卷,第 158—248;第 2 卷,第 2—7 页;参阅谭树林《马礼逊与中西文化交流》,北京:中国美术学院出版社,第 117 页。

② [英]艾莉莎·马礼逊编,杨慧玲译《马礼逊回忆录》第 2 卷,第 2 页。

③ 《马礼逊回忆录》第 2 卷,第 2—3 页。

马士曼在得到马礼逊所赠送的手抄本《圣经》中译本后,对自己以后出版的《圣经》也做了较大幅度的修改。这点他自己也承认,他说:"一位朋友赠送了一部马礼逊兄弟刊印的版本给我们,每当需要时,我们也认为有责任查阅它,当我们看到它显然是正确的时候,我并不认为绝对我们的原著进行修改是合理的。在翻译《圣经》如此重要的工作中,如果因为虚荣和愚蠢,自以为可以重视原文的想法,而拒绝参考他人努力的结果,一切就会变得令人失望,这也是放弃了对一本完美无瑕圣经译本的盼望。"①

马礼逊和马士曼后因为出版中文语法书一事发生纠葛,由此而引起在翻译《圣经》上的相互指责,而二马圣经翻译本的极大相似性又引起人们对二马圣经关系的讨论,究竟是谁抄袭了谁。② 这个问题在近期赵晓阳的研究中已经解决,赵晓阳认为:"二马译本与白日昇译本非常相似。二马译本是在白日昇译本的基础上修订而成。……从严格的学术意义上来讲,二马的《新约》都不能称之为独立翻译,都严重依赖和参考了白日昇译本。在白日昇译本的基础上,二马译本又有所修订和创造,二马之间始终都有沟通,马士曼译本更多地参照了马礼逊译本。"③

由此,如果研究圣经《新约》的中译本,白日昇译本就成为一个重要的环节。④

### (二)白日昇及他的《圣经》译本研究进展

白日昇(Jean Basset,1662—1707)是法国巴黎外方传教士,⑤他约1662

---

① 赵晓阳《二马圣经译本与白日昇圣经译本关系考辨》,载《中国近代史研究》2009年第4期。
② 参阅[英]海恩波著,蔡锦图译《道在神州——圣经在中国的翻译与流传》,香港:香港汉语圣经协会,2000年,第5章。
③ 赵晓阳《二马圣经译本与白日升圣经译本关系考辨》,参阅苏精《马礼逊与中国印刷出版》,第131—152页;[英]艾莉莎·马礼逊编,杨慧玲译《马礼逊回忆录》第1卷,第161—179页;第2卷,第2—3,36页。马敏《马希曼、拉沙与早期的〈圣经〉中译》,载《历史研究》1998年第4期。
④ 学者在评价马礼逊和马士曼的圣经翻译时认为,"这段时期在中国的圣经翻译,非常相互依赖对其他译经者的努力成果。马礼逊显然极度依赖天主教的资源,特别是白日昇的手稿,而马士曼则值得注目地取材马礼逊的成果。倘若马礼逊、米怜和马士曼、拉撒的译本被视为是新教在华圣经翻译活动的根基,新教是深深受惠于天主教的活动,而这件事常常是被忽略了的"。参阅[德]尤思德著,蔡锦图译《和合本与中文圣经翻译》,香港:香港汉语圣经协会,2000年,第46页。
⑤ 关于白日昇的相关资料,参见 François Barriquand: *First ComprehensiveTranslation of the New Testament in Chinese: Fr Jean Basset and the ScholarXu*, Verbum SVD 49, n. 1. 2008.

年生于法国里昂,1684 年进入巴黎外方传教会神学院(Séminaire des MissionsÉtrangères de Paris),1685 年以传教士的身份前往东方,经暹罗后到中国。1689 年,白日昇到达广州,入川后与一位叫徐若翰(Johan Su,？—1734)的中国神父合作,开始翻译《圣经》新约部分。从 1704 年至 1707 年 12 月期间,他们翻译了新约。但这本译稿并未出版。白日昇除了翻译《圣经》外,还著有《中国福传建议书》(Avis sur la Mission deChine)以及他和徐若翰一起翻译的《天主圣教要理问答》和《经典纪略问答》。但白日昇的新约译本一直被长期转抄,手稿原稿也未被发现,导致学术界很少注意他的存在。直到 19 世纪他的译本才浮出水面,20 世纪才确定了该译本的译者。①

目前发现他的《圣经》翻译的抄本有三处:一份是在罗马的卡萨纳特图书馆藏本(Biblioteca Casanatense)这是一本 18 世纪初的抄本,它包括福音四书、《宗徒大事录》、保禄书信以及《希伯来人书》("蒙福的保禄致希伯来人书")第一章;第二份是大英博物馆抄本,这份手稿是 1737 年何治逊(John Hodgson junior)发现的。在这份文献的首页有:"本抄本是奉何治逊先生之命,于 1737 年至 1738 年,在广州誊抄;何先生称抄本已经仔细校勘,毫无错漏,于 1739 年 9 月敬赠史罗安男爵(Sir Hans Sloane,1669—1753)"。② 后再转送给大英博物馆(今大英图书馆的前身)。1798 年基督

---

① 这个译本是 1737 年在广州发现的,鹤特臣将其复制后送给了伦敦会的史路连(Hans Sloane,1660—1753),史路连将其赠给了大英博物馆,在手稿的空白处手写下"这抄本是由鹤特臣先生授命于 1737 年和 1738 年在广州誊抄的,并称它已经仔细地校勘过,毫无遗漏。1739 年 9 月呈赠给史路连男爵。"(This transcript was made at Canton in 1737 and 1738, by order of M. Hodgson Junior, who says it has been collated with care, and found very correct. Given by him to Sir Hans Sloane, Bar( Baronet in Sept 1793)参阅 Moule, A.C.*A Manuscript Chinese Version of the New Testament*( British Museum, Sloane 3599), Journal of the Royal Asiatic Society 85(1949) plate II, 24.)直到 1945 年在研究巴黎外方传教士李安德(Andreas Ly,1692—1774)时,才发现这部手稿的译者是白日昇。参阅 Willeke, Bernward W.*The Chinese Bible Manuscript in the British Museum*, Catholic Biblical Quarterly 7, 1945;参阅[德]尤思德著,蔡锦图译《和合本与中文圣经翻译》第 17,18 页。

② 《和合本与中文圣经翻译》,第 19 页。又有学者将这份文献称为"《斯隆抄本 3599 号》(Sloane MS #3599)",见蔡锦图《天主教中文圣经翻译的历史和版本》,载《天主教研究学报(圣经的中文翻译)》2011 年第二期;也有学者将汉斯·斯隆(Hans Sloane,1660—1753)译为"史路连",由此,将在这个译本称为"史路连抄本(Sloane Manuscript)",将"Jean Basset"译为"巴设"。参阅《中文圣经翻译小史》,中文圣经新译会,1986 年;谭树林《马礼逊与中西文化交流》,第 101 页。

新教公理会的莫斯理(William Moseley)提出希望将《圣经》翻译成中文，①1801年，他在大英图书馆发现了白日昇的手稿。1805年，马礼逊得知了这个消息，这样如前所说在杨善达的帮助下抄录了这个本子，成为以后马礼逊翻译《圣经》的参考译本。第三份是在英国剑桥大学所藏，其特点在于对四福音书的翻译不是通常的单列本，而是将四部福音编成"合参福音书"，这份文献标题为《四史攸编耶稣基利斯督福音之会编》。

近年来学术界对白日昇这三份文献的研究已经有了初步的进展，香港学者蔡锦图在《白日昇的中文圣经抄本及其对早期新教中文译经的影响》一文中详尽地研究了《圣经》中译的历史，他对白日昇译本着墨较多。历史上对白日昇译本的最早记载是当年白日昇所培养的中国神父李安德的日记，他在日记中说："(白日昇)也将新约从拉丁文译为中文从玛窦福音(马太福音)到蒙福的保禄(保罗)致西伯来人书第一章；然而由于他的逝世，未能完成这项工作。"②但至今尚未发现白日昇所翻译新约的原始文本。罗马卡萨纳特图书馆藏本是四福音书的翻译，但剑桥藏本是四福音书的合编，这个合编本是谁做的呢？没有答案。从罗马卡萨纳特图书馆藏本来看很可能是参考了武加大圣经(The Clementine Vulgate)。蔡文详细地考察了剑桥本的卷名称和页数。大英图书馆的抄本(The Sloane Ms # 3599)保存较多，除马礼逊自己的抄写带到中国，现保存在香港大学冯平山图书馆的抄本外，美国公理会传教士裨治文(Elijah C. Bridgman)将马礼逊带到中国的抄本再次誊抄一份，后也流传到剑桥大学图书馆。另，思高圣经学会也有一份抄本。通过对白日昇抄本和马礼逊所翻译圣经与马士曼所翻译圣经的对比，作者认为："在文献的追溯中，可以见到天主教和新教在早期圣经翻译历史上的交接点……对于在天主教和新教的中文译经的互动的历史，相信仍有许多可供探讨的空间。"③

香港大学宋刚在《以史证经：艾儒略与明清四福音书的传译》中探究了艾儒略的《天主降生言行纪略》和"二马译本"之间的关系，谈到白日昇

---

① 莫斯理(William Mosely)写了本《译印中文圣经之重要性与可行性研究》(*A Memoir on the Importance and Practicability of Translating and Printing the Holy Scriptures in the Chinese Languages*, 1800)，引自苏精《中国，开门！马礼逊及相关人物研究》，第8页。
② 参阅蔡锦图《白日昇的中文圣经抄本及其对早期新教中文译经的影响》，载《华神期刊》2008年6月。
③ 同上。

的罗马卡萨纳特图书馆藏本和剑桥藏本关系时,他通过汉字字迹的核对,认为这两个本子是一人所抄。通过对艾儒略的《言行纪略》和白日昇译本的对比,作者认为在"礼仪之争"的大背景下,白日昇没有沿着艾儒略的"以史证经"的路线发展而是日益向经典文献回归。①

台湾学者曾阳庆对《四史攸编耶稣基利斯督福音之会编》做了深入的研究。他认为白日昇在翻译新约时有两种办法,一种是找到一本西方已经存在的四福音书的合编本,原封不动地将其翻译成中文;另一种是将四福音书分别翻译成中文,然后合编成《四史攸编耶稣基利斯督福音之会编》。如他所说:"如果白日昇新整合好一个拉丁文版的'四史福音之合编',再开始翻译,代表什么意义?另一种情形,如果白日昇先翻译四个福音书,再整合为'四史福音之合编'真实的意义又如何?"②

曾阳庆否认了白日昇的第一种可能性,理由有两条:一是,当时欧洲没有这样的拉丁文合编本,二是在中文的合编本中他发现"《马耳谷福音》翻作"无花果",《若望福音》《路加福音》翻作"肥果";而《玛窦福音》第七章翻作"无花果",第二十一章翻作"肥果",看到这样的统计,我们基本上确定似乎没有一个先行整合统一的拉丁文四福音合参版本。"③曾阳庆实际上是同意白日昇等人翻译好了四福音书,然后根据四个翻译好的中文单独的四福音书加以整合成为一个统一的中文合编本。因为这样,白日昇的中文助手在整合四个译本时更为方便,前后文理解更为顺畅。曾阳庆从文本编辑的角度展开了十分深入的研究。

周永的《从"白、许译本"到"二马译本"》一文在白日昇译本的研究上也有较大的突破。首先,他回答了曾阳庆的问题,当时在欧洲是有四福音书的合编本的,但他发现白日昇的合编本和拉丁文的合编本不同。他认为卡萨纳特图书馆藏本和剑桥大学藏本都是出于徐若翰神父之手,其证据有两条,一是有学者看到有徐若翰手抄文献的字体,其字体和卡萨纳特图书馆藏本和剑桥大学藏本字体一样;其二"按照马青山神父(Joachin Enjobert

---

① 宋刚《以史证经:艾儒略与明清四福音书的传译》,载《天主教研究学报(圣经的中文翻译)》2011年第2期。

② 曾阳晴《白日昇〈四史攸编耶稣基利斯督福音之合编〉之编辑原则研究》,载台湾《成大宗教与文化学报》2008年第11期。

③ 同上。

de artiliat,1706—1755)①日记的记载,在 1734 年 8 月 14 日去世的徐若翰'曾把翻译的新约全部牢记在心,甚至花心思用此翻译内容来编写一部四福音的合参本'。此合参本现今在穆天尺(Johann Mullener)主教手里,马青山清楚写明合参本是由徐若翰所编。"②这样周永的结论是:"不但'卡萨纳特抄本'与'剑桥抄本'应该都是白日昇的助手徐若翰亲笔所写,而且'剑桥合参本'的编写工作也应来自于徐若翰的贡献。"③

### (三)阳玛诺《圣经直解》与耶稣会的译经传统

目前学界在讨论天主教的译经活动时认为虽然教廷在 1615 年已经同意在华耶稣会将《圣经》翻译成中文,但耶稣会没有很好地利用这个机会,一些学者将其概括为"一个错过的机遇"。但实际上尚不能这样下结论,因为,耶稣会士在《圣经》的翻译上也同样有一定的建树。这里我们以阳玛诺的《圣经直解》为例来说明这一点。

阳玛诺(Emmanuel Diaz Junior,1574—1659),1601 年入华,在华 58 年,这在来华耶稣会士中不多见。他有一系列的中文著作,《天问略》最早介绍了西方的天文学,④其中《轻世金书》最为有名。⑤《圣经直解》是阳玛诺的重要代表著作,也是他翻译圣经的代表作。从来华耶稣会士的译经传统看,在阳玛诺之前罗明坚(Michele Ruggieri,1543—1607)写过《圣教天主实录》,郭居静(Lazare Cattaneo,1560—1640)写过《灵性诣主》《悔罪要旨》,龙华民(Nicolas Longobardi,1559—1654)写过《死说》《念珠默想规程》《圣人祷文》《圣母德叙祷文》等,罗如望(Jean de Rocha,1566—1623)写过《天主圣像略说》,庞迪我(Didace de Pantoja,1571—1618)写过《七克》《人类原始》《受难始末》,费奇规(Gaspard Ferreira,1571—1649)写了《周年主保圣人单》《玫瑰经十五端》《振心总牍》特别是高一志(Alfonse Vagnoni,

---

① 马青山为巴黎外方传教会在四川传教的神父。
② 周永《从"白、许译本"到"二马译本"》,载《天主教研究学报(圣经的中文翻译)》2011 年第 2 期。
③ 同上。关于徐若翰的研究,参阅宋刚《小人物的大历史:清初四川天主教徒徐岩翰个案研究的启示》,载张西平主编《国际汉学》2017 年第 3 期。
④ [葡]阳玛诺《天问略》,后列入《艺海珠尘》。
⑤ 参阅李奭学《疗心之药,灵病之神剂:阳玛诺译〈轻世金书〉初探》,载台湾《编译论丛》2011 年第 1 期。

1566—1640)写下了一系列介绍西方宗教与哲学的著作。但总的看,阳玛诺前来华的耶稣会士对天主教的介绍主要是从各类传教手册或神哲学著作为文本进行编译和改写,真正翻译《圣经》的人很少。这种情形如钟鸣旦所说的:"在耶稣会士的传教方针之中,他们首先专心撰写《教义问答手册》之类的书籍,以阿奎那的推理方面为基础的基督教信仰概论(诸如《天主实义》之类的著作),继则撰写解释教义和基督教价值观等等著作。只是在较晚的时候,他们才撰写一些著作,介绍对耶稣生平记述。在此过程中,他们优先考虑的是那种对耶稣的生平概要式和编年式的介绍,而不是翻译《圣经》。"①

为何来华的耶稣会士在来华的初期没有对《圣经》翻译投入较大的热情呢?钟鸣旦认为:"这种以教育为目的的介绍完全是当时对欧洲类似的著作的反映。"这或许是一个重要的原因,但我认为还有两条原因值得考虑:②

第一,宗教改革以后,基督新教强调《圣经》在信仰上的地位和作用,从而鼓励对《圣经》的翻译。"随着圣经得到重视,圣经的出版和翻译工作亦陆陆续续地展开了,并且是在一个更开放和自由的气氛之下展开。然而,这方面的工作都集中于当时欧洲的主要语言,例如在斯特拉斯堡印制的德文圣经(1466)、在威尼斯出版的意大利文圣经(1471),还有荷兰文圣经(1477)、法文圣经(1487)和葡萄牙文圣经(1496)。至于英文,虽然欧洲的印刷技术于1470年代已经由卡司顿(William Caxton;1422—1491)传入英国,但第一本印制的英文圣经是在1525年出版,由丁道尔(William Tyndale,1494—1536)从原文翻译的新约圣经。"③但天主教对《圣经》的翻译一直持很严格的态度,"罗马天主教于1545至1563年间举行了一次史无前例的大公会议,名为特伦多大会(Ternto);议会中除了谴责所有违背历代和当代大公教会的圣经解释,还正式通过,所有天主教出版商必须先得到主教的'准予印行令'(拉:imprimatur)才可出版圣经。"④在教会看来,拉

---

① [比]钟鸣旦《〈圣经〉在十七世纪的中国》,载《世界汉学》2005年第3期。
② "耶稣会士早在1615年已经得到允许去进行这工作。然而,受到其他原因的阻扰,结果只是出版了某些圣经经文选编,差不多都与教义问答的教导、祈祷、讲道和礼仪等牧灵工作有关。尽管圣经的大部分篇幅已经翻译出来,欲从不曾面世。个中原因十分复杂,一方面涉及罗马教廷后来不允许圣经译本的出版,另一方面的背景,则是耶稣会士本身对翻译优先次序抱持不同观念。"[以]伊爱莲(Irene Eber)《中文圣经的翻译、反响和挪用》,载伊爱莲等著,蔡锦图编译《圣经与近代中国》,香港:汉语圣经协会,2003年,第5页。
③ 黄锡木《圣经翻译和传播》。http://www.douban.com/group/topic/18561842/
④ 同上。

丁文是教会的语言,而且是神性的圣言。若要把圣经翻译成其他语言,在教会看来是亵渎和悖逆的行为。来华的耶稣会士当然要受到当时欧洲这种文化氛围的影响。实际上,在龙华民向教会报告,希望用中文翻译《圣经》后,当时罗马教会是同意的,1615 年教宗比约五世(St. Pius V Michele Ghislieril, 1504—1572)准许中国人在礼仪时可用典雅的中文,同时也准许把《圣经》译成典雅的中文。但耶稣会士没有抓紧落实,以后传信部成立,在《圣经》的翻译上日加严格,此事就拖延了下来。

第二,来华耶稣会士面对丰富的中国古代文化典籍,若取得中国士大夫的认同,用中文翻译好《圣经》也并非易事。如利玛窦所说:"复惟遐方孤旅,言语与中华异,口手不能开动。"他写成《天主实义》后,中国文人认为这部书"不识正音,见偷不声……"①,利玛窦尚且如此,其他来华的耶稣会士做起中文翻译都有较大的困难,如无文人相助,他们的中文著作很难出版。这恐怕也是一个重要的原因。利玛窦当时手中就有一部《圣经》,当时很多文人见到后希望将其翻译出来,但他总是推辞此事,他说:"我真不知如何答复他们,因为他们的要求正常而诚恳。多次我以肯定的口吻答复他们,但以没有时间作为推辞,指出这是一件巨大的工作,需要许多人才及时间方能完成。"②

耶稣会士没有将圣经的翻译作为重点,有着深刻的原因,"天主教的传教士看重理性化的神学,轻视叙述性的神学;看重通俗性的布道,轻视圣经的翻译工作;看重自然科学,轻视圣经科学。这种政策也反映了欧洲宗教较深层面的背景"③。

但来华耶稣会士对圣经的解释并未停止,最著名的例子就是阳玛诺的《圣经直解》。《圣经直解》共十四卷,它的结构是首先介绍天主教各主日礼仪的名称,然后翻译《圣经》的经文,在经文前指明这段经文在福音书的位置,在中文刻本中,大字是经文本身,小字是对经文的简单解释,最后是"箴",对上面经文的详细解释。这本书虽然不是对圣经的直接全文翻译,

---

① 参阅利玛窦《天主实义》。
② 刘俊余、王玉川等译《利玛窦书信集》第四册,台北:辅仁大学出版社,1986 年,第 300 页。也有不同于利玛窦的意见,巴黎外方传教会的白日昇就认为,如果《几何原本》和《神学大全》都能译成中文,那么翻译《圣经》应该是没有太大问题的。参阅周永《从"白、许译本"到"二马译本"》。
③ [比]钟鸣旦《〈圣经〉在十七世纪的中国》。

但确表明了"释经学并未受到排斥"①。阳玛诺在《圣经直解》第一卷中对《圣经》这本书做了较详细的说明。他说:"《圣经》原文谓之'陇万日各',译言'福音'。乃天主降生后,亲传以示世人者。即新教也,尽天主既用。性书而教。默诏圣人,训世无间。但因世人沉迷,而拂礼达训者日益终。于是天主更加慈悯,躬降为人亲传圣经,以提醒世人焉。天主洪恩,莫大于此矣。"为何将《圣经》称为福音呢?他写道:"凡吾主所许众罪之赦、圣崇之界,诸德之聚。与人生时,复登天主义之子,高位。逝后,避免永苦享永福。诸如此类,备载圣经,故称福音也。"

在序言中他通过对"古教"(即旧约)和"新教"(即新约)的区别做了说明,将《圣经》中这两大部分的内容特点做了介绍,所谓"古教"和"新教",他说:"何谓新教?古新即先后之义。尽当中古。天主垂诚,命每瑟圣人,传论世人遵守。斯时依中,为商王祖乙七年壬,至于吾主降生,依中,为西汉哀帝元寿二年庚申,相距一千五百十有七载。故彼谓古教,而此谓新教也。"接着他分别从六个方面介绍了旧约和新约的区别:

第一,"古教:天神奉天主之命,传于每瑟,每瑟奉天主之论,垂本国人。新教:则系天主躬建,口传于世者";

第二,"古教:暂教也。新教:永教也。"

第三,"此古新二教切喻也。帐易展,易收,又易动移,难以久存。乃古教之象。新教如石立坚固之殿,莫之能移也。"

第四,"古教如轨甚重,载之极难。轨则重矣,报则轻矣。轨重,教规繁剧也;报轻,世福微浅也。若新教之报,则高矣,大矣。"

第五,"古教,诚烦任重。新教,诚简任轻。"

第六,"古教,一国之教,私教也。新教,万国之教,公教也。"

阳玛诺也介绍了四福音书,他写道:"至若纪陇万日各圣有四焉。一、圣若翰。一、圣玛窦。一、圣路嘉。一、圣玛尔。是四位书,包含与意,亦非偶然。圣热罗曰:'初时,地堂有大江四支出流,广润普地。今圣而公教会,有陇万日各四史,可以广润普世人心也。'圣奥斯定曰:'东西南北,大地四极,乃四圣史所纪之圣经,悉通彻焉。尽犹登高而呼,提醒各方之群寐也。'"

我们以书中所介绍的"圣诞前第四主日"为例来剖析《圣经直解》的结构。

主日的名称是"吾主圣诞前第四主日"。阳玛诺对主日做一个简介:"主在

---

① [比]钟鸣旦《〈圣经〉在十七世纪的中国》。

都,入圣殿海众。既出,其徒曰:"仰视斯殿壮丽哉!"吾主叹曰:"噫! 其墟矣。"宗徒欲知定日,曰:"敢问师? 此日何时至,斯世何时灭。更示师复降番刑,果于何期? 乃明示诸兆,告诫宗徒,警示吾辈。备预知末时窘迫,以备修省。"

他在书中标出这段经文出自福音书何处。"经:圣路嘉第二十一篇。"接着就是他对经文的翻译"维时。耶稣语门弟子曰:'月月诸星,时时将有兆。'"他并未标出经文的节数,这段话实际在路嘉福音的第 21 篇,第 25 节。在经文的翻译中他采取边叙边议,做简要的解释,解释和经文夹杂在一起,经文用大字体,解释用小字体。"尽言是时天上诸光,必先衰缩、失次,而大变其常,以为之兆也。地人危迫,海浪猛,是故厥容憔悴,为惧且所将加于普世。尽早潦继典,山崩川竭,而人不安其居,海水沸溢,浪发声,而人行容憔悴,惟忧惧待尽而已。诸天之德悉动。有二解。一、指日月星辰,谓之天德者。因天用其光,以泽下地也。动者,次失常,薄食不时,迟速相反,蒙晦无光也。一、指天神,亦谓之德者。因天借以运旋,而显其德也。天神亦动者,尽见天主圣怒,怀其威而动于中也。……"

"箴"是对经文的详细解释。他写道:"厥容憔悴,为惧且溪所将加于普世。此言末日恶人之恐惧也。尽恶人在世,不畏主威,悖命犯理,宜然无所顾惧。经责之曰:'恶人饮恶如水,恶人行恶而喜,作丑而悦,至判时而恐惧。'必然之理也。如非因平日嗜杀喜劫,以纵愉悦,即临断案时,怖畏战栗,而自疾前恶。愚哉! 恶人生时,畏不可畏,而不畏可畏。经责之曰:'人于无畏之地而战,似进大畏之域。'犹言:'世位,小位也;世位,微物也。得不足喜,失不足忧。而恶人视之若大且重,喜得畏失,不亦悖甚乎!'圣基所虚疑世人于婴儿曰:'婴儿见滩,可喜,而怖;见火,可怖,而喜。'举世尽然,愚哉! 主示圣徒曰:'尔辈爱我之友,勿惧杀身。人杀尔身,不戮尔灵。夫谁则可畏者,彼能杀身。又能投灵于不灭之火者,是也。'……"

"视无花果等树始结实时,即知夏日非遥。尔辈亦然,见行兹兆,即知天国已近。岁有冬夏,人生亦然。惟恶人之夏,乃在今生。富贵荣名,与日并炎,乃无岁时而冬条至,地域之苦,不可逃矣。惜哉! 夏短而冬永也。若夫圣人生时,贫穷,遭患不一,则诚冬矣。而天堂之乐,如夏随至焉。其冬俄顷,而夏舒长也,岂不幸哉? 天主慰谕圣人受其真乐曰:'爱我尽夙典兮。冬过雨止,吾地万卉已发典兮,疾兮至兮。'此俱譬词。冬夏,世苦也。万卉,天福也。无岁冬雨,则夏无花果。人先无苦,后必无乐之。且坚其望焉。"

这样，我们看到阳玛诺通过这种文体和形式对福音书做了翻译。

那么，阳玛诺在《圣经直解》中对四福音书的翻译量有多大呢？圣经之四福音书全文的章节总数是：马太福音书 28 章 1071 节；马尔谷福音书 16 章 678 节；路加福音书 24 章 1151 节；若望福音书 21 章 878 节，合计 3778 节。

日本青年学者盐山正纯对阳玛诺所翻译的数量做了统计，结果是，"在此所举四福音书的总章节中，《圣经直解》中的译文章节数如下：马太福音书 355 节（总节数的 33.1%），马尔谷福音书 37 节（总节数的 5.4%），路加福音书 321 节（总节数的 27.8%），若望福音书 291 节（总节数的 33.1%）。"这样《圣经直解》"译自四福音书的章节总计有 1004，占总章节数的四分之一（26.5%）。具体来说，马太福音书占 35.5%，马尔谷福音书占 3.7%，路加福音书占 32%，若望福音书占 29%。"①如下表所示：

| 圣经之四福音书 | 译文章节数 | 译文节数在总章节数（3778 节）中所占比例 | 在译自四福音书的总章节数（1004 节）中所占比例 |
|---|---|---|---|
| 马太福音书 | 355 节 | 33.1% | 35.5% |
| 马尔谷福音书 | 37 节 | 5.4% | 3.7% |
| 路加福音书 | 321 节 | 27.8% | 32% |
| 若望福音书 | 291 节 | 33.1% | 29% |
| 四章节总计 | 1004 | 26.5% | |

《圣经直解》在翻译四福音书时所参照的拉丁文本《圣经》是当时流行的哲罗姆（Jerome，约 340—420），用拉丁文重新翻译圣经，即《武加大译本》（Vulgate），这也是西方教会所认定核准的拉丁文译本。并在 1546 年的"天特会议"重新受到肯定。直到今日这译本仍为罗马天主教会所重用。我们把《圣经直解》和《武加大译本》拉丁译本的内容做一个对勘，就可以更清楚地看到他翻译《圣经》的数量。

《圣经直解》经文在拉丁版《圣经》中章节②

---

① 塩山正純〈カソリックによる聖書抄訳ディアスの『聖経直解』〉，载于《文明 21》第 20 号，日本：愛知大学国際コミュニケーション学会，2008 年。

② 此表引自王硕丰论文《〈圣经直解〉初探》抽样本。

| 《圣经直解》卷 | 《圣经》章节 | 主日、瞻礼名称 |
|---|---|---|
| 第一卷 | 路加 21:25-33 | 吾主圣诞前第四主日 |
| | 玛窦 11:2-10 | 吾主圣诞前第三主日 |
| | 若望 1:19-28 | 吾主圣诞前第二主日 |
| | 路加 3:1-6 | 吾主圣诞前第一主日 |
| 第二卷 | 路加 2:33-40 | 吾主圣诞后主日 |
| | 路加 2:42-52 | 三王来朝后第一主日 |
| | 若望 2:1-11 | 三王来朝后第二主日 |
| | 玛窦 8:1-13 | 三王来朝后第三主日 |
| | 玛窦 8:23-27 | 三王来朝后第四主日 |
| | 玛窦 13:24-30 | 三王来朝后第五主日 |
| | 玛窦 13:31-35 | 三王来朝后第六主日 |
| 第三卷 | 玛窦 20:1-16 | 封斋前第三主日 |
| | 路加 8:4-15 | 封斋前第二主日 |
| | 路加 18:31-43 | 封斋前第一主日 |
| 第四卷 | 玛窦 4:1-11 | 封斋后第一主日 |
| | 玛窦 17:1-9 | 封斋后第二主日 |
| | 路加 11:14-28 | 封斋后第三主日 |
| | 若望 6:1-15 | 封斋后第四主日 |
| | 若望 8:46-59 | 封斋后第五主日 |
| 第五卷 | 玛窦 21:1-9 | 封斋后第六主日 |
| | 玛窦 20:30-34 | |
| | 若望 18:4-9 | |
| | 马尔谷 14:46 | |
| | 路加 22:49 | |
| | 若望 18:10 | |
| | 路加 22:51 | |
| | 玛窦 26:52 | |
| | 玛窦 26:53-54 | |
| | 马尔谷 14:50 | |

续表

| 《圣经直解》卷 | 《圣经》章节 | 主日、瞻礼名称 |
| --- | --- | --- |
| | 若望 18:13 | |
| | 玛窦 26:57 | |
| | 若望 18:15、16、18 | |
| | 玛窦 26:59-63 前半 | |
| | 若望 18:19-23 | |
| | 玛窦 26:63 后半-66 | |
| | 马尔谷 14:65 | |
| | 若望 18:17 | |
| | 马尔谷 14:68 | |
| | 玛窦 26:71-73 | |
| | 若望 18:26 | |
| | 路加 22:60-62 | |
| | 路加 22:66-71 | |
| | 路加 23:1 | |
| | 玛窦 27:3-10 | |
| | 若望 18:29-32 | |
| | 路加 23:2 | |
| | 玛窦 27:12-14 | |
| | 若望 18:33-38 | |
| | 路加 23:5-16 | |
| | 玛窦 27:15-17、20 | |
| | 马尔谷 15:12-13 | |
| | 路加 23:22、23 | |
| | 玛窦 27:26-31 | |
| | 若望 19:4-15 | |
| | 玛窦 27:19 | |
| | 玛窦 27:24、25 | |
| | 马尔谷 15:15、16、20、22 | |

续表

| 《圣经直解》卷 | 《圣经》章节 | 主日、瞻礼名称 |
| --- | --- | --- |
| | 路加 23:27—33 | |
| | 玛窦 27:41、42 | |
| | 路加 23:34 | |
| | 路加 23:39—43 | |
| | 若望 19:25—27 | |
| | 玛窦 27:45、46 | |
| | 若望 19:28—30 | |
| | 路加 23:46 | |
| | 玛窦 27:51—54 | |
| | 若望 19:31—34 | |
| 第六卷 | 马尔谷 16:1—7 | 耶稣复活本 主日 |
| | 路加 24:13—35 | 耶稣复活后第一副瞻礼 |
| | 路加 24:36—38、47 | 耶稣复活后第二副瞻礼 |
| | 若望 21:1—14 | 耶稣复活后第三副瞻礼 |
| | 若望 20:19—31 | 耶稣复活后第一主日 |
| | 若望 10:11—16 | 耶稣复活后第二主日 |
| | 若望 16:16—22 | 耶稣复活后第三主日 |
| | 若望 16:5—14 | 耶稣复活后第四主日 |
| | 若望 16:23—30 | 耶稣复活后第五主日 |
| | 若望 15:26、27,16:1—4 | 耶稣升天后主日 |
| | 若望 14:23—31 | 耶稣降临本主日 |
| | 若望 3:16—21 | 耶稣降临后第一副主日 |
| | 若望 10:1—10 | 耶稣降临后第二副主日 |
| | 玛窦 28:18—20 | 天主三位一体主日经 |

续表

| 《圣经直解》卷 | 《圣经》章节 | 主日、瞻礼名称 |
| --- | --- | --- |
| 第七卷 | 路加 6:36—42 | 圣神降临后第一主日 |
| | 路加 14:16—24 | 圣神降临后第二主日 |
| | 路加 15:1—10 | 圣神降临后第三主日 |
| | 路加 5:1—11 | 圣神降临后第四主日 |
| | 玛窦 5:20—24 | 圣神降临后第五主日 |
| | 马尔谷 8:1—9 | 圣神降临后第六主日 |
| | 玛窦 7:15、18—21 | 圣神降临后第七主日 |
| | 路加 16:1—9 | 圣神降临后第八主日 |
| | 路加 19:41—47 | 圣神降临后第九主日 |
| | 路加 18:9—14 | 圣神降临后第十主日 |
| | 马尔谷 7:31—37 | 圣神降临后第十一主日 |
| | 路加 10:23—37 | 圣神降临后第十二主日 |
| 第八卷 | 路加 17:11—19 | 圣神降临后第十主日 |
| | 玛窦 6:24—33 | 圣神降临后第十主日 |
| | 路加 7:11—16 | 圣神降临后第十主日 |
| | 路加 14:1—11 | 圣神降临后第十主日 |
| | 玛窦 22:34—46 | 圣神降临后第十主日 |
| | 玛窦 9:1—8 | 圣神降临后第十主日 |
| | 玛窦 22:1—14 | 圣神降临后第十主日 |
| | 若望 4:46—53 | 圣神降临后第十主日 |
| | 玛窦 18:23—35 | 圣神降临后第十主日 |
| | 玛窦 22:15—21 | 圣神降临后第十主日 |
| | 玛窦 9:18—26 | 圣神降临后第十主日 |
| | 玛窦 24:15—35 | 圣神降临后第十主日 |

续表

| 《圣经直解》卷 | 《圣经》章节 | 主日、瞻礼名称 |
|---|---|---|
| 第九卷 | 路加 1:26-38 | 吾主耶稣瞻礼 |
| | 路加 2:1-14、2:15-20、若望 1:1-14 | 吾主耶稣圣诞瞻礼 |
| | 路加 2:21 | 立耶稣圣名瞻礼 |
| | 玛窦 2:1-12 | 三主来朝耶稣瞻礼 |
| | 路加 2:22-30、32 | 圣母献耶稣于主堂瞻礼 |
| | 若望 13:1-15 | 耶稣建定圣体瞻礼 |
| | 马尔谷 16:14-19 | 吾主耶稣升天瞻礼 |
| | 若望 6:55-58 | 圣体瞻礼 |
| | 若望 3:1-15 | 寻得十字圣架瞻礼 |
| 第十卷 | 玛窦 1:1-16 | 圣母瞻礼 |
| | 路加 2:39-47 | 圣母往见圣妇依撒伯尔瞻礼 |
| | 路加 10:38-42 | 圣母升天瞻礼 |
| 第十一卷 | 玛窦 18:1-10 | 圣建弥额尔大天神殿瞻礼 |
| | 玛窦 16:13-19 | 圣伯铎罗圣葆禄二位宗徒瞻礼 |
| | 玛窦 4:18-22 | 圣谙德肋宗徒瞻礼 |
| | 玛窦 20:20-23 | 雅各伯宗徒瞻礼 |
| 第十二卷 | 若望 21:19-24 | 圣若翰宗徒兼圣史瞻礼 |
| | 若望 14:1-13 | 圣斐理伯圣雅各伯二位宗徒瞻礼 |
| | 路加 6:12-19 | 圣巴尔多禄茂宗徒瞻礼 |
| | 玛窦 9:9-13 | 圣玛窦宗徒兼圣史瞻礼 |
| | 若望 15:17-25 | 圣西满圣达徒二位宗徒瞻礼 |
| | 玛窦 11:25-30 | 圣玛弟亚宗徒瞻礼 |
| 第十三卷 | 玛窦 5:1-12 | 诸圣人之瞻礼 |
| | 路加 1:57-68 | 圣若翰保弟斯大诞日之瞻礼 |
| | 玛窦 23:34-39 | 圣斯德望首先致命者瞻礼 |
| | 若望 12:24-26 | 圣劳楞佐致命之瞻礼 |
| | 玛窦 2:13-18 | 圣诸婴孩致命者瞻礼 |
| 第十四卷 | 玛窦 6:16-21 | 圣灰礼仪瞻礼 |
| | 若望 5:25-29 | 推思圣教先人瞻礼 |

《圣经直解》中的注释部分"据说是依据耶稣会士巴拉达(S. Barradas, 1543—1615)的四卷本 *Commentarian concordiam et historiam evangelicam*(第一卷初版于1599年)该书是一种流行非常广泛,闻名遐迩的注解(到1742年已经重印过三十四次),其作者是柯因布拉和俄渥拉(Evora)大学的一位教授,也是一位受欢迎的传教士。阳玛诺似乎未曾翻译巴拉达的注释,但他也可能以此为他本人的注解来源之一。"①关于《圣经直解》和巴拉达的注释本的关系,学术界至今尚未研究清楚,巴拉达注释本一些内容在《圣经直解》中没有,《圣经直解》的一些编排方式和巴拉达本不同,这些都待深入研究。②

**(四)白日昇的罗马卡萨纳特图书馆藏本与《圣经直解》对照研究③**

1.白日昇圣经译本的罗马卡萨纳特图书馆藏本(Biblioteca Casanatense)这是一本18世纪初的抄本,在第一页上有以下文字:

Vid. Inventarinm
§.A33
Pag. 93(这段文字意思是"看目录清单§.A33。93页。")

Desiderantur ferme totu
Epistola ad Hebreos
Epistolae Canonicae Petri Jacobi
Et Johannis Apocalypsis

(这段文字意思是"我们还要下面的全部:希伯来书、彼得书、雅格书、约翰书、犹大书、约翰启示录。")

文献首页下面有印章"B.C",这里的B指的是Biblioteca,C指的是Casanatense,这是一位红衣主教的名Gerolanse Casanate(1620—1700),他

---

① [比]钟鸣旦《〈圣经〉在十七世纪的中国》。
② 同上。
③ 参阅 Jean Basset(1662—1707) pionnier de l´Eglise au Sichuan précurseur d´une Eglise d´expression Chinoise, Correspondance (oct.1701—oct.1707) Avis Sur la Mission de Chine (1702), Éditions You Feng Libraire & Éditear, 2012.

建立了这个图书馆。在印章下面有意大利文：

Era in Sette Libri Staccato I'dall'
-altro, Frale scritture donate gia 'dal
Fu sig canonico Fattinelli

（这段文字意思是"原来这是分散的7个小册子，都是Fattinell神父赠送给我们的资料。"）

最后页有：

Biblioteca　Casanatense　Roma　Regia　Mss. 2024　3-2
Casantense Library

关于这个图书馆是1701年建的，其中的中文藏书是Fattinelli神父捐献给图书馆的。①

这份手稿共7册，364页，每半页22行，每行9个字。文献的章节如下：

玛窦攸编耶稣基督圣福音（马太福音）
马耳谷攸编耶稣基督圣福音（马可福音）
圣路加攸编之福音（路加福音）
圣若翰攸编耶稣基督福音（若翰福音）
使徒行（使徒行传）
福保禄使徒与罗马辈书（罗马人书）
福保禄使徒与戈林（多？）辈书第一书（哥林多前书）
福保禄使徒与戈林（多？）辈书第二书（哥林多后书）
保禄与雅辣达书（加拉太书）
保禄与厄弗辈所书（以弗所书）

---

① 参阅［美］梅欧金（Eugenio Menegon）介绍这所图书馆的中文藏书，*The Biblioteca Casanatense*（*Rome*）*and its China material*，*A finding list*，Sino-Western Cultural Relations Journal, 2000XXII, 358.

保禄与(非+邑)里比辈书(腓立比书)
保禄使徒与戈洛所辈书(歌罗西书)
保禄与特撒罗辈第一书(帖撒罗尼迦前书)
保禄与特撒罗辈第二书(帖撒罗尼迦后书)
保禄使徒与氏末徒第一书(提摩太前书)
保禄使徒与氏末徒第二书(提摩太后书)
保禄使徒与的多书(提多书)
保禄使徒与斐肋莫书(腓力门书)
保禄使徒与赫伯辈书(希伯来书)

对照四福音书我们会发现《希伯来书》第 2~13 章,雅格书、彼得前书、彼得后书、约翰一书、约翰二书、约翰三书、犹大书、约翰启示录这些章节没有翻译,也就是说,这并不是新约的全部翻译。

它包括福音四书、《宗徒大事录》、保禄书信以及《希伯来人书》(《蒙福的保禄致希伯来人书》)第一章。①

2. 白日昇译本和阳玛诺《圣经直解》对照

首先,是在章节名称上的对照。

阳玛诺的章节名称:圣玛窦;圣玛尔(圣玛尔各圣玛尔歌);圣路嘉(圣路加);圣若翰。

白日昇的章节名称:圣玛窦;麻尔谷;圣路加;若翰。

| | 阳玛诺的章节名称 | 白日昇的章节名称 | 拉丁文原名 |
| --- | --- | --- | --- |
| 章节名称对照 | 圣玛窦 | 圣玛窦 | Matthaeus |
| | 圣玛尔(圣玛尔各圣玛尔歌) | 麻尔谷 | Marcus |
| | 圣路嘉(圣路加) | 圣路加 | Lucas |
| | 圣若翰 | 若翰 | Ioannes |

(通过这个对照我们可以看出,在圣经章节名称上的翻译,阳玛诺译本和白日昇译本的重复率是:75%)

---

① 朱菁《白徐译本的成书和版本:清初第一本汉译〈圣经·新约〉翻译考》,载《北京行政学院学报》2016 年第 5 期。

## 第七章 刊书传教的展开

其次,在专名上的翻译。

以圣玛窦福音第一篇专名为例,笔者挑选出部分专用名作为对照。

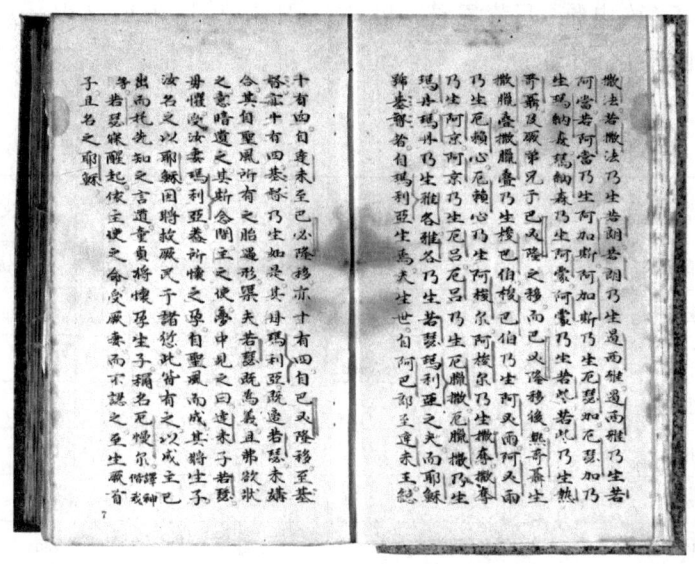

白日昇、徐若翰《圣经》复印原件图

阳玛诺译名:

耶稣基利斯督;亚巴郎;依撒;雅各;如达;发勒;匝郎;厄斯惊;亚郎;亚米纳答;纳算;洒满;博阿斯;阿白;叶瑟;达未;撒落满;罗薄盎;亚彼亚;亚撒;药撒法;药郎;阿西亚;若亚当;亚加斯;厄瑟加;玛纳色;亚满;若细亚;药各尼亚;撒腊低额;速罗罢;亚彼迁;厄理亚精;亚作;撒铎;亚境;厄旅;恶勒亚;玛丹;雅各;若瑟;玛利亚;耶稣。

白日昇译本译名:

耶稣基督;阿巴郎;依撒;雅哥;如达;发肋;匝朗;厄斯隆;阿朗;阿闵达;纳宋;撒尔蒙;玻斯;遏伯;热瑟;达末;撒落蒙;洛般;阿乆盎;阿撒;若撒法;若朗;遏西雅;若阿当;阿加斯;厄瑟加;玛纳森;阿蒙;若些;热哥聂;撒腊叠;梭巴伯;阿乆雨;厄赖心;阿梭尔;撒夺;阿京;厄吕;厄蜡撒;玛丹;雅各;若瑟;玛利亚;耶稣。

思高本译名:

耶稣基督;亚巴郎;依撒格;雅格;犹大;培勒兹;则辣黑;赫兹龙;阿兰;阿米纳达;纳赫雄;撒耳孟;波阿次;敖贝德;叶瑟;达味;撒罗满;勒哈贝罕;阿彼雅;阿撒;约沙法特;约兰;乌齐雅;约堂;阿哈次;希则克雅;默纳舍;阿孟;约史雅;耶苛尼雅;沙耳提;则鲁巴贝;阿彼乌得;厄里雅金;阿左尔;匝多克;阿歆;厄里乌得;厄肋匝尔;玛堂;雅各伯;若瑟;玛利亚;耶稣。

| | 阳玛诺译名 | 白日昇译本译名 | 思高本译名 | 拉丁文原名 |
|---|---|---|---|---|
| 1 | 耶稣基利斯督 | 耶稣基督 | 耶稣基督 | Christus |
| 2 | 亚巴郎 | 阿巴郎 | 亚巴郎 | Abraham |
| 3 | 依撒 | 依撒 | 依撒格 | Isaac |
| 4 | 雅各 | 雅哥 | 雅格 | Iacob |
| 5 | 如达 | 如达 | 犹大 | Iudas |
| 6 | 发勒 | 发肋 | 培勒兹 | Phares |
| 7 | 匝郎 | 匝朗 | 则辣黑 | Zara |
| 8 | 厄斯惊 | 厄斯隆 | 赫兹龙 | Esrom |
| 9 | 亚郎 | 阿朗 | 阿兰 | Aram |
| 10 | 亚米纳答 | 阿闵达 | 阿米纳达 | Aminadab |
| 11 | 纳算 | 纳宋 | 纳赫雄 | Naasson |
| 12 | 洒满 | 撒尔蒙 | 撒耳孟 | Salmon |
| 13 | 博阿斯 | 玻斯 | 波阿次 | Booz |
| 14 | 阿白 | 遏伯 | 敖贝德 | Obed |
| 15 | 叶瑟 | 热瑟 | 叶瑟 | Iesse |
| 16 | 达未 | 达末 | 达味 | David |
| 17 | 撒落满 | 撒落蒙 | 撒罗满 | Salomon |
| 18 | 罗薄益 | 洛般 | 勒哈贝罕 | Roboam |
| 19 | 亚彼亚 | 阿叉益 | 阿彼雅 | Abia |
| 20 | 亚撒 | 阿撒 | 阿撒 | Asa |
| 21 | 药撒法 | 若撒法 | 约沙法特 | Iosaphat |

续表

| | 阳玛诺译名 | 白日昇译本译名 | 思高本译名 | 拉丁文原名 |
|---|---|---|---|---|
| 22 | 药郎 | 若朗 | 约兰 | Ioram |
| 23 | 阿西亚 | 遏西雅 | 乌齐雅 | Ozias |
| 24 | 若亚当 | 若阿当 | 约堂 | Ioatham |
| 25 | 亚加斯 | 阿加斯 | 阿哈次 | Achaz |
| 26 | 厄瑟加 | 厄瑟加 | 希则克雅 | Ezechias |
| 27 | 玛纳色 | 玛纳森 | 默纳舍 | Manasses |
| 28 | 亚满 | 阿蒙 | 阿孟 | Amon |
| 29 | 若细亚 | 若些 | 约史雅 | Iosias |
| 30 | 药各尼亚 | 热哥尼亚 | 耶苛尼雅 | Iechonias |
| 31 | 撒腊低额 | 撒腊叠 | 沙耳提 | Salathiel |
| 32 | 速罗罢 | 梭巴伯 | 则鲁巴贝 | Zorobabel |
| 33 | 亚彼迂 | 阿㕲雨 | 阿彼乌得 | Abiud |
| 34 | 厄理亚精 | 厄赖心 | 厄里雅金 | Eliachim |
| 35 | 亚作 | 阿梭尔 | 阿左尔 | Azor |
| 36 | 撒铎 | 撒夺 | 匝多克 | Sadoc |
| 37 | 亚境 | 阿京 | 阿歆 | Achim |
| 38 | 厄旅 | 厄吕 | 厄里乌得 | Eliud |
| 39 | 恶勒亚 | 厄蜡撒 | 厄肋匝尔 | Eleazar |
| 40 | 玛丹 | 玛丹 | 玛堂 | Matthan |
| 41 | 雅各 | 雅各 | 雅各伯 | Iacob |
| 42 | 若瑟 | 若瑟 | 若瑟 | Ioseph |
| 43 | 玛利亚 | 玛利亚 | 玛利亚 | Maria |
| 44 | 耶稣 | 耶稣 | 耶稣 | Iesus |

从这个专名翻译的对照表我们可以看出：

阳玛诺译本和白日昇译本的完全重复的是9个专用名词,占20%；

阳玛诺译本和白日昇译本中读音近似,仅有1字之差的专用名词重复的有18个专用名词,占40%；

如果将这两项叠加,两个译本重复的专有名词共有 27 个,占 61%;

按照这样的标准,阳玛诺译本和思高本的重复的专有名词 14 个,占 34%;

按照这样的标准,白日昇译本和思高本的重复的专有名词 17 个,占 38%。

| 译本对照 | 重复(包括完全重复与基本重复)的专有名词个数 | 重复专有名词占总数的比例 |
| --- | --- | --- |
| 阳玛诺译本与白日昇译本 | 27 | 61% |
| 阳玛诺译本与思高本 | 14 | 34% |
| 白日昇译本与思高本 | 17 | 38% |

就此而论,笔者认为,至今我们尚无直接的历史文献证明白日昇和他的助手徐神父是读过阳玛诺的《圣经直解》的,但从时间上来看,《圣经直解》出版于 1636 年,而白日昇入华是 1689 年,这样他们读到《圣经直解》是完全可能的。

通过对这两个译本的具体的文字和词语的分析统计,可以看出,白日昇和他的助手徐神父是读过《圣经直解》的,从二者的行文来看,阳玛诺的译文更为简洁和古雅,白日昇的译本相比之下较为通俗。① 阳玛诺的译文对白日昇的《圣经》翻译产生了一定的影响。阳玛诺虽然不是全文翻译了《圣经》,但它的翻译直接影响了白日昇译本,而白日昇译本又直接影响了马礼逊和马士曼《圣经》译本。就此而论,将阳玛诺的《圣经直解》视作中文圣经的源头之一是合理的。

目前学术界都在关注白日昇译本对二马译本的影响,如尤思德所说:"马礼逊显然极度依赖天主教的资源,特别是白日昇的手稿,而马殊曼则值得注目地取材马礼逊的成果。倘若马礼逊、米怜和马殊曼、拉撒的译本被视为是新教在华圣经翻译活动的根基,新教是深深受惠于天主教的活动,而这件事常常是被忽略了的。"② 但如果我们进一步的考察,我们会发现白

---

① 钟鸣旦认为:"《圣经直解》艰涩的问题,使它不适合对公众朗诵⋯⋯以至《圣经直解》最终只能用于个人的阅读。"参阅钟鸣旦《〈圣经〉在十七世纪的中国》。

② 参阅[德]尤思德著,蔡锦图译《和合本与中文圣经翻译》,第 46 页。

日昇的圣经翻译是在天主教17世纪对圣经的介绍和部分翻译的历史传统之中展开的,他必然受到他来华之前天主教传教士圣经介绍和翻译的影响,显然,这一点被学术忽略了。本文仅仅是一个初步的研究,以试图梳理出17世纪来华天主教传教士的圣经翻译历史传统和脉络,以为圣经中译史的研究奠定坚实的基础。

利类思《超性学要》

## 三、欧洲对"西学汉籍"的收集和整理

明清之际是中国历史上"天崩地解"的时代,这一时期不仅有明清两朝的鼎革,还有入华传教士分别从印度洋和太平洋两个方向进入中国海域。此阶段的中国史已不能仅仅局限在本土内研究,而应将其放在整个世界的框架中加以考察。从文献学角度来看这期间最为重要的中文文献之一就是入华传教士所留下的大批中文文献,只有系统整理了这批文献,我们才能从中国和欧洲两个角度重新审视这段历史。关于中国学术界对明末清初中西文化交流史中文文献的整理情况,我已经有长文做了专题介绍

和研究,前面也做了初步总结,①本节旨在就国外学者对这批重要历史文献的报道做一个学术的梳理。西方学者对明末清初天主教中文文献的整理决非今日开始,他们的研究已有近四百年,我们对此应加以吸收和重视。

## (一)基歇尔的《中国图说》与耶稣会中文文献

明清间入华的传教士不断地把他们所写的中文著作寄回欧洲或者在返回欧洲时带回一些中文书,其中包括他们自己所写的书,这样在欧洲教会内部或者在教会的图书馆里也可部分地见到这批中文书。据我目前的阅读,我认为德国耶稣会的神父基歇尔(Athanasius Kircher,1602—1680)可能是在西方最早系统报道这批中文著作的人。他是欧洲17世纪著名的学者、耶稣会士。1602年5月2日出生于德国的富尔达(Fulda),1618年16岁时加入了耶稣会,以后在德国维尔茨堡任数学教授和哲学教授。他兴趣广泛,知识广博,仅用拉丁出的著作就有40多部。有人说他是"自然科学家、物理学家、天文学家、机械学家、哲学家、建筑学家、数学家、历史学家、地理学家、东方学家、音乐学家、作曲家、诗人,"②"被称为最后的一个文艺复兴人物"。③

他也是来华耶稣会士卫匡国(Martin Martini,1614—1661)的数学老师,并且与许多到东方传教的传教士都有着密切的关系,如卜弥格(Michel Boym,1612—1659)、白乃心(Jean Grueber,1623—1680)曾德昭等等。白乃心从欧洲来中国以前,双方商定,白乃心随时将东方旅途情况告诉他。卫匡国、卜弥格因"礼仪之争"返回欧洲时都曾和他见面,提供给他许多有关中国和亚洲的第一手材料。

基歇尔正是在这些传教士的第一手材料的基础上,凭借着自己渊博的知识和想象,写作了《中国图说》。这部书共分六个部分,第一部分介绍在西安出土的大秦景教碑,共有六章,分别从字音、字义、解读三个方面全面介绍了大秦景教碑。第二部分介绍的是传教士在中国各地方的旅行,共十

---

① 张西平《明末清初天主教入华史中文文献研究的回顾与展望》,载张西平《传教士汉学研究》,郑州:大象出版社,2005年。

② G.j.Rasen Dranz, Ars dem leben des Jesuite Athanasius leich er 1602—1680,1850,vol.1,p.8.

③ 同上。

章,从马可·波罗到白乃心、吴尔铎的西藏之行,详细介绍了中国、中亚、南亚的许多风俗人情、宗教信仰。第三部分介绍了中国及亚洲各地的宗教信仰,共七章,在这里他向欧洲的读者介绍了中国的儒、释、道三种教派。第四部分是传教士们在中国各地所见到的各种人文与自然的奇异的事物,共有十一章,对中国的山川、河流、植物、动物都做了介绍。第五部分向人们展示中国的庙宇、桥梁、城墙等建筑物只有一章,第六部分介绍中国的文字,共五章,基歇尔首次向西方人展示了中国文字的各种类型。

《中国图说》于1667年在阿姆斯特丹出版。拉丁文的原书名为 *China Monumentis*:*qua Sacris qua profanis*,*Nec non variis Naturae et Artis Spectaculis*,*Aliarumque rerum memorabilium Argumentis illustrata*,中文为《中国宗教、世俗和各种自然、技术奇观及其有价值的实物材料汇编》,简称《中国图说》即 *China Illustrate*①。

《中国图说》拉丁文出版后在欧洲产生了广泛的影响,第二年就出版了荷兰文版,1670年出版了法文版,它的内容被许多书籍广泛引用,②这本书不仅被当时的欧洲学者看重,如莱布尼茨案头就有这本书,并对他的东方观产生影响,同时它又为一般读者所喜爱,因为书中的插图很美,以至于欧洲许多图书馆中的这本书的插图被读者撕去。这一点法国学者艾田蒲的话很有代表性:"《耶稣会士阿塔纳斯·基歇尔之中国——附多种神圣与世俗古迹的插图》,此书的法文版是于1670年,尽管编纂者是一个从未去过亚洲的神父,但此书的影响,比金尼阁的《游记》影响还要大。"③《中国图说》1986年英文版译者查尔斯·范图尔(Charles D.Van Tuyl)说在"该书出版后的二百多年内,在西方人形成对中国及其邻国的认识上,基歇尔的《中国图说》可能是独一无二的最重要的著作"④。

---

① 朱谦之先生在《中国哲学对欧洲的影响》一书中对此书做过介绍,但他将该书第一版出版时间定为1664年是有误的。
② 参阅 Nieuhof, Jan. "*An Embassy from The East India Company of The United Provinces*;*To the Grand Tartar cham Emperor of China*,*Delivered by their Excellcies Peter gei Goyer*,*and Jacob de keyzer*,*At his Imperial of Peking*".
③ 艾田浦《欧洲之中国》上册,郑州:河南人民出版社,1992年,第269页。
④ 《中国图说》1986年英文版,序言。[德]阿塔纳修斯·基歇尔著,张西平、杨慧玲、孟宪谟译《中国图说》,郑州:大象出版社,2010年。

考察西方早期汉学史,基歇尔的这本书是必须研究的①,它是西方早期汉学发展史链条上的一个重要环节。基歇尔在《中国图说》中首次介绍了入华传教士的这批中文著作,这里我把他开列的书目和介绍翻译如下:

我们的神父为中国教会的发展写的书目。

可敬的利玛窦神父在沙勿略神父之后,是我们宗教远征的奠基人。在无数的劳动、危险和迫害之后,他在中国留下书籍,以帮助跟随他的那些人。他出版这些书,给他们以新知识,并赢得官员们的赞同。这些书是:

1. 丁神父(Christopher Klau,SJ)的《实用数学》,已译成中文,教授一种中国人从未发现的数学方法。②

2.《欧氏几何学六卷集》,丁神父加以注解,该书受到所中国人的欢迎。③

3. 丁神父的《地球仪》,这部书全部加了说明,还有一个天体的、有经纬度的平台。

4.《世界地图》,以两种方法适应中国人的心理,过去未看见过,一起出版的有教会与君主政体史,说明君主政治与全世界人民的风俗习惯,这使中国人难为情地看到:他们不是整个世界,只不过是它的一小部分。④

5.《自然哲学,或物理学论文》,对快速移动物体的四度空间起源的讨论。⑤

6.《日晷仪,或如何建造一个日规》,迄今,中国对此一无所知。

7.《怎样建造一个星盘》,一种简易的方法。

---

① 朱谦之先生的《中国哲学对欧洲的影响》是国内最早对该书研究的著作,朱先生将基歇尔译为"刻射"。

② 这是指有利玛窦口述,李之藻执笔的《同文算指》。

③ 这是利玛窦和徐光启合译的《几何原本》,四库全书称此书为"弁冕西术"。

④ 这是指利玛窦所刻的世界地图,此图从万历十二年(1584)王泮肇庆所刻印的《舆地山海全图》以后,先后被翻刻12次之多,在中国产生广泛影响。

⑤ 此书可能是万历三十七年(1609)由利玛窦口述,李之藻用十余日译完的《圆容较义》,此书收入《天学初函》和《四库全书》子部,天文法算类一,七十一。

8.《怎样制作一架钢琴及其配曲》。①

9.《道德哲学与关于友情的论文》，有25个结论，它们说明所有道德修养的本质，而这些修养旨在稳定情绪和按照理性要求及美好愉快的准则而生活。②

10.《畸人十篇》，本书在全国知名。第一种，谈闲散时间的使用。第二种，谈这种空间生活的苦恼。第三种，谈所有人都无法避免的死亡。第四种，谈这种思想的益处。第五种，谈说话的时机与保持沉默。第六种，谈苦行的三种目的与禁食的理由。第七种，谈每日自我反省的确立。第八种，谈天堂与地狱，后者是恶人永受折磨的地方，而前者是对好人的永久报答。第九种，谈占卜术这一方术在中国较常应用，这无益，且有害。第十种，谈财富积聚导致的罪恶。由于措词的精练，全书倍受称赞尤其得到学者的褒扬，例如徐光启和李之藻，从而裨益于全中国的基督教新教徒。③

11.对整个中华帝国最有益的是《基督教教义问答》一书，它使得中国人关心生命的错误消磨。关注此书的不仅是帝国最有学问的学者、官吏、普通劳动者、皇帝的太监，以及其他人，都对此书感兴趣。当一本书的声誉开始扩大时，它每年刊刻出来的写本也开始流传各地，因而，基督真理之光照耀到每一个角落。④

12.《中文字典》，供耶稣会士使用，此书我有一本，如果有钱，我乐意为更多的人出版它。⑤

---

① 此书未见，考狄·费赖之也都未提到此书，但利玛窦做过《西琴八曲》，附在《畸人十篇》后。

② 这是指利玛窦所写的《二十五言》，万历三十二年(1604)在北京出版。

③ 这是指利玛窦的《畸人十篇》，万历三十六年(1608)刻印，被收入《四库全书》子部，杂家类，存目。

④ 这是指利玛窦的《天主教要》。此书现藏于梵蒂冈图书馆，考狄 Bibliographie Des Ouvrages Publies Chine Par Les Europeens 和余冬的《梵蒂冈图书馆藏早期传教士中文文献目录》(十六至十八世纪)二本目录都将此书列为"无名氏"。经过我的考证，认为此文是利玛窦在罗明坚的"天主十诫"基础上完成的，是第一部天主教的中文经书。参阅我的论文《天主教要考》，载《世界宗教》1999年第4期。

⑤ 这很可能是指《葡华辞典》，对这个辞典杨福绵先生和我都做过介绍，请参看杨福绵在《中国语言学报》1995年第5期和我在《历史研究》2001年第3期上所发表的文章。但也有学者认为，基歇尔这里所说的词典很可能是已经利玛窦和郭居静第一次从北京返回时在运河途中所做的词典的抄本，这部词典至今没有发现。

13.《古代中国史》,从中文译成拉丁文,内容包括中国最老的哲学家的教导,看了此书,对荒谬的和不合逻辑的议论与事情更易于驳斥。①

14.《27年经历》,神父金尼阁著,书中包括他在中国停留的全部时间,该书后来于公元1602年由意大利文译成拉丁文。在欧洲出版。神父卫匡国将此书扩充,叙述了基督以前的所有的皇帝。②

这里他提到了利玛窦12部中文著作,除书名因语言翻译而不同外,基本都可以找到实际的中文版。

他还提到了金尼阁,他说:

来自比利时杜贝的金尼阁精通中文,基督教在中国的发展颇得力于他。他第一次从罗马到中国是在公元1612年,他用拉丁文写了远征史,并写了120卷的中国史,这是付出了令人难以置信的大量劳动的一个巨著,它内容丰富地概括了基督前后中华帝国取得的成就。他是为说拉丁语的公众写这一著作的。我不知道该书论述基督死后中国历史的诸卷是否出版过。③

公元1627年,他写给卡迪纳尔·帕尔门斯(Cardinal Parmense)的信中曾谈到他的著作,金尼阁在信中写道:"我的著作是准备全部出版的。"他也用中文出版了一本介绍罗马历书上节日的书,④它按照中国的阴历按时间排列,它对中国的基督教徒很有用。他的写作使他劳累过度,病倒在天主的葡萄园中,带着诸多功绩离开人世,使基督教教徒感到极大遗憾。

---

① 此书首次听说,未见其他人提到。

② 此书即利玛窦著的《天主教传入中国史》,利玛窦死后1614年由金尼阁带回罗马,在返欧途中金尼阁将其从意大利文改写为拉丁文,并于1615年在德国奥格斯出版。1910年在罗马耶稣会档案馆重新发现利玛窦原意大利文手稿,由汾屠立(Pietro Tacchi Venturi)以《利玛窦神父的历史著作集》为名出版,1942年德礼贤(Pasquale D Elia)重新校注,以《利玛窦全集》(Fonti Ricciani)名义出版。

③ 即四卷本的《中国年鉴》,第一卷在1628年带回欧洲,余三卷下落不明。参阅费赖之《在华耶稣会士列传及书目》,北京:中华书局,1995年,第124页。

④ 此书可能是《推历年瞻礼法》,1625年刻于西安。

接着他讲到了罗雅谷,他说:

"金尼阁的工作由来自米兰的神父罗雅谷继续,罗雅谷在中国主讲数学,获得很大荣誉,他的才智受到赞扬。当他同金尼阁一起回到中国时,他的中文读写都有了很大的进步,好像当地人一般。他使很多中国人信了基督教,他也为新教徒写了中文书,这些书是:

1.两卷集有大量注释的《天主祷文》和《天使致意》(即《万福玛利亚》)。①

2.有3本书用于祈祷,内容丰富。②

3.《圣母特里莎的训诫》(The Spiritval Admonitions of Mother St Theresa,)此书具有高尚的风格,得到很高的评价。③

4.《日记》(或杂记),为每天的沉思提供新材料,摘自圣经和教皇言论。④

5.关于禁欲与禁食的一本书。⑤

神父汤若望和罗雅谷共同进行研究工作,他们用旨在拯救灵魂的小型的宗教出版物,在中国精心建立起我们的宗教。他们在数学研究上也取得显著的进步,据说,他们在一封信中列举出这方面的100多本著作。⑥

在罗雅谷修正历书的中途,他得了不知其名的病,这是在生活好转后不几天发生的,使那些知道他功绩的人深感遗憾。他富有使命感。他对灾祸有令人难以相信的耐性,从他为山西教会所做的工作可以看出,他可以说他是山西教会的奠基人。

接着他提到了高一志的中文著作,他说:

他的继任人是来自都灵郊区特维格诺尼奥(Truffarello)的高

---

① 这是指《天主经解》和《圣母经解》。
② 很可能是《哀矜行诠》《求说》《圣经百记》。
③ 这是指《圣母行实序》。
④ 很可能是《周岁警言》。
⑤ 这是指《斋克》。
⑥ 罗雅谷著书25种,汤若望著书38种,参阅费赖之《在华耶稣会士列传及书目》,北京:中华书局,1995年,"汤若望""罗雅谷"两条。

一志(Alfonso Vagnonio),他出于这个小镇的贵族家庭。他弃绝世间的虚荣,进入我们耶稣会。他于公元1605年到达中国,在语言学习上颇有进步。由于他在拯救灵魂上有收获而受到称赞,在绛州的传教工作颇有建树,但此后因为太监沈榷的背叛,他被流放,受牵连的有8000余人,其中有许多极有学识的人和官员。他的功绩如此之大,不仅新的入教者,即使是崇拜偶像的人也尊敬他。出于基督的慈悲心,他为所有的人做一切事情。他在中国的25年中,坚持工作,为基督事业经受危险,遭到迫害,他赢得光荣的桂冠,1640年4月9日死于绛州。① 为了中国基督教会的利益,他写了很多书,这些书是:

　　1.7卷本的关于圣徒、使徒、殉道者、认过者、隐者、圣女与孀妇的生平。②

　　2.《化身、情感、死亡与我们的救世主基督复活的秘密》。③

　　3.《圣母玛利亚,上帝的母亲的生平与奇迹》。④

　　4.《四件最后的事情》。⑤

　　5.有关儿童适当教育的两本书。⑥

　　6.《基督的博爱》。⑦

　　7.《圣徒的模仿》。⑧

　　8.《十种安慰,十种苦难的反面》。⑨

　　9.《论世界的开始与终结》。⑩

　　10.《每个国家的良好管理》(The good Rule of Every State)这是根据中国人供道德哲学使用的5个准则。因为这本书是很有

---

① 基歇尔在这里记载有误,高一志原名王丰肃,先在南京传教,南京教案后被送回澳门,后又重新更名为"高一志",进入内地到山西绛州传教。南京教案的发难人沈榷也不是太监,而是南京的礼部德文郎。

② 这是指《天主圣教圣人行实》。

③ 很可能是《教要解略》。

④ 这是指《圣母行实》。

⑤ 这是指《四末论》。

⑥ 这是指《童幼教育》。

⑦ 很可能是《终末之记甚利于精修》。

⑧ 这是指《则圣十篇》。

⑨ 这是指《十慰》。

⑩ 这是指《寰宇始末》。

分量的逻辑论辩，因而得到所有人的高度评价。①

11.《道德哲学》，既是社会的，也是家庭的，用有选择的例证与格言加以说明。②

12.《自然哲学》，关于形形色色的、不完善的事物，也就是说，移动快速的事物及其原因。③

13.《地球》，用最好的方法加以解释，旨在有益于灵魂。④

14.《关于各种道德与身体问题的对话录》，旨在有益于灵魂。⑤

基歇尔还讲到了其他一些著作，他说：

下列的著作，对这一主题感兴趣的欧洲人会有用的。第一本是金尼阁的《通史》(Universal History)，⑥然后邓玉函的《印度的普利尼》(The Indian Pliny)，⑦前面已提及此书，第三本是葡萄牙神父曾德昭的《中国史及其时代》(History of China of its Times)，该书是为好奇的读者写的。⑧

接下去是神父菲利普·马里诺(Philip Marino)出版的显示他博学的《日本、中国、Tonchin、寮国与交趾支那史》。

波兰人神父卜弥格出版了他的《中国动植物》(Chinese Flora at Vienna)，⑨该书是对植物、水果、花和一些动物的研究，书中配有极好的插图。他还写有令人称赞的、有图解的关于脉博的书，

---

① 这是指《西学治平》。
② 这是指《西学修身》。
③ 这是指《斐录汇答》。
④ 很可能是《空际格致》。
⑤ 这是指《譬学警语》，高一志的中文文献共有十九种，这里提到了十四种。参阅费赖之书"高一志"条。
⑥ 应该是指利玛窦的《天主教传入中国史》。
⑦ 这是费赖之所说的"玉函留有一部未成之大作，即上述之 Plinius indicus，二开本，而二册"，见费赖之书第162页。
⑧ 这是指增德昭用葡萄牙文所写的《大中国史》，此书已经由何高济和李申先生翻译出版。
⑨ 这是指《中国植物》，此书是献给奥地利维也纳的君主的，并非是在维也纳的植物，请参见费赖之书，第278页。

是说明中国医生是怎样对病人进行诊断的,我不知该书是否出版过。①

在这里我不讨论《中国编年史》,也不谈在中国的神父给他们的特殊的朋友和领导写的描述中国事物的信,这些是数不清的。所有这些都被卫匡国神父(Martin Martini,1614—1654)超越了,我已对他加以赞扬。他写了一部令人钦佩的巨著,其中包括你要知道的自然与艺术各种奇迹般的产物,以及道德与宗教的基础。他也留下了满足欧洲人好奇心的丰富资料,这本书由阿姆斯特丹的约翰尼斯·布劳(Johannes Blaeu)出版了,书中有关于中国的16幅宏伟的地图。对此,他补充了他的《鞑靼战争史》(History of the Tartar War),该书准确地描绘了事变导致的连续的恐怖和闻所未闻的大动荡。这一著作就像是放在帝王们眼前的一面镜子。②

以上是我们神父的著作,这些基督经典的不知疲倦的宣讲者,他们讲的话蕴含在这些著作中。它们被各阶层人士接受。由于需要,这些书被多次重印,并为官员、平民和最高级的学者所评论,认为它们有高尚的风格。以这种方式,使那些不能亲身听讲道的人也能够从这些出版物中学习,深入他们的心灵,因而许多读者像神父们在场一样学习基督的真正理论,从而使自己同教会发生联系,谁能怀疑这是好事呢?毫无疑问,圣灵之光照耀着读这些书的人们,使他们寻找出作者,以弄清他们不明之点。

公元1636年,神父已经出版了约有340种的关于宗教、道德、自然与数学的书籍。

从基歇尔的这个记述中我们可以看到来华传教士的中文著作从一开始就受到了欧洲的重视。

---

① 北京外国语大学海外汉学研究中心已经出版由波兰汉学家卡丹斯基·爱德华所整理,张振辉翻译的《卜弥格文集》,文集中收录了基歇尔谈到这几本书。
② 这是指《中国新地图志》《鞑战记鞑》。

## (二)《罗马耶稣会档案处藏汉和图书文献目录提要》
(Chinese Books and Documents in the Jesuit Archives in Rome)①

这是耶稣会神父陈纶绪所做。罗马耶稣会档案馆是收藏明末清初天主教文献最多的地方之一,从中国文献学来看,这是一个很标准的书目提要,对每一本或文献都有详细的著录,这也是它比古郎书目,伯希和目录,余东目录更便于学者使用的原因,这也是到目前为止,笔者所见到的唯一的一本提要式的目录。在 Japonica-Sinica I-IV 这四部分中共著录了有关明末清初天主教的中文文献(含少量的拉丁语系的文献)667 种②。

笔者曾多次在这个档案馆访问,根据我的阅读和陈神父的目录,我认为这批文献和巴黎国家图书馆和梵蒂冈图书馆的收藏相比有以下两个特点:

第一,在耶稣会文献的收藏上更为全面,其中不少文献是独家收藏。例如,利玛窦和罗明坚的《葡华词典》,完全是稿本,十分珍贵。杨福绵先生对这个文献在中国语言上的贡献做过深入的研究。③ 另外,这里所藏的多种版本的罗明坚的《天主圣教实录》也十分珍贵。

第二,收藏了"礼仪之争"中的中国信徒的重要文献。在"礼仪之争"中国的信徒是如何看待祭祖,祭孔的,长期以来不被人注意,文献也较少。但罗马耶稣会档案馆收藏的最全,许多文献为独家所藏,例如严谟的《祭祖考》《木主考》《辩祭》《辩祭后志》,李九功的《礼俗明辩》《礼仪刍议》等都十分珍贵。④

## (三)罗马耶稣会档案馆所藏的两种目录

在罗马耶稣会档案馆的 Japonica-Sinica II,152.1 文献是当时在华的传

---

① Albert Chen,S.j.,Chinese Books and Documents in the Jesuit Archives in Rome A Descriptive Catalogue Japonica-Sinica I-IV.Armonk,2000.
② 陈神父是按档案馆原始编目著录的,这样这个提要保持了文献的原始面貌,可以使我们研究一些版本的流变,但这也包含了不少的重复性著录。
③ 杨福绵《罗明坚、利玛窦"葡汉辞典"所记录的明代官话》,载《中国语言学报》1996 年第 5 期。
④ 参阅李天纲《中国礼仪之争:历史文献和意义》,上海:上海古籍出版社,1998 年。

教士卫匡国给 1654 年去世的红衣主教 Antonio Barberini 的一份祝圣的文献,在文献的第七部分提供了一个书目 Catalogus quorundam librorum, qui a Patribus Societatis Jesu in Regno Sinarum fidem Christianam praedicantibus, Typis ac idiomate Sinico impressi sunt; in quo illi tantum numerantur qui ad legem pertinent Christianam, omissis aliarum scientiarum et atium, omnium enim index cum auttorum elogiis al ibi reservatur. 另一个目录由传教士柏应理所做的从沙勿略(St. Francis Xavier, 1506—1552)到杜加禄(Giovanni Turcotti, 1643—1706)共 105 位传教士的书目。[1] 这两个书目都是较早被送到西方的书目,对以后西方人研究入华传教士的中文文献也都发挥了作用。因为,笔者尚未亲眼过目这两个书目,这里只能将陈神父的目录介绍给大家。

### (四)考狄的《中国编译书目》

20 世纪最早对这批中文文献做整理的是法国汉学家考狄(H. Cordier),他的《中国编译书目》(L'imprimerie Sino-Européenne en Chine)在前人目录的基础上共收录了 395 部著作,其中 24 部没有署名作者,有 32 部是在中国出版的拉丁文或其他西方语言的著作,如万济国的《中国官话艺术》(Arte de la Lingua Mandarina)等几部著作。这样这个目录中注录的中文著作实际是 363 部。

### (五)伯希和的《梵蒂冈图书馆所藏汉文写本和印本书籍简明目录》

梵蒂冈图书馆(Biblioteca Apostolica Vaticana)是欧洲收藏中文文献最多的图书馆,该馆的中文图书是以明清间入华传教士柏应理(Philippe Couplet, 1624—1692)傅圣泽(Jean-Francois Foucqet, 1663—1740)所带回的中文图书为基础逐步充实起来的,他们所带回的书中很大一部分是入华传教士在中国所出版和所写的中文书和中文的抄本或稿本,也有一部分在中国出版的拉丁文或其他西文的著作。这部分书直到 1922 年六七月间,才有

---

[1] Albert Chan, S.J. Chinese books and Documents in the Jesuit Archives in Rome A Descriptive Catalogue, pp. 435-436; pp. 251-252, London, 2000.

法国汉学家伯希和(Paul Pelliot)教授编成一部《梵蒂冈图书馆所藏汉文写本和印本书籍简明目录》(*Inventaire sommaire des manuscrits et impreimés chinois de la Bibliothèque Vaticane*，以下简称《梵蒂冈汉籍目录》)。伯希和在短短的24天(1922年6月13日—7月6日)内就把这近3000册多的中文书编出简目，实在令人吃惊，难怪当年王重民先生说："若非学问淹博，精力过人，何克臻此？"① 这个目录过去很少被人使用，因为它只是个内部的打印稿。1995年日本京都大学人文科学研究所的高田时雄(Takata Tokio)教授，根据伯希和的打字稿本到罗马工作一段，经他仔细核校后，"终于把伯希和这部遗稿整理成书，由京都的意大利国立东方学研究所(Italian School of East Asian Studies)列为该所的《参考文献丛刊》第一种(*Reference Series 1*)，于1995年12月出版。日本学者高田时雄教授在核正伯希和目录的同时，把梵蒂冈图书馆所藏伯希和目录之外的汉籍，也按伯希和目录的注录方式一一登录下来，汇编成《梵蒂冈图书馆所藏汉籍目录补编》(*Supplément a l'inventaire des livres chinois de la Bibliothèque Vaticane*，以下简称《补编》)，由京都大学人文科学研究所列为《东洋学文献中心丛刊》第七册，于1997年5月出版"。②

由于这些中文文献分别被伯希和编在八个部分中，这样明清天主教的文献也就分藏在这八部分之中。伯希和做时没做中文书名，高田时雄补上了中文书名和书后的按英文字母排序的人名、书名的索引。但2002年我在那里工作时，我按照高田时雄的目录逐本查看，发现有些本是中文的文献，由于文献是散页或文献没有书名，高田时雄并未注出中文文献的名或书名。

下面是高田时雄目录中每个部分里所藏的明清天主教中文文献的数量统计(这里只统计高田时雄注明出中文书名的文献，包括重复注录的中文文献，实际上一些文献虽然无中文名，但里面含有中文文献，这一部分不在统计之中。)

1.Barberini Orient：20种(其中《天主实义》和《几何原本》各有两种版本)；

---

① 王重民《冷庐文薮》下，第801页。
② 荣新江《梵蒂冈所藏汉籍目录两种简介》，《中西初识》，该书2006年由中华书局出版，[法]伯希和编，[日]高田时雄校订补编，郭可译《梵蒂冈图书馆所藏汉短短籍目录》。

2. Borgia Cinese：268 种；

3. Borgia Siamese：没注录中文文献；

4. Rossiani Stampati：没注录中文文献；

5. Vaticano Estr. Oriente：9 种；

6. Vaticano Estr. Oriente：3 种；

7. Fonds Palatin：没注录中文文献；

8. Raccolta Generale-Oriente：225 种；

### （五）《梵蒂冈图书馆藏早期传教士中文文献目录：十六至十八世纪》(Catalogo delle Opere Cinesi Missionarie Della Biblioteca Apostolica Vaticana)

这是梵蒂冈图书馆的华裔图书馆馆员余东在 1996 年出版的一本重要目录，这个目录和伯希和目录的区别在于，它将目录的内容仅仅限制在 16—18 世纪的入华传教士上，从而使文献十分集中。目录按人名分类，使用也很方便。

全书共收录了 89 人，369 部文献，另外，还收录了 117 部尚无作者的中文文献。这样，全书共收录中文文献 486 部。

笔者 1998 年、2002 年、2003 年、2005 年、2006 年多次在梵蒂冈图书馆访问，从我的查阅来看，它的收藏在全球范围内是最丰富的。例如，汉外双语词典，这里有二十几部，这是其他馆所没有的。由于这批文献中的一大部分是由傅圣泽从中国带回的，因而，这里收藏了有关"索隐派"的丰富文献，有白晋读易经的文献近 1000 页，有傅圣泽研究中国文化的中文和拉丁文、法文的文献近 1000 页，这点其他任何馆都无法和它相比。

### （六）裴化行的书目

法国汉学家，著名的中国基督教史研究专家裴化行（Henri Bernard, s. j）1945 年在《华裔学志》(Monumenta Serica) 第 5 卷上发表了 "*Les Adaptations Chinoses D'ouvrages Européens：Bibliographie chronologique Depuis la Venue des Porfugais à Canton Jusqu'à la mission Fransaise de pékìn 1514—*

1688"的论文①,在这篇文章中刊登出 38 位传教士名单,其中 36 人有中文著作,共 236 部。1960 年在《华裔学志》的第 14 期,他又发表了 "*Les Adaptations Chinoses D'ouvrages Européens:Bibliographie chronologique deuxième la foundation de la Mission fraçaise de Pékin jusqu' à la mort de l' empereur K'ienlong*,1689—1799"的论文整理出《北京刊行天主圣教书版目》《历法格物穷理书版目》《福建福州府钦一堂刊书版目》《浙江杭州府天主堂刊书版目录》四篇目录。

这四个目录共刊录了 303 篇文献,这些书目和我在《明末清出天主教入华史中文文献研究的回顾与展望》一文中提到的《北京刊行天主圣教书版目》《历法格物穷理书版目》《福建福州府钦一堂刊书版目》《浙江杭州府天主堂刊书版目录》这四个目录略有区别,其中在《福建福州府钦一堂刊书版目》刊登的书目是 51 部,而梵蒂冈图书馆的 Vat.Estr.Or. 2《字汇拉丁略解》后所附的《福建福州府钦一堂刊书版目》刊登的书目是 52 部,核对两个目录后发现裴化行的目录中《西方问答》《睡画二答》二部文献在 Vat.Estr.Or. 2《字汇拉丁略解》后所附的目录未刊登,而 Vat.Estr.Or. 2《字汇拉丁略解》后所附的目录中《圣母经解》《圣若撒法行实》《圣教日课全部》三部文献在裴化行的目录中未刊登。

在裴化行的目录中《浙江杭州府天主堂刊书版目录》是 40 篇文献,在梵蒂冈图书馆的伯希和目录的 Vat.Estr.Or. 2《字汇拉丁略解》后所附的《浙江杭州府天主堂刊书版目录》是 36 篇文献,其中《教友篇论》《圣母经解》《小悔罪经》三篇在 Vat.Estr.Or. 2《字汇拉丁略解》后所附的《浙江杭州府天主堂刊书板目录》中没刊登,而《圣教约言》在裴化行的目录中出现了两次,是他的误录还是同名的二个文献不得而知。另外,他表明的时间是1689—1799,实际上他所列出的书目的作者来华及去世的时间有些也不准,因本文重点在文献本身,这些不再展开,西方学者对此已有评论。②

### (七)费赖之的《在华耶稣会士列传及书目》

由冯承均所译的法国中国基督教史研究专家费赖之( Ie P. Louis

---

① Monumenta Serica 90(1960),pp.349-383.

② Nicolas Standaert(edited),Handbook of Christianity in China Volume One:635-1800,p.141, leiden 2001.

Pfister, s. j) 1932 年所做的《在华耶稣会士列传及书目》(Notices Blographiques et Bibliographiques sur les Jesuites de L'ancienne Mission de Chine 1552—1773)是一部研究入华传教士的重要的工具书,他把传教士的中文和西文的文献统一编目,提供了入华耶稣会士中文文献的重要而又丰富的信息。为不在书目上重复,我将它与张庚、韩霖的《圣教信证》做一对比研究,以考察它在中文文献收录上的情况。

第一,《在华耶稣会士列传及书目》和《圣教信证》收录中文文献相同的传教士有 12 人 29 部文献:

① 罗明坚:1 部;②庞迪我:7 部;③费奇规:3 部;④熊三拔:3 部;⑤金尼阁:3 部;⑥曾德昭:1 部;⑦傅泛际:2 部;⑧费乐德:3 部;⑨伏若望:3 部①;⑩瞿西满:1 部;⑪安文思:1 部②;⑫殷铎泽:1 部;

第二,《在华耶稣会士列传及书目》和《圣教信证》收录中文文献不同的传教士有 30 人,其中《在华耶稣会士列传及书目》收录共 283 部中文文献。

1.利玛窦 20 部文献

《圣教信证》收录 15 部

《在华耶稣会士列传及书目》收录 20 部,所多出的五部文献是:《斋旨》《畸人十规》《奏书》《西琴八曲》《论五行之说》。

2.郭居静 4 部文献

《圣教信证》收录 1 部,《在华耶稣会士列传及书目》收录 4 部,所多出的 3 部文献是《悔罪要旨》《迎接战斗:论来世》《音韵字典》。

3.苏若望 2 部文献

《圣教信证》收录 1 部;

《在华耶稣会士列传及书目》收录 2 部,所多出的 1 部文献是《十戒》。

4.龙华民 11 部文献

《圣教信证》收录 8 部;

《在华耶稣会士列传及书目》收录 11 部,所多出的 3 部文献是:《圣母德叙祷文》《答客难十条》《丧葬经书》。

5.罗儒望 2 部文献

《圣教信证》未著录文献,

---

① 费赖之书称《善终助功》一书尚未确定是否是他所做,见费赖之书上卷,第 192 页。
② 《圣教信证》为《复活谕》,费赖之书为《复活论》。

《在华耶稣会士列传及书目》收录 2 部,所多出的 2 部文献是:《天主圣教启蒙》《天主圣像略说》。

6.高一志 19 部文献

《圣教信证》著录 15 部

《在华耶稣会士列传及书目》收录 19 部,所多出的 4 部文献是:《终末之记甚利于精修》《神鬼正记》《达道纪言》《推验正道》。

7.阳玛诺 11 部文献

《圣教信证》著录 8 部

《在华耶稣会士列传及书目》收录 11 部,所多出的 3 部文献是:《代疑篇》《圣若瑟行实》《默想书考》。①

8.艾儒略 27 部文献

《圣教信证》著录 25 部

《在华耶稣会士列传及书目》收录 25 部②,但所缺的《性灵篇》,而《圣教信证》所缺《口铎日抄》(另《圣教信证》的《昭事祭义》费赖之书为《弥撒祭义》)。③

9.邓玉函 6 部

《圣教信证》著录 6 部

《在华耶稣会士列传及书目》收录 8 部,所缺的 2 部文献是:《浑盖通宪图说》《崇祯历书》。④

10.汤若望 27 部文献

《圣教信证》著录 24 部

《在华耶稣会士列传及书目》收录 27 部,所缺的 3 部文献是:《民历补注解惑》《赤道南北两动星图》《崇一堂日记随笔》。

11.罗雅各 21 部文献

《圣教信证》著录 19 部

《在华耶稣会士列传及书目》收录 21 部,所缺的 2 部文献是《圣母行实

---

① 费赖之在下卷 1102—1103 页著录的只有 10 本书,他漏著录了《圣若瑟祷文》。
② 费赖之在上卷第 141 页著录 24 部,在下卷 1105 页著录《口铎日抄》,共记 25 篇。
③ 费赖之在下卷 1103—1105 页著录的只有 22 本书,他漏著录了《杨淇园行略》《西学凡》《熙朝崇正集》《性灵篇》,但《口铎日抄》在上卷和《圣教信证》中均为著录。
④ 这里费赖之有误《浑盖通宪图说》为利玛窦所做。

序》《人身图说》。①

12. 方德望 2 部文献

《圣教信证》无著录。

《在华耶稣会士列传及书目》收录 2 部,《环球志大观》《杜奥定先生渡海苦迹记》。②

13. 郭纳爵 5 部文献

《圣教信证》著录 2 部。

《在华耶稣会士列传及书目》收录 5 部,所多的 3 部是《老人妙处》《教要》《论天主教圣三》。

14. 何大化 2 部文献

《圣教信证》著录 1 部。

《在华耶稣会士列传及书目》收录 3 部,所多的 2 部是《无罪获胜》《圣经颂碑刻》。

15. 陆若汉 1 部文献

《圣教信证》未著录。

《在华耶稣会士列传及书目》收录 1 部,所多的 1 部是《公沙效忠记》。

16. 潘国光 8 部文献

《圣教信证》著录 6 部。

《在华耶稣会士列传及书目》收录 8 部,所多的 2 部是《瞻体口铎》《圣安德助宗徒瞻礼》。

17. 利类思 30 部文献

《圣教信证》著录 18 部。③ 有 2 部书费赖之未收入,即《六日工》《首人受造》。

《在华耶稣会士列传及书目》收录 28 部④,所多的 10 部,若除去《六日工》《首人受造》这 2 部,所多的 12 部是《性物之造》《人肉身》《天主降生》

---

① 费赖之在上卷第 195—196 页著录的是 21 部文献,但在下卷 109—110 页却著录的是 19 卷。

② 费赖之书的下卷第 110 页没著录方德望的这两本中文文献。

③ 有三部字迹不清,无法辩认,不含在这 18 部中。

④ 费赖之用中文数码标出的中文文献有 19 部,在其书的 243 页文用阿拉伯数字标出的 9 部(这 9 部均为《超性学要》的部分内容又独立成书)这样共 28 部,但在费赖之书的下卷第 1112—1113 页他却只列出 26 部,其中将《天学传概》改为《天学真诠》,并缺《天学传概》《主教要旨》。

《总治万物》《弥撒经典》《圣母小日课》《善终瘞茔》《已亡日课》《圣教要旨》《天学传概》《西方记要》《西历年月》。

18.孟儒望 5 部文献

《圣教信证》著录 3 部。

《在华耶稣会士列传及书目》收录 5 部,所多的 2 部是《圣号祷文》《炼狱祷文》。

19.卫匡国 5 部文献

《圣教信证》著录 2 部。①

《在华耶稣会士列传及书目》收录 5 部,②所多的 3 部是《天主理证》《辟轮回说》《真主性灵论》。

20.穆尼阁 2 部文献

《圣教信证》无著录。③

《在华耶稣会士列传及书目》收录 2 部,所多的 2 部是《人身部》④《世界椭圆图》。

21.穆迪我 2 部文献

《圣教信证》无著录。

《在华耶稣会士列传及书目》收录 2 部,它们是《成修神务》《圣洗规仪》。

22.柏应理 8 部文献

《圣教信证》著录 6 部。

《在华耶稣会士列传及书目》收录 8 部,所多的 2 部是《圣教铎音》《徐光启行略》。

23.鲁日满 4 部文献

《圣教信证》著录 2 部。

《在华耶稣会士列传及书目》收录 4 部,所多的 2 部是《教要六端》《领洗及领圣体对话》。

24.聂仲迁 3 部文献

《圣教信证》著录 1 部。

---

① 在《灵性理证》在费赖之书中是《灵魂理证》。
② 费赖之书的上卷第 264—265 页仅著录 4 部中文文献,但在下卷第 1114 页著录 5 部中文文献,多出《真主性灵论》。
③ 在《灵性理证》在费赖之书中是《灵魂理证》。
④ 费赖之认为此书作者尚未确定。

《在华耶稣会士列传及书目》收录 3 部,①所多的 2 部是《成修神务》《圣洗规义》。

25.陆安德 11 部文献

《圣教信证》著录 9 部。

《在华耶稣会士列传及书目》收录 11 部,所多的 2 部是《讲道规矩》《无辜者必胜,或阐明中国天主教教义的纯正》。

26.南怀仁 37 部文献

《圣教信证》著录 14 部。②

《在华耶稣会士列传及书目》收录 37 部,所多的 23 部是《善恶报略论》《妄推吉凶之辩》《道学家传》《坤舆外记》《康熙十年历书》《康熙十三年历书》《康熙十五年历书》《康熙十八年历书》《康熙二十六年历书》《康熙二十三年满文历书》《康熙二十六年满文历书》《一六七四年天象》《康熙十年十一年五月日食图》《康熙八年四月初一癸亥日食图》《日食测绘》《各种天文研究》《吸毒石原由用法》《几何》(满文)《满语语法》《穷理学》《进呈铸炮术》《妄占辩》《康熙皇帝时代中国重新采取欧洲天文学综述》。

27.恩理格 1 部文献

《圣教信证》著录 1 部。③

《在华耶稣会士列传及书目》未收录。

28.孟三德 1 部文献

《圣教信证》未著录中文著作,

《在华耶稣会士列传及书目》收录 1 部,所多的 1 部是《汉文教义纲领》

29.毕方济 4 部文献

《圣教信证》著录中文著作 3 部,

《在华耶稣会士列传及书目》收录 4 部,所多的 1 部是《奏书》。

30.卢安德 2 部文献

---

① 费赖之在上卷第 302—303 页只著录 1 部中文文献,即《古圣行实》,但在下卷第 1116 页著录 2 部中文文献,即《成修神务》《圣洗规义》。而这两部文献在费赖之的上卷第 308 页将其归属于穆迪我。显然,上卷的第 308 页和下卷的 1116 页内容上重复,究竟错在哪里? 一时难定,故我将这两部文献仍算在聂仲迁的文献中。

② 《灵性理证》在费赖之书中是《灵魂理证》。

③ 《文字考》。

《圣教信证》未著录中文著作，

《在华耶稣会士列传及书目》收录2部，所多的2部是《十八幅心图》《十幅勤怠图》。①

第三，在《在华耶稣会士列传及书目》中收录的中文文献

有27人，54部中文文献

1.徐日升3部《南先生行述》《律吕正义》《实用音乐与欣赏音乐》。

2.安多1部《数学概要》。

3.卫方济1部《人罪之重》。

4.白晋5部《几何原理》(汉满文)《中国语言中之天与上帝》《古今敬天鉴》《汉法小字典》《易经释义》

5.张诚4部《几何原理》，②《理论与实用几何学》(汉满两种文字)《哲学原理》。

6.马若瑟5部《信经真解》《杨淇园行迹》《圣若瑟演述》《圣母净配圣若瑟传》《宗教说明》。③

7.雷孝思1部《皇朝舆地总图》。

8.殷弘绪4部《逆耳忠言》《主经体味》《训慰神编》(又名《圣多俾亚传》)、《莫居凶恶劝》。

9.沙守信1部《真道值自证》。

10.冯秉正9部《圣体仁爱经规条》《圣心规条》《盛世刍荛》《圣年广义》《圣经广义》《求真自证》《朋来集说》《圣依纳爵课程》《避静汇抄》。

11.费隐2部《中国地图》《陕西里海间地图》

12.德玛若2部《显相十五玫瑰经》《与弥撒功程》。

13.戴进贤4部《策算》《黄道总星图》《历象考成后编》《仪象考成》。

14.孙章1部《性理真诠》。

15.魏继晋2部《圣若望枭玻穆传》《圣咏续解》。

16.刘松龄1部《鞑靼地域中部地图》。

17.南怀仁④2部《圣母领报会规程》《昭事堂规》。⑤

---

① 费赖之在上卷第199页著录，但在下卷未著录这两本书。
② 这本可能和白晋的《几何原理》是一本书。
③ 法国国家图书馆藏《儒家实义》，BNF:Courant 7152,7153。
④ Godefroid-Xavier de Limbeckhoven, 1707—1789。
⑤ 费赖之书下册第1138—1139页未著录这两本书。

18. 傅作霖 1 部《厄鲁特和土尔扈特两部地图》。

19. 蒋友仁 4 部《坤舆全图》《乾隆平定准部回部战功图》《抽气筒说》《异鸟说》。

20. 方守义 1 部《圣事要理》。

21. 贺清泰 1 部《圣经》。

这样我们看到在《在华耶稣会士列传及书目》中共有 63 人写了 366 部中文文献,如果把它和《圣教信证》《道学家传》相比,显然它是收录入华耶稣会士中文文献最多的。①

### (八)方济各会及道明会、奥斯丁会入华传教士中文文献

目前笔者所能见到的有关方济各会入华传教士中文文献的目录是 Rosso,Antonio Sisto 所写的"*Pedro de la Piñuela, O.F.M., Mexican Missionary to China and Author*"② 这篇文章中所提供的文献如下:

1. 石铎琭(Fr.pedro de la Piñuela, O.F.M)《初会问答》
2. 石铎琭(Fr.pedro de la Piñuela, O.F.M)《大赦解略》
3. 石铎琭(Fr.pedro de la Piñuela, O.F.M)《哀矜炼灵说》
4. 石铎琭(Fr.pedro de la Piñuela, O.F.M)《听弥撒凡例》
5. 石铎琭(Fr.pedro de la Piñuela, O.F.M)《圣教启蒙指要》
6. 石铎琭(Fr.pedro de la Piñuela, O.F.M)《默想神功》
7. 石铎琭(Fr.pedro de la Piñuela, O.F.M)《永暂定衡》
8. 石铎琭(Fr.pedro de la Piñuela, O.F.M)《本草补》
9. 石铎琭(Fr.pedro de la Piñuela, O.F.M)《圣方济格第三会规》
10. 石铎琭(Fr.pedro de la Piñuela, O.F.M)《圣母花冠经》
11. 恩若瑟(Fr.José Navarro, O.F.M)《圣方济各行实》

1999 年在澳门出版的 Pascale Girard 教授的 *Os Religiosos Ocidentais Na China Na Época Moderna* 一书给我们提供了部分的方济各会、道明会、奥斯定会入华传教士的中文文献的材料,现抄录如下:

奥斯丁会入华传教士的中文著作

---

① 这里的统计包含地图,但未包含汉外双语或多语词典的数量和相关的作者。
② Franciscam Studies 8(1948),pp.250—257;pp.263—274.

1. Benavente, Alvaro de, O.S.A.《释客问》

2. Ortiz, Tomas, O.S.A.《圣教切要》

3. Ortiz, Tomas, O.S.A.《要经略解》

4. Ortiz, Tomas, O.S.A.《四终略意》

道明会入华传教士的中文著作

1. Garcla, Juan, O.P.《天主教入门答问》

2. Garcla, Juan, O.P.《圣女罗沙行实》

3. Garcla, Juan, O.P.《圣教撮要》

4. 无作者《领洗问答》

5. Nieva, Domingo de, O.P.《正教便览》

6. Varo, Francisco, O.P.《总牍撮要序》

7. Valle, Raimundo del, O.P.《形神实义》

方济各会入华传教士中文著作

1. Peris Dela Concepcion, O.P.M《进领洗捷录》①

2. an Juan Bautista, manuel de, O.F.M.《圣母日课》

3. an Juan Bautista, manuel de, O.F.M.《五方圣方济各祷文》

3. San Juan Bautista, manuel de, O.F.M.《圣伯多禄亚甘太辣祝文》

4. San Juan Bautista, manuel de, O.F.M.《圣人文度辣赞圣人安多尼祝文》

5. San Juan Bautista, manuel de, O.F.M.《圣若瑟七苦七乐文》

6. San Oascual, Agustin de, O.F.M.《永福天衢》

7. San Oascual, Agustin de, O.F.M.《人魂义秤》

8. San Oascual, Agustin de, O.F.M.《醒梦要言》

9. San Oascual, Agustin de, O.F.M.《成人要集》

10. Santa Maria Caballero, Antonio de, O.F.M.《正学镠石》

11. Santa Maria Caballero, Antonio de, O.F.M.《万物本末约言》12 Ye Zunxiao, O.F.M《天主教要注略》②

---

① 凡在上面 Rosso, Antonio Sissto 的目录中有的文献这里不再重录。

② Pascale Girard, Os Religiosos Ocidentais Na China Na Época Moderna, pp.497—503, Macau, 1999.

## （九）《法国国家图书馆馆藏中国图书目录》
(*Catalogue de Livres Chinois Coréens, Japonais, etc*)

这个目录是 1912 年由法国人古郎（Mauricr Courant）所做，以下我们简称古郎书目。古郎书目共收入了 99 名作者的明清天主教文献 374 部①，这些作者中耶稣会的传教士 56 人，方济各会、道明会、奥斯定会等其他修会的传教士 15 人，中国士人 28 人。这 374 部文献中署名作者的文献有 278 部，无作者的文献 96 部。

笔者 2002 年在这里访问了三个月，初步将其全部的明清天主教文献过眼一遍，并在古郎书目的基础上做了简目。国内学者大都很熟悉徐宗泽书后所附的《巴黎国立图书馆所藏明末清初耶稣会士几中国公教学者译著书目录》，其实在徐宗泽的目录外还有其他很重要的文献，例如，方济各会，奥斯定会的一些文献十分珍贵，方济各会士赖蒙笃的《形神实义》在其他图书馆很难见到，该书中讨论的主要是基督教和中国文化的对话，据我的初步阅读其理论的深度和作者对中国文化所熟悉的程度完全可以和利玛窦的《天主实义》相比。又如罗明坚所准备的《罗马教皇致大明国国主书》，其原木刻版竟在巴黎国家图书馆，实在令人惊讶！当年王重民先生对这分文献做过详细的介绍，但当你真的看到它的原件时还是为之惊叹。

## （十）苏联科学院远东研究所藏中文木版书目
(*Каталог фонда ксилографов институтара фов институтавостоковедения АН СССР 2*)②

该目录在"耶教类"共收入 311 份文献，其中大部分是基督新教入华后的中文文献，但也包含了部分明末清初天主教的文献，因为有些文献仅从书名无法判定，所以初步估计约有：102 部中文文献③。从目录来看，也有

---

① 不含副本，这只是一个初步的统计，徐宗泽的统计是 733 部，他的统计含重复和副本。
② 出版社：莫斯科"科学"出版社　东方文学总编室（Главная редакция восточнойлитературыиздательстваНАУКАМосква）1973 年。
③ 按目录的编号统计，因此，有部分是重复性的统计。

一些十分珍贵的文献,例如:殷弘绪的《莫居凶恶劝》,巴多明的《济美篇》仅巴黎国家图书馆藏有,罗马耶稣会档案馆未收藏;《同善说》目录著者怀疑是利玛窦所做,很值得研究。①

  以上仅仅是作者在有限的时间里对欧洲有关图书馆访书的结果,可以肯定以上的几个目录并未概括全欧洲所藏的明末清初中西文化交流史的中文文献,在西班牙、葡萄牙、德国等地的各类图书馆中仍有一些尚未被人注意的传教士带回欧洲的中文书目。可以这样说,收集和整理欧洲所藏的明末清初中西文化交流史中文文献是学术界一项重要的,长期的学术任务。

---

① 德国汉学家魏汉茂(Walravens, Hartmeut)有目录 Prelininary Checklist of Christian and Western Material in Chinese on Three major Collections, Hamburg C. Bell Verlag, 1982。这个目录是将法国国家图书馆,梵蒂冈图书馆和俄罗斯的彼得堡东方研究图书馆三初的中文图书做了一个简要的编目,但书名和人名全部采取拼音形式,目录中没有任何中文字。因为,这三个图书馆的藏书我们已经介绍,这个目录我们不在专门列出介绍。

# 附录1：百年利玛窦研究*

明清之际西学传入中国，其影响最大的人物莫过于利玛窦。明清史籍对利玛窦多有记载。① 艾儒略（Jules Aleni, 1582—1649）最早写下关于利玛窦的传记《大西西泰先生行迹》②，近百年以来在中文学术研究的范围内，利玛窦研究取得了很大的进展，本文试图对百年来的利玛窦做一个简要的回顾与总结，以求教于各位方家。

## 一、20世纪前半叶的利玛窦研究

民国初年推动中国天主教史研究的最重要人物是马相伯，1912年，他和英敛之上书罗马教宗，希望开办教会大学，认为"在我华提倡学问，而开大学堂者，英德美之耶稣教人都有，独我罗马圣教尚付阙如，岂不痛哉！"③ 他们认为，应继承利玛窦的学问之道，推动中国大学的发展。马相伯认为，"教育者，国民之基础也。书籍者，教育之所以藉以转移者也。是以数年之国髓，传于经史；五洲各国进化之程度，金视新书出版多寡为衡。……然而，书籍之不注意，何也？"④ 由此，他重视收集明清间天主教中文书籍。马相伯先后为《辨学遗牍》《主制群征》《真主灵性理证》《灵魂道体说》《灵言蠡勺》《王觉斯赠汤若望诗翰》等明清间中国天主教的重要中文文献的出版作序，他在《书〈利先生行迹〉后》一文中对利玛窦在中国天主教史的地位给予了高度的评价。他说，利玛窦"生三十许，而学行大成。矢志继圣人之志，愈迤遭坎坷，而志愈坚，卒为我中国首开天主教之元勋"。⑤ 马相伯认为，为了在中国传播天主教，利玛窦三十余年刻苦学习中文，他通过翻译介绍西方思想和文化，在这方面取得了前所未有的成就。"唐之景教邻于梵译，元之镇江十字寺碑，犀以音译；远不如利子近译，戛戛独造，粹然一本

---

\* 此文原载于《世界宗教研究》2010年第3期。
① 参阅方豪《中国天主教史人物传》上册，北京：中华书局，1988年，第72—82页。
② 参阅钟鸣旦杜鼎克编《耶稣会罗马档案馆明清天主教文献》第12册，台北：利氏学社2002年。
③ 顾卫民《中国天主教编年史》，上海：上海书店，2003年，第431页。
④ 朱维铮主编《马相伯集》，上海：复旦大学出版社，1996年，第64页。
⑤ 朱维铮主编《马相伯集》，上海：复旦大学出版社，1996年，第223页。

于古书,文质彬彬,义理周洽,沾丐后人,于今为烈,盖不独首开天主教为足多也已。"①

在马相伯的积极推动下,英敛之、陈垣、向达等人以文献整理为其主要使命,对民国初年的利玛窦研究,做出了自己的贡献。英敛之的主要贡献在于重新整理出版了《天学初函》。民国初年,他经十余年努力找到了《天学初函》的全本,并重新刊印其中的部分文献,他在重刊《辩学遗牍》的序言中说:"《天学初函》自明季李之藻汇刊以来,三百余年,书已希绝。鄙人数十年中,苦志搜罗,今幸寻得全帙。内中除器编十种,天文历法,学术较今稍旧,而理编则文笔雅洁,道理奥衍,非近人译著所及。鄙人欣快之余,不敢自秘,拟先将《辩学遗牍》一种排印,以供大雅之研究。"②《天学初函》包含了利玛窦的10部著作,英敛之重新整理出版这本书,功不可没。

民国初年对中国天主教史学术研究推进最大的当属陈垣,在利玛窦研究上他主要收集和整理了《辩学遗牍》《利玛窦行迹》等文献。陈垣对文献的收集和整理极为重视。在谈到这批文献的整理时,他认为应该继承李之藻的事业,把《天学初函》继续出版下去,在给英敛之的信中说:"顷言翻刻旧籍事,与其请人膳抄,毋宁径将要籍借出影印。假定接续天学初函理编为天学二函,三函……分期出版,此事想非难办。细想一遍,总胜于抄,抄而又校,校而付排印,又再校,未免太费力;故拟仿涵芬楼新出四部从刊格式,先将《超性学要》(21册)影印,即名为天学二函,并选其他佳作为三函,有余力并复影初函,如此所费不多,事轻而易举,无膳校之劳,有流通之效,宜若可为也。乞函商相老从速图之。此事倘性行之于数年前,今已蔚为大观矣。"③为此,他曾肆力搜集有关史料,并计划仿《开元释教目录》及《经义考》《小学考》体制而为《乾嘉基督教录》,为中国天主教的文献作一次全面的清理,也为《四库全书总目》补缺拾遗。他的这一计划最终仅完成了一部分。

向达先生不仅是民国期间敦煌学的重要开拓者,也是利玛窦文献整理的重要学者,他在《上智编译馆》上所发表的《合校本大西西泰利先生行迹》是他把自己在法国、罗马等地的几个刻本统一勘校后整理出来的,在当

---

① 朱维铮主编《马相伯集》,上海:复旦大学出版社,1996年,第223页。
② 方豪《李之藻辑刻天学初函考》,载《天学初函》重印本,台北:学生书局,1965年。
③ 同上。

时是最好的校本。

正是在马、英、陈等人的努力下,民国初年在这批文献的收集、整理、出版上取得了显著的成绩。在《天学初函》以外,他们发现并开始抄录、整理了《名理探》《圣经直解》《利先生行迹》《天学举要》《真主灵性理证》《灵魂道体说》《铎书》《天教明辩》《正教奉褒》《圣教史略》《寰宇诠》《圣梦歌》《主制群徵》《幼童教育》《超性学要》《王觉斯赠汤若望诗翰》《教要序论》《代疑论》《天释明辩》《豁疑论》《辟妄》《代疑编》《代疑续编》《答客问》《天教蒙引》《拯世略说》《轻世金书直解》《古新经》《三山论说》《遵主圣范》等一系列的天主教历史文献,这些文献的整理和出版对于民国初年的利玛窦研究和整个天主教史的研究起到奠基性的作用。

20世纪20年代以后在利玛窦研究上开始从文献整理阶段发展到深入研究阶段。这一时期在利玛窦研究上有两个领域十分突出:语言领域和地图领域。

我们首先从语言学界对利玛窦的研究说起。利玛窦的《西字奇迹》是最早的拉丁字母汉字注音方案。王徵和金尼阁(Nicolas Trigault,1577—1628)《西儒耳目资》吸取了利玛窦成果,更为系统地研究了这个问题,并在明末清初就产生过重要的影响。我们在方以智的《切韵声原》、杨选杞的《声韵同然集》和刘献廷的《新韵谱》《广阳杂记》中都可以看到这一点。① 鸦片战争后中国知识分子开始认识到汉语拼音对于识字的重要性,从陈垣先生整理出版了利玛窦的《明季之欧化美术与罗马注音》后,传教士对汉字的注音历史开始逐步引起人们的注意。从1892年卢慧章的《一目了然初阶》开始,一直到1906年的朱文熊的《江苏新字母》,1908年刘孟扬的《中国音标字书》,1916年刘继善的《刘氏罗马字》都是在探讨用罗马字注音问题,在这些著作中都涉及了对利玛窦《西字奇迹》的评价,例如,利氏所用的字母数量,所发明的送气符号等问题。

期间徐景贤1928年的《明季之欧化学术及罗马字注音考释》②和罗常培的《耶稣会士在音韵学上的贡献》《汉语音韵学的外来影响》是最有学术

---

① 参阅罗常培《罗常培语言学论文集》第310—312页,罗先生专列出一个"耶稣会士在音韵学上贡献年表";叶宝奎《明清官话音系》,厦门:厦门大学出版社,2002年;谭慧颖《〈西儒耳目资〉源流辨析》,北京:外语教学与研究出版社,2008年。

② 徐景贤《明季之欧化学术及罗马字注音考释》,载《新月月刊》第1卷第7号,上海:新月书店,1928年。

价值的文章。罗常培认为,对来华耶稣会士在伦理、舆地、理化、生理、农业、水利、制造等各方面的成就都有所研究,但他们在音韵学上的关系,不大引人注意。在他看来利玛窦等人在以下三个方面展开了研究:"1.用罗马字母分析汉字的音素,使向来被人看成繁难的反切,变成简易的东西;2.用罗马字母标注明季的字音,使现在对于当时的普通音,仍可推知大概;3.给中国音韵学研究开出一条新路,使当时的音韵学者,如方以智、杨选杞、刘献廷等受到了很大的影响。"①所以,他认为:"利玛窦、金尼阁分析汉字的音素,借用罗马字母作为标音的符号,使后人对于音韵学的研究,可以执简驭繁,由浑而析,这是明末耶稣会士在中国音韵学上的第一贡献。"②

这一时期对利玛窦在地理学上的贡献的主要论文有洪煨莲的《考利玛窦的世界地图》《论利玛窦地图答鲇泽信太郎学士书》、陈观胜的《利玛窦地图对中国地理学之贡献及其影响》《论利玛窦之万国全图》《乾隆时学者对利玛窦诸人之地理学所持的态度》等论文。

洪煨莲论文的贡献在于首次详尽地考证了利玛窦地图在欧洲的收藏,说明了梵蒂冈藏本、伦敦藏本和米兰藏本之间的关系。同时,他根据中文文献考证了利玛窦世界地图在明末共翻刻十二次,以及每次翻刻的时间、地点和人物,从而将利玛窦地图在中国的翻刻和流变清晰化。③ 如果说洪业的论文主要从历史学上进行考证利玛窦所绘的几种地图的相互关系和流传,那么陈观胜的论文则是从地理学的角度来评价利玛窦所绘制的地图。他认为利氏的地图"对中国社会真是一件开荒介绍品,是中国人历来所未见过的东西"。④ 具体来说,这种贡献表现在:1.实地测量:在中国学历史上,用近代新科学的方法和仪器来做实地测量的第一人恐怕就是利玛窦;2.地名的审定,这是首次用中文名对世界各地地名的审定;3.介绍了欧洲大航海后的地理发现的新知识;4.第一个介绍了世界的地图;5.有了五大洲的观念;6.介绍了地圆说;7.介绍了地理学上地带的分法。作为一个地理学家,他对利玛窦并未一味地说好,而是将其放在当时的时代背景下,也客

---

① 罗常培《耶稣会士在音韵学上的贡献》,参阅《罗常培语言学论文集》,北京:商务印书馆,2004年,第252页。
② 罗常培《耶稣会士在音韵学上的贡献》,参阅《罗常培语言学论文集》,北京:商务印书馆,2004年,第274页。
③ 洪业《洪业论学记》,北京:中华书局,1981年,第150—193页。
④ 陈观胜《利玛窦地图对中国地理学之贡献及其影响》,载周康燮编《利玛窦研究论集》,香港:崇文书店,1971年,第131页。

观地指出了利玛窦地图的问题和缺点。同时,从历史和文化的角度,讨论了为何利玛窦所介绍的地理学的新知识没有在中国流传开来的原因,这些分析都相当的深刻。

从历史学来看,1944年张维华所出版的《明史佛郎机吕宋和兰意大利四传注释》是一本学术功力很深的著作,其中在意大利传中,对利玛窦的相关中文文献做了相当好的考证与研究。方豪的《李存我研究》①《拉丁文传入中国考》②《十七、十八世纪来华西人对我经籍之研究》③《中国天主教史论丛·甲集》④《方豪文录》⑤《台湾方志中的利玛窦》⑥等一系列的论文大都涉及利玛窦研究,其学术成就为学界所公认,被陈寅恪称为"新会学案有后人"。

从翻译著作来看,裴化行神父的(R.P.Henri Bernard,S.J.)的 *Le Père Matthieu Ricci et la Sociéte Chinoise de son Temps*,1552—1610一书由王昌社翻译,1943年由东方学艺社以《利玛窦司铎与当代中国社会》为名出版,这是在中国出版的第一本利玛窦传记。1936年冯承钧所翻译的法国教会史专家费赖之(Le P.Louis Pfister,S.J.)的《在华耶稣会士列传及书目》至今仍是学者案头必备之书,书中的"利玛窦传记"部分成为研究利玛窦的最基本材料。当然1936年出版的裴化行著,萧浚华翻译的《天主教十六世纪在华传教志》也是一本受到学界好评的译著。

20世纪前五十年在利玛窦研究上取得了很好的成绩,从文献学上,这一时期开启了整理利玛窦为代表的明清中西文化交流史的先河,他们所开启的这个学术方向始终启迪中国学者的不断努力;从学术研究的角度来看,在语言学、历史学和地图学这三个领域中那一代学者取得了很高的学术成就,即便站在今天的学术发展的角度,罗常培对利玛窦的语言学研究,洪业和陈观胜对利玛窦地图的研究仍有着很高的价值。

---

① 方豪《李存我研究》,杭州:存我杂志社,1937年。
② 方豪《拉丁文传入中国考》,《浙江大学文学院集刊》1942年,《方豪六十自定稿》,台北:学生书局,1969年,第1—39页。
③ 方豪《十七、十八世纪来华西人对我经籍之研究》1943年《东方杂志》,《方豪六十自定稿》第185—203页。
④ 方豪《中国天主教史论丛.甲集》,北京:商务印书馆,1944年。
⑤ 方豪《方豪文录》,北平:上智编译馆,1948年。
⑥ 方豪《台湾方志中的利玛窦》,《方豪六十自定稿》,台北:学生书局,1969年,第605—612页。

## 二、20世纪后半叶的利玛窦研究

这一时期,从利玛窦文献研究来看,20世纪后半叶首先应肯定的是中华书局1983年出版的由何高济、王遵仲、李申翻译,何兆武校对的《利玛窦中国札记》,这个本子是从金尼阁改写本的英文版翻译过来的,从译本底本的角度不是太理想,虽然也是国际学术界所认可的一个本子。但何高济等人的这个译本有两条值得肯定,一是它是中文出版领域的第一个译本;其二,译本翻译质量受到学界好评,其中所附的英文本序言和1978年法文版序言比较好的提供了西方对这本著作研究的现状,这是后来的台湾译本所不及的。台湾辅仁和光启社1986年联合出版的由刘俊余和王玉川合译的《利玛窦全集》,这套全集在两点上值得肯定:一是首次从意大利文版的Fonti Ricccianae 翻译了利玛窦的《中国传教史》,二是首次翻译出版了利玛窦的书信集。但这套书冠名为《利玛窦全集》,实际上只是利玛窦外文著作集,对于中文著作并未涉及,显然用《利玛窦全集》冠名有所不周。朱维铮主编的《利玛窦中文著译集》于2001年由复旦大学出版社出版,该书的价值在于第一次将利玛窦的中文著作全部加以点校整理,如朱维铮在导言中所说:"研究应该从材料出发。利玛窦生前公开刊布的作品,主要是中文著译,现存的至少十九种,理应成为探讨利玛窦如何认识和沟通这两个世界文化的基本依据。"①但文集中所收录的《理法器撮要》一书,学术界有所讨论,有些学者认为这本书题为"泰西利玛窦撰"的抄本乃是一本伪作,虽然它对于我们理清明清时期西式日晷制作技术在中国的传承关系具有重要意义,但从版本学上看应不是利玛窦的著作。②2001年澳门基金会影印出版的罗明坚和利玛窦所编的《葡华词典》是近年来所出版的利玛窦的最重要原始文献之一。1981年王绵厚在他的《利玛窦和他的两仪玄览图简论》③一文中,首次公布了他所发现的藏于辽宁省博物馆的,李应式刻于

---

① 朱维铮主编《利玛窦中文著译集》,上海:复旦大学出版社,2001年,第2页。
② 许洁、石云里(2006)抄本《理法器撮要》作者献疑,《或问》[日本]11:15—24。
③ 此文收入《辽宁省博物馆学术论文集》中。

1603年的《两仪玄览图》①。1982年林金水首次翻译了利玛窦的部分文献。②李天纲的《明末天主教三柱石文笺注:徐光启李之藻杨廷筠论教文集》是一部学术价值较高的著作,内容讲的是三大柱石,但处处涉及利玛窦中文文献内容。

在利玛窦文献的研究上值得注意还有中国国家图书馆出版社在1999年出版的《中国国家图书馆古籍珍品图录》中公布了一篇题为《天主教教义》的文献,目录编者认为作者为"利玛窦",这份被称为利玛窦所写的文献是目前中国国家图书馆所藏的时间最早的西文文献,张西平在其《传教士汉学研究》中发表了题为《利玛窦的〈天主教教义〉初探》的文章中③研究了这份文献,认为这篇文献不应是利玛窦本人所写的文献。杨福绵的《罗明坚利玛窦葡华字典所记录的明代官话》④是近年来关于利玛窦语言学研究的最有分量的学术论文。孙尚扬对《辩学遗牍》一书的作者做了分析,认为该书前篇为利玛窦所作,后编为徐光启所作,这个观点在朱维铮的《利玛窦中文著译集》中也得到反映。⑤张西平的《天主教要考》讨论了关于利玛窦遗失的重要著作《天主教要》的版本问题。⑥钟鸣旦、杜鼎克、黄一农、祝平一所编的《徐家汇藏明清天主教文献》中收录的利玛窦的《斋旨》一文,⑦钟鸣旦、杜鼎克所编的《耶稣会罗马档案馆明清天主教文献》中所收录的利玛窦的《圣经约说》⑧都是近期所发现和出版的关于利玛窦重要的原始文献,有很高的学术价值。

在利玛窦研究20世纪后半叶中文学术领域首推方豪先生,他所写的

---

① 王绵厚《论利玛窦坤舆万国全图和两仪玄览图上的序跋题识》,曹婉如、郑锡煌、黄盛璋等编《中国古代地图集-明代》,北京:文物出版社,1994年。
② 林金水《〈利玛窦日记〉选录》,载《明史资料丛刊》1982年第2期。
③ 张西平《传教士汉学研究》,郑州:大象出版社,2005年,第59—80页。
④ 杨福绵《罗明坚利玛窦葡华字典所记录的明代官话》,载《中国语言学报》第5期,北京:商务印书馆,1995年。
⑤ 孙尚扬《〈辩学遗牍〉作者考》,见《基督教与明末儒学》,北京:人民出版社,1994年,第40页。
⑥ 张西平《天主教要考》,载《世界宗教研究》1999年第4期。
⑦ 钟鸣旦、杜鼎克、黄一农、祝平一所编《徐家汇藏明清天主教文献》第1卷,台北:辅仁大学出版社,1996年。
⑧ 钟鸣旦、杜鼎克所编《耶稣会罗马档案馆明清天主教文献》第1册,台北:利氏学社,2002年。

《梵蒂冈出版利玛窦坤舆万国全图读后记》①《利玛窦教友论新研》②《明末清初天主教比附儒家学说之研究》③《中国天主教人物传》④都是研究利玛窦的重要论文和著作。黄时鉴和龚缨晏的《利玛窦世界地图研究》是 20 世纪后半叶利玛窦研究的代表性著作,这项研究可以说在继承民国期间洪业和陈观胜研究的基础上有了几项较大的创新:其一,对利玛窦世界地图的绘制和刊刻做了全面的研究;其二,对利玛窦世界地图的知识来源和学术文化影响做了全面系统的研究;其三,对利玛窦地图中所有的文字加以了整理和校勘。⑤ 罗光主教的《利玛窦传》是 20 世纪中文学术界最早的一本关于利玛窦的个人传记,⑥张奉箴的《利玛窦在中国》、林金水和邹萍合著的《泰西儒士利玛窦》和汪前进的《西学东传第一师利玛窦》、张西平的《跟着利玛窦来中国》⑦都从不同的侧面描绘了利玛窦在中国的活动。林金水的《利玛窦与中国》是 20 世纪中文学术领域最早出版、并受到学术界好评的一本全面研究利玛窦的学术著作,至今这部著作仍是学者研究利玛窦的案头必备之书。由于利玛窦是明清中西文化交流的奠基人,这样在张奉箴的《福音流传中国史略》、嵇文甫的《晚明思想史论》、樊洪业的《耶稣会士与中国科学》、周康燮编的《利玛窦研究论集》、许明龙主编的《中西文化交流的先驱》、陈卫平的《第一页与胚胎:明清之际的中西文化比较》、孙尚扬的《基督教与明末儒学》、陶亚兵的《明清间的中西音乐交流》、曹增友的《传教士与中国科学》《基督教与明清中国:中西文化的调适与冲撞》、沈定平的《明清之际中西文化交流史-明代:调适与会通》、何兆武的《中西文化交流史论》、张错的《利玛窦入华及其他》(香港)、张晓林的《天主实义与中国传统》、张西平的《中国与欧洲早期宗教和哲学交流史》《欧洲早期汉学史》、余三乐的《中西文化交流的历史见证》《早期传教士与北京》、万明的

---

① 方豪《方豪六十自定稿》。
② 方豪《方豪六十自定稿》。
③ 方豪《方豪六十自定稿》。
④ 方豪《中国天主教人物传》,香港公教真理学会及台湾光启社 1967—1973,北京:中华书局,1988 年。
⑤ 黄时鉴、龚缨晏《利玛窦世界地图研究》,上海:上海古籍出版社,2004 年。
⑥ 罗光《利玛窦传》,台北:辅仁大学出版社,1972 年。
⑦ 张奉箴《利玛窦在中国》,台北:闻道出版社,1985 年;林金水、邹萍《泰西儒士利玛窦》,北京:国际文化出版社,2000 年;汪前进《西学东传第一师利玛窦》,北京:科学出版社,2000 年;张西平《跟着利玛窦来中国》,北京:五洲出版社,2006 年。

《中葡早期关系史》、杨森福的《中国基督教史》(台湾)、朱维铮的《走出中世纪》(一、二)、刘耘华《解释的圆环:明末清初传教士对儒家经典的而结实及其本土回应》、莫小也的《十七~十八世纪传教士与西画东渐》、李天纲的《中国礼仪之争:历史、文献和意义》、陈义海的《明清之际异质文化的一种范式》、张国刚的《从中西初识到礼仪之争》以及他主编的《明清传教士与欧洲汉学》、张凯的《庞迪我与中国》、江晓原的《天学外史》、白莉民的《西学东渐与明清之际的教育思潮》、江晓原 钮卫星的《天文西学东渐集》、李志军的《西学东渐与明清实学》、戚印平的《远东耶稣会史研究》、王萍《西方历算学之输入》(台湾)、林中泽《晚明中西性伦理的相遇:以利玛窦的〈天主实义〉和庞迪我的〈七克〉为中心》、刘大春的《新学苦旅:科学、社会、文化的大撞击》、李向玉的《汉学家的摇篮:澳门圣保禄学院研究》、何俊的《西学与晚明思想的裂变》、金国平,吴志良的《东西望海》《过十字门》《镜海飘渺》(澳门)、潘凤娟的《袭来孔子艾儒略:更新变化的宗教会遇本土化? 文化交流? 宗教对话?》(台湾)、黄一农的《两头蛇:明末清初当代第一代天主教徒》(台湾)、李奭学的《中国晚明与欧洲文学》(台湾)、董少新的《形神之间:早期西洋医学入华史稿》一系列学术著作中都涉及对利玛窦的研究和评述,都分别从各个侧面推进对利玛窦的研究。

在对利玛窦研究的外文翻译方面,2006年宗教文化出版社出版的《利玛窦中国书札》是意大利学者 P.Antonio Sergianni P.I.M.E 所编辑的利玛窦的54封书信,这是在大陆学术界首次出版利玛窦的书信,其中有部分内容在台湾辅仁版的《利玛窦全集》也没有,但遗憾的是编者将利玛窦的54封信完全打乱,按照自己设计的一个体系,将所有信件拆散后放入其中。这样,这本书的学术价值打了不少折扣。管振湖重新翻译的《利玛窦评传》在商务出版。平川祐弘著,刘岸伟、徐一平翻译的《利玛窦传》是目前国内出版的唯一的日本学者的利玛窦传记,值得关注。美国著名汉学家史景迁著,陈垣、梅义证翻译的《利玛窦的记忆宫殿》,是在国内大众读书领域产生较大影响的一部译著。谢和耐的《中国与基督教》、柯毅林的《晚明基督论》,安田朴等人的《明清间入华耶稣会士和中西文化交流》、钟鸣旦的《礼仪的交织:明末清初中欧文化交流史中的丧葬礼》等都涉及利玛窦在中国的活动,其中邓恩著,余三乐、石蓉翻译的《从利玛窦到汤若望:晚明耶稣会士》是这些翻译著作中最为重要,并在中文学术界产生影响较大的外文著作。

以上著作和论文表明在中文学术研究领域,对利玛窦的研究已经取得了相当大的进展,这表现在:在研究的范围上大大扩展了,已经从传统的传教学研究几乎扩展到人文社会学科的所有研究领域,从人文到科学,从历史到语言,从艺术到自然,几乎利玛窦所涉及的所有领域都已经有人开始研究。这种研究范围的扩展是20世纪前50年完全不可比拟的;第二,在研究的深度上大大加深了,对利玛窦在晚明的活动,他与士人的接触,几乎在所有方面都有学者涉猎。中国学者充分发挥对中文文献的熟悉的优势,将利玛窦研究与晚明史的研究充分结合起来,从而加深了对晚明史和明清中西文化交流史的研究;第三,评价的标准多元化了。在20世纪50年代初对利玛窦等来华传教士的评价上最有代表性的是何兆武先生执笔所写的《中国思想史》第四卷第27章《明末天主教输入了什么西学?具有什么历史意义?》,它基本是从负面的作用来评价以利玛窦为代表的来华传教士的。关于利玛窦所传入中国科学的属性问题至今仍可以讨论,但学术界在对利玛窦的评判的标准上已经完全走出了传统的负面评价的立场,而开始在更为广阔的视角,从不同的学术侧面展开了对利玛窦的研究,利玛窦在中西文化交流史上的贡献与奠基作用几乎已经成为学术界的共识。

在以往的利玛窦研究中,由于利玛窦的主要外文著作尚未翻译成中文,中文学术界在国际学术界除个别学者外基本上发言权不大。随着20世纪下半叶利玛窦所有的外文著作和通信几乎都被翻译成中文,相比较而言,至今利玛窦的19部中文著作仍未全部翻译成英文或其他西方语言,这样在文献的阅读和使用上中国学者具有相对的优势,从而在利玛窦研究上取得了快速的进展。现在我们可以说,如果不看中国学者的研究成果,已经无法站在利玛窦研究的前沿,中国学者已经成为引领利玛窦研究的主力军。

## 三、对今后研究的展望

尽管百年来对利玛窦的研究取得了重大的进展,但由于利玛窦处在一个中西文化交流的伟大时代,他又是中西文化交流的奠基性人物,因此,对其的研究仍有很大的空间,亟须学术界继续努力。

首先,从利玛窦原始文献的收集和整理来看,四百多年来,尽管学术界和宗教界在不断努力收集和整理利玛窦的文献,但至今仍有一些文献尚未

发现,需要我们及后人继续努力。根据我的有限阅读,至少有以下几个文献:

1. 关于《交友论》。利玛窦《天主教传入中国史》中曾经说:"另一本书则是以中文书写,书名为《交友论》。……这本书是以拉定文与中文对照而写,更引起读者的好奇心,后来赣州区域知县苏大用出版中文单行本,……"①在1599年8月14日致高斯塔的信中说:"神父,你曾表示希望得到些中国东西,因此把我四年前所编译的《论友谊》一书中的数页,随这封信一起给你寄去…其中附有意大利文说明,只是不如中文流利"。②德礼贤经过多方考证,利玛窦这个意大利文本藏于格列高利教皇大学档案馆(Archives of the Pontifical Gregorian University ms. 292),由于文献珍贵曾于1825年、1877年、1885年、1910年多次重印出版,德礼贤也于1952年将其再版一次。③ 这里应引起我们注意的是他1599年寄回的中文和意大利文中的格言只有76条。而在1601年版中格言已有100条,如冯应京在序言中所说"交友论凡百章"。这说明《交友论》有不同的版本,他所说的中文和意大利文的对照本始终没有发现。对中文学术界来说,重新发表德礼贤的整理本也是有价值的。

2. 关于《中文拼音辞典》。利玛窦第一次进北京失败后,在返回南京的路上,他和郭居静等神父一起编写了一部供传教士学习汉语发音音的辞典。他说:"神父,们利用这段时间编了一部中文字典。他们也编了一部中文发音表,这对传教士们学习中文有很大帮助。"④这部文献虽然前辈学者一直在努力寻找,也曾发现过一些线索,⑤但至今仍未发现。

3. 利玛窦所译的《四书》。利玛窦在多封信中明确说他翻译了《四书》,并把它寄回了欧洲,如他在1594年11月15号的信中说:"几年前(按为1591年)我着手翻译著名的中国《四书》为拉丁文,它是一本值得一读的书,是伦理格言集,充满卓越智慧的书。待明年整理妥后,再寄给总会长

---

① 《利玛窦中国传教史》,台北:光启出版社,1986年,第255页。
② 《利玛窦通信集》,台北:光启出版社,1986年,第258页。
③ D'Elia.P.M., "*Further notes on Matteo Ricci's De Amicitia*", *Monumenta Serica* 15(1956), pp. 356—377.
④ 《利玛窦中国传教史》,台北:光启出版社,1986年,第286页。
⑤ 尹斌庸先生对此文献有详细介绍,《学术集林》第1辑,上海:上海远东出版社,1995年,第349页。

神甫,历时你就可以阅读欣赏了。"① 这本书至今下落不明,美国学者孟德卫认为,这本书在中国长期被作为入华耶稣会士的中文课本,并成为后来柏应理(Philippe Couplet,1624—1692)等人所编译的《中国哲学家孔子》(Confucis Sinarum Philosophus)底本。② 这只是一种意见,我个人认为这本书的原稿是会找到的,因为利玛窦明确说过,他寄回了罗马。对这份文献的寻找应是一个重要的学术任务。

4. 应关注葡萄牙文和西班牙文的有关利玛窦的文献。目前所发现和整理的关于利玛窦的西方文献主要是拉丁文、意大利文的。但利玛窦在中国传教时受到葡萄牙的保护,显然,在葡萄牙的历史文献中应该仍有关于利玛窦的文献。尤其是西班牙著名耶稣会士阿罗索·桑切斯(Alonso Sánchez,S.J.,1551—1614)是个应该关注的重要人物。他于1581年奉命来到马尼拉传教。"1582年3月,桑切斯由马尼拉启程,4月漂流到福建沿岸,5月2日到广州。旋被系入狱中,经耶稣会士罗明坚请求而获释放。"此后他曾与罗明坚和利玛窦多次见面并结下友谊,互有通信。③ 阿罗索·桑切斯的这次中国之行只得无功而返。但桑切斯在1583年至1588年间,先后写出三篇《中国笔录》,在《中国笔录》中,也记录了他和利玛窦的的相见,这些文献我们至今没有掌握。

5. 利玛窦是在中国最影响的西方人,中国学术界已经将其主要的西方语言著作翻译成了中文,但至今利玛窦主要中文著作并未翻译成英文或其他西方语言,④意大利方面正在努力做意大利文版的利玛窦全集,这是值得肯定的。将利玛窦的全部著作翻译成一个完整的英文版,这应是西方学术界要做的一个基础性工作。

从历史与文化研究来说,系统地研究利玛窦与晚明士人交往,探讨其和东林党人的关系,是一个仍待深入的一个问题。利玛窦对中国哲学的理解与他原有的中世纪哲学之间的关系也有待深化。荷兰学者安国风所写

---

① 《利玛窦书信集》,台北:光启出版社,1986年,第143页。
② David E.Mungello,Curious Land:Jesuit Accommodation and the Origins of Sinology,pp.247—297,Stuttgart 1985.
③ [法]裴化行《明代闭关政策与西班牙天主教传教士》,载《中外关系史译丛》,上海:上海译文出版社,1988年,第264页。
④ 马爱德主编《天主实义》英文版,Institut Ricci 1985.

的《欧几里得在中国》是一本值得关注的研究利玛窦的新书①,他采取中西文献互照的研究方法,将欧几里得的拉丁文本和利玛窦的翻译译本,加以对比研究,同时,对欧几里得的接受史又加以详尽的分析。目前,在中文学术界能像安国风这样自如游走在中西文献之间,展开历史与思想文化的研究的学者还不多。利玛窦的多数翻译著作只有经过这样的研究后才能清楚彻底,如此看来我们还有许多基础性的研究有待展开。

百年利玛窦研究成绩斐然,相对于利玛窦与中西文化交流史的广阔研究领域,一切仿佛刚刚开始,我们要百尺竿头,更进一步。

---

① [荷]安国风著,纪志刚等译《欧几里得在中国》,南京:江苏人民出版社,2009年。

## 附录2:17世纪中国对西方人文主义文化的儒家回应[①]

(A CONFUCIAN ECHO OF WESTERN HUMANIST CULTURE IN SEVENTEENTH-CENTURY CHINA)

孟德卫(David E.Mungello) 著 辛岩 译 张西平 校

一

人文主义是一个在历史发展过程中意义丰富的词汇。文艺复兴人文主义涉及对古典文本的拯救与细致研究——这段时期包括古代希腊罗马,从荷马时期(大约公元前800年)开始直到公元4世纪。部分由于对这些文本的关注产生了副产品,于是在欧洲滋长了对人本身的关心,对这种关心的强调是通过一种深思熟虑后的对比塑造出来的,是比中世纪晚期更加关注精神层面。

世俗人文主义在我们这个时代的发展演化,加之其谨慎栽培下的无神论和不可知论,使得人们产生一个错误印象,认为文艺复兴时期的人文主义是反宗教的。这样的印象同伊拉斯谟(D.Erasmus)(1466—1536)领导的基督教人文主义运动相抵触。当然,17、18世纪来华的耶稣会士塑造了人文主义文化,却并未感觉它是无神论的,尽管传教士们的精神倾向性很明显是不同的。一些来华传教士培养的是人文主题,而其他人则倾向于更加清晰的神学论题。

人文主义的第三重意义是由中国的儒家传统发展而来的。被孔子(公元前551年?—公元前479年?)阐释过的中国古代圣贤教义很明确地赞扬了人的品质。这些品质具体表现于五种永恒美德(五常)中:仁义礼智信;还体现在五种人类关系(五伦)中:君臣父子夫妻长幼朋友。在儒家人文主义的基石上有一个固有的精神铺垫。尽管孔子自己没有强调要塑造

---

[①] Bibliotheca Instituti Historici S.I. Volumen XLIX. Western Humanistic Culture Presented to China By Jesuit Missionaries(XVⅡ-XVⅢ)马西尼编辑《耶稣会士传至中国的西方人文主义文化(十七至十八世纪)》(Proceedings of the Conference held in Rome, October 25—27, 1993年10月25日至27日在罗马召开的会议记录)*Edited by Federico Masini*, Institutum Historicum S.I.罗马耶稣会档案馆 Via Dei Penitenzieri 2000193 Rome, 1996.本文首次以中文形式发表。

精神现象,可其他儒士都更倾向于他们精神塑造中的这一维度。

后古典历史学家 W. 耶格尔(W. Jaeger)(1888—1961)清楚地在西方古典人文主义和神学之间建立了历史的联系。他论证说是柏拉图最先创造了"神学"(theologia)这个词,并建立了这一新的概念作为所有哲学思想的核心。① 亚里士多德据说还从柏拉图那里继承了这一神学概念,并将他的第一哲学命名为"神学",尽管之后亚里士多德又将其易名为"形而上学"。早期基督教会是通过以上帝为中心的新柏拉图主义哲学,而间接触碰到柏拉图和亚里士多德的这些概念的。② 基督教教义思维和希腊哲学理论之间不仅有大体相似的学术性知识,还有深层次精神上的相似性。《使徒行传》中的圣保罗确认了将希腊文化和基督教精神结合的任务。耶格尔论述到,这一结合在圣奥古斯丁和圣托马斯·阿奎那的作品中达到了顶点,他们将柏拉图主义和亚里士多德主义与基督信仰融合在一起③。

基督教人文主义源自于一种做学问的方法,始于14世纪的意大利,并且和意大利文艺复兴联系在一起。人文主义是一种新的治学方法,一种新的思考与书写方式,而不单纯是一种特定哲学或神学。相比一种信条来讲,它更是一种理性的手段。它的技巧方法首先是通过研究经典希腊、拉丁文本发展而来的,但是包含了其他语言,比如希伯来语。

基督教人文主义囊括了基督教和古典文化的广泛融合,这一融合又是建立在古典希腊、罗马文学主体与基督教义并无任何不相容之处的设想之上。另外,一种新型教育体系是被确信能够使基督社会达成完满的实现。因为人类本性从根本上来说是善的,尽管它被原罪所腐化,却能为教育所改善。④ 这种对教育作为道德塑造形式的强调,与中国儒家道德培养产生了显著共鸣。

著名的文艺复兴学者克利斯特勒(P. O. Kristeller),论证说有很多具有人文主义训练的学者、思想家,都对宗教问题有种真挚的关注。他相信,对于基督教神学原始资料的运用在这一基督教义发生变化的时期是一个关

---

① W. 耶格尔(W. Jaeger), *Humanism and Theology*(《人文主义与神学》), Milwaukee, 1943, p. 46.
② 同上, p. 58。
③ W. 耶格尔(W. Jaeger), *Humanism and Theology*, pp. 62—64.
④ M. P. Gilmore, *The World of Humanism 1453—1517*(《人文主义的世界 1453—1517》), New York, 1952, pp. 205—206.

键因素。① 这就包含了一种针对学术方法贫乏的抨击,以及对基督教义回归经典的强调,也就是说,回归圣经,回归教堂神父的书写。

应用这一新学问超越了宗教和国家主义的界限,创造出伊拉斯谟版的希腊文"新约",由希伯来语和希腊语而来、路德(Luther)的德文版"圣经",还有在国王詹姆士一世指示下出版的圣经英文译本。耶稣会士是基督教人文主义者中的突出人士,其中的很多人都是出色的古典学者和拉丁文作家。耶稣会士在学校修习了非常成功的人文主义学科课程,打下了基础。修习人文主义的传统伴随亚里士多德经院哲学得以保持,用以在17和18世纪的大学中塑造人的心灵,那时的大学相隔甚远——莱顿,牛津,帕多瓦和萨拉曼卡。②

在西班牙,人文主义第一次作为工具是为西麦内斯(Cardinal Ximenes, Jimenez de Cisneros,1436—1517)所用的,他是一名简朴的圣方济会士,在西班牙被提升为高级公职人员,包括作为伊莎贝拉女王的精神导师神父。另外,为革新西班牙男修士和修女,他创立了阿尔卡拉(Alcala,拉丁文:Complutum)大学。红衣主教西麦内斯的革新项目收买了旧有的经院哲学和新兴的人文主义。那些孤高排他的拉丁文圣经文本(Vulgate)轻视作为犹太人语言的希伯来语及作为异教徒语言的希腊语,与之相反,西麦内斯则欢迎犹太皈依者和外国学者,并且促进了圣经中的人文准则。③ 这一原则的结果就是,成就了康普鲁顿合参本圣经(另康普路屯仙多语对照圣经)(1522)的印行,成为和希伯来、拉丁文Vulgate版和希腊七十子圣经(Septuagint)版文本并行的文本。

## 二

西方人文主义最先由意大利耶稣会士于17世纪介绍到中国。那些意大利耶稣会士带着天下大同的愿望、久经世故并且具有开放见解,早已被灌输了强烈的人文主义思想,他们是利玛窦(M.Ricci,1552—1610)、艾儒

---

① P.O.Kristeller, *Renaissance Thought: the Classic, Scholastic and Humanist Strains*(《文艺复兴思潮:古典,经院和人文之间的张力》),New York,1961,p.75.
② Kristeller,p.87.
③ A.G.迪肯斯(A.G.Dickens), *The Counter Reformation*(《反宗教改革运动》),New York, 1968,pp.45—46.

略(G. Aleni,1582—1649)与卫匡国(M. Martini,1614—1661)。相比较而言,葡萄牙和西班牙传教士的传教方略则较为褊狭、态度生硬且爱好争吵。他们征服者的心态是伊比利亚人15、16世纪期间建立葡萄牙、西班牙帝国时进行的航海征服所遗留下的传统。伊比利亚人的这些壮举加强了其自我意识中的文化优势感与大国沙文主义。与之相应的是,文艺复兴人文主义为意大利人塑造出一种更加国际化的视野,而相比伊比利亚人,意大利人缺少一个帝国、甚至没有一个统一的民族,致使他们能够保持住这种比较世界性的视野。

然而,这些群体中色彩是有所转化的。在中国的耶稣会士将葡萄牙耶稣会士列入他们的行列,比如安文思(Frs. G. de Magalhaes,1610—1677)和曾德昭(S. (T.) Pereira),这些人相当好斗并且不如他们的意大利同事目光开阔。在中国的方济各传教士中有一位西班牙绅士,他非常亲切和蔼,这种灵活变通的作风使得他可以和谐融洽地与耶稣会士相处工作。这位方济各修士的工作使得我们更加清楚地界定耶稣会士的人文主义。

利安当(Antonio Caballero a Santa Maria)于1602年四月出生于西班牙巴伦西亚省的巴塔纳斯。① 他在萨拉曼卡大学学习了人文科学,他还在那儿加入了圣方济各会,时间是1618年3月24日,也就是在他十六岁生日前夕。他在差不多整整一年之后(1619年3月25日)立誓(professed his vows),地点是圣巴勃罗省的卡里瓦里奥修道会。

萨拉曼卡市以其众多的神学院及修道院一直以来都是宗教生活的中心,修道院中包括了阿维拉圣特蕾莎创建的加尔默罗会,她还保留有主教区资助人的头衔。五百年来萨拉曼卡和它的大学都是西班牙文化生活的中心,利安当先生在黄金时代末期约1600年左右在那里求学,那时有2个大教堂、28个教区、25个女修道会、25个修道院、25个男校学院和2个女校学院。② 16世纪,萨拉曼卡大学与牛津和巴黎并列为最大的学术中心,

---

① 利安当神甫的传记在P. Lorenzo,OFM被发现,"Los Franciscanos en el extremo Oriente",Archivum Franciscanum Historicum Ⅱ(1909),第548页至第560页;Ⅲ(1910),第39页至第46页;P. Anastasius van den Wyngaert,OFM.,ed.,Sinica Franciscana,Firenze,1933,第2卷,第317—332页;方豪《中国天主教史人物传》,香港,1970年,第2卷,第108—111页;方豪《方豪六十自定稿》,台北,1969年,第234—235页;Antonio Sisto Rosso,Dictionary of Ming Biography(《明代名人录》),富路特(L. Carrington Goodrich)编辑,New York,1976年,pp. 24—31.

② G. M. Colomba,"萨拉曼卡(Salamanca)",New Catholic Encyclopedia(《新天主教百科全书》),Washington,D. C.,1967,vol. 12,pp. 976—977.

在1601年,4000名学生的入学量达到它历史上的一个顶峰。① 尽管从这一时期之后人数呈下降趋势,1641年还是招收了3908名学生,利先生正是录取高峰那几年在那边求学的。结果,他就在欧洲顶级的大学之一接受了教育,尽管西班牙已经步入了它长时间的衰落期,文化心态在认知这种衰落的过程中通常还是很慢的。那么,利先生也许很容易就感受到他已经接受了能在世界范围内拥有到的最好的教育。

在萨拉曼卡,利先生同时接触到经院哲学和人文主义传统。他对人文主义的吸收表现在对西班牙人普遍的征服者心态的调节上,尽管他亲切的天性也许同样造就了这一事实。结果,利安当先生的中国理性传教横亘在他的西班牙同事与意大利耶稣会士之间。利先生对中国文化更加开明的态度有别于已知的其他很多托钵僧,比如,道明会的闵明我(D. Navarrete,1618—1686),他对儒家文人持不友好态度,尽管他会以别的方式赞赏中国。②

## 三

尚祜卿(同时也用天民和韦堂这两个名字)1619年左右出生于山东省南部的山阳。③ 他在1639年得到了举人的头衔,被派官职,成为山东省潍县的地区总长,是位高级官员,可是在1959年时一些问题导致他在任职期满前被解官。随后他便把家安在济南,在那里他接触到一些传教士,包括利安当神甫。

当尚成为一名基督徒之后,他开始使用自己的新名字"识己"。这是什么时候发生的事并不清楚,很可能在他遇见利安当之前已经受洗了。1659年3月7日利安当给地方上的圣方济各会神甫写了一封信,表达出一种困惑,即除了与很多儒士的深入讨论和辩难之外,他还没有成功使任何

---

① M. B. Murphy, "萨拉曼卡大学(University of Salamanca)", *New Catholic Encyclopedia*(《新天主教百科全书》), vol. 12, pp. 977—980.

② 见卡明斯(J. S. Cummins), *A Question of Rites: Friar Domingo Navarrete and the Jesuits in China*(《礼仪问题:闵明我神甫与在华耶稣会士》), Aldershot, England, 1993, pp. 98, 113—114 and 138.

③ 方豪《中国天主教史人物传》第2卷,第112页;方豪《方豪六十自定稿》,第234—235页。

一位儒士皈依虔信基督。① 然而,从尚 1659 年抵达济南后,很有可能是这封信写就之后,利安当先生关于与儒士交往的困惑都是在他与尚接触之前。这就为尚是被利安当先生带到基督身边并受洗增加了可能性。

尚和利安当的关系很难界定,因为事实是我无法在利安当先生的信中找到任何提到尚的文字,也没有在圣方济各的省会报告中得到确定的线索。这种遗漏在中国传教士中是正常的,包括耶稣会士。一个原因是中国人的名字很难直译成欧洲语言,因为缺乏完备的罗马字拼音体系。关于中国人名字的遗漏,另一个更为重要的原因就是,这些报告的作者很谨慎地在选择词汇。一个圣方济各传教士与一名儒士之间的协作会被一些圣方济各会士以怀疑的目光审视。

尚在济南接触到的第二批传教士就有耶稣会神甫汪儒望(Jean Valat)。他大约于 1614 年出生在法国西南部勒皮(Le Puy)的"Aniciensis"。② 他 1632 年进入见习期,并在图卢兹(Toulouse)学习神学,1642 年他在那里被任命为牧师。1645 年的八月从欧洲乘船,1647 年抵达印度,在那儿一待就是四年。他最后一次立誓是在澳门,时间为 1650 年的十二月,从那时以后他拜访了中国东部的一些传教点,包括杭州;1651 年到过上海;1652 年山东;1656 年北京。在北京,汪儒望协助汤若望神甫,并获准走出城墙到邻近的城乡间传播福音。③ 他在北京之时,亲眼见证了顺治皇帝对教区的几次探访。1660 年汪儒望去到济南辅助那里的基督徒们。

汪儒望神甫到达济南后,他与利安当先生进行了卓有成效的合作,分别开辟了东堂和西堂的传教工作。尚与这二位的亲密关系在他为《天儒印》所作序言的注释中得到证实,其中他提到了与他们曾经就天主教义的深奥论点所进行的"从早上持续到晚间"的大篇讨论。④

---

① A.Wyngaert, ed., *Sinica Franciscana*, Firenze, 1933, vol. 2, p. 469.

② 汪儒望神甫 1614 年的出生日期出现于布鲁塞尔和巴黎 Bibliotheque de la Compagnie de Jesus 的 C.Sommervogel 中,1890f., vol. 8, 专栏 412,在 Dehergne 上有一个问题标记,第 278 页。关于汪儒望神甫出生日的一些困惑在于,他济南坟墓的墓碑上记录了他死于 97 岁高龄(Pfister, p. 280)。因为他的出生年月被清楚地界定在 1696 年 10 月 7 号,如果这个碑文的内容是准确的,那么他应该出生于 1599 年。

③ Pfister, p.280.

④ 《天儒印》(以下用 TRY 来表示),尚祜卿序言,第 2a 页。

## 四

利安当神甫1659年所表达的那种与文人共事中受挫,源自于他用中文著述的尝试,旨在归化儒家文人和中国社会其他成员。在标明日期为1653年11月的方济各省会神甫的一封信中,利安当提到了三本在那年用中文写作的书籍。据他描述,第一部书包含了中国书籍中的基础原理,很明显是一些儒家典籍,为了在中国人中建立认识,"对于天地的创造者与主人,人们需要单独崇拜和祭祀,而不是和其他同时"。①

利安当描述第二部书也从中国古籍中汲取了基础原理,很可能也是儒家经典,来证实他们偶像、迷信和祭祀的虚无。利安当的论据取材自《圣经》("智慧书"的次经,第十四章),自然法和十诫。第三部书被认为是包含有关于基督三种美德——信仰、希望和慈善的解释。他从中国古籍中提取了一些承诺来强化他们跟随真理的承诺。利安当也陈述道,在第三部书中他运用了适当的例子来介绍基督教一些基本的三位一体观念、天堂地狱信条。

尽管三种中文书均署利安当名,不过将这现存的三种利安当所属书籍与1653年描述的三本书建立起直接的联系好像也不太容易。较晚的三部作品是:《天儒印》(Confucianism and Christianity compared),《正学镠石》(The touchstone of true knowledge),《万物本末约言》(A brief summary of the beginning and end of all things)。早期与晚期作品之间的大体相似之处很清楚:三部现存中文著作选取了儒家的"四书"来印证基督教义;还有一些对中国偶像崇拜的批判;及对基督基础教义的解释。然而,看上去,这三部作品的内容相当程度上是从1653年至大约1664年之间发展而来,后者是他们终稿的形成期。

利安当的知性性情从表面看来多少是被个人的交游所影响与塑造,当然在这方面相比许多其他西班牙传教士更是如此。人文主题,比如友谊,可以充当不同文化族群间的桥梁。利安当与意大利耶稣会士如利玛窦和卫匡国之间的不同在于,意大利耶稣会士的知性性情坚实地植根于人文主义关怀中,而利安当则只是顺从地利用人文主题,如果他们想促进与他同

---

① A. Wyngaert, *Sinica Franciscana*(《中国方济各会志》), vol. 2, p. 427.

事之间的热忱关系的话。这就解释了为什么利安当的推论有时会比其他时候更加随和与适应。

我想要推介一个论题,即令欧洲来华传教士介绍进来的人文主义文化影响的方向愈加复杂化。看上去好像是,西方历史学家太倾向于关注欧洲传教士对中国知识分子在不同程度上的单向影响。然而,我们有很好的理由去相信,特定的欧洲传教士对来自中国的影响是敞开的,尽管那倒不一定是严格意义的神学。除了利安当将人文主义文化介绍给尚祐卿之外,从表面看,尚祐卿的儒教人文观有引出利安当一些特定人文主题的效果,而这些主题还影响到利安当中文著作的修订。两部尚祐卿明确参与过的作品中(《天儒印》和《正学镠石》)反映出一种愈加调和中国文化的语调,并且包含了大量对儒家经典卓有见识的引用。相比而言,利安当的第三本中文作品(《万物本末约言》)则完全关注用一种欧洲的方式解释基督教义,而丝毫没有引用中文文本或者中国本土语词,而这部书尚祐卿明显没有参与其间过。

## 五

利安当与中国儒士尚祐卿密切合作,研究儒家经典(尤其是《四书》),撰写以儒家知识分子为目标读者群的中文护教文献。而西班牙征服者心态的残余仍旧驻在利安当心中,这便使他的人文学识不如意大利耶稣会士那般随和。

意大利耶稣会士利玛窦和卫匡国撰写关于友谊——这一流行人文主题的护教文献,以此向知识分子呼吁。他们从罗马政治家、演说家及斯多葛学派哲学家西塞罗(Marcus Tullius Cicero,公元前106年至公元前43年)那里,从政治家、作家和斯多葛学派哲学家塞内卡(Lucius Annaeus Seneca,公元前4年至公元65年)那里汲取素材。利玛窦模仿西塞罗的散文《论友谊》(De Amicitia)写出了对话体作品,题目为《交友论》(关于朋友间关系的讨论)。这篇作品署上的日期为1595年第一个阴历月,并且包含两篇序言——一篇是瞿汝夔在1599年阴历元月写就,第二篇为冯应京于1601年阴历元月完成的。① 卫匡国也涉及了关于友谊的论题,取材自西塞

---

① 利玛窦(Matteo Ricci)《交友论》,根据李之藻编辑的《天学初函》(第一部天学教义论述的集结)重印,52卷,1628年,台北重印,1965年,第1卷,第291—320页。也可见Pfister,第35页。

罗和塞内加，写就《述友篇》（一篇友谊的文字）。① 这部作品包括两篇序言——一篇出自自称"西湖旅客"的张安茂之手，未标明日期，第二篇徐尔觉写作于 1661 年阴历六月（？）。

利安当显露出对这些罗马作者们的熟稔，而这些作者同样是欧洲人文主义者的最爱。他引用了西塞罗、塞内卡和"基督徒中的西塞罗"拉克单丢（Lactantius）（出生于大约 250 年），他是来自非洲的异教徒，后来皈依基督，被罗马皇帝君士坦丁任命为他儿子 Crispus 的家庭教师。然而，在利安当的一封信中，他将友谊主题运用于文本中的论述完全不同于利玛窦和卫匡国。利安当的书信是在广州写就，日期署 1668 年 12 月 9 日，写给中国及日本诸省的耶稣会视察员甘类思神父。不同于利玛窦和卫匡国的那些以儒士为读者群的中文论述，利安当的信是用西班牙文写的，并且有意作为内部文献不提供公众发行。这篇文献最终发表于 1701 年巴黎，法文翻译版，为的是中国礼仪之争中耶稣会士反对派们的宣传之用。②

基督教人文主义的领袖人物之一是伊拉斯谟，他发展了"批评的艺术"（ars critica）以将《圣经》包含在内。③ 像伊拉斯谟这样的基督徒都在拥护向基督教义原典的回归，比如《圣经》和拉丁希腊教堂神父。他们强调对这些古典文本的广泛编辑与纠误。反之，阿尔卑斯北部的人文主义者们，尤其是来自德国、英国及西班牙部分地区的学者，都更加关注神学及宗教，15 和 16 世纪的意大利人文主义者所关心的则更加世俗。④

利安当施加在尚祐卿身上的人文主义影响在尚的儒家人文主义上得到了回应。作品《天儒印》（1664 年）按照基督教义阐述儒家"四书"中的章节。作品署名利安当，可是如若没有一名中国儒士的协助，利安当也不可能熟练掌握中文文言达到写就如此古奥书籍的程度。尚祐卿就是那个

---

① 卫匡国（M.Martini）《述友篇》，重印于《天主教东传文献三编》天主教在东方传播文集汇编之三中。共 3 卷，吴相湘，台北，1972 年，第 1 卷，第 1—88 页。也可见 Pfister，第 260 页。

② Antoine de Sainte-Marie ［Antonio Caballero a Santa Maria］，*Traite sur quelques points importants de la mission de la Chine*，巴黎，1701 年，在 C.Kortholt ed.，Leibnitii epistolae ad diversos，Leipzig，1735，vol.II，pp. 348，358 &361.利安当给视察员甘类思的原始稿本中，"*Tratado sobre algunos punctos tocantes a esta mission de la gran China*，"保存在 Romae Arch S.C.P.F.，Scritture originali，1677 年，t. 4。

③ R.韦勒克，*Literary Criticism*（《文学批评》），见于 P.Wiener ed.，*Dictionary of the History of Ideas*（《关于观念的历史的辞典》），Macmillan Pub Co，1980，vol.I，p. 596。

④ P.Herde，*Humanism in Italy*（《意大利的人文主义》），*Dictionary of the History of Ideas*（《关于观念的历史的辞典》），vol.II，p. 520。

中国儒士。他不仅为该书撰写了序言,而且他的名字在利安当后面,同时出现在第一页上,别认为这个名字只是编者(字面上说是"比较者和鉴别者")。利安当不是一般的方济各会士。尽管他的见解在很多方面具有很明显的方济各派特点,不过他在其他观点上还是比大部分托钵修士更加开放,并且与相当多的耶稣会士保持了和睦友好的个人关系,包括汤若望。利安当于1650年抵达山东省济南市,承担了一个基督教区领导职务,该职务是耶稣会被迫承当的,利安当的任职部分也是由于汤若望的推荐。

## 六

《天儒印》的内容包括引用自《四书》(《论语》《孟子》《大学》和《中庸》)的内容,而这部分内容则在基督教的背景中被重新理解。该作品好像是一个欧洲人文主义与儒家经典相关的混生体。意大利耶稣会士(罗明坚和利玛窦)创立了《四书》在16世纪晚期的研究,这一研究产生了一个协作完成的拉丁文翻译本。《天儒印》很明显是那一相关研究的衍生产物,只是相比翻译,把重点更加放在调和基督教义的基点上来解读文本。

《天儒印》包括六十页,包含一个标题页,一篇魏学渠的序言(五页),一篇尚祜卿的引言(四页)及分成三十七章节的正文(五十页)。每个章节都至少包括一个段落是引自《四书》的,并且要将其阐释得与基督教义吻合。《论语》中的段落摘录最多(二十三次),《中庸》其次(十五次),再次《孟子》(五次),最后《大学》(三次)。

中文文本的基督教释义将利安当与其他解说者在某些时刻区分开来,比如新儒教领袖思想家朱熹(1130—1200),但是,这些区别并非总是根本性的。例如,朱熹阐释《大学》开篇章节"亲人"这句中的"亲"(loving)这个词时,意为"新"(renewing),而利安当倾向于"亲"的解释,原因很明显:这样解释就与基督教义有更大的相似性。① 由于朱熹前朝的中文解说传统支持"亲"而非"新"的更多,那么利安当的解释当然据此可辩。更加极端的例子出现在利安当对大学中下一句话的解释。② 利安当用天主超越一

---

① TRY,p.1b.
② Wing-tsit Chan, *A Source Book in Chinese Philosophy*(《关于中国哲学来源的书籍》),Princeton, New Jersey,1963,p. 86.

切的天性来阐释"the highest good"。① 同样的,《中庸》里的章节,第 22 章"only by cultivating sincerity to the fullest extent possible can one completely develop one's nature(唯天下至诚为能化)"。利安当指出用"至诚"(the highest sincerity)来指代天主。②

尽管利安当本来无意强调自己的阐释和儒家传统阐释上的直接冲突,可在提到《中庸》第 24 章中一个段落时,他正是凸显了这种强调:"it is characteristic of the utmost sincerity to have the ability of foreknowledge [of events](诚者自成也,而道自道也)"。利安当解释这句为:圣人可以预知世事非凭一己之力,而是受惠于天主。③ 乱用预言占星之人,在利安当看来是一种最恶劣的假言。

利安当也批评了他那个时代的中国人,没能发现经典文本中的深层含义。他引用《中庸》第二十六章第十节,依次引用《诗经》的如下文句:"The commands of Heaven-how beautiful and unceasing"。④ 利安当陈述道,当时的中国人只是对实体的天表现出一种敬畏,而没能理解到实体的天仅仅是囊括万物的一个巨大容器。而天主则远远超越了实体。

撰写《天儒印》这样一部作品要求利安当与尚祜卿之间紧密协作。这部作品中的很多观点都是明显源于欧洲或基督,例如,亚里士多德的四要素(土,气,火,水)和四末(死亡,审判,地狱和天堂)。《天儒印》中有些段落很明显是尚祜卿、而非利安当所作,比如,在对《论语》第二章第十六节的注中,子曰:"功乎异端,斯害也已(The study of heterodox(i. e. false) teaching is harmful.)",朱熹的注赋予了一个标准的阐释,这样的异端是以杨朱(公元前 440 年到公元前 360 年?)的极端主义学说——教导漠然处世的自我中心,以及墨翟(墨子)(fl.公元前 479 年到公元前 438 年)——教导一种普世的兼爱为例。⑤ 朱熹继续引用宋代新儒哲学家程颐(1033 年—1107 年)的说法然而,利安当(尚祜卿?)陈述了关于"异端学说"的注解:⑥ 这种对佛教的批判普遍出现于儒家知识分子中。这段中出现了"吾儒"一

---

① TRY,pp.1b—2a.
② TRY,p.6b.
③ TRY,pp.7a-b.
④ 《诗经》,第 267 页,Legge,tr. iv,ii,II. 1(第 570 页),引自 TRY,p.9a.
⑤ 朱熹《论语集注》,第 12b 页.
⑥ TRY,p. 13b.

词,这便提高了尚为作者的可能性。这一用法很普遍地出现在这一时期中国基督徒的著作中,如张星曜(1633年至1715年以后),而一位欧洲人这样用应该不太合适。① 一种可能的解释是尚重述了利安当的话——笔头或是口头,这一过程中"吾儒"这个词便顺手带入。这恰恰说明了他们在写作这一作品中的亲密合作关系。这也是在欧洲与中国人文传统加强作用下的合作。它是西方人文主义传统在17世纪中国的儒家回声。

---

① 关于张星曜频繁用"儒士?"这个词指称中国文人官员和耶稣会传教士,见于孟德卫(D. E. Mungello),*The Forgotten Christians of Hangzhou*(《被遗忘的杭州基督徒》),Honolulu,1994,pp. 79,84 and 104.

## 附录3：相互之间的苛求：
## 康熙皇帝和欧洲人，1661—1722 年[①]

(Claims and Counter-Claims: The Kangxi Emperor and the Europeans, 1661—1722)

史景迁(Jonathan D.Spence)著　辛　岩　译　张西平　校

对于我来说，这是一个非常令人激动的时刻。自从我着手进行有关康熙(玄烨)皇帝的专题研究以来，我从没有想到有朝一日我会在此向如此多的人发表讲话，而这些人对这一题目知之甚多，以至于我与他们相比自愧弗如。这只说明学术研究有时以某种复杂的方式竞相回溯历史。在华的"礼仪之争"是一个难题，我从来没有在公开演讲中论述过这样困难的课题。我确实认为这是最困难的问题，所以对这一问题的研究，我们只能尽力而为。此次学术会议正值康熙(玄烨)皇帝于 1692 年发布准许公教在华传教的敕令 300 周年纪念。从某一个角度来看，我们今天为中国和公教信仰之间具有达成和解的可能性而欢庆。但是，在"礼仪之争"的全部历史背景中，1692 年和容许敕令仅仅代表了一个瞬间，一个稍纵即逝的瞬间，这一瞬间可能仍然是一种需要人们去努力追求的理想，但是这是一个立即就被争论和接连不断的失望以及相互之间的苛求所围绕的理想。

我将试图讨论一些我在这次会议上读过的最具有吸引力的学术论文——我已经参加了许多次这样的学术会议，但很少看过如些有学术水平的论文。这些论文并不太长——这就是马爱德(Malatesta)神父和孟德卫教授的说服力成就，因为他们劝参与会议的学者尽量写短的论文。这些论文的内容庞杂而包罗万象；其中每一篇都和另一篇不同，它们本身又产生了大量的令人迷惑不解的问题。我要谈一谈这组论文，并试图承认它们的强有力的论点，以便为那些以后参加这一讨论的人提供一个对未来论文的预感和鉴赏。

---

[①] 本文译自 D.E.Mungello 编辑的 *The Chinese Rites Controversy Its History and Meaning*, Jointly published by Institut Monumenta Serica, Sankt Augustin, and The Ricci Institute for Chinese-Western Cultural History, San Francisco. 本文首次以中文形式出版。

我们几乎不可能确定"礼仪之争"的年代。孟德卫教授所写的对学术会议主题的介绍告诉我们,"礼仪之争"于17世纪30年代开始。然而,这一问题可上溯至天主教传教士的最早来华,也许可以某种方式上溯至公教神父最早到达印度Goa(果阿),甚至可上溯至对立宗教改革的早期,即在那时在欧洲发生的分歧。问题是在持守自己核心信仰的同时,应在多大程度上适应其他的文化和其他的文明。

自从我作为一个学生赴华的第一刻起,我就发现被每一个华人熟知的西方人的汉语名字就是利玛窦。无论在中国的什么地方,只要一说我对利玛窦感兴趣,都会引起对方的点头微笑。这一于1583年来华的意大利耶稣会士甚至在当今、在20世纪90年代也能在华人的心中产生一种特殊的共鸣,对于这一个单独的传教士的尊敬真是少见的。同样的Matteo Ricci(利玛窦)在经过许多斗争和数不尽的祈祷之后,和他的同事一起做出一些决定,这些决定影响了他以之完成其使命的全部方式,并影响了此后的在华基督宗教的全部历史。

"礼仪之争"是一个艰巨的课题,在过去,它已引起如此之多的人的注意。这一课题为什么至今仍然如此吸引人?为什么今晚如此之多的人在此聚首?为什么这些聚首一堂的学者在这一高度神秘、复杂和难以理解的课题上花费了如此之多的精力?在此正在做着什么事情?在我的评论中——我把这一评论命名为"相互之间的苛求"——我要把我的讨论主要局限于康熙(玄烨)皇帝的时代,他从1661年至1722年在位,统治华人长达61年,这实在令人惊讶,他是中国历史上在位时间第二长的皇帝。我将试着介绍六个范畴,在试图给出对这一时期的"礼仪之争"的一个总的看法的时候,这六个范畴应当被列举出来;这六个范畴是:根据的问题,皇帝的性格,皇帝的调停者,华人帝国的情报体系,在欧洲的华人(Chinese in Europe),最后,焦点转入另一个方向,我要以关于19世纪新教传教士的几点思考作为结束语,以便给我们一个对有关问题的更宽泛的、世界范围和宗教合一的意识。

让我们以"根据的问题"作为起始。当我阅读了这些论文时,我作了一些笔记,想要理解这个非常复杂的、充满相互对立主张的历史事件。我认识到,我最终对华人的礼仪这一课题一直有兴趣,是因为这个主题是一个普遍的主题。我想它是一个人们如何信仰的问题,不一定是人们相信什么或什么时候相信,而是我们如何开始信某一东西的问题。当我们沿着通向这一目的的道路继续走下去的时候,我们必须发问,什么构成信仰的根据,或什么构成适当的信仰。我相信,那些与"礼仪之争"有关的人事实上都完全投入于这个问题:我们如何信仰某样东西,而为了澄清这一点,他们必须考虑到"什么是根据"的概念。他们考虑这个问题的方式在当今也对我们有意义。信仰根据的问题与作为学生或作为学者或作为参加选举者的我们相关。例如:我从没有看到一个选举像即将举行的选举那样人们在其中如此难以确知该相信什么,如何相信它,如何搜集根据,因为当时在政府中如此之多的事情似乎都出了差错。根据的问题是一个普遍的问题,在许多领域中都是这样,不仅仅在教会内是一个问题。

在这一历史时期,即在300年之前,那些试图决定在华礼仪的人,当他们处理这一"根据问题"的时候在四个相互重叠的领域里面临一些挑战:首先,他们试图从许多不同文化中要决定什么是可靠的文本。然后他们试图决定在那些文本中是什么构成了经典文献,这些经典文本对他们具有某种神圣或崇高的意味。他们试图准确地描述他们本身所遵行的修习践履,又试图准确地描述其他人规定的修习践履。他们扮演了见证人的角色,试图描述他们实际上看到的东西。所以他们面对了经典文本、神圣的文献、对习俗的观察和个人的见证。他们努力把所有这一切都搜集到一起。他们并不仅仅以一种实用主义的方式来做所有这些工作,就如同当今某些人在社会研究中可能对某个特殊问题进行实地考察那样。他们却在诸宗教的领域(in the realm of religions)进行这项工作,而这些宗教本身就很难确定、很难评价。

现在仅向您提供这一问题之复杂性的简要的历史背景:利玛窦于1583年赴华,仅在几年之后他就试图以他认为是华人可接受的词汇向华人解释基督宗教。他惊讶地发现,他宣传基督宗教教义的方式使一些人想,这是接近犹太教或穆斯林信仰的东西。Ricci(利)冥思苦想如何解决这一使基督宗教教义的宣传明白易懂而又仍然持守其核心和可限定的内核的问题。他经常就这一问题与他朋友通信,所以在他的信中有关这一问题的论述特别丰富。因此,利玛窦向我们介绍了解释和翻译的问题——这就是他对"什么构成根据"的贡献。在另一个文化中,我们如何介绍我们自己呢?

这一问题导致了语言的问题,导致了此次学术会议的论文所讨论的某些问题。阎当——许多人把他介绍为在这一历史话剧中充当反面人物的教士——采取了一个非常强硬的反对公教与华人宗教、儒教和祭祖崇拜相互适应的立场。和大多数与"礼仪之争"相关的学者一样，Maigrot（阎）也曾对"如何能够正确地翻译这些术语"的问题冥思苦想。显然，有关人员的语言技巧的水准具有巨大的差异，但是，皇帝本人决定了，Maigrot（阎）的汉语完全不适于讨论他要求解释和抛弃的文本。也许在接受这一对Maigrot（阎）的谴责的时候，我们在这一语言的问题和语言的认识上前进得太快了。我知道，重新改写对历史的评价一直是历史学家的愿望，而Maigrot（阎）好像是一个非常固执和令人讨厌的人。尤其是因为他的汉语是如此之差，以致看来他无法理解汉语的经典文献，所以康熙（玄烨）皇帝不再要和他谈论。有一次，皇帝说，阎当（Maigrot）甚至目不识丁，而丁字只有两画。在事实上，如果这个人已在华度过了相当长的时间，并有两位他随之受业多年的汉语老师，难道他会真的目不识丁吗？

也许事情会更为复杂吧？例如，如果另一个人的汉语不太好，我们如何知道呢？两天前，我有幸在耶鲁大学会见一位来自中华人民共和国的著名学者。我走入房间说了声："你好！"他马上说道"你的汉语真好呵！真令人佩服，你在哪学的？"接下来的五分钟我可以完全休息了；此时我没有任何说话的机会，而他却以一种汉语-英语相混杂的语言夸奖着我的汉语，问我学汉语学了多长时间，等等，这似乎使我为我的语言造诣而感到无比骄傲。但这位先生可能立即在家书中写道："我刚在耶鲁大学遇到了一位著名的教授。他只会说两个字：'你好'，而且他发音还不正确。"感觉是一个微妙的东西，因此，当一个人记录感觉的时候，我们应该确定他记录地是否准确。

让我们考虑一下玄烨（康熙）皇帝本人。我看了一些康熙手书的朱批，在这些朱批中也有许多错字。但是在指责阎当的汉语和指责康熙皇帝的汉语的时候，这里有两个重大的区别。如果你指责阎当的汉语不好，你就能使他变为一块笑料。如果你指责康熙皇帝的汉语不好，你就会被砍头。这确实为此事提供了某些背景。许多人说康熙也是被其他人辅佐的。他写错的部首偏旁也足以使他成为他的国家的笑料，如果任何人想这样做的话。当我还是个研究生的时候，我就如同现在一样敬畏康熙（玄烨）皇帝，而在那时我就在他写给一位大臣的信札中发现了一个错误。他想告诉这位大臣说他必须对任何事情都要保密。代表"secret"的汉字的发音是mi。康熙皇帝没有写成"密"，而是写成了蜜蜂的"蜜"。当这位大臣被告知他必须对任何事情保"蜜"的时候,这位大臣会作何感想呢?

另一个例证是最近拍摄的一份中国档案的影印件,你可以在上面看到只有皇帝能够使用的御笔画的充满怒气的红色曲线,彼时他是尽力回想一个基本的宫廷用语的正确写法。

没有任何人会为这类事情着急,因为康熙(玄烨)皇帝毕竟是皇帝。因此当我们判断一个人所具有的语言水平时,我们也应更宽容一些。利玛窦用汉语写了很多东西,通读他的文章是令人销魂的,但是利玛窦是一个在许多方面都令人异常感兴趣并使人产生好感的人,而且他具有非常良好的华人助手,如果这些华人臂助长期与他相处,他们必然发现了他的错误并将其纠正。我们知道利玛窦的伟大胜利之一就是真实的微妙。他把古希腊欧几里得的几何学译成汉语,随之也创立了相应的数学术语,在一个于1604年出版的版本中,他把希腊的(即西方的)几何学介绍给华人。从一封利玛窦写给朋友的信中我们得知,他翻译Euclid(欧几里得)几何学的方法是:在近一年的时间里,利玛窦每天都要花上整整一个上午与一位全国非常优秀的学者——徐光启(他已成功地获得全国最高学位)——一起推敲汉语的译文。这两个人在清晨相聚,来回踱步沉思,反复审核原文;利玛窦用白话文琢磨出原文的意思,完后由徐光启用准确典雅的古文书写出来。我们把这叫作利玛窦的胜利,而这也是友谊和合作的胜利。我们很多时候都不知道,哪些学者曾经帮助过哪些同事。

在此次学术会议的一篇论文中,耶稣会神父魏若望(John Witek)详细介绍了一个名为Beauvollier(薄贤士)的人。Beauvollier(薄)是一位驻华的耶稣会士,他试图把解释中国的困难放入欧洲的背景之中。在一部在华写成的著作中,Beauvollier(薄)写道:"如果一个华人在与(例如)Sorbonne(索邦)学院的十位学者——其中的每一位学者都持有关于最深奥和最复杂的哲学难题的不同观点,这些哲学难题在几个世纪中都一直吸引着欧洲文人的注意力——相遇之后试图考察欧洲的哲学问题,完后再把这些问题置入他自己的语言,那么让我们看看这是何等的困难,我们也对其会做出何等严厉的判断。"Beauvollier(薄)的这一观察对于我们这里的一组人来说是非常有益的,因为我们试图使用比较批评法使我们的眼光锐利起来。

孟德斯鸠在他的著名的《波斯人信札》(*Persian Letters*)中也做了某种非常相似的事情,当时他利用一位外国的虚构的学者来限定他正在批评的国家。在18世纪,著名英国诗人和剧作家哥尔德斯密斯在一部名为《世界公民》的书中也做了同样的事情。在耶稣会士开始反省这一方法的同时，这一方法已成为全世界的方法。与这一根据问题、翻译问题、语言问题和比较研究问题相关联的是如何评价不同华人对于汉语经典文献的各种解释的问题。我们应该如何决定哪一个解释应被提供给我们？在这种情况中，罗马教廷必须仔细查看和辨别所有的从中国送回的材料。

作为这一根据问题的一个概要，我提出五个当我阅读此次学术会议的论文时想到的词汇：不理解、简化论（还原）、欺骗、可兼容性和互补性。这五个词汇里的三个词汇已在许和（Zürcher）教授的出类拔萃的论文中得到详细讨论。我以这五个词汇表示，无论何时，只要有人试图提出华人礼仪是什么的证据，都会首先出现完全误解（不理解）的问题。其次，人们可能以他自己的方式理解事物，然而在许多情况中在事实上是自欺欺人。第三，存在排除解释的某些层面、以便不触怒任何人（简化论，还原）的问题。这是一个以某种方式使你的公教教义简化，但这样做，它就与儒学，伊斯兰教或犹太教混到一块。第四，这里有一个兼容性的问题，但当不同的东西被隐藏起来时（为了使自己的信仰与华人的那些信仰相符合），这种兼容性是完全不同的；我们正在研究的一些人就普遍使用这种方法。第五，当人们声称他自己的教义可以填补其他思想学派的欠缺而又基本使两个教义保持不变时，就产生了一个互补性。这五个问题对我们正在谈论的东西是核心的问题，对人们如何处理礼仪的问题也是核心的问题。

现在，让我们来看一看康熙（玄烨）皇帝的性格。与会的几个学者在他们的论文中论述了"礼仪之争"的某些方面，在他们看来，似乎是这些方面造成了灾难或毁灭。人们的注意力被这一历史话剧的某些个人或某些片刻所吸引。这对于我来说似乎是一种十分困难的门径和方法，因为我们要与如此之多的事实和如此之多的时代打交道。如果我必须以一句简单的陈述归纳17世纪和18世纪初叶的绵延持久的整个"礼仪之争"，那么我会说：当时我们的"礼仪之争"是这样发生的，因为康熙（玄烨）皇帝关注了这些问题。他曾为这些问题而焦虑；如果他没有关注这些，那么这一问题可被弃置一边，它在欧洲和在华也不会产生如此重大的影响。为什么康熙（玄烨）关注这些呢？这一问题引导我们去观察皇帝的性格。

当我纵览"礼仪之争"的时候，最使我惊讶的是，人们的性格会如何深远地影响历史（how dramatically it brings back personality into history）。在整个叙述中，人物的性格真是关键的：这些人是个体的、固执己见的、骄傲的和自私自利的。我认为康熙由于他的本性就是这一故事的中心人物。在此,他的性格的哪一方面是至关重要的呢? 当然是他的漫游不安、勇于探索、选择各式各样东西的精神。他为之感到骄傲,因为他想他能够采集和改进其他人的思想,因为他要保持一种灵活和探索的精神。

另外,他是骄傲的。他毕竟是天子,世界上最大国度的皇帝。他为他的满族血统而骄傲。他的祖父征服了满洲,他的父亲开始征服明朝。他也是一个急脾气。有几个学者已经提到了这一点,但是我们也许还不够重视他的这一性格。与他的骄傲并驾齐辕的是真正的暴躁和易怒(a real irritability)。正如阎当、多罗(Tournon)、嘉乐(Mezzabarba)和这一故事中的许多其他人发现的那样,如果康熙(玄烨)发起怒来则很难使其平静。

最后,我们决不能忘记这一非常简单的事实:当"礼仪之争"没完没了地延续下去时,他已上了年纪,并且体弱多病。康熙(玄烨)曾是一位健壮的年轻人,他可能因为患天花不死而继承了皇位。但是,当他50多岁的时候,他的健康出了严重的问题。在1705年和1706年著名的多罗(Tournon)特使来华之前,在如此多的矛盾都开始爆发的时候,康熙不仅倍受疾病折磨,而且为他自己所立的太子而深感失望和伤心。他发现他是一个邪恶的和不可靠的年轻人。他最后不得不废弃了他亲自立的太子,在立他为太子的时候却诏告天下,说他是法定继承人。因此,这一处理传教士的重要决定的人知道自己已近暮年,因为他为自己的活力而骄傲,所以他对自己的衰老更为敏感。他体会到了一个失去对自己孩子的信任的父亲的不幸。

除此之外,康熙(玄烨)皇帝已非常健忘,在我的关于康熙的著作中,我考察了这件事情。当我们上了年纪的时候,我们都为我们的记忆日益衰退而焦虑,但是我们可以依赖档案系统以作为记忆的一个支撑物。康熙皇帝的基本性格是,他相信他能够把国家的秘密全部保存在他的头脑中。康熙个人制定了一套记事方法以与各省的大臣们打交道,但是在他自己的大脑以外没有作任何记录。他这样做的原因是,他不相信任何人能对绝密文件的信息保守秘密。结果,他宁可在读完奏折之后再把奏折返还给大臣,但他不作任何记录,不保存这些奏折的抄本。但是,当他到50岁的时候,光靠着大脑的记忆,他已记不清他所说过的话了,对于那么多的请求书,他到底给予了哪些回应? 如果承认这一困难,他就只能承认日薄西山,垂垂老矣,所以他无论如何都不能承认这个困难。

在这一威严、有力的人物的帝王特性中还有另一困难，这一困难与日益衰老这一核心问题同时存在——会议的论文并没有特别注意这一问题，它就是华人和西方人之间的友谊问题，当这一问题关系到这一皇帝和只是一个行将就木的人的时候，它就变得更为微妙。利玛窦在华所写的第一部关于友谊的著名著作就是《交友论》。是友谊把我们结合在一起这一思想在当时耶稣会士的心目中占有很大的分量。康熙（玄烨）能够成为某些传教士的朋友，例如他是 Verbiest（南怀仁）的朋友，可能也是 Pereira（徐日升）的朋友。他是他的某些大臣的朋友，例如曹寅（Cao Yin），或大权在握的满洲大员的朋友，如明珠（Mingzhu）。皇帝接人待物的方式也出自于普通人的情感，相对于其他人而言，他更信任某些人，更宠爱某些人。为什么康熙（玄烨）不厌其烦地考虑所有这些问题，为什么他如此重视"礼仪之争"（why did he make the Rites Controversy such a huge thing）？因为他关注这一问题，并在个人层面上关注卷入"礼仪之争"的某些人（because he cared about it and about some of the people involved at a personal level）。他宁可付出极大的情感代价也要"为之一辩"（He was willing "to go to bat" at great emotional cost to himself）。

通过阅读最近从中国档案馆中抄出的某些文献，我发现了一个极为引人注目的事情。康熙（玄烨）通过秘报密切注视着抵达广州和澳门的每一条［外来的］船。他得到的这些特殊报告的内容是：这些船只何时进港，来自哪一国，船上有什么人，他们是华人还是外国人，他们有何技艺。在某些情况中，当他等待一个特殊人物——例如，他派往罗马的耶稣会特使 Provana（艾逊爵）——的到来的时候，康熙（玄烨）确实要查验船舶登记簿，并说："我要知道这个人什么时候回来。"不幸的是，Provana（艾）是被装在一口棺材里运回来的，他已死在路上，时间就在他返华之前。在我阅读这些正式的官方文献时，这种要搞到这种信息的情感上的担忧深深地触动了我。

简而言之，康熙可以把"礼仪之争"的全部问题作为一派胡说弃置一边（could have dismissed this whole question of the Rites Controversy as nonsense）①，我们今天也不会在此相聚。或者他可以非常简单而非常坚决地

---

① 译者注：或者说，玄烨也可以保持和古罗马高级官员一样的超然态度：De minimis non curat praetor（"大官不关心琐小的事"）。

站在一边或另一边。他有权力这样做。他可以简单地把一批传教士驱逐出境。与此相反,他很投入、感到忧虑、作劝勉、积极地参与这件事情,同时又抱怨他的江河日下的健康状况和病痛。

第三个需要考虑的领域是我所说的调停人的领域。作为一个受汉族教育的满洲人,康熙(玄烨)在此并不是独自一人——他与公教的各种修会团体的传教士打交道,这些团体有道明会、方济各会、奥古斯丁会、巴黎外方传教会以及耶稣会。他也在通盘考虑着所有的其他人向他提出的问题。他逐渐地积聚起来一个完整的参谋机构以帮助他理解这些问题。我认为"礼仪之争"的未来的研究领域之一将是更详细地考察这些调停人是谁,康熙(玄烨)是如何从各个汉员和满员那里得到情报的。某种可被我们大致称为基督宗教政治的东西在康熙于1661年登极时处于其政治的核心地位。在康熙刚刚即位的时候,第一组著名的耶稣会传教士已被打入牢狱并仍然在押。康熙(玄烨)决定把他们从监狱中释放出来,但至今我们仍不完全理解这是为什么。在此我们只能肯定在17世纪60年代,基督教、政治和他(玄烨)的权力意识走到了一起。我们知道他利用一群特殊的华人作为任何来华的传教士和其他公教信徒的陪同人员。这些是来自皇宫之内务府的特务。在明代,这一机构大部分由宦官控制,这是些被阉割的专门监视后宫的男人。康熙(玄烨)使用忠于他的包衣来陪伴这些传教士。我们知道在"礼仪之争"中偶然出现的某些人的名字。他们之中的一些人物是关键的,公教信徒进行的每一场对话几乎都是和赵昌(Zhao Chang)、桓卡麻(Henkama)或李秉忠(Li Bing-zhong)之流的对话,他们的名字一再出现。这些就是基督宗教的专家,但是他们又和皇帝的政治体制紧密地结合在一起。

除了被康熙(玄烨)用来作为理解之臂助的调停人之外,还有康熙的长子胤禔,在一些欧洲的文献中,他被称为亲王(Regulus)。传教士不通过康熙皇帝的长子就不能见到康熙皇帝,他们对此一再抱怨。这个儿子已长成了一个没有多少修养的年轻人。他是一个非常复杂的人物,因为康熙(玄烨)有许多孩子,而他们之间有很多争吵。这个人曾被命名为有朝一日就会统治全国的太子,然而又被废弃。因此,在他被任命管理各个阶层的传教士之前就已经受到了羞辱。更多地去研究康熙(玄烨)的儿子们和他们对"礼仪之争"的全部问题的处理方式,以及详细研究清廷的家庭制度对于我们这些研究"礼仪之争"的学者来说必定是有益处的。

我们还必须更多地了解卷入"礼仪之争"的华人学者。一些论文,如林金水教授的论文、许理和教授的论文和孟德卫教授的论文通过研究华人学者和历史学家以及他们试图解释各种决定的方式已开始在这一方面取得重大进展。但是还有另一批年老的宋明理学家,例如,张保兴(Zhang Boxing)和张朋阁(Zhang Pengge),他们都是最高层的官员。他们本身就与传教士有着复杂的矛盾,而且他们在自己的奏折中关于传教士作了一些报告。这两个人也是这一故事中的角色。

正如柯蓝妮博士的论文所指出的那样,甚至卷入"礼仪之争"的人的语言教师在皇帝也会定期地被召入宫中,被皇帝盘问,并可能充当皇帝的探子和调停人。我们怎能肯定这些语言教师不经常回去打小报告呢?如果我们不考虑他们,我们就太过于天真了。他们不是被随意选择的,而是被特意指定专门用来监视外国人的。这里有一大群语言教师、信使、仆役、助手、秘书等等,他们在皇帝和那些制造麻烦的信徒之间进行着调停,这些信徒在皇帝的王国之中为自己要争取生存的空间。

必须注意的第四个领域是我所说的"情报机构"。在华有了一批工于心计、老练狡诈的情报官员。帝国的政治体制是高度集中和极为有效的。让我们以教宗于1720年派出的特使Mezzabarba(嘉乐)的情况为例。在分析了问题的症结之后,为了直接与皇帝打交道并解决公教会到底将在华占有什么位置这一十分困难的问题,教宗曾进行了一系列的尝试,此次派遣特使是这一系列尝试的最后一次。如果我们观察嘉乐出使中国的全部过程,我们就会发现某种信息是通过情报机构传给皇帝这一深层背景。从保存下来的历史文献来看,在广州设有一个暗哨,但它决不会独立运作。这一暗哨通过几个情报人员与葡萄牙控制的殖民地——澳门发生联系,在那里也安插了中国的高层官吏。两广总督与其保持密切联系并密切关注所发生的一切。他凭借这一情报机构似乎每几个小时使最新的消息上达远在北京的皇帝。与这一情报机构关系最密切的人是杨林(Yang Lin),在保存下来的这一历史时期的许多文献中我们与此人相遇。他把我们引向鲁尔(Rule)教授所说的指挥系统(chain of command),这是需要认真研究的某种东西。这一指挥系统与调停人具有不同。这是一条包括士兵、低级官吏和水师管带在内的直达皇帝的渠道,他们登上入港的船只以便会见最近到达的外国人。他们与在码头上的华人聊天。他们仔细观察会使皇帝感兴趣的每一件事情。皇帝个人就是依靠这一情报系统得知他派往罗马吁求教宗的那些人是否安全回国的。我们可从这些报告中推算出皇帝接到情报的准确日期。我们可以逐日计算,当某个情报进入这一谍报系统并上达皇帝时,其他人还要长时间地蒙在鼓里。其中一例是:教宗特使嘉乐于1720年入华,就在那一年夏天康熙(玄烨)得知他派往罗马去觐见教宗的艾若瑟(Antonio Francesco Giuseppe Provana)已经离世。人们已多次讨论被称为"红票"的某种东西,这是一种于1716年认真印制的呈送给罗马教宗的证件。上面的内容是康熙(玄烨)命令用拉丁文、满文和汉文三种文字印制的。康熙(玄烨)于1720年跟人说,他并不知道有关"红票"的详细内容,也不知道"红票"被呈送给教宗。这是一件令人惊异的事情,因为早在1718年初夏这一情报机构就向康熙皇帝报告Provana(艾逊爵)已被教宗召见,这是因为教宗已接到了红票。我并不知道这一消息为什么如此之快就传到了中国。但是康熙(玄烨)如此之快就得知了在罗马所发生的事情这是令人惊讶的。在华,和皇帝直接联系的谍报人员可使用特殊的驿站把信息迅速上呈给皇帝,只需不到两个星期,有时是十天,信息就可从广东到达北京。因此,皇帝在这里密切注视着事态一步一步地发展。从这一情报系统我们就可说出康熙(玄烨)如何得知了在1720年这一命运攸关的一年所发生的事情。我们知道,他得知在他听说教宗的两位特使的名字之前的大约两个星期,他宠信并派往罗马觐见教宗的传教士Provana(艾逊爵)就已经死了。此后的一个月,谍报系统也获悉了教宗特使本人的情况并将其上报北京。结果,康熙借助于解除一切环绕着Mezzabarba(嘉乐)的谍报系统而做好了接见这一教宗特使的准备。

需要注意的第五个和第六个领域是在欧洲的华人和19世纪的新教传教士。研究在17世纪和18世纪到达欧洲的华人是一个非常令人感兴趣的主题。从17世纪60年代第一个华人到达欧洲到18世纪70年代在欧洲的华人的数量开始增长,在这段时间里人们几乎可以标出每一位到达欧洲的华人的行动,并可了解到他们的许多事情。我越是更多地研究将在今后一两天宣读的论文,我越是明确地认识到,卷入"礼仪之争"的华人比我从前所了解的人要多得多。在华和欧洲之间来回往返的传教士经常带有华人助手,这些传教士在"礼仪之争"中是关键人物。胡约翰(John Hu)和黄嘉略(Arcadio Huang)在他们于欧洲定居之前在礼仪之争期间常随着耶稣会士频繁往返。对在欧洲的华人的历史进行更加认真的研究是完全必要的。例如,黄嘉略(Arcadio Huang)决定不当司铎。反之,约于1710年他在巴黎居住,在那里,他娶了一位年轻的法国妇女并成为法国国王之中文书籍图书馆的第一位编目人。黄嘉略随着梁弘仁(Artus de Lionne)从中国来到欧洲,梁弘仁在向教宗通报在华发生的事情的整个过程中都是一个起关键作用的传教士。梁弘仁的立场是与耶稣会相对立的,并常向耶稣会发动进攻。这一与他常年朝夕相处的中国青年当然也接受了他这一立场的某些方面。看来黄嘉略决定不当司铎的部分原因就是"礼仪之争",因为他几乎在Maigrot(阎当)到达罗马的同时离开了罗马。正如我们从一个英国学者在1947年的发现中所了解的那样,孟德斯鸠最后会见了他。因此我们发现,关于政治经济和政治理论的世界名著之一——《法的精神》)的构思与作者和一位华人的关于华夏宗教问题的讨论部分重合。作为阅读此次学术会议论文的一个结果,我倒是愿意重新思考孟德斯鸠当时做了什么和"礼仪之争"如何影响了欧洲的哲学生活这一问题。

我愿以大步跨向19世纪和思考新教传教士的问题来为我的这篇前言作结,因为大约从1810年始到19世纪中叶,新教传教士成了新的、修订了的圣经的占主导地位的负荷者,直到19世纪中叶,公教会才再次变得强大起来。我并不想解释新教传教士的追求,这是一个漫无边际而又不好说的话题。但是,它不应与"礼仪之争"隔离开来。此处在座的一些学者梦寐以求的一种大综合既需要极目远望、直视前方,又需要左右环顾、眼观六路,并把在华新教传教会纳入考虑的范围。例如,一位叫洪秀全的年轻的华人于1850年创建了太平天国,他的反清的民族主义立场深深地影响了孙逸仙(孙中山)博士的思想。他也成了毛泽东领导之下的人民共和国的注意的对象,因为他所创立的太平天国在某些方面具有社会主义国度的色彩。洪秀全于19世纪50年代初组织了一支军队,并于1853年攻占了南京,在此他宣告成立天国,对他来说确实是地球上的一个新的耶路撒冷,直到1864年,他一直统治着南京。

洪秀全建立的这一太平天国的许多方面在事实上与"礼仪之争"试图展开的历史具有许多相似。其中之一就是God的称谓问题。你如何把God一词译成汉语?当你进入另一种语言和文化的时候,你如何选择词汇传神地译出原文所指的那种特殊的"智慧"和"能力"[指神的智慧和全能],而又不被错误的含义所误导呢?这是在"礼仪之争"中的核心问题之一,这对洪秀全本人来说也是一个关键问题。新教传教士可能因决定什么是God的正确的汉语译名过于困难而感到绝望而跳回到Nestorian(聂斯脱利)教派(景教)于7世纪和8世纪所持的立场,当时聂斯脱利派(景教)用Elohim(厄罗恒,埃洛希姆,阿罗诃)表示 God 的名称。新教传教士向后倒退,在早期的圣经翻译中使用"耶和华"代表 God 以避免这一争论,然而又碰上了毫无意义的音译的问题,这一问题已如此困扰着其他传教士和华人知识分子,例如,他们担心使用 Deus 一词的汉字音译[陆斯,斗斯]来称谓上帝。现在"耶和华"("耶火华")一词在创立太平天国的那个年轻人第一次读到的经文中出现了。但是,他在此面临一个精神危机,因为他父母给他起的第一个名字就是洪火秀(Hong Huoxiu)。当他读他的第一部基督教经典的时候,他发现上帝的名字的中间的那个字("火")和他的名字的中间的那个字相同。在他后来所具有的梦幻和着魔状态中,他更改了他的名字,放弃了和上帝同名的念头。这与华人使用名号的忌讳有关。人们也不称呼康熙私人的名字["玄烨"]。当一个人当了皇帝的时候,他的小名就永远成了忌讳。

用孟德卫论文中的话说,另一个问题是"孝道的投射"。当你的家庭观念和亲情观念太强的时候会发生什么呢?当我们把 God(神)称为"父亲"的时候,我们把这一词汇理解成一个中性的、神圣的、令人肃然起敬的词汇。在"礼仪之争"中的某些人物把 God(神)当作大父母,把做父母的理念与 God 的权能联系起来。在洪秀全身上,我们发现这一问题也在劫难逃。确实,这一问题被提升至一个全新的层面,当在华基督教传教士发现发生了什么事情的时候,他们为之大为震惊,而洪秀全本人从不认为这是在渎神。这就是他的认识,即:如果 God 是他的父亲,那么他就是 God 的儿子,所以耶稣就是他的兄弟。如果你接受这种逻辑的意义,那么这些就是逻辑的推理步骤,当你照字面意义解释这种家庭关系时,那么就如以上所示将以堕入渎神的境地告终,并会声称你在实际的意义上就是耶稣的弟弟。在洪秀全一生的大约 20 年中,他都声称这是真的。在"礼仪之争"的早一些的时代我们就遇到同样的问题——语言的问题和情感的问题——在 19 世纪仍然存在。

最后一个问题是一个简单的汉字——"全"的问题,在汉语中它的意思是"完全"或"完整"。我惊讶地看到此次学术会议的几篇论文无论是在解释基督宗教典籍还是汉语典籍时在许多方面谈论"全"字的意义。人们认为"全"是一个澄清一切的、无所不包的字。我们发现年轻的洪秀全在19 世纪 50 年代去掉他名字中间的那个字的时候却补了一个"全"字。这引起了我的兴趣,我想更多地了解这件事情,因此,我试着研究这一问题。洪秀全在事实上是如何选择了这样一个对他来说充满了感情色彩的字眼呢?这又是与"礼仪之争"相关的问题和术语。

简而言之,19世纪新教传教士进入的[华夏]世界是一个宗派林立、难以左右的、充满危险的世界,是一个布满陷阱和充满难题的世界。在我们此次学术会议上读到的几篇论文中可以发现,某些重要学者在此谈到,在"礼仪之争"期间,某些公教信徒进入的地区是边缘地区(阴暗地区)或地下世界,在这些地区中产生出新的和更加困难的问题,这些问题确实难以解决。这一阴暗地区和地下世界的问题确实在我们正在谈论的许多主要人物的身上导致了偏执多疑和精神上的黑暗。在此,只举几个简单的例子:我们发现在"礼仪之争"期间,即使是高级神职人员、即使是在同一宗教中长大的、具有丰富经验的人、即使这些人明显具有在世界上传播上主圣言的相同的目的,他们也相互之间曾提出了以下的控诉。例如:教宗寄给在远东的传教士的信件有的在澳门被故意打开并被恶意销毁了。在远东的其他传教士的野蛮残暴和愚弄嘲讽使一位法国神父,张诚(Gerbillon),这样伟大的人物,过早地离开了人世。一些耶稣会士在教宗特使入华期间用铁链把教宗特使的一些成员锁住,并试图毒死多罗。皇帝本人接连派出的前往罗马处理问题的四位特使都被干掉。我并不是说所有这些指控都是真的,但是这些相互指控的内容能够流传并引起许多骚动和不安这一事实就提醒我们这一黑暗世界是何等的复杂和充满猜疑和偏执①。这又把我们与后来新教传教士所受的痛苦联系了起来,这些痛苦是他们试图处理类似的问题时所受的痛苦。

最后我要说,我们之所以在此研究"礼仪之争",是因为它对于我来说是一段最奇妙的历史,并且永远是一段非常奇妙的历史。

---

① 译者注:"黑暗的世界"指华夏帝国。

# 第八章
# 中国知识西传

## 一、17世纪汉字在欧洲的传播

在中国文化西传的过程,汉字的西传是一个重要的方面。西方人的汉语学习和研究也是首先从认识汉字开始,而后逐步进入对汉语语法的研究。大航海后,①西方人对汉字的认识是在中西文化交流史的大背景下所发生的一种文化相遇。对西方人这一认识过程我们应放在中西文化交流史这个大背景下考虑。东亚汉字文化圈由来已久,当葡萄牙人越印度洋来到澳门,西班牙人越太平洋东来后首先到菲律宾,并开始在菲律宾刻印中文书籍,耶稣会则首先进入日本,西人已经进入汉字文化圈,这样我们对西人的汉字的认识历史考察时应将眼光扩展到整个东亚。"相对封闭而单一的传统研究模式不足以获得对于历史的完整认识与理解。……决不能自囿于国境线以内的有限范围,而应当置于远东、亚洲乃至整个世界的大背景下加以考察并相互印证。"②

---

① 在大航海以前元蒙时期来到中国的马可波罗和方济各会的传教士对中国文字也有过简略的报道。意大利人柏朗·嘉宾到达蒙古大汗均都城哈喇和林,居住4个月后启程返欧,著《蒙古史录》介绍契丹(Kathay)第9章有一句,谓契丹国有一部(指南宋)"自有文字";1253年,法国国王圣路易派教士卢白鲁克出使蒙古,其中《纪行书》中亦有一章提及中国文字及书写方法:"其人写字用毛刷(即毛笔),犹之吾国画工所用之刷也。每一字合数字而成全字。"《马可波罗行纪》第2卷第28章一笔带过说:"蛮子省(Manji,指中国南部)流行一种普遍通用的语言,一种统一的书法。但是在不同地区,仍然有自己不同的方言。"参阅张星烺《中西交通史料汇编》第一册,北京:中华书局,1977年,第186—189页;参阅[法]伯希和撰,冯承钧译《蒙古与教廷》;冯承钧译《马可波罗行纪》,上海:上海书店,2001年。

② 戚印平《远东耶稣会史研究》,北京:中华书局,2007年,第8页。

笔者认为,汉字西传经历了三个阶段,第一个阶段是对汉字认识的描述阶段。最早来到东亚的传教士们见到汉字,开始在书信中向欧洲介绍和描述汉字,从而为后来在欧洲呈现汉字字形打下了基础;第二个阶段是汉字呈现阶段,在欧洲介绍东方的书籍中开始出现汉字,由简到繁,由少到多,从而使欧洲人在书本看到真正的汉字,为其后来的汉字研究打下了基础;第三个阶段是对汉字的研究阶段,在欧洲开始有了较为系统的研究汉字的文章和著作。

本文以 17 世纪汉字西传历史为线索,对这一时期西方对汉字的研究暂时不做展开。本文的中心是要历史地再现出汉字在 17 世纪欧洲的出版物中是如何呈现的,只有摸清这段历史,才可以为今后的进一步研究打下基础。目前学术界对此虽有一定的研究,但大多不系统,疏漏较多,本文试图做一次系统的梳理。①

## (一) 欧洲人早期对汉字的描述

欧洲人对汉字的认识是从对日语的认识开始的,因为耶稣会首先进入日本,自然开始知道了日语,并由此接触到了汉字。最早在信件中向欧洲介绍汉字的应是首先来到东方的耶稣会士沙勿略(St. Francois Xavier)。1548 年他在柯钦写给罗马一位耶稣会士的信中,简要地提到了自己从葡萄牙商人那里听到关于日本僧侣使用汉字、中日之间用汉字进行笔会的情况。同时,他也从果阿神学院院长那里得知了一个皈依了天主教的日本武士所介绍的日本汉字的情况,进一步知道了汉字在东亚的使用类似于拉丁语在欧洲的使用。1549 年沙勿略在柯钦写给会祖罗耀拉(Ignacio de Loyola),介绍了他和这位日本武士谈话后所了解的汉字特点:"(他们的文字)与我们的文字不大相同,是从上往下写的。我曾问保罗(日本武士弥次郎——译者注),为什么不与我们一样,从左往右写? 他反问道(你们)为什么不像我们那样写字呢? 人的头在上,脚在下,所以书写时必须从上向下写。关于日本岛和日本人的习惯,送给你的报告书是值得信赖的保罗告诉我的。据保罗说,日本的书籍很难理解。我想这与我们理解拉丁文颇为

---

① 姚小平《16—19 世纪西方人眼中的汉字》,载张西平等主编《西方人早期汉语学习史调查》上册,北京:中国大百科出版社,2003 年。

困难是相同的。"①

耶稣会在日本

　　1549年沙勿略进入日本后,对日本的语言和汉字有了直接的感受,1552年1月29日在给罗耀拉的信中再次介绍了日本汉字的特点以及日本汉字与中国汉字之间的关系。他说:"日本人认识中国文字,汉字在日本的大学中被教授。而且认识汉字的僧侣被作为学者而受到人们的尊敬。……日本坂东有一所很大的大学,大批僧侣为学习何种宗教而去那里。如前所述,这些宗派来自中国,那些书籍都是用中国文字写成的。日本的文字与

---

① 《沙勿略全书简》,第353—354页,转引自戚印平《远东耶稣会史研究》,第170页,关于沙勿略和弥次郎的研究参见[美]唐纳德·F·拉赫著,周云龙等译《欧洲形成中的亚洲》第1卷,《发现的世纪》第2册,北京:人民出版社,2013年,第200—204页。

中国文字有很大的差别,所以(日本人必须重新学习)。""值得注意的是,中国人与日本人的口头语言有很大不同,所以说话不能相通。认识中国文字的日本人可以理解中国人的书面文字,但不能说。……中国汉字有许多种类,每一个字意为一个事物。所以,日本人学习汉字时,在写完中国文字后,还要添补这个词语的意思。"①

和沙勿略一样,随后前来日本的耶稣会士们在掌握日本语言上仍存在困难。胡安·费尔南德斯(Juan Fernandez)曾是沙勿略的一个同伴,沙勿略认为他在讲日语和理解日语方面是他们中"最好的"。在学习中,他对日语有了一定的理解,知道了中国文字在日本是有学问人的书写语言,也知道了日语对汉字做了适应性的改革,以汉字草书体表示一般性的音节文字,这被称为平假名(hiragana)。在此之后,他找到了对语言问题的如此解决方案。例如,加戈知道了汉字经常传达不止单一的含义②。

沙勿略和他的同事们虽然最终没有能进入中国大陆,但他们在日本通过对日语的学习开始接触到汉字,并对汉字有了初步的认识。这表现在:1.汉字不是拼音文字;2.汉字书写时是从上向下;3.汉字是表意文字,一个字代表一个事物;4.汉字是中国和日本之间的通用语言,书写相同,发音迥异。③

另有一些来到中国附近国家并会短期进入中国的传教士或者商人,也描述了他们所知道的汉字。1548年一篇写于果阿的佚名手稿《中国报道》

---

① 《沙勿略全书简》,第555页,转引自戚印平《远东耶稣会史研究》,第134—135页,第173页。
② [美]唐纳德·F·拉赫、埃德温·丁·范·克雷著,周宁总校译《欧洲形成中的亚洲》第1卷,《发现的世纪》第2册,北京:人民出版社第219页。
③ 关于天主教在日本的研究,参阅John W.Witek,S.J.,*Japan and China in Comparison.1543—1644.Reflections on a Significant Theme*;Ignatia Kataoka Rumiko,*The Adaptation of the Christian Liturgy and Sacraments to Japanese Culture during the Christian Era in Japan*,M.Antoni J.Üçerler,S.J.,(edited) *Christianity and cultures*;*Japan & China in comparison*,1543—1644,Institutum historicum Societatis Iesu,2009.

(*INFORMAÇÂO DA CHINA* Anónimo),尽管这篇手稿的作者存在争议,①但手稿中涉及中国教育制度的框架和内容,涉及中国文字的类型,涉及中国印刷术等,它被认为西方最早描述和认识汉字的重要文献之一。在谈到中国的教育制度时作者说:"关于您问在中国的土地上有否不仅教读书和写字的学校,有否像我们国家里那样的法律学校、医务学校或其他艺术学校,我的中国情报员说,在中国的许多城市都开办有学校,统治者们在那里学习国家的各种法律。"谈到中国文字时他说:"他们使用的文字是摩尔文,他说他去过暹罗,他把这些人的文字带到那里去,居住在暹罗的摩尔人都会读。"②把中文说成摩尔文字,这显然是分不清中国文化和其他文化之区别。

来过中国的葡萄牙道明会修士加斯帕·达·克路士(Gaspar da Cruz)在1569年出版的《中国志》(*Tratado em que sècōtam muito por estenso as cousas da China*)是16世纪欧洲人所能看到的关于中国的全面报道和观察。他在书中介绍和描述了中国的语言和文字特点,他说:"中国人的书写没有字母,他们写的都是字,用字组成词,因此他们有大量的字,以一个字表示一件事物,以致只用一个字表示'天',另一个表示'地',另一个表示'人',以此类推。"在谈到汉字在东亚的作用时,他说:"他们的文字跟中国的一样,语言各异,他们互通文字,但彼此不懂对方的话。不要认为我在骗人,中国因语言有多种,以致很多人彼此不懂对方的话,但却认得对方的文字,

---

① 葡萄牙汉学家洛瑞罗在编辑这篇文献时认为,"《中国报道》这篇无名氏作品写于1548年,尽管并没有太大的根据,但人们一般认为它的作者是圣方济各·沙勿略神父(Francisco Xavier,1506—1552)。……如果您能细心阅读这篇记叙文章便不难发现,作者的整个写作过程都是相当精心的。首先,沙勿略亲手交给他的一位与其有着密切关系的商人绅士的那份原始调查表,可能就是他本人亲自起草的。紧接着,这位商人绅士便一方面利用他本人在远东的生活经历,另一方面又依靠一位中国情报员(肯定也是他的一位贸易伙伴)的帮助,竭力地去为沙勿略教士提出的各种问题寻求答案。他努力的结果,即我们今天所看到的这篇《中国报道》,很可能就是他交给方济各·沙勿略神父的。……著名历史学家热奥格·舒哈梅尔(Georg Schurhammer)认为这篇作品是阿丰索·更蒂尔(Afonso Gentil)撰写的;这是一位有着丰富的东方经历的葡萄牙绅士,他起初在马六甲(Malaca)和马鲁古(Molucas)群岛担任过官职,然后在1529—1533年间足迹遍布中国的南海,从事商业贸易活动。"澳门文化司编《十六和十七世纪伊比利亚文学视野里的中国景观》,郑州:大象出版社,2003年,第28—29页。

② 澳门文化司编《十六和十七世纪伊比利亚文学视野里的中国景观》,郑州:大象出版社,2003年,第30、34页。

日本岛的居民也一样,他们认识文字,语言则不同。"①

因与明军联合剿匪而从菲律宾进入中国的奥古斯丁会修士马丁·德·拉达(Martin de Rada)在1575年访问福建后写下了《记大明的中国事情》(Relación de las cosas de China que propriamente se iiama Taybin),他在书中说:"谈到他们的纸,他们说那是用茎的内心制成。它很薄,你不易在上面书写,因为墨要浸透。他们把墨制成小条出售,用水润湿后拿去写字。他们用小毛刷当笔用。就已知的说他们文字是最不开化的和最难的,因为那是字体而不是文字。每个词或每件事物都有不同字体,一个人哪怕识得一万个字,仍不能什么都读懂。所以谁识得最多,谁就是他们当中最聪明的人。我们得到各种出版的学术书籍,既有占星学也有天文学的,还有相术、手相术、算学、法律、医学、剑术,各种游戏,及谈他们神的。""各省有不同方言,但都很相似,犹如葡萄牙的方言,瓦伦西亚语(Valencia)和卡斯特勒语(Castile)彼此相似。中国文书有这样一个特点,因所用不是文字而是字体,所以用中国各种方言都能阅读同一份文件,尽管我看到用官话和用福建话写的文件有所不同。不管怎样,用这两种话都能读一种文体和另一种文体。"②

从以上介绍可以看到,此时无论是东来的传教士还是商人,无论是在日本传教的耶稣会士还是从福建进入中国的道明会士,或者通过日语,或者通过与中国人接触,他们对汉字和汉语有了初步的认识,知道了汉字不是拼音文字,知道了汉字在整个东亚是通用文字,起着像欧洲的拉丁语一样的功能。但同时又隔雾看花,对汉字有些很奇怪的评论,认为汉字和伊斯兰的文字一样,发音和日耳曼人的方言一样。③ 可见,他们对汉字和汉语的认识还处于朦胧期,认识一种语言就是认识一种文化,欧洲早期对汉

---

① 参阅 Boxer, *South China in the Sixteenth Century*, Bangkok: Orchid Press, 2004;克路士《中国志》,载博克舍编,何高济译《十六世纪中国南部行纪》,北京:中华书局,1990年,第111—112页、第51页。

② 参阅 Boxer, *South China in the Sixteenth Century*, Bangkok: Orchid Press 2004。拉达《记大明中国事情》,载博克舍编,何高济译《十六世纪中国南部行纪》,第211—212页。

③ 葡萄牙人费尔南·洛佩斯·德·卡斯塔内达 1553 年在他的《葡萄牙人发现和征服印度史》中说:"中国人有独特的语言,而发音像德语。无论是男还是女都那么纯洁和神态自若。他们中间有诸熟各种学科的文人,都在出版许多好书的公立学校念过书。这些中国人无论在文科方面还是在机械方面都具有独到的聪明才智,在那里不乏制造各种手工杰作的能工巧匠。"博克舍编,何高济译《十六世纪中国南部行纪》,第45页。

字的这些认识和描述正是中西初识的一个自然结果。

### (二)汉字在欧洲书籍最早的呈现

16世纪欧洲已经看到数量不少的中国古籍,拉达返回欧洲时带了数量可观的汉籍。门多萨在《中华帝国史》第17章列出了这些古籍的类别,范围之广令人吃惊。① 尽管也有个别的欧洲文化人在罗马看到了这批书籍,但没有能认识书中的汉字,读懂这些书。第一次出现汉字的欧洲印刷出版物中是在日本传教的耶稣会士巴尔塔萨·加戈(Balthasar Gago,1515—1583)神父1555年9月23日从平户(Firando[Hirado])所写的一封信,信中有六个中、日文字的样本。在此之前沙勿略也向欧洲寄去了入教的弥次郎书写的样本,拉赫认为沙勿略这些信"在欧洲16世纪50

---

① 门多萨说:"他们带回来的书籍数量很大,这是我们在前面已经指出了的,涉及各个领域,这(从下面列出的单子中)可以看出。1)描写整个中华帝国,其十五个省份各自的位置;每个省份的长度与宽度;与其接壤的各个王国。2)皇帝收到的赋贡与岁人,皇宫内的秩序,皇帝发给的日常俸禄;皇室所有各官员的姓名,每个官员的职权范围。3)每个省份的纳贡者,[附有]免纳贡者的人数;缴纳贡税的季节与次序。4)各种造船的方法,航行的指引,并有各港口的纬度以及每个港口的质量。5)中华帝国的年代与久远程度,世界的开始,由何人于何时开始。6)该帝国的历代帝皇及其如何继承,如何统治,及每一帝皇的生活与习惯。7)他们对其奉为神明的偶像如何献祭,各偶像的名字及其起源,以及应献祭的时节。8)他们对灵魂不灭、对天堂与地狱的看法,他们如何埋葬死者以及举行葬礼的方式,每人按其同死者的亲属关系而应戴的孝。9)该帝国的法律,其制订的时代与制订的人,违反法律时应施加的惩罚,以及同治国有关的许多其他事项。10)许多草药书,以及草药如何使用以治愈疾病。11)其他许多由该帝国古代与现代作者编著的医药书,并有病人为了治愈疾病或防止疾病而应遵守的规则。12)关于各种石与金属以及本身有某种用处的自然物的性质,以及关于珍珠、黄金、白银及其他金属如何应用于人类生活,其各种用途的相互比较。13)关于各层天穹运动及天穹数目,关于行星与恒星以及关于它们的作用与特殊影响。14)关于已知的所有各个王国与民族以及它们各自知的特殊事物。15)关于他们奉为圣人的人物的生平,这些人的生平是在何处度过的,在何处去世,葬于何处。16)关于如何下棋,关于如何变戏法与演木偶戏。17)关于音乐与歌唱,并有作者名字。18)关于数学与算账以及关于如何精通数学与算账的规则。19)关于胎儿在母腹中造成的影响,以及每个月胎儿的情况,如何保胎,胎儿出生时辰的好坏。20)关于建筑以及各种制作工艺;一座建筑物要比例匀称应有的宽度与长度。21)土壤好坏的性质,辨别好坏的标志;以及在每种土壤上应种植的作物。22)关于自然占星学与审案占星学,以及其学习规则;以及如何算卦预卜未来。23)关于手相术与面相术及其他算命术,以及各种的意义。24)关于信札的用语及对每个人依其地位与身份的高低而应该采用的称呼。25)关于如何养马以及如何训练马奔跑与行走。26)关于出门远行或要开始做某件吉凶未卜的事时如何圆梦与如何求签,27)关于帝国一切人等应穿着的衣饰,从皇帝及执政者的徽号起。28)如何制造武器及战斗用具,以及如何组成兵团。

至60年代的四个耶稣会书信集出版,但缺少字符"。① 而加戈神父的这封信在欧洲出版,从而成为"在欧洲获得出版的第一批中文和日文书写样字"。②

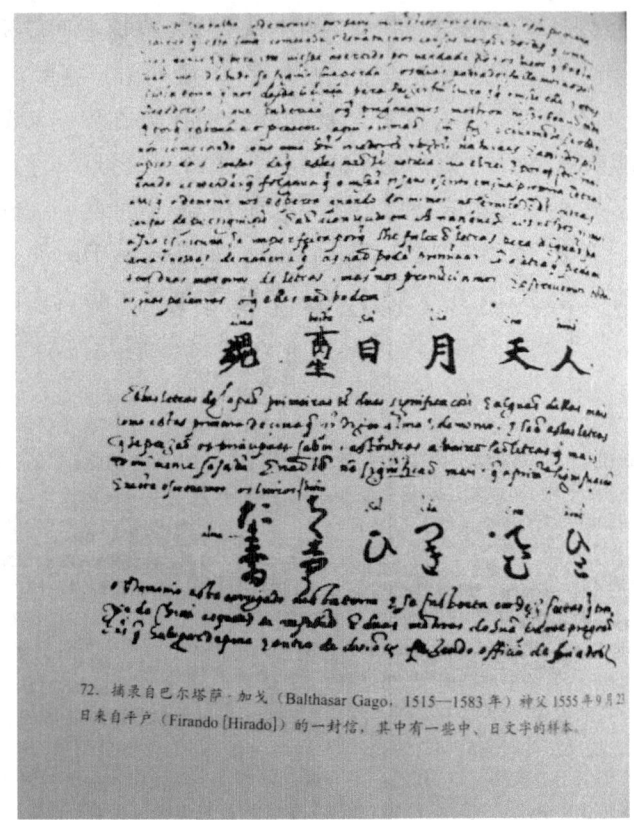

72. 摘录自巴尔塔萨·加戈(Balthasar Gago, 1515—1583年)神父1555年9月23日来自平户(Firando [Hirado])的一封信,其中有一些中、日文字的样本。

---

① 《欧洲形成中的亚洲》第1卷,《发现的世纪》第2册,第280页。
② 《欧洲形成中的亚洲》第1卷,《发现的世纪》第2册,第220页。这两组字也出现在16世纪其他文集中。进一步的资料见:O.Nachod, *Die ersten Kenntnisse chincsischer Schriftzeichen im Abendlande*, Asia Major.I(1923), pp.235—273。

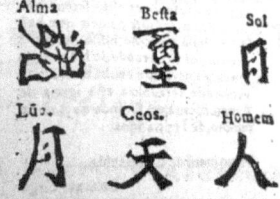

摘录自巴尔塔萨·加戈(Balthasar Gago,1515—1583)神父1555年9月23日来自平户(Firando[Himdo])的一封信,其中有一些中、日文字的样本。

加戈1555年的信于1565年第一次刊印在科英布拉的《信札复本》(Copia de las Cartas)中,并在几个其他后来的文集中被刊印。图中的这些页面出自《来自日本和中国的信札》(cartas…dos reynos de Iapão e China,埃武拉1598年。)

耶稣会在欧洲出版介绍日本的书籍中在对日文的介绍时会涉及汉字,这样的书籍还有一些。①

---

① Ernest Mason Satow, *The Jesuit Mission Press in Japan* 1591—1610, Privately Printed 1888.

在欧洲出版的关于中国的第一本书是上面提到的克路士的《中国志》,"在欧洲出版的关于中国的第二本书是贝尔纳尔迪诺·德·埃斯卡兰特(Bernardino de Escalante)的《葡萄牙人到东方各王国及省份远航记及有关中华帝国的消息》(*Discurso de la navegacion que los Portugueses hazen à los Reinos y Provincias del Oriente, y de la notica q se tiene de las grandezas del Reino de la China.* 塞维尔,1577 年)。"关于埃斯卡兰特,金国平对他的身世做了介绍,关于他这本书价值,拉赫给予了肯定,认为他并非是简单抄袭克路士的书,而是他在里斯本时见到了不少从中国和东方返航回来的人,而且他看到了在那里的中国人,这样他结合巴罗斯的书和克路士的书,结合其他材料写成了这本书。如拉赫所说:

> 埃斯卡兰特的书有时被认为仅仅是对克路士著作的改述,因而不被重视。事实并非如此,对于埃斯卡兰特来说,虽然他承认得益于克路士,但他特别表示了对巴罗斯的感激。总之,埃斯卡兰特总共十六章的著作遵循着巴罗斯的编排结构模式。此外他还指出了克路士和巴罗斯对中国人'在他们学校除了王国的法律外'是否讲授科学的叙述上存在的矛盾。就这个争议点,埃斯卡兰特选择了遵循巴罗斯的说法,不仅如此,克路士仅仅列举中国的十三省,而埃斯卡兰特列出的是十五省,且他的省名音译几乎与巴罗斯所列举的那些名字一致。埃斯卡兰特证实他亲眼见过一个中国人写字,他的书包括了一组三个扑样字,这几个字被门多萨和制图师路易·乔治·德·巴尔布达(Luis Jorge de Barbuda)复制。埃斯卡兰特也使用了其他资料,比如说他能搞到手的官方报告。埃斯卡兰特的西班牙语著述远非对克路士的单纯改述,他的研究仍是一个欧洲人综合分析了所有可利用的关于中国的资料,并以叙述形式呈现它们的第一个成果。[①]

本文所关心的是书中出现的三个汉字和他对汉字的介绍。在书中的第十一章:关于中国人的文字及其一般学习中,他说:

---

[①] 《欧洲形成中的亚洲》第1卷,《发现的世纪》第2册,第306页。

中国人是没有一定数目的字母的,因为他们所写的全是象形[文字]"天"读成 guant(Vontai),由一个字形表示,即[穹](参阅下图①),"国王"读成 hontai,字形(参阅下图②)。地、海及其他事物与名称亦是如此,使用了五千个以上的方块字,十分方便自如地表达了这些事物。我曾请一位中国人写一些字,就看到他写得十分挥洒自如。(他)对我说,他们使用的数字,理解起来毫无困难,他们任何一个数目或加或减,都同我们一样方便。他们写字是自上至下,十分整齐,但左右方向同我们相反。他们印的[书]也是采取这个顺序,他们早在欧洲人来到之前很多年就使用印刷的书了。他们那些讲述历史的书,有两本现仍存在葡萄牙至静王后迦大琳的藏书之中。

更能使人惊奇的是:在多数省份,都各自操不同的方言,互相听不懂,犹如巴斯克人同巴伦西亚人语言不通一样,但大家可以通过文字沟通,因为同一个方块字,对所有人来说都表示同一事物,即使各说各的,大家都理解这是同一件东西。如果大家看到表示"城市"的"城"(参阅下图)这个符号,虽然有人读成 iombi[ieomsi 城市]有人读成 fu(府)但大家都明白这指的是"城市"。所有其他名称也都是这样。日本人和 Léuios 人,以及交趾支那人,也是通过文字同他们沟通的,但他们嘴上讲的却互相听不懂。①

这里需要讨论的有两个问题,第一,这里公布的汉字是否是欧洲历史上第一次在出版物中公布的汉字,这是一个历史事实问题;第二个是他对汉字特点的论述的特点。

一些学者认为埃斯卡兰特这本书是"西方汉字印刷之始"②葡萄牙著名的澳门历史学家洛瑞罗(Ruin Manuel Loureiro)认为"欧洲最早印刷的汉字,出现在1570年耶稣会士在科英布拉出版的书信集中。因此埃斯卡兰特所描述的方块字,已经是第二次了"③显然,这是两种意见。一些学者认

---

① 澳门文化司编《十六和十七世纪伊比利亚文学视野里的中国景观》,郑州:大象出版社,2003年,第111页。
② 董海樱《16世纪至19世纪初西人汉语研究》,北京:商务印书馆,第113页;金国平、吴志良《西方汉字印刷之始:简论西班牙早期汉学的非学术性质》,载《世界汉学》2005年第3期。
③ 澳门文化司编《十六和十七世纪伊比利亚文学视野里的中国景观》,郑州:大象出版社,2003年,第111页。

为1570年耶稣会书信集中出现的是日语,这样他自然认为埃斯卡兰特所描的方块字应是"西方汉字印刷之始"。但上面我们所举出的实例说明加戈神父1555年9月23日的信中已经出现了中、日文字的样本,1565年第一次刊印在科英布拉的《信札复本》(Copia de las Cartas)中已经在出版物中出现了六个日语字。这六个字自然是日语不是汉语,但由于这六个字是由六个汉字和平假名共同构成,无论在日语中还是在汉语中这六个汉字都称为汉字,只是在日语中发音和汉语完全不同罢了。从汉字在西方印刷物中的出现来说,第一次出现应该是上面提到的1565年的在科英布拉的《信札复本》,而不是埃斯卡兰特的这本书,笔者认为洛瑞罗的观点是正确的。

我们再看埃斯卡兰特书中的汉字观。埃斯卡兰特在他的书中对以往的汉字知识加以了总结,他认为:汉字是书写文字,不是拼音文字;汉字书写的方法是自上而下;中文印刷术早于欧洲;在中国书同文,但不同音;汉字是东亚的通用语。

他提供的三个字看起来很奇怪,说明欧洲当时无法很好地印刷汉字。

三个汉字的图片①

第一个字是"国王";第二个字是"天",第三个字是"城"。金国平和吴志良认为,guant可能是"皇"的对音,Vontai可能是"皇天"的对音。② 然

---

① 本图是根据埃斯卡兰特书中的所记录的汉字所绘。
② 金国平、吴志良《西方汉字印刷之始:简论西班牙早期汉学的非学术性质》,载《世界汉学》2005年第1期。

而，Vontai 似乎就是粤方言"皇帝"的准确对音。

1585 年在罗马出版的门多萨的《中华帝国史》中也出现了两个汉字，但这是从埃斯卡兰特书抄录下来的两个字，并未提供新的汉字字形。

进入 17 世纪后在欧洲出版物中首先出现汉字的书籍是金尼阁（Nicolas Trigault，1577—1629）所译利玛窦的《基督教进入中国史》，这是金尼阁在返回欧洲的旅途中将利玛窦的意大利手稿翻译为拉丁文，并补写了利玛窦去世后的几章。1615 年这本书在欧洲出版后引起了巨大的反响。"除了对汉学家和中国史的研究者而外，金尼阁的书不太为人所知，然而它对欧洲的文学和科学，哲学和宗教等生活方面的影响，可能超过其他 17 世纪任何的历史著述。它把孔夫子介绍给欧洲，把哥白尼和欧几里得介绍给中国。它开启了一个新世界，显示了一个新的民族……"①《基督教进入中国史》的英文译者在序言中认为，这本书在 1615 年拉丁第一版后，先后又出版了 1616 年、1617 年、1623 年和 1648 年四种拉丁文本。同时还有三种法文本，先后刊行于 1616 年、1617 年、1618 年；1617 年出了德文本，1621 年同时出版了西班牙文本和意大利文本。② 但笔者发现英文版译者没有注意到 1623 年的拉丁文版（Nicolas Trigault *Regni chinensis descriptio Ex variis. authoribus Lugd Batav*：Ex

金尼阁整理的利玛窦书，1623 年版

---

① 何高济等译《利玛窦中国札记》，1978 年法文版序言，北京：中华书局，1983 年。
② 同上。

Officina Elzeveriara, MDCXXXIX),这一版的学术意义在于这本书的封面上出现了四个汉字"平沙落雁",这是17世纪在欧洲出版史上首次出现汉字。

这样我们看到,在17世纪初的十余年中,在欧洲的出版物中只是零星地出现了几个汉字,数量很少,却开启了汉字西传的历史。

### (三)卜弥格与汉字西传

如果说17世纪初只有几个汉字在欧洲书籍中出现,那么到了17世纪下半叶,汉字开始大规模出现,欧洲人真正认识汉字的时代开始了。在17世纪下半叶推动汉字在欧洲出版的书籍中呈现的最重要人物是阿塔纳修斯·基歇尔(Athanasius Kircher, 1602—1680)他是欧洲17世纪著名的学者、耶稣会士。1602年5月2日,基歇尔出生于德国的富尔达(Fulda),1618年16岁时加入了耶稣会,以后在德国维尔茨堡(Wurzburg)任数学教授和哲学教授。在德国三十年的战争中,他迁居到罗马生活。在罗马公学教授数学和荷兰语。他兴趣广泛,知识渊博,仅用拉丁文出版的著作就有40多部。有人说他是"自然科学家、物理学家、天文学家、机械学家、哲学家、建筑学家、数学家、历史学家、地理学家、东方学家、音乐学家、作曲家、诗人",有时被称为"最后的一个文艺复兴人物"。[1]

由于基歇尔在耶稣会的罗马公学教书,因此和来华耶稣会士有着多重的关系,当时返回欧洲的来华耶稣会士几乎都和他见过面,如曾德昭(Álvaro Semedo, 1585—1658)、卜弥格、卫匡国、白乃心等。基歇尔是一个兴趣极为广泛的人,他是欧洲埃及学的奠基人之一,他对埃及古代的象形文字很感兴趣,也是最早展开对埃及古文字研究的欧洲学者。所以他对中国的象形文字自然也很感兴趣。他成为17世纪在欧洲出版物中呈现汉字最多的学者,对汉字西传起到了重要的作用。

波兰来华耶稣会士卜弥格被南明永历皇帝任命为中国使臣,前往罗马汇报中国情况,以求得到罗马对南明朝的支持。现在看来这近乎是荒唐的想法,但当时无论是南明王朝还是卜弥格都是很认真地对待这件事的。1650年11月25日卜弥格作为南明王朝的使臣,带着两名中国助手返回欧洲。

---

[1] G.j.Rasen Dranz, *Ars dem leben des Jesuite Athanasius kircher* 1602—1680, 1850, vol.1, p.8.

卜弥格返回罗马后何时与基歇尔见面,目前找不到文献记载,但基歇尔对卜弥格的到来极为感兴趣,特别是他带来的有关中国文字的材料。1652年,也就是两年后基歇尔在他的《埃及的奥狄浦斯》里公布了卜弥格的一首歌颂孔子的诗歌,两篇介绍自己使命的短文,同时也公布了卜弥格带回的一些中文字。

ATHANASII KIRCHERI
E SOC. IESV.
OEDIPVS
AEGYPTIACVS.
HOC EST
Vniuersalis Hieroglyphicæ Veterum
Doctrinæ temporum iniuria abolitæ
INSTAVRATIO.
Opus ex omni Orientalium doctrina & sapientia
conditum, nec non viginti diuersarum linguarum
authoritate stabilitum,

*Felicibus Auspicijs*

FERDINANDI III.
AVSTRIACI
Sapientissimi & Inuictissimi
Romanorum Imperatoris semper Augusti
è tenebris erutum,
Atque Bono Reipublicæ Literariæ consecratum.
Tomus I.

ROMÆ,
Ex Typographia Vitalis Mascardi, M DC LII.
*SVPERIORVM PERMISSV.*

基歇尔的《埃及的奥狄浦斯》书影

在这本书中有卜弥格的一首歌颂孔子的诗,①

---

① 我查阅了《埃及的奥狄浦斯》一书,只发现了一首卜弥格歌颂孔子的诗歌,但卡丹伊斯基认为"1652年,阿塔纳修斯。基歇尔在阿姆斯特丹发表的著作《埃及的奥狄浦斯》中,就收进了他写的2篇赞美中国的诗,其中一篇的旁边,还有拉丁文翻译。"见[波]爱德华·卡伊丹斯基著,张振辉译《中国使臣卜弥格》,郑州:大象出版社,第122页。

**拉丁文对照翻译图片**①

内容如下：

万物之有原始，
孔子七十有徒；
万物之有缘理，
朝夕卑尊华土。
人教知所原始，
远人来领学道。
知道方物缘知，
吉师可孔子叫。
格物在始在理，
其徒谁人安筹。
吉师通理教始，
其教天下有满。

---

① 这是这首诗的拉丁文对照翻译，这或许是欧洲第一份拉汉对照辞典，这点在今后的欧洲早期汉语辞典研究中专门展开。

## 第八章 中国知识西传

格物老师大哉，
其书西东到耳。
厄日多篆开意吉师同耶稣会卜弥格叩①

在这首诗同一页还有卜弥格的一封信：

Ægiptiaci Oedipi Colossus

Ægiptii Regni monumentorum symbolicos characteres, quos tamex antiquis, quàm modernis, nec unus homo valuit explicare, Agustissimae voluntatis obsecutus mandato, receptis beneficiis &liberalissimis impensis, Magister Kichcrus felici ausu aggressus, explicuit, explanavitque.FERDINANDI Augustissimi Imperatoris magnum no-men futura saecula infitita depraedicabunt. Aegyptiorum Regum fa-ma in rudium impolitorumque lapidum erit Colossis; Symbolicas figurashomines mille annis quas ignorabant, Romana iam Urbs legit, & intelli-git. Augustissimi Imperatoris heroica facta universi Orbis populi aeter-num in codicibus conservabunt, suspicient, reverebunturque.Augusta Maiestas virtutibus coelum terris univit, referavit beneficiis salutis opera, & rebus est auxiliatus pulcherrimo incremento; conciliavit polos Mundirobore invicto, composuit quatuor maria, stitit furentium bellorum pul-verem; Universo pacem restituit; Centum barbaris dedit leges & prae-cepta; Pietati Liberalitatem, & Clementiam coniuxit Maiestati.Per-pendens ego Societatem IESU sub

---

① 关于卜弥格的这两首诗，波兰汉学家卡丹斯基认为"卜弥格的第一首颂诗是用中文写的"，它的题目翻译成拉丁文是"Elogium XXI.China.Ferdinando III Imperatori Semper Augusto, An.P. Michaele Bovin Soc.Iesu occesione Oedipi Aegyptiaci Sinica lingua, erectus Colossus"。这段拉丁文的中文意思是：第二十五首中国颂诗，献给永远尊敬的费迪南多三世皇帝。耶稣会卜弥格借（埃及的奥狄浦斯）的机会，竖起的一块语言纪念碑。他在这首诗的结尾还说，中国字从上到下竖着写，从右边往左读。他的第二首颂诗比第一首长些。除了它的中文原文外，卜弥格也把它翻译成了拉丁文，它的题目是"Elogium XXVI.Sinicum in laudem Oedipi."意思是：第二十六首中国颂诗，赞美奥狄浦斯。卜弥格早在他从罗马去中国之前就认识基歇尔，他这两首赞颂中国的诗显然是在基歇尔1652年发表《埃及的奥狄浦斯》之前从中国寄给他的，而不是他直到这一年12月来到威尼斯之后才交给他的。《埃及的奥狄浦斯》中刊载的颂诗很多。除了卜弥格的两首之外，其他都是别人写的。卜弥格的两首分别排在第二十五首和第二十六首。

umbra Augustissimae Maiestatis com-morari, & connumerari inter popolos qui sequuntur Caesareum currum.die noctuq; sollicitus cum reverentia incendo odores Coelorum Domino, supplicando medullitus, ut Augustissimae Maiestatis personam una cumImperii Domo in decem millenos annos conservet longaeuam. Quia ve-ro fruimur Augustissimae Maiestatis plurimis beneficiis, & gaudet terrapacis felicitate; ego tenuissimae formicae instar in animi grati significatio-nem, Aegiptios inter explicatos Colossos, erigo Sinica lingua hoc floren-tissimum monumentum, praeconium perennis felicitatisE Societate IESV

"埃及的俄狄浦斯之柱[①]

没有人能够解释埃及王国古迹上的无论是古代的还是现今的象形文字,由至圣的旨意所派遣,并且由于获得了资助,基歇尔神父大胆地尝试解释和厘清这些文字。世世代代都将称颂至高无上的皇帝费迪南(Ferdinando)尊名。古埃及皇帝的美名蕴藏于破损的和未经加工的石柱中。那些曾不为人理解的图形符号,在古罗马时代已经能够认读和理解。世界各地的人们要将那些至高无上的皇帝们的英雄事迹永远地保存在文献中,瞻仰它们,崇拜它们。崇高的陛下以美德将天和地结合了起来,进行施恩和拯救,帮助不断增加的美好事物;他以不可战胜的力量调和了世界的各极,沟通了四海,止息了愤怒的战争的硝烟;将和平还给了世界;为众多蛮族带来了法规和戒律;将仁爱与崇高结合,让怜悯与宽宏结合。我作为一名耶稣会士,想要留在那些跟随着凯撒战车的人们中间,日夜不息;(我)以不平静的、尊敬的心情为天主燃香,诚心地祈求他保佑至高无上的陛下与帝国万寿无疆。因为我们从陛下那里得到了很多好处,疆土享受着和平的幸福;如同小蚂蚁般的我为了表达我的感激,在这些已经整理好的埃及石柱中间竖起这块光辉的汉语石碑,它传达着永恒幸福的信息。

---

[①] *Ægiptiacus Oedipus* 是基歇尔最著名的古埃及文字研究著作之一。

自耶稣会
卜弥格①"

书的首页上费迪南多三世皇帝画像

因为基歇尔的这本书是献给费迪南多三世皇帝的,卜弥格也附和了他,用中文来表示对费迪南多三世皇帝的敬仰。

    **厄日多篆开意碑记**
  厄日多国碑篆字。古今一人无解可者。
  圣旨顺意。蒙恩给赐廪饩。吉师幸敢著述也。
  福尔提安督皇帝大名。世世称赞不极。厄日
  多皇王声顿石在砡。篆字人千年所不通。
  罗玛京诏读知意耳。

---

① 此处拉丁文系李慧帮助翻译,在此表示感谢。

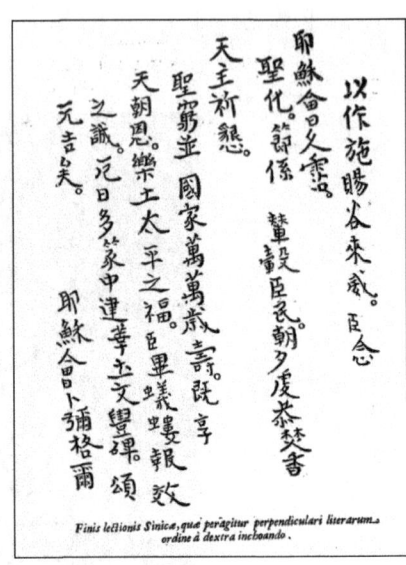

卜弥格用中文表示对费迪南多三世皇帝的敬仰

天子大德。万方万姓生灵存心。钦仰敬沥欤。
朝德合天地。开货生成。物资美利,统极武肃
四海。止沸定尘。六合还平。百蛮取则道。仁
以作施赐谷来咸。臣念
耶稣会久霑。
圣化节系辇彀臣民。朝夕虔恭焚香
天主祈恩。
圣穹①并国家万万岁寿。既享
天朝恩。乐土太平之福。臣毕蚁蝼报效
之诚。厄日多篆中建莘玉文丰碑。颂元吉矣。
耶稣会卜弥格尔

这两份文献,歌颂孔子的诗歌 100 字,歌颂费迪南多三世皇帝的短文

---

① 穹在这里不同,应是错字,应为"躬"。

212个字,一共312个字。这是欧洲出版史上首次公布如此多的汉字,因此,基歇尔的《埃及的奥狄浦斯》一书在汉字西传历史上是一个重要的转折点。

卜弥格在欧洲公开出版的唯一一本书是《中国植物志》,这也是卜弥格的重要汉学著作。"这是欧洲发表的第一部关于远东和东南亚大自然的著作。……是欧洲将近一百年来人们所知道的关于中国动植的仅有的一份资料。"①有学者甚至认为卜弥格使用"植物志"这一概念比林奈(Linnemu)还要早。

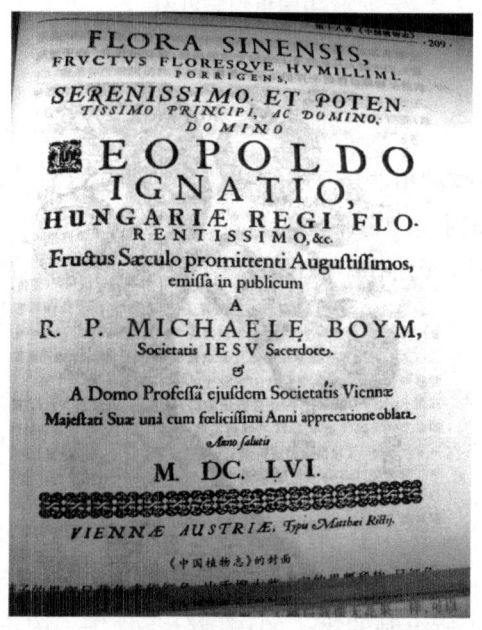

《中国植物志》封面

以往《中国植物志》的研究者都忽视了这本书在汉字西传历史中的作用。我们首先看一下这本书的图和字。

从这四幅图我们可以看到卜弥格的《中国植物志》在汉字西传上的学

---

① [波]爱德华·卡伊丹斯基著,张振辉译《中国使臣卜弥格》,第203页。

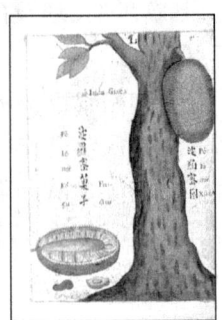

《中国植物志》图片

术意义：

第一，这是在欧洲出版的第一本图文并茂的汉字书，从汉语学习的角度就是一本看图识字；

第二，这是在欧洲正式出版的第一本汉字拼音辞典，每幅图都有汉字，每个汉字都有拼音，将全书的汉字和拼音汇集起来，就是一部简要的汉字拼音辞典。①

因此，《中国植物志》在汉字西传史上具有重要的学术价值，在双语词典史上同样具有重要的学术价值，只是至今学术界从未从语言学和汉字西传的角度加以专题研究。

卜弥格是一个多产作家，有些作品完成了，但一直没有出版，例如他的《中国地图册》。这个中国地图册在西方汉学历史上具有重要价值，它是继罗明坚后传教士所绘制的第二幅中国分省地图。因本文重点在研究汉字西传，我们这里仅仅介绍地图中的汉字。每副地图都有用中文标注的地名、物产和绘图。

但这份地图并未公开出版，只是深藏在梵蒂冈图书馆中，至今学术界尚未对这幅地图做深入研究，更未有人从汉字西传角度展开研究。②

---

① 不久笔者将统计出全书的汉字数量，并根据每页提供的资料，将全书的汉字和拼音汇总，那时，这本书的汉字拼音辞典的功能可以更明显体现出来。

② 因本文篇幅所限，无法逐一展示地图，在日后笔者将统计出卜弥格《中国地图册》的全部汉字。

第八章 中国知识西传

《中国地图册》中的"京师"

继卜弥格的《中国植物志》以后，在欧洲正式出版物上呈现出汉字的就是卫匡国1659年出版的《中国上古史》（Martino Martini, *Sinicae historiae decas prima res a gentis origine ad Christum natum in extrema Asia, sive Magno Sinarum Imperio gestas complexa*, Amstelaedami: Apud Joannem Blaev, 1659）

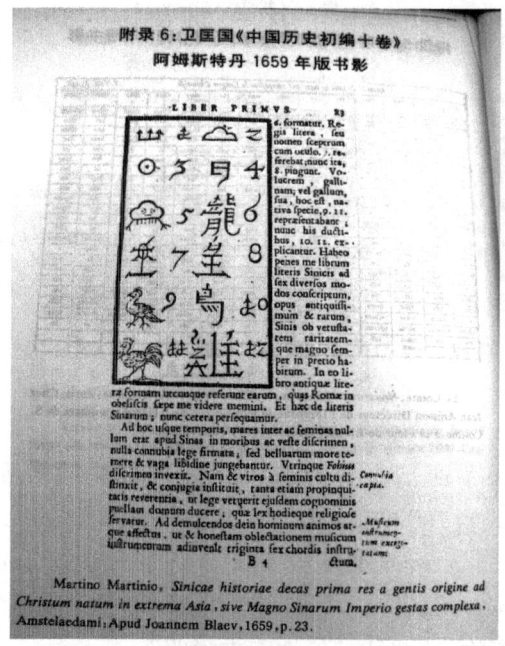

卫匡国《中国上古史》

1660年在安特卫普出版了德国历史学家斯皮哲理(Theophili Spitzelii)《中国文献注释》(*De re Literaria Sinensium Commentaries, in qua Scriptur e Partier ac Philosophiae Sinicae Specimina Exhibentur, et cum Aliarum Gentium, Praesertim Aegyptiorum, Graecorum, et Indorum Reliquorum Literis Atque Placitis Conferuntur*, Lugd. Batavorum: Ex Officina Petri Hackii, 1660),书中出现了五个汉字。

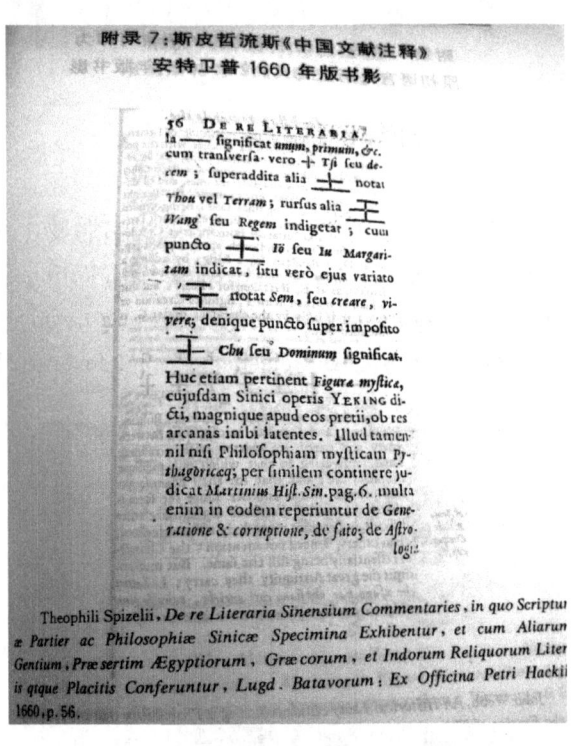

斯皮哲理(Theophili Spitzelii)《中国文献注释》

在17世纪汉字西传中对西方汉学发展产生重大影响的是基歇尔(Athanasius Kircher, 1602—1680)的《中国图说》(*China monumentis qua sacris profanis, nec non variis naturae & artis spectaculis, aliarumque rerum memorabilium argumentis illustrata*)全书名可以翻译为"中国:通过其神圣的、异教的碑刻、自然事物、技艺及其他方面来说明"。

该书 1667 年出版了第一版,1670 年出版了第二版,以后以多种语言再版。由于基歇尔在书中汇集了他所见到的多名来华耶稣会士返回罗马后送给他的各类材料,并且在书中刊出了多幅关于中国的绘画,因此,这本书在西方极受欢迎,成为欧洲人认识中国知识链条上重要的一环。孟德卫说这本书"17 世纪 60 年代后期和 70 年代,在欧洲人形成中国这个概念过程中最有影响力的著作之一"。① 关于这本书笔者在《欧洲早期汉学史:中西文化交流与西方汉学的兴起》一书中已经做了初步的介绍。②

这里仅从基歇尔在《中国图说》中对中国语言文字的翻译和介绍做一初步探索,在这方面,基歇尔有三个重要的贡献:

第一,他首次在《中国图说》中公布了《大秦景教流行中国碑》的中文全文,并做出欧洲第一个汉字与罗马字母读音对照,从而大大推动了欧洲

---

① [美]孟德卫著,陈怡译《奇异的国度:耶稣会适应政策及汉学的起源》,郑州:大象出版社,2010 年,第 131 页。
② 张西平《欧洲早期汉学史:中西文化交流与西方汉学的兴起》第十六章,北京:中华书局,2010 年。Walravens, Hartmut, *China illustrata. Das europäische Chinaverständnis im Spiegel des 16. bis 18. Jahrhunderts* ( Ausstel-lungskatalog der Herzog August Bibliothek Nr. 55 ), Weinheim: Acta Humaniora VCH, 1987. It includes partial translations of Flora Sinensis.

的汉语学习与研究。

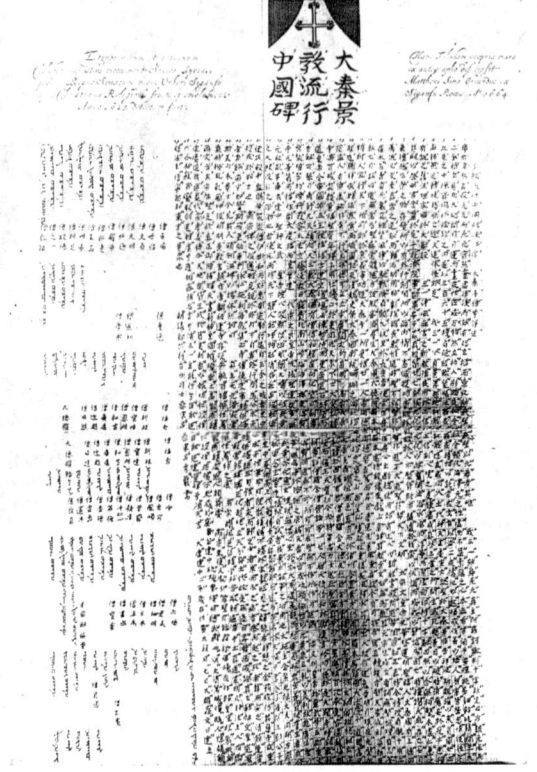

基歇尔《中国图说》中公布的"大秦景教碑"全部中文

在卜弥格到达罗马之前,虽然卫匡国已经将碑文的拓本带到了罗马,但在出版物中从未公布过碑文的中文全文。正是在卜弥格到罗马后,他将手写的大秦景教碑的碑文给了基歇尔,基歇尔在《中国图说》中全文发表。① 这是当时在欧洲第一次发表这样长的中文文献,所以,法国汉学家雷慕莎(Rémusat)说,基歇尔所公布的卜弥格的这个碑文全文"迄今为止,是为欧洲刊行的最长汉文文字,非深通汉文者不足以辩之"。② 这些中文文字对当时欧洲对中文的了解和认识产生了长期的影响。

对大秦景教碑碑文的注音和释义是《中国图说》中另一个让当时欧洲人

---

① 笔者认为这份《大秦景教流行中国碑》的抄写本是卜弥格带到罗马的中国助手陈安德。
② 冯承钧译《西域南海史地考证译丛》第3卷,北京:商务印书馆,1999年,第159页。

关注的方面,这个工作完全是卜弥格和他的助手陈安德做的。基歇尔在书中也说得很清楚,"最后到来的是卜弥格神父,他把这个纪念碑最准确的说明带给我,他纠正了我中文手稿中的所有的错误。在我面前,他对碑文又做了新的、详细而且精确的直译,这得益于他的同伴中国人陈安德(Andre Don Sin)①的帮助,陈安德精通他本国的语言。他也在下面的'读者前言'中对整个事情留下一个报道,这个报道恰当地叙述了事件经过和发生的值得注意的每个细节。获得了卜弥格的允许,我认为在这里应把它包括进去,作为永久性的、内容丰富的证明。②"卜弥格的做法是将碑文的中文全文从左到右一共分为29行,每一行从上到下按字的顺序标出序号,每行中有45—60个不等的汉字。碑文全部共有1561个汉字。这样碑文中的中文就全部都有了具体的位置(行数)和具体的编号(在每行中的从上至下的编号)。在完成这些分行和编号以后,卜弥格用三种方法对景教碑文做了研究。这个问题涉及语音和辞典问题与本文主题关系不大,这儿不做展开,笔者将另有专文研究。

第二,《中国图说》对中国文字的介绍。③

基歇尔的中国语言观仍是17世纪的基督教语言观,在这方面他未有任何创造,他在谈到中国的文字时说:"我曾说过,在洪水泛滥约三百年后,当时诺亚的后代统治着陆地,把他们的帝国扩展到整个版图。中国文字的第一个发明者是皇帝伏羲,我毫不怀疑伏羲是从诺亚的后代那里学到的。在我的《埃迪帕斯》(Oedipus)第一卷中,我讲到殷商人(Cham)是怎样从埃及到波斯,以及后来怎样在巴克特利亚(Bactria)开发殖民地的。我们知道他和佐罗阿斯(Zoroaster),巴克特利亚人的国王经历相同。巴克特利亚是波斯人最远的王国,同莫卧儿或印度帝国接壤,它的位置使得它有机会进

---

① 费赖之说,弥格前往罗马时"天寿遣其左右二人随行,一人名罗若瑟,一名陈安德。冯承钧先生认为:"罗若瑟原作 JOSEPH KO,陈安德原作 ANDRESIN,KIN,自从伯希和考证之名改正,而假定其汉名为罗为沈。"参阅费赖之《在华耶稣会士列传及书目》上册,中华书局1995年版,第275页。此处有误,伯希和认为"此信札题卜弥格名,并题华人陈安德与别一华人玛窦(Mathieu)之名。安德吾人识其为弥格之伴侣,玛窦有人误识其为弥格之另一同伴罗若瑟。惟若瑟因病未果成行,此玛窦应另属一人。"伯希和认为,在这封信署名时只有卜弥格一个人名,陈安德和玛窦是基歇尔在出版时加上去的人名,他认为1653年时陈安德不在罗马,因此,这个碑文不是陈安德所写,而是玛窦,即 Mathieu 所写,此人不是别人,正是白乃心送回欧洲时所带的中国人。(参阅伯希和《卜弥格补正》,载冯承钧译《西域南海史地考证译丛》第三卷,第203页。)我认为,伯希和这个结论值得商榷,因为在卜弥格这封信中已经明确指出,碑文的中文是他的助手陈安德所写。

② Paula Findlen(edited),*Athanasius Kircher the last Man who knew everything*,Routledge,2004,p.6.

③ 参阅张西平主编《西方人早期汉语学习调查》,北京:中国大百科全书出版社,2003年。

行殖民,而中国是世界上最后一个被殖民者占领的地方。与此同时,汉字的基础由殷商人(Cham)的祖先和 Mercury Trismegistos(Nasraimus之子)奠定了。虽然他们学得不完全,但他们把它们带到了中国。古老的中国文字是最有力的证明,因为它们完全模仿象形文字。第一,中国人根据世界上的事物造字。史书是这样说的,字的形体也充分证明这一看法,同埃及人一样,他们由兽类、鸟类、爬行类、鱼类、草类、树木、绳、线、方位等图画构成文字,而后演变成更简洁的文字系统,并一直用到现在。汉字的数量到如今是如此之多,以至每个有学问的人至少要认识八万个字。事实上,一个人知道的字越多,他就被认为

基歇尔《中国图说》中公布的"大秦景教碑"全部中文的注音

更有学问。其实认识一万个字就足以应付日常谈话了。而且,汉字不像其他国家的语言那样按字母排列,它们也不是用字母和音节来拼写的。一个字代表一个音节或发音,每一个字都有它自己的音和意义。因而,人们想表达多少概念,就有多少字。如有人想把《卡莱皮纽姆》(Calepinum)译成他们的语言,书中有多少字,翻译时就要使用同样多的中国字。中国字没有词性变化和动词变化,这些都隐含在它们的字中了。因此,如果一个人想得具有中等知识的话,他必须要有很强的记忆力。中国博学的人的确花费了很多时间,勤学苦学而成的,因而他们被选拔到帝国政府机关的最高层中。"这里他的语言观是很清楚的。

"第一个在欧洲介绍中国书写文字的就是基歇尔。"①在《中国图说》中他介绍了中国十六种古代的文字,分别是:

1."伏羲氏龙书(Fòhi xi lùm xù)"

2."穗书神农作(Chum xu xim Nûm Ço)"

3."凤书少昊作(Fum Xù xan hoam Ço)"

4."蝌蚪颛顼作(Li teù chuen kim Ço)"

5."庆云黄帝篆(Kim yun hoam ty chuen)"

6."苍颉鸟迹字(Choam ham miào cye chi)"

7."尧因龟出作(Yao yn quey Ço)"

8."史为鸟雀篆(Su guey nia cyò chuen)"

9."蔡邕飞帛字(Cha yè fi mien Ço)"

10."作氏笏记文(Ço xi'ho ki ven)"

11."子韦星宿篆(Çu guey sym so chuen)"

12."符篆秦文之(Fu chuen tay venchi)"

13."游造至剪刀(Yeu Çau chi eyen tao)"

14."安乐知思幽明心为(Ngan

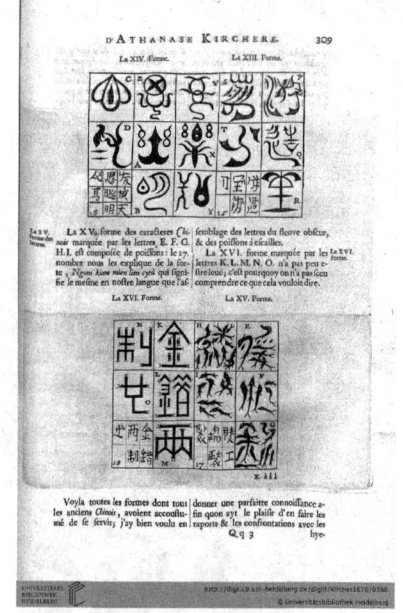

《中国图说》中中国古代文字摘录

---

① 孟德卫主编《中西文化交流史:1500—1800》英文版,1983年,第5页。在欧洲出版物中出现汉字有一个很漫长的历史,欧洲人对汉字的认识和理解也有一个很漫长的历史,欧洲人对汉字的认识已经并不仅仅是一个文字学或语言学的问题,这里包含着文化间相遇后的文化理解和自身文化的变迁与外部文化的关系问题。这方面中外学者也都有了一些研究,参阅孟德卫《奇异的国度:耶稣会的适应政策基汉学的起源》第六章"早期汉学及17世纪欧洲人对普遍语言的寻求";姚小平《西方语言史》第五章"走出欧洲",第六章"启蒙时期:寻根溯源",北京:外语教学与研究出版社,2011年;卫匡国著(意译)白佐良(中译)白桦《中国文法》,上海:华东师范大学出版社,2012年;董海樱《16—19世纪初西人汉语研究》,第三章"西人对汉字的解读及相关论争",北京:商务印书馆,2011年,计翔翔《十七世纪中期汉学著作研究:以曾德昭〈大中国志〉和安文思的〈中国新史〉为中心》,上海:上海古籍出版社,2002年。

lochi su yeu min sym quei)"

15."暖江锦鳞聚(Ngum kiam mien lien cyeù)"

16."金错两制也"①

基歇尔对中国文字的介绍,在今天看起来十分浅薄,但在当时的欧洲确是前所未有的关于中国文字和语言的知识。实际上正是基歇尔在《中国图说》中所介绍的这些关于中国语言和文字的知识,特别是他和卜弥格所介绍的大秦景教碑碑文的中文,对以后的欧洲本土汉学的产生有着根本性的影响,18世纪无论是在门采尔那里,在巴耶那里,还是在以后的法国汉学家雷慕莎那里,《中国图说》中所介绍的中国语言和文字的材料都成为他们走向汉学研究之路的基础。②

明代的《万宝全书》是《中国图说》文字图的来源:

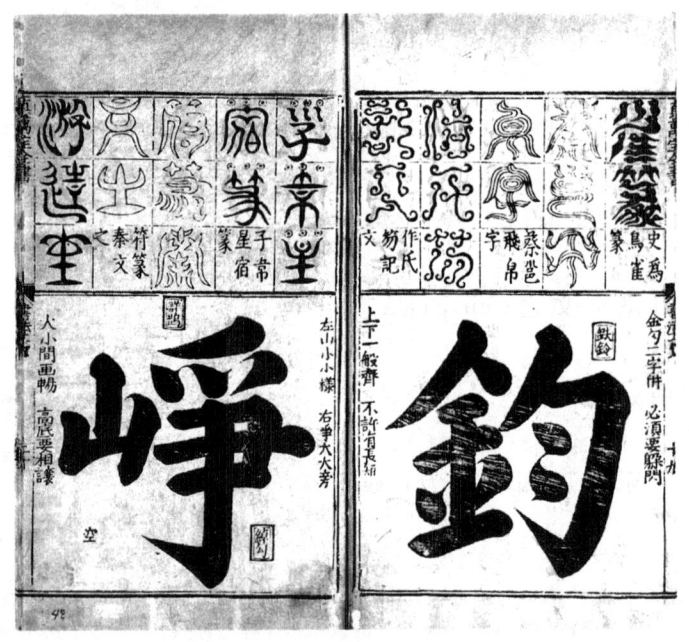

---

① 这些文字主要来自中国的《万宝全书》。
② [德]阿塔纳修斯·基歇尔著,张西平、杨慧玲等译《中国图说》,郑州:大象出版社,2009年;参阅 Paula Findlen(edited), *Athanasius Kircher the last Man who knew Everything*, Routledge, 2004;张西平《欧洲早期汉学史》,北京:中华书局 2010 年;董海樱《16 世纪至 19 世纪初西人汉语研究》;John Webb, *An Historical Essay, Endeavouring a Probability that the Language of the Empire of China is the Primitive Imguage Spoken Through the Whole World Before the Confusion of Babel*, London, 1669.

《万宝全书》摘录

## (四)《无罪获胜》与汉字西传

何大化(Antoine de Gouveia, 1592—1677)的《无罪获胜》(*Innocentia Victrix Sive Sententia Comitiorum Imperii Sinici Pro Innocentia Christianae Religionis*)这是一份耶稣会士在清初历狱的斗争中获得了胜利后所做的一份文件。关于清初历狱的研究是中西文化交流史的大事件,学术界研究很多,[1]这里主要从汉字西传的角度展开研究。[2] 这份文献由十二种组成:

---

[1] 李天纲《中国礼仪之争:历史·文献和意义》,上海:上海古籍出版社,1998年;吴伯娅《康雍乾三帝与西学》,北京:宗教文化出版社,2003年。

[2] 国内学术界首次研究此文献的是罗常培先生,他在《耶稣会士在音韵学上的贡献》一文就是专门研究此文献的音韵问题的,罗先生这篇文章原准备发表在北京大学《国学季刊》上,后他发现了问题就将稿件撤出,只做了内部用的抽印本,注明"请勿外传",因此,这份文献极为难寻。此文献藏在欧洲多个图书馆,罗常培先生所用的是藏在大英博物馆(British Museum,20 MY,98)由向达先生复制回来的。1999年葡萄牙里斯本重新出版了这份文献,在复印原文献的同时,对文中的拉丁文做了重新转写整理。罗常培此文重新在张西平杨慧玲主编的《跟西方汉语研究论集》上刊出,北京:商务印书馆,2013年。

（1）康熙八年五月初五日利类思、安文思、南怀仁奏控杨光先并请昭雪汤若望呈文；

（2）礼部等衙门为详查利类思等呈控各由题本；

（3）康熙八年七月二十六日上谕议政王贝勒大臣九卿科道会同再详议具奏；

（4）议政王大臣等复议月日昭雪汤若望、许缵曾、李祖白等，竝请将杨光先处斩、妻子流徒宁古塔题本；

（5）上谕免杨光先死，并免其妻子流徒，天主教除南怀仁等照常丰行外，仍禁立堂；

（6）康熙帝赐祭汤若望文；

（7）康熙九年十一月二十日利类思安文思南怀仁等奏请赦免栗安当等二十余人题本；

（8）康熙九年十一月二十八日上谕礼部将利类思等所奏之本确议具奏；

（9）礼部会议恐栗安当等各处归本堂日久复立堂传教，因拟将利类思等具题之处无庸再议题本；

（10）礼部议羁留广东之栗安当等二十余人内有十余人通晓历法，可俱取来京城与南怀仁等一同居住题本；

（11）康熙九年十二月二十一日上谕，准羁留广东之栗安当等二十余人内通晓历法者来京与南怀仁等同居，其不晓历法者各归本堂，但仍禁止直隶各省一应人等入教；

（12）看下十年正月十八日兵部行咨各省总督抚院查明栗安当等二十五人内有通晓历法者几名即行起送来京。其不治历法者即令各归本堂文。

这 12 份文献共有 2696 个汉字，666 个不同的汉字，447 个不同的汉语语音。① 罗常培和陈辉主要从语音学的角度对这份文献的学术价值做了探讨，鉴于本文的主体，我们主要从汉字西传的角度对这份文献的学术价值做一分析。

首先，这份文献是继《中国图说》后在欧洲出版的汉字最多的出版物，《中国图说》公布了"大秦景教流行中国碑"的 1561 个汉字，这里公布了

---

① 参阅罗常培《耶稣会士在音韵学上的贡献》，陈辉《〈无罪获胜〉语言学探微》，载《浙江大学学报（人文社会科学版）》2009 年第 1 期。

2696个汉字,从汉字西传历史来看,这是17世纪在欧洲出版物中汉字最多的一份文献;

其次,《无罪获胜》的汉字字体也很有特色,12份文档中字体并非完全一致,而是用楷书书写的有8篇,用草书书写的有2篇,用篆书书写的有1篇,这样中文书写的四种主要问题都有了。而且在内容和文体的选配上传教士们也很用心,凡是公文等用楷体,例如"诉状""题请"以及"奏疏",而礼部大臣的议事记录用草体,康熙御祭汤若望的墓志则用篆书。这样通过字体的不同,告诉了西方读者中文书写的基本字体是"隶、篆、真、草"四种。

相对于基歇尔在《中国图说》中公布的16种中文文体,《无罪获胜》则显得更为真实,基歇尔的确有猎奇的感觉,而《无罪获胜》则是用于国内传教士的汉语学习,这样在汉字字体的表现上更为平实。①

---

① 陈辉《〈无罪获胜〉语言学探微》,载《浙江大学学报(人文社会科学版)》2009年第1期。

《无罪获胜》书影及内容摘录

## （五）小　　结

　　根据上面的研究，我们从历史的角度梳理了 17 世纪汉字在欧洲传播的历史，17 世纪汉字在欧洲呈现出的每一个环节。这样我们知道欧洲人对汉字的认识经历了从最初的描述性认识到实际的呈现性认识。在这个过程中卜弥格和基歇尔的《中国图说》、何大化的《无罪获胜》使 17 世纪汉字在欧洲的传播达到了高潮，从而为 18 世纪欧洲早期汉学的发展打下了一个基础。对 17 世纪的欧洲人来说，汉字在他们面前的呈现不仅仅是一个文字的符号，也是一种文化的符号，由于汉字的传入，欧洲在讨论汉字的过程中其文字观念和语言观念都发生了较大的变化。这点笔者将在另一篇文章详加阐述。①

---

　　① 来华传教士殷铎泽的《论中国文字》，因篇幅较大，这里暂不做研究，笔者的研究将会在其他处发表。另，巴耶的《中国博览》及一些早期汉学家著作中的汉字讨论待以后进一步完善。

## 二、《耶稣会在亚洲》(Jesuítas na Ásia) 所介绍的中国知识

《耶稣会年报告》是从《耶稣会在亚洲》(Jesuítas na Ásia)档案文献中所择录出来的文献目录。《耶稣会在亚洲》档案文献原藏于葡萄牙的阿儒达图书馆(Biblioteca da Ajuda),它是从1549年沙勿略到达日本后西方传教士在远东传教活动的真实原始记录。全部档案共61卷,均为手抄本,计三万页。文献以拉丁文、葡萄牙文、西班牙文和意大利文及法文写成。

这批文献最早是由葡萄牙耶稣会神甫若瑟·门丹哈(José Montanda)和若热·阿尔瓦雷斯(João Álvares)修士等于1742—1748年对保存在澳门的日本教省档案室的各个教区整理而成的。在这些教区中包括中国的北京、广州、南京以及老挝、柬埔寨等地。他们将这些原始文献加以分类,整理和编目,最后抄录,形成这批档案。

这批文献是研究中国清代天主教史和明清中西文化交流史及清代社会史的最重要的一手文献,它包括向耶稣会总会的年报告表;教区内的通信;发生在康熙年间的"礼仪之争"的伦理学和神学的争论;宗座代牧与罗马传信部争论的报道;耶稣会殉难者列传;中国澳门、日本和中国内地教区的主教和各省会长记载;航行于澳门和日本之间的黑船所载运货的货物表;澳门及各省会修会的财产清单;传教士之间的通信等。这些文献为我们提供了清中前期的许多重要的情况,许多文献都是中文文献所没有记载的。

本人在承担国家清史纂修工程中的《清代入华传教士文献收集与整理》项目时①,将对《耶稣会在亚洲》(Jesuítas na Ásia)档案文献的整理作为整个项目的一个重要方面。我们从这三万页文献中挑选出最有代表性的《耶稣会年报告表》(当然,也包括其他的内容)文献,将其整理成目录列出,并将其翻译成中文以供清史纂修所用。通过对《耶稣会在亚洲》(Jesuítas na Ásia)档案文献目录的整理和翻译,深深感到这批文献不仅仅对研究清代历史,对研究中西文化交流史和中国基督教史有着重要的学术

---

① 本文为国家清史项目《清代来华传教士文献整理研究》结项报告的一部分,首次公开出版。参与本项目的目录整理翻译有金国平、张晓非、张西平。在翻译目录的过程中得到了何高济、雷立柏、文铮、蒋薇等学术同仁的帮助,在本文发表之际,对于课题组的全体成员,对于曾帮助过我们的各位同仁表示感谢。

意义。同时,对研究欧洲汉学史同样具有重要意义。这些以外文形式记载的中国历史开始大规模进入欧洲人的视野之中,对早期欧洲汉学的兴起起着重要的催生力作用。

## (一) 清中前期天主教在华发展的基本情况

如果从意大利籍耶稣会传教士罗明坚(Michele Ruggieri,1543—1607)于1582年12月27日进驻肇庆算起,到清军1644年入关北京,天主教在中国已经传播了82年。由于汤若望很快地得到入主中原的清王朝信任,天主教在清初得到较快的发展。到1664年时,耶稣会住院前后有38余所,耶稣会士前后来华人数达82人,全国的教堂已经有156座,全国天主教徒达245000人之多。①

清初杨光先通过历狱案将传教士排出钦天监后,天主教在华发展一度受挫,后经南怀仁(Ferdnand Verbiest,1623—1688)的努力,康熙皇帝对天主教传教士逐步好感,这样南怀仁、利类思、安文思三人联名上奏,要求为汤若望平反,他们在奏书中说:

> 利类思、安文思、南怀仁,呈请礼部代奏。称呈诡随狐假。罔上陷良。神人共愤,恳歼党恶。以表忠魂事。棍恶杨光先在故明时,以无籍建言,希图幸进。曾经廷杖。虽妇人小子,皆知其为棍徒也。痛思等同乡远臣汤若望,来自西洋,住京四十八载。在故明时,即奉旨修历,恭逢我朝廷鼎新,荷蒙皇恩。钦敕修历二十余载,允合天行,颁行无异。遭棍杨光先依恃权奸,指为新法舛错。将先帝数十年成法,妄谱更张。频年以来,古法件件参差。幸诸王贝勒大臣考正新法,无有不合。蒙恩命怀仁仍推新历,此已无庸置辨。惟是天主一教。即云:"皇矣上帝,临下有赫,为万物之宗主"。在中国故明万历间,其著书立言,大要以敬天爱人为宗旨,总不外克己尽性、忠孝廉节诸大端。往往为名公卿所敬慕。世祖章皇帝数幸堂宇,赐银修造,御制碑文,门额"通微佳境"。赐若望号"通微教师"。若系邪教,正教奉褒,先帝圣明,岂不严

---

① 参阅孙尚扬、钟鸣旦《1840年前的中国基督教》,北京:学苑出版社,2004年,第328页。

禁？乃为光先所诬，火其书而毁其居，捏造《辟邪论》，蛊惑人心。思等亦著有《不得已辩》可质。且其并将佟国器、许之渐、许缵曾等，诬以为教革职。此思等抱不平之鸣者一也。

又光先诬若望谋叛。思等远籍西洋，跋涉三年，程途九万余里。在中国者不过二十余人，俱生于西而卒于东，有何羽翼，足以谋国。今遭横口蔑诬，将无辜远人栗安当等二十余人，押送广东，不容进退。且若望等无抄没之罪。今房屋令人居住，坟地被人侵占。况若望乃先帝数十年勤劳荩臣，罗织拟死，使忠魂含恨。此思等负不平之鸣者二也。

思等与若望俱天涯孤踪，狐死兔悲，情难容已。今权奸败露之日，正奇冤暴白之时，冒恳天恩。俯鉴覆盆，恩赐昭雪，以表忠魂，生死衔恩，上呈。①

康熙八年九月五日康熙颁旨"恶人杨光先捏词天主教系邪教，已经议复禁止。今看得供奉天主教并无恶乱之处，相应将天主教仍令伊等照旧供奉。"这样在华的传教士扭转了杨光先"历狱案"以来的被动局面，不就在广州的传教士也允许回到原来的教堂传教。1683年法国耶稣会传教士入华并被康熙召见，传教士在宫中的力量日渐强大，在日后与俄罗斯的边界谈判中徐日昇（Thomas Pereira，1645—1708）和张诚（Jean Francois Gerbillon，1654—1707）积极斡旋，使中俄双方签下了尼布楚条约，传教士的这些表现终于使康熙在1692年（康熙三十一年）下达了著名的容教令：

"查得西洋人，仰慕圣化，由万里航海而来。现今治理历法，用兵之际，力造军器、火炮，差往俄罗斯，诚心效力，克成其事，劳绩甚多。各省居住西洋人，并无为恶乱行之处。又并非左道惑众，异端生事。喇嘛、僧等寺庙，尚容人烧香行走。西洋人并无违法之事，反行禁止，似属不宜。相应将各处天主堂俱照旧存留，凡进香供奉之人，仍许照常行走，不必禁止。俟命下之日，通行直隶各省可也。"②

但此时在入华传教士内部争论已久的礼仪问题最终爆发出来，从而严重影响了天主教在华的发展，1693年3月26日（康熙三十二年）巴黎外方

---

① 黄伯禄编《正教奉褒》，上海：上海慈母堂，光绪三十年，第57—58页。
② 黄伯禄编《正教奉保》，上海：上海慈母堂，光绪三十年，第116—117页。

传教会的阎当主教在他所管辖的福建代牧区发布著名的禁止中国教徒实行中国礼仪的禁令,从此天下大乱,争论愈演愈烈,一发而不可收。这样关于中国教徒的宗教礼仪这个纯粹宗教的问题演变成了清王朝和梵蒂冈之间的国家问题,并促使梵蒂冈在1701年(康熙四十年)和1719年(康熙五十八年)先后派多罗(Carlo Tommaso Maillard de Tournon)和嘉乐(Carlo Ambrogio Mezzabarba)两位特使来华,期间罗马教廷发布了一系列的禁教令。① 多罗使华以失败而告终,嘉乐来华后"康熙接见嘉乐宗主教前后共十三次,礼遇很隆,对于敬孔敬祖的问题,当面不愿多言,也不许嘉乐奏请遵行禁约。嘉乐宗主教因有了铎罗的经历,遇事很谨慎。看到事情不能转机时,乃奏请回罗马。"②1721年(康熙六十年)康熙在看到了嘉乐所带来的"禁约"③后说:

> 览此条约,只可说得西洋等小人如何言得中国之大理。况西洋等人无一通汉书者,说言议论,令人可笑者多。今见来臣条约,竟与和尚道士异端小教相同。彼此乱言者,莫过如此。以后不必西洋人在中国行教,禁止可也,免得多事。钦此。"④

"礼仪之争"是清代基督教史的一个转折点,也是清代与西方国家关系中的一件大事,他既表现出了一种纯粹文化意义上的碰撞与争论,同时也使"清代开始了近代意义上的对外交往"。⑤

1722年康熙驾崩后雍正继位,由于传教士穆敬远在康熙晚年卷入几位皇子之间争夺皇位的政治旋涡,雍正对传教士心怀不满,在雍正禁教期间相继发生了福安教案和苏努亲王受害等事件,从而天主教陷入低谷之中。

雍正十三年(1735年)八月,世宗驾崩,由高宗践祚,乾隆对传教士的态度教之雍正有所改观,他对西学的态度也较雍正更为积极,这样传教士在华的活动的环境有所改变。不少传教士在宫中受到很高的礼遇,如郎士宁(Jo-

---

① 参阅[美]苏尔、诺尔编,沈保义、顾为民、朱静译《中国礼仪之争:西方文献一百篇(1645—1941)》,上海:上海古籍出版社,2001年。
② 罗光《教廷与中国使节史》,台北:光启出版社,1961年,第164页。
③ 《自登基之日》载《中国礼仪之争西文文献一百篇》。
④ 北平故宫博物院编《康熙与罗马使节关系文书影印本》,1932年,第41—42页。
⑤ 李天纲《中国礼仪之争:历史·文献和意义》,第280页。

seph Castiglione,1688—1766)、王致诚(Jean-Denis AttiRet,1702—1768)、马国贤(Mattea Ripa,1682—1745)、戴进贤(Ignace Kogler,1680—1746)等人。但乾隆禁止天主教在华发展的政策并没有改变,这样先后发生了1736年(乾隆元年)、1737年(乾隆二年)和1746年(乾隆十一年)三次较大的教案。

嘉庆、道光两朝继续执行禁教政策,天主教在中国只能采取地下发展的形式。

由于本文献截止到1748年(乾隆十三年),故1748年后清朝的天主教发展情况在这里暂不做研究。天主教在清中前期的发展呈现出有高到低的状态是有多方面的原因。

首先,它和康熙、雍正、乾隆三个皇帝个人对待天主教的不同态度有关,"因人容教"和"因人禁教"是清前期基督教政策的重要特点。[①] 康熙在文化态度上较为宽容,对西学有强烈的兴趣,甚至对天主教也有一定程度上的理解,这样,他必制定出宽容的宗教政策,允许天主教在中国自由传教。而雍正本身对西学并不感冒,又加之传教士卷入宫内政治斗争,成为他的直接政治对手,他的严禁天主教的政策是很自然的。乾隆上台后纠正雍正的严厉的政治政策,他本人和传教士也无直接的冲突,这样苏努一家的平反是自然的。而他本人对西洋技术又有较浓的兴趣,由此"收其人必尽其用,安其俗不存其教"就成为乾隆对待西学的基本态度。我们应该看到"他们的思想认识、决策措施,不是凭空产生的,而是孕育于中国悠久的历史文化之中,取决于中国的社会性质、政治体制、经济基础,受制于风云变幻的国内外形势,也与他们的心态、性格、才能密切相关"。[②]

其次,"礼仪之争"是天主教在清代发展的关键事件,以此为转折点天主教在中国发展呈现出了两种形态,这也是最终导致康熙禁教的根本原因,而这个重大事件的"主要责任恐怕应该有罗马教廷承担"。[③]

## (二)《耶稣会在亚洲》文献中所记载的传教士关于明清鼎革的历史事实

明清之际是"天崩地解"的时代,李自成的农民起义军一度夺取政权,

---

① 参阅于本源《清王朝的宗教政策》,北京:中国社会科学出版社,1999年。
② 吴伯娅《康雍乾三帝与西学东渐》,第489页。
③ 孙尚扬、钟鸣旦《1840年的中国基督教》,第422页。

推翻了明王朝,而后清入关,南明王朝与清抗衡,社会处在极度动荡之中,关于这段历史中国史有记载,学者也有较深入的研究①。但由于当时传教士在中国的特殊地位,他们的记载应格外引起我们注意。

当时的在华耶稣会传教士实际上服务于不同的政治势力,在北京汤若望和龙华民在清入关后掌握着钦天监;清人所派出攻打西南的孔有德、耿忠明、尚可喜和吴三桂四位异姓王则都是当年徐光启的爱将孙元化的部下;在张献忠的大西政权中,传教士利类思(Louis Baglio,1606—1682)和安文思(Gabriel de Magalhaens,1609—1677)作为"天学国师"为其效力,还为张献忠的一侧房的娘家二十余人受洗;在南明小王朝则先后有瞿安德(Andre-Xaveier koffler,1613—1651)、卜弥格(Michel Boym,1612—1659)、毕方济(Francois Sambiasi,1582—1649)等在其活动,并使宫中皇后等人受洗入教②。这些传教士虽然服务于不同的政治势力,但他们作为同一修会的传教士则分别从不同的地区将其所见所闻写成报告寄回教内机构,从而给我们留下有关明清之际中国社会变迁的真实材料。

例如,文献中有关于清和南明王朝的战争及南明王朝内部的有关记载,(1306)③南方官员在"漳州(福建)"拥举一位名叫"隆武"的人为王。第八章;(1307)广州的官员决定推举一位名叫"永历"的人为新王。第九章,(1308)"李(定国)"的军队开赴广州。第十章,(1309)李定国揭竿对抗鞑靼人,并归顺永历王。第十一章,(1310)李定国向永历王遣使,随后他本人前去归顺;其密谋。第十二章,(1311)一支军队从广州整装出发前往漳州;李两战两败。第十三章,(1313)曾德昭神甫和瞿安德神甫前往肇庆拜访国王;及随后发生之事。第十四章,(1315)一支人数达三万的由步兵和骑兵组成的鞑靼部队抵达广州,首次攻城;及随后发生之事。第十五章,(1316)鞑靼人进攻了福建人聚居区外三座堡垒;占领了它们,部署了一个有50门炮的阵地,并借此破城而入;攻城及抢劫事。第十六章,(1377)简要介绍中国皇后嫔妃受教化的情况和太子的领洗过程,以及教会在中国的其他一些进展,由耶稣会卜弥格神父汇报。

这些材料对于编写清史的"通记"的第一卷满族的兴起、清朝建立;第

---

① 樊树志《晚明史:1573—1664》,上海:复旦大学出版社,2003年。
② 黄一农《南明永历朝廷与天主教》,载《华学》第六辑。
③ 这是原文献的编号,以下同。

二卷清朝入关、平定南中国有重要的参考价值。

### (三)《耶稣会在亚洲》文献中关于"礼仪之争"的记载

上面我们在介绍清初天主教发展的基本情况时对"礼仪之争"做了简单的介绍,近年来国内学术界对西方文献中的有关"礼仪之争"的介绍和研究的著作有《中国礼仪之争:西方文献一百篇》和李天刚的《礼仪之争:历史·文献和意义》,这两部著作大大推进了我们对"礼仪之争"历史的认识和研究,但我们应注意《中国礼仪之争:西方文献一百篇》是"从已经出版的罗马教廷传信部和其他有关的原始文献中选录、编辑、翻译而成的"。① 这一百封信中只有六封是中国当地教会所写的文献,其余则全部为教宗的教令和传信部与圣职部的指令,也就是说这本书主要反映的是罗马教廷在礼仪之争中的态度,对当时礼仪之争中中国教会内部的情况和当时中国社会的反映并无多少报道和反映。② 而李天纲的《礼仪之争:历史·文献和意义》一书主要学术贡献在于对"礼仪之争"中中文文献的发掘和研究,正如李天纲所说:"我们在礼仪之争中,常见到是外部的观念,常看到的是外国人对中国文化的评论。……我们需要以中国的文字、中国的语言、中国人的思维方式来对待中国礼仪之争。现在正好有了一批中文资料,可以供我们从这样的角度来看此问题。"③无疑,这是一个重要的方向,我们应继续在中文文献上下功夫。

但从"礼仪之争"的实际文献来看,西文文献仍是主要的,虽然几十年来我们陆续翻译了一些西文文献④,但可以说最主要的基本文献仍未翻译,这直接影响了我们对清代这一重大历史事件的研究。⑤ 关于"礼仪之

---

① 参阅[美]苏尔、诺尔编,沈保义、顾为民、朱静译《中国礼仪之争:西方文献一百篇(1645—1941)》,上海:上海古籍出版社,2001年,中文版序。
② 从清中前期的祖国天主教史来看只有1693年的阎当的布告较为重要。参阅《中国礼仪之争:西方文献一百篇(1645—1941)》,第15—19页。
③ 李天纲《中国礼仪之争:历史·文献和意义》,上海:上海古籍出版社,1998年,第155页。
④ [法]李明著,郭强等译《中国近事报道》,郑州:大象出版社,2004年,此书是最近国内出版的有关礼仪之争在西方影响的最重要著作。
⑤ 只要对比一下罗光主教在几十年前所写的《教廷与中国使节史》一书和新近国内学者所写的有关礼仪之争的著作就可以看出其中的问题,可以这样说除李天纲的著作外,在礼仪之争问题上的研究著作鲜有进展,其根本问题在于完全不掌握西方的基本文献,即便使用西方的文献也停留在二手文献的转述上。

争"的西方文献有两类,一类是在中国的传教士所写的文献,反映了"礼仪之争"爆发后中国方面的情况,特别是关于多罗和嘉乐来华后与康熙接触的有关文献。这一类文献对清史研究有着直接的意义。另一类文献是"礼仪之争"发生后,在西方所产生的影响,这部分文献对清史研究关系不是太大,它主要是西方近代思想文化史的一部分,或者说是西方早期汉学史的一部分。我们在这里所选的条目全部是第一类的内容,是当时在华的传教士所写的各类报告和文章,从这些目录我们便可看出它所提供的丰富的内容。

(1536)祭孔,孔庙;(1538)论曾祖父们(祖先们)的隆重敬拜(宗教崇拜);(2818)简述广州传教士被逐往澳门一事,其缘由及后果。(1732年12月8日);(5236)沙勿略神甫对闵明我神甫著作《中华帝国历史、政治、伦理和宗教札记》之评论。(1676);(5409)论中国教会所允许的种种礼仪、辩护。所发生的事物的辨别,向神圣的、普遍的宗教裁判所向在罗马的耶稣会士们提出的问题的回答,说明种种合法的理由,获得圣座权威的肯定,1656年;(5523)中国人的礼仪、信仰和理论;耶稣会神甫与来自教廷的外国修会的教士辩论之论据。(1680年);(5582)关于某神甫回答的记录,内容为驳斥37篇反对孔子及丧葬文化的中文著作。该著作尚未完成,正如开头所述;许多内容尚待补充;(5715)耶稣会视察员南怀仁神甫北京学院院长。洪度亮神甫关于"烧纸"以及其他在西安府所见之葬礼习俗。(1683年11月23日);(6351)第八章。分析及揭露刘应神甫的诡辩;(6399)祭礼(要求)的着装;(6403)困难二,中国人是否向祖先祈求;(6404)困难三,传教会的神父是否允许信徒们参加寺庙的祭礼;(6405)困难四,中国人在庙堂以外对祖先进行的膜拜和敬献是否算祭祀;(6410)困难七,能否允许基督教徒参加祖先祠堂的祭祀;(6411)困难八,对孔子的敬献是否是祭祀;(6623)中国耶稣会诸神甫致教皇函。北京,1700年12月2日;(6624)某些礼仪方面的声明;或说,关于华人的种种习俗的声明——就是以耶稣至今允许了的习俗的意义上;由康熙皇帝于1700年11月30日所提出来的(声明);(6636)1701年;致敬阁当先生,Conon的主教和福建的宗座代牧的一些观察；针对耶稣会神父们向华人的皇帝所提出的问题以及针对皇帝的回答；(6637)第一部分；关于向华人皇帝所提出的申请书；以及关于那个皇帝的回答；(6726)礼仪法案的文献，或华人诸典礼的宝典；1)福建宗座代牧和Canon主教，阎当神父的规定或任命；2)罗马教廷传信部和普遍的宗教裁判所从这个规定所提出来的问题的摘录；3)前面说的传信部对于这些问题所给予的回答；4)至圣克莱盟六世教宗——他因上主的安排任教宗——向前说的传信部所发出的敕令，发布于1704年11月20日，通过它，这些回答被肯定和批准。罗马宗座印行，[1693年3月26日]；(6757)由至敬多罗宗主教，宗座视察员向华人至高的皇帝所提交的小册子，康熙45年5月12日，就是1706年6月22日。这个小册子被皇帝和朝廷中的人称为"控诉"；(6789)皇帝于1706年9月29日发布的另一条命令；(6790)皇帝于1706年10月1日发布的另一条命令；(6816)在铎罗宗主教的命令公布前接收了皇帝颁发的委任诏书；(6890)铎罗宗主教致北京众神甫的恐怖的信函。(1701年1月18日)；(6953)第三节：皇帝第一次接见多罗宗主教：拒绝其在北京派驻教皇派遣的教廷大使：北京主教抵达宫廷：多罗宗主教召见阎当主教；(6956)第六节：多罗宗主教获得皇帝和太子接见的荣誉：接受了一道转交给教皇的圣旨：给皇帝传达了阎当主教和格特教士抵达北京的消息。太子威胁毕天祥神甫，称他本人或者总主教将指控葡萄牙人；(6958)第八节：皇帝召见阎当主教：考察其文字及中国知识：认定其无知并固执己见；(6960)第九节：皇帝发出两道极其严厉的圣旨，斥责阎当主教和铎罗宗主教，后者对皇帝进行强烈反驳，招致更严厉斥责；(6962)第十一节：皇帝向宗主教宣布不准许驻大使；命白晋神甫返回宫廷，……毕天祥神甫被捕回京；(6963)第十二节：根据皇帝旨意，毕天祥神甫被押送至苏州；阎当主教及格特、米扎法斯教士被驱逐。所有的传教士都被传唤接受审查，目的是驱逐在中国礼仪事件中阎当主教的追随者。宗主教对抗另一道政令，使得传教会面临灭顶之灾；(6964)第十三节：耶稣会省长神甫命令遵循宗主教的政令，并同其四位下属在审查中遵循之：皇帝被冒犯，驱逐全部这五人，并宣布不遵守礼仪的基督徒为叛逆;其他耶稣会士向教皇求助,并留在其教堂中;皇帝颁发了一道恐怖至极的旨意并驱逐其他传教士;(7048)在宗主教命令公布之前接受皇帝委任状(领票-译者注)的教士名单;(7056)1708年10月等待皇帝派出命令之神甫名单。

## (四)《耶稣会在亚洲》文献中关于清代天主教史的记载

清代天主教史的研究近年来有了长足的进步,特别是中国台湾学者黄一农先生所写的一系列论文达到了很高的水平,中国澳门汤开健、金国平和吴志良的研究也成绩斐然,中国大陆学术界的研究也取得很大的进展。但是我们应看到,制约清代天主教史研究的关键问题仍是基本文献的整理不足。从中文文献的整理来看近年来出版了一些重要的原始文献,从而有力地推动了研究的进展,当现在所出版的中文文献只是很小的一部分,① 大量的清代天主教的中文文献仍藏在欧洲各大图书馆,进一步收集和整理这些中文文献应是清史文献整理中的重要工作。从西方文献来看,主要有北京外国语大学海外汉学研究中心组织翻译了一些传教士的西方语言著作,但对档案文献的翻译和整理中国学者从来未做过,正是在这个意义上这个目录将为清代天主教史的研究者提供一手的教会内部文献,从而加深对清代天主教史的研究。

例如,清初的在华传教士南怀仁等人的通信就显得十分珍贵。

(1752)南怀仁致省长神甫函。北京,1683年5月5日;(1821)南怀仁致方济各神甫函。北京,1687年6月27日;(1822)南怀仁致高级神甫函。北京,1687年1月28日;(1823)南怀仁致高级神甫函。北京,1687年4月26日;(1824)南怀仁致高级神甫函。北京,1687年9月24日;(1826)徐日昇致视察员神甫函。北京,1688年2月24日;(1828)徐日昇致狄若瑟神

---

① 钟鸣旦、杜鼎克等编《徐家汇藏书楼明清天主教文献》(1—5卷),台北:万济出版社,1996年;钟明旦、杜鼎克主编《罗马耶稣会档案馆明清天主教文献》(1—13卷),台北:利氏学社,2002年。参阅张西平《明末清初天主教入华中文文献研究的回顾与展望》,载《炎黄文化研究》2003年第10期。

甫函。北京，1688年12月1日；(1829)徐日昇致视察员神甫函。北京，1688年12月12日；(1831)徐日昇致视察员神甫函。北京，1688年2月8日；(1834)徐日昇致高级神甫函。北京，1688年2月11日；(1835)徐日昇致视察员神甫函。北京，1688年2月27日；(1851)……致徐日昇院长神甫及安多神甫函。广州，1688年5月21日(2021)洪若翰神甫致在华主教助理神甫阁下函。(1688年6月10日)；(2069)主教神甫致北京院长徐日昇神甫函之，以备中国及日本视察员神甫查询通报。1688年11月20日；(2209)徐日昇神甫同年致视察员方济各神甫若干信函，1690年1月10日；(2219)徐日昇神甫致视察员方济格神甫的另一封信函，1690年6月3日；(2242)徐日昇神甫致同一位视察员金弥格神甫的另一封信函，(auzente ao)1690年10月29日。

又如，目录中提供了在华传教士的会内的各种报告，著作目录，各个住院的通信和报告等，使我们对清初的天主教内部运作有了更清楚的了解。

(2778)自沙勿略起所有入华神父的名单；(2779)关于道明会；(2780)关于圣方济各会；(2781)关于圣奥古斯定会；(2821)亚洲尽头，信仰传入：耶稣会的神甫们传播上帝之法则于斯。第六卷第一部分，致尊敬的吾王若望四世陛下。著者：耶稣会士何大华神甫，于中国，1644年；(2027)洪若翰神甫致在华主教助理神甫阁下函。(1688年6月10日)；(2082)柏应理函，马德里，1689年6月22日；(4490)中国传教会为神甫所制书籍目录。(4522)利类思神甫在宁波所建传教会；(4515)毕方济神甫于常熟所建另一家住院；(5018)1658年中国省北部诸住院年报；(5150)中国大迫害之简短记录；(5627)某些书的目录，这些书是由那些在华夏帝国宣讲基督的耶稣会神父们写的，他们用汉字和汉语印刷这些书，其中仅仅列出那些与基督宗教规律有关系的书籍，而省略其他学科和艺术的书，因为全部著作的目录以及作者们的种种话会在别处出现。(6425)第二节，如何管理宫廷里的基督徒社团；(6426)第三节，宫廷基督徒社团诸修会组织；(6782)记述从1706年至今在中国传教会所发生之事。(1707)；(6970)宗主教两次突破警卫或看守所:请求中国人帮助来对抗葡萄牙人;宣称革除总督、加约上尉及总兵之教籍;被看押得更加严密;主教宣布对此宗主教进行审查,后者则宣称革除主教教籍。耶稣会林安廉服从了大主教,拒绝了宗主教给他的信函。

## (五)《耶稣会在亚洲》文献中关于清代社会史的记载

这批文献对清史纂修的另一价值是它提供给我们有关清代社会史的许多宝贵材料,因为传教士生活在中国社会的各个不同方面,他们中既有长期生活在宫廷中的,也有长年生活在社会底层的,这样他们的这些信件和报告就给我们展现了一幅清代社会生活的画卷,其中许多材料和描写是在中国史料中很难看到的。例如,我在为清代传教士鲁日满(Fracols de Rougemont,1626—1676)账本研究的一本著作中①的序言中曾引用过高华士的一段话,他说鲁日满的"账本也是反映中国商品价格史及各种服务价格的一种材料,从这点上说,它的内容又属于汉学的领域,更确切地说,属于所谓的'康熙实唯期'中国经济学的领域。这份迄今为止未被发现的来自常熟的西文材料,由此可以充分补充当时中文材料的缺陷"。

作者还根据账本对鲁日满的日常生活的消费做了具体的价格计算,通过他的计算我们可以对17世纪70年代的江南经济生活有了十分具体的了解。下面就是作者对鲁日满的日常生活的47种物品的价格计算。

| 物品 | 价格 | | 账本页码 | 地点 |
| --- | --- | --- | --- | --- |
| 桑皮纸 | 0.035 两/张 | 87.5 文 | 页 133 | |
| 墨 | 0.05 两/两 | 125 文 | 页 173 | |
| 蜡 | 0.185 两/斤 | 462.5 文 | 页 142 | |
| 大米 | 0.0900 两/斗 | 2250 文 | 页 140 | |
| 面粉 | 0.0056 两/斤 | 14 文 | 页 192 等 | 杭州 |

---

① [比]高华士著,赵殿红译《清初耶稣会士鲁日满常熟账本及灵修笔记研究》,郑州:大象出版社,2007 年。

续表

| 物品 | 价格 | | 账本页码 | 地点 |
|---|---|---|---|---|
| 盐 | 0.0120 两/斤 | 30 文 | 页 226 等 | |
| 糖 | 0.0370 ~ 0.062 两/斤 | 73.4 文 | 页 214 等 | |
| 羊肉 | 0.0220 两/斤 | 55 文 | 页 190 | 杭州 |
| 牛肉 | 0.0170 两/斤 | 43.33 文 | 页 192 | 杭州 |
| 猪肉 | 0.0260 两/斤 | 64 文 | 页 192 等 | 杭州 |
| 未知名称的肉 | 0.0268 两/斤 | 67 文 | 页 188 等 | 杭州 |
| 油 | 0.0270 两/斤 | 69.33 文 | 页 185 等 | 杭州 |
| 香油 | 0.0254 两/斤 | 63.5 文 | 页 190 | 杭州 |
| 香圆片 | 0.0766 两/斤 | 191.5 文 | 页 156 | 杭州 |
| 茶叶 | 0.0480 两/斤 | 120 文 | 页 190 | 杭州 |
| 山药 | 0.0533 两/斤 | 133.25 文 | 页 221 | |
| 瓜仁 | 0.004 两/两 | 10 文 | 页 190 | 杭州 |
| 鸡 | 0.048 两/只 | 120 文 | 页 184 | 杭州 |
| 野鸡 | 0.090 两/只 | 225 文 | 页 220 等 | |
| 夏帽 | 0.0300 两/顶 | 75 文 | 页 186 | |
| 冬帽(成人) | 0.2500 两/顶 | 625 文 | 页 153;223 | |
| 冬帽(儿童) | 0.175 两/顶 | 437.5 文 | 页 223 | |
| 冬衣(成人) | 1.200 两/件 | 3000 文 | 页 41 | |
| 冬衣(儿童) | 1.000 两/件 | 2500 文 | 页 152 | |
| 眉公布制成衣 | 0.600 两/件 | 1500 文 | 页 156 | |
| 丝带 | 0.200 两/条 | 500 文 | 页 141 等 | |
| 冬袜(成人) | 0.200 两/双 | 500 文 | 页 126 | |
| 冬袜(儿童) | 0.170 两/双 | 425 文 | 页 136 | |
| 紫花布 | 0.085 两/匹 | 212.5 文 | 页 202 | |
| 锦布 | 0.130 两/匹 | 325 文 | 页 227 | |
| 本色棉布成衣 | 0.110 两/件 | 275 文 | 页 46 | |
| 棉桃 | 0.060 两/斤 | 150 文 | 页 140 | |
| 煤(或炭) | 0.003 两/斤 | 7.5 文 | 页 189 | 杭州 |
| 铅笔(或毛笔) | 0.006 两/支 | 18 文 | 页 229;164 | |

续表

| 物品 | 价格 | 账本页码 | 地点 |
|---|---|---|---|
| 石青 | 0.250 两/两 | 625 文 | 页 134 | |
| (铜制)灯笼 | 0.0048 两/只 | 12 文 | 页 177 | 杭州 |
| 铜门栓 | 0.04 两/条 | 100 文 | 页 178 | 杭州 |
| 铜十字架 | 0.13 两/个 | 325 文 | 页 173 | |
| 茶壶 | 0.02 两/只 | 50 文 | 页 44 | |
| 夜壶 | 0.016 两/只 | 40 文 | 页 178 | |
| 容器 | 0.035 两/只 | 87.5 文 | 页 52 | |
| 钟表架子 | 0.03 两/只 | 75 文 | 页 52 | |
| 骨制念珠 | 0.03 两/串 | 75 文 | 页 225 | |
| 眼镜 | 0.3 两/只 | 750 文 | 页 45 | |
| 望远镜 | 1 两/只 | 2500 文 | 页 228 | |
| 盒子(盛放毛皮) | 0.55 两/只 | 1375 文 | 页 148 | |
| 桌子 | 0.8 两/张 | 2000 文 | 页 226 | |

这里我们只是举了鲁日满的例子，其实在我们这个文献目录中这样的档案是有不少的，例如：

(1962)出于明确需要及明显用途而在南京进行的一次房地产置换，1688年，由副省长神甫殷铎泽批准，南京学院院长毕嘉神甫经手。(1690年10月30日)；(2764)教友伊那西奥库埃略留给澳门学院的省教区记录，以管理房地产，以及该学院于1646年8月12日将土地出售予迪奥哥瓦兹帕瓦罗的记录；(2765)教友伊那西奥库埃略赠予澳门学院以购买房地产的两千帕道(古葡属印度货币)银两的花费，以及该学院出售予迪奥哥瓦兹帕瓦罗土地所得银两的花费。1646年；(2771)澳门学院来自日本省教区的传教士；该省从1616年8月31日至1639年8月31日供养这些传教士；澳门学院每年的人数及上述省教区对此的花费，如本书所述，香烛钱不记在内；(2792)澳门学院不动产清单；(2810)中国教会收入及不动产清单；(2823)第一阶段之中文词汇解释;(4961)北京宫廷住院;(5127)第九章。国王政令下达南京及南部其他省份,关于宫中诸神甫的生死及如何执行政令;(5257)1673 年、1674 年北京年报,致日本及中国视察员神甫。第 23 条。1674 年年报北京宫廷住院摘录;(5328)耶稣会华夏("支那")副省于 1662 年的年度收入;(5497)中国皇帝圣旨;(6242)呈交康熙皇帝用于北京学院新教堂之铭文事宜;(6257)杭州府学院的详细收入,从 1725 年 9 月 1 日到 1726 年 8 月底。

## (六)《耶稣会在亚洲》文献中关于清代中外关系史的记载

历史发展到 17 世纪时,由于地理大发现,世界融为一体的进程在加快,葡萄牙、西班牙、荷兰、英国等西方国家在晚明时已经将其力量扩张到东方,当从内陆起家的清朝贵族掌握了国家政权时,他们最初对于外部世界的认识在一定程度上还不如晚明王朝。在全国政权基本稳定后他们基本沿袭了明朝的对外政策,对于朝贡国"清仿明制,完全继承明朝朝贡制度,通过颁赏,建立宗藩关系,但对其国内事务不加干涉,关注的只是礼仪和名分。"①对于已经来到大门口的西方国家虽也时有将其作为朝贡国记载,但并不敕封,而只是侧重"互市",把贸易关系放在首位。

由于不少耶稣会士生活在宫廷,对清王朝的外交活动有近距离的观察,特别是在与西方国家的交往中,康熙时代还让传教士们直接参与其外交活动,最明显的在俄罗斯的边界谈判中徐日昇和张诚发挥了重要的作用。因此,在入华耶稣会的通信和报告中不少文献直接反映了清代的外交活动,给我们提供了研究清代外交关系的重要文献。

例如,(1549)玛讷萨尔达聂大使广州来函。(1668 年 11 月 7 日);(1550)玛讷萨尔达聂大使另一函。(1668 年 5 月 19 日);(1551)玛讷萨尔达聂大使另一函。(1668 年 7 月 1 日)(1700)葡萄牙国王特使玛讷萨尔达聂前往京廷及觐见中国及鞑靼皇帝行程简记:自广州登岸日始;(2817)1725 年葡萄牙国王若望五世派遣一名使者觐见中国皇帝,大使名为亚历

---

① 万明《中国融入世界的步履:明与清前期海外政策比较研究》,北京:社会科学文献出版社,2000 年,第 319 页。

山大·米特罗·德·门得斯·索萨,于1726年6月10日乘坐一艘载有54门大炮的葡船只抵达澳门,下列神甫同行;(5166)1667年。荷兰使节于该年即康熙六年呈交中国皇帝康熙的备忘录;(5167)国王的回答;(5168)描写荷兰人进贡诸事之礼仪备忘录;(5168ª)皇帝赐荷兰人物品清单;(5169)荷兰人请求国王赐予的物品,为礼部法庭呈交国王一份备忘录,向陛下表述这些请求;(5170)及荷兰人向中国皇帝晋献的厚礼,以及如何得到批示。中文译成葡文。若望·曼苏卡提交中国皇帝的备忘录;(5171)荷兰国王自巴黎向中国皇帝赠送的物品清单;(5184)为皇帝及其他官员晋献礼品清单;(5185)晋献皇帝之礼品;(5186)晋献皇后之礼品(5495)吾王至中国皇帝信函之副本;(5496)皇帝就此函所做批示。

《耶稣会年报告》所介绍报告清代历史介绍之广,内容之详细令人吃惊。这些重要文献对研究中国历史有着重要意义,它说明从明末以后中国史研究的基础文献不再仅仅是中文文献,同时也包含这些藏在欧洲的西文文献。另一方面《耶稣会年报告》也是中国知识西传的重要文献,它对欧洲汉学的发展有着重要影响。如果将来华传士的中国活动作为欧洲向世界扩张、发展的一部分,作为欧洲教会史的一部分,那么,这批材料就意味着欧洲史的书写已不仅仅局限在欧洲,这些传教士报告中的中国历史以及传教士们的活动也成为重要的部分。这正是一个交错的文化史。中国在世界之中,世界在中国之中。

## 三、罗明坚《中国地图集》在西方汉学史的重要贡献

### (一)罗明坚以前西方地图中的中国

对欧洲来说,东方是个神秘的地域,在欧洲的传说中东方有个约翰长老的王国。"约翰长老是一个拥有七十多个属国的辽阔帝国的教皇。他的帝国成为当时四分五裂的基督教世界心目中的一个理想模型。在这个国度中,纯洁和正义占统治地位,自然之本性缔造着奇迹并演绎出令人惊奇

之极的进步,不管是人文的还是技术的"。①

对西方来说,当托勒密的理论被从希腊文翻译成拉丁文后,就逐步成为中世纪的宇宙理论。在托勒密的地图中也绘出了东方和亚洲,但想象的成分更多。

当托勒密的地图从希腊文翻译成拉丁文后,他的理论在中世纪欧洲产生了重要的影响。在托勒密的地图中他"想象着让读者绘制27幅地图:一幅是总的平面球形图,10幅描绘欧洲,4幅描绘非洲(尽管只是北非),12幅描绘亚洲"。这部著作已经把绘在图23中的"丝绸地区"与绘在表26中的中国地区区分开来,前者多山、被放在北纬,与法国的纬度大致相同,后者与恒河之外的印度地区绘制在一起,俯瞰大海,被放在南纬(大致与红海差不多)。在1513年由马丁·维尔德西姆勒(Martin Waldseemüller)发行的版本中,我们发现地名"丝绸地区"和"秦地"都在大陆之中,并且与海洋没有任何联系。②

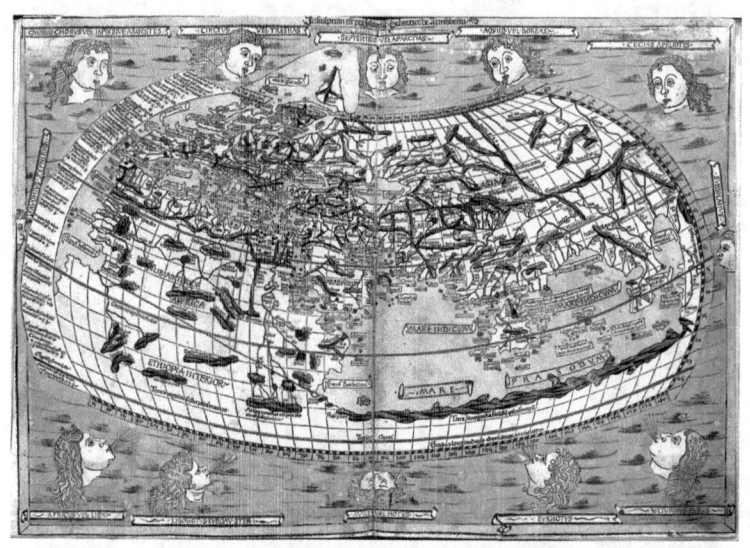

克劳迪亚斯·托勒密《宇宙志》,球行投影的世界地图

---

① [意]曼斯谬·奎尼、米歇尔·卡斯特诺威著,安金辉、苏卫国译,汪前进校《天朝大国的景象:西方地图中的中国》,上海:华东师大出版社,2015年,第1页。
② [意]曼斯谬·奎尼、米歇尔·卡斯特诺威著,安金辉、苏卫国译,汪前进校《天朝大国的景象:西方地图中的中国》,上海:华东师大出版社,2015年,第57页。

西方中世纪对亚洲和中国的绘图来说,《马可·波罗游记》一直是各种地图重要的取材来源,马可·波罗笔下的契丹的财富成为中世纪欧洲经久不衰的谈论话题,汗八里、行在、刺桐港,这些都成为西方绘图学家所探寻的地方。"马可·波罗并没有留下一部他自己的制图作品,尽管在他的书中谈到了他常要参考类似欧洲或中国所出的世界地图。然而,波罗的描述中的一些要素对后来的制图产生了非同寻常的影响,不仅是在中世纪晚期,乃至十七和十八世纪,代替或者结合了从托勒密和古代继承下来的资料。"①

《马可·波罗游记》,尼克罗和马泰奥·波罗在君士但丁堡迎接威尼斯使节

---

① [意]曼斯谬·奎尼、米歇尔·卡斯特诺威著,安金辉、苏卫国译,汪前进校《天朝大国的景象:西方地图中的中国》,上海:华东师大出版社,2015年,第117页。

《马可·波罗游记》,忽必烈赐给尼克罗和马泰奥·波罗一个安全通行证

16世纪以前西方还没有一幅完整的中国地图,那时的西方地图绘制学建立在托勒密(Claudius Ptolemaeus,约90—168)的宇宙观基础上,而对东方和中国的认识,中世纪以后大多还停留在《马可·波罗游记》的影响之中。14世纪保利诺·未诺里的《分成三个部分的世界地图》(De Mapa Mundi Cum Trifaria Orbis Divisione)中"第一次出现了关于契丹或大汗的描述:契丹母王国和它的大汗"(Incipit Regnum Cathay Hic Stat Magnus Canis)[1]。

托勒密时代对中国的认识是模糊的,不清晰的。以下就是西方古代时期对中国地理的全部认识。

"赛里斯国和它的都城在秦奈国的北方,赛里斯国和秦奈国的东方是未知地,遍布沼泽泥潭……"

"赛里斯国西接伊穆斯山外的斯基泰,分界线已如上述(该分界线北部端点为经度150度,北纬63度,南部端点为经度160度,北纬35度);北接未知地,与图勒岛(Thule)位于同一纬度;东接未知地,界线为经度180度,纬度为63度至3度;南部为恒河以远的印度边缘地,沿纬度35度至东经173度印度边缘地终端为止,然后是秦奈,沿同一纬度至未知地的边缘。"

---

[1] 参阅[意]本卡尔迪诺(Filippo Bencardino)《15—17世纪欧洲地图学对中国的介绍》,载《文化杂志》,澳门文化司署出版,1998年春季号,第11页。

"秦奈国之北毗邻赛里斯国部分地区,已见前述;东和南为未知地;西面接恒海(引者按:原文如此,当为恒河)外的印度,沿我们已经叙述过的分界线延至大海湾以及顺次与之相连的海湾、赛利奥德斯海湾(Theriades和秦奈湾的一部分。秦奈海湾岸边居住着以鱼为食的埃塞俄比亚人。"①

大航海以后,葡萄牙航海家逐渐开始放弃托勒密的宇宙观,东方逐步进入他们视野。亚伯拉罕·奥特里乌斯(Abraham Ortelius,1527—1598)1567年在安特卫普出版了第一本《新亚洲地图集》(Asiae orbis Partium Maximae Nova Descriptio)三年以后他绘制的《寰宇概观》(Theatrum Orbis Terrarum. Auctoris aere&cura impressun absolutumque apud Aegid. Coppenium Diesth, Antverpiae 1570)收入了六十六幅地图,包括世界图、分海图和分区或分国图。这幅地图原北堂藏有,现藏于中国国家图书馆。它是最早传入中国的由欧洲人绘制的世界地图。②

奥特里乌斯《寰宇概观》,东印度群岛地图,安特卫普,1570年

---

① 参阅 Henry Yule, *Cathay and the Way Thither: Being a Collection of Medieval Notices of China*, Vol.I, London, 1866;[法]戈贷司编,耿昇译《希腊拉丁作家远东古文献辑录》,北京:中华书局,1987年,第29,31—32,44页;[英]裕尔撰、[法]考迪埃修订,张绪山译《东域纪程录丛》,北京:中华书局,2002年,第155—157页。

② 北堂藏书号2355号、2356号则是此书的1595年版本,参阅 *Catalogue of the Pei-T'ang Library*, p.688。

"亚伯拉罕·奥特里乌斯被看作是制图史上最伟大的创新者之一。鉴于他的《寰宇概观》(Theatrum orbis terrarium[Theatre of the world],第一版出版于 1570 年)对后来所有著作的影响,他被认为是'近代地理学之父'。"①

在这他的这两幅地图中,亚洲和中国虽然开始较为清晰地出现,但显然对中国的认识还在模糊中,没有朝鲜半岛,中国的东海岸线也是直线,而不是环型曲线。1635 年在阿姆斯特丹出版了两卷的《新世界地图集》(Theatrum Orbis Terrarum Sive Atlas Novas)这部作品含有九张地图,"其中之一的题目是古代中国人和现在中华帝国的居民"(China Veteribus Sinarum Regio Nunc Incolis tame Dicta)署名是古里埃尔姻·波劳(Guiljelmus Blaea)最早在欧洲出版中国内地地图的是葡萄牙地图家路易斯·乔治·德·巴尔布达,他的《中国,古老的地区,崭新的地图》是 1584 年在 Theatrum orbis terrarum 上刊出,此图"为欧洲耶稣会的中国地图学打下了根基"。②

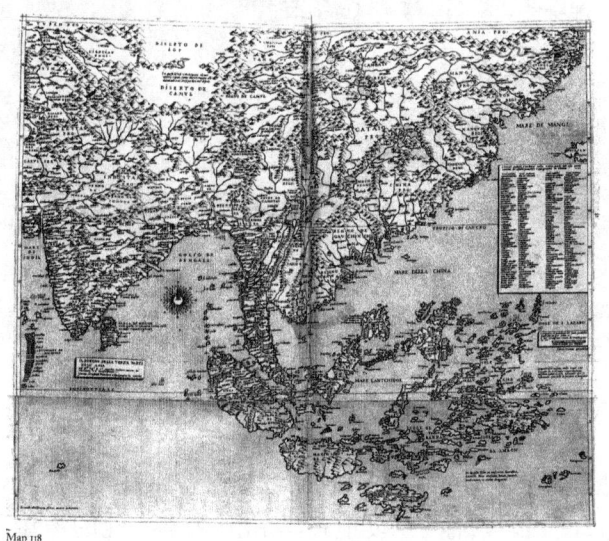

《朵芮亚地图集》加斯托迪的东亚地图,威尼斯,费尔南多·伯特尔,约 1570 年

---

① [意]曼斯谬·奎尼、米歇尔·卡斯特诺威著,安金辉、苏卫国译,汪前进校《天朝大国的景象:西方地图中的中国》,上海:华东师范大学出版社,2015 年,第 158 页。

② 参阅[意]本卡尔迪诺(Filippo Bencardino)《15—17 世纪欧洲地图学对中国的介绍》,第 6 页。1606 年欧洲所绘制的第一张中国地图"Hondius Model"由 Mercator-Hondius Atlas 编辑,在阿姆斯特丹出版。参阅周敏民编《地图中国》(China in European Maps: A Library Special Collection),香港科技大图书馆,2003。

在以上地图中,中国只是作为亚洲的一部分在地图中出现,第一次将中国地图作为单页绘制出来是 1584 年的《中国新图》,这张图首次刊印于奥特里乌斯《地球大观》(Theatrum Orbis Terrarum)的 1584 年拉丁文版。图上题名框内,刻有"CHINAE, olim Sinarum regionis, noua descriptio. autore Ludouico Georgio",全译当作:"中国,原称中国的地域。新的描绘,作者路铎维可·乔奇渥。"① 这位葡萄牙耶稣会士路铎维可·乔奇渥就是乔奇·德·巴尔布达。这是西方地图史上第一张单独的中国地图。

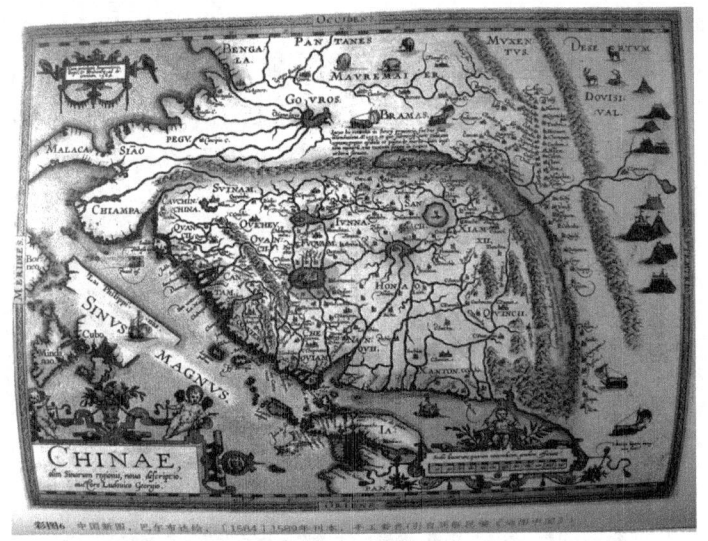

巴尔布达的《中国新图》

17 世纪最后一名重要的地图绘制专家是基哈德斯·墨卡托(Gerardus Mercator, 1512—1594),他"专攻地理学和天文学。他的声望如此之高,以致出生于佛兰德(Flanders)的根特(Gand)皇帝查尔斯五世亲自委托他设计一系列数学和地形测量工具。因此,墨卡托成了地球仪和天球仪生产专家,这为他赢得了声望和财富"。② 他在地图集中也绘制了一幅中国地图。

---

① 黄时鉴《巴尔布达〈中国新图〉的刊本、图形和内容》,载《黄时鉴文集》第 3 卷,上海:中西书局,2011 年,第 261 页。

② [意]曼斯谬·奎尼、米歇尔·卡斯特诺威著,安金辉、苏卫国译,汪前进校《天朝大国的景象:西方地图中的中国》,上海:华东师范大学出版社,2015 年,第 158 页。

"这是欧洲人绘制中国地图的奠基之作。"① 显然,墨卡托对中国的认知一半在想象中,半岛与中国东海岸线平行,日本列岛的位置也明显下移了。

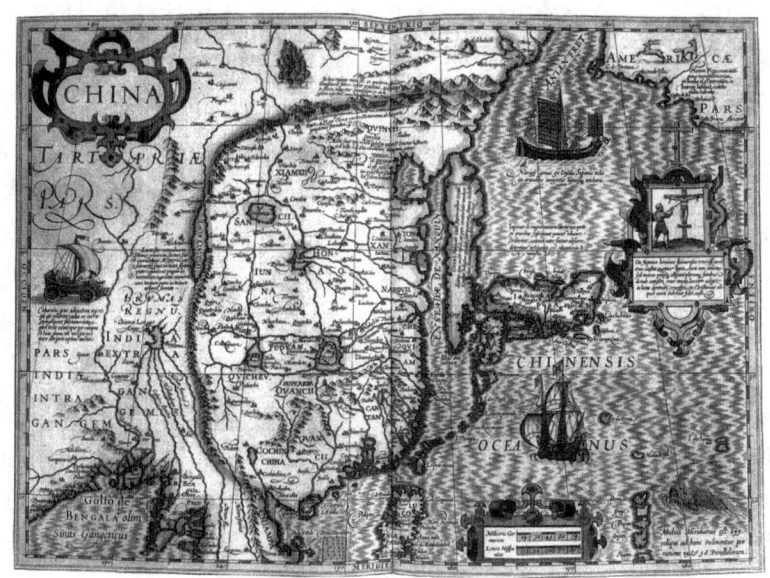

墨卡托《新地图集》中的中国地图,1606年,阿姆斯特丹

从这里我们可以看到,在1655年以前,西方地图绘制中国的历史大体可以分为三个阶段:"一是托勒密(Ptolemy)世界地图上的中国;二是马可·波罗(Marco Polo)世界观念影响下的中国地图;三是1584年巴尔布达(Luiz Jorge de Barbuda)《中国新图》的问世及其影响下的中国地图。实际上,在前两个阶段,西方还没有绘制出单幅的中国地图,因而也可以认为那是西方绘制中国地图的前史。1584年问世的《中国新图》是欧洲人第一幅刊印传世的单幅中国地图,它在西方地图绘制史上无疑是有重大意义。"② 西方对东方,对中国的认知是一个逐步发展的过程,欧洲和中国各处欧亚大陆两端,认清对方需要时间。

---

① 周振鹤《西洋古地图里的中国》,见于周敏民编《地图中国》,第1—6页。
② 黄时鉴《巴尔布达〈中国新图〉的刊本、图形和内容》,第261页。参阅吴莉苇《欧洲近代早期的中国地图所见之欧人中国地理观》,载《世界历史》2008年第6期。

## (二)罗明坚所绘制的《中国地图集》①

罗明坚是第一个入华的耶稣会士,他于1579年到达澳门,1588年离开中国返回欧洲。② 他是近代中西文化交流及西方汉学的奠基人。受他的影响,利玛窦来到中国,并在生活和传教方面得到他的照顾。但很长时间以来,学术界对于罗明坚在中西文化交流史上的贡献所知甚少,研究甚少。近年来国内外学术界对罗明坚的研究有了重大的突破。1989年意大利国家档案馆馆长罗萨多(Eugenio Lo Sardo)通过对意大利罗马国家档案馆所存中国地图手稿的研究,初步判断手稿的作者为罗明坚,并在意大利国家地理学会杂志上发表了论文《有关明代中国的第一地图集——罗明坚未刊手稿》。③ 罗萨多随后组织了一批学者继续研究,1993年意大利国家出版社出版了由他主编的《中国地图集》,全书共137页,其中有罗萨多撰写的导言和毕戴克(Luciano Petech)教授等学者的研究成果,还有按照原尺寸复制的79页手稿,包括28幅地图和37页文字说明。④ 18世纪前在欧洲最有影响的中国地图是卫匡国编辑绘制的《中国新图》,关于卫匡国的地

---

① 关于罗明坚的《中国地图》,已经出版的而是 Eugenio Lo Sardo: Atlante della Cina di Michele Ruggieri S.J, Roma, Istituto poligrafico e Zecca dello Stato, Libreria dello Stato, 1993;《大明国图志:罗明坚中国地图集》,澳门特别行政区政府文化局,2012年。

② 关于罗明坚的研究,参见陈伦绪《罗明坚(1543—1607)及其汉诗》,载《华裔学志》1993年第41期,第129—176页;《徐渭(1521—1593)创作的两首关于罗明坚(1543—1607)的汉文诗》,载《华裔学志》1996年第44期,第317—337页;魏若望《改变对罗明坚(1534—1607)的视角及汉学起源》,载黄世鉴主编《东西交流论坛》第2期,上海:上海文艺出版社,2001年,第314—346页;张西平《欧洲早期汉学史:中西文化交流与西方汉学的兴起》,北京:中华书局,2008年;张西平《西方汉学的奠基人:罗明坚》,载《历史研究》2001年第3期;岳峰、郑锦怀《西方汉学先驱罗明坚的生平与著译成就考察》,载《东方论坛》2016年第3期;另外,宋黎明《神父的新装:利玛窦在中国(1582—1610)》,南京:南京大学出版社,2011年;夏伯嘉《利玛窦:紫禁城里的耶稣会士》,上海:上海古籍出版社,2011年,这两部著作中均有对罗明坚的研究。

③ Eugenio Lo Sardo: Il primo Atlante della Cina dei Ming. Un inedito di Michele Ruggieri, in Bollettino della Società Geografica Italiana, 1989.

④ Eugenio Lo Sardo: Atlante della Cina di Michele Ruggieri S.J. 参阅 Song Liming, Maria Luisa Giorg Trascrizioni della tavole descrittive di Michele Ruggieri, pp. 61—120; "Nota All' identificazione dei toponomi dellle carte del Ruggieri", pp.121—122.

图学术界已经多有研究。① 罗明坚所绘制的地图在西方汉学史上具有重要的学术价值。他是在卫匡国之前绘制出的中国地图集,这是一个伟大的进步。尽管关于这批手稿的真正作者也有争议,但1993年出版的罗明坚《中国地图集》已经完全解决了这个问题。②

以下是罗明坚所绘制的中国全图。③

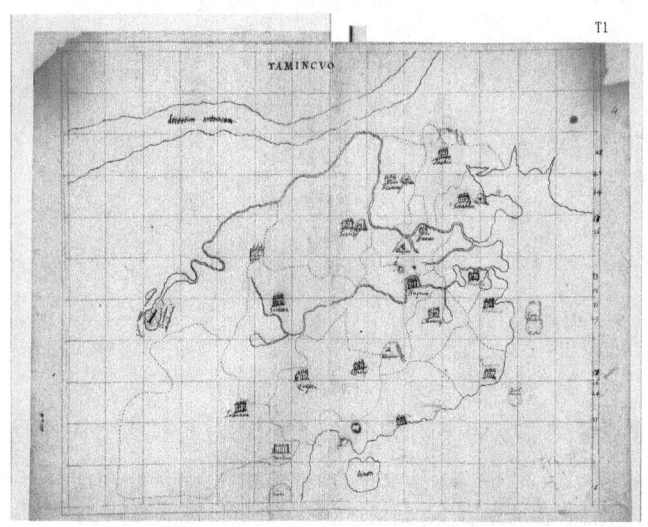

---

① Regni Sinensis a Tartaris devastati enarratio. Sinicae Historiae Decas Prima, res a gentis origine ad Christum natum in extrema Asia sive Magno Sinarum Imperio gestas complexa, Munchen, 1658; Novus Atlas Sinensis, 17 sheets, in folio. Atlas Sinensis, hoc east description imperii Sinensis una cum tabulis geographicis, Amstelodami, 1656; De Bello "Tartarico Historia, in qua, quo pacto" Tartari hac nostra aetute Sinicum Imperium invaserint ac fere totum occuparint, narratur eorumque mores breviter describuntur, Antverpiae, 1654; Grammatica Sinica Historia sinica vetus ab origine ad Christum natum, Amsterdam, 1659. 参阅张西平《欧洲早期汉学史》,张西平、马西尼主编《把中国介绍给世界:卫匡国研究》,上海:华东师范大学出版社,2012年。徐明德《论明清时期对外交流与边治》,杭州:浙江大学出版社,2006年。

② 美国汉学家波列斯瓦夫·什钦希尼亚克(Boleslaw Szczesniak)认为,这些来自罗马档案的地图并不真正出于罗明坚之手,他认为罗明坚本人也并非出色的绘图师,那些地图应该只是由利玛窦在1590年送到了罗马。虽然最后一份罗明坚手写档案上的日期的确标明是1606年,但那只是一个"最迟日期"(terminus ante 罗明坚卒于1607年)。有两种可能:地图集由罗明坚绘制并带回欧洲;地图集由利玛窦绘制并寄往欧洲,而后由罗明坚在意大利保管并校订,直到1607年罗明坚在意大利逝世。参阅麦克雷《罗明坚的中国研究》,载北京外国语大学中国海外汉学研究中心主编《西学东渐与东亚近代知识的形成和交流》,上海:上海人民出版社,2012年,第389页。

③ Eugenio Lo Sardo: *Atlante della Cina di Michele Ruggieri S.J.*.

这是罗明坚所绘制的广东及海南岛图。①

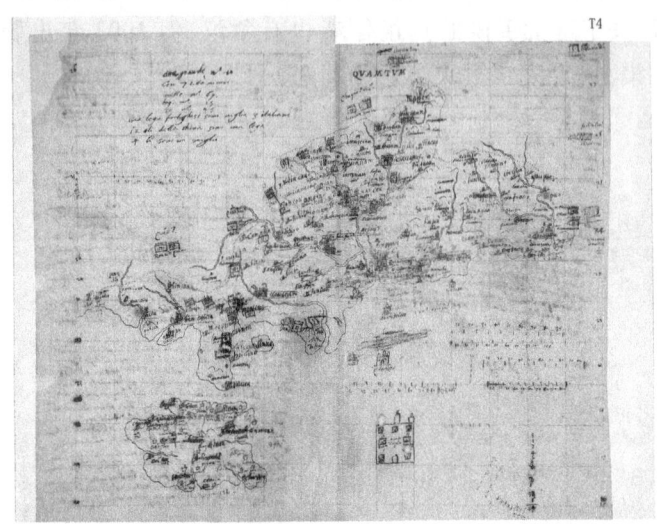

在地图的序言中,罗明坚首先介绍了中国的基本情况。这是来华耶稣会在西方用欧洲语言最早对中国的介绍,对于了解欧洲对中国的理解有极重要的价值。现摘录有关内容如下②:

> 中国的大地被这里的人们称为"大明"。可以从他们的历史和记录中根据他们自己的看法来确定哪个民族是原住民,哪个民族是后来者。
>
> 这是一个极为广阔的国度,也是最靠东边的一块大陆。在中国的西部边界是印度王国和Brama王国,在北部则是鞑靼人和其他被彼此间的恐惧、长城和山岭阻隔开的民族。其广阔的海岸线则被大洋所包围。南北走向的山脉阻隔着中国人和鞑靼人。在山脉被河谷和平原分割的缺口处,人们建起了牢固的城墙。边境一共有500英里的屏障,其中80英里是人工修建的城墙,另外

---

① Eugenio Lo Sardo: *Atlante della Cina di Michele Ruggieri S.J.*.
② 同上,在这里我所采用的译文是麦克雷教授从意大利文翻译成英文,后由汪前进等翻译成中文,在此表示感谢。

420英里则是天然的山脉。

据这些居民的历史记载,这些城墙是由200年前一位国王所建,他保卫着中国免遭鞑靼人的暴行;这些城墙屹立了93年,整个王国三分之一的人口都参与了这项工程。由于这个地区的人民勤劳肯干、自然条件优越,所以富饶而多产。这里不仅出产日常生活所需的物品,也出产为舒适、优雅的生活所需的物品。

每天都有1万名全副武装的士兵保护着皇帝,他是最伟大、最重要的当权者,还有着其他各种庄严的称谓;由于他一直在与鞑靼人交战,所以就选定了靠近鞑靼边境的一座城市,作为他的居所。除非战事需要,否则他从不离开此地。他们比鞑靼人有优势,虽然与后者在体力、气质和技巧上相差不多,当他们被鞑靼人靠武力分开时,常常能靠诡计和机灵获胜。①

罗明坚的这本未出版的《中国地图集》在中西交流史上具有重要意义,是我们研究欧洲人早期中国观的重要文献。如学者所说,"这部地理、土产及军事等信息详尽、图文并茂的《中国地图集》,虽然未正式出版,沉没了几百年,但喻示欧洲对中国自然地理与政府构架最全面之认识,可谓欧洲汉学史上一划时代的标志性著作"。②

罗明坚的这本地图集共有37页说明和28幅地图,其中有些是草图,有些绘制得很精细。这个地图集有以下几个特点:

1.《中国地图集》是西方汉学史上第一个较为详细的中国分省地图

罗明坚《中国地图集》的第一个重要贡献就是这本地图集是西方历史上第一个中国分省地图集。这就突破了比巴尔布达绘制《中国新图》的用单页形式来绘制中国地图的方式,在中国地图的绘制上大大前进了一步。从对中国的总体性概略性认识发展到内部的具体认识,从单页的中国地图到分省的中国地图集,这是一个质的飞跃。

地图集在介绍每一个省份时,对其下属的州府也都做了介绍,例如在介绍广州省时,也先后介绍了"广州府""韶州府""南雄府""惠州府""潮

---

① Eugenio Lo Sardo: *Atlante della Cina di Michele Ruggieri S.J.*,在这里我所采用的译文是麦克雷教授从意大利文翻译成英文,后由汪前进等翻译成中文,在此表示感谢。

② 引金国平文章,载《大明国图志:罗明坚中国地图集》,澳门特别行政区政府文化局,2012年,第13页。

州府""肇庆府""高州府""廉州府""雷州府""琼州府"。罗明坚共介绍了中国的十五个省份,他对每个省份都进行了分析性的介绍,从该省的农业生产、粮食产量、矿产到河流,以及各省之间的距离及各省边界、方位以及"皇家成员居住的地点、诸如茶叶等特殊作物、学校和医科大学以及宗教方面的情况都有较为详细地介绍。在以往西方对中国的介绍只是从总体上介绍,从未深入到国家内部展开如此详细地介绍,罗明坚是第一位介绍中国分省地图的西方人,从而使西方汉学的中国绘图迈上了新的台阶。

2.《中国地图集》首次向西方介绍了中国的行政建构

中国作为一个庞大的帝国,它是如何管理和运作的,这一直是西方所关心的重要问题。中华帝国的行政及国家的组织结构,这是当时欧洲感兴趣的问题。罗明坚的《中国地图集》首次解决了这个问题。在《中国地图集》中,他从"省"到"府",从"府"到"州"和"县"按照这个等级顺序逐一介绍每个省的主要城市、名称,甚至连各地驻军的场所"卫"和"所"都有介绍,所以这个地图集的编辑者说:"这部作品最突出之点就是作者试图准确地说明中国大陆的行政机器在形式上的完善性。"① 如在介绍福建省的军队建制时,地图集说福建省有八个府,一个州,五十八个县,十六个卫,十七个所。其中卫的分布在福宁卫,福州左卫,福州右卫,福州中卫,兴化卫,漳州卫,泉州卫,镇东卫,平海卫,永宁卫,镇海卫,建宁左卫,建宁右卫,邵武卫,延平卫,汀州卫,共计16卫。② 这些是中国行政建制中的重要信息,而且是重要的军事信息。"卫"是指挥使司的简称,所即千户所和百户所,这是中国历史上的一个军事建制。隋唐均置十六卫,各设大将军一人,将军二人。唐贞元二年(1786),又各置上将军一人,统领府兵及掌管门禁、侍卫之事。明在各要害地区设置约五千六百人为一卫,由都司或行都司率领,隶属中央五军都督府,防地可以包括一府或数府,一般驻地在某也即称

---

① [葡]洛佩斯(Lopes Fernando Sales)《罗明坚的〈中国地图集〉》,载《文化杂志》1998年春季第34期,澳门特别行政区政府文化局。
② Eugenio Lo Sardo:*Atlante della Cina di Michele Ruggieri S.J.*

某卫,如建州卫、天津卫、金山卫,后相沿成为地名。①

这些信息是在以往的西方关于中国的地图介绍中从来没有的,尽管罗明坚只是从中文地图文献中转录翻译过来的,但这是在西方文献中第一次这样详尽地介绍,在西方汉学历史上具有重要的意义。

3.《中国地图集》较为详细地介绍了中国的社会状况

罗明坚在地图集中也介绍了中国社会生活,关于中国人的日常生活,他说:"男人用银圈将头发卷子打结,以作装饰。衣服很漂亮,却不贵,是根据季节的需要,用金色的丝绸和各色的布料混合制成。冬天的时候穿两件,里面的那件会覆以貂皮或其他动物的皮毛。""贵族很少使用马,而是用轿车。在城市中轿车拉着高贵的女子,轿车由布遮挡,车顶是金制的,车中的女人不会被外人看到。"关于中国的饮食习惯,罗明坚说:"食物非常充足,不同于高卢人或德国人,他们的烹饪技巧非常娴熟。他们像我们一样围绕在桌边坐着就餐,而不像波斯人或土耳其人那样席地而坐。喝酒也很有节制,不会饮酒无度。"关于中国人的家庭生活,他介绍说:"他们仍旧保持着一夫多妻的婚姻传统。贵族们常常在不同的住处拥有很多的妻室,普通百姓则只有一个妻子。对通奸会处以死刑。婚礼通常在三月份和满月时举行庆典,场面非常富丽堂皇。人们唱歌、奏乐,欢乐地享受这一仪式。"②

有关宗教,罗明坚说:"宗教和礼仪方面,他们传播的是:在他们当中有一种偶像,它有三个名字:南无,阿弥陀佛,释迦。外貌也是不同的三种;此外他们还有一个偶像是国王的女儿。她想要承受酷刑,尽管人们请求或威胁,她都未动摇。很多年之后,人们为她建造了塑像,叫作观音。罗明坚把一些佛教现象解释为圣母玛丽亚与龙在抗争,如《圣经》中描述的那样。这是一个奇怪的错误。在这里,有些中国人崇拜基督,同样也有一个脚下

---

① "明初在京师和各地皆设卫所,屯田设防。数府划为一防区设卫,下设千户所和百户所。大抵以五千六百人为卫,千一百二十人为千户所,百十二人为百户所。百户所设总旗二(每总旗辖五十人)、小旗十(每小旗辖十人)。卫所军士有军籍,世为军户。大部分屯田,小部分驻防。征伐统于诸将,无事散归原地。在内地府州县境境内的卫所,军户与屯田错杂于民间,不能自成区域者,为无实土卫所。边地不设府州区域的卫所,辖民户兼理民政,为实土卫所。其军官,卫称指挥使,所称千户、百户。各卫所分属于各省的都指挥使司(都司)、行都司、留守司,统由中央的五军都督府分别管辖,卫所废置不常。据《大明会典》载,万历初有卫四百九十三,千户所二百五十九,兵额总数连屯田军在内,达二百七十余万人。明中叶后,屯田多被军官吞蚀,军士破产散亡。存者无战斗训练,仅供地主官僚役使,无能防卫。"载《中国历史大辞典》上卷,上海:上海辞书出版社,2000 年,第 202 页。

② Eugenio Lo Sardo: *Atlante della Cina di Michele Ruggieri S.J.*.

踩月和龙的童女被崇拜,他们还崇拜很多其他的神灵,他们想要多少就可以有多少。"①

罗明坚的这些介绍,如果同后来的利玛窦对中国社会生活的介绍来比较,显然简单得多。但这是耶稣会士入华后最早的对中国社会生活的描述和介绍,尽管《中国地图集》并未出版,但从历史学的角度来说,这仍是十分重要的。

4.《中国地图集》突出了南方的重要性

意大利学者萨尔多认为罗明坚的中国地图肯定受到了中国地图学家罗洪先《广舆图》的影响②,现在中国学者汪前进已经证明罗明坚的地理信息取之于《大明一统文武诸司衙门官制》一书。罗明坚所使用的许多基本数据大都来源于《大明一统文武诸司衙门官制》,但在对中国的介绍上,罗明坚却表现了西方人的观点,他不是首先从北京或南京这两个帝国的首都或中心开始他的介绍,而是从南方,从南方沿海省份逐步展开了他的介绍,"至中国最北部边境有133天的路程,东至海岸122罗马里,西至海岸102罗马里,南至海岸307罗马里,北至海岸3罗马里;③至京师2422罗马里,至南京1511罗马里,最先展现的就是海南岛,其中最重要的就是这个岛的首府——琼州府罗马里。""这种看待中国的方式与那个时代葡萄牙人的方式完全相同"④,因为对当时的欧洲人来说,他们更关心的是与他们贸易相关的中国南部省份。这样,罗明坚从海南岛开始介绍中国的省份也在情理之中。这样的编排方法就和《大明一统文武诸司衙门官制》有了区别。

5.《中国地图集》较为详细地介绍了中国各地的物产

罗明坚在介绍每个地区时,都不忘记介绍各地物产,罗明坚在地图中告诉人们在那些地方可以找到珍贵的矿产。他特别关注以下这些矿藏有:金、银、铜、铁、锡、铅、水银等。

罗明坚对中国矿产的介绍,内容来自中国地图本身,但"罗明坚关于矿产地点的标注也许受到了西班牙和葡萄地图制作者的需要的影响。一方面,殖民地的矿产选录是西班牙和葡萄牙商人的商业活动之一,另一方面,

---

① 麦克雷《罗明坚的中国研究》。
② 参阅卢西亚诺·佩特奇《罗明坚地图中的中国资料》,载《文化杂志》,1997年10号,澳门文化司署出版。
③ 应为5罗马里。
④ [葡]洛佩斯(Lopes Fernando Sales)《罗明坚的〈中国地图集〉》,第5页。

表2-3 罗明坚《中国地图集》中的矿产资源图例①

| 图例 | 拉丁文拼写 | 英文拼写 | 中文对译 |
|---|---|---|---|
|  | Argento | Silver | 银 |
|  | Mercurio | Quicksilver | 汞（水银） |
|  | Rame | Copper | 铜 |
|  | Oro | Gold | 金 |
|  | Ferro | Iron | 铁 |
|  | Stagno | Tin | 锡 |
|  | Piombo | Lead | 铅 |

直到 16 世纪,在欧洲可见的中国地图基本都是关于海岸线和主要港口的描绘,没有包括内陆地区。"①这是欧洲汉学历史上第一次如此明确地介绍中国的物产。

### （四）有关罗明坚的"中国地图"的其他文献

目前意大利学者罗萨多在 1993 年出版的罗明坚的《中国地图集》只是对藏在意大利国家档案馆的罗明坚文献的整理成果,但罗明坚的手稿仍有大量尚未整理,例如藏在意大利国家图书馆的《四书》的翻译手稿②,藏在耶稣会档案馆的《葡华辞典》手稿与散页③等,特别是在耶稣会档案馆的罗明坚所写的《递呈给耶稣会总会长阿桂委瓦的中国传教事务报告（1577 年 11 月到 1591 年）》(Relatione del successo della missione della Cina del mese di Novembre 1577 si all'ano 1591 del S.(e) Michele Ruggiero al nostro R.(do) P.(e) Claudio Acquaviva Generale della Comp.(a) di Ges—n'ro P.(e))④中含有罗明坚翻译中国地图的手稿。例如,用葡萄牙文撰写的,中国的地理情况介绍,包括一章有中国州、府、县、卫书目的表格,个各地的物产介绍。

---

① 麦克雷《罗明坚的中国研究》。
② 参阅［意］达仁理著,文铮译《利玛窦与〈四书〉拉丁文译本——从史学传统到新的研究》,载《国际汉学》2015 年总第 4 期。罗莹《耶稣会士罗明坚〈中庸〉拉丁文译手稿初探》,载《道风:基督教文化评论》2015 年第 42 期。
③ Jap.Sin.I 198.
④ Jap.Sin. 101I; Jap.Sin. 101II.

这幅地图部分的标题为"Sinarum regni aliorumque regnorum et insularum illi adiacentium descriptio"（中国及其周边国家地图），图上有中国15省，分别为北京（Pacquin）、南京（Nanqui）、山东（Xantum）、山西（Xansii）、陕西（Xiansii）、河南（Honan）、浙江（Chequean）、江西（Quiansi）、湖广（Huoquan）、四川（Suchuan）、福建（Foquien）、广东（Quanta）、广西（Quansii）、云南（Hiunan）、贵州（Queioheu）。长期来一些研究者认为这幅中国地图是利玛窦所做，① 但宋黎明认为"手稿的作者更可能是罗明坚而非利玛窦。更重要的是，这个手稿的笔迹以及纸张与罗马国家档案馆的一些手稿完全相同，据此可以肯定罗明坚是这些拉丁文手稿的作者。由于罗马耶稣会档案馆的这些手稿和地图来自范礼安，由此可以推断，罗明坚于1583年将手稿寄给范礼安，范礼安则于1588年将它们连同一幅地图寄给耶稣会总会长阿桂委瓦。"②

在意大利国家图书馆藏有《天主圣教实录》③ 的拉丁文翻译④，罗明坚自己提到过这份文献，他在1583年2月7日的信中说："目前我已经转写了基本要理书籍，其中有《天主真教实录》（Doctrina）、《圣贤花絮》（Flos Sanctorum）、《告解指南》或《信条》（Confessionario）与《要理问答》（Catechis-

---

① 洪业《洪业论学集》，北京：中华书局，1981年。在该书中报道了1935年《北京天主教会通报》说当时在罗马发现了利玛窦1588年绘制的中国地图一幅，用拉丁文译注。

② 宋黎明《中国地图：罗明坚和利玛窦》。

③ 关于罗明坚的这本著作在罗马耶稣会档案馆有不同的版本，一种是《新编天竺国天主实录》（Jap-Sin I, 189），另一种是《天主实录》（Jap-Sina I, 190）两种版本在装帧、署名和内容上上都有些差别，参阅《天主教东传文献续编》第2册《圣教天主实录》，钟鸣旦、杜鼎克编《耶稣会罗马档案馆明清天主教文献》第一册《天主圣教实录》，黄兴涛、王国荣编《明清之际西学文本50种重要文献汇编》第一册《天主实录》，宋黎明《神父的新装：利玛窦在中国（1582—1610）》第32—33页。[美]夏伯嘉《利玛窦：紫禁城里的耶稣会士》，第99—102页；[法]裴化行《天主教十六世纪在华传教志》。另一种说法认为《圣教天主实录》这本书是罗明坚在一名福建秀才的帮助下从拉丁文翻译而成的。"在天主的名义下，罗明坚在肇庆出版了第一个中文天主教宣传品《祖传天主十诫》。同样在天主的名义下，罗明坚也在肇庆出版了第一本中文天主教著作《天主实录》，他为《天主实录》准备了四年时间。早在1581年他在澳门用拉丁文写作了一个教理问答，后在肇庆一个福建秀才的帮助下完成了翻译工作，取名《天主实录》，在王泮的鼓励与首肯下，1584年年底问世。"宋黎明著《神父的新装：利玛窦在中国：1582—1610》，第31—32页。

④ "1581年，罗明坚写了一本拉丁文的传教著作，他将它叫作《问答集》。他的几个翻译将这本书译成了中文。虽然范礼安在1582年指示罗明坚出版这本书，但它还是仅仅以手稿的形式流传。1584年的夏天和秋天，一位从福建来的，曾接受过利玛窦在信仰上指导的秀才，在利玛窦的帮助下，将该书从头至尾翻译完，并在文字上做了润饰。这是利玛窦第一次为了寻找恰当的中文词汇来表达天主教思想而绞尽脑汁的经历。"[美]邓恩著，余三乐译《从利玛窦到汤若望：晚明的耶稣会士》，上海：上海古籍出版社，2003年。

mo)等。"①在这封信中他也明确说,去年"我曾寄去一本中文书,并附有拉丁文翻译……"一年后在他给总会长的信中再次提到这个问题,罗明坚说:"现在我已经校正了我的《新编天主实录》,是用中文撰写的,用了四年功夫,曾呈献给中国官吏批阅,他们曾予我褒奖,要我赶快印刷,越快越好;视察员与其他神父都审查了一番,认为没有问题,也要我快去印刷,只因要改正一些句子,迟到今年方能出版,如托天主之福今年能出版的话,将他翻译为拉丁文,明年再寄给神父。"②

这份文献在其第一页写有中文"仁义礼知信"五个大字,宋黎明认为,这是罗明坚从中国带到罗马的中国助手所写。③

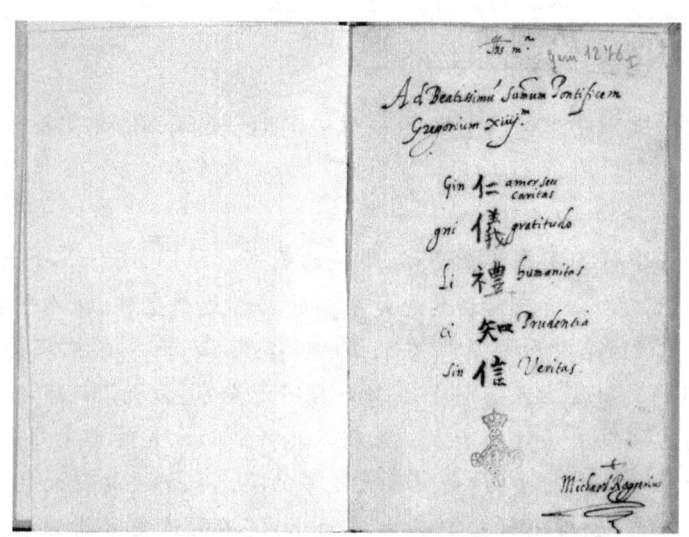

---

① 《罗明坚致总会长阿桂委瓦神父信:1583年2月7日》,见罗渔译《利玛窦书信集》(下),台北:光启出版社,1986年,第446页。
② 《罗明坚致总会长阿桂委瓦神父信:1583年2月7日》,见罗渔译《利玛窦书信集》(下),台北:光启出版社,1986年,第446页。
③ "罗马国家图书馆所藏拉丁文《天主实录》的封面上,有罗明坚献给教皇格里戈里奥十四世(Gregorio XIV)的题签,中央从上往下则是'仁、仪、礼、知、信'五个汉字及其拼音和翻译日,这五个汉字为中国人题写,与上述三幅地图中的中文似出自同一人之手,此人无疑是罗明坚在罗马绘制中国地图集的重要助手之一。"参阅宋黎明《中国地图:罗明坚和利玛窦》。

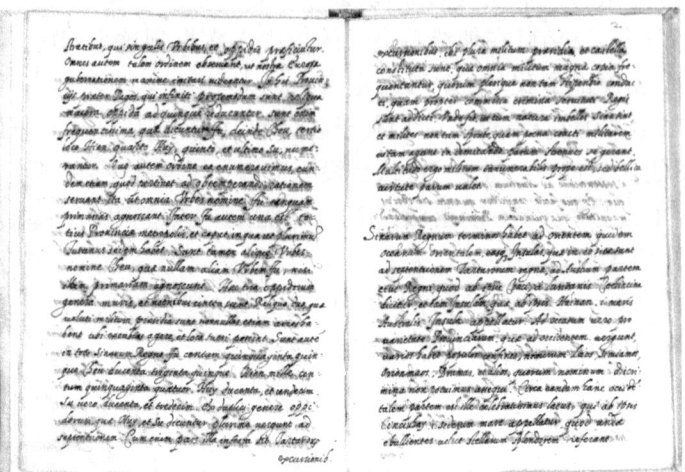

在这份文献中也包含了罗明坚对中国地理的介绍,在文献中,罗明坚写道:

中华帝国是东方最富裕、丰饶的国家。该国分为15个行省,受一王统御。所有行省的也是全国的首都是个皇城,被人们称为"北京",该名称取自其所在的省份。实际上,北京的意思是"北部朝廷",事实上还有一个城市的名字是南京,意为"南部朝廷",是为过去皇上居住的地方。北朝以其特别的方式管理七个行省。南朝管理八个行省,但最终重大之事的决定权仍要转交北朝。

事实上,皇宫的地址已转移到北方,尽管这里经常跟相邻的鞑靼人发生战事。因此他们建造了一道宏伟的墙,有了这道墙,他们可以更容易地减缓鞑靼人的进攻速度并抵御他们频繁的入侵。

皇帝在每一个行省都设立代表,被称为"Jutanu",Jutanu下设两个职位较高的官员,一个管理刑事及民事诉讼,另一个负责王室的财政和税收事务。两位官员都有很多助手,分布在全省各地区。还有很多管理各个市县的官员。事实上,这种形式在很大程度上类似于我们欧洲的政府模式。在这些行省里——除村庄外,因为村庄可以用不计其数来形容了——大的城市可分为五个级别。有很多被称为"府",然后是"州",第三个是"县",第四个是"卫",第五个也是最后一个是"所"。它们的级别按上述顺序递减。他们都把名为"府"的城市看作最重要的。

然后是一部分被称为"州"的城市,他们只对行省的首府负责。前三个行政级别的城市被城墙和壁垒包围。另外两个有点像军事戍卫队,有很多堡垒,上面驻守很多卫兵,保护守地。全中华帝国一共有155个府,1154个县,211个卫和213个所。被称为"县"和"所"的两种城镇大部分都分布在北方。由于该地常受鞑靼人的侵扰,因此这里设置了很多军事岗哨和城堡,里面住了很多士兵。这些士兵大多数并不是为领军饷,而是由于犯过罪被皇帝强迫服役的。因此,由于中国人天性平和,而步入军事生涯的这些士兵又不是出于自愿,却是接受惩罚而被迫如此,因此他们在战斗中并不拼力。因此,尽管士兵人数众多,但军事收效甚微。

由此可以看出中国有多么辽阔。该国有15个行省,每省都有不同的语言,除此之外,所有省份都用一种语言,被称为"普通话"或者"官员的语言"。之所以被叫作"官员的语言"是因为在公共事务上只使用这一种语言。因此,那些经常从本省派去外省的官员们,在他们行政的省份里,不讲本地俗语。全国使用相同的汉字。另外,汉字也同样被日本人、南圻人和暹逻人所熟识。事实上,汉语是由无数单音节声调一个一个组成的。①

这说明,尽管罗萨多出版了意大利国家档案馆的罗明坚的《中国地图集》,但罗明坚关于中国地图的绘制和研究的文献并未穷尽,尚有许多重要的中国地图、地理文献待进一步整理。"因此,要勾画出罗明坚中国地图集的全貌,则需要全面地综合研究所有这些资料,而这将是一个更加繁重和复杂的工作。"②

---

① 感谢麦克雷教授所提供的这部分文献的译稿。
② 宋黎明《中国地图:罗明坚和利玛窦》;宋黎明《评〈大明国图志:罗明坚中国地图集〉》,载《文化杂志》2014年第92期,对这个问题作了进一步的详细分析。

## (五)罗明坚《中国地图集》后传教士的中国地图绘制

利玛窦在肇庆期间在给罗马的信中提到过他要绘制中国地图。1584年9月13日,利玛窦从肇庆致函 Juan Bautista Roman 介绍了中国有15个省,并写道:"现在我不能将中国全图寄给您,该地图用我们的方式绘制在纸上,每省一图,这样可以汇成一集,但现在我还没有做好。天主在上,但愿我尽快寄给您,不管您在何处,这样您可以看到漂亮的每个省和城市。"①1585年后,利玛窦的兴趣已经集中到绘制世界地图了。从他在中国的处境来看,利玛窦将精力集中在世界地图是对的,以后的历史证明,他所绘制的《世界地图》对中国产生了多么重大的影响。② 相反,罗明坚在意大利,他将精力放在绘制中国地图自然是十分重要的,无论是他晋见西班牙国王,还是晋见教宗,呈现中国地图都是重要的礼物。③ 罗明坚和利玛窦人分东西,他们各自做出了自己的贡献,如宋黎明所说:"如果说利玛窦是用中文绘制世界地图的第一人,那么罗明坚则是用西文制作中国地图集的第一人。"④

罗明坚之后在西方中国地图绘制历史上最重要的两个人是卜弥格(Michel Boym,1612—1659)和卫匡国(Martin Martini,1616—1661)。两人同处明清鼎革之际,卜弥格作为南明王朝特使派往罗马,卫匡国作为中国耶稣会省代表前往罗马。两人的历史命运和他们绘制的地图一样,走了两个完全相反的方向。卫匡国地图集1655年在阿姆斯特丹出版,卜弥格的中国地图集放在了梵蒂冈图书馆,从未出版。

美国汉学家什钦希尼亚克(Boleslaw Szczesiak)将卜弥格的地图命名为《中国地图册》(Atlas Imperil Sinarum),它包括中国总图、分省(地)图、经纬度表、文字说明四个部分。⑤

---

① 《利玛窦信函 1580—1609》,p. 62,Macerata,2001,转引自宋黎明《中国地图:罗明坚和利玛窦》。
② 参阅黄时鉴、龚缨晏《利玛窦世界地图研究》,上海:上海古籍出版社,2004年。
③ 参阅萨安东《罗明坚在欧洲》,载《大明国图志:罗明坚中国地图集》。
④ 宋黎明《中国地图:罗明坚和利玛窦》,载《北京行政学院学报》2013年第3期。
⑤ 关于卜弥格的研究学术界有诸多成果,[法]沙不烈撰《卜弥格传》,载冯承钧译《西域南海史地考证译丛》第3卷,北京:商务印书馆,1999年;Boleslaw Szczesiak: *The Writings of Michael Boym*, Monumenta Serica, vol. 14(1949—1955);[波兰]爱德华·卡丹斯基著,张振辉译《中国的使臣:卜弥格》,郑州:大象出版社,2011年;[波兰]卜弥格著,张振辉、张西平译《卜弥格文集》,上海:华东师大出版社,2013年。

## 第八章 中国知识西传

卜弥格自画像

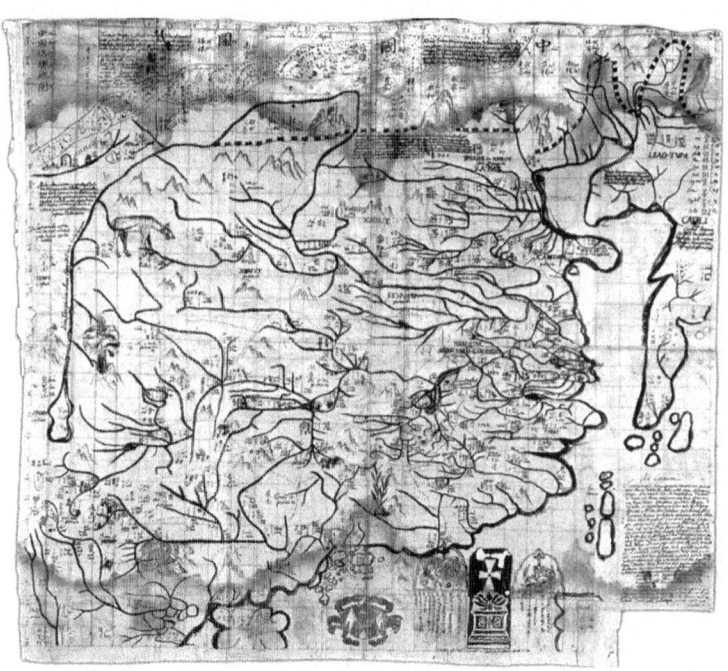

卜弥格所绘制的《中国地图》

卜弥格《中国地图册》京师图

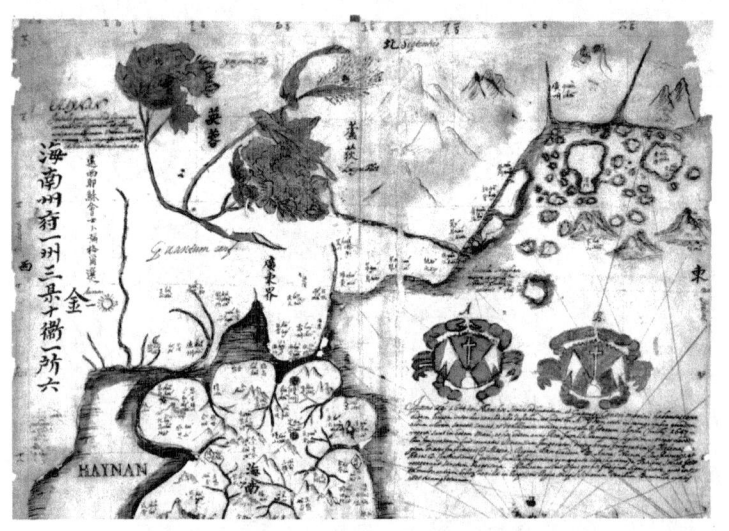

卜弥格《中国地图册》海南图

卜弥格的《中国地图册》具体目录如下：

大契丹,过去的丝国,即中华帝国。十五个王国,七八张地图。
目录
前言
第一章　中国人的起源,他们承认天主是造物主。
第二章　在中国人看来,地球是什么样子？他们是怎么介绍它的地理的？在他们看来,天是什么样子？有什么记号,有什么星座,怎样计算年代？
第三章　古代的丝国和大契丹是不是中国？中国这个名称是从哪里来的？
第四章　中国人的起源,他们最早的人、皇帝们和他们传到今天的谱系。
第五章　中华帝国的政治和军事制度。
第六章　中国的幅员、人口的数目、作为边界的城墙、沙漠、峡谷、省的数目、市、黄河和洋子江、土地的肥力、土地上的果实、贸易、服装、礼仪和居民的品德。
事七章　中国的文字、书籍、文学、高尚的艺术和机械。
第八章　中国的教派,在中国传播过福音的门徒圣多默,澳门市。
第九章　圣方济各·沙勿略(Francis Xavier)可敬的利玛窦神父和其他来到中国的耶稣会神父。
第十章　讲授福音书,对未来的预测,传教士在中国的住地,在中国建立的教堂,帝国领洗的人数和最忌重要的施洗。①

从这里我们看到,卜弥格的《中国地图册》也是和罗明坚一样是一个地图志,但在文字数量和介绍的程度上要比罗明坚更为详细。从绘图的质量上也更为精细,地图是彩绘的,图中附有人物图像等,这些都是罗明坚地图所不如的。

卫匡国 1655 年在阿姆斯特丹出版的《中国新地图集》(Novas Atlas

---

① ［波兰］卜弥格著,张振辉、张西平译《卜弥格文集》,第 194—195 页。

Sinensis)无疑是在西方影响最大的中国地图之一。

"这部地图集包含 17 幅地图,有 2100 处中国各地的坐标,170 页文字中满是有关各个省份的知识,例如它们、疆界、总体特点、名称的历史沿革、居民风俗、主要产品,以及它们的行政地位。"①

如果从中国文化向欧洲的传播的历史来看,从欧洲汉学自身发展的历史来看,卫匡国的《中国地图新集》向欧洲展示了一个全新的中国。"发现中国是 16—17 世纪以来欧洲最重要的事件,在卫匡国以前对中国的介绍要么只停留在文字上,使欧洲的读者在字里行间体会中国——这个遥远的神秘国度,要么地图的绘制过于简单,不能给人一个完整的中国形象。卫匡国的地图解决了这些问题,他的地图集,不仅地图绘制精美,而且文字介绍详细,图文并茂地将中国的形象展现在欧洲人的面前。地图集的文字使用的是欧洲当时通用的拉丁文,所使用的绘图方法是欧洲人所熟悉的制图技术,这样,一个建立在文化基础之上的崭新的世界形象在他的笔下逐渐地形成。这里所说的文化基础,指的是一套符合欧洲人对新大陆和新大陆上的居民的认知需求的标准及价值观体系。"②

卫匡国像

---

① [意]曼斯谬·奎尼、米歇尔·卡斯特诺威著,安金辉、苏卫国译,汪前进校《天朝大国的景象:西方地图中的中国》,上海:华东师范大学出版社,2015 年,第 201 页。
② 张西平《欧洲早期汉学史:中西文化交流与西方汉学的兴起》。

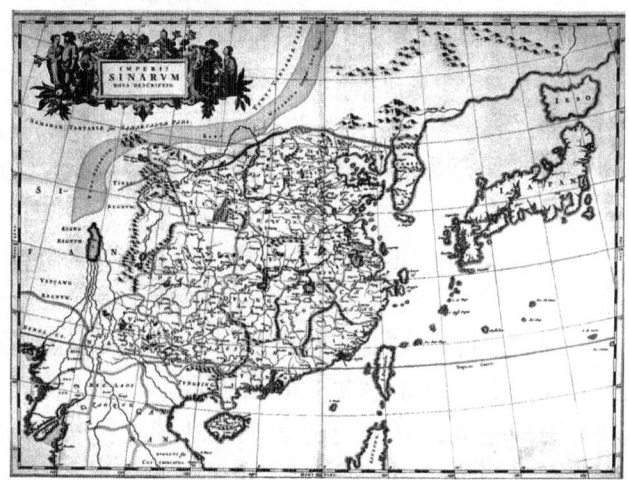

卫匡国《中国新地图集》，中国总地图，阿姆斯特丹，1655年

卫匡国《中国新地图集》，江南府地图，年阿姆斯特丹，1965年

毫无疑问，卜弥格的《中国地图册》和卫匡国的《中国新地图集》在地图的绘制水平上都超过了罗明坚的《中国地图集》，尽管罗明坚的《中国地

图集》深藏于档案馆,从未出版,但罗明坚地图的价值却有不可忽视的作用,因为卫匡国返回欧洲以后,还是通过瓦莱蒂的地图集看到了"罗明坚的绘图作品"。① 所以,"如果说利玛窦第一次将西方地图介绍到中国,推动了东方制图学的话,那么,罗明坚则是第一次将东方地图介绍到欧洲,推动了西方的制图学"。② 罗明坚作为西方汉学的奠基人应该载入史册。

## (六) 结 语

在西方的地理大发现时代,地图的绘制一直是其核心任务之一。西方正是在大航海时代才走出中世纪的宇宙观,逐步认识到托勒密宇宙观的问题所在。这种对全球空间的认识首先表现在地图上。"在首次开始制作'真实'地图的一千年里面,人们搜集了大量的航海图,用它们作为修正已知世界的地图绘制的标准尺度。14 世纪早期,在马里诺·萨努多(Marino Sanuto)和皮特罗·维斯康迪(Pietro Vesconti)制作的地图中,他们把地中海区域的航海图和早期对于外部世界的前航海图形的绘图模式结合在一起。后来,人们把地图的绘制建立在实证数据的基础上的倾向越来越明显,这渐渐促成了地图绘制者们的更大抱负,即把马可·波罗及其后的旅行者们描述的信息统摄其中。1351 年的劳伦琴航海图(Laurentian portulan)是现存地图中,最早把马可·波罗从中国回到欧洲的旅途描述所牵涉的数据都包含在里面的一幅。在这幅地图上,印度开始作为一个半岛出现,还多少附带出现了东南南亚的模糊轮廓。"③到 18 世纪时,西方地图绘制学已经完全把托勒密的地图集和亚历山大大帝的传奇故事和绘制传统去除出去了,这样的一个过程是漫长的,而从神话和想象,走向真实的地图绘制的第一步是由罗明坚完成的。他的历史地位由此确定。

正如博克塞所说"在'发现的世纪'背后的动力很明显来自于宗教的、经济的、战略的和政治的。这些因素绝不是以相同的比例混合在一起

---

① [意]本卡尔迪诺(Filippo Bencardino)《15~17 世纪纪欧洲地图学对中国的介绍》,上海:华东师范大学出版社,2015 年,第 22 页。
② 张西平《欧洲传教士绘制的第一份中国地图》,载《史学史研究》2014 年第 1 期。
③ [美]唐钠德·F·拉赫著,周云龙译《欧洲形成中的亚洲》第 1 卷,北京:人民出版社,2013 年,第 84 页。

的。"①在整个中世纪东西方的经济关系是西方对东方的依赖,对香料的需求,对马可·波罗所描绘的契丹财富的向往,是大航海的灵魂。宗教的扩张是其内在精神的追求。走向全球的西方,发现东方的西方,必须首先从制图学上开始。这就是为何来华耶稣会士一直把中国地图的绘制作为其重要的任务。从罗明坚所绘制的《中国地图集》,我们可以看出他所在的生活的时代的全部文化特点。

  西方对中国地理的不断认识过程是一个在地理知识上不断接近真实中国的一种努力,同时,这种对中国地理知识的积累成为他们的中国观形成的基础。知识与想象的互动构成了一个不断变动的西方中国形象②,因此,对于罗明坚的《中国地图集》必须放在全球史背景下才能给予深刻的说明。

---

  ① 顾卫民《以天主和利益的名义:早期葡萄牙海洋扩张的历史》,北京:社会科学文献出版社,2013年,第1页。
  ② 吴莉苇《欧洲近代早期的中国地图所见之欧人中国地理观》;参阅郭亮《十七世纪欧洲与晚明地图交流》,北京:商务印书馆,2015年。

# 附录1：对欧洲出版的第一部中文字典的注释（1670年）

马西尼　著　杨少芳　张西平　校译

## 1.《中国图说》以及法语版增补字典
关于原始资料和作者的问题

1667年，著名的耶稣会古文书学家基歇尔（Athanasius Kircher）在阿姆斯特丹出版了他的《中国图说》（China monumentis qua sacris, nec non variis naturae & artis spectaculis, aliarumque rerum memorabilium argumentis illustrata）（透过宗教与世俗的纪念物遗迹、自然环境、艺术，及其他话题所阐述的中国），它注定会对欧洲人眼中的中国和中国语言的认识产生深远影响。书在某种程度上达到了广泛的阅读群体，因为很多翻译都迅速推出文本发行：1668年出现的荷兰语版，1669年的英语删节版，还有1670年一个扩充了两部分新内容的法语版也出现了——也就是，耶稣会传教士白乃心（Johann Grueber, 1623—1680）对佛罗伦萨托斯卡尼大公（Grand Duke of Tuscany）所提出的关于中国的一系列问题的连篇累牍的答复，以及一本四十四页的中法词典。正如我们稍后会看到更多的细节一样，这部字典可以被视作第一部、甚至跨越一个世纪唯一的一部印刷版中欧字典。①

法文翻译者是Francoise S.Dalquie，我们对此人知之甚少，因为他没有给他的版本写译者注释，也没有在参考著作中提及任何进一步的信息。他的名字没有出现在基歇尔的763位通信者的名单中，基歇尔的信件现在就保存在罗马格利高里大学（Gregorian University in Rome）的罗马耶稣会档案处藏汉和图书文献目录提要中。在基歇尔的通信者中，我们找到了三个版本《中国图说》的出版商——Jean Jansson（或Joannes Janssonius，在拉丁文和荷兰语版本中用此名），但是在上面提到的文献目录提要中现存下的

---

① 天主教徒路易·约瑟夫·德经《中、法、拉丁文字典》，根据……的命令而出版。拿破仑出版社，巴黎1813年。马礼逊（Robert Morrison），华英字典（A Dictionary of the Chinese Language）。在6卷的三个部分中……澳门-伦敦1815—1823。巴西利奥·布罗洛（Basilio Brollo）字典以de guignes的署名于1813年出版，在马礼逊字典之前的两年。

少量信件里,没有任何法文本的两处补充或者中法词典的信息。①

字典的由来已经被相当多的学者讨论过。最初字典是归功于波兰耶稣会士卜弥格(1612—1659)的,他提供给基歇尔西安府碑上的题字,并且是基歇尔对中国语言大部分的认识来源。然而,这一原始来源最终受到很多学者的质疑,包括伯希和(Paul Pelliot)和西门·华德(Walter Simon)。伯希和尤其提出了一个假说,即这本字典是利玛窦曾遗失的那本字典的副本,意即,并非是保存在罗马耶稣会档案馆的葡中字典,而是那本"很好的词汇表"(un bello vocabulario),据利玛窦自己所说,他在1598年11月从北京回南京的路上已经和中国神父塞巴斯蒂安诺·费纳德斯(Sebastiano Fernandes)(1562—1621)和郭居静神父(Lazzaro Cattaneo)开始准备了这本字典了。②

事实上,在《中国图说》中基歇尔自己说过,他手头曾经有一本中文字典,并且他打算要将其印刷出版。在第十章中,标题为 Catalogus Librorum a Patribus nostris in Chinensis Ecclesiae incrementum conscriptorum(为推动中国教会的成长,我们的教父所书著作的目录)的小节里,数字12下面写着:"我手边有一本供我们使用的中文词典抄本,若出版经费足够,我非常愿意公之于众。"(Dictionarum Sinicum, pro usu nostrorum, cujus exemplar apud me est, quod & libenter luci publicae darem si sumptus in eo faciendi suppeterent.)③。这本字典已经被认定就是柏应理1681年目录中提到的那本,《耶稣会神父目录》(Catalogus Patrum Societati Jesu),在"P. Lazarus Cataneus"的标题下:开始于"Proelum expectat"(等待复印)一词后的"按欧洲习惯的字母顺序编排的单词表,同时按其本身声调归类"(Vocabularium Ordine alphabetico Europaeo more concinnatum, et per accentus suos digestum)。④

---

① 罗马市区的教廷大学档案馆有两封基歇尔给阿姆斯特丹的 Joannes Janssonius 的信,但是,没有一封谈到中文字典的事宜[A.P.U.G. 565, fol. 15(1672年5月5日);A.P.U.G. 588, fol. 86(1667年3月30日)]。关于基歇尔的书信也可以参见弗莱彻(巴乐满)的"调查大纲"。

② 德礼贤神父(Pasquale d'Elia),《利玛窦全集》(Fonti Ricciane),Ⅱ,第32—32页。参加马西尼,《一些初步评论》。

③ 基歇尔《中国图说》,第118页。

④ 柏应理《耶稣会神父目录》(Couplet, Catalogus Patrum Societatis Jesu),第102—103页。在韩霖—张赓《耶稣会》的字典中没有任何迹象,而这本字典正是 Couplet 书的来源。裴化行在其手稿中提到过,马尼拉1641, fol. 81r,据述,该字典于1641年在马尼拉重新印刷。也比较一下,费赖之《1552—1773中国早期传教区耶稣会士列传和书目提要》,卷Ⅰ,第56页。

另外一方面，这一原始来源也可以遭到质疑，假设说，法文本字典的译者恰恰翻译了相同的条目数字，就是说数字12，而没有任何改动："他编纂了中文词典供我们所用，我这里有它的原版，我将把它带回欧洲，并且如果有条件的话，就将它付梓。"( Il a composé le Dictionaire Chinois pour l'usage des nostres, dont j'ay l'original, que je donnerois à l'Europe, e que je fairois imprimer, si j'avois de quoy.)①

有人会推测说，如果出版附在法文版之后的字典真的是基歇尔的想法，那么一旦它出现在法文本中，译者就会将陈述改变。但是也有可能是译者不敢，或者没有能力和资格做出这样的调整。那么我们就不能完全排除出版于法文版《中国图说》的字典就是基歇尔在拉丁原本中提到的那本字典的可能性。伯希和没有排除这一可能，并且在1935年，他建议说应该对很多现存于不同图书馆，尤其是梵蒂冈图书馆的手抄本进行仔细的分析，而我们一会儿再回到这点上。② 简单地讲，我们可以称这一关于字典作者的假说为利玛窦—郭居静假说，由于一些材料的证实，郭居静曾与利玛窦一起为这本字典工作。

已经排除字典由卜弥格编写的可能性，我们现在便可以提出另外一种假说，我要称之为白乃心假说。

我已经提到过法文本《中国图说》的另外一个补充是白乃心针对佛罗伦萨托斯卡尼大公提出的一些问题所做的长篇答复，而那是1669年，白乃心住在佛罗伦萨。③ 他于1664年已经从中国回到了罗马，他也是基歇尔一手资料的最重要来源之一。这样，非常有可能的是，他将字典从中国带回来，并且将它在第一时间给了基歇尔，然后再转交法文本的译者 F. Dalquie，连同他对佛罗伦萨托斯卡尼大公问题的回答。白乃心本人看似对中国语言不甚了解，当然也就不可能写出一本字典。

关于字典的另外一个线索是在洛伦佐·马加洛蒂( Lorenzo Magalotti )所著《中国报告》( *Relazione della Cina* )中找到的，这部作品完成于马加洛蒂和他的朋友卡罗·罗伯托( Carlo Roberto Dati )在1666年1月31日与白乃心的佛罗伦萨对话之后。马加洛蒂写道，他从白乃心那儿认识到"耶稣

---

① 基歇尔《中国图说》( La Chine illustree de plusieurs monuments⋯ )，第160页。
② 伯希和"卜弥格"，第137页。
③ 荣振华( Cf.Dehergne )《目录》，第393号。

会的神父们印刷出版了一个关于教理和一些对话的特别专辑；这些是为了学习那些使信仰不丢失而更加必要的术语，为了学习这些经常出现在公民日常用语和日常生活中的术语"（I padri della Compagnia hanno fatto stampare una spezie di catechismo ed alcuni dialoghi；quello per apprendere I termini piu necessari per discorrere le cose della fede, questi per imparapre quei vocaboli che occorrono piu frequentemente ne'discorsi ordinary e nell'uso del viver civile）。① "Alcuni dialoghi…per imparare quei vocaboli che occorrono piu frequentemente ne'discorsi ordinari e nell'uso del viver civille"这个句子可以翻译成"用一些对话的形式来学习那些日常交谈和社会交往中最常用的词汇"，这很好地指出了基歇尔字典的特点，事实上，它不是简单的一串字的罗列，而是更像为日常对话设计的一列词组。正如我们会看到的，这就是它最有价值的地方所在。

我从 J·J·L·杜威达克（J·J·L·Duyvendak）的一篇著名文章中找到了最后一个关于基歇尔字典的历史线索："荷兰的早期汉学。"这里面杜威达克重新印刷了一个 1696 年目录的手抄本与公开在莱顿发行的图书。他们属于亚科布·戈利于斯〔Jacobus golius（gohl），1596—1667〕，一位莱顿大学教授，我们所知道的是耶稣会传教士卫匡国（Martino Martini, 1614—1661）从中国回归欧洲故里的路上，于 1653 年到 1654 年暂住荷兰，而亚科布·戈利于斯教授从卫匡国手里得到了一些书与手稿。目录上的第一个条目是这样写的："这是一本中文字典，按比利时语言常规字母顺序编排，拉丁文、中文及汉字对照"（Dictionarium Chinese, hoc est, Lingua Belgica justa Alphabeti ordinem, & Latine & Mandarine quoque explicate Chinesium characteres, in folio）。

据我目前所知，这是法国 17 世纪唯一的手抄本形式的字典。这样指出是因为已经被翻译成"比利时语言"（Lingua Belgica），但那有可能是法语。不幸的是，字典好像已经遗失了。

到目前为止，没有任何通过运用二手历史资料的努力可以确定中法字典的来源及作者的，或者找到原本的手稿。一些对很多藏于不同国家图书

---

① 各种各样的关于中华帝国及其比邻国家，以及关于中国伟大圣人和道德圣贤-孔子生活的信息（*Notizie varie dell'imperio della China e di qualche altro paese adiacente, con la vita di Confucio il gran savio della China e un saggio della sua Morale.*），以《中国报告（Relazione della China）》为题重印，第 68 页。

馆的手抄本形式字典的一手分析①（由伯希和在前面文章中提到的、早在1935年就建议的一项事业）都不能提供任何新线索了。

我现在可以试着用字典里使用的罗马体系总结出学习的结果，以此作为确定字典来源的线索。

## 2. 字典里运用的罗马字拼音体系

这个字典共四十页，印在从第324至第367页，每页上都有两列，包括了接近2100个词条。每列都分成两部分：一边是中文词，旁边的则是同义的法文。

词语和词组都按照从Ca到Xun的字母顺序列出，并不表明与其相对应的汉字。意思就是，有些情况下，相同罗马字体系可以用于两个不同的词。例如，Gîn(rén)用来表示的是"人"和"仁"，当然尽管它们是两个不同的词语。这可能表明该字典根本没有这些汉字，或者相反，在同一抄本旁边写了不止一个汉字。

关于字典来源的重要信息可以从罗马字拼音体系中探求答案。

首先，我已经列出了所有用作标题的不同音节；更多的音节可以从短语词组中找到，为每个不同的音节至少列出一个相应的汉字。我可以收集380个不同的音节，如果不考虑不同音调。②所显示出的音节数量只可以看作一个粗略的估算，因为详尽的计算会引起很多问题，像是各种的语音变化等等。另外，一些条目是处于混合条目中的，并非作为孤立条目存在（比如yeù有）。

接下来，我从更广阔的角度比较了挑选出的音节和在中国的西方传教士所详细阐述的罗马体系，而后者又是众所周知最精准和最完备的，比如《西儒耳目资》（对西方儒士耳朵和眼睛有所帮助，XREMZ）。该书是在中国学者的帮助下，由金尼阁（Nicolas Trigault, 1577—1628）写就的，并于1626年在杭州出版。该书已经由罗常培（Luó Chángpéi, 1930年）和很多其

---

① 考狄（Henri Cordier, 1849—1925）《中国书目》。1626—1639；3906—3911，也可以参考马西尼，《一些初步评论》，第235页。

② 音节的数量应该只做大体的考量，因为精确地计算会牵扯到一些问题，像是语音变体等。另外，因为这个字典没有想要编成这一语言所有语音的列表，正如其他现存字典一样，比如金尼阁的字典，那么一些音节忽略掉了，没有相应的词语可以归于那些特定的发音之下。

他学者作了广泛的研究,更近一些的研究出自柯蔚南先生(South Coblin 1997年,2000年)。①

无论何时当我注意到两个罗马字拼音体系之间的差异与不一致,我都会将它们和其他罗马体系拿来对比。

i) 另外一个所知的抄本体系,利玛窦在《西字奇迹》(西文作品中的怪胎)中曾用到过,这是一部1605年印于北京、三个圣经故事加一篇短篇散文的合集,并且此书罗常培也已经研究过。② 像其他学者一样,从现在开始我会将这一体系认作利玛窦后体系(RLS)。

ii) 利玛窦在他未发表过的葡汉辞典中所用的体系已经被定在完成于大概1583—1588年,存于罗马的耶稣会档案处藏汉和图书文献目录提要中,被杨福绵(Yang, Paul Fu-mien)和柯蔚南(South Coblin)所研究过。从现在开始我将这一体系叫作利玛窦前体系(RES)。

iii) 圣施方济司铎道明会士迪亚兹(Francisco Diaz Del Rincon, OP)在他的《卡斯蒂利亚语释义的中文词汇》(*Vocabulario de letra china con la explication castellana*)中曾用的抄本,一度藏于柏林国家图书馆(Staatsbibliothek zu Berlin),现在在波兰克拉科夫(Cracow)的雅盖隆大学图书馆(Jagiellonska)。③

iv) 卫匡国在他的《汉语语法》(*Grammatica Sinica*,1653年)中有《11》(Voces)的列表,由白佐良(Giuliano Bertuccioli)整理出来并进行了研究。④

除去利玛窦第一本字典和葡汉辞典,这些罗马字拼音体系有一些共同的特点。所有以上的罗马字拼音体系都用五种标记来表示音调,可以像下面一样做出图像的例示:āâàáǎ。他们也用一个吸气的符号,这一符号也就是曾经用在希腊语中表示发音时有送气,吸气(Spiritus)或者呼吸。把一个小"c"标画于需要被送气的语音上面。呼语不用于需要吸气的字母之上而是之后,这在稍后也引进中文罗马体系中。运用所有这些标记去改写中文词语已经被归功于郭居静神父。据利玛窦自己的说法,他在1598年

---

① 关于XREMZ一系列临时文章、书籍和论文可以在马西尼《一些初步评论》中找到,第237—238页。

② 参加马西尼《一些初步评论》。

③ 柏林国家图书馆的书架号是Berol. Ms. Sin 13;现在波兰的雅盖隆图书馆里的编号是Hisz., chin.XVIIw.

④ 马西尼《全集》,vol.II,第469—477页。

对其进行了修订。① 而且,末尾的辅音都被标为-n 或者-m。

现在我要对基歇尔字典和 XREMZ 中所用到的体系之间明确的不同之处,作一个大体上的总结,如果有必要,也用 RES 及 RLS 和它们进行对比。我不会详细阐述重建了的音节语音价值,因为这一论题已经被其他学者很深入地考虑过,尤其是最近作过研究的柯蔚南。

1) XREMZ 用 k-和 k'-的地方,基歇尔用三对不同的首字母:c-和 c'-,k-和 k'-或者 q-和 q'-。② 根据以下的分配:c-和 c'-(a,e,i,o,u), k-和 k'-(e,i) 或者 q-(u)。如果我们比较这种情况和 RLS 最显著的情况,我们便会找到惊人的相似,也就是说,c-和 c'-(a,e,i,o,u),k-和 k'-(e?,i),q(u) 和 q'(u),我们对 ke 和 k'e 有怀疑,因为我们无法从 RLS 中找到例子。③ 我们只有一个例子来说明 q'-系列,即 q'uei 盔。

2) XREMZ 只用了 g-,这里基歇尔用 ng-(a,o) 和 ngh-或 ng(e),而 g-(a,e,o),与 RLS 里的大体相同,后者用了 ng-(a,o,u) 和 ngh-(e) 及 g-(a,e,o)。

3) XREMZ 用了 i-(a,e,o,u),而基歇尔和 RLS 用 y-(a,e,o,u)。然而,在 RLS 中的 i 和 y 是可以互换的,y 经常在基歇尔的字典中用作首字母。

4) 基歇尔字典保留了 uen 和 ven,比如 uen/ven 文,XREMZ 中也是如此,而 RLS 用的是 vuen。

5) XREMZ 用 ul,基歇尔和 RLS 用 lh(尽管有时候基歇尔也用 hl,但也可能是笔误)。

6) 到最晚一版为止,看上去唯一的差异就是 XREMZ 不断地用-em 结尾,而基歇尔用-uon(puòn 朋)和-oem(poēm 烹)。不幸的是,在 RLS 资料中没有这个音节的线索;然而在 RES 中有这个音节,我们将朋拼做 pon。

在基歇尔字典挑出的音节基础上来看,好像其中运用的罗马字拼音体系相比较 XREMZ 中描述的更加接近于 RLS 的体系。然而,一些矛盾之处

---

① 德礼贤神父(Pasquale M. D" Elia)《利玛窦全集》(*Fonti Ricciane*),II,32—33 页;杨福绵《利玛窦葡汉辞典》;马西尼《一些初步评论》,第 239—240 页。
② 事实上,找不到以 q 开头的音节,在 XREMZ 中以 u 前面的 k' 来表示。
③ 杨福绵(《利玛窦葡汉辞典》,柯蔚南(《声音系统标注》)在他之后错误地指出在 RLS 中 e 和 i 之前用 c,而这不是实际情况,正如罗常培(《耶稣会士》)指出的以及在《西字奇迹》中指出的。

仍需要被澄清。送气和不送气语音有时候被搞混（比如 cha 和 ch'a, ciam 和 c'iam, cien 和 c'ien, co 和 c'o 等等）；开这个汉字在 XREMZ 中被拼成 c'ai 和 çai；法语中的 ç 和常规的 c 有时被混淆（比如请 qǐng 可以被拼做 c'im 和 çim；争可以被拼作 cēm 像曾一样和 chīm，XREMZ 中是 chēm）。

一些拼写错误可能是抄写员印刷中的失误。然而，若矛盾不一致之处在字典前几页出现得过于频繁，这有可能是一个迹象，表明作者仍然对词语的正确拼写没有清楚的认识，结果导致没能纠正错误使得整个体系前后一致。

我相信我的观察和表格 A、B 说明了基歇尔字典中运用的罗马字拼音体系确实比 XREMZ 中金尼阁那个更精确的体系更加接近 1605 年利玛窦罗马体系（RLS）——它并未被体系化地叙述过，只是被罗常培和其他人推断过。此外，上面提到的其他副本的体系中也没有如此接近利玛窦第二个体系 RLS 的。① 已知所用的罗马字拼音体系，人们便会推测《中国图说》法文版中出版的字典和利玛窦与巴托利（Bartoli）提到叫作《中欧字典》（Dizionario Sinicoeuropeo）的字典内容相一致，后者就是利玛窦第二本字典，众所周知是于 1598—1599 年间与郭居静神父一同筹备。当然，我们也可以证明该字典中运用的拼写体系是从 17 世纪开始流传最广的体系，那么该字典也可以是更之后筹备完成的，也就是在那个世纪的头十年，作者是当时一些在中国工作的其他传教士。

我们没有办法证实或排除这一假说，除非我们找到其他文献记录指出这本字典是如何到 Joannes Janssonius 手里的，他是法语版《中国图说》的荷兰印刷者，是他把它送到那儿的。更深入的研究会在未来朝向这个方向发展。

## 3.字典中的词汇条目作为中国本国语言的一项来源

正如前面已经提到的，出现在字典中的音节分类，就是表格 B 中可以找到的那个列表草案，只对这篇论文的架构有一个初步的价值，因为这篇文章的最终贡献在于它所提供的关于明清本国语——官话中文词汇手册

---

① 比如，迪亚兹字典好像就是继承了金尼阁系统，因为它只有一个 c 开头，而非像利玛窦和基歇尔一样 c 和 ç 开头。

中的资料。

基歇尔字典以及杨福绵研究的利玛窦第一字典,包含了可能是那个时期中文口头语第一批广泛而综合的目录其中之一。其他双语的参考材料都是从明朝初期开始在中国制订的,但是称那个材料为一组词汇比称它为字典更加恰当,因为它是按照话题整理的词语的组合。这种资料大部分是中国词语和同义的其他语言的集合,从明朝起就由会同馆、译员学院和四夷馆或者四译馆、朝廷译员学院汇编,就像华夷译语(中文-蛮语翻译词汇)一样。以上的翻译机构于1748年合并了。①

在我们的字典中,我们发现一个词汇条目的正确汇集方法,根据条目中第一词的发音或词中一个的发音按照字母顺序排列,旁边是同义的法文,就像利玛窦的第一本字典一样。在这一点上,一个尤其重要的因素已经被伯希和和西门华德指出了,就是字典不仅如所有中国本土字典一样列出单音节词,而且还包括多音节词和短语词组(两个或更多的词语组成的)以及惯用句子。结果是,它可以作为晚明清初中国本地语言的有用资料。

只是想对字典的内容给出一个想法,我得出了一个原初字典的样本页,连着我鉴别出的汉字,这些汉字在字典的原版中是很可能被认出来的,但在印刷本中却不行。只粗略地看一眼包含在这些页中的条目——包括字典中2200个条目中的30个——就足够抓住所包含的各种表达方式,其中大部分是口语会话表达。一旦整个字典被解码,所有的汉字都被认出,我相信这个文本,连同所有那些关于罗马字拼音系统的询问和研究,将不仅会给17世纪中国的基督徒传教士的生活,而且最重要的是,给那个时期的语言学状况投去新的光亮。

---

① 比较伯希和,"Le Hoja",第207—292页,尤其参见第272—292页。

## 第八章 中国知识西传

**附：**

字典的样本页，包括罗马拼音和汉字①

| Kircher | 拼音 | 汉语 | 法语 |
| --- | --- | --- | --- |
| *Chinois* | *Pinyin* | *Chinois* | 释义 |
| C ǎ | zǎ | 杂 | 混合、弄乱、混淆 |
| Hoèn çǎ | hùn zǎ | 混杂 | 混合的、混乱的、杂乱的 |
| Cǎ xū | zǎ shū | 杂书 | 错书，即错误百出的书 |
| Cǎ | cǎ ? | ? | 使蒸发、发泄怒气、火气 |
| Cǎ scien | cā shēn | 擦身 | 使身体和四肢凉爽 |
| Cài tam | gāi dāng | 该当 | 舒服的、合适的、得体的 |
| Cài lun | gāi lùn | 该论 | 某事处理得当 |
| Cài | gǎi | 改 | 改变、改正 |
| Cài quo uēn | gǎi guò wān | 改过弯 | 改正错误之处 |
| Xén | shàn 或 shèn | ? | Se torner 转身? |
| Cài hâm | gǎi háng | 改行 | 职务调换 |
| Cài pién | gǎi biàn | 改变 | 改掉习惯、改变做法 |
| Cài tam | gāi tāng | 该堂 | 告上法庭、法院 |
| Cài | gùi | 盖 | 掩盖、掩饰、遮掩；被掩饰的、被遮掩的 |
| Cái çù | gàizi | 丐子 | 贫穷的，贫困的 |
| Rě cái | yī kāi | 一开 | 突然打开，正要打开 |
| Peu cǎ | pò kāi | 破开 | 快速打开、赶快打开 |
| Cǎi | kāi | 开 | 开启、使打开、裂开 |
| Cǎi cbuên | kāi chuán | 开船 | 离开船、下船 |
| Cǎi piě | kāi jiè | 开界 | 创造世界，或创造万物 |
| Cǎi cùm | kāi kuàng | 采矿（开矿） | 发现矿藏、开采矿藏 |
| Cǎi kou | kāi kǒu | 开口 | 打开嘴巴 |
| Pū cǎi | pū kāi | 铺开 | 展开、摊开、张开、伸开 |
| Cǎi puї̌ | kāi pù | 开铺 | 开商店 |

---

① 在制作罗马字拼音体系 I 的副本时，用了呼语而非送气音，那个时候的这一用法是继承了希腊语言的用法。我系统化地创制出元音上的语音符号，在原作中他们有时候被标注在辅音上。

续表

| Kircher | 拼音 | 汉语 | 法语 |
|---|---|---|---|
| Căi yâm | kāi yáng | 开洋 | 开海路，出洋 |
| Căi tien boâm | kāi diān chuáng | 开天窗 | 打开窗户或天窗 |
| Cái | zāi | 灾 | 灾难、不幸 |
| Cái lĕ bŏ | zai le huo | ? | 栽树 |
| Cái | dái | 才 | 从前，过去，以前 |
| Cái çim kiáo | zài qǐng jiào | 再请教 | 重复说，反复地说 |
| Cái pú can | zài bù gǎn | 再不敢 | 为了一点小事，甚至不为什么事 |
| Cái pú çó | zài bù zuò | 再不做 | 我再也不会这么干了 |
| Cái pú xem | zài bù shēng | 再不生 | 不再 |
| Ki cái | jì zāi | 记载 | 为了不忘记而记录下来 |
| Cái nǎ li cbú | zài nǎ lǐ zhù | 在哪里住 | 住在哪里，家在何方 |
| Cái nǎ li câi | zài nǎ lǐ gai? | 在那里来 | 从哪里来，从哪个地方，哪个国家来 |
| Hién cái | xiàn Zài | 焉在/现在 | 在哪里，在哪里住，在哪里安身 |
| Cái hâm | zài háng | 在行 | 有经验的，经历过的 |
| Căi | cāi | 猜 | 猜测，预言 |
| Căi cŏ | cāi cuò | 猜错 | 没猜中，猜错 |
| Ngo căi tem ti sin | wǒcāi dēng di xīn | 我猜？心 | 深入人的内心深处，猜中思想 |
| Căi mi | cāi mí | 猜谜 | 解释谜语，并懂得其意思 |
| Cái | cái | 才 | 才能，才干，能力，服从；财富；行动；刚才，在此期间 |
| Căi che táo | cái zhī dào | 才知道 | 我刚刚知道 |
| Căi | cāi | 裁 | 剪开以便做衣服 |

## 表格 A：各种罗马字拼音体系的不同特性

| 作者或编辑者 | 年代 | 音调标注 | 送气标注 | 音节数 | 首字母 | | 尾字母 | | | |
|---|---|---|---|---|---|---|---|---|---|---|
| 利马窦（RES） | 1583—88 | 无 | 无 | ? | c-(a, o, u) ch-(e, i) q-(u) | ng-(a, o, u) ngh-(e) | i/j/y | Gi | -m -n -v | -pon |
| 利马窦－郭居静 | 1598—99 | ? | ? | ? | ? | ? | ? | ? | ? | ? |
| 利马窦（RLS） | 1605 | 有 | 有 | ? | c-& c'-(a,e,i,o,u), k-& k'-(e?,i), q-& q'-(u). | ng-(a,o,u); ngh-(e); g-(a,e,i,o); j-(o,u). | y-(a,e,o,u). | vuen | Lh | -m -n | ? |
| 基歇尔 | ?（1670） | 有 | 有 | 373（?） | c-& c'-(a,e,i,o,u), k-& k'-(e,i), q-& q'-(u). | ng-(a,o); ng-or ngh-(e); g-(a,e,i,o); j-(o,u). | y-(a,e,o,u). | uen/ven | lh/l'h/hl | -m -n | -uon or oem |
| 西儒耳目资 | 1626 | 有 | 有 | 492（?） | k-& k'-(a,e,i,o,u). | g-(a,e,o,u); j-(a,e,o,u). | i-(a,e,o,u). | uen/ven | ul | -m -n | -em |
| 迪亚兹 | 1640 | 有 | 有 | 476（?） | k-& k'-(a,e,i,o,u). | g-(a,e,o,u); j-(a,e,o,u). | y/j-(a,e,o,u). | ven | vl | -m -n | -em |

续表

| 作者或编辑者 | 年代 | 音调标注 | 送气标注 | 音节数 | 首字母 | 尾字母 | | | |
|---|---|---|---|---|---|---|---|---|---|
| 卫匡国 | 1653 | 有 | 有/无① | 318(?) | c-(a,e,i,o,u); k-(e,i); q(u) | g-(e,i,u); ng-(a,e,o); j-(o,u). | i/y-y-(a,e,o,u) | ven | ul/vl | -m-n | -um -em |

## 表格 B：不同罗马字拼音体系的对照表

以下的表格分为六栏。第一栏我指出了根据基歇尔字典的所有不同发音。我所选择的每一个，在字典中单个发音都伴有四个声调中的一个。在接下来的栏目里，我指出了汉语拼音相对应的罗马拼音。然后我体系化地对比了这些语音和金尼阁《西儒耳目资（XREMZ）》中的语音。当这后两个体系之间有矛盾时，我根据的是利玛窦后体系（RLS），即在他 1605 年《西字奇迹》用运用的，或者利玛窦前体系（RES），即在其 1583—1588 年葡汉辞典中运用的，其中相同语音的副本。如果前后不一致，我指出 XREMZ 一栏中斜体字的语音，而且，如果在 RLS 中没有可用的比较资料，我用"——"：不可能做出比较。到目前为止，在基歇尔字典中不到 380 个不同语音已经被辨认出来。但是看上去其他的可以在字典的条目中被鉴别出来。

| 基契尔 | 拼音 | 西儒耳目资 | | 后利马窦体系 RLS | | 前利马窦体系 RES | | 注释 |
|---|---|---|---|---|---|---|---|---|
| ç2 | z2 | 雜 | ç2 | 雜 | | | | |
| ç'2 | c` | 擦 | ç'` | 擦 | | | | |
| c3i | g2i | 改 | kài | 改 | c3i | 改 | cai,coy | 改 |
| c'ĭ | kĭ | 開 | k'ĭ | 開 | k'ĭ* | 開 | cai | 開 |

---

① 在"voces"（声音）下面不包含吸气符号，而只有那些具有那个特别发音的汉字举例，如，cao, cao 早。

续表

| 基契尔 | 拼音 | 西儒耳目资 | | 后利马窦体系 RLS | | 前利马窦体系 RES | | 注释 |
|---|---|---|---|---|---|---|---|---|
| ç'ĭ | kĭ | | 開 | | 開 | | | |
| ç'âi | c1i | ç'âi | 栽 | | 栽 | | | |
| çĭ | zĭ | çĭ | 災 | | 災 | | | |
| c'm | g'ng | k'm | 缸 | —— | | cam,can | 銅 | |
| | | k'm (k'ng) | | | 康 | | | |
| ç1m | z3ng | ç1m | 葬 | | 葬 | | | |
| c'n | g'n | k'n | 甘 | | 甘 | can | 甘 | |
| c'3n | k2n | k'3n | 砍 | | 砍 | c'1n 看 | can | 看 |
| ç3n | z2n | ç3n | 撈 | | 撈 | | | |
| ç'ân | c1n | ç'ân | 蠶 | | 蠶 | | | |
| c'o | g'o | ka8 | 高 | —— | | | | |
| c'a- | k2o | k'a- | 考 | | 考 | cau | 靠 | |
| ç3o | z2o | ç3o | 早 | | 早 | | | |
| ç'ò | c'ò | ç'ò | 糙 | | 糙 | | | |
| ç6 | z5 | ç6 | 擇 | | 擇 | | | |
| ç'6 | c7 | ç'6 | 側 | | 側 | | | |
| c4m cêm | zh4ng c5ng | ch4m ç'êm | 爭層 | ch^m | 爭層 | cin | 正 | |
| | | ç4m (z4ng) | | ç4m | 曾 | çen | 曾 | |
| ce] | z0u | çe] | 走 | —— | 走 | | | |
| c'eû | ch9u | ç'eû | 愁 | | 愁 | zeu | 愁 | |
| | | çén (z7n) | | | 譖 | | | |
| | | ç'ên (cén) | | | 岑 | | | |
| châ | chá | ch'â | 茶 | | 茶 | | | 送氣與非送氣音是相對的 |
| ch'a | zha? | ch3 (zh3) | 詐 | ch1* | 詐 | za | 詐 | 同上 |
| | | chĭ (zhĭ) | 齋 | | 齋 | | | |
| | | ch'âi (ch1i) | 柴 | | 柴 | zai | 柴 | |

续表

| 基契尔 | 拼音 | 西儒耳目资 | 后利马窦体系 RLS | | 前利马窦体系 RES | | 注释 |
|---|---|---|---|---|---|---|---|
| ch'3i | h2i | 海 | h3i | 海 | h3i | 海 | hai, hoi, hoy 海 |
| ch3m | zh2ng | 掌 | ch1m | 掌 | | | |
| ch'âm | ch1ng | 長 | ch'âm | 長 | | | |
| | | | ch1n（zh3n） | 楼 | —— | cen | 戰 |
| | | | ch'3n（ch1n） | 產 | | | |
| ch'o | zh'o | 招 | ch'o | 招 | | | |
| ch'âo | ch1o | 朝 | ch'âo | 朝 | | | |
| ch4 | zh4 | 遮 | ch4 | 遮 | | | |
| ch'4 | ch4 | 車 | ch'4 | 車 | | | |
| ch4n | zh'n | 沾 | ch4n | 沾 | | | |
| ch'ên | ch1n | 纏 | ch'ên | 纏 | | | |
| See c4m | | | ch4m | 爭 | ch^m | 正 | cin | 正 |
| | | | ch'4m（ch4ng） | 撐 | —— | | |
| che[ | zh8u | 周 | che[ | 周 | | | |
| ch'eû | ch9u | 仇 | ch'eû | 仇 | | | |
| ch% | zh% | 知 | ch% | 知 | | | |
| ch'î | ch^ | 遅 | ch'î | 遅 | | | |
| | | | ch'i6（qi7） | 切 | —— | | |
| | | | chi4n（zh'n） | 甄 | | | |
| | | | ch'i4n（ch'n） | 燀 | | | |
| ch%m | zh4ng | 爭 | ch%m | 正 | ch^m | 正 | cin | 正 |
| ch'îm | ch5ng | 城 | ch'îm | 城 | | | |
| ch%n | zh4n | 針 | ch%n | 針 | | | |
| ch'în | ch5n | 沉 | ch'în | 沉 | | | |
| ch0 | zh | 竹 | ch0 | 竹 | | | |
| ch'0 | ? | | ch'0（x）） | 蓄 | | | |

## 第八章 中国知识西传

续表

| 基契尔 | 拼音 | 西儒耳目资 | 后利马窦体系 RLS | | 前利马窦体系 RES | | 注释 |
|---|---|---|---|---|---|---|---|
| | | cho`m (zhu`ng) | 莊 | | | | |
| | | ch'o`m（chu`ng） | 窗 | ch'o`m | 窗 | zan | 窗 |
| ch[ | zh[ | 諸 | ch[ | 諸 | | | |
| ch'] | ch[ | 出 | ch'] | 初 | | | |
| chaa | ? | | | | | | |
| chu`m | zh[ang | 椿 | chu`m | 椿 | | | |
| ch'u`m | ch[ang | 瘡 | ch'u`m | 瘡 | | | |
| ch'u`n | ch[ang | 窗 | | 窗 | | | |
| chu6 | zh[o | 拙 | chu6 | 拙 | | | |
| | | ch'u6 (chu-) | 啜 | —— | | | |
| chu4n | zhu`n | 磚 | chu4n | 磚 | | | |
| ch'uên | chu1n | 傳 | ch'uên | 傳 | | | |
| ch[i | zh[i | 錐 | ch[i | 錐 | | | |
| ch'[i | ch[i | 吹 | ch'[i | 吹 | | | |
| ch[m | zh8ng | 中 | ch[m | 中 | | | |
| ch'ûm | ch9ng | 重 | ch'ûm | 重 | | | |
| ch]n | zh|n | 准 | ch]n | 准 | | | |
| ch'[n | ch[n | 春 | ch'ûn | 春 | | | |
| c^ | j* | 祭 | ç^ | 祭 | | | |
| c'% | q% | 妻 | ç'% | 妻 | | cie' | 妻 |
| ci`m | ji`ng | 將 | çi`m | 將 | ci`m | 將 | 'çiam | 將 | 送氣與非送氣音是相對的 |
| c'i`m | qi`ng | 槍 | ç'i`m | 槍 | —— | | chiam | 將 | 同上 |
| cia8 | ji`o | 椒 | çia8 | 椒 | | | ziau | 蕉 |
| c'i3o | qi2o | 巧 | ç'i3o | 巧 | | | ziao | 憔 |
| ci7 | ji6 | 姐 | çi7 | 姐 | ci6 | 節 | cie' | 節 |
| c'i6 | qi7 | 切 | ç'i6 | 切 | c'i7 | 且 | | |

续表

| 基契尔 | 拼音 | 西儒耳目资 | 后利马窦体系 RLS | | 前利马窦体系 RES | | 注释 |
|---|---|---|---|---|---|---|---|
| ci7n<br>ji`n | ji2n | 剪<br>間 | çi7n<br>ki4n | 剪<br>間 | ki4n 間 | chian,chì 間 | 送氣與非送氣音是相對的 |
| c'i5n | qi3n | 淺 | ç'i5n | 淺 | c'iên 前 | cien 前 | 同上 |
| cie] | ji ǀ | 酒 | çie] | 酒 | | çiu | 酒 |
| c'ie[ | qi[ | 秋 | ç'ie[ | 秋 | | chieu | 求 |
| c%m | j%ng | 精 | ç%m | 精 | c%m 精 | çin | 淨 |
| c'%m | q%ng | 清 | ç'%m | 清 | c'%m 清 | çin | 清 |
| c^n | j*n | 進 | ç^n | 進 | c^n 盡 | çin | 盡 |
| c'%n | q%n | 親 | ç'%n | 親 | c'%n 親 | çin | 親 |
| ci0<br>çi0 | jǀe | 爵 | çi0 | 爵 | ci0 雀 | çio | 雀 |
| | | | ç'i0（qu7） | 鵲 | | | |
| çio | que？ | | | | | | |
| ciu | j] | 聚 | | | | | |
| çiu | ju？ | | çi] | 聚 | | | |
| c'iu | qu？ | | ç'i[（q[） | 趣？ | | | |
| ciu6<br>c'iu6 | ju5 | 絕 | çiu6 | 絕 | ciu6 絕 | z(i)uo | 絕 |
| | | | çiu4n（ju`n） | 鐫 | | | |
| c'iuên | qu1n | 全 | ç'iuên | 全 | c'iuên 全 | çiuon | 全 |
| c'iǀn | j]n | 駿 | ç'iǀn | 俊 | | | |
| c'8 | g4<br>ch[ | 歌<br>初 | k8 | 歌 | | co 割 | 送氣與非送氣音是相對的 |
| c- | k4 | 棵 | k'8 | 棵 | | | 同上 |
| ç- | zu- | 左 | ç- | 左 | | | |
| ç'0 | cu- | 錯 | ç'0 | 錯 | | | |
| | | | çi[（j[） | 疽 | | | |

续表

| 基契尔 | 拼音 | 西儒耳目资 | 后利马窦体系 RLS | 前利马窦体系 RES | | 注释 |
|---|---|---|---|---|---|---|
| c'i{ | q} | 娶 ç'i/ | 娶 | —— | çiu | 取 |
| c'[ | g[ | 孤苦 k[ | 孤苦 | —— | | 苦 |
| c'] | k} | k'] | k']* | 苦 | cu | |
| ç] | c& | 此 ç'] | 此 | ç{ | çci | 次 |
| ç'] | z& | 子 ç] | 子 | | | |
| | c] | 醋 ç'{ | 醋 | | | |
| ç{i | zu* | 罪 ç]i | 罪 | | | |
| ç'u% | cu% | 催 ç'u% | 催 | | | |
| c[m | g8ng | 公 k[m | 公 | c[m, c8m | 工 cum | 工 |
| c'[m | k8ng | 空 k'[m | 空 | —— | | |
| ç[m | z8ng | 宗 ç[m | 宗 | | | |
| ç'ûm | c9ng | 徒 ç'ûm | 徒 | | | |
| ç'[n | z[n | 尊 ç'[n | 尊 | —— | ç[n | 尊 |
| | c[n | 村 ç[n | 村 | ç[n | 村 çiuon | 村 |
| çu-n | zu2n | 鑽 çu-n | 鑽 | | | |
| c'u-n | gu2n | 管 c'u-n | 管 | | | |
| ç'u9n | cu3n | 竄 ç'u9n | 竄 | | | |
| f | f | 發 f2 | 發 | | | |
| fm | fng | 方 fm | 方 | | | |
| f3n | f2n | 反 f3n | 反 | | | |
| f5u | f{ | 浮 fêu | 浮 | | | |
| fi | f5i | 肥 fi | 肥 | | | |
| f0 | f] | 復 f0 | 復 | | | |
| | | f0e (f9) | 佛 | | | |
| f] | f} | 府 f] | 府 | | | |
| fu4n | f4n | 吩 fu4n | 吩 | | | |
| fûm | f5ng | 縫 fûm | 縫 | | | |
| g6 | r* | 日 j6 | 日 | g& | 日 gi | 日 |

续表

| 基契尔 | 拼音 | 西儒耳目资 | 后利马窦体系 RLS | | 前利马窦体系 RES | | 注释 |
|---|---|---|---|---|---|---|---|
| | | g6m(y*ng) | 硬 | | | | |
| gên | r1n | g4n(4n) 然 | 然 | gên | 然 | gen | 然 |
| geû | r9u | g4u(8u) 柔 | 柔 | — | | | |
| gîn | r5n | jîn(r5n) 人 | 人 | gîn | 人 | gin | 人 |
| | | g-(w0) | 我 | ng- | 我 | ngo | 我 |
| gûei | w5i | gôei,uêi 違 | 違 | gûei | 違 | guei | 違 |
| go4i | w4i | go4i 威 | 威 | | | | |
| | | gû(w ) 吾 | 吾 | gû | 吾 | gu | 吾 |
| | | gu0(w]) 兀 | — | | | | |
| h3i | h2i | h3i 海 | 海 | | | | |
| hân | h1n | hân 函 | 函 | | | | |
| | | hâm(h1ng) | 杭 | | | | |
| h3o | h2o | h3o 好 | 好 | | | | |
| h6 | h5 | h6 核 | 核 | | | | |
| hêm | h5ng | hêm 衡 | 衡 | | | | |
| hiô | xi5 | siê 邪 | 邪 | siê | 邪 | sie | 些 |
| h5n | h7n | h5n 恨 | 恨 | | | | |
| he{ | h-u | he{ 後 | 後 | | | | |
| h* | x& | h* 喜 | 喜 | | | | |
| hi1 | xi3 | hi1 下 | 下 | | | | |
| hi6(?) | xi` | hi6(xi5) 瞎 | 瞎 | | | | |
| hiâi | xi5 | hiâi 鞋 | 鞋 | | | | |
| hi`m | xi`ng | hi`m 香 | 香 | | | | |
| hi5n | xi3n | hi5n 縣 | 縣 | | | | |
| | | h%(x%) | 義 | | | | |
| | | hi`o(xi`o) | 哮 | | | | |
| | | h%eu(xi[) | 休 | | | | |
| h- | h7 | h9 賀 | 賀 | | | | |
| | | hîm(x^ng) | 形 | | | | |

续表

| 基契尔 | 拼音 | 西儒耳目资 | 后利马窦体系 RLS | 前利马窦体系 RES | 注释 |
|---|---|---|---|---|---|
|  |  | h%n(x%n) | 欣 |  |  |
| hi] | x\| | 許 | hi] | 許 |  |
| hiu4/hive | xu4 | 靴 | hiu4 | 靴 |  |
| hiuên/hiven | xu1n | 懸 | hiuên | 懸 |  |
| hiûm | xi9ng | 雄 | hiûm | 雄 |  |
|  |  | hi[n(x[n) | 熏 | —— |  |
| hô h- | h5 hu9 | 河 火 | hô h- | 河 火 |  |
| hi6 | h[ | 忽 | hi6(xi5) | 忽 |  |
| hi0 | xué | 學 | hi0 | 學 |  |
| ho6 | hu9 | 活 | ho6 | 活 |  |
| ho` | hu` | 花 | ho` | 花 |  |
| hoâi | hu1i | 懷 | hoâi | 懷 |  |
| hoâm | hu1ng | 黃 | hoâm | 黃 |  |
| hoân | hu1n | 環 | ho1n | 環 |  |
| hoêi | h\{i | 回 | hoêi | 回 |  |
| ho4n | h[n | 婚 | ho4n | 婚 |  |
| h3o ?? | h2o | 好 | h3o | 好 |  |
| hû | h\| | 狐 | hû | 狐 |  |
| hûm | h9ng | 紅 | hûm | 紅 |  |
| ho ?? |  | h/o(h\{o) | 活 | h]o | 火 cuo, fo | 火 | 見 h- |
| hu8n | hu'n | 歡 | hu8n | 歡 |  |
| y | y% | 醫 | % | 醫 |  |
| y1 | y1 | 牙 | iâ | 牙 | yâ | 牙 | ia | 牙 |
| y3i (sic) | a& | 矮 | i1i | 矮 |  |
| yâm | y1ng | 羊 | iâm | 羊 | —— | ja' | 羊 |

续表

| 基契尔 | 拼音 | 西儒耳目资 | 后利马窦体系 RLS | | 前利马窦体系 RES | | 注释 |
|---|---|---|---|---|---|---|---|
| yâo | y1o | 搖 iaô | 搖 | —— | yau | 搖 | |
| y6 | y% | — | y6 | — | | | |
| ye] | y0u | 有 ie] | 有 | —— | | | |
| j1m | r3ng | 讓 j1m | 讓 | | | | |
| jao | ? | 饒 jaô(r1o) | 饒 | | | | |
| | | 柔 jeû(r9u) | 柔 | | | | |
| | | 蕊 ju6(ru-) | 蕊 | | | | |
| | | 瑞 juî(ru^) | 瑞 | | | | |
| y6 y6 | y7 y* | 夜 i5 譯 | 夜 譯 | y7 | ie | 夜 | |
| y4n | y`n | 煙 i4n | 煙 | —— | yen | 鹽 | |
| ye[ | y8u | 幽 i4u | 幽 | | | | |
| ym/îm | y^ng | 赢 îm | 赢 | | nghen | 硬 | |
| yn/în | y^n | 銀 în | 銀 | %n | in | 因 | |
| | | 雍 i[m(y8ng) | 雍 | y{m | yum | 用 | |
| iyon? | | 韻 i[n(y[n) | 韻 | | | | |
| y0 | y]e | 樂 i0 | 樂 | | | | |
| j0 | r]o | 弱 j0 | 弱 | | | | |
| i0 | r-u | 肉 j0 | 肉 | j0* | gio,gyo | 肉 | |
| | | 熱 j6(r7) | 熱 | —— | ge' | 熱 | |
| yû | y{ | 魚 iû | 魚 | | | | |
| j] | r} | 乳 j] | 乳 | | | | |
| yu6/yve | yu4 | 日 i{e | 日 | i{e* | iuo | 月 | |
| yuên/yven | y{an | 圓 | 圓 | | | | |
| | | 阮 ju7n(ru2n) | 阮 | —— | | | |
| yûm | r9ng | 容 iûm | 容 | yûm | yum | 容 | |
| y{n | y]n | 運 i{n | 運 | | iun,iuon | 雲 | |
| jûm | r9ng | 絨 jûm | 絨 | | | | |

续表

| 基契尔 | 拼音 | 西儒耳目资 | 后利马窦体系 RLS | | 前利马窦体系 RES | | 注释 |
|---|---|---|---|---|---|---|---|
| j{n | r]n | 閏 | j{n | 閏 | | | |
| k6 | g4 | 割 | k6 | 割 | | | |
| k'6 | k7 | 刻 | k'6 | 刻 | | | |
| k4m | g4ng | 更 | k4m | 更 | | | |
| k'em | keng | ？ | k'4m | 阬 | | | |
| k4n | g4n | 根 | k4n | 根 | | | |
| k'7n | k6n | 肯 | k'7n | 肯 | | | |
| ke[ | g8u | 溝 | ke[ | 溝 | | | |
| k'e] | k0u | 口 | k'e] | 口 | | | |
| k% | j% | 難 | k% | 難 | | | |
| k'î | q^ | 奇 | k'î | 奇 | | | |
| ki` | ji` | 家 | ki` | 家 | | | |
| k'i2 | qi3 | 恰 | k'i2 | 恰 | | | |
| ki3i | ji6 | 解 | ki3i | 解 | | | |
| | | | k'i3i（k2i) | 楷 | —— | | |
| ki`m | ji`ng | 江 | ki`m | 江 | | | |
| k'iâm | qi1ng | 強 | k'iâm | 強 | | | |
| kia8 | ji`o | 交 | kia8 | 交 | | | |
| k'iaô | qi1o | 橋 | k'iaô | 橋 | | | |
| ki5 | ji6 | 解 | | 解 | | | |
| k'i6 | qi7 | 切 | ç'i6 (qi7) | 切 | —— | | |
| ki4n | ji`n | 姦 | ki4n | 姦 | | | |
| k'i4n | qi`n | 謙 | k'i4n | 謙 | | | |
| kieû | ji{ | 久 | kie] | 久 | | | |
| k'ieû | qi{ | 球 | k'ieû | 球 | | | |
| k%m | j%ng | 經 | k%m | 經 | | | |
| k'%m | q%ng | 輕 | k'%m | 輕 | | | |
| k%n | j%n | 金 | k%n | 金 | | | |
| k'în | q^n | 勤 | k'în | 勤 | | | |

续表

| 基契尔 | 拼音 | 西儒耳目资 | 后利马窦体系 RLS | 前利马窦体系 RES | 注释 |
|---|---|---|---|---|---|
| ki0 | ji2o | 脚 ki0 | 脚 | | |
| k'i0 | q| | 曲 k'i0 | 曲 | | |
| ki[ | j| | 矩 ki] | 矩 | | |
| k'i| | q] | 去 k'i| | 去 | | |
| kiue? | jue | 厥 kiu6 | 厥 | | |
| k'iu6 | q[e | 缺 k'iu6 | 缺 | | |
| kiu5n | ju3n | 卷 kiu5n | 卷 | | |
| k'iuên | qu1n | 拳 k'iuên | 拳 | | |
| ki4n | ji`n | 尖 ki4n | 尖 | | |
| ki[m (ki[n) | j[n | 軍 *ki]m* (ji0ng) | 同 | — | |
| | | *k'i[m* (qi8ng) | 穹 | — | chium | 窮 |
| | | *ki[n* (j[n) | 軍 | ki[n | 君 | chiun, chiuon | 君 |
| k'iûn | q{n | 裙 k'iûn | 群 | | |
| l2 | l3 | 蠟 l2 | 蠟 | | |
| la^ | l3i | 賴 la^ | 賴 | | |
| lâm | l1ng | 廊 lâm | 廊 | | |
| l1n | l2n | 懶 l1n | 懶 | | |
| lâo | l1o | 牢 lâo | 牢 | | |
| | | *l6* (l7) | 勒 | l6 | 肋 | le | 肋 |
| leâm | li1ng | 良 leâm | 良 | | |
| le1o | li3o | 料 le1o | 料 | | |
| lêm | l5ng | 稜 l5m | 稜 | | |
| len | lin? | | | | |
| leû | l9u | 樓 leû | 樓 | | |
| lieû | li| | 留 lieû | 留 | | |
| lî | l^ | 離 lî | 離 | | |

第八章　中国知识西传

续表

| 基契尔 | 拼音 | | 西儒耳目资 | 后利马窦体系 RLS | 前利马窦体系 RES | 注释 |
|---|---|---|---|---|---|---|
| lh ① | 6r | 耳 | /l | 耳 | lh' 耳 | gi' 耳 | |
| l'h | 6r | 饵 | /l | 饵 | | gi' （f.65） 饵 | |
| h'l | 6r | 耳 | /l | 耳 | | | |
| li6 | li7 | 裂 | li6 | 裂 | | | |
| liên | li1n | 莲 | liên | 莲 | | | |
| | | | liu6(li7) | 劣 | | | |
| | | | liuên(lu1n) | 挛 | | | |
| l^m | l&ng | 领 | l*m | 领 | | | |
| lîn | l^n | 林 | lîn | 林 | | | |
| li0 | l\ | 律 | li0(l\e) | 略 | li0 | lio | 略 |
| liû | l+ | 驴 | liû(l\) | 驴 | | | |
| | | | liûn(l|n) | 沦 | | | |
| lô | lu9 | 罗 | lô | 罗 | | | |
| l| | l] | 路 | l| | 路 | | | |
| l|i | l7i | 泪 | lu^ | 泪 | | | |
| l]m | l0ng | 笼 | l]m | 笼 | | | |
| l|n | l]n | 论 | l|n | 论 | | | |
| lu-n | lu2n | 卵 | lu-n | 卵 | | | |
| mâ | m1 | 麻 | mâ | 麻 | | | |
| mâi | m1i | 埋 | mâi | 埋 | | | |
| m1n | m3n | 慢 | m1n | 慢 | | | |
| meû | m9u | 谋 | meû | 谋 | | | |
| | mang? | | mâm （m1ng） | 忙 | —— | | |
| maô | m1o | 毛 | maô | 毛 | | | |
| | | | m6(m-) | 陌 | | | |

---

① lh,l'h,h'l have no indications of tone.

续表

| 基契尔 | 拼音 | 西儒耳目资 | 后利马窦体系 RLS | 前利马窦体系 RES | 注释 |
|---|---|---|---|---|---|
| | | *mêm*（m5ng） | 萌 | —— | |
| mi] | ? | | | | |
| mî | m^ | *mî* | 迷 | 迷 | |
| miâo | mi1o | *miâo* | 描 | 描 | |
| mi6 | m* | *mi6* | 蜜 | 蜜 | |
| mi7n | mi2n | *mi7n* | 免 | 免 | |
| mîm | m^ng | *mîm* | 名 | 名 | |
| | | *mîn*（m^n） | 民 | | |
| m0 | m- | *m9* | 磨 | 磨 | |
| | | *moêi*（m5i） | 眉 | —— | moi 妹 |
| m] | m{ | *m]* | 母 | 母 | |
| muên | mén | *muên* | 門 | 門 | |
| m]i | m6i | *m]i* | 每 | 每 | |
| m{m | m7ng | *m{m* | 夢 | 夢 | |
| mu-n | m2n | *mu-n* | 滿 | 滿 | |
| n2 | n3 | *n2* | 納 | 納 | |
| n1i | n3i | *n1i* | 耐 | 耐 | |
| nâm | n1ng | *nâm* | 囊 | 囊 | |
| ngì | a% | *gì* | 哀 | ngì 哀 | |
| ng`n | 'n | *g`n* | 安 | ng`n 安 | ngon,ng8 安 |
| | | *gâm*（1ng） | 昂 | —— | |
| ng1o | 3o | *ga9* | 傲 | ng1o 傲 | ngau 傲 |
| ng4n | 4n | *g4n* | 恩 | ng4n 恩 | nghen 恩 |
| nghe] | -u | *ge[* | 歐 | nghe] 歐 | |
| ng9 | w- | *g9* | 臥 | ng9 臥 | guo 臥 |
| | | *n6*（nu-） | 搦 | —— | |
| | | *niâm*（ni1ng） | 娘 | —— | |
| | | *ni3o*（ni2o） | 鳥 | | niau 尿 |
| niêu | ni{ | *nieû* | 牛 | 牛 | |

续表

| 基契尔 | 拼音 | 西儒耳目资 | | 后利马窦体系 RLS | | 前利马窦体系 RES | | 注释 |
|---|---|---|---|---|---|---|---|---|
| gni？ | | | | | | | | |
| ni6 | n* | 逆 | ni6 | 逆 | | | | |
| mi6 | mi7 | 灭 | mi6 | 灭 | | | | |
| ni5n | ni6n | 念 | ni5n | 念 | | | | |
| nim | ming | ？ | n^m | 命 | | | | |
| | | | nîn(n^n) | 恁 | | | | |
| niu | ？ | | ni](n↓) | 女 | | | | |
| nô | nu9 | 儺 | nô | 儺 | | | | |
| n{ | n] | 怒 | n{ | 怒 | | | | |
| n{i | n6i | 餒 | n]i | 餒 | | | | |
| n{m | n9ng | 農 | nûm | 農 | | | | |
| n{n | n7n | 嫩 | n{n | 嫩 | | | | |
| nu-n | nu2n | 暖 | nu-n | 暖 | | | | |
| nu7n | ？ | | | | | | | |
| p` | b` | 巴 | b` | 巴 | | | | |
| | | | p'`(p`) | 葩 | p'1 | 怕 | pa | 怕 |
| p1i | b3i | 拜 | p1i | 拜 | | | | |
| p'âi | p1i | 牌 | p'âi | 牌 | | | | |
| p`m | b`ng | 帮 | p`m | 帮 | | | | |
| p'1m | p3ng | 胖 | p'1m | 胖 | | | | |
| p3n | b2n | 板 | p3n | 板 | | | | |
| p'`n | p`n | 攀 | p'`n | 攀 | | | | |
| p`o | b`o | 包 | p`o | 包 | | | | |
| p'âo | p1o | 跑 | p'âo | 跑 | | | | |
| p6 pê | b1i b9 | 白 鹆 | p6 | 白 鹆 | | | | |
| p'6 | p- | 破 | p'6(pǐ) | 拍 | —— | | | |
| | | | p4u（bò） | 襃 | —— | | | |
| p'e] | p0u | 培 | p'e] | 培 | | | | |

续表

| 基契尔 | 拼音 | 西儒耳目资 | 后利马窦体系 RLS | 前利马窦体系 RES | 注释 |
|---|---|---|---|---|---|
| p* | b& | 比 | p* | 比 | |
| p'^ | p* | 譬 | p'^ | 譬 | |
| pia8 | bi'o | 標 | pia8 | 標 | |
| p'ia9 | pi3o | 漂 | p'ia9 | 漂 | |
| pi4n | bi'n | 邊 | pi4n | 邊 | |
| p'i4n | pi'n | 篇 | p'i4n | 篇 | |
| pi6 | bi5 | 別 | pi6 | 別 | |
| p'i6 | pi4 | 撇 | p'i6 | 撇 | |
| p%m | b%ng | 兵 | p%m | 兵 | |
| p'îm | p^ng | 平 | p'îm | 平 | |
| p%n | b%n | 濱 | p%n | 濱 | |
| p'*n | p&n | 品 | p'*n | 品 | |
| p8 | b8 | 菠 | p8 | 菠 | |
| p'0 | p- | 破 | p'9 | 破 | |
| p8i | b4i | 杯 | po4i | 杯 | |
| p'oî | p5i | 陪 | p'oêi | 陪 | |
| p] | b\| | 補 | p] | 補 | |
| p'û | p\| | 葡 | p'û | 葡 | |
| pu7n | b6n | 本 | pu7n | 本 | |
| p'u5n | p7n | 噴 | p'u5n | 噴 | |
| No exist | | | *p4m* (b4ng) | 崩 | |
| pu-n | p5ng | 朋 | p'êm | 朋 | —— | pon (f. 60) | 朋 |
| po4m | p4ng | 烹 | p'4m | 烹 | —— | | |
| No exist | | | *p'ûm* (p5ng) | 蓬 | | | |
| pu8n | b'n | 般 | pu8n | 般 | | | |
| p'u9n | p3n | 判 | p'u9n | 判 | | | |

第八章 中国知识西传

续表

| 基契尔 | 拼音 | 西儒耳目资 | | 后利马窦体系 RLS | | 前利马窦体系 RES | | 注释 |
|---|---|---|---|---|---|---|---|---|
| qu` | gu` | 瓜 | ku` | 瓜 | | cua (f.129) | 瓜 | |
| | | | k'u`(k[a) | 誇 | | —— | | |
| | | | ku6 ku0 (gu9) | 國 | qu0e | cuo (f.99) | 國 | |
| qu1i | gu3i | 怪 | ku1i | 怪 | —— | quai | 乖 | |
| | | | k'u1i (ku3i) | 快 | | quai | 快 | |
| qu'n | gu'n | 館 | ku9n | 館 | qu8n | cuon | 觀 | |
| | | | ku'n (gu'n) | 關 | | cuan, cuã | 關 | |
| | | | k'uân k'iuê (qu5) | 瘸 | | chi(u)o | 瘸 | |
| qu'm | gu'n | 冠 | ku'm (gu'ng) | 光 | qu3m | quam, quan | 光 | |
| | | | k'u'm (ku'ng) | 筐 | —— | quam | 曠 | |
| qu7i | g[i | 歸 | ku4i | 歸 | | quei | 鬼 | |
| q'u4i | ku% | 盔 | k'u4i | 盔 | | quey | 窺 | |
| | | | ku4m (g8ng) | 肱 | | | | |
| | | | k'u4m (h9ng) | 鞃 | | | | |
| qu7n | g]n | 滾 | ku7n | 滾 | | cuon | 滾 | |
| | | | k'u4n (k[n) | 坤 | | cuon | 困 | |
| qu0 | gu- | 過 | ku9, k9 | 過 | —— | co, cuo | 過 | |
| | | | k'u8 (k4) | 科 | | | | |
| qu8n | gu'n | 棺 | ku8n | 棺 | qu8n | cuon, cuõ | 官 | |

续表

| 基契尔 | 拼音 | 西儒耳目资 | 后利马窦体系 RLS | 前利马窦体系 RES | 注释 |
|---|---|---|---|---|---|
| | | k'u8n（kuʼn） | 宽 | —— | cuon, quoʼan | 宽 |
| quom | ? | k[m（g8ng） | 弓 | c[m, c8m | cum | 工 |
| | | k'[m（k8ng） | 空 | —— | | |
| s2 | s2 | 撒 | s2 | 撒 | | |
| sǐ | sǐ | 腮 | sǐ | 腮 | | |
| sʼm | sʼng | 丧 | s1m | 丧 | | |
| s3n | s3n | 散 | s3n | 散 | | |
| sa- | s2o | 扫 | sa- | 扫 | | |
| s6 | s7 | 嗇 | s6 | 嗇 | | |
| s4m | sh4ng | 生 | s4m | 生 | | |
| | | | s4n（s4n） | 森 | —— | |
| se[ | s8u | 搜 | se[ | 搜 | | |
| s﹡ | x& | 洗 | s﹡ | 洗 | | |
| siʼm | xiʼng | 相 | siʼm | 相 | | |
| si3o | xi2o | 小 | si3o | 小 | | |
| siê | xi5 | 斜 | siê | 斜 | | |
| si5n | xi3n | 线 | si5n | 线 | | |
| sie[ | xi[ | 羞 | sie[ | 羞 | | |
| sˆm | x﹡ng | 性 | sˆm | 性 | | |
| s%n | x%n | 新 | s%n | 新 | | |
| | | | si0（xu7） | 削 | —— | |
| si[ | x[ | 鬚 | si[ | 鬚 | | |
| siv6/siue | x⸗e | 雪 | siu6 | 雪 | | |
| siv4n/siuen | xuʼn | 轩 | siu4n | 轩 | | |

续表

| 基契尔 | 拼音 | 西儒耳目资 | 后利马窦体系 RLS | 前利马窦体系 RES | 注释 |
| --- | --- | --- | --- | --- | --- |
|  |  | si[n<br>(x\|n) | 荀 | —— |  |
| s- | su0 | 锁 | s- | 锁 |  |
| s[ | s% | 丝 | s[ | 丝 |  |
| s]i | s\|i | 髓 | s]i | 髓 |  |
| s]m | s0ng | 悚 | s]m | 悚 |  |
| s]n | s\|n | 损 | s]n | 损 |  |
| su8n | su'n | 酸 | su8n | 酸 |  |
| t3 | d2 | 打 | t3 | 打 |  |
| t'` | t` | 他 | t'` | 他 |  |
| t1i | d3i | 代 | t1i | 代 |  |
| t'3i | t1i | 台 | t'âi | 台 |  |
| t'm | d'ng | 当 | t'm | 当 |  |
| t'âm | t1ng | 塘 | t'âm | 塘 |  |
| t'n | d'n | 丹 | t'n | 丹 |  |
| t'ân | t1n | 疲 | t'ân | 疲 |  |
| t'o | d'o | 刀 | t'o | 刀 |  |
| t'aô | d3o | 道 | t'aô<br>(t3o) | 道 | —— |
| tê | d5 | 德 | tê | 德 |  |
| t'6 | t7 | 特 | t6<br>t'6 | 特 |  |
| t4m | d4ng | 灯 | t4m | 灯 |  |
|  |  | t'êm<br>(t5ng) | 腾 | —— |  |
| te] | d0u | 陡 | te] | 陡 |  |
| t'eû | t9u | 头 | t'eû | 头 |  |
| t* | d& | 底 | t* | 底 |  |
| tî | t^ | 题 | t'î | 题 |  |

续表

| 基契尔 | 拼音 | 西儒耳目资 | 后利马窦体系 RLS | | 前利马窦体系 RES | | 注释 |
|---|---|---|---|---|---|---|---|
| tia8 | diò | 雕 | tia8 | 雕 | | | |
| t'iaô | ti1o | 調 | t'iaô | 調 | | | |
| ti6 | di4 | 跌 | ti6 | 跌 | | | |
| t'i6 | ti6 | 鐵 | t'i6 | 鐵 | | | |
| ti7n | di2n | 點 | ti7n | 點 | | | |
| t'i4n | tiǹ | 天 | t'i4n | 天 | | | |
| | | | tie[ (di[) | 丟 | — | | |
| | | | t%m (d%ng) | 釘 | t*m | tin | 鼎 |
| | | | t'%m (t%ng) | 聽 | — | | |
| t- | du0 | 躲 | t- | 躲 | | | |
| t'8 | tu8 | 托 | t'8 | 托 | | | |
| t\| | d] | 肚 | t\| | 肚 | | | |
| t'û | t\| | 圖 | t'û | 圖 | | | |
| | | | tu% (d[i) | 堆 | t\|i | tui | 對 |
| | | | t'u% (t[i) | 推 | — | | |
| t[m * | d8ng | 東 | t[m | 東 | | | |
| t' [m * | t8ng | 通 | t'[m | 通 | | | |
| | | | t[n (d[n) | 敦 | t\|n | tun, tu | 頓 |
| | | | t'[n (t[n) | 暾 | — | tuon | 吞 |
| | | | tu8n (duǹ) | 端 | — | ton | 短 |
| | | | t'u8n (tuǹ) | 湍 | — | ton | 圍 |
| \|/v | w] | 誤 | \| | 誤 | | | |
| u2/v2 | w` | 挖 | u` | 挖 | — | gua | 瓦 |
| u1i/v1i | w3i | 外 | v1i/u1i | 外 | v1i | guai | 外 |

续表

| 基契尔 | 拼音 | 西儒耳目资 | 后利马窦体系 RLS | | 前利马窦体系 RES | | 注释 |
|---|---|---|---|---|---|---|---|
| u2m/ v2m * | w3ng | 望 | v2m/u2m | 望 | v3m | 往 | uam |往 |
| | | | | | | vam | 望 |
| u1n/ v1n | w3n | 萬 | v1n | 萬 | v1n | 萬 | |
| uên/vên | w5n | 文 | vên | 文 | guen | 瘟 | |
| | | | u4n | 溫 | vuen | vuen | 問 |
| u^ | w7i | 未 | u^ | 未 | | | |
| | | | u4i (w4i) | 威 | gu5i | 為 | guei | 為 |
| | | | [m (w4ng) | 翁 | —— | | |
| | | | u8 (w8) | 窩 | —— | | |
| | | | u8n (w'n) | 彎 | | cuon, cuoã | 玩 |
| | | | v0 (w]) | 勿 | | | |
| | | | vo6 (w]) | 物 | —— | | |
| x` | sh` | 沙 | x` | 沙 | | | |
| x1i | sh3i | 晒 | x1i | 晒 | | | |
| x`m | sh`ng | 傷 | x`m | 傷 | | | |
| | | | x`n (sh`n) | 山 | —— | san | 山 |
| x`o | sh`o | 燒 | x`o | 燒 | | | |
| x4 | sh4 | 奢 | x4 | 奢 | | | |
| xe] | sh0u | 手 | xe] | 手 | | | |
| xî | sh^ | 時 | xî | 時 | | | |
| | | | xi`o (xi`o) | 銷 | | | |
| | | | xie[, x7u (sh8u) | 收 | x7u | 手 | scieu | 手 |
| | | | xi4n, xi4 (sh`n) | 羶 | —— | | scie | 扇 |
| x%m | sh4ng | 聲 | x%m | 聲 | | | |

续表

| 基契尔 | 拼音 | 西儒耳目资 | 后利马窦体系 RLS | 前利马窦体系 RES | 注释 |
|---|---|---|---|---|---|
| x*n | sh6n | 审 | x*n | 审 | |
| x0 | sh1o | 勺 | x0 | 勺 | |
| | | | xo`, s[i (shuǐ) | 衰 —— | soi 衰 |
| | | | xo`m (shuǐng) | 雙 —— | |
| | | | xo`n (shuǐn) | 閂 —— | |
| x[ | sh[ | 書 | x[ | 書 | |
| xu` | shu` | 刷 | xu` | 刷 | |
| xu`m shu`n | shu`ng | 孀 閂 | xu`m xo`n | 孀 閂 | |
| xu6 | yu4 | 說 | xu6 | 說 | |
| xe] | sh\|i | 水 | xe] (sh0u) | 水 —— | |
| x]i | sh\|i | 水 | x]i | 水 | |
| xûn | ch\|n | 純 | xûn | 純 | |
| | | | x[m (ch[n) | 春 | |

**原始资料**

基歇尔·阿塔纳斯《透过宗教与世俗的纪念物遗迹、自然环境、艺术，及其他它话题所阐述的中国》(China Monumentis quà Sacris quà Profanis, Nec non variis Naturae & Artis Spectaculis, Aliarumque rerum memorabilium Argumentis illustrata).阿姆斯特丹：由 Joannem Janssonium à Waesberge & Elizeum Weyerstraet 出版,1667 年。

基歇尔·阿塔纳斯,耶稣会士基歇尔之中国……由 F.S.Dalquié 翻译。阿姆斯特丹：让·让森 Che Jean Jansson à Waesberge, & les Heritiers d' Elizée Weyerstraet,1670 年。

《葡汉辞典》，罗马耶稣会档案馆（ARSI Jap.-Sin. Ⅰ, 198, fols. 32—156）。也可见于：罗明坚（Michele Ruggieri）-利玛窦, *Dicionário Português—Chinês*《葡汉辞典》*Portuguese-Chinese Dictionary*。魏若望（John Witek）先生（ed.），澳门，2001年。

金尼阁及《西儒耳目资》【对西方儒士的耳朵和眼睛以资助】，杭州，1626年（意大利国家图书馆，罗马，72, C489, 1—2）。重印：拼音文字史料业书。北京：文字改革出版社，1950年。

《西字奇迹》【西方文字的奇特范例】，北京 1605。重印：拼音文字史料业书。北京：文字改革出版社，1950年。

**参考书目**

Bernard, Henri S.J., "Les adaptations chinoises d'ouvrages européens, bibliographie chronologique depuis la venue des Portugais à Canton jusqu'à la Mission française de Pékin, 1514—1688", *Monumenta Serica* X(1945), pp. 1—57 and 309—388.

Coblin, W. South, "Notes on the Sound System of Late Ming *Guanghua*", *Monumenta Serica* 45(1997), pp. 261—307.

Coblin, W. South, "A Brief History of Mandarin," in: *Journal of the American Oriental Society* 120(2000)4, pp. 537—552.

Cordier, Henri, *Bibliotheca Sinica*. 5 vols. Paris: E. Guilmoto, Editeur, 1902—1924.

Couplet, Philippe, *Catalogus Patrum Societatis Jesu qui post obitum S. Francisci Xaveri ad Anno 1581 usque ad Annum 1681 in Imperio Sinarum Jesu Christi Fidem propugnarunt*, n.i.p. 1686, in F. Verbiest, *Astronomia Europea*, Dilingae 1687, pp. 102 and following.

D'Elia, Pasquale S. J. (ed.), *Fonti Ricciane*. Roma: La Libreria dello Stato, 1942—1949, 3 vols.

Dehergne, Joseph, *Répertoire des Jésuites de Chine de 1552 à 1800*. Bibliotheca Instituti Historici S.I. XXXVII, Roma: Institutum Historicum & Paris: Letouzey & Ané, 1973.

Duyvendak, Jan Julius Lodewijk, "Early Chinese Studies in Holland", *T'oung Pao* XXXII(1936), pp. 293—344.

Fletcher, John E., "A Brief Survey of the Unpublished Correspondance of Athanasius

Kircher,S.J.(1602—1680),*Manuscripta* XIII—3(November 1969), pp. 150—160.

Han Lin 韩霖—Zhang Geng 张赓(eds.),"Yesuhui Xi lai zhuwei xiansheng xingshi 耶稣会西来诸位先生姓氏",in:*Shengjiao xinzheng*《圣教信证》,Peking 1647.

Luo Changpei 罗常培,"Yesuhuishi zai yinyunxue shang de gongxian"耶稣会士在音韵学的贡献[Jesuit Contribution to Phonology],in:*Guoli Zhongyang yanjiuyuan lishi yuyanyanjiusuo jikan*《国立中央研究员历语所集刊》I(1930),pp.267—338.

Magalotti,Lorenzo,*Notizie varie dell'imperio della China e di qualche altro paese adiacente,con la vita di Confucio il gran savio della China e un saggio della sua Morale.* Firenze:G.Manni per il Carlieri,1697.

Magalotti,Lorenzo,*Relazione della China*.A cura di Teresa Poggi Salani. Milano,Adelphi edizioni,1974.

Martini,Martino,*Opera Omnia*.A cura di Franco Demarchi-Giuliano Bertuccioli. 3 vols.Trento:Università degli Studi,1998,2 vols.

Masini,Federico,"Some preliminary remarks on the study of Chinese lexicographic materials prepared by Jesuit missionaries in the XVIIth century",in F.Masini(ed.),*Western Humanistic Culture Presented to China by Jesuit Missionaries*.Bibliotheca Instituti Historici S.I.XLIX,Roma:Institutum Historicum S.I.,1996,pp.235—245.

Pelliot,Paul,"Michel Boym",*T'oung Pao* XXXI(1935),pp.95—151.

Pelliot,Paul,"Le Hōja et le Syyid Husain de L'Historire des Ming',*T'oung Pao* XXXVIII(1948),pp.81—292.

Pfister,Louis,*Notices Biographiques et Bibliographiques sur le Jésuites de l'Ancienne Mission de Chine 1552—1773*.Shanghai,1932—1934,2 vols.

Yang,Paul Fu-mien S.J.,"The Portuguese-Chinese Dictionary by Matteo Ricci:A Historical and Linguistic Introduction",*Proceedings of the Second International Conference on Sinology. Section on Linguistics and Palaeography*.Taipei:Academia Sinica,1989.

裴化行,"对欧洲著作的中国式改写,自葡萄牙人初来广州至法国传教士长居北京编年书目,1514—1688"见于:《华裔学志》第十期(1945),第1—57页,及第309—388页。

柯蔚南,"晚明官话语音系统注释",见于:《华裔学志》45(1997),第261—307页。

柯蔚南,"普通话简史",见于:《美国东方学会杂志》120(2000)4,第537—552页。

考狄,亨利,中国书目。5卷。巴黎:E.基尔莫多,编辑,1902—1024。

柏应理,耶稣会神父目录,自1581年至1681年……为帝国基督信仰而战之后,n.i.p. 1686年,见于:南怀仁,《欧洲天文学》,出版于1687年,第102页至文末。

德礼贤神父,S.J.(ed.),《利玛窦全集》。三卷本。罗马:圣马力诺图书馆,1942年至1949年。

德埃尔涅.约瑟夫,S.J.,1552—1800年间在华耶稣会士书目。巴黎历史习俗:第三十七卷,罗马:历史研究所,以及巴黎:1973年。

戴闻达(Jan Julius Lodewijk Duyvendak),"荷兰早期汉学",见于《通报》第32期(1936),第293—344页。

弗莱沏,约翰E.,"未发表过的基歇尔通信纵览摘要,S.J.(1602—1680)",见于《手稿》第八(1969年11月)3,第150页至第160页。

韩霖-张赓(eds.),耶稣会西来诸位先生姓氏,见于《圣教信证》,北京1647。

罗常培,"耶稣会士在音韵学上的贡献【Jesuit Contribution to Phonology】",见于《国立中央研究院历史语言研究所集刊》I(1930),第267—338页。

马加洛蒂·洛伦佐,各种各样的关于中华帝国及其比邻国家,以及关于中国伟大圣人和道德圣贤-孔子生活的信息。佛罗伦萨:G. Manni致Carlieri,1697年。

马加洛蒂·洛伦佐,中国报告。Teresa Poggi Salani著。米兰,阿德菲版,1974年。

卫匡国,所有作品。由Franco Demarchi-Giuliano Bertuccioli编辑。三卷本。特兰托:研究大学,1998年至2002年。

马西尼·费德里科,"关于为十七世纪耶稣会传教士准备的中文词典资料研究的一些初步评论",见于:同上(ed.),耶稣会传教士介绍到中国的西方人文主义文化,17 到 18 世纪。1993 年 10 月 25 日至 27 日在罗马举办的会议记录。历史习俗图书馆 S.I. 卷 XLIX,罗马:历史习俗 S.I.,1996,第 235—245 页。

伯希和,"卜弥格",见于《通报》第 31 期(1935),第 95—151 页。

伯希和,"明朝历史上的 Le Hoja 和 Syyid Husain",见于《通报》第 38 期(1948),第 81—292 页。

费赖之《在华耶稣会士列传及书目,1552—1773》两卷本,上海,1932—1934

杨福绵 S.J.,"利马窦的葡汉辞典:历史和语言学上的介绍",见于《第二届汉学国际会议上的会议记录(语言学及古文书学单元)》,台北:中国学会,1989 年,第 191—235 页。

## 附录2:《耶稣会在亚洲目录》(JESUITAS NA ÁSIA——CATÁLOGO E GUIA)重要文献目录翻译[①]

1259.澳门学院。

[②]Collegio de Macao.[fl. 3.]

1263.海南王国差会。

Missão do Reyno de Haynam.[fl. 8v.]

1272.日本省年报,1651年。

Annua da Provincia de Jappam Anno de 1651.[fl. 16v.]

1274.澳门学院。

Collegio de Macao.[fl. 18v.]

1298.中国年报。A.1651。

Carta Annua da China.A.1651.[repetido a fls. 480 e seg.][fl. 75]

1299.世俗状况第一部分。和平时期中国之简讯。第一章。

Primeira parte do Estado temporal.Breve discriçam da China em tempo de paz.Cap. 1.o [fl. 76]

1300.战争中中国之状况描述。第二章。

Discripção do estado da China em guerra.Capitulo 2 [fl. 78]

1301.对中国惨状之特别描写。第三章。

Mostra-se mais em particular o mizeravel estado da China.Cap. 3.[fl. 81]

1302.鞑靼王国之界限、地方、宏伟及其诸事。第四章。

Dos termos, sitio, grandeza, e variedade de Reynos da Tartaria. Cap. 4.[fl. 84]

Da fertilidade da terra de Tartaria, e industria de seos moradores.Capitulo 5.[fl. 85v.]

---

① 这个目录的整理翻译有金国平、张晓非、张西平整理完成。在目录翻译过程中得到了何高济、雷立柏、文铮、蒋薇等学术同仁的帮助。在此,对他们的帮助表示感谢。这个目录是当时中国的历史进入欧洲的真实记录,尽管这些档案尚未公布,但其后不少内容被写入传教士在欧洲出版的书中。

② 本文档数字为该条目录在原档案中的编号。每条结尾处中括号内为该条目录在原档案中的页码。

1304.鞑靼人政府及其风俗。第六章。

Do governo, e costume dos Tartaros. Cap. 6. [ fl. 86 ]

1305.鞑靼人宗教。第七章。

Da Religião dos Tartaros. Capitulo. 7.o [ fl. 87v. ]

1306.南方官员在"漳州(福建)"拥举一位名叫"隆武"的人为王。第八章。

Levantão os Mandarins do Sul no Chincheo hum Rey por nome Lungu. Capitulo 8.o [ fl. 89v. ]

1307.广州的官员决定推举一位名叫"永历"的人为新王。第九章。

Rezolvem os Mandarins de Cantam levantar hum novo Rey por nome Tum Lie. Capitulo 9.o [ fl. 91 ]

1308."李(定国)"的军队开赴广州。第十章。

Vem o Exercito do Ly sobre Cantam. Capitulo 10. [ fl. 94 ]

1309."李(定国)"揭竿对抗鞑靼人,并归顺永历王。第十一章。

Levanta-se o Ly contra os Tartaros, e sugeita-se ao Rey Tunlie. Cap. 11. [ fl. 96v. ]

1310.李(定国)向永历王遣使,随后他本人前去归顺;其密谋。第十二章。

Manda ao Rey Tunlie Embaixadores o Ly, e depois vai elle em pessoa a darlhe obediencia; e da conjura, que fez. Cap. 12. [ fl. 99v. ]

1311.一支军队从广州整装出发前往漳州;李两战两败。第十三章。

Apparelha-se hum Exercito em Cantam para a Cidade de Cancheo; e de duas batalhas que deo o Ly ambas com mao successo. Capitulo 13. [ fl. 101v. ]

1312.澳门饿孚遍野;该城进行的慈善诸事。

Fomes e mortandade grande, que houve em Macao; e de algumas obras de mizericordia, que na Cidade se fizeram. [ fl. 105 ]

1313.曾德昭神甫和瞿安德神甫前往肇庆拜访国王;及随后发生之事。第十四章。

Vão os PP. Alvaro Semedo, e Andre Xavier a Xauqui vizitar ao Rey; E do que là sucedeo. Cap. 14. [ fl. 109 ]

1314.曾德昭神甫一信部分内容,讲述此行。

Parte de huma carta do P. Alvaro Semedo, onde descreve esta jornada.

[fl. 110]

1315.一支人数达三万的由步兵和骑兵组成的鞑靼部队抵达广州,;首次攻城;及随后发生之事。第十五章。

Chega á Cantam o exercito dos Tartaros de trinta mil homens entre os de pè, e cavalo; dá o primeiro assalto; e do que nelle sucedeo. Cap. 15.[fl. 111]

1316.鞑靼人进攻了福建人聚居区外三座堡垒;占领了它们,部署了一个有50门炮的阵地,并籍此破城而入;攻城及抢劫事。第十六章。

Assaltão os Tartaros os tres baluartes de fora no bairo dos Chincheos; e senhoreando-os, plantão nelles a bataria de 50. peças, com que entrarão na Cidade; e do que no assalto, e saco sucedeo. Capitulo 16.[fl. 113v.]

1317.教堂内基督徒和曾德昭神甫遭遇之报告。第十七章。

Relação em que se refere o que sucedeo na Jgreja aos Christaos, e ao Padre Alvaro Semedo. Cap. 17.[fl. 116]

1318.海南岛之征战,王爷出征;以及一舰队途经澳门时发生的事情。第十八章。

Jornada da Jlha de Haynam, parte para ella o Regulo; e do que sucedeo em Macao por huma armada, que por lá passou. Cap. 18.[fl. 119]

1319.上述各事总结,当今中国世俗状况之描述。

Concluzão de tudo o acima ditto, em que se mostra, como fica hoje no estado temporal a China.[fl. 120v.]

1320.第二部分。奇迹般的皈依。

Parte Segunda. Das conversoens maravilhozas.[fl. 121v.]

1321.上帝在中国通过异教徒皈依异教徒。

Das conversões de Gentios, que Deos faz na China por meyo dos mesmos Gentios.[fl. 126v.]

1322.上帝在中国通过魔鬼皈依异教徒。Converçoens, que Deos obra nos Gentios da China, tomando por meio o mesmo Diabo.[fl. 127v.]

1323.魔鬼的说教及新基督教徒对付魔鬼的能力。

Pregações do diabo, e do poder, que tem sobre elle os novos Christaons.[fl. 129]

1324.天赐健康,以及上帝通过圣水赐予基督徒的其他益处。

Graças da saude, e outros beneficios que Deos faz aos Christãos por meio de agua benta.[fl. 130v.]

1325. 51 年常熟住院年报。

Annua da Rezidencia de Chamxo do anno de 51.[fl. 131v.]

1651 年常州住院简短笔记。（1651 年 12 月 31）

1326.Breves apontamentos da Rezidencia do Cham cheu do anno de 1651 [1651 Dez. 31][fl. 133]

1327. 1652 年消息之起始。常州住院简短笔记。（1652 年 12 月 4 日）

Principião as noticias do Anno de 1652. Breves apontamentos da Rezidencia de Cham cheu.[1652 Dez. 4][repetido a fls. 578][fl. 140v.]

1338. 1652 年日本省年报。

Annua Da provincia de Japão Do anno de 1652.[repetido a fls. 566 e fls. 618 e seg.][fl. 191]

1340.澳门学院。

Collegio de Macao.[fl. 192v.]

1346. 1652 年中国副省年报。

Annua da Vice-Provincia da China do año de 1652.[fl. 205]

1347.中华帝国的概况以及其政府。

Estado em comum do Jmperio da China, e seo Governo.[fl. 205v.]

1348.中国副省概况，及其基督徒社团。

Estado em geral da Vice-Provincia da China, e suas Christandades. [fl. 206]

1349.北京住院。

Rezidencia de Pequim.[fl. 207]

1350.龙华民神父，Sicilia（"西西里"）人，宣发圣愿当耶稣会士，在修会中生活 73 年，其中 58 年在华夏宣讲基督，在 Ricci（"利玛窦"）后很长时间管理了会士们，然后完满地并丰功伟业地去世于北京，1654 年 9 月 1 日，享 98 岁。

P.Nicolaus Longobardus Siculus, Societatis JESUS, professus vixit in Societate annis 73. ex quibus 58. ChristÜ predicando apud Sinas transegit, cumque post Riccium [Mateus Ricci] Socios diu rexisset, tandem plenus, et bonors operus obijt. Pekini Anno 1654. 1. o die Septembris, etatis vero anno 98. [fl. 208v.]

1351.陕西省

Provincia Xen si.［fl. 212］

1352.山西省

Provincia Xan si.［fl. 215］

1353.浙江省

Provincia de Che Kiam.［fl. 216］

1354.南京省

Provincia de Nankim.［fl. 217v.］

1355.淮安住院

Rezidencia de Hoaÿ ngañ.［fl. 217v.］

1356.上海住院

Rezidencia de Xañ Hay.［fl. 218v.］

1357.常熟住院

Rezidencia de Chañ Xŏ.［fl. 222］

1358.福建省

Provincia de Fe Kien.［fl. 225v.］

1359.延平住院（1655年5月7日）

Rezidencia de Yenpim［1655 Maio 7］［fl. 226］

1362.广州为鞑靼人所困时发生的事；神甫们在此期间所做之事及遭遇，以及何时攻下。（1653）

Relação do que se passou no cerco de Quantum pelos Tartaros；e do que os Padres obrarão, e padecerão nesse tempo, e quando se tomou.［1653］［fl. 252v.］

1373.神甫出访西部（陕西）省，以及进入"宝（鸡）"王国。（1655年12月22日）

Vizita que fez o P.e á Provincia de Oeste, e entrada no Reyno do Bao.［1655 Dez. 22］［fl. 293］

1374.1654年中国副省年报。

Carta annua da V.Provincia da China do anno de 1654.［fl. 299］

1377.简要介绍中国皇后嫔妃受教化的情况和太子的领洗过程，以及S.Fede在中国的其他一些进展，由耶稣会卜弥格神父汇报。［1658］［repetido a fls. 702 e seg.］［fl. 326］

Breve raconto de la conversione delle Regine della Cina. Col battesimo del figlio primogenito dell, Jmperatore. ed alteri progressi de la S. Fede in quel Regni, Havuto dal P. Michele Boim della Compania de Giesu. [ 1658 ] [ repetido a fls. 702 e seg. ] [ fl. 326 ]

1385. 1654 年日本省年报。

Carta annua da Provincia de Japão do Anno de 1654. [ fl. 377v. ]

1386.（澳门）学院概况。

Do estado do Collegio em geral. [ fl. 379 ]

1392. 海南差会。（1654 年 11 月 2 日）

Missam de Haynam. [ 1654 Nov. 2 ] [ fl. 401v. ]

1402. 1655 年日本省年报。

Annua da Provincia de Japão do anno de 1655. [ fl. 429v. ]

1405. 海南差会。（1655 年 12 月 16 日）

Missam de Hay nam. [ 1655 Dez. 16 ] [ fl. 446 ]

1448. 公元 1652 年常州住院简短笔记。（1654 年 12 月 31 日）

Breves apontamentos da rezidencia de Cham Cheu do anno de Christo de 1652. [ 1654 Dez. 31 ]. [ fl. 558 ]

1455. 公元 1652 年常州住院简短笔记。（1652 年 12 月 4 日）

Breves apontamentos Da Rezidencia de Cham Cheu do anno de Christo de [ 1652 Dez. 4 ] [ repetido a fls. 140v. ] [ fl. 578 ]

1458. 1652—1653—1654 年中国副省年报。

Annua Da Vice Prouincia da China dos annos 1652—1653—1654. [ *repetido a* fls. 634 *e seg.* ] [ fl. 590 ]

1459. 中华帝国的概况及其政府。

Estado em comum do Jmperio da China, e seu gouerno. [ fl. 590 ]

1460. 中国副省概况以及其基督徒社团。

Estado em Geral Da Vice Prouincia da China E suas Christandes. [ fl. 591 ]

1461. 北京住院。

Rezidencia de Pekim. [ fl. 592 ]

1462. 龙华民神父，Sicilia（"西西里"）人，宣发圣愿当耶稣会士，在修会中生活 73 年，其中 58 年在华夏宣讲基督，在 Ricci（"利玛窦"）后很长时间管理了会士们，然后以高寿龄和多善功去世于北京，1654 年 9 月 1 日，享

98 岁。

P. Nicolaus Longobardus Siculus Societatis Jesu, professus uixit in Societate Annis 73. exquibus 58. Christum predicando apud Sinas transegit, cumque post Ricium [ Mateus Ricci ] Socios diu rexisset, tandem plenus dieum, et bonorj operus obijt. Pekini Anno. De 1654. 1°. die 7bris Etatia Verõ, anno 98. [ fl. 593 ]

1463. 陕西省

Prouidencia [ sic ] Xensi. [ fl. 596 ]

1464. 山西省

Prouincia Xansi. [ fl. 599 ]

1465. 浙江省

Prouincia Chēkiam. [ fl. 599v ]

1466. 南京省

Prouincia de Nankim. [ fl. 601 ]

1467. 淮安住院

Rezidencia de Hoayngan. [ fl. 601 ]

1468. 上海住院

Rezidencia de Xam hay. [ fl. 601v. ]

1469. 常熟住院

Rezidencia de Chăm xo. [ fl. 604v. ]

1470. 福建省

Prouincia de Fokien. [ fl. 607v. ]

1472. 公元1652年常州住院简短笔记。(1652年10月4日)

Breues Apontamentos da Residencia de Chan Cheu do Anno de X. de 1652. [ 1652 Out. 4 ]. [ fl. 610v ]

1473. 1652年日本省年报。

Annua da Prouincia de Japam do anno de 1652. [ fl. 618 ]

1475. 澳门学院。

Collegio de Macao. [ fl. 619 ]

1481. 马努艾尔·德·费格来多修士向视察员神甫和其他中国国内神甫递交之账单；起始于1650年8月15日，结束于1652年8月15日。中国省所有财产。

Contas que dá o Jrmão Manoel de Figueiredo ao P.ᵉ Vizitador e aos Padres da China dentro; começadas em quinze de Agosto de 1650, e acabadas em quinze de Agosto de 1652. de todo o cabedal da prouincia da China. [ fl. 630 ]

1482. 1652、1653、1654 年度中国年报。

Annua da China dos annos 1652. 1653. 1654. [ fl. 634 ]

1483. 中华帝国概况及其政府。

Estado em commum do Jmperio da China e seu governo. [ fl. 634 ]

1484. 中国副省概况以及其基督徒社团。

Do Estado em geral da V Provincia de China, e suas Christandades. [ fl. 635 ]

1485. 北京住院。

Residencia de Pekim. [ fl. 636 ]

1486. 陕西住院。

Provincia de Xen si. [ fl. 640v. ]

1487. 山西住院。

Provincia de Xan si [ fl. 644 ]

1488. 浙江省。

Provincia de Che Kiam. [ fl. 645 ]

1489. 南京省。

Provincia de Nankim. [ fl. 646 ]

1490. 淮安住院。

Residencia de Hoây ngan. [ fl. 646v. ]

1491. 上海住院。致耶稣会日本省会长热罗尼姆·达·玛约里卡神甫。（迪亚哥·帕提纽函，1653，10 月 20 日，马尼拉）。

Residencia de Xam hay. [ fl. 647 ] Al p.ᵉ Geronimo da Mayorica de la Companbia de Jhs. pl. de la Prouincia de Japon. [ Carta de Diego patiño, 1653, Out. 20, Manila ] [ fl. 650—650v. ]

1498. 1653. 广州为鞑靼人所困时发生的事；神甫们在此期间所做之事及遭遇，以及何时攻下。

1653. Relaçam do que se passou no cerco de Quamtan pelos Tartaros, e do que os padres obraram, e padecerão, e neste tempo, e quando se tomou.

[ fl. 668 ]

1499. 住在澳门学院的日本省的会士的文献；主年 1654 年 9 月 5 日，10

点以后，省会长 Hieronymus Mayorica 神父作为主席，而在场的 10 位神父们都宣发了 4 个圣愿。

Acta Congregationis pro Japponica Prouincia habitae in Collegio Amacaensi; Anno Domini 1654. die Septembris quinta supra decimam inchoatrae Praeside P.Hyeronimo Mayorica Provinciali presentibus decem Patribus iisque omnibus 4, Votorum Professis videlicet. [fl. 680] 91. Missão de Haynam. [fl. 755]

1518.[写]给我们在基督内的可敬的儿子 Claudius Petrigianus，Ethiopia（"埃塞俄比亚"）的光荣皇帝。Paulus IIII（"保禄""保罗"）教宗四世；

Charissimo in Christo Filio Nostro Claudio Petrigiano Ethiopiae Jmperatori Jllustri.Paulus Papa IIII.[Mar. 10][fl. 771]

1521.此学院的一些特殊情况。

De alguns cazos particulares deste collegio.[fl. 791v.]

1527.海南差会。

Missão de Haynam.[fl. 806v.]

1530.多明各神甫闵明我就咨询中几点的感言。（1668 年 3 月 8 日）

Sentir do P.ᵉ Fr. Domingos de Navarrete sobre alguns pontos que se propuzerão na consulta que fizerão.[1668 Mar. 8][fl. 10]

1536.祭孔，孔庙。

Del culto del Confucio, y sus Templos.[fl. 38v.]

1537.祭祖。

Del culto de los muertos.[fl. 43v.]

1538.论曾祖父们（祖先们）的隆重敬拜（宗教崇拜）；

De cultu solemni Proavorum.[fl. 49]

1539.能够确信的部分中间有两点见于[1668 Abr. 9]或见以下所示

Dos de la parte assertiva son los [1668 Abr. 9]/seguientes.[fl. 58v.]

1549.玛讷萨尔达聂大使广州来函。（1688 年 11 月 7 日）

Carta de Cantão do Senhor Embaxador Manuel de Saldanha. [1688 Nov. 7][fl. 115]

1550.玛讷萨尔达聂大使另一函。（1668 年 5 月 19 日）

Outra Carta do mesmo Senhor Embaxador Manuel de Saldanha. [1668 Maio 19][fl. 115v.]

1551.玛讷萨尔达聂大使另一函。(1668 年 7 月 1 日)

Outra do mesmo Senhor Embayxador Manuel de Saldanha.[1668 Jul. 1][fl. 117]

1552.玛讷萨尔达聂大使另一函。(1668 年 10 月 17 日)

Outra Carta do mesmo Senhor Embayxador Manuel de Saldanha.[1668 Out. 17][fl. 117v]

1615ª.安文思(北京,1669 年 10 月 31 日)及利类思神甫致日本和中国省视察员神甫,以及中国和日本诸神甫函。

Carta de Gabriel de Magalhães [Pekim, 1669 Out. 31] e de Luís Buglio para os pp.visitador e provincial do Japão e da China, e pp.da China e Japão.[fl. 403—404v.]

1616.玛讷萨尔达聂大使致神甫马努艾尔·杜斯·雷斯函。无日期。Carta do Embaixador [Manoel de Saldanha pare o P.Manoel dos Reys.Sem data].[fl. 405]

1621.1642 年 4 月在浙江首府,差会的神父们所持的一份文件中几个观点的复制文本

Copia De algunos puntos de vna Consulta que tuvieron los RR.PP.de la Compania en la Metropoli de Che Kiam por el Abril del año 1642.[fl. 413v.]

1700.葡萄牙国王特使玛讷萨尔达聂前往京廷及觐见中国及鞑靼皇帝行程简记:自广州登岸日始。

Breve relação da jornada que fez a Corte de Pekim o Senhor Manoel de Saldanha Embaxador extraordinario del Rey de Portugal ao Emperador da China e Tartaria:começando do primeiro dia em que se embarcou em Cantão.[1670][fl. 715]

1705.安文思致视察员及副省长神甫,以及澳门和广州诸神甫函。1670 年 4 月 18、19 日。

Cartas do Padre Gabriel de Magalhaens Para os pp. Vizitador, V. provincial, e mais PP.de Macao, e de Cantão [18 e 19]de Abril de 1670.[fl. 744v.]

1706.西蒙·费雷拉神甫罗马来函。(2 月 15 日)

Carta Do Padre Simão Ferreira escritta de Roma. 1670.[Fev. 15].[fl. 747v.]

1707.广州住院及差会简记,1670 年。

Breve relaçam da Rezidencia, e Missão de Cantão do anno de 1670. [fl. 748v.]

1729.格莱高里奥·罗佩斯神甫致方济格神甫函。广州,1682 年 12 月 23 日。

Carta de Fr.Gregorio Lopez para o M.R.P.ᵉ Francisco Xavier Philippuchi. Canton y diciembre 23 de 1682.[fl. 31]

1738. 1683 年。主教卸任,会同诸神甫从马尼拉启程前往中国差会?。

Anno de 1683.Dispensação do Senhor Bispo Bazilitano com os P.ᵉˢ que vão de Manila para Missão da China.[1683 Set. 25][fl. 43]

1738a.新任主教格莱高里奥罗佩斯神甫致省长神甫方济格函。(1683 年 2 月 23 日)

Carta de Fr.Gregório Lopez,Bispo eleito Basilitano,para o P.ᵉ Provincial Francisco Xavier.[1683 Fev. 23][fl. 43v.—44]

1739.邢亚致省长神甫函。1683。

Carta de Xing hiá para o P.ᵉ Provincial. 1683.[fl. 45]

1740.格莱高里奥·罗佩斯神甫致省长神甫方济格函。广州,1683 年 1 月 18 日。

Carta de Fr.Gregorio Lopez para o P.ᵉ Provincial Francisco Xavier.Canton Henero 18 de 1683.[fl. 45]

1741.阿拉贡神甫致省长神甫函。(1683)

Carta de Fr.P.ᵉ de Alarcon para o P.ᵉ Provincial.[1683][fl. 45]

1742.格莱高里奥·罗佩斯神甫致省长神甫方济格函。(1683)

Carta de Fr.de Gregorio Lopez para o。P.ᵉ Provincial [1683.][fl. 45v.]

1743.格莱高里奥·罗佩斯神甫致省长神甫方济格函。广州,1683 年 1 月 26 日。

Carta de Fr.de Gregorio Lopez para o P.ᵉ Provincial Francisco Xavier Philipuchi.Canton y Henero 26 de 1683.[fl. 45v.]

1744.格莱高里奥·罗佩斯神甫致省长神甫方济格函。1683 年 2 月 4 日。

Carta de Fr.de Gregorio Lopez para o P.ᵉ Provincial Francisco Xavier Philipuchi.Cuy mi y febre. 4 de 1683.[fl. 46]

1745.格莱高里奥·罗佩斯神甫致日本省省长神甫方济格函。马尼拉,1683 年 9 月 20 日。

Carta de Fr. de Gregorio Lopez para o P.ᵉ Provincial de Japon Francisco Xabier Philipuchi. Manila y Setiembre a 20 de 1683.[fl. 46v.]

1746.格莱高里奥·罗佩斯神甫致省长神甫方济格函。1683 年 2 月 23 日。

Carta de Fr. de Gregorio Lopez para o P.ᵉ Provincial Francisco Xavier. Febrero 23 de 1683.[fl. 46v.]

1747.省长神甫方济格致主教格莱高里奥·罗佩斯神甫函。学院, 1683 年 2 月 23 日。

Carta do P.ᵉ Francisco Xavier Philipuchi para o Bispo D. Fr. Gregorio Lopes. Do Collegio da Madre de Deos aos 23 de Fevereiro de 1683.[fl. 47]

1751.新任主教格莱高里奥·罗佩斯神甫函。圣多明哥·德·巴利安修道院,马尼拉城外,1683 年 9 月 25 日。

Carta de Fr. Gregorio Lopez, Bispo eleito Basilitano. Convento de S. Domingo del Parian, extramuros de Manila 25 de Septiembro de 1683.[fl. 51]

1752.南怀仁致省长神甫函。北京,1683 年 5 月 5 日。

Carta de Ferdinando Verbiest para o P.ᵉ Provincial. Pekim 5 de Mayo de 1683.[fl. 51]

1775.格莱高里奥·罗佩斯神甫致方济格神甫函。浙江杭州,1685 年 10 月 6 日。

Carta de Fr. Gregorio Lopez para o P.ᵉ Francisco Xavier Filippuchi. Kan Cheu en Chè Kiang. Otbris 6 de 1685.[fl. 62v.]

1775a.总会长神父向 Ferdinand Verbiest("南怀仁")写的信的叙述; 1686 年 1 月 1 日;

Transumptum litterarum Patris Secretarij Generalis ad P.ᵉ Ferdinandum Verbiest. Roma, 1686 Jan. 1.[fl. 67—67v.]

1817.格莱高里奥·罗佩斯神甫致方济格神甫函。常州,1687 年 5 月 7 日。

Carta de Fr. Gregorio Lopes para o P.ᵉ Francisco Xaviery Philippuchi. Xam-Cheu Mayo 7 de 1687.[fl. 96]

1818.格莱高里奥·罗佩斯神甫致方济格神甫函。南京,1687 年

12月。

Carta de Fr.Gregorio Lopes para o P.ᵉ Francisco Xavier Philippuchi.Nankim Dezembre del 1687.［fl. 96v.］

1821.南怀仁致方济格神甫函。北京,1687年6月27日。

Carta de Ferdinando Verbiest para o Padre Francisco Xavier.Pekim aos 27 de Junho de 1687.［fl. 99］

1822.南怀仁致高级神甫函。北京,1687年1月28日。

Carta de Ferdinando Verbiest para o Padre Superior.Pekim aos 28 de Janeiro de 1687.［fl. 99v.］131.

1823.南怀仁致高级神甫函。北京,1687年4月26日。

Carta de Ferdinando Verbiest para o Padre Superior.Pekim aos 26 de Abril de 1687.［fl. 100v.］132.

1824.南怀仁致高级神甫函。北京,1687年9月24日。

Carta de Ferdinando Verbiest para o Padre Superior. Pekim aos 24 de Setembro de 1687.［fl. 100v.］

1826.徐日昇致视察员神甫函。北京,1688年2月24日。

Carta de Thomas Pereyra para o Padre Vizitador.Pekim 24 de Fevereiro de 1688.［fl. 105v.］

1827.徐日昇致高级神甫函。北京,1688年2月21日。

Carta do Padre Thomas Pereira para o Padre Superior.Pekim 21 de Fevereiro de 1688.［fl. 106］

1828.徐日昇致狄若瑟神甫函。北京,1688年12月1日。

Carta de Thomas Pereira para o P.ᵉ Jozeph Tissanier.Pekim I de Dezembro de 1688.［fl. 106v.］

1829.徐日昇致视察员神甫函。北京,1688年12月12日。

Carta de Thomas Pereira para o p.ᵉ Vizitador.Pekim 12 de Dezembro de 1688.［fl. 107］

1830.徐日昇致视察员神甫函。北京,1688年1月12日。

Carta de Thomas Pereira Para o Padre Vizitador.Pekim 12 de Janeiro de 1688.［fl. 107v.］

1831.徐日昇致视察员神甫函。北京,1688年2月8日。

Carta de Thomas Pereira para o Padre Vizitador.Pekim,8 de Fevereyro de

1688.[fl. 108v.]

  1832.徐日昇致视察员神甫函。北京,1688 年 4 月 10 日。

  Carta de Thomas Pereira Para o P.ᵉ Vizitador.Pekim 10 de Abril de 1688.[fl. 109]

  1833.徐日昇致视察员神甫函。北京,1688 年 5 月 7 日。

  Carta de Thomas Pereira Para o P.ᵉ Vizitador.Pekim 7 de Mayo de 1688.[fl. 109v]

  1834.徐日昇致高级神甫函。北京,1688 年 2 月 11 日。

  Carta de Thomas Pereira para o P.ᵉ Superior.Pekim 11 de Fevereyro de 1688.[fl. 111v]

  1835.徐日昇致视察员神甫函。北京,1688 年 2 月 27 日。

  Carta de Thomas Pereira para o P.ᵉ Vizitador.Pekim 27 de Fevereyro de 1688.[fl. 112]

  1836.徐日昇函。北京,1688 年 11 月 6 日。

  Carta de Thomas Pereira.Pekim 6 de Novembro de 1688.[fl. 112v.]

  1837.徐日昇函。北京,1688 年 11 月 16 日。

  Carta de Thomas Pereira.Pekim 16 Novembris 1688.[fl. 113]

  1838.徐日昇函。北京,1688 年 1 月 22 日。

  Carta de Thomas Pereira.Pekim 22 de Janeyro de 1688.[fl. 113v.]

  1839.徐日昇致视察员神甫函。北京,1688 年 5 月 26 日。

  Carta de Thomas Pereira Para o P.ᵉ Vizitador.Pekim 26 de Mayo de 1688.[fl. 114v.]

  1843.毕嘉致视察员神甫函。南京,1688 年 10 月 4 日。

  Carta de João Domingos Gabiani para o P.ᵉ Vizitador.De Kiam Nim 4 de Outubro de 1688.[fl. 127]

  1848.方济格致徐日升神甫函。广州,1688 年 5 月 9 日。

  Carta de Francisco Xavier Filippuchi Para o P.ᵉ Thomas Pereyra.Quàm cheu aos 9 de Mayo de Mayo de 1688.[fl. 130]

  1849.方济格致徐日升神甫函。广州,1688 年 3 月 1 日。

  Carta de Francisco Xavier Fillipuchi para o P.ᵉ Antonio Thomas.Quamcheu ao 1. de Março de 1688.[fl. 131]

  1850.方济格尔致南怀仁神甫函。广州,1688 年 3 月 5 日。

第八章 中国知识西传

Carta de Francisco Xavier Filippuchi para o P.ᵉ Ferdinando Verbiest. Quam cheu aos 5 de Março de 1688.[fl. 132]

1851……致徐日昇院长神甫及安多神甫函。广州,1688年5月21日。

Carta de…para o P.ᵉ Thomas Pereira Reytor, e P.ᵉ Antonio Thomas. Quam cheu aos 21 de Mayo de 1688.[fl. 132v.]

1862.主教致方达内神甫一封信的(treslado),内容为不强迫五位神甫就执掌圣礼进行宣誓,此信1688年2月22日写于(Kiāo Nim),方达内神甫将其寄送上级神甫方济格。

Treslado de Huma carta do Senhor Bispo Basilitano ao P.ᵉ Fontaney sobre o não obrigar aos 5 PP a fazer o juramento com a licença de Administrar Sacramentos, o qual treslado mandou o P.ᵉ Fontaney ao P.ᵉ Superior Filipuchi, esecrita em Kiāo Nim em 22 de Fevereiro [1688][fl. 147]

1863.主教神甫免除诸神甫进行执掌宣誓。1688年2月29日。

Dispensação do Senhor Bispo Basiltano para os PP.ᵉ Administrarem sem juramento 29 de Fevereiro de 88.[fl. 157v.]

1864.寄给北京学院诸神甫及访问神甫方济格的戒律及指令。1688年3月。

Preceito, e ordens que mandou aos PP do Collegio de Pekim e P.ᵉ Vizitador Francisco Xavier Filippuchi em Março de 1688,[fl. 148]

1891.视察员方济格神甫致主教函,1688年5月10日。

Carta do P.ᵉ Vizitador Filippuchi de dez de Mayo ao Senhor Bispo Basilitano. 1688.[fl. 175]

1895.视察员神甫致陆若瑟神甫函,奥古斯第尼德圣巴斯克尔神甫回函。1688年5月20日。

Carta do P.ᵉ Vizitador ao P.ᵉ Jozeph Raymundo a qual se responde o P.ᵉ Fr. Agostinho de S. Pascoal de 20 de Mayo de 1688.[fl. 177]

1901.视察员神甫方济格致主教函,1688年5月26日。

Cata do P.ᵉ Vizitador Filippuchi ao Senhor Bispo Basilitano de 26 de Mayo de 88.[fl. 180]

1938.视察员神甫方济格致主教函,1688年9月3日。

Carta do P.ᵉ Vizitador Filippuchi ao Senhor Bispo Basilitano de 3 de

Setembro de 1688.［fl. 218］

1944.视察员神甫方济格致主教函,1688 年 9 月 17 日。

Carta do P.ᵉ Vizitador Filippuchi ao Senhor Bispo Basilitano de 17 de Setembro de 1688.［fl. 225］

1960.视察员神甫方济格致主教函,1688 年 10 月 27 日。

Carta de P.ᵉ Vizitador Filippuchi ao Senhor Bispo Basilitano de 27 de Outubro.［1688］［fl. 239］

1961.同一位视察员神甫致上述主教同伴及(Provicario)神甫若望弗兰西斯科的另一封信。1688 年 10 月 27 日。

Outra do mesmo P.ᵉ Vizitador ao Companheiro do dito Senhor Basilitano e P.ᵉ Provicario Fr.João Francisco de 27 de Outubro de 1688.［fl. 240］

1962.出于明确需要及明显用途而在南京进行的一次房地产置换,1688 年,由副省长神甫殷铎泽批准,南京学院院长毕嘉神甫经手。(1690 年 10 月 30 日)

Historia de huma Permutação de bens de raiz feita em Nankim com preciza necessidade e evidente utilidade no ano de 1688 com licença do P.ᵉ V. Provincial prospero Intorcetta por mão do P.ᵉ João Domingos Gabianni Reytor do Collegio Desta Metropoli.［1690 Out. 30］［fl. 240v.］

1986.视察员神甫方济格致主教函,1688 年 10 月 31 日。

Carta do P.ᵉ Vizitador ao Senhor Bispo Basilitano de 31 de Dezembro de 88.［fl. 267v.］

2000.主教神甫所授予的五位法国神甫执掌圣礼的权限。1688 年 2 月 29 日。

Faculdades do Senhor Bispo Basilitano concedidas aos sinco pp.ᵉ Francezes para administrar os Sacramentos a 29 de Fevereiro de 1688.［fl. 12］

2003.主教神甫 1688 年 4 月 2 日于广州致视察员神甫方济格函之抄件。

Copia da carta do Senhor Bispo Basilitano escrita em Quantum ao P.ᵉᵛizitador Francisco Xavier Filippuchi em 2 de Abril de 88.［fl. 15v.］

2021.洪若翰神甫致在华主教助理神甫阁下函之。(1688 年 6 月 10 日)

Treslado da carta do P.ᵉ Joam de Fontaney ao llustrissimo Senhor Bispo

Basilitano Vigario Apostolico na China. [ 1688Jun. 10 ] [ fl. 41 ]

2025.视察员神甫致徐日昇神甫函之抄件,1688 年 6 月 11 日。

Copia da carta do P.ᵉ Vizitador ao P.ᵉ Thomas Pereira em 11 de Junho de 88. [ fl. 47 ]

2026.尊贵的主教神甫阁下致视察员神甫方济格之抄件,1688 年 6 月 12 日。

Copia da carta do Jllustrissimo e Reverendissimo Senhor Basilitano, ao P.ᵉ Vizitador Francisco Xavier Filippuchi em 12 de Junho de 1688. [ fl. 49v. ]

2027.洪若翰神甫致在华主教助理神甫阁下函之。(1688 年 6 月 10 日)

Treslado da carta do P.ᵉ Joam de Fontaney ao Jllustrissimo Senhor Bispo Basilitano Vigario Apostolico na China. [ 1688 Jun. 10 ] [ fl. 52 ]

2028.在华主教助理神甫阁下致洪若翰神甫回函之。(1688 年 6 月 12 日)

Treslado da resposta do Jllustrissimo Senhor Bispo Basilitano Vigario Apostolico na China ao P.ᵉ João de Fontaney. [ 1688 Jun. 12 ] [ fl. 53v. ]

2047.主教神甫致视察员神甫方济格函抄件,1688 年 7 月 24 日。

Copia da carta do Senhor Bispo Basilitano ao P.ᵉ Vizitador Filippuchi de 24 de Julho de 88. [ fl. 83v. ]

2052.主教神甫于上述同年同月 7 日致同一位视察员神甫函之抄件。

Copia da que escreveo o Senhor Bispo Basilitano em sete do mesmo mes e ano assimaao mesmo P.ᵉ Vizitador. [ fl. 89 ]

2064.主教神甫致视察员神甫函抄件,1688 年 10 月 5 日。

Copia da carta do Senhor Bispo Basilitano de 5 de Outubro ao P.ᵉ Vizitador. [ 1688 ] [ fl. 108 ]

2067.主教神甫致视察员神甫函,1688 年 11 月 7 日。

Carta do Senhor Bispo Basilitano ao P.ᵉ Visitador de 7 de Novembro de 1688. [ fl. 110v. ]

2069.主教神甫致北京院长徐日昇神甫函之,以备中国及日本视察员神甫查询通报。1688 年 11 月 20 日。

Treslado fidelissimo da carta do Senhor Basilitano para se communicar na Consulta do P.ᵉ Vizitador de Japão e China ao P.ᵉ Thomas Pereira Reitor de Pekim aos 20 de Novembro de 88.[fl. 113]

2072.主教神甫于11月29日致视察员神甫方济格函抄件,1688年。

Copia da que o Senhor Bispo Basilitano escreveo em 29 de Novembro ao P.ᵉ Vizitador Filippuchi.[1688][fl. 122]

2082.柏应理函。马德里,1689年6月22日。

Carta de phelippus Coupler.Madriti 22 Junij 1689.[fl. 146]

2087.主教神甫致视察员神甫函,1689年1月5日。

Carta do Senhor Bispo Basilitano ao P.ᵉ Vizitador de 5 de Janeyro de 1689.[fl. 157]

2091.主教神甫致视察员神甫函,1689年1月11日。

Carta do Senhor Basilitano ao P.ᵉ Vizitador de 11 de Janeyro de 1689.[fl. 160v.]

Carta do P.ᵉ V.Provincial Intorcetta aos P.P.C.C.Consultores da V.Provincia sobre receber na Companbia ô-su-mê, escrita em 7de Março de 1689.[fl. 190]

2126.主教神甫致视察员方济格神甫函,1689年3月25日。

Carta do Senhor Bispo Basilitano ao P.ᵉ Vizitador Filippucbi de 25 de Março de 1689.[fl. 204]

2170.主教神甫致视察员方济格神甫函,1689年8月11日。

Carta do Senhor Bipo Basilitano ao p.ᵉ Vizitador Filippuchi de 11 de Agosto de 1689.[fl. 257]

2172.主教神甫致视察员方济格神甫函,1689年8月18日。

Carta do Senhor Bispo Basilitano ao P.ᵉ Vizitador Filippuchi de 18 de Agosto de 1689.[fl. 259]

2209.徐日昇神甫同年致视察员方济格神甫若干信函之,1690年1月10日。

Treslado de Cartas do mesmo anno de 1690.Do P.ᵉ Thomas Pereyra ao:P.ᵉ Vizitador Filippuchi de 10 de Janeiro do dito anno.[fl.ll]

2210.若望·弗兰西斯科·德·里奥尼萨神甫于1月8日致徐日升院长神甫一封信函之,并由该院长神甫转寄视察员方济格神甫。1689年。

Treslado de huma carta do P.ᵉ Fr.Joam Francisco de Lionessa escrita aos 8 de Janeyro ao P.ᵉ Reitor Thomas Pereira, que o mesmo P.ᵉ Reitor remeteo ao

P.ᵉ Vizitador Filippuchi.[1689][fl. 11v.]

2212.同一位徐日昇神甫致视察员方济格神甫的另一封信函,1690年1月22日。

Outra do mesmo P.ᵉ Thomas Pereira de 22 de Janeiro do mesmo anno de 90 ao P.ᵉ Vizitador Filippuchi.[fl. 12v.]

2213.同一位徐日昇神甫致视察员方济格神甫的另一封信函,1690年2月9日。

Outra do mesno P.ᵉ Thomas Pereira ao mesmo P.ᵉ Vizitador de 9 de Fevereiro do mesmo anno de 690.[fl. 14v.]

2214.同一位徐日昇神甫于同一日致视察员神甫的另一封信函,1690年2月9日。

Ourta do mesno P.ᵉ Thomas Pereira ao P.ᵉ Vizitador escrita no mesmo dia de 9 de Fevereiro de 690.[fl. 15]

2215.同一位徐日昇神甫于上述年份,1690年3月17日,致视察员方济格神甫的另一封信函。

Outra do mesmo de 17 de Março do anno assima de 90,ao mesmo Padre Vizitador.[fl. 15v.]

2216.同一位徐日昇神甫致视察员方济格神甫的另一封信函,1690年3月30日。

Outra Carta do mesmo P.ᵉ Pereira ao mesmo P.ᵉ Vizitador de 30 de Março do mesmo anno de 90.[fl. 16v.]

2217.同一位徐日昇神甫致视察员方济格神甫的另一封信函,1690年4月19日。

Outra carta do mesmo P.ᵉ Pereira ao P.ᵉ Vizitador Filippuchi de 19 de Abril do anno de 690.[fl. 17]

2218.徐日昇神甫致视察员方济格神甫函,1690年5月25日。

Carta do P.ᵉ Thomas Pereira ao P.ᵉ Vizitador Filippuchi de 25 de Mayo de 690.[fl. 18]

2219.徐日昇神甫致视察员方济格神甫的另一封信函,1690年6月3日。

Outra do P.ᵉ Pereira ao P.e Vizitador Filippuchi de 3 de Junho do mesmo anno de 690.[fl. 21]

2220.同一位神甫致视察员神甫的另一封信函,1690 年 6 月 21 日。

Outra carta do mesmo P.ᵉ ao P.ᵉ Vizitador de 21 de Junho do mesmo anno de 690.[ fl. 22]

2222.同一位徐日昇神甫致视察员方济格神甫函,1690 年 7 月 5 日。

Carta do mesmo P.ᵉ Thomas Pereira ao P.ᵉ Vizitador Filippucbi de 5 de Julho de do mesmo anno asima 90.[ fl. 24]

2223.同一位徐日昇神甫致视察员方济格神甫的另一封信函,1690 年 7 月 7 日。

Outra do mesmo P.ᵉ ao P.ᵉ Vizitador Filippuchi de 7 de Julho de 90. [ fl. 26]

2224.神甫致同一位视察员神甫的另一封信函,1690 年 7 月 14 日。

Outra carta do P.ᵉ Pereira ao mesmo P.ᵉ Vizitador de 14 de Julho do mesmo anno de 90.[ fl. 28]

2225.同一位神甫致同一位视察员神甫的信函,1690 年 6 月 12 日。

Carta do mesmo P.ᵉ ao mesmo P.ᵉ Vizitador de 12 de Junho de 690. [ fl. 30v.]

2226 金弥格神甫致视察员方济格神甫的另一封信函,( auzente ao ) 1690 年 7 月 15 日。

Outra do P.ᵉ Pereira ao P.ᵉ Vizitador Filippuchi auzente ao P.ᵉ Miguel de Amaral de 15 de Julho do anno de 90.[ fl. 31]

2229 金弥格.神甫致视察员方济格神甫的信函,( auzente ao 金弥格?) 1690 年 7 月 25 日。

Carta do P.ᵉ Pereyra de 25 de Julho de 690 ao P.ᵉ Vizitador Filippuchi auzente ao P.ᵉ Miguel De Amaral.[ fl. 40]

2237.同一位徐日昇神甫致视察员方济格神甫函,1690 年 9 月 20 日。

Carta do mesmo P.ᵉ Thomas Pereira ao P.e Vizitador Filippuchi de 20 de Setembro de 1690.[ fl. 56v.]

2238.同一位神甫致同一位视察员神甫的另一封信函,1690 年 10 月 12 日。

Outra do mesmo P.ᵉ ao mesmo P.ᵉ Vizitador de 12 de Outubro de 90. [ fl. 57]

2239.同一位金弥格神甫,于 1690 年 10 月 12 日同日,致同一位视察员神甫的另一封信函。

Outra do mesmo P.ᵉ ao mesmo P.ᵉ Vizitador auzente ao P.ᵉ Miguel de Amaral do mesmo dia de 12 de Outubro, e año de 90. [fl. 57v.]

2240. 同一位徐日昇神甫致杜加禄神甫函，1690年10月13日。

Carta do mesmo P.ᵉ Pereira ao P.ᵉ Carlos Turcotti de 13 de Outubro de 90. [fl. 60]

2241. 同一位神甫致视察员神甫的另一封信函，1690年10月14日。

Outra do mesmo P.ᵉ ao P.ᵉ Vizitador de 14 de Outubro de 90. [fl. 62v.]

2242 徐日昇神甫致同一位视察员金弥格神甫的另一封信函，(auzente ao) 1690年10月29日。

Outra carta do P.ᵉ Pereira ao mesmo P.ᵉ Vizitador com auzencia ao P.ᵉ Miguel de Amaral, ou ao P.ᵉ Thomè Vaz feita aos 29 de Outubro de 690. [fl. 65]

2243. 同一位神甫于1690年11月3日致同一位视察员神甫函。

Carta do mesmo P.ᵉ de 3 de Novembro de 90 ao mesmo P. Vizitador. [fl. 67v.]

2247. 同一位徐日昇神甫致视察员神甫方济格函，1690年11月。

Carta do mesmo P.ᵉ Pereia de Novembro de 690, ao P.ᵉ Vizitador Fililppuchi [fl. 72].

2605. 主教神甫致视察员方济格神甫函，1690年3月27日。

Carta do Senhor Bispo Basilitano ao P.ᵉ Vizitador Filippuchi de 27 de Março de 1690. [fl. 298]

2612. 就洪若翰神甫前往广州事宜，主教神甫致视察员神甫函，1690年5月13日。

Carta do Senhor Bispo Basilitano ao P.ᵉ Vizitador sobre a vinda a Cantão dos P.P. Fontaney, e Le Comte escrita aos 13 de Mayo de 690. [fl. 303]

2614. 主教神甫致视察员方济格神甫函，1690年5月15日。

Carta do Senhor Bispo Basilitano ao P.ᵉ Vizitador Filippuchi de 15 de Mayo de 1690. [fl. 305v.]

2618. 主教神甫致视察员神甫方济格函，1690年6月28日。

Carta do Senhor Bispo Basilitano ao P.ᵉ Vizitador Filippuchi de 28 de Junho de 1690. [fl. 309v.]

2626. 主教神甫致视察员神甫方济格函,1690 年 8 月 7 日。

Carta do Senhor Bispo Basilitano ao P.ᵉ Vizitador Filippuchi de 7 de Agosto de 90.［fl. 316］

2635. 主教神甫致视察员神甫方济格函,1690 年 9 月 18 日。

Carta do Senhor Bispo Basilitano ao P.ᵉ Vizitador Filippuchi de 18 de Setembro de 690.［fl. 322v.］

2643. 主教神甫致视察员神甫方济格函,1690 年 6 月 11 日。

Carta do Senhor Bispo Basilitano ao P.ᵉ Vizitador Filippuchi de 11 de Junho de 690.［fl. 330］

2679. 范·保罗·帕涅斯神甫致观察员张方济神甫信函之抄本,pu chin 1691 年 7 月 10 日,并由穆若瑟神甫信实地将其从中文译成葡文。

Transunto da Carta do Padre Vañ Paulo Banhes Para o Padre Visitador Francisco Nogueira escrita de pu chin em 10 de Julho de 1691 e vertida fielmente Pello Padre Joze Monteiro da lingua China em Portuguez.［fl. 376］

2689. 亚得里阿诺·格里龙神甫致日本和中国视察员张方济神甫信函,内容有关济南教堂,致范·保罗和儒里昂弟兄。

Carta do Padre Adriano Grilon dos 20 de Agosto de 1691 para Francisco Nogueira Visitador de Japão e China sobre a Jgreia de Kit Ngan Pare Van Paulo e Irmão Julião.［fl. 387v.］

Matolotagem que se hade dar aos P.ᵉˢ Das sobreditas trez Missoens athe Cantão indo em barca.［1661 Ago. 18］［fl. 32V.］

2764. 教友伊那西奥·库埃略留给澳门学院的省教区记录,以管理房地产,以及该学院于 1646 年 8 月 12 日将土地(chão)出售予迪奥哥瓦兹帕瓦罗的记录。

Assentos da Provincia que deixou o Irmão Ignacio Coelho ao Collegio de Macao para se empregarem bens de Raiz, e do procedido de chão que o Collegio vendeo a Diogo Vaz Bavaro aos 12 de Agosto de 1646.［fl. 34v.］

2082. 柏应理函。马德里,1689 年 6 月 22 日。

Despeza da prata da Receita dos dous mil pardaos que o Irmão Ignacio Coelho deixou ao Collegio de Macao para comprar bens de rais, e da prata procedida do chão do dito Collegio que comprou Diogo Vaz Bavaro. 1646.［fl. 35］

2771. 澳门学院来自日本省教区的传教士;该省从 1616 年 8 月 31 日至

1639年8月31日供养这些传教士；澳门学院每年的人数及上述省教区对此的花费，如本书所述，香烛钱不记在内。

Religiozos que estiverão neste Collegio de Macao Pertencentes a provincia de Japão que ella sustentou desde os 31 de Agosto de 1616 athe 31 de Agosto de 1639 vay o numero dos sogeitos que tinha cada anno neste Collegio e quanto gastava a dita Provincia com elles não falando na cera que era conta aparte como está declarado neste livro as fl.[fl. 43]

2778.自沙勿略起所有入华神父的名单

Lista de los Nombres de los PP. que an entrado en la China desde S. Francisco Xavier.[1552——1688][fl. 62v]

2779.关于道明会

De la Sagrada Orden de Predicadores.[1635——1681][fl. 64v.]

2780.关于圣方济各会

De la Sagrada Orden de S. Francisco.[1633——1681][fl. 65]

2781.关于圣奥古斯定会

De la Sagrada Orden de S. Augñ.[1681——1683][fl. 65]

2782.神职人员。1684年。

Clerigos.[1684][fl. 65v.]

2783.第五章。日本诸神甫的准则，及随后的命令

Cap. 5.º do principio dos Bispos de Jappam, e da ordem por que forão succedendo.[fl. 67]

2787.澳门神甫。

Bispos de Macau.[fl. 70v]

2792.澳门学院不动产清单。

Titolo dos bens de raiz deste Collegio de Macao.[fl. 72]

2796.海南教会初始。第八章。

Cap. 8.do principio da Missão da Ilha deHaynão.[fl. 79]

2799.海南教会初始。第十一章。

Cap. 11.º do principio da Missão de Cantão.[fl. 83]

2801.澳门学院主要施善者名录。

Titolo dos benfeitores principaes deste Collegio de Macao.[fl. 85]

2805.澳门学院次要施善者名录。

Titulos dos benfeitores menos principaes deste Collegio de Macao.[fl. 92]

2809. 中国教会施善者名录。

Titolo dos benfeitores da Missão da China.[fl. 101v.]

2810. 中国教会收入及不动产清单。

Titolo da renda e bens de raiz da Missao da China.[fl. 103]

2817. 1725 年葡萄牙国王若望五世派遣一名使者觐见中国皇帝,大使名为亚历山大·米特罗·德·门得斯·索萨,于 1726 年 6 月 10 日乘坐一艘载有 54 门大炮的葡船只抵达澳门,下列神甫同行。

No anno de 1725 mandou El Rey de Portugal D.Joao 5.L hum Embaxador ao IImperador China mas foi envernar ao Rio de Janeyro.O Embaxador era Alexandre metello de Menezes, e Souza.Chegou a Macao aos 10 de Junho do anno de 1726 em huma Nao de El Rey de 54 peças de Artilhatia vierão com elle Os P.<sup>es</sup> Seguintes.[fl. 117]

[fl. 117v.,in fine]:[assin.]João Alvares

2818. 简述广州传教士被逐往澳门一事,其缘由及后果。(1732 年 12 月 8 日)

Breve noticia dos desterro de Missionarios que estavão em Cantão para a Cidade de Macao sua cauza, e effeitos que se seguirão.[1732Dez. 8][fl. 118v.]

[fl. 120,in fine]:[assin.]João Alvares

2821. 亚洲尽头。信仰传入:耶稣会的神甫们传播上帝之法则于斯。第六卷第一部分。致尊敬的吾王若望四世陛下。著者:耶稣会士何大华神甫,于中国,1644 年。

Asia extrema Entra nella a fé:promulga-se a Ley de Deos pelos Padres da Companhia de JESUS.Primeira parte livro seis.Dirigida á Magestade do Serenissimo Rey D.João 4. nosso Senhor.Autor o Padre Antonio Gouvea da Companhia de JESUS na China dentro.Ano de 1644.[fl.a]

2822. 第一部分。致副省长利玛弟神甫。

2823. 第一阶段之中文词汇解释。

Explicação das palavras Sinicas que estavam nesta primeira parte.[fl.II]

2824. 献辞。吾王若望四世陛下。(1644 年 4 月 10 日)

Dedicatória. A Magestade del Rey D. João 4. V Nosso Senhor. [1644 Abr. 10][fl.VI]

2825. 致读者。
Prologo ao leitor.[fl.VII]

2826. 图书目录，及第一部分章回。
Indece dos Livros, e Capitulos da primeira parte.[fl,IX]

2827. 亚洲尽头。第一卷。卷首：远古时期。名称：中华帝国。
Asia extrema.Livro 1.P Principio：Antiguidade：Nome,di Imperio Sinico.[fl. 1]

2828. 第一章。Capitulo 1.[fl. 1]

2829. 中国被称为"大契丹"。被证明是世上独一无二的国度。第二章。Chama-se a China grão Cathayo.Prova-se não aver outro no mundo. Capitulo 2.[fl. 5]

2830. 宏伟；划分：中华帝国之地域。关于其省的简短描述。第三章。Grandeza：divisam：Sitio do Imperio Sinico.Breve discripção de sua Provincia. Capitulo 3.[fl. 8]

2831. 中国四千多年之王朝和皇帝。第四章。
Reynados, e Emperadores da China por mais de 4.mil años.Capitulo 4.[fl. 15]

2832. 继续有关五位皇帝的内容。第五章。
Continua a mesma materia por sinco Enperadores.Capitulo 5.[fl. 18]

2833. 第一个朝代"夏"的君主。第六章。
Emperadores do primeiro Reynado chamado Hiá.Capitulo 6.[fl. 22]

2834. 第二个朝代"商"的君主。第七章。
Emperadores do segundo Reynado chamado Xam.Capitulo 7.[fl. 26]

2835. 第三个朝代"周"。第八章。
Do terceyro Reynado chamado Cheu.Capitulo 8.[fl. 31]

2836. 政府及文功武治的政治管理。第九章。
Governo e administraçam politica por letras, e armas.Capitulo　9.[fl. 37]

2837. 官员的标志；有错必罚；官府里的时间；对外国人？的严苛。第十章。
Insignias dos Mandarins：Castigo por culpas：tempo no governo：rigor contra estranhos.Capitulo10.[fl. 43]

2838. 考试，及中国科技水平。第十一章。

Exames, e graos nas Sciencias Sinicas. Capitulo 11. [fl. 47]

2839. 机械技术；启火漆封，绘画及制造墨。第十二章。

Artes mecanicas; não o são abrir sinetes; pintar; e fazer tinta. Capitulo 12. [fl. 56]

2840. 中国内部的政治礼仪，及皇室礼仪。第十三章。

Cortesias politicas dos Chinas en si, e par com seu Emperador. Capitulo 13. [fl. 60]

2842. 婚礼，年。每个人的诞生；喜剧与。第十五章。

Ceremonias nos casamentos, anno. Nascimento de cada hum; comedias, e iogos. Capitulo 15. [fl. 73]

2843. 风俗，迷信，弊端及不平之事。第十六章。

Costumes, superstições, aabusos, e aggravos. Capitulo 16. [fl. 78]

2844. 中国最著名之宗派，其创始者和领袖。第十七章。

Seytas mais celebres na China de seus Autores e Ministros. Capitulo 17. [fl. 85]

2845. 第三个宗派，比另外两个更加(periudicial)？。第十八章。Da terceita Seyta mais periudicial, que as duas referidas. Capitulo 18. [fl. 93]

2846. 富饶的中国：物产丰富，民众热情。第九章。

A China fertil, e abundante de tudo o que se deseia para a vida humana: calidades de seus habitadores. Capitulo 19. [fl. 98]

2847. 从中心花园采撷的百花中的一朵。第二十章。

Flores escolhida entre muytas, que ha no iardim do meyo. Capitulo 20. [fl. 106]

2848. 亚洲尽头。耶稣会的神甫们传播圣经之福音于斯地。第二卷。

Asia extrema. Entre nella a fé: primulgase a Ley de Deos, pelos Padres da Companhia de JESVS. Livro 2. [fl. 115]

2849. 信仰何时进入中国，及福音何时开始传播。第一章。

Em que tempo entrou a fé na China, e se promulgou nella a Ley Evangelica. Capitulo 1. [fl. 116]

2851. 耶稣会诸神甫始入中国。第三章。

Emprendem os P. es da Companhia de JESUS na entrada na China. Capitulo 3. [fl. 129]

## 第八章 中国知识西传

2852.访问范礼安神甫日本归来,热忱创业。第四章。

Volta de Jappão o Padre Visitador Alexandre,[Valignani]dá calor a empresa começada.Capitulo 4.[fl. 134]

2853.广东肇庆市首家住院和第五章。

Primeyra Residencia e casa na Cidade de Xao Ki'm na Provincia de Qua'm Tum.Capitulo 5.[fl. 139]

2854.《圣经》的先声,及耶稣会神甫为中国人所传播的信仰之光。第六章。

Primeira noticia da Ley de Deos e resplandores da fe que os Chinas tiverão pelos P.es da Companhia.Capitulo 6.[fl. 143]

2855.对数学的好奇使得诸神甫在肇庆逗留期延长,弗兰西斯科·卡布拉尔神甫前去拜访。第七章。

Com algumas curiosidades Mathematicas se estabelece mais a estada dos Padres em Xão Kim,Entra o Padre Francisco Cabral a visitalos.Capitulo 7.[fl. 149]

2856.初涉浙江、广西两省:结果及成功之处。第八章。

Primeira entrada nas Provincias Ché Kiam, e Quam Si:que effeito teve, e que sucesso.Capitulo 8.[fl. 153]

2857.同时,欧洲神甫进入中国,孟三德神甫从那里撤出;留下的处境艰难。第九章。

Entre tanto, que se devulga em Europa a entrada dos Pes. na China, sae della o P.es Sande; vense em aperto os que ficam, Capitulo 9.[fl. 157]

2858.罗明坚神甫前往罗马。仍旧流言四起。肇庆的工作。第十章。

Parte para Roma o Padre Miguel Rogerio. Continuão as calunias, e trabalhos em Xão Ki.Capitulo 10.[fl. 163]

2859.一个新总督的贪婪使得肇庆诸神甫被逐。第十一章。

Por cubiça de hum novo Tú Táô, sam desterrados os Padres de Xão Ki'm. Capitulo 11.[fl. 167]

2860.广东省韶州住院和新教堂,第一项工作。第十二章。

Residencia e nova Casa na Cidade Xão cheu na Provincia de Quám Tum, Capitulo o Primeiro trabalho.Capitulo 12.[fl. 172]

2861.韶州事宜取得进展,在一位贵族士人帮助下,第一项工作(socegase)第十三章。

Primovemse as cousas de Xaô Cheu, com a amisade de hum Nobre Letrado socegase o primeiro trabalho. Capitulo 13.[fl. 178]

2862.麦安东神甫于韶州辞世,石方西神甫继任。第十四章。

Morre em Xaô Cheu o Padre Antonio de Almeyda, entra em seu lugar o Padre Francisco de Petris. Capitulo 14.[fl. 181]

2863.韶州新基督徒充满热情。强盗持械闯入教堂;洗劫神甫及仆佣;及后续之事。第十五章。

Fervor nos novos Christãos de Xaô Cheu. Entra com armas os ladroens a casa; roubam, e forem Padre, e Moços; do fim que teve este sucesso. Capitulo 15.[fl. 186]

2864.郭居静神甫重新进驻。中国士人神甫。利玛窦神甫乘船往南京。第十五章。

Entra de novo o Padre Lazaro Catanso. Vestense os Padres de Letrados Chinas. Navegam o Padre Ricio a Nan Kim. Capitulo. 15.[16.].[fl. 191]

2865.亚洲尽头。信仰传入:耶稣会的神甫们传播圣经之福音于斯。第三卷。Asia extrema. Entra nella a fé: promulgase a Ley de Deos pelos P.es da Companhia de JESUS. Livro terceiro.[fl. 201]

2866.江西省首府南昌住院。第一章。

Residencia na Cidade de Nan cham Metropoli da Provincia Kiam Si. Capitulo 1.[fl. 186]

2867.苏若望神甫会同弗兰西斯科教友抵达首府南昌。韶州麻烦不断。第二章。

Chegão a Metropoli Nan cham o Padre Sueiro, e Irmão Francisco Martins; em Xaô Cheu continuão molestias. Capitulo 2.[fl. 206]

2869.利玛窦、郭居静神甫进入北京宫廷;无功而返。第四章。

Entrão na Corte de Pekim os Padres Ricio, Cataneo; sem socesso tornão a voltar pera. Capitulo 4.[fl. 216]

2870.南方宫廷——南京住院。该城一些奇闻逸事。第五章。

Residencia em Nan Kim Corte do Sul. Tocamse algumas curiosidades desta Cidade. Capitulo 5.[fl. 221]

2871.利玛窦神甫同一位佛教方丈争辩,轻松取胜。第六章。

Disputa o padre Matheus Ricio com hum Bomzo Ministro da Seyta dos pagodes com facilidade o vence.Capitulo 6.[fl. 227]

2872.神甫们重回北方宫廷。开始南方宫廷传播圣经。第六章。

Tornam os Padres e emprender a entrada na Corte do Norte.Começasse a devulgar a Ley de Deos na do Sul.Capitulo 6.[fl. 232]

2873.一个宦官的贪婪独断使诸神甫陷入性命之忧。第八章。

Vense os Padres em grande perigo da vida, por cubiça e tirania de hum Eunuco.Capitulo 8.[fl. 237]

2874.神甫们应皇帝之命进宫。晋献礼品大获成功。第九章。

Entrarão os Padres na Corte por ordem, e mando do Emperador.Offerecem seu presente com grande succeso.Capitulo 9.[fl. 243]

2875.礼仪官于四夷馆接见诸神甫,命其离开宫廷。第十章。

O Presidente dos Rittos recolhe os Padres no Paço dos Embaxadores, trata de os mandar fora da Corte.Capitulo 10 [fl. 247]

2876.教派间的矛盾使得宫中诸神甫境地岌岌可危。第十一章。

Por contraversias de seytas, vemse os Padres em grande perigo na Corte. Capitulo 11.[fl. 253]

2877.韶州住院信徒人数增加。第十二章。

Na Residencia na Cidade de Xaô Cheu vai a Christandade em augmento. Capitulo 12.[fl. 258]

2878.韶州异教徒对《圣经》疑窦丛生;布道者如何将其说服。第十三章。

Inquietaçoens dos gentios de Xaô cheu contra a Ley de Deos, e seus Pregadores como por fim se sossegaram.Capitulo. 13.[fl. 263]

2880.亚洲尽头。信仰传入:耶稣会的神甫们传播圣经之福音于斯。第四卷。

Asia extrema.Entra nella a fé:promulgase a ley de Deos pelos Padres da Companhia de JESUS.Livro quatro.[fl. 274]

2881.中国四家住院名声在外,视察员神甫从日本前来助一臂之力。第一章。

Com a fama de quatro Residencias na China, vem de Jappão o Padre Visitador a promovelas.Capitulo 1.[fl. 275]

2882.韶州、南京教堂数目增加,一些贵族接受洗礼:在南京,瞿太素。第二章。

Vam em augmento as casas de Xaô Cheu, e Nan cham, baptizamse nesta algums de sangue real: e na de Nan Kim, Kiú táí So. Capitulo 2.[ fl. 279 ]

2883.北京基督徒社团扩大,同时伴有可喜事件:宫廷(arrebaldes)？成立差会。第三章。

Augmentase a Christandade em Pekim com casos maravilhosos: Abremse Missoens pelos arrebaldes da Corte. Capitulo 3.[ fl. 284 ]

2884.范礼安努神甫在澳门与世长辞。黄明沙于广州遇害。第四章。

Morre em Macao o Padre Alexandre Valinhono. Matam em Cantam o Irmam Francisco Martins. Capitulo 4.[ fl. 288 ]

2885.广州谣言平息;郭居静和萨帕蒂努·德·维里西斯神甫的一个朋友到达,龙华民神甫从流言蜚语中得以解脱。第五章。

Quieto o rumor falso de Cantam; com a chegada de hum Tão li amigo entre os Padres Cataneo, e Sabatino de Vrisis: Livrase o Padre Longobardo de hua calumnia. Capitulo 5.[ fl. 294 ]

2886.鄂本笃教友从印度启程寻找"大契丹"。第六章。

Parte da India o Irmão Bento de Goez em descobrimento do Gram Catayo. Capitulo 6.[ fl. 294 ]

2887.鄂本笃教友继续寻找"契丹"的航程,到达中国的门口。第七章。

Continuando o Irmão Goez seu caminho em busca do Cathayo se achou ás portas da China. Capitulo 7.[ fl. 302 ]

2888..鄂本笃教友在中国境内去世;一位从北京前来迎接他的学生目睹此事。第八章。

Morte do Irmam Bento de Goez dentro da China; assistindolhe o estudante, que de Pekim foi arrecebelo. Capitulo 8.[ fl. 307 ]

2889.苏若望神甫于广西首府辞世:该地发生针对神甫们的危险骚乱。第九章。

Morte do Padre João Soeiro na Metropoli de Quam Si: Levantase nella perigoso tumulto contra os Padres..Capitulo 9.[ fl. 312 ]

2890.南方宫廷一位显赫官员的皈依。北京成立首家女性教友会。第十章。

Conversão de hum grave Mandarim na Corte do Sul.Primeira instituhição da Confraria da Senhora em Pekim,Capitulo 10.[fl. 319]

2891.神学家保罗的上海的基督教社团重开。第十一章。

Em Xa'm Hay Patria do Doutor Paulo se abre de novo a Christandade.Capitulo 11.[fl. 323]

2892.杜禄茂神甫于韶州教堂辞世。众神甫于危乱中扶棺往澳门。第十二章。

Em casa de Xão cheu morre o Padre Bertholameu Tedesquio.Vemse os Padres que levavam o caixão do defunto a Macao em perigo.Capitulo 12.[fl. 326]

2893.利玛窦神甫于北京宫廷辞世,瓦朗·阿博斯托里克面对基督徒和异教徒致悼词。第十三章。

Morte do Padre Matheus Ricio na Corte de Pè Kim com oppiniam de Varão Apostolico entre Christãos e gentios.Capitulo 13.[fl. 329]

2894.皇帝为利玛窦神甫遗体安葬举行葬礼。第十四章。

Sepultura dada pelo Emperador para enterro do Corpo defunto do Padre Matheus Ricio.Capitulo 14.[fl. 333]

2895.葬礼所在的地点和庙宇:遗体如何安葬。第十五章。

Descrevese o templo,e lugar da sepultura:como nella se depositou o corpo defunto.Capitulo 15.[fl. 339]

2896.亚洲尽头。信仰传入:耶稣会的神甫们传播圣经之福音于斯。第五卷。

Asia extrema.Entra nella a fe Promulgase a Ley de Deos pelos Pes.Companhia de Jesus.Livro quinto.[fl. 343]

2897.中国传教会主教龙华民。神甫们劝喻异教徒、培养基督徒的方法。第一章。

O Padre Nicolao Longobardo Superior da Missão da China.Tocase o modo, que tem os Padres no cathequizar os gentios,e cultivar os Christãos.Capitulo 1.[fl. 344']

2898.北京宫廷的矛盾和工作。这里的众基督徒虔诚迎接大赦典礼。第二章。

Contrastes,e trabalhos na Corte de Pekim.Recebem os Christãos della com singular devoçam o Jubileo.Capitulo 2.[fl. 347]

2899.宫廷中一名？的归依。邱侬那修之死。该地基督徒社团扩大。第三章。

Conversam de hum Tálí na Corte de Nâ kí. Morte de Kiû Ignacio. Do augmento deste Christandade. Capitulo 3. [fl. 353]

2900.在建立第一座面向公众的教堂。第四章。

Leventase em Nã Ki a primeira Igreja em publico de toda a Missam. Capitulo 4. [fl. 358]

2901.首府南昌平息一场针对神甫的骚乱。基督徒社团重归平静。第五章。

Soscegada huma tormenta contra os Padres na Metropoli Nan cham. foi correndo a Christandade com bonança. Capitulo 5. [fl. 361]

2902.教友安东尼奥·雷涛辞世。教友多明哥斯门得斯入狱。此二人皆居于韶州教堂。第六章。

Morte do Irmão Antonio Leytam. Prizão do Irmão Domingos Mendes, ambos residentes na Casa de Xaô Cheu. Capitulo 6. [fl. 365]

2903.应对头与和尚的要求，众神甫被逐出韶州。第七章。

Sahem desterrados da Cidade da Xaô Cheu os padres, á petição de emulos, e Bonzos. Capitulo 7. [fl. 370]

2904.建立浙江首府杭州住院。第八章。

Fondase residencia em Ham cheu Metropoli da Che Kiam. Capitulo 8. [fl. 374]

2905.神学家杨氏的皈依及受洗；神学家卫匡国抵杭。第九章。

Conversão, e baptismo do Doutor Yam, chegada a Ham do Doutor Martinho. Capitulo 9. [fl. 379]

2906.韶州被逐神甫抵达南修，在此建立住院。第十章。

Os Padres desterrados de Xaô cheu, chegando a Cidade de Nan Hium firmão nella residencia. Capitulo 10. [fl. 386]

2907.视察员神甫巴范济进入中国，金尼格神甫离开中国前往罗马。传教会主教从南修前来：此行的收效。第十一章。

Tratando o Padre Visitador Francisco Pasio entrar na China, sae della o Padre Nicolao Trigaucio pera Roma. Vem da Corte a Nan Hium o Padre Superior da Missão: o effeito da sua vinda. Capitulo 11. [fl. 392]

## 第八章 中国知识西传

2908.由于一些奇巧之事,众神甫离开宫廷;其基督徒社团扩大。第十二章。

Por occasião de algmnas curiosidades engenhosas com que os Padres sahirão na Corte, vay a Christandade della em augmento.Capitulo. 12.[fl. 397]

2909.南方宫廷对圣经的理解加深;佛教的虚假和谎言。第十三章。

Na Corte do Sul crece o conceito da Ley de Deos, a vista das falsidades, e patranhas dos pagodes.Capitulo. 13.[fl. 402]

2910.在官员朋友的帮助下南昌局面好转。第十四章。

Com o favor de Mandarins amigos melhoraramse as cousas de Nan Chám. Capitulo. 14.[fl. 406]

2911.罗如望查神甫进入Kién Cham及第一件使命。第十五章。

Primeira missam, e entrada na Cidade Kién Cham pello Padre João da Rocha.Capitulo 15.[fl. 411]

2912.上海基督徒社团访问首府杭州;再次抵达州。第十六章。

Da Metropoli Hã Cheú se visita a Christandade de Xam Haý; e de novo se entra em Kiú Cheu.Capitulo 16.[fl. 416]

2913.皇后薨于北京宫廷。对其葬礼的描述。第十七章。

Morte da Emperatriz na Corte de Paè Kim.Descrevese seu enterro.Capitulo 17.[fl. 420]

2914.皇后出殡。皇帝褒奖陪同者。(陪葬)第十三章。

Sahe o enterro da Emperatriz daselhe sepultura.Premea o Emperador os que acompanharam. Da perdam geral aos culpados. sem patre. Capitulo 13.[fl. 426]

2915.宫廷里出现的一个教派将众神甫置于危险境地;林斐理神甫于南方宫廷辞世。吾主的惩罚和恩惠。第十九章。

Por causa de huma Seyta, que se descobrio na Corte, veense os Padre della em perigo: na do Sul morre o Padre Feleciano da Sylva. Referem alguns castigos, e favores de Nosso Senhor.Capitulo 19.[fl. 429]

2916.杭州诸神甫认为没有留守的必要而打算转至南京,神学家金弥格挽救了一切。第二十章。

Querendo os Padres de Hamcheu por falta do necessario retirarse a Nañ Kim, remedea tudo o Doutor Miguel.Capitulo 20.[fl. 436]

2917.郭居静神甫同穆斯林和佛教徒辩论；其中一些人皈依，另一些更加顽冥不化。第二十一章。

Disputa oPadre Lazaro Cataneo com Mouros, e Bonzos; huns se convertem; outuo ficão mais obstinado.Capitulo 21.[ fl. 439 ]

2918.亚洲尽头。信仰传入：耶稣会的神甫们传播圣经之福音于斯。第六卷。

Asia extema.Entra nella a fe：promulgase a Ley de Deos pelos padres da Companhia de JESUS.Livro Seis.[ fl. 446 ]

2919.于南方宫廷南京掀起对圣经（信徒）的迫害。第一章。

Levantase perseguiçam contra a Ley de Deos, começando por Nañ Kim Corte do Sul.Capitulo 1..[ fl. 447 ]

2920.南京的基督徒针对迫害的先声采取的应对之举。第三章。

Como se perpararão os Christãos de Nañ Kim com o primeiro aviso da perseguiçam.Capitulo 3.[ fl. 454 ]

2921.王丰肃和曾德昭神甫在南京宫廷的牢狱之灾。第三章。

Prisão dos Padres Affonso Vanhone, e Alvaro Semedo na Corte de Nañ Kim.Capitulo 3.[ fl. 454 ]

2922.两处宫廷之外诸神甫的际遇。三位捍卫圣经的基督教学者如何被下放乡间。第四章。

O que succedeo aos Padres fora das duas Cortes.Como se poserão em campo os tres Doutores Cristãos em defensa da Ley de Deos.Capitulo 4.[ fl. 458 ]

2923."Xin"（沈）对待囚徒之严酷。又有一位教会兄弟同六名基督徒被捕。第五章。

Rigor com que o Xin tratou os prezos Prende mais hum Irmão da Companhia com seis Christãos.Capitulo 5.[ fl. 461 ]

2924."Xin"（沈）试图以讹传讹：其不量意愿呼唤王国的热情。第六章。（文字不通）

Procura o Xin com segundas calumnias confirmar as primeiras：Chama zelo do Reyno a sua mâ vontade.Capitulo 6.[ fl. 466 ]

2925.狱中的基督徒困病交迫。同一监狱中两名难友过世。第七章。

Aperto, e doenças que os Padres, e Christãos padecerão no tronco.Morte de dous na mesma prizam.Capitulo 7.[ fl. 468 ]

2926.迫害时期幸免被捕?（者?）的表现。第八章。

Procedimento dos Xptãos que nam foram prezos no tempo da perseguição. Capitulo 8.[fl. 472]

2927.皇帝命将众神甫驱逐出境。第九章。

Diffirindo o Emperador aos Memoriaes manda desterrar os Padres para fora do Reyno.Capitulo 9.[pag. 478]

2928.诸神甫撤出北京、南京宫廷；受诋毁的及受赞誉的。第十章。

Sahida dos Padres das Cortes de Pékim, e Nan Kim; os desta afrontados; os daquella honrrados.Capitulo 10.[fl. 481]

2929.教会两位兄弟同其他?（人）一起遭受拷打和审判。第十一章。

Sam atormentados, e sentenciados os dous Irmãos da Companhia, com os mais Xptãos.Capitulo 11.[fl. 486]

2930.在严酷迫害时期接受神圣洗礼的信徒。"Xptãos"勇敢收留了留下的神甫。第十二章。

Dos que receberão o Sagrado Baptismo no tempo da preseguiçam. Animo dos Xptãos em recolher os Padres, que ficaram.Capitulo 12.[fl. 491]

2931.上帝对侮辱其神圣教义和福音传布者之徒的惩戒。第十三章。

Castiga Deos a injuria que se fez a Sua Santissima Ley; e a seus Pregadores Evangelicos.Capitulo 13.[fl. 496]

2932.《亚洲尽头》第一部分之后记。第十四章。

Epilogo da primeira Parte desta Asia Extuema.Capitulo 14.[fl. 503]

2933.亚洲尽头。信仰传入：耶稣会的神甫们传播圣经之福音于斯。第二部分，计六卷，献给尊贵的若望四世陛下。著者：中国耶稣会使团何大化亚神甫。1644 年。

Asia Extrema.Entra nella a Fê promulgase a Ley de Deos Pelos Padres da Companhia de JESUS Segunda parte Livros Seis Dirigido a Magestade do Serenissimo Rey Dom João 4. nosso Senhor.Autor o Padre Antonio de Gouveia da companhia de JESUS Missionário da China.Anno de 1644.[fl.I]

2934.第二部分各卷及章节目录。

Indice dos Livros e Capitulos da Segunda parte.[Fl.lv.]

2935.亚洲尽头。信仰传入：耶稣会的神甫们传播圣经之福音于斯。第二部分，計六卷。

Asia Estrema.Entra nella a Fee: Promulga-se a Ley de Deus Pelos Padres da companhia de JESVS Segunda parte Livros Seis.[ fl.Vv.]

2936.迫害过后中国传教会之状况,及神甫之被逐。第一章。

Estado da Missão da China Depois da perseguição,e desterro dos Padres. Capitulo 1.[ fl.Vv.]

2937.金弥格博士的事迹:热忱致力于灵魂的皈依。第二章。

Procedimento do Doutor Miguel:Seu fervor,e zelo da conversão das almas. Capitulo 2.[ fl. 5]

2938.杭州众神甫分成若干不同传教会。如犹太教会和十字基督教会?。第三章。

Devidem-se os Padres de Hã Cheu por varias Missões.Tratase dos Judeos e Xpãos da Cruz.Capitulo terceiro.[ fl. 10]

2939.佩得罗·依斯皮拉神甫从山西返湖广和南京时成就之事。(文字不通)第四章。

Do sucesso,que teve o Pedre Pedro Espira Na volta de Xen sy a Hû Quam e Nen Kim.Cap. 4.[ fl. 16]

2940.万历皇帝驾崩及其遗诏。第五章。

Morte do Emperador Van Lieñ,E de seu testamento.Capitulo 5.[ fl. 22]

2941.太子加冕及其猝死。皇子如何即位。第六章。

Coroação do Princepe Sua Morte apressada.Como sucedeo no Imperio seu Filho.Capitulo 6.[ fl. 27]

2942.鞑靼人继续与中国交战,大肆敛财。第七章。

Continuão os Tartaros A guerra contra os Chinas com a mesma Boa fortuna. Capitulo 7.[ fl. 31]

2943.诸神甫重返中国。若望·维里马诺神甫在汉昌教堂?去世。第八章。

Entrão de nouo Pes.Na China.Morre o padre João Vrimano na Casa de Han cham.Capitulo 8.[ fl. 34]

2944.保罗博士请任宫廷使者,以向此王国传播福音。第九章。

Pede o Doutor Paulo Para Embaixador a Corte,para levar doEvangelho àquelle Reyno.Capitulo 9.[ fl. 38]

2945.金尼格神甫率众神甫从欧洲抵达澳门。第十章。

Chega a Macao o Padre Nicolao Trigaucio com alguns Missionarios, que trouxe de Europa.Capitulo10.[ fl. 42 ]

2946.萨帕蒂诺·德·维尔西斯神甫以及一位名为玛得乌斯的中国基督徒去世。第十一章。

Morte do Padre Sabatino de Vrsis, e hum Christão China por nome Matheus.Capitulo 11.[ fl. 49 ]

2947.南京省扬州传教会。第十二章。

Missam a Cidade de Yam Cheu na Provncia de Nan Kim.Capitulo 12.[ fl. 53 ]

2948.艾儒略神甫出发前往扬州及佩得罗博士教会所在的陕西省。第十三章。

Parte o Padre Julio Aleni para a Provincia de Yam Cheu, e de Xen Sy em Companhia de Doutor Pedro.Capitulo 13.[ fl. 56 ]

2949.官员宅邸之描述：传统的延续。神甫如何酿制葡萄酒。第十四章。

Descreue-se o paço dos Madarins：os costumes que nelle se guardão.Como o Padre fes vinho de Vuas.Capitulo 14.[ fl. 60 ]

2950.杭州基督徒无比虔诚迎接一次盛典。与该基督教社团有关之事。第十五章。

Recebem os Xpãos De Ham Cheu hum Jubileo com grande devoção.Cazos Tocantes a esta Christandade.Capitulo 15.[ fl. 64 ]

2951.亚洲尽头。信仰传入：耶稣会的神甫们传播圣经之福音于斯。第二卷。天启皇帝施政，国库空虚。通过一条有利于诸神甫的备忘录；对立者显？抵达宫廷阻止其实施。第一章。

Asia extrema.Entra nella a fê：Promulgase a Ley de Deos pelos Padres da Companhia de JESUS. Livro. 2. R. Reyna o Emperador Tién Kî com pouca fortuna. Aproua hum Memorial em bem dos Padres；inpede a execução a chegada do Adversario Xéñ a Corte.Capitulo 1.[ fl. 70 ]

2952.帝国内若干省份哗变。皇帝离开北方宫廷。第二章。

Alevantamentos dentro do Reyno em varias Provincias.Trata o Emperador deixar a Corte do Norte.Capitulo 2.[ fl. 75 ]

2953.皇帝希望从澳门引进制炮术和士兵。第三章。

Pede o Emperador Artelharia, e soldados a Cidade de Macao. Capitulo 3. [fl. 80]

2954. 七名葡萄牙炮兵从澳门起程前往北京宫廷。第四章。

Partem de Macao Pera a Corte de Pae Kim; sette Artelheiros Portugueses. Capitulo 4. [fl. 83]

2955. 葡萄牙人得睹天颜之后在宫廷之际遇。如何返回广州。第五章。

Do mais que socedeo Na Corte aos Portugueses, depois Da Vista Real. Como derão volta para Cantam, Capitulo 5. [fl. 88]

2956. 由于一些宗派叛乱,南京掀起第二次迫害。第六章。

Levanta-se em Nã Kim segunda perseguiçam, Por occasião de huns Seytarios Rebeldes. Capitulo 6.　[fl. 91]

2957. 马努艾尔·迪亚斯神甫入中国视察,差会最高神甫罗如望在华去世。第七章。

Entra a visitar a China o Padre Manoel Dias Senior, Morre nella o Padre João da Rocha Superior da Missão. Capitulo 7. [fl. 95]

2958. 诸神甫在北京宫廷被公开引见。觐见皇帝及官员。第八章。

Apresentam-se os Padres na Corte de Paê Kim em publico. Visitam ao Emperador, e Mandarins. Capitulo 8. [fl. 98]

2959.

Leventa o demonio tormentas por seus Menistros em mayor gloria da Ley de Deos, e dos que a seguem. Capitulo 9. [fl. 102]

2960. 大都市杭州所辖德新镇与从德镇成立新基督教社团。第十章。

Nova Christandade nas Villas Te Cim e Cum Te annexas a Residencia da Metropoli Ham Cheu. Capitulo 10. [fl. 106]

2961. 一些皈依事例显示上帝之神力。第十一章。

Referem-se algumas Conversoens em que se vê mais presente o Divino favor. Capitulo 11. [fl. 113]

2962.

Respondem mimos, e favores de Deos A devoção, e fé, dos que o servem, e amam. Capitulo 12. [fl. 117]

2963. 嘉兴镇建新住院;众神甫回到上海住院就职。第十三章。Na

villa Kiâ Tim se funda nova Residencia para a de Xã hay voltão Pes.de assento. Capitulo 13.[fl. 121]

2964.苏州市教区常熟镇首家传教会。第十四章。

Primeira Missam A Villa Cham Xõ na Comarca da Cidade de Sû cheû.Capitulo 14.[fl. 126]

2965.《亚洲尽头》信仰传入：耶稣会的神甫们传播圣经之福音于斯。第三卷。宫中神甫所处之惊恐不安状况。库劳·叶离开宫廷，及艾儒略神甫于杭州所遇之事。第一章。

Asia extrema.Entra nella a fé:Promulga-se a Ley de Deos,pelos Padres da Companhia de JESVS. Livro terceiro. Entre sobresaltos, e inquietações se conservão os Padres da Corte.Sae della o Colâo Ye do que socedeo com o Padre Aleni em Ham cheu.Capitulo 1.[fl. 130]

2966.天启皇帝向一名宦官施恩：该密切关系的成果和结局。第二章。

O Emperador Tieñ Ky dátoda sua graça a hum Eunuco:do sucesso, e fim desta privança.Capitulo 2.[fl. 138]

2967.与鞑靼人战争告捷,至天启皇帝驾崩。第三章。

Sucesso da guerra com os Tartaros atè a morte do Emperador Tien Ki.Capitulo 3.[fl. 144]

2968.天启皇帝之死。其弟？如何接手帝国。第四章。

Morte do Emperador Tieñ Ki: Como socedeo no Império seu Irmão Sin Vam.Capitulo 4.[fl. 149]

2969.信仰传入福建省,于其首府福州成立住院。第五章。

Entra a fé na Provincia de Fõ Kien,fundase Residencia em sua Metropoli Fõ cheu.Capitulo 5.[fl. 155]

2970.陕西一些新住院,山西（住院）数量大增,成绩斐然。第六章。

Novas Residencias nas Provincias de Xensi, e Xansi com grande augmento,e successo.Capitulo 6.[fl. 158]

2971.该省总督相助建新住院。信仰在乡村间传播。第七章。

Estabelecese mais esta Residencia com o favor do Tu tàô da Provincia.Dilatase a fè pelas Aldeas.Capitulo 7.[fl. 163]

2972.南京省松江市传教会：发生的动乱。第八章。

Missão a Cidade Sum Kiam da Provincia de Nan Ki:Da tormenta que nella se levantou.Capitulo 8.[fl. 168]

2973.金弥格神甫于大都会杭州辞世；对该基督教社团影响最大之事。第九章。

Morte do Doutor Miguel na Metropoli Hā Cheu e de mais tocante a esta Christandade.Capitulo 9.[fl. 173]

2974.往浙江省宁波教区之传教会。第十章。

Missão a Comarca de Nim Po na Provincia de Che Kiam.Capitulo 10.[fl. 179]

2975.费乐德神甫与乡村士人愉快交谈。第十一章。

Disputa o Padre Rodrigo de Figueredo com letrado Aldeam com circunstancias alegres.Capitulo 11.[fl. 186]

2976.东京王国的新传教会及庞大基督教社团。第十二章。

Nova Missão E numerosa Christandade do Reyno de Tum Kim.Capitulo 12.[fl. 189]

2977.河南省首府开封府新住院。第十三章。

Residencia nova na Metropoli Cài Fum fú da Provincia de Hô Nan.Capitulo 13.[fl. 193]

2978.金尼阁神甫于杭州辞世；佩得罗·埃斯皮拉神甫死于湖广的江中。第十四章。

En Hamcheu morre o Padre Nicolao Trigaucio,E no Rio de Huquām o Pe.Pedro Espira.Capitulo 14.[fl. 196]

2979.上帝帮助、鼓励新信徒受洗之圣迹。第十五章。

Casos maravilhosos,com que Deos favorece,e alenta os novamente bautizados.Capitulo 15.[fl. 202]

2980.《亚洲尽头》信仰传入：耶稣会的神甫们传播圣经之福音于斯。第四卷。崇祯皇帝开始执政。基督教徒数目大幅增长。第一章。

Asia extrema.Entra nella a fê: Promulgasse a Ley de Deos no Reyno da China pelos Pes.da Companhia de JESUS.Livro quarto.Principia o Emperador Cum chim ser Governo Como nelle foi a Christandade em grande augmento.Capitulo 1.[fl. 209]

2981.澳门城向中国皇帝派遣使节，携去火炮，及葡萄牙人的求救。第二章。

Embaixada com presente de peças de Artelharia, que a Cidade de Macao mandou ao Emperador da China com socorro de Portuguezes. Capitulo 2. [fl. 214]

2982.班安德视察员神甫从日本抵达中国,直至北京。《圣经》如何在宫廷中传播。第三章。

O Padre Pedro de Acuña Visitador de Jappão, e China entra atè Pêkim. Como se devulgou dentro no Paço nossa Sancta Ley. Capitulo 3. [fl. 220]

2983.良博士及邓玉函神甫双双殁于宫中;圣旨召罗雅谷及汤若望二位神甫进宫。第四章。

Morte do Doutor Leam, e do Padre João Terencio ambos na Corte, são chamados a ella por ordem Real os Padres Jacome Rho, e João Adão. Capitulo 4. [fl. 227]

2984.这一时期倍受瞩目的几件事。第五章。

Apontão-se algumas cousas mais notaveis que acontecerão por este tempo. Capitulo 5. [fl. 233]

2985.福建省信众增加,遍传福音信息。第六章。

Na Provincia de Fõ Kien se estabelece mais a fè, e por toda ella se estende a noticia da Ley de Deos. Capitulo 6. [fl. 245]

2986. 31、32、33 年基督教社团之扩大。第七章。

Do augmento da Cristandade pelos annos de 31. 32. 33. Capitulo 7. [fl. 251]

2987.杜唐·伊那西奥的成功;及与其同在城堡里的葡萄牙人。第八章。

Do successo que teve o Tutam Ignacio, e dos Portugueses que com elle estavão na Fortalesa. Capitulo 8. [fl. 256]

2989.陕西省西安府住院及其基督教社团。第十章。

Da Residencia de Siganfú, e suas Christandades, na Provincia de Xen Si. Capitulo 10. [fl. 264]

2990.山西省绛州住院获得长足进展。第十一章。

A Residencia de Kiam Cheu na Provincia de Xan sy vay em grande augmento. &.a Caitulo 11. [fl. 271]

2991.狂热持续;该住院中上帝的宠儿及其基督教社团。第十二章。

Continuão os fervores; E mimosos do Senhor nesta Residencia e suas Christandades.Capitulo 12. [fl. 276]

2992.江西省首府南昌住院。第十三章。

Residencia de Nancham Metropoli da Provincia de Kiam Si.Capitulo 13. [fl. 281]

2993.江西省建昌住院。第十四章。

Residencia de Kien cham na Provincia de Kian Si.Capitulo 14. [fl. 287]

2994.福建诸教堂及其基督教社团。第十五章。

Das Igrejas e Christandades na Provincia de Fõ Kien. Capitulo 15. [fl. 293]

2995.同一省内其他基督社团所取得之成果。第十六章。

Do fructo que se colheo na outuas Christandades da mesma Provincia.Capitulo 16. [fl. 301]

2996.杭州住院及其基督徒社团。第十七章。

Residencia de Ham Cheu e suas Christandades &.a Capitulo 17. [fl. 307]

2997.湖南住院神甫工作得到一位从那里离开的官员帮助。第十八章。

Na residencia de Hônã Padecem os P. e trabalho com o favor de hum Regulo saem delle.Capitulo 18. [fl. 314]

2998.亚洲尽头。信仰传入：耶稣会的神甫们传播圣经之福音于斯。第五卷。南方宫廷南京住院之重建。

Asia extrema.Entra a fè:Promulgasse a Ley de Deos no Reyno da China pelos Padres da Companhia de JESUS,Livro quinto.Tornasse a fundar Residencia na Corte do Sul N Kim.Capitulo 1. [fl. 321]

3002.中国副省长傅泛际神甫访问宫廷，及后续之事。第五章。

O Padre Francisco Furtado Vice Provincial da China visita a Corte, e o que nella soccedeo.Capitulo 5. [fl. 343]

3003.宫中一些贵妇人的皈依。第六章。

Conversam de algumas Senhoras dentro do Paço.Capitulo 6. [fl. 349]

3004.北京宫中基督徒社团的扩大。第七章。

Do augmento da Christandade da Corte de Pekim.Capitulo 7. [fl. 354]

3005.北京宫廷所属基督徒社团及罗雅谷神甫之死。第八章。

Christandades sogeitas a Corte de Pekim e morte do Padre Jacome Rho. Capitulo 8.［fl. 361］

3006.湖广省武昌府新住院。第九章。

Nova Residencia na Provincia de Hûquam na Matropoli Vú cham fú.capitulo 9.［fl. 364］

3007.山西省基督徒社团大幅扩大,许多圣迹发生。第十章。

Com casos maravilhosos se augmetou muyto a Christandade na Provincia de Xensi.Capitulo 10.［fl. 370］

3008.彰显基督徒坚定信仰的其他事例。第十一章。

De outuos casos em que se mostrarão os Christãos fortes e firmes na fè.Capitulo 11.［fl. 376］

3009.逃离魔鬼之众人及其异事。第十二章。

Sam muitos os que se vem livres do Demonio em que ha couzas extuaordinarias.Capitulo 12.［fl. 381］

3011.陕西住院高级神甫伊斯特方·法布罗历时六个月完成的一件使命。第十四章。

De huma missão que o Padre Estevão Fabro Superior da residencia de Xensi fez por espaço de seis mezes.Capitulo 14.［fl. 393］

3012.山西绛州基督徒社团及诸教堂。第十五章。

Christandades e Igrejas de Kiamcheu na Provincia de Xansi.Capitulo 15.［fl. 401］

3039.如何失去两家住院:费乐德神甫去世于湖南住院。

Como se perderam duas Residencias:Morte do Padre Rodrigo de Figueredo na de Hô Nan.Capitulo［fl. 572］

Anno de 1644［Maio 24］.A companhia em Macao quanto fez pella paz e conservação daquella Cidade certidão dos maes nobres della.［fl. 170v.］

Geral de Macao do serviço que faz nestas partes os P.es da companhia de JESVS.［fl. 173］

3093.Informação e relaçaõ das injurias e dezacatos que os Chinas atartazados fizerão à Igreja e Religiozos do Collegio de S.Paulo em 17 de Agosto do anno de 1658.［fl. 199］

3097.Anno de 1659.Chapa que deo o Senhor Mandarim da Caza branca para acudir aos Senhores que nesta terra tem stancias, [fl,208]

4476. 中国消息。1637年受洗者数目达到或超过四千。(1638年1月1日) Novas da China. Os Baptizados do anno de 1637, chegam ou passam de quatro mil. [1638 Jan. 1] [fl. 199]

4477. 中国传教会1637和1638年新闻。
Novas da Missão da China do anno de 637 e 638. [fl. 209]

4478. 北京。
De Pekim. [fl. 209]

4479. 杭州。
Ham cheù. [fl. 211v]

4480. 上海。
Xam Kai. [fl. 213v]

4481. 浙江。
Kién Cham. [fl. 213v]

4482. 建宁市及福建。
Da Cidade de Kién nim, e Fô Kien. [fl. 214]

4483. 福建建阳。
Kién yam, em Fó Kieñ [fl. 214v.]

4484. 福建延平。
Yen pim, em Fo Kien. [fl. 215]

4485. 福建孝梧
Xâo uû, em Fo Kien. [fl. 215]

4486. 湖广。(1638年7月10日)
Hù quam. [1638 Jul 10] [fl. 215v.]

4487. 1638. Petição, e mais papeis aprezentados pello Padre Antonio Cardim da Companhia de JESVS Procurador da prezente causa so Martyr Padre Marcello Francisco Mastrilli da mesma Companhia que no Reyno do Japão padeceo martyrio, e o mais contheudo nella. [1637—1638] [fl. 219]

4488. 1638. Carta do Arcebispo de Manilla para Sua Santidade em louvor das Misssoens do Japão, e China, e contra o que havia escrito a cerca da China. [fl. 253]

4488a. (关于中国传教会信函)。1638,一月。

[Carta sobre a Missão da China]. 1638, Jan.[fl. 254]

4489. 孟若望神甫信函(无开头)。1638 年 10 月 16 日。

Carta [sem início] do P.ᵉ João Monteiro. 16 de Outubro de 1638.[fl. 259]

4490. 中国传教会为神甫所制书籍目录。

Catalogo dos livros que nesta missão fizerão os Padres.[fl. 260]

4491. 陕西省住院年报要点。1838 年。

Pontos da Annua da Residencia da Provincia de Xensi. 1638.[fl. 263]

4492. 在此将叙述一些表现该城基督徒热忱之事例。(1639 年 1 月 20 日)

Aqui porei alguns cazos de fervor que mostrarão alguns Christaos de esta cidade.[1639 Jan 20][fl. 266]

4493. 中国副省 1638 年年报。(第 361 页—425 页重复)

Annua da Vice-Provincia da China do anno de 1638.[repetido: fls. 361—425][fl. 277]

4494. 该帝国概况。

Do estado deste Imperio em Geral.[fl. 277]

4495. 该王国教会概况。

Do estado da Companhia neste Reyno em geral,[fl. 277v.]

4496. 北京住院。

Rezidencia de Pekim.[fl. 278]

4497. 宫廷贵妇人中的基督徒社团。

Da christandade das Senhoras do Paço.[fl. 280]

4498. 一家传教会;龙华民神甫在宫廷邻近所成立的基督徒社团。

De huma Missão, que fez o Padre Nicolao Longobardo as Christandades vezinhas a esta Corte.[fl. 281]

De huma Missão que fez o padre João Adamo a cidade de Hô Kién.[fl. 282]

4500. 罗雅谷神甫之死。

Da morte do Padre Jacome Rho.[fl. 282v.]

4501. 历法情况。

Do estado do calendario.[fl. 284]

4502. 宫廷一事。

De hum cazoque acontece nesta corte.[fl. 285]

4503.陕西省住院。

Rezidencia da Provincia de Xen si.[fl. 286v.]

4504.一些圣迹。

De alguns casos milagrozos.[fl. 287]

4505.其他一些彰显基督徒对信仰之热忱坚定的事例。

De outros cazos, em que os christaons mostrarão seu fervor, e firmeza na Fè.[fl. 289]

4506.我主如何通过奇迹使一些人接受圣经。

De como nosso Senhor trouxe alguns a sua Santa Ley por meyos extraordinarios.[fl. 291]

4507.众多奇迹之一；直到如今还在该传教会继续发生。

De hum dos mais extraordinarios cazos, que atè agora acontecerão nesta Missão.[fl. 293]

4508.玛尔塔在逃离邪魔之后所遇之事。

De algumas couzas que acontecerão a Marta depois de livre dos demonios.[fl. 296]

4509.方德望神甫在湖州城所建的一个传教会。

De huma Missão que o Padre Estevão Fabro fez a Cidade de Hoa cheu.[fl. 297.]

4510.湖南省住院。

Rezidencia da Provincia de Ho nam.[fl. 298]

4511.山西绛州住院。

Residencia da cidade de Kiam cheu na Provincia de Xan si.[fl. 301]

4512.本年间该基督教社团若干事。

De alguns cazos que sucederão nesta Xpãndade pelo discurso deste anno.[fl. 303v.]

4513.南京城住院，及南方宫廷。

Rezidencia da Cidade de Nan Kim, e Corte do Sul.[fl. 306v.]

4514.毕方济于淮安城所建一家住院。

De uma Missão que o Padre Francisco Sambiassi fez a Cidade de Hoái ngan.[fl. 307v.]

4515. 毕方济神甫于常熟所建另一家住院。
De outra Missão que fez o mesmo Padre a cidade de cham xõ.［fl. 310v.］
4516. 南京省上海住院。
Rezidencia de xam hái na Provincia de Nanhim.［fl. 312］

# 第九章
# 专业汉学的兴起

## 一、卜弥格与欧洲专业汉学的兴起——简论卜弥格与雷慕莎的学术连接

我认为西方汉学的发展历史大体经历了"游记汉学""传教士汉学""专业汉学"三个阶段①,"游记汉学"的代表人物是马可·波罗,"传教士汉学"的开启者是罗明坚和利玛窦,传教士汉学和游记汉学的分水岭在于:来华的耶稣会士们开始学习中文,研读典籍,并开始翻译中国的重要文献和经典,会不会中文是游记汉学和传教士汉学的最重要区别。②

传教士汉学和专业汉学的区别在于:后者已经正式进入了西方的东方学体系之中,在研究上开始走出传教学研究的框架,按照近代西方所形成的人文学科的方法研究中国。这个转折点就是 1814 年法国在法兰西学院正式设立"满、鞑靼、汉语言教授"席位,转折性人物就是雷慕莎(Abel-Rémusat,1788—1832),他是西方专业汉学第一人。

但传教士汉学和专业汉学之间的学术连接点在哪里?学术界以往研究得不够清楚,我们现在通过对卜弥格和雷慕莎的研究,可以清楚地看到,这个学术连接点就是卜弥格(Michel Boym,1612—1659)。正是卜弥格对中国的研究,直接催生了雷慕莎迈开了他汉学研究的第一步,西方汉学由此拉开了它新的一幕。

---

① 张西平《罗明坚:西方汉学的奠基人》。
② 当然这里对游记汉学与传教士汉学之区分是从历时性讲的,从共时性说,到 19 世纪、20 世纪仍有游记汉学,那时游记汉学与专业汉学之区分主要是职业身份,专业汉学家是有教职的研究者,而游记汉学及至业余汉学是大学体制外的中国研究者。

在雷慕莎走向汉学研究的道路上,波兰来华耶稣会士卜弥格的汉学研究对雷慕莎的学术发展起到了重要作用,本文从卜弥格和雷慕莎的学术关联,探讨欧洲专业汉学的兴起。

## (一)卜弥格其人

卜弥格(Michel Boym,1612—1659)是波兰来华的耶稣会士,出身望族,父亲是波兰国王的御医,他家学很好,对医学有很好的研究。他 1643 年离开里斯本前往东方——当时来华的传教士,都必须从里斯本出发,因为当时的东方护教权是由葡萄牙负责的,而前往大西洋及美洲则是由西班牙负责的。1644 年卜弥格来到澳门,学习了汉语,1647 年到海南岛去传教。

1644 年北京的明朝政权覆亡之后,南方又拥立了一个小朝廷。南明王朝的最后一个皇帝是永历皇帝,当时局势十分危险,1651 年永历皇帝决定派遣卜弥格作为南明王朝的特使返回欧洲,向罗马教廷求救。当时罗马教廷仍然是欧洲很重要的一个力量。现在看起来这是一个非常可笑的事儿,南明王朝危机了,跑到几万里之外的罗马去搬兵——但正是这么一个活动,促使了中国与欧洲的第一次正式的外交接触,很多人说中国与西方世界的接触是康熙年间的尼布楚条约,实际上这之前就有卜弥格出使罗马。

卜弥格回到罗马,非常不受重视,因为明清鼎革的局势很复杂,耶稣会对中国的政治判断也非常狡猾。当时中国有三个政权——清朝、南明王朝,张献忠的部队也还没有完全被打败。张献忠地盘上有两个传教士,安文思和利类思;清军入关以后汤若望仍留在北京;随着南明王朝南迁的两个传教士,是瞿微纱(后为清兵所杀)和卜弥格。耶稣会派了卫匡国回到欧洲告诉梵蒂冈,说卜弥格代表的南明王朝基本上完了,所以梵蒂冈的教主一直不接见他,拖了他整整三年多。他穿着明朝的衣服几次要求觐见,最后教廷还是礼节性地见了他,把他打发走了。当时他带回西方的一些材料,现全部放在罗马的耶稣会档案馆。

卜弥格 1656 年离开了欧洲,带着当时的教宗给永历皇帝的母亲王太后和太监庞天寿的信回中国。1658 年他到了澳门,但当时清军已经完全占领了广州,澳门当局害怕接待这位南明特使会对澳门不利,就拒绝他进入澳门。他没办法只好又返回安南(现在的越南),希望从陆路回到中国。他一路劳顿,终于病倒,就病死在越南和广西的边界线上。他一生都是在为南明王朝服务。他走的时候带了两个小修士,其中一个叫陈安德,一直跟着他,最后把他草草地埋在了中越边界线上。

### (二) 卜弥格关于中医著作的出版

卜弥格出生在一个医生世家之中,他的父亲原是利沃夫的一位著名的医生,还曾担任过波兰国王的宫中御医的职务。他的父亲曾在意大利的帕多瓦(Padova)一所著名的大学里完成了自己医学专业的学习。这所大学当时号称"学者的制造厂",像新时期的解剖学的创立者维萨里(Andreas Vesalius)、欧洲流行病学的先驱古罗拉马·弗兰卡斯特罗(Girolamo Francastro,1478—1553),还有具有世界声誉的自然科学家和天文学家哥白尼都在这里学习过。卜弥格的父亲有篇很著名的遗嘱,他在这篇遗嘱中曾表示要他的儿子和孙子们都去意大利学医。

卜弥格本人虽然选择了神学的专业,但他对欧洲的医学一直很感兴趣,读过不少当时西方医学的重要著作,这点在他自己所写的《医学的钥匙》和《中医处方大全》两本书的前言中可以看出。因此,卜弥格来中国后对中国医学感兴趣绝不是偶然的。

卜弥格是欧洲第一位对中国医学做深入研究的人,但他的研究成果是到很晚的时候才被欧洲学术界所承认。17—18世纪的欧洲,在关于中国知识的问题上,盛行剽窃,由于关于中国的知识既神奇又稀少,所以关于中国的书,尤其是来华耶稣会士的汉学著作常被反复的转抄,改写甚至盗名出版。卜弥格也避免不了这个命运。由于卜弥格出身医学世家,他来到中国后对中国的医学一直很感兴趣,在他返回罗马后写了一份反映中国传教情况的报告《耶稣会卜弥格神父一个关于皇室人员和基督教状况的著名的改变的简短的报告》(*Breve relazione della memorabile conversione di persone regali di quella corte alla religione christiana*),1654年又在巴黎出版过它的法文译本。在这个报告中他说他将要出版一本关于中国医学研究的著作,也就是一种通过脉诊来预见疾病的发展和后果特殊的技艺。这种技艺具有悠久的历史,在基督前许多世纪以前就有了。它产生于中国,是值得赞扬的,并且与欧洲的不一样。

## 第九章 专业汉学的兴起

卜弥格在他的《中国王室皈依略记》的结尾处曾提到他写有《中国医术》(*Medicus Sinicus*)这本书,基歇尔在《中国图说》中说卜弥格有一部医学书,伯希和认为这部书就是《医钥》(*Clavis Medica*)。①

在他从罗马返回中国时,他的这本关于中医的著作已经基本完成了。但历史跟他开了一个很大的玩笑,此时的中国已是清朝的天下,他所效忠的永历南明王朝早已被清朝所灭。为了保护中国的整体利益,澳门的葡萄牙人禁止他从澳门返回中国。这样他只好将自己对中医研究著作的手稿交给了同会的柏应理(Philippe Couplet, 1624—1692),自此,这本关于中国医学的著作便开始了艰难的旅行。

柏应理并没有将卜弥格的手稿寄回欧洲出版,而是转交给了"一个荷兰的商人约翰·范里克。这个商人又把它寄到了印度尼西亚的巴塔维亚,在那里被荷兰东印度的总督约翰·梅耶特瑟伊克征用,他认为这部著作对他的医生和药剂师们来说,是用得着的"。② 这个药剂师就是在巴塔维亚的荷兰人安德列亚斯·克莱耶尔(Andreas Cleyer),他是巴塔维亚的首席大夫。1682年他将他的《中医指南》(*Specimen Medicinae Sinicae*)手稿交给了德国早期的汉学家门采尔(Christian Menzel, 1622—1701),在门采尔的帮助下,这本书在法兰克福出版,作者却成了安德列亚斯·克莱耶尔,卜弥格的名字不见了。(实际上,在Malines城滞留期间,柏应理曾托在暹罗的荷兰商馆的经理Jan van Ryck,将他的一封信和信札转寄巴塔维亚的总督约翰·梅耶特瑟伊克(Maetsuyker),其中就有《关于中国人按脉诊病的方法》的小册子,伯希和认为这是柏应理在暹罗空闲时从卜弥格的书中抄写的,这个小册子同样没有署卜弥格的名字。)安德列亚斯·克莱耶尔所出版的《中医指南》第一编有分册,附有木板图29副,铜版图一副;第二、第三编是一个欧洲考据家的论述;第四编是"择录这位考据家发自广州的几封信"。③

第一个剽窃卜弥格的医学著作的就是安德列亚斯·克莱耶尔。1671年的法国,曾出版过一部名为(《中医的秘密》的法文译作,这部著作的全

---

① [法]伯希和《卜弥格传补正》,载冯承钧译《西域南海史地考证译丛》第3卷,北京:商务印书馆,1999年,第234页。
② [波兰]卜弥格著,张振辉、张西平译《卜弥格文集》,上海:华东师大出版社,2013年,第27页。
③ 伯希和著《卜弥格传补正》,第238页。

名是"Les Secrets de la Medicine des Chinois. Consistant en la parfaite connaissance du Pouls. Envoyez de la Chine par un Francois, Homme de grand merite"（《中医的秘密，其中包含着一种完美的脉诊诊断学，是由一个立了大功的法国人从中国带来的》格勒诺布尔，1671年。）伯希和说，这个在广州的法国人就是安德列亚斯·克莱耶尔。所出版的《中医指南》第二、三编的那个欧洲考据家，和在广州的传教士是谁，伯希和无法证明。而波兰汉学家爱德华·卡伊丹斯基认为："《中医的秘密》毫无疑问是卜弥格的医学著作的一部分。"

在克莱耶尔出版《中医指南》四年后，门采尔在德国也出版了关于中医的书。1686年他在纽伦堡科学年鉴上发表了《医学钥匙》，并明确指出这本书的真正作者是卜弥格，这本书中的全名是《耶稣会在中国的传教士卜弥格了解中国脉搏理论的一把医学的钥匙》。

雷慕莎对于卜弥格在欧洲出版的关于中医的著作十分关注，对卜弥格中医著作的转抄和剽窃也很清楚。他说："卜弥格神父所译的王书和四卷本比起来，就显得不值一提了。这四卷书都是关于脉搏的。《通过舌头的颜色和外部状况诊断疾病》（Signes des maladies par le couleur de la langue）以及《单味药》（Exposition des médicamens simples）均为卜弥格神父参考中国医书后所作，总共包括二百八十九篇文章。剽窃者还在书中加入了一些译自中文的文章，可能是选自卜弥格神父在1669年和1670年从广州寄出的作品。在这部书中，还可找到一百四十三张木刻的画以及三十张铜版画。然而，这本书却给人一种印象，就是中国人不甚了解解剖学。然而在卜弥格神父的原著中，其实有许多展现中国人解剖学知识的文章。

"此外，克莱耶在1680年还出版过其他的作品，一部名为《中医处方大全》（Herbarium Parvum Sinicis Vocabulis Indici Insertis Constans），另一部是四开本的《医学的钥匙》（Clavis Medica ad Chinarum Doctrinam de Pulsibus），1680年于法兰克福出版，似乎第二部只是第一部的摘要。"①

### （三）雷慕莎关于中医的博士论文

雷慕莎读到了卜弥格的这些文章，促使他开始写关于中医的博士论

---

① Abel-Rémusat, *Michel Boym Missionnaire en Chine*, Nouveaux mélanges asiatiques, ou Recueil de morceaux de critique et de mémoires, Tome II, Schubart et Heideloff, Paris, 1829, pp.226—228.

文。他的论文题目是《舌诊研究:即关于从舌头看出的病症,尤其是中国人的相关理论》(*Dissertatio de glossosemeiotice sive de signis morborum qua è linguâ sumuntur praesertim apud Sinenses*)

J. B. ABEL-REMUSAT,

Doctoris Medici Parisiensis, Academiæ Gratianopolitanæ
necnon Academiæ Vesuntiæ Socii,

DISSERTATIO

DE

GLOSSOSEMEIOTICE,

Sive de signis morborum quæ è linguâ sumuntur,
præsertim apud Sinenses.

PARISIIS,

EX TYPIS DIDOT JUNIORIS,

Typographi Facultatis medicæ parisinæ.

1813.

他在论文中首先对中国医学给了高度的评价。他说:"在中国或许没有一个学科像医学这样先进,世界上没有一个医生可以与中国医生相比。他们从帝国诞生起就开始研究医学,那些至今为止还受到人们极大尊敬的古代皇帝被认为是医学的发明者和推动者。"①当时在法国很难读到关于中国医学的书,雷慕莎明确地说:"比较好懂的是卜弥格从汉语书翻译成拉丁文的,后

---

① Abel Rémusat, *Dissertatio de glossosemeiotice sive de signis morborum qua è linguâ sumuntur praesertim apud Sinenses*, Vii, Parisiis Ex Typis Didot Junioris, Typographi Facultatis Medice parisine 1813, 这篇拉丁文是李慧翻译,在此表示感谢。

来被克莱耶剽窃、编纂并以自己的名字出版的一部著作。"①他的博士论文实际上相当一部分是对卜弥格关于舌苔治疗的一种翻译和介绍,并将卜弥格所介绍的中医治疗舌苔病症的方法和西方的治疗方法加之对比研究。

卜弥格在《舌诊》中说:"按照中国医生们的看法,人体五个器官和五行有五种颜色。舌头反映心的状况,心主管整个人体。心的颜色是红的,肺的颜色是白的,肝的颜色是青的,胃的颜色是黄的,肾的颜色是黑的。"②然后,卜弥格对舌苔的五种颜色所代表的疾病做了介绍,雷慕莎基本上把卜弥格所介绍的五种颜色的病情写在了自己的论文中。

第一种:卜弥格介绍了中医舌苔是白色的病状:

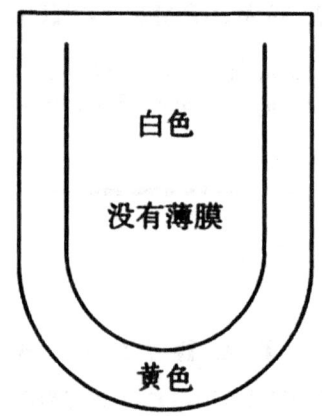

"白色的舌头,上面没有薄膜,最后它又变黄了,反映了胃和脾中有病,肠子消化食物要很长的时间,然后才能恢复以前的活力。"③

雷慕莎在博士论文中说:"'如果舌头是白色的,并且带有黏物,在尖部变黄,'中医认为,'这是胃衰弱的症状,经常出现肠子消化很频繁且时间很长,恢复肠子以前的能力需要吃合适的食物'。"④

---

① 这本书就是克莱耶剽窃卜弥格的书《通过舌头的颜色和外部状况诊断疾病》(*De Indiciis Morborum ex Linguæ Coloribus et Affectionibus*)。
② [波兰]卜弥格著,张振辉、张西平译《卜弥格文集》,上海:华东师大出版社,2013年,第365页。
③ 同上,第366页。
④ Abel Rémusat: *Dissertatio de glossosemeiotice sive de signis morborum quæ è linguâ sumuntur praesertim apud Sinenses* .p. 15.

第二种：卜弥格介绍了中医舌苔是黑色的病状：

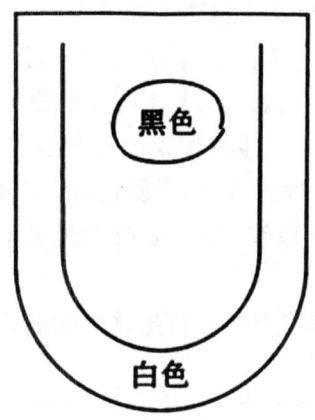

"舌头的中心部分如果变黑了，说明有很多水。阴阳不分，它们都混在一起了，病在深处很危险。如果是浮脉，这种病还可以治好。如果是沉脉和洪脉，就要吃泻药。如果是沉脉、浮脉，又是洪脉，不必用药。"①

舌苔出现黑色有多种情况：

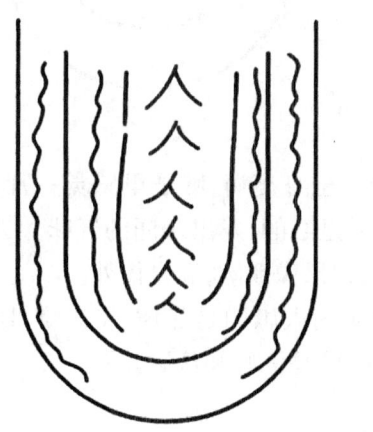
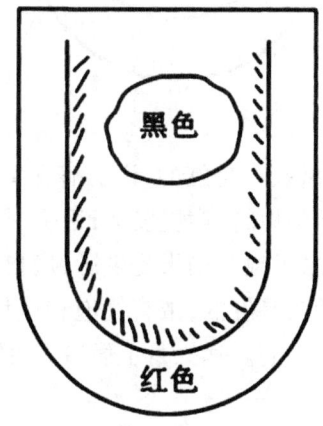

---

① ［波兰］卜弥格著，张振辉、张西平译《卜弥格文集》，上海：华东师大出版社，2013 年，第367 页。

"舌上有一条条的黑线,说明阴的旧病复发。嘴唇大约有七天是红的,人体的第四部分手和脚发冷,阴使它们感到疲劳,肠子里面是空的,在第二和第三个位置上诊断的脉是软脉和绣脉。"①

雷慕莎在博士论文中说:"在中国人看来,黑色的舌头是最不幸的标志,或者覆盖了整个舌头的表面,或者是只覆盖了一部分:'如果舌头中间变黑,那么疾病很深而且很危险;如果脉搏浮且轻,应该通过出汗来治愈;如果脉搏深且实,应该清理肠胃;如果脉搏深、细,很微弱,那么没有任何治愈的希望;如果舌头上有黑线,差不多第七天的时候嘴唇变黑,脚和手发冷,脉搏特别细和慢'。"②

第三种:卜弥格介绍了中医舌苔是红色的病状:

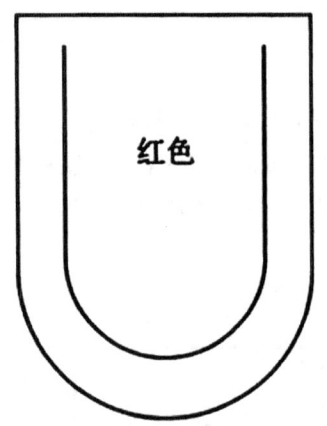 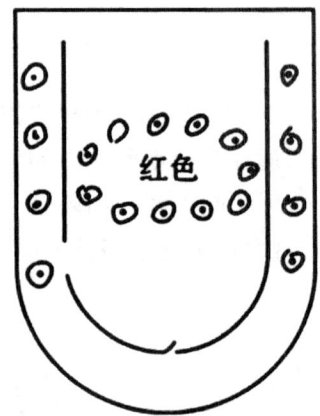

"舌头全是红的,说明病在太阳经。全身疼痛,脑子里感觉一片混乱,眼前天旋地转,嘴里发热,舌头干燥。尿是红的,发出难闻的气味。去了寒后,就来了温。如果是洪脉,病自体内,如果像浮脉,温自体外。

舌头是红的,带有气泡和斑块,说明病人患的是热病,发高烧,阴和阳都混在一起。病人身上发冷,头疼,他的脉是沉脉和伏脉。"③

---

① [波兰]卜弥格著,张振辉、张西平译《卜弥格文集》,上海:华东师大出版社,2013年,第368页。

② Abel Rémusat: *Dissertatio de glossosemeiotice sive de signis morborum qua è linguâ sumuntur praesertim apud Sinenses* .p. 16.

③ [波兰]卜弥格著,张振辉、张西平译《卜弥格文集》,第368页。

雷慕莎在博士论文中说:"舌头红,根据中医理论,'是由正在生发的热引起的病,病人浑身疼痛,头晕,目眩,口苦,舌干,身体内有大热,小便赤,困难。有时胸闷、涨,夜间烦躁,脉搏急促,嘴和舌头发红,发肿,嗓子疼痛。如果舌头变得更加红,伴有高烧,患者怕冷,头痛,脉象沉。'"①

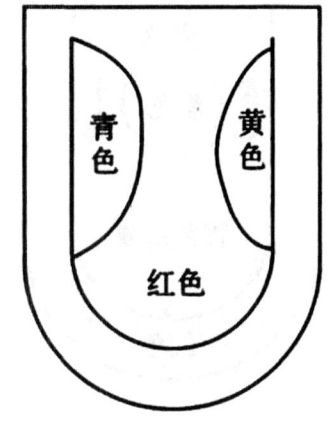

第四种:卜弥格介绍了中医舌苔是黄色的病状:

舌头部分发青,它的两边部分呈黄色,说明阳和阴不平衡,病人第一天感到头疼,全身发热、感到沉重,口渴,骨头好像被折断了似的。第二天,火进了鼻孔,第三天话也说不清楚了。②

舌上有一层黄色的薄膜,中间有黑色的线条,像图画一样,说明病人中了毒,他的胸部发烧,毒侵入到了肠里,因此他日夜都感到难受,腹中排出的粪便部分呈白色,部分呈红色。③

舌头呈浅黄色,说明胃里塞满了东西,胃变硬了,通往胃里的管道被堵塞。大肠干燥,尿带红色,有黏性,是外感的病,但不知道是什么病。④

雷慕莎在博士论文中写道:"舌头变黄的现象也被中国人罗列出来了:'如果整个舌头变黄,或者呈浅黄舌,胃坚硬,腹部不畅通,肠干燥,小便赤色或不畅。有时患者说话特别多,不出汗。'如果舌头是黄色的而舌尖是红色斑点,像珍珠一样,说明肠里有热:这时病人发高烧;病人说话声音不和谐;全身疼痛;头好像被挤压了一样;心里被厌恶的事情填满。如果舌头中间呈黄色而周边是白色,病人经常呕吐,咳嗽;头沉重,肾疼痛等等。"⑤

———————

① Abel Rémusat: *Dissertatio de glossosemeiotice sive de signis morborum qua è linguâ sumuntur praesertim apud Sinenses* . p. 14.
② [波兰]卜弥格著,张振辉、张西平译《卜弥格文集》,上海:华东师大出版社,2013年,第370页。
③ 同上,第371页。
④ 同上,第372页。
⑤ Abel Rémusat: *Dissertatio de glossosemeiotice sive de signis morborum qua è linguâ sumuntur praesertim apud Sinenses* . p. 16.

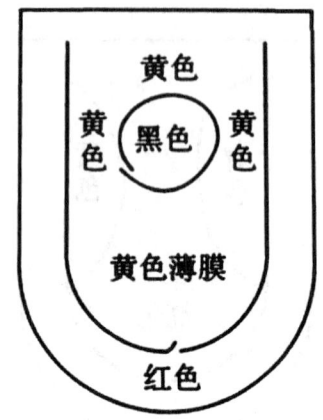 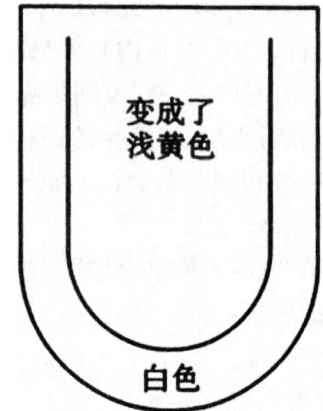

通过这种介绍,雷慕莎说:"中国医生的天才和研究通过从舌头的不同颜色来诊病就已经可见一斑。"他在论文中并不是简单地介绍和翻译中医的舌诊方法和理论,他还将中医的这套方法和欧洲的医学之父希波克拉底(Hippokrates of Kos,约前460—前377)做比较,最后他得出的结论是:"我清晰地对中国人从舌头的状态诊病及其与欧洲医学理论的契合进行了介绍。其内容丰富、翔实,显示出他们出色的智慧。"①

这样,我们可以清楚地看到卜弥格所翻译和介绍的中医理论,特别是所介绍的中医关于舌苔病症的诊断和治疗的方法,为雷慕莎展开中医与西医的对比提供了基本的材料,成为他的博士论文的一个重要组成部分。

### (四)结语

欧洲汉学到18世纪末和19世纪初发生了较大的变化,传教士汉学转变为"专业汉学"。法国汉学经过弗雷烈(Nicolas Freret)、傅尔蒙(Atienne Foummont,1683—1745)、黄嘉略这样的传承,到19世纪初,专业汉学诞生。在法国东方学中开始有了一个新的学科:汉学。如戴密微(Paul Demiéville,1894—1979)所说:"1814年11月11日,法兰西学院汉语教授

---

① Abel Rémusat: *Dissertatio de glossosemeiotice sive de signis morborum qua è linguâ sumuntur praesertim apud Sinenses* .p. 19.

席位的创立使汉学研究的面貌大为改观。这不仅是对法国汉学,而且对整个欧洲汉学都是一个关键性的日子。对中国的研究列为大学学科,这在西方世界还是第一次。在俄国直到 1851 年,在大不列颠直到 1876 年才进入大学学科,在欧洲其他国家那就更晚了,美国是最后。"①担任第一个汉学教授的是当时年仅二十七岁的阿贝尔·雷慕莎(Abel Rémusat,1788—1832)。戴密微说他最初是攻读医学,1813 年进行中国医学论文答辩,1811 年由于他对"鞑靼"语言以及 1813 年对中国语言文学的研究引起了人们的注意,雷慕莎做了汉学教授后的代表性著作是《汉语启蒙》(*sans guide,sans secours et sans instruments*)。

以雷慕莎成为法兰西学院的第一位关于汉学研究的教授为标志,法兰西学院开创了汉学研究专业化的新时期。

---

① [法]戴密微《法国汉学的历史》,载《中国文化研究》1994 年春之卷(总第 3 期)。

雷慕莎像

法兰西学院外景

## 二、传教士汉学与西方的中国形象——
## 兼论形象学对欧洲早期汉学研究的方法论意义

前面我们提到基歇尔(Athanasius Kircher, 1602—1680),他被称为"最后的一个文艺复兴人物"。① 他所著的《中国宗教、世俗和各种自然、技术奇观及其有价值的实物材料汇编》(China monumentis: qua sacris qua profanis, nec non variis naturae & artis spectaculis, aliarumque rerum memorabilium argumentis illustrata),简称《中国图说》(China Illustrata),在欧洲早期汉学发展的历史中有着重要的地位。法国学者艾田蒲(Etiemble)认为这本书当时在欧洲的影响实际上比利玛窦和金尼阁的《中国札记》影响还要大。②

---

① [法]艾田蒲著,许钧、钱林森译《欧洲之中国》上册,郑州:河南人民出版社,1992年,第269页。
② G.J.RasenKranz: *Aus dem Leben des Jesuiten Athanasius Kircher 1602—1680*, 1852, p.13.

该书的英文版译者则认为"该书出版后的二百多年内,在形成西方人对中国及其邻国的认识上,基歇尔的《中国图说》可能是有着独一无二的最重要的著作"。

ATHANASII KIRCHERI
E Soc. Jesu
CHINA
MONUMENTIS,
QUA
Sacris qua Profanis,
Nec non variis
NATURÆ & ARTIS
SPECTACULIS,
Aliarumque rerum memorabilium
Argumentis
ILLUSTRATA,
AUSPICIIS
LEOPOLDI PRIMI,
ROMAN. IMPER. SEMPER AUGUSTI,
Munificentissimi Mecænatis.

AMSTELODAMI,
Apud JACOBUM à MEURS, in fossa vulgo de Keysersgracht.
ANNO M. DC. LXVII.

如何看待基歇尔在《中国图说》中所塑造的中国形象是在研究欧洲早期汉学史中十分典型的个案,本文试图运用比较文学的形象学理论,对《中国图说》的中国形象做一解读。

## (一) 社会集体想象

基歇尔在《中国图说》所描述的中国形象的一个重要方面就是对中国文字的介绍,通过对中国象形文字的介绍,揭示出中国文化特质。

在西方系统地介绍中国形象文字影响最大的就是基歇尔的《中国图说》。前面在《中国图说》的研究中已经详细介绍了这本书中的汉字。

基歇尔关于汉字的这些材料来自于晚明入华的传教士卜弥格(Michel Boym,1612—1659)。卜弥格为挽救南明王朝在 1653 年来到罗马,希望罗马教廷给予南明王朝支持①,他在罗马待了三年,1656 年返回中国,在这期间,他曾教过基歇尔中文读写。在基歇尔写作这本书时,罗马的梵蒂冈图书馆已有了一些入华传教士带回的中文书,其中有一本《万宝全书》。据丹麦学者龙伯格(Knud Lundbaek)考证,基歇尔所介绍的这十六种文字大部分是来自这本书,该书共 8 卷 38 章,其中第 11 章专门讨论了中国的文字书写,第 17—23 章介绍了中国的书法、印章。②

从文字学本身来说,这些文字显然不是中国成熟的文字类型,但为什么基歇尔要选择这些文字类型介绍给欧洲的知识界呢?显然,这和他当时脑中已有的东方形象有关。如从形象学的角度,我们需要研究"形象的创造者"基歇尔,研究"注视者的文化"——当时欧洲的"社会集体想象物",这样才能得出合理的解释。

大航海以后,传教士无论是从墨西哥→菲律宾→福建路线入华,还是从果阿→马六甲→澳门入华,都陆陆续续写了一些关于中国的书,报道了中国的一般情况,但在利玛窦的《天主教传入中国史》在西方出版以前,西方对中国文化的认识水平仍处在很初级的阶段,对中国文字的认识基本上还没入门。虽然基歇尔此书的材料大部分来自在中国生活过的传教士卜

---

① 《中西文化交流史:1500—1800》英文版,1983 年号,第 8 页。
② 参阅[波兰]爱德华·卡伊丹斯基著,张振辉译《中国的使臣:卜弥格》,郑州:大象出版社,2001 年。

弥格之手,但基歇尔在加工这些材料时,还是在"社会集体想象物"的支配下与现实拉开了距离。

此时,欧洲人的东方概念仍是以埃及为其模本,因而在解释中国这些文字时,基歇尔自然想到了埃及的楔形文字,所以他说"最古老的中国文字来自埃及,从埃及人那里,中国人引申出自己的书写体系"。①

让·马克·莫哈在《讨论文学形象学的研究史及引者论》一文中认为在对异国形象的描述中有两种类型,一种是"意识形态"一种是"乌托邦",前者与任何自塑自我形象,进行戏剧意义上的"自我表演",主动参与游戏和表演的社会群体的需求相连传,也就是说"从自身的起源、身份,自我在世界史的地位的观念去解读异国"。② 后者则通过异国形象的相异性,来批判自身的文化,正如莫哈所说的"凡按本社会模式、完全使用本社会话语重塑出的异国形象就是意识形态的,而用离心的、符合一个作者(或一个群体)对相异性独特看法的话语塑造出的异国形象是乌托邦的"。③

按照这样的原则,我们看到基歇尔的中国语言观,基本上仍是基督教的语言观,他认为:"在洪水泛滥的三百年后,当时诺亚后代统治着陆地,他们把他们的帝国扩展到整个东方的版图,中国文字的第一个发明者是皇帝伏羲,我毫不怀疑伏羲是从诺亚的后代那里学会的。"④基歇尔的这种语言观在当时欧洲占着主导地位,在基歇尔的这本书出版两年后的1669年,英国人约翰·韦伯(John Wehb)写了一本叫《有关中华帝国的语言有可能是最早语言的历史论著》(*An Historical Essay Endeavoring a Probability that the language of the Empire of China is the Primitive Language*)的书出版,这本书根据《圣经》"创世纪"第11章第11节中的一段话"耶和华降临要看看世人所建造的城市和塔,耶和华说:'看哪,他们成为一样的人民,都是一样的言语。如今既作起这件事来,以后他们要做的事,就没有不成就的了。我们下去,在那里变乱他们的口音,使他们语言彼此不通。'于是耶和华使他们从那里分散在全地上,他们就停工不是那样了。因为耶和华在那里变乱天下的言语,使众人分散在全地上,所以那城名叫巴别(变乱之意)"。

据此,约翰·韦伯认为在创造巴别塔时,人们的原始语言是汉语,即汉

---

① 《中国图说》英文版,第75页。
② 孟华主编《比较文学形象学》,北京:北京大学出版社,2001年,第35页。
③ 同上,第32—33页。
④ 《中国图说》英文版,第375页。

语是在耶和华乱了人们的语言前的世界通用的原始语言。

这说明当欧洲人第一次面向汉字时,他们只能根据自身的文化,自身的历史来解读汉字,解读中国。他们的文化是基督教的文化,《圣经》是基督教文化之母体,他们的历史观当时仍处在基督教的历史观中。由此出发,他们把中国文字,中国文化纳入到自身的话语系统。

从形象学的"社会集体想象"的类型来看,显然,支配基歇尔、约翰·韦伯等人的"社会集体想象"的类型是属"意识形态"。

在形象学中"社会集体想象"的这两种类型的区别是明显的:"第一个方向趋向于整合,重复,反射;第二个则由于是远离中心的,故趋向于漂泊。"①但这两种类型并不是截然分开的,"一个离开另一个就无法生存"。利科(Paul Ricoeur)认为,"我们甚至很难决定某种思维方式到底是意识形态的还是乌托邦的",②在基歇尔的《中国图说》中也表现出了这种特征,虽然他理解中国的基点是基督教的世界观,但处处他也流露出了对这个东方大国的赞扬,他说:"中华帝国是世界上最富足和最强有力的国家……它有一位拥有绝对权力的君主,比今日世界上所有其他王国的国君的权力都大。"③在他的笔下,中国地域广阔,从南到被如此之广大,包含了热带、寒带各种气候带;中国物产丰富,世界各地的水果、林木、香料、动物,中国都有,人们能品尝到各类水果,看到各类珍奇动物。中国土地肥沃,湖泊、江河湿润着所有的土地,交通发达通畅,陆路和水路交通把一个个城市联系起来。

中国不仅在地理位置、自然环境上有着独特的条件,经济上还高度发展,而且政治昌明,法律健全,行政管理有效,民风醇厚淳朴,人民勤劳。基歇尔甚至认为中国就像柏拉图所设计的理想王国,因为整个中国是由文人来管理的。基歇尔笔下的中国是一个富裕的中国,文明的中国,是一个令人神往的国度。在这种介绍中,基歇尔表现出了文艺复兴以来的那种对自然的颂扬,对开明政体的向往,对一种人文精神的认同的基本倾向。显然,相对于中世纪的欧洲来说,中国胜过欧洲的任何一个国家,这是一种暗喻,一种衬托,一种比较,这种暗喻之中表达了一个"远离中心的存在",一个

---

① 《中国图说》英文版,第317页。
② 孟华主编《比较文学形象学》,第61页。
③ 同上。

神奇的东方的存在。这当然是"社会集体想象"中的乌托邦类型。

康熙形象第一次出现在欧洲

通过基歇尔对中国形象的描述,我们可以看到"社会集体想象"中这两种类型的参透和互补,这两个方面往往是交织在一起的。但我们又不能说由于二者的联系和相互参透而否认了它的基本倾向。

正如伏尔泰那里,我们看到他的中国形象主要受"乌托邦"类型的支配,他以中国为例作为他对法国现实社会的批判。①

那么,在基歇尔这里,他的中国形象尽管有着乌托邦的因素,但他并不是以此来批判中世纪的基督教的。相反,即便在他的比较、衬托中流露出了对东方的向往,但描述的基本框架仍是"意识形态"的。如在谈到中国的富有和道德的高尚时他说:"因此,我常常感到惊奇的是:对于骄奢淫逸

---

① 参阅孟华《伏尔泰与孔子》,北京:新华出版社,1993年,第53页。

与黑暗重重的这样一个帝国,上帝竟赐予如此富裕的财富。可是,上帝的谋臣隐藏起来了,我们不能对他们进行查究。我们不得不得出的结论是:上帝预见到当地人在等待永久性的惩罚,因而对他们培育出来的良好道德,以及他们生活遵循的规则,乐意予以补偿。于是,上帝为他们提供丰富的日常需用的东西,这和上帝使太阳在善与恶上面一起升起是同一道理"。①

这说明我们在使用形象学的"意识形态"和"乌托邦"这个标准时,不能截然分开,应根据每一个作者的具体情况做具体的分析。

《中国图说》中的宫中贵夫人

### (二)形象的虚幻与真实

"形象学认定,在按照社会需要重塑异国现实的意义上,所有的形象都

---

① 《中国图说》英文版,第320页。

是幻象,如同所有的虚幻作品都是按照一个更高层次的现实主义重塑现实一样。"①这说明形象是对异国的描述和重构,但这种描述和重构是异地确实存在的对象,但又是当下不在场的对象,一种缺席的对象的"任意展现"。② 从文学的角度来说,这是对的。其实不仅是异国形象,任何文学作品中的形象都是作家的重塑和重构,原始形象的在场与不在场对作者来说都是无所谓的。这一点在16—18世纪西方文学中的中国形象表现得尤为明显,如英国作家哥尔德斯密斯(Goldsmith, Oliver, 1730—1774)在《公簿报》(Public ledger)上发表的《旅居伦敦的中国哲学家叔和致北京友人李济安书》,简称《叔和通信》(Aletter from Xo Ho),《中国人信札》,这部书信集中四分之三的内容是一位叫李济安·阿尔打基(Lien Chi Altangi)的人写给北京礼部官员的信,而实际上,无论李济安·阿尔打基还是北京的礼部官员都根本不存在,这都是哥尔德斯密斯虚构的人物,而书中所描述的中国形象则完全是他虚构的,③实际上他"展现的不是缺席事物,而是不存在的事物"。

这点在德国16—18世纪文学中也是这样,作家根据自己的想象,在塑造着东方的形象。④

基歇尔的《中国图说》,作为欧洲早期汉学的代表作,他书中的材料全部来自传教士之手,这些传教士都长期在中国生活过,这点使他的《中国图说》和哥尔德斯密斯的《中国人的信札》不同。在这点上《中国图说》和门多萨的《中华大帝国史》属于一类书,两人都来到过中国,而书中的材料也都是依赖于入华传教士所提供的,其中绝大部分材料都是较为真实的,如基歇尔对西安大秦景教碑的介绍,内容完全是真实的。就此而言,《中国图说》应属于史学著作,而不是文学著作。但同时又应看到,早期欧洲汉学著作,大多是以游记形象出现的,若与1814年在法国所诞生的专业汉学相比,16—18世纪的汉学著作中文学性内容,想象性内容还是有的,而不像今天的专业汉学,基本上对中国的研究是在一种较为严格的学术框架中展

---

① 孟华《比较文学形象学》,北京:北京大学出版社,2001年,第39页。
② 同上,第43页。
③ 参阅范存忠《中国文化在启蒙时期的英国》上册第九章,上海:上海外语教育出版社,1991年。
④ 参阅卫茂平《中国对德国文学影响史述》,上海:上海外语教育出版社,1996年;顾彬《关于"异"的研究》,北京:北京大学出版社,1997年。

开的。

例如,《中国图说》中对西藏的介绍,这是基歇尔转引白乃心(Tean Grueber,1622—1680)路经西藏时所写的信而改写的,大部分较为真实,特别是首次以图画的形象向西方展现了西藏的形象。例如他对拉萨的介绍,图中有布达拉宫雄伟的建筑,看起来八九不离十,但研究者认为"这幅画的内容,不完全是当时看到的情景,而增加了画家一些想象成分,如那辆两轮车,在拉萨是不可能存在的"。①

《中国图说》中的西藏布拉宫,这是欧洲出版物中第一次报道西藏并附有图

---

① 伍昆明《早期传教士进藏活动史》,北京:中国藏学出版社,1992年,第338页。

又如，白乃心所画的两个人向达赖喇嘛朝拜图，图里的达赖喇嘛的衣服完全不对，而且"这幅画纯属白乃心想象画出来的，因为白乃心没有亲眼见过第五辈达赖喇嘛。他在拉萨时曾经提出谒见达赖喇嘛，但第五辈达赖喇嘛回答不同意接见，因为他不是异教徒"。①

就此而言，基歇尔的这部书，乃至整个欧洲早期汉学又具有一定的文学性质，或者说是一种介于史学与文学之间的形态。

其实形象学并不仅仅在于指出任何异国形象都是被"注视者"所幻想出来的，而更在于通过考察"社会集体想象"，考察"注视者"的"幻想"与历史之间的关系。正如巴柔所说的，"这里涉及的是要考察文学文本与某一社会文化情境是否相符的问题，……考察所研究的文本处于什么样的认

---

① 伍昆明《早期传教士进藏活动史》，北京：中国藏学出版社，1992年，第337页。

知、权力场中,它可能主要面对什么样的社会文化阶层;总之,是要考察对异国的文学描述与所谓'被注视者'文化是怎样交接起来的。"①

但应注意,按照巴柔的理解,形象学的历史方面的努力,主要是讲"注视者"如何在一定的历史环境中描述与创造,他关注的是文学的主体一面,在此他认为"这一形象从来都是不忠实的"。②

我认为这个结论很难用在《中国图说》上及欧洲早期汉学的著作上,从史学角度看,《中国图说》及西方早期汉学的著作描述了比以前更为真实的中国,在对中国知识的认识上又前进了一步。由此,其塑造的中国形象里有真实的一面,但同时,从其游记的性质来看,基歇尔的《中国图说》中的中国形象又有他和传教士们虚构的一面,"误读"的一面。

从人类文化交流史来看,作为文学内容的"异国形象"和作为历史学、人类学的"异国形象"是交织在一起发生的,想象的翅膀往往是在真实的知识上飞翔起来的,而在认识演进的过程中,任何知识都有局限,它又必然和想象混杂一起。在实际历史的过程中,在异国形象确立的过程中这两个方面是不可分的,是一个统一的历史过程。所以,在研究"异国形象"时,不仅应注意到"注视者"的幻想、误读,还应注意到"注视者"所获得知识者的真实,现实和在人类学,历史学知识上的演进。就此而言讲,我不同意"形象从来都不是忠实的"。我也不同意在形象的研究中只注意研究"注视者"的文化、历史和运作机制,而不注意探究形象的真实程度及其与现实的关系。③

从马可波罗所塑造的"神秘中国"到入华传教士所描述的"文明中国",这中间固然有欧洲文化演进的内在机制的需要,欧洲文化自身的需要,但同时,这种"中国形象"的改变也与欧洲对中国知识的增加,对真实中国认识的深入,使一个真实中国的再现有关。

这两个方面在"异国形象"的形成中同时发挥着作用。任何"误读",任何"幻想"都是在一定人类学知识的基础上发生的,而任何人类知识的产生又都有着幻想的部分,都有着描述者的幻想和社会集体想象对其的支配。

从另一方面说,人类学和历史学研究不仅应注意其知识上的真实、也应注意到这种知识产生的社会想象的背景,反之,形象学不应只研究"注视

---

① 孟华《比较文学形象学》,第138页。
② 同上,第139页。
③ 同上,第123页。

者"的历史、运作和它的幻觉,也应注意"形象"和真实知识之间的互动,以及这种知识和注视者之间的关系。

我认为基歇尔的《中国图说》及西方早期汉学的著作可以说明这一点。

《中国图说》中中国社会的各类人物,第一个人物画家是卜弥格和自画像

## 第九章 专业汉学的兴起

《中国图说》的明朝人,上面的两幅画很可能是永历和王太后的像

## （三）形象学对欧洲早期汉学史研究的方法论启示

如果从历史发展来看，我们可以把欧洲汉学的发展看成三个阶段，以马可·波罗游记所代表的"游记汉学"，以传教士书信所代表的"传教士汉学"，以今天在西方大学体制内所发生的"专业性汉学"。

对欧洲汉学史的研究是近二十年来的事，即便是欧洲也刚刚开始注意，从研究者的背景看，大多是从历史学科，从中西文化交流史的角度来把握欧洲汉学史研究的。

尤其是在欧洲早期汉学史的研究中，研究者的兴趣大都集中在两个方面：

其一，欧洲对中国的认识是如何进步的。例如早期把中国与契丹混同到以后认识到二者的区别，对中国地理、历史知识有了实际渐进。作为东方学的一支，作为历史学的一部分，欧洲对中国的知识也有一个发展、演进的过程，欧洲早期汉学史研究的任务就是描绘出欧洲对中国真实知识认识的历程。

其二，从传教士入华以后，关于中国的历史记载已不仅仅出现在中文文献中，也同时出现在西方的文献中，记录中国历史事件、社会变化的也不再仅仅是中国的历史学家，传教士、商人、游客也成为中国历史的重要记录者。这样欧洲早期汉学史就同中国史紧密地联系在一起，这就是为什么最关心欧洲早期汉学史的人是做明清史研究的人，或者可在一定意义上讲对欧洲早期汉学的研究是对明清史研究的一个补充。

这两个方面都是在求知，都是在历史学，人类学的知识框架中发生的。实际上欧洲汉学史对欧洲的思想文化史来说还有另一层意义，即欧洲早期汉学史中的"中国形象"作为欧洲自身文化裂变的一个重要因素，中国是作为启蒙运动的旗帜，乌托邦理想而出现的，在这个意义上，它是从比较文化，从欧洲自身文化的发展来看。

如果探讨欧洲早期的"中国形象"就必须研究欧洲早期汉学，而这种研究的重点已不是关注中国知识增长了多少，所记载的中国历史事件有多少，而是研究这种"中国形象"形成的历史机制，社会集体想象等，如上面我们所分析的。这样就必须运用形象学的理论。

从这个意义上讲，形象学不仅给了我们研究欧洲早期汉学的一个方法,也给了我们研究这段历史的一个新的视角,开辟了一个新的研究方向,这个意义是十分重大的。以上是方法论启示的第一点。第二是形象学方法的局限性。汉学就西方的知识体系来说它是处在西方的东方学这个大的体系之中,目前在西方影响颇大的萨义德(Edward W.Said)的《东方学》是后现代思潮的一本重要著作,是对西方学术中的东方学做系统批判的一本书。

萨义德的《东方学》的理论基点是反对史学与文学中的"欧洲中心主义",他的理论框架基本是形象学的一套理论,他认为西方学术中的东方学是西方在向东方扩张时,在其帝国主义的意识形态下建构起来的,西方的东方知识是在殖民扩张以及对新异事物的兴趣的背景下发展起来的,这种意识形态的话语就是"东方是非理性的,堕落的,幼稚的,'不正常的',而欧洲则是理性的,贞洁的,成熟的,正常的。"①

萨义德利用的就是形象学的方法,着力于对"注视者"的历史文化进行解释,说明东方学产生的欧洲文化、政治背景和"社会集体想象",他很深入地揭示了欧洲文化对东方的关注是源于自身的问题,东方学的研究一直受制于西方的文化传统,受制于现实情境,受制于西方的教育、文化和政府这样的机构。因此,东方学的研究的学术性是大值怀疑的,他们"从来就不是自由的,而是受其形象、假设和意图的限制的"。②

他得出的结论是"东方学自身乃某些政治力量和政治活动的产物",③他认为对于19世纪的欧洲人来说,"每一个欧洲人,不管他会对东方发表什么看法,最终都几乎是一个种族主义者,一个帝国主义者,一个彻头彻尾的民族中心主义者"。④

这样,东方学的客观性,真理的真实性都已不存在了,整个东方学是意识形态的产物,如萨义德说的是尼采主义上的真理体系,而尼采则认为"真理本质上只是幻想"。

显然,这个结论和形象学所说"不必探究形象的'真实'程度及其与现

---

① [美]爱德华·W·萨义德著,王宇根译《东方学》,北京:生活·读书·新知三联书店,1999年,第49页。
② 同上,第257页。
③ 同上,第260页。
④ 同上,第259页。

实的关系"①,"形象神话和海市蜃楼"②是异曲同工的,只不过,形象学把自身限定在文学的范围中,而萨义德则把这一原则扩展到整个东方学,无论是历史、人类学、还是文学,概莫能外。

形象学和萨义德的"东方学"对早期欧洲汉学的研究提出了一个根本性的问题:作为东方学一部分的欧洲汉学如果是意识形态的产物,是帝国主义早期殖民主义扩张的产物,那么它的真实性何在?或者进一步扩大,在历史研究中,如何确立"历史事实"和意识形态的关系,如果像后现代主义者罗兰·巴特(Roland Barthes)所说的,"历史推论在本质上是意识形态经营下的一种形式,或者更正确一点,是想象的惨淡经营"③,那么历史学还有存在的必要吗?

平心而论,形象学对"注视者"文化的研究,对"社会集体想象"的分析有着极大的启迪性。就萨义德的《东方学》来说,他的反欧洲中心主义立场我也十分认同,他对西方东方学的意识形态特点的分析,对东方学与西方在东方殖民地的扩张之间的互动的分析都十分精彩,他提供给了我们一个把握西方早期汉学的重要方法。但我认为不能把西方的东方学完全归为帝国主义扩张的结果,不能完全把西方早期汉学意识形态化。

就西方早期汉学而言,西方对中国的态度在1500—1800年期间基本上是巴柔所说的"亲善"态度,这和1840年以后的中西文化关系有较大的区别,这既是由中国文化的悠久历史所决定的,使西方不能在东方采取对待北美印第安人的态度;也是由当时中西双方的经济实力决定的。萨义德更多是以19世纪的东西方关系为基础展开的,忽视了西方对东方,尤其对中国态度的演变过程。

欧洲早期汉学中的想象、幻觉部分一直存在的,如上面对基歇尔的分析,但这种想象的成分另外和幻觉的成分是与他们对中国认识的精确知识的增长是交织在一起的。我们既不能说欧洲早期汉学完全是意识形态的产物、是虚幻的、是毫无真实性可言的,也不能说此阶段的汉学研究完全以真实材料为准,毫无虚幻。这一点在基歇尔的《中国图说》中表现得很清楚,我们研究者的任务是分析出哪些成分、哪些内容是意识形态的产物,是

---

① 孟华《比较文学形象学》,第114页。
② 同上,第122页。
③ Roland Barthes, *The Discourse of History*, The Postmodern History Reader, London: Routledge, p. 121.

想象,哪些内容是精确知识的推进。当然,即便是想象部分我们不仅不否认其价值,还可以从想象部分入手探究欧洲早期汉学的另一面:即在欧洲文化变迁史中的作用。所以,对西方早期汉学必须做具体的分析,而不能一概而论。在西方对中国认识的历程中真实知识和想象部分之间,在不同的时期其比例也是不一样的。应做历史性的具体分析,勾画出二者之间的互动与消长,不能一概认为西方的东方知识统统是幻觉。

推而广之,任何历史研究者不可能没有推论的部分,因为史学的基本方法是在史料基础上的叙事与解释,而史学家无论采取其中哪一种方法,都将受其时代意识形态的影响。也就是说,后现代主义的史学观揭示出了历史研究中的意识形态因素是对的,但不能由此而把历史研究看成史学者主观的推论,史学者完全是意识形态的结果,历史从此失去真实性。

我们在研究中应把主观推论和意识形态压到最低程度,同时给予这种意识形态一个背景说明。这样才能做到史实客观,使历史能接近真实。① 如王夫之所说历史学的任务是"设身于古之时势,为己之所躬逢,研虑于古之得为,为己之所任"。② 这种传统的史学观仍有基本的价值。

---

① 杜维运《后现代主义的吊诡》,载(台湾)《汉学研究通讯》2002年2月,第1—3页。
② 王夫之《读通鉴论》卷末《叙论四》。

## 附录：西方第一位专业汉学家雷慕莎的博士论文《舌诊研究，即论从舌头看出的病征，以中医理论为中心》[①]

雷慕莎著 李慧译[②]

译者按：法兰西公学院（Collège de France）的第一位汉学讲座教授让·皮埃尔·阿贝尔·雷慕莎（Jean Pierre Abel-Rémusat, 1788—1832）在主持讲座之前曾在巴黎医学院（Faculté de Médecine de Paris）学医。他的医学学位论文《舌症状研究，即论从舌头看出的病征，以中医理论为中心》于1813年在巴黎出版（*Dissertatio de glossosemeiotice, sive de signis morborum quae è linguâ sumuntur, praesertim apud Sinenses*, Parisii, Ex Typis Didot Junioris, Typographi Facultatis medicae parisinae, 1813.）。论文分前言和正文两部分，在前言中，作者阐述了选题理由：希望利用自己的汉语知识向西方介绍中医理论；正文中作者首先介绍了舌头的构造，然后将西方医学与中国医学在舌诊方面的理论进行对比分析，得出中、西医学相通，中医值得西方学习的结论。作者从1805年起自学汉语，他的中医知识来自于由耶稣会传教士卜弥格的（Michel Boym, 1612—1659）中医著作，西医理论则主要取自希波克拉底、盖伦、阿尔毕诺等古希腊、罗马和近代医学家的著作。全文共21页，正文用拉丁文撰写，脚注和尾注中也包含古希腊语引句，语言规范，文风严谨、典雅。该论文或为西方第一篇介绍中医并将中、西医进行对比的学术论文。

### (p.v) 前言

鉴于我这个选择学习高尚的医学并一直学习至今的学生需要参加考

---

[①] 感谢罗马慈幼会宗座大学拉丁语教师 Leonardo Rosa Ramos 博士和 Ruggero Mostert Manciati 先生对译者提供的帮助。

[②] 感谢李慧同意将这篇译文收入本书。

试,以展示我这些年在这所"医学院"①接受的教育中取得的一些成果,并证明我已具备获得这个博士学位的能力,我选择了一个可以忠实地展示你们的教导成果且富有新意的研究课题,希望不会给你们带来同我曾经从你们的课中吸收到的知识一样多的厌烦。因此我想,我尝试着在从你们那里学到的知识上加一些新的东西,或许很有用,而这些新东西是我粗浅的经验不能完整介绍的,但又是完全异国的、却又不偏离医学这个学科的学问。

现在有很多在你们的引导和榜样下重新使用的医学资源,好像几乎已经没有希望或必要增加这些资源。然而我希望,即使我说了一些不寻常的东西,我还能免于你们对我的轻率的批评,这些不寻常的知识是我从一个完全不同于我们的民族的医学系统中学来的,并且如果我们必须分析物理和自然史知识的话,我们不应该将这些不寻常的知识和我们欧洲人对比,而且不能因为它们不同就鄙视它们,也不应该随意地评判它们。所有的欧洲人都认为,关于科学的实践和正确的认知只在欧洲有,(p.vi)他们不停地嘲笑那些从亚洲人的学问中引进、应用或模仿的东西。我知道他们的自大是基于三个世纪以来他们在自然科学方面所取得的巨大进步,我将会注意不以过多地、不成熟地展示中国知识来反对他们的自大。但我要说的是,在我看来中国并不是对自然科学无知的国家,在他们的书中有很多自然科学方面的知识,而这些知识值得引起我们欧洲人的注意。在不计其数的例子的佐证下,这一点是非常清楚,若不是那些为我们传递了大量、美妙信息的大多数传教士对物理知识一无所知的话,这一点会更加清楚。一方面来说,他们涉及历史、哲学、风俗的作品集非常精彩,甚至几乎没有哪个学院的著作能超越他们,但是在自然学科领域,他们的作品则是空洞的、无内容的。另一方面也出现了一些批驳"中国无科学论"的著作:尤里乌斯·冯·克拉普罗特(Cl. Julius von Klaproth),著名父亲的合格儿子以及我的好友,已经在圣彼得堡学院刊物的最后一卷解释了中国化学原理。我专攻医学和植物学,我会将我的研究在《中国植物简介》(*Florae Sinicae speci-*

---

① 译注:原文 in hoc Asclepiadeo 直译是"在这所阿斯克雷庇亚德欧"。比提尼亚的阿斯克雷庇亚德斯(Asclepiades of Bithynia c. 124/129—40 BC)是古希腊医生、物理学家、哲学家,曾在罗马建立了一所医学校,他的名字 Asclepiades 成了医学院校的代名词。此外,在古希腊和古罗马,Asclepeion(拉丁语 Aesculapium)是供医神奉阿斯克雷庇亚的神殿,殿内祭祀都是医生。据说希波克拉底曾在科斯岛的一所阿斯克雷庇亚神庙学医,古罗马名医盖伦(Galenus 129—200)也是在帕加玛(Pergamon)一所神庙做祭司助理。

men)介绍出来,这部作品如今还在修改中,很快会和读者见面;在这篇作品中,我将配有图片的中国植物的名称和林奈的命名进行对比。我不否认解剖学、动物学、物理学在中国还处在原始的阶段,如曾经在古希腊一样,我并不否认他们没什么价值。(p.vii)此外还有医学,我在这里将要对它进行介绍,以下我将会用更多的时间来完成这个任务。

如果在某民族的某项科学的价值方面就这个民族在这门学科中取得的进步进行评价,在中国或许没有一门学科像医学这样先进,世界上没有一个医生可以与中国医生相比。他们从帝国诞生起就开始研究医学,那些至今为止还受到人们极大尊敬的古代皇帝被认为是医学的发明者和推动者。然而要承认的是中国投入更多的是研究而不是实践,在自然史的其他方面也是如此。此外,中国人以一种抽象的、难以理解的方式来表达,不断地运用形而上的关于世界起源的理论,这些理论在传教士的著作中有所介绍,却还处在不能被完全理解和实践的程度;似乎没有任何以晦涩战胜中国医学的东西从人类的智慧中诞生,而且这对于欧洲人来说特别困难,甚至不可能在这词语的迷雾中抓住任何具体的东西。比较好懂的是卜弥格从汉语书翻译成拉丁文,后来被克莱耶剽窃、编纂并以自己的名字出版的一部著作:即使某个不懂汉语的人试着十分仔细地阅读这些内容,也会立刻遇到不计其数相互交织的谜团,并不比阅读用原语言撰写的文章更好懂。

(p.viii)但是,我认为不应该根据这些作品来评价中国医生,因为他们已经能够在晦涩的语言中正确地理解自己,并且从模棱两可的句子中找出通过长期运用和实践得出的真理,正如曾经我们的同胞一样。我也认为不应该从传教士用错误的方法写出的作品中来收集错误批评中国医生,因为那些能被称作医生的人在中国和在欧洲一样也嘲笑和鄙视迷信活动为病人提供的救助。然而,如果我们期待找到一些比较重要的观点,我想这些观点应该在中国人自己的不断被阅读的书中寻找,我不认为那些去查找、收集并理解岐伯(Khi-pe)、雷公(Loui-koung)、王叔和(Wan-chou-he)等其他人的著作的人会浪费时间,在这些著作中有传教士们无意间记下来的关于脉象、舌诊、烙术等理论。我的目的不是在论文中把所有这些内容都涉及,因为即使是长篇巨著也勉强能涵盖所有这些内容。因此我只就一个问题展开讨论,也就是说我将介绍中国非常先进的关于从舌头看出疾病征兆的学问,很多从他们的书中遵守一定规则的格言将会被忠实地摘出来,并用我们的语言通过辛勤努力仔细地整理在一起。如果你们不认为汉语知识没有用,我将在完成正在做的更多工作之后,用我粗浅的汉语知识在合适的时间利用其他机会展示医学的其他部分。

## (p.9)论文
## 舌症状研究

即关于从舌头看出的病症,以中医理论为中心

I.舌头对于疾病的诊断有不少用处,因为舌头和动物的主要脏器胃有着密切的联系,与呼吸和消化器官相关,关系着人身体里的每一个活动,反映并参与着任何危及生命的重病,通常能显示所有的疾病,否则也至少能预告疾病的到来。因此我们并不该感到奇怪,无论是在古代还是在现代,很多医生总是通过舌头的样子来诊病,而且不断地将这些经验写在他们的作品中。首先,希波克拉底将舌头与小便相比①,因为从小便的颜色可以诊病。希波克拉底在很多著作中经常提到舌头这个话题以及舌头呈现出的样子,并通过舌头预测疾病,我将会在合适的时机来分析它们。以他为先驱,现代医生也依据舌苔来诊病,

路易·杜莱(L.Duretus)说②:"从舌头的质量和动作看出的迹象是一门大学问,(p.10)因为通过观察这些现象的原因,可了解和预测在重病中将会发生什么情况。"熟知希波克拉底医学的普若斯贝尔·阿尔皮诺(Prosper Alpinus)说③:"对舌头的观察如此被重视,因为它对于预测疾病来说起到不小的作用。"同样让·里奥蓝(J.Riolanus)④也有同样的感受,

---

① 《书信》(Ep.),1.6:欧莱努斯(Oulenus)正确地阐述了希波克拉底晦涩的句子。《欧莱努斯》,评论5,第16篇。译注:这里的 Ep.应为 Epistulae"书信"的缩写。

② 参见《科斯学派预后论》(*Coac.*),p.133。译注:路易·杜莱(Louis Duret,1527—1586)是法国医生,是国王查理九世和亨利十三世的御医。雷慕莎所引的是杜莱1587年《科斯学派预后论:极好的三卷本著作,由路易·杜莱阐释》(*Hippocratis magni Coacæ prænotiones; opus admirabile in tres libros distributum, interprete et enarratore L. Dureto Segusiano*)一书。

③ 《论病人生、死的预测》(*De Praesag.vit.et mort.aegrot.*),博尔哈编(ed.Boerhaav.),p.316。

④ 《人类书写学》(*Anthropographia*),l.4,第九章。译注:小让·里奥蓝(Jean Riolan1577—1657),法国解剖家。

而他的对手桑多里奥(Sanctorio)认为从舌头诊病是空谈,随机性太大①。与我们同时代的作者也对舌头诊病给予不小的信任,正如我们从勒华(Leroy),布鲁索奈(Broussonet),安德雷-博韦(Landré-Beauvais)等其他症状学家如波尔都(Bordeu),毕奈尔(Pinel)老师以及每个优秀的医生的著作中都可以发现这一点。

中国医生经常从舌头的状态来预测疾病,说明他们在舌头诊病方面不是外行,而是专家。而且,如果从这些标记中,他们的智慧总结出了很多规律,建立了预测疾病的理论,这些与希波克拉底所说的相契合,那么则可以证明这是个无可争辩的事实。如果我没错的话,这些理论在我简要介绍舌头的结构之后将会更清晰。

II.舌头是柔软、肉质的、均衡的,大小不一,根部呈圆形,与内唇相连,舌尖独立,圆滑:外部与三组肌肉相连,即颏舌肌、舌骨舌肌和茎舌肌,这几组肌肉舌内肌构成一个整体,由非常密集的细胞构成的纤维组织紧紧地连接,相互之间紧密交织,无法被分开。(p.11)舌上的动脉由外部从颈动脉而来,静脉由内部从颈静脉而来;向颈上部淋巴腺输送淋巴组织。有两组神经,一组来自脑神经的第九组舌咽神经以及第八组神经的一个分支,从这些神经是肌肉的起点;另一组从下颌骨舌头的分支发出,与血管一起在舌面上生成小泡,我们下面将会介绍。以上是舌头内部的构造,下面将介绍舌头表面的构成。——舌表面由一层黏膜覆盖,这层膜连接口腔膜的其余部分,有三个部分,表层、苔体和腺体。最上面一层面向上腭,由小沟或一条线把舌头分成几乎对称的两部分,这两部分构成舌头的两边,正如盖伦(Galenus)②所说,他清楚地知道这两部分之间几乎没有任何连接物,仅在有时会相互干扰并彼此有些联系。这条小沟在舌头根部下降,就是通常所说的"摩尔加纽斯"(Morgagnius)或小黑洞,在它们公共的区域上布满很多黏膜性的小泡。从小沟的两边,可以看到向内和向外延伸的两条线,中间有不少黏膜性的、菌状的和圆锥状的突起,这些突起的作用是增加唾液和帮助咀嚼。上层粗糙不平,下层根部与肌肉连接,前部独立而光滑,中间

---

① 《避免医者错误的方法》(Vitand., Err.), l. 10. 译注:桑托里奥·桑托里奥(Santorio, 1561—1636)意大利医生。雷慕莎索引书全名为 *Methodi vitandorum errorum omnium qui in arte medica contingunt libri quindecim. Nunc primum accessit eiusdem authoris De inventione remediorum liber*, P. Aubert, 1630.

② 《论各部分的功用》(*De usu partium*) l. II, cap. 10.

有将舌苔分成两半的沟,也被称作"分界"。舌头边缘后部较厚,前部较薄。舌尖接近圆形,舌根部隐藏在口腔内部,无法看到,(p.12)因此也无法为医生提供任何诊断的依据——舌头是品尝、吞咽和说话的工具。上层的功能是区分味道,下层则可很好地感知矿物的酸苦味和金属味。它的三个功能正常运行,需要有以下特征,有正确的大小,没有任何脏污,颜色呈淡红色,上层有一些灰样物,能够灵活自如地活动,湿润,柔软。以上这些特征中出现的问题,有些属于病理学,有些则属于病症学,我们以下只涉及病症学。

III. 从观察舌头得出的现象有四类,即:舌头增大还是变小;舌头表面是否干净,颜色是否有变化;湿润还是干燥,柔软还是僵硬,光滑还是粗糙,是否有溃疡;舌头的活动范围是否变小,不自如,颤抖。阿尔皮诺也在希波克拉底的基础上推出了一个合适的标准,我们将就此简要介绍,为症状学家提供一些较难的信息。此外还需要考虑味觉,整个口腔的健康也会影响到舌头,因此除了以上四点以外还需要参考其他症状。其余舌头的症状我没有在此深入地讨论,在我之前很多人已经做了介绍,我在这里只作引用,以将中国的舌头诊病与我们的做对比。我们将分别介绍每一种现象,尤其是舌头的颜色迹象我们将重点介绍,其他的略述,因为中国医学在这些方面的研究也相对较少,没有什么特别值得引起我们注意的新知识。

(p.13) IV. 中国医学中几乎没有关于舌头尺寸变化的理论,因此我们就只回顾西医在这方面的研究。如阿尔皮诺所说①,舌头的尺寸有时会增大到口腔都无法容纳的地步,但这是十分明显的病症,更需要治疗而非更需要观察。相反的是,舌头的变小,如原句"由于过热过湿,几乎被吸干",如作者的原话,"这是过热和重病的标志"。但如果我们暂且搁下古代医学来看,舌头变小很有可能是由于化脓和身体衰弱。自然,如果整个身体正在消瘦,什么能够阻止天生湿润和布满血管的舌头也同样变小?很多实践和观察都能证明这一点②。

V. 盖伦认为污染舌头的脏物是多孔、海绵状的,这样是能够使过多的水分容易被吸收且向外散发出去③。盖伦用这些表达的空洞似乎破坏了

---

① 《论病人生、死的预测》,p.319。
② 参阅本论文结尾。
③ *De Cris*.III.译注:译者未找到完整外文书名。

希波克拉底的结合了事实和经验的观察,我认为,它的空洞之处在它只停留在理论而并非在事实本身:若我们承认身体各部分互相关联影响,并且我们因此认为肠胃中腐坏的流体体现在舌头的变白或变黄上,那么我们必须承认染黄皮肤、眼白和舌头的胆汁通过淋巴循环。然而在无力性发热中"烟熏现象"不只出现在舌头上,而且还反映在嘴唇和牙龈,事实上正如在坏血病中一样,(p.14)在这种病中体力极度衰弱,因此身体坚硬的部分变得无力,且在湿润的部位伴渗出体液。所以血液会从牙龈和舌头上慢慢地渗出,血量增加,变黑,最终使整个口腔变黑。正如希波克拉底在提到黑色的和有血的舌头时所猜想到的一样①。无论我们以上给出的解释如何,如果要分析舌头的颜色,医生要首先注意不要被表面现象迷惑,比如会发生这样的情况,如果患者喝了未掺水的葡萄酒,他的嘴里会被染黑;还要注意了解患者在患病前舌头是否发红,像着了火一样;事实上有不少人,尤其是那些有好的淋巴系统或下午睡觉打呼的人,他们的舌头较脏,上面有一层白色的湿物,因此需要擦干、洗净患者的舌头,并让其漱口之后,观察是否还有同样的脏污。事实上有时候病在加剧期或恢复期,舌头的症状会变化,或者并不完全显示出来。以上是前言,现在我们来介绍中医是如何预测疾病的。

舌头红,根据中医理论,"是由正在生发的热引起的病,病人浑身疼痛,头晕,目眩,口苦,舌干,身体内有大热,小便赤,困难。有时胸闷、涨,夜间烦躁,脉搏急促,嘴和舌头发红,发肿,嗓子疼痛。如果舌头变得更加红,伴有高烧,患者怕冷,头痛,脉象沉。如果舌头中间有红点,(p.15)热症则更强,胸口像被填满。患者感到口渴,肾疼痛。②"——这些舌头发红的症状,我从很多地方收集来并放在一张图中,从这些症状中,很容易看出来是由血管扩张和炎症引起的普通的发烧,现在为了做一个对比,我在这里简要回顾:头痛,乏力,从头蔓延到身体其他部分的高热,脸发红,口渴,皮肤发热,脉搏频率快,吞咽困难,等等。这些都是从毕奈尔(Pinel)老师的范例中总结来的,和中国人描述的是一样的。

VII."如果舌头是白色的,并且带有黏物,在尖部变黄,"中医认为,"这是胃衰弱的症状,经常出现肠子消化很频繁且时间很长,恢复肠子以前的

---

① 《格言医论》,VIII,9。译注:Aph 是 Aphorismi 的缩写。
② 在 B.J.P. 的书中有很多相关论述,我从《论医学》这部书中将它们简要地综合在一起。

能力需要吃合适的食物。"我认为,在这个描述中没有什么出现所谓的伴随有黏液分泌的发烧这样的术语,但是症状和说明与我们的理性科学完全吻合。在由于吃了腐败的食物胃液或肠液过多分泌而引起的轻度腹泻时,舌头则呈现白色而且只在舌尖有黄色,吃药不如食用能祛病、复原胃气的食物有用。这种方法也可以用于长期患此病、舌头总是白色的患者。

VIII.舌头变黄的现象也被中国人罗列出来了:"如果整个舌头变黄,或者呈浅黄舌,胃坚硬,腹部不畅通,肠干燥,小便赤色或不畅。有时患者说话特别多,不出汗,不想吃喝,(p.16)感到胸闷。此时,应该空腹。如果舌头中间有黏、白的物质,两边变黄,说明肠子有病;面色有些发黄,舌头肿大,因此病人说话困难;腹满,腹胀。如果舌头是黄色的而舌尖是红色斑点,像珍珠一样,说明肠里有热:这时病人发高烧;病人说话声音不和谐;全身疼痛;头好像被挤压了一样;心里被厌恶的事情填满。如果舌头中间呈黄色而周边是白色,病人经常呕吐,咳嗽;头沉重,肾疼痛等等。"从这些现象,可以更容易地分辨炎症还是肠胃引起的发烧,如毕奈尔老师的描述,皮肤发热、酸痛、干燥;口苦;舌头发白或发黄,口唇肿大,口渴,上腹部疼痛,头痛,四肢发紧,呕吐,小便发红等等,其次的特征,话多,极度兴奋,极度不安,眼发斜等等。关于这些中国人和欧洲人的记述完全吻合。

IX.正如我们一样,在中国人看来,黑色的舌头是最不幸的标志,或者覆盖了整个舌头的表面,或者是只覆盖了一部分:"如果舌头中间变黑,那么疾病很深而且很危险;如果脉搏浮且轻,应该通过出汗来治愈;如果脉搏深且实,应该清理肠胃;如果脉搏深、细、很微弱,那么没有任何治愈的希望①;如果舌头上有黑线,差不多第七天的时候嘴唇变黑,脚和手发冷,脉搏特别细和慢。如果舌中间黑,舌尖红,嗓子由干热而疼痛,用药十多天却一直发烧,(p.17)病人由于热的缘故话特别多,胸疼痛。舌头中间发红,只有舌根发黑,伴有黏痰,口渴,心里烦躁,想吐,日夜失眠;小便少;如果过了八、九天还没有什么变化,这是病不会好转的标志。如果有一些烟熏黑色的线在舌头表面,患者什么都不关心了,咬紧牙关,话说不清,狂躁,尿量极少;在这些状况下,如果脉搏无力,患者将死;如果脉搏浮、大、重新活跃,那么还有一些生的希望。"我利用了读者的耐心,补充了一些如此准确、生动的描述。除了发热以外,我们还介绍一些其他的从舌头不同部位的颜色

---

① 参阅希波克拉底《科斯学派预后论》c.7,II,c.7 I,5,ap.8,9.

看出的症状。

  X. 中国医生的天分和研究通过从舌头的不同颜色诊病就已经可见一斑。我已经介绍了白、黄、红、黑几种颜色的混合，这些混合可以显示是黏液、胆汁、上火和腐烂以及其他情况所引起的发烧，中国人并没有忽视多种由舌头的不同热度引起的症状。然而他们还指出了一些其他类型的情况，对这些情况的观察展示了他们丰富的诊病经验。中国医生说："如果舌头部分变黑，边缘变黄，第一天头疼，浑身发热；患者口渴心烦；第二天，鼻子里好像有火一样，第三天，说话不清。"在各种混乱症状中，没有比人身体两边不等更奇怪了，比如一只眼睛几乎没有视力，另一只眼睛却有着出奇的好视力；一只耳朵聋，另一只耳朵则特别灵敏；一边脸红，另一边则是青黑色的，这是预测重病的最确定的标志①。（p.18）这一定是中国人的判断，当他们发现有头疼，心烦，口渴，烦躁，舌头两边颜色不一样的症状时。他们还提到其他舌头颜色变化的种类，从中可以判断肺部的问题，我们的Bordeu医生也提到过。然而这些问题没有被区别开，而这正是我想用中国人的证据和例子作补充。

  XI. 如希波克拉底所说②，高热时，舌头干燥，粗糙，发紧，凹凸不平。盖伦正确地指出③，舌头的粗糙不平常显示大量的热，比如由急性炎症引起的高烧，冷热交替的高烧等。根据阿尔皮诺的理论④，舌头开始干燥，然后突然变形，变硬，粗糙，最后干裂溃烂。舌头即粗糙且后部发黑，尤其是如果患者不口渴时，是很坏的标志。费耶努斯（Fienus）说⑤："舌头干，不口渴，已是死人。"凯尔苏斯（Celsus）对与舌头的粗糙也有所论述⑥，然而只是从病理学的角度。中国医生说："灰、白的舌头，带有花形斑点和黑线，说明有热毒……病人眼中有火光；逐渐开始说胡话，说看到幻影。数脉和浮脉。"这和希波克拉底的论述惊人相符。中国医生继续说"当舌头上有白

---

  ① 关于该话题参阅奥桑东医生（D. Aussandon）的近期成果，载《健康公报》（*Gazette de Santé*），1813年7月11日。
  ② 舌头苦涩、干枯、狂躁。《科斯学派预后论》，II, C. 7, 6.
  ③ 《预言论》（In Prophet.），l. 3.
  ④ 《论病人生、死的预测》p. 319.
  ⑤ 《论疾病的症状》（*Simiot.*），p. 169. 译注：托马·费耶努斯（Thomas Fienus, 1567—1613）比利时医生。作者所引书名全称为 *Simiotice, sive de signis medicis tractatus*, Lugduni, 1663.
  ⑥ L. 3, c. 2., s. 6. 译注：凯尔苏 Aulus Cornelius Celsus（约公元前14—公元37），古罗马医生，著有《论医学》（*De medicina*）一书。未找到作者所引的凯尔苏的著作。

色黏物,呈锯齿状,此外还发硬,不软,干燥,发苦,(p.19)毫无一点湿润,说明病人不久就会死去;如果舌头中间部分好像冻了一层冰,病人能活下来。"相似的事实已经很明显了,不用再做过多的解释。然而关于口疮,肺痨,肠化脓等引起的发烧,中国医生的解释比较晦涩,我将他们的理论和我们的做了对比,他们有时会提到口疮的"肉斑"。

XII.鉴于在之前的几条中,我已经介绍了希波克拉底的关于舌头的轻重、粗糙、潮湿或干燥、坚硬或柔软等现象,我现在只需要简单地谈一下舌头的运动。在我所引用的中医著作中,没有任何这些的记录。舌头自己显现出完全无力,并且预示或伴有瘫痪。舌头颤抖或向一边倾斜同样是很严重的,并且是四肢瘫痪或偏瘫的征兆。希波克拉底在讨论由舌头无力引起的抑郁的时候似乎也明白这一点①。舌头颤抖至少是身体极度虚弱的征兆,因为病人的体力不够,器官虚弱,所有肌肉都受到限制。因此如 Leroy 所说,这是最糟糕的病征。

## 结　　论

我已清晰地对中国人从舌头的状态诊病及其与欧洲医学理论的契合进行了介绍。其内容丰富、翔实,显示出他们出色的智慧。(p.20)那些认为至今已出版的中国医书是弄虚作假的人,并因为以上结论与公众的意见相矛盾而感到惊奇。如果我没有完全忽视众多欧洲作者的权威且将这权威用于这篇论文中,我或许还可以介绍得更多。但愿不会有人认为以下这句话是出于傲慢:任何阅读了杜赫德(Du Hald)、韩国英(Cibot)、杜德美②(Jaroux),奥斯白克(Osbeck)③和布绍兹(Buchoz)④等人的空洞的论述的人将会赞同,中国医学理论不应该在不懂汉语的编纂者或旅行者的记述中寻找,而应该从中国医生自己的书中长期并仔细地学习和总结。

---

① 《格言医论》(Aph.),VII,40。
② 译注:杜德美(Pierre Jartoux,1668—1720),法国来华传教士,精通数学、天文、机械制造和地图测绘。
③ 译注:作者所引人名或为贝尔·奥斯白克(Pehr Osbeck 1732—1805),瑞典探险家、自然学家和林奈的学生。1750—1752 年间曾到中国广东考察,并出版游记。
④ 译注:作者这里所引人名或为皮埃尔-约瑟夫·布绍兹(Pierre-Joseph Boc'hoz,1731—1807),法国医生、律师和自然学家。

### (p.21) 希波克拉底的作品摘句

1.如果舌头突然变得无力,或者身体的一部分中风,那么疾病可能是由悲伤的情绪引起的。——《格言医论》第七章40(Aphor.Sect.VII.40)

2.舌头呈黑色且带血,如果没有任何这种现象,那么病得还不严重。——《格言医伦》第八章9(Aphor.Sect.VIII.9.)

3.舌头最初时有些发硬,却保持着本来的颜色,一些日子过后,情况变严重,变成青色且开裂,这是将死的征兆。舌头变得特别黑,在十四天之内出现身体衰微。诚然,黑色且好像中了毒一样的舌头是非常不幸的。——《科斯学派预后论》第二卷第七章1.(Proenot.Coac.Lib.II.c.7.1.)

4.舌头苦涩、干枯,狂躁。——《科斯学派预后论》第二卷第七章6(Proenot.Coac.Lib.II.c.7.6.)

5.失聪,颤抖,口齿不清的病人有严重的疾病。——《科斯学派预后论》第二卷第三章9(Proenot.Coac.Lib.II.c.3.9.)

# 跋

收入这本书的论文是我近年来的一些新的研究成果,也有一些文章是从过去20余年研究中挑选出来的论文,加以修订补充后编辑在一起的。我原本做西方哲学研究,后在任继愈先生指点下进入明清思想史中的西学传入及影响研究,先生让我看侯外庐先生的书,介绍我去拜访何兆武先生,由此迈开了第一步。从1990年开始,我基本告别了原有的研究学科,一头扎入这个新的研究天地。一切从头来,国家图书馆的港台室曾为我每日读书的地方,那时搬回家中的复印材料至少有两人之高,真幸运当时在国家图书馆工作,使我能阅读到这个领域的各类文献。当时在中国能看到《天学初函》《天主教东传文献》的地方并不多。一旦进入这个研究领域,它的复杂性和多维性激起了我极大的好奇心,特别是在欧洲访问期间查阅到各类文献,使我感到这是一个极其广阔的世界。在这样一个跨学科、跨语言、跨文化、跨国别的研究领域,我深感自己知识之不足,能力之有限。于是,重读中国历史,再读基督教神学,重新学习语言,在欧洲四处游走,访友人,查文献。一路艰辛,20多年来跌跌撞撞走到今天。从西人东来到中国文化西传,这是中国和欧洲第一次在思想和文化上如此深入互动的年代。这本文集试图反映我自己力图从西学东渐和中学西传两个方面把握那个时代的学术想法。无奈自己学术修养和知识积累,语言能力都不够,只能是抛砖引玉,为中国学术的发展做一点前期的准备。回想起治学的历程,我首先感谢任继愈先生给我指出了明清传教士研究这个研究方向,感谢戴逸先生、谢方先生、黄时鉴先生、汤开建先生、任大援先生等在清史研究、中外关系史和中国思想史研究上对我的帮助;感谢严绍璗先生、耿昇先生、金国平先生、孟华先生、阎纯德先生等在汉学研究和比较文学方面给我的帮助和指点;在宗教学上卓新平先生、卢龙光牧师、赵建敏神父等对我的帮助。当然不能忘记带我走向这条研究之路的德国汉学家弥维礼先生(Wilhelm

K.Muller)。在欧洲访问期间多次给我帮助的沙博理神父（Jean Charbonnier）、梁作禄神父（Angelo S.Lazzarotto）、马雷凯神父（Roman Malek）以及马西尼教授（Federico Masini）、郎宓榭教授（Michael Lackner）、施寒微教授（Helwing Schmidt-Glintzer）、巴斯蒂教授（MarianneBastid-Bruguière）等汉学家朋友。

1996年我从德国访学回国后从国家图书馆调到了北京外国语大学工作。感谢程裕祯院长给了我海外汉学研究中心这个学术平台，感谢陈乃芳校长、郝平校长、杨学义书记、陈雨露校长、彭龙校长、韩振书记、金莉副校长、孙有中副校长、张朝意处长等北外领导对海外汉学研究中心的关心和扶持，感谢程裕祯教授、吴宗玉教授、魏崇新教授、丁超教授、薛庆国教授、文秋芳教授、陈国华教授、王克非教授等北外的各个学院和专业的老师对中国海外汉学研究中心的支持，使它从一个人的"三无"研究所发展到今天，成为北外学术研究的重镇。特别是当北外把中国介绍给世界作为自己的新的战略使命后，海外汉学研究中心开始将基础性学术研究与中国文化走出去的国家使命集于一身，承担起了更大的责任。

20多年来自己教书育人，课上课下与学生结下了很深的友谊。我是历来反对汉儒的"私相传授，恪守师承师法，不敢越尺寸"的师生关系的。尊德性，道问学，亦师亦友，化文为心这才是一个学术团队的基石。本书也收入了几篇我的学生和朋友的翻译之作，作为附录，放在文章之后。在这里，对这些年来一直与我切磋学问的所有学生们表示感谢，感谢他们对我的帮助。平生风谊兼师友，一蓑烟雨师生情。在他们青春的脸庞上，我已经看到中国学术研究的前景，学术的未来属于他们。我们这一代人做好一个铺路的石子就已经心满意足了。收入书中的文章虽已尽心，但面对学术的沧海，不过是一束浪花而已，文有不足，论有所短，期待以文会友，指点不足。

冯友兰在其所写的西南联大碑文中说："并世列强，虽新而不古；希腊罗马，有古而无今。惟我国家，亘古亘今，亦新亦旧，斯所谓周虽旧邦，其命维新者也。"今日之中国正处在千年未有的巨变之中，诚如先生所说"周虽旧邦，其命维新者也"。我辈能目睹国家之兴旺，民族之复兴，实为万幸！能恰逢中国学术重建之重要时刻，展开自己的研究，真是天赐良机。余历经磨难，学识不足，只是尽力而为，以不负这个伟大的时代。几年前我六十周岁时，在欧洲旅行途中写过小诗一首，今天仍能表达我的心情，作为这篇跋的结语。

### 六十抒怀

2008 年写于巴黎戴高乐机场

塞纳河边夕阳红，
翻书已到罗马城。
四海寻踪兴亡事，
五洲书写青春梦。
海涛万里常伴客，
心思百年故园情。
文章书写继绝学，
安得心静小楼风。

张西平

丙申年孟春写于北京岳各庄东路阅园二区游心书屋

# 人名索引

## 外文人名索引

### C

C. Sommervogel, 228
Crispus, 231

### F

Francoise S. Dalquie, 326
Fray Francisco Dias, 134

### J

James Summers, 84
Jan van Ryck, 413
Jean Jansson, 326, 358
Joannes Janssonius, 326, 327, 333

### P

Padre Longobardo, 392

### S

S. Antonio de Padua, 46
S. Domingo del Parian, 374

### T

Thomas Hortiz, 116
Tournon(多罗), 241, 286

## 中文人名索引

### A

阿尔法罗(Petrus de Alfaro), 126
阿桑布雅(Diogo de Azambuja), 97
阿斯克雷庇亚德斯(Asclepiades of Bithynia c.), 441
埃斯卡兰特(Bernardino de Escalante), 258, 259, 260, 261
艾儒略(Jules Aleni), 28, 29, 91, 98, 137, 143, 165, 166, 201, 210, 218, 399, 401
艾田蒲(Etiemble), 187, 423
艾逊爵(Provana), 242, 245
爱德华·卡伊丹斯基(Kajdański Edward), 263, 269, 414, 425
安德雷·科萨里(Corsali Andreas), 17
安德列亚斯·克莱耶尔(Andreas Cleyer), 413, 414
安东尼奥·雷涛(Antonio Leytam), 394
安多(Antoine Thomas), 137
安文思(Frs. G. de Magalhaes), 29, 98, 200, 226, 277, 280, 284, 288, 372, 411
奥古斯丁(Augustinus Aurelius), 224
奥桑东医生(D. Aussandon), 448
奥斯白克(Pehr Osbeck), 449
奥特里乌斯(Abraham Ortelius), 26, 302, 303, 304

## B

巴博沙(Duarte Barbosa),8

巴多明(Parrenin Dominique),209

巴尔塔萨·加戈(Balthasar Gago),255,257

巴范济(Francois Pasio),79,80,156,394

巴拉达(S. Barradas),178

巴柔(Daniel Henri Pageaux),432,433,438

巴斯蒂(Marianne Bastid-Bruguière),452

巴西利奥·布罗洛(Basilio Brollo),326

巴耶(Bayer Theophilus Siegfried),278,282

芭芭拉·沃森(Andaya. B. W.),1,8,11

白晋(Joach Bouvet),138,150,198,205,291

白乃心(Jeam Grueber),57,59,186,187,262,275,326,328,431,432

白日升(Basset Jean),163

白佐良(Giuliano Bertuccioli),62,84,277,331

柏拉图(Plato),224,427

柏应理(Philippe Couplet),31,57,196,203,221,293,327,361,380,384,413

拜里迷苏剌(Parameswara),1,2,4

班安德(Palmeiro Andre),403

保罗(Paulo),165,224,384,393,398

毕方济(Francois Sabiasi),150,204,288,293,408,409

毕嘉(Gabiani Jean-Dominique),296,376,378

毕奈尔(Pinel),444,446,447

毕天祥(Biet Félix),150,291

裨治文(Elijiah C. Bridgman),165

波列斯瓦夫·什钦希尼亚克(Boleslaw Szczesniak),307,318

伯多落(St. Petrus),107

伯希和(Paul Pelliot),3,56,103,140,195,196,197,198,199,249,275,327,328,330,334,362,413,414

博克塞(Charles Ralph Boxer),324

薄贤士(Beauvollier),239

卜弥格(Michel Boym),57,150,157,186,193,194,262,263,265,267,268,269,270,271,274,275,278,282,288,318,319,320,321,323,327,328,362,367,410,411,412,413,414,415,416,417,418,419,420,425,434,440,442

布鲁索奈(Broussonet),444

布绍兹(Pierre-Joseph Boc'hoz),449

## C

蔡锦图,163,164,165,168,184

蔡一龙(Martino),44,49,50

蔡元培,151

曹寅,242

岑麟祥,114

## CH

查尔斯五世(Charles V),304

陈安德(Andre Don Sin),274,275,412

陈辉,84,108,110,280,281

陈伦炯,1

陈名夏,95

陈绪伦(Chan Alber),35,59

陈寅恪,144,146,149,157,214

陈于阶,144

陈垣,141,143,144,145,146,147,149,211,212,218

陈占山,148
程大约,29,82,145
程颐,233

## D

达·伽玛(Vasco da Gama),9
达仁理(D'Arelli Francesco),313
戴进贤(Ignace Kogler),205,287
戴密微(Paul Demiéville),420,421
戴逸,150,160,451
戴震,150,151
德阿多尼阿(Teotonio),46
德礼贤(Pasquale D'Elia),34,35,36,47,48,49,55,56,60,116,190,220,327,332,361
邓恩(Geroge H. Dunne),47,218,314
邓玉函(Schreck Johann),137,193,201,403
狄奥戈·薛奎罗(Diogo Lopes de Sequei-ra),10
狄若瑟(Tissanier Joseph),292,375
迪奥哥瓦兹帕瓦罗(Diogo Vaz Bavaro),296,384
迪亚士(Bartholmeu Dias),97
迪亚兹(Francisco Diaz Del Rincon, OP),331,333,337
帝释天,70,71,72,73,78,81
董海樱,84,158,259,277,278
董少新,49,108,218
董作宾,146
窦迪莫(Bottigli Timoteo),127
杜德美(Pierre Jartoux),449
杜鼎克(Ad. Dudink),106,128,137,139,147,210,216,292,314
杜赫德(Du Hald),33,449

杜禄茂(Barthélemy Tedeschi),393
杜唐·伊那西奥(Tutam Ignacio),403
杜威达克(J·J·L·Duyvendak),329
杜行顗,73-74

## E

俄狄浦斯,266
厄娃(Eva),111
恩理格(Christiani Herdtrich),127,204

## F

法显,32
樊树志,149,288
范存忠,430
范德(Fr. C. M. Van den Brand),57
范礼安(Alessandro Valignano),53,155,314,389,392
方豪,28,49,79,131,143,144,146,160,210,211,214,216,217,226,227
方济各(Francesco Saverio Filippucci),292,293
方以智,83,156,160,212,213
费迪南多三世(Ferdinando Ⅲ),265,267,268
费尔南·洛佩斯·德·卡斯塔内达,254
费尔南多·伯特尔(Bertell Fernando),303
费赖之(S. J. Louis Pfister),46,57,58,79,141,189,190,191,193,199,200,201,202,203,204,205,214,275,327,362
费乐德(Rodrigo de Figueredo),200,402,405
费奇规(Ferreira Gaspard),59,167,200
费信,1,5

费正清(Fairbank John King),8,18,30,150
柯蓝妮(von Collani),244
冯承钧,57,79,103,214,249,274,275,318,413
冯友兰,452
佛陀波利(Buddha-pala),73,74
弗雷烈(Nicolas Freret),420
伏尔泰(Arouet François-Marie),31,428
伏羲,275,277,426
傅尔蒙(Atienne Foummont),420
傅泛际(Furtado Francois),200,404
傅圣泽(Jean-Francois Foucqet),150,157,196,198
傅斯年,146

## G

伽利略(Galileo Galilei),157
盖伦(Galenus),440,441,444,445,448
冈岛冠山,133
高华士(Noêl Golvers),294
高母羡(Juan Cobo),28
高琦(Angelo Cocchi),126,127
高一志(Alfonse Vagnoni),141,149,159,160,167,191,192,193,201
哥白尼(Nicolaus Copernicus),25,157,261,412
哥尔德斯密斯(Oliver Goldsmith),239,430
哥伦布(Chlistopher Kolumbus),23
格莱高里奥·罗佩斯(Gregorio Lopez),373,374
格特教士(Priest Gert),291
耿昇,302,451
耿忠明,288

贡德·佛兰克(Andre Gunder Frank),20
古郎(Mauricr Courant),85,87,142,195,208
古里埃尔姻·波劳(Guiljelmus Blaea),303
古伟瀛,85
古屋昭弘,37,60
顾炎武,159,160
顾有信(Joachim Kurtz),157
郭居静(Lazre Cattaneo),54,56,57,58,59,82,116,119,167,189,200,220,327,328,331,333,337,390,392,396
郭纳爵(Ignace da Costa),202
郭守敬,137

## H

韩国英(Cibot),449
韩霖,140,145,200,327,360,361
韩琦,127,148
何鳌,14
何大化(Antoine de Gouvep),127,202,279,282,397
何治逊(John Hodgson junior),164
贺清泰(Louis de Poirot),154,206
黑格尔(Georg Wilhelm Friedrich Hegel),157
红衣主教,178,196,225
洪若翰(Jean de Fontaney),293,378,379,383
洪秀全,246,247,248
洪业,213,214,217,314
侯外庐,151,451
忽必烈,301
胡安·费尔南德斯(Juan Femandez),252
胡璜,140

胡适,146,151,153,154,159
胡约翰(John Hu),245
黄帝,277
黄和清,106,114,131
黄嘉略(Arcadio Huang),245,246,420
黄明沙,392
黄时鉴,217,304,305,318,451
黄兴涛,99,148,155,156,314
黄一农,106,147,150,216,218,288,292
黄衷,1
黄宗羲,151,160
黄遵宪,114
火者亚三,13,14
霍尔(D.G.E. Hall),22

## J

基歇尔(Athanasius Kircher),55,56,57,140,141,186,187,188,189,192,193,194,262,263,265,266,267,269,272,273,274,275,276,277,278,281,282,326,327,328,329,332,333,334,337,338,358,361,413,423,424,425,426,427,428,430,431,432,433,434,438
嵇文甫,149,151,217
计翔翔,80,277
季尔赫(Athanasius Kircher),55,56
加斯托迪(Giacomo Gastaldi),303
嘉乐(Mezzabarba),241,244,245,286,290
江彬,13,14
金光祖,127
金国平,10,11,22,48,57,58,62,218,258,259,260,283,292,309,363,451
金弥格(Michel de Amaral),293,382,383,385,398,402

金尼阁(Nicolas Trigault),60,83,84,117,136,137,187,190,191,193,200,212,213,215,261,330,333,338,359,402,423
金声,144
净雨,161
君士坦丁(Constantine),231

## K

卡罗·罗伯托(Carlo Roberto Dati),328
开普勒(Johannes Kepler),157
凯尔苏,448
康和子(Bernadinus della chiesa),152
康熙(玄烨),29,30,99,127,139,150,204,235,236,238,239,240,241,242,243,245,247,280,281,283,284,285,286,287,290,291,294,297,298,411,428
考狄(Henri Cordier),141,189,196,330,361
柯蔚南(W. South Coblin),116,117,118,119,121,331,332,361
克里斯托旺·维埃拉,14
克利斯特勒(P. O. Kristeller),224
克路士(Gaspar da Cruz),253,254,258
孔有德,288
孔子,27,28,30,31,32,218,221,223,263,264,268,290,329,361,428
库埃略(Ignacio Coelho),296,384
库劳·叶(Colâo Ye),401

## L

拉克单丢(Lactantius),231
拉马铁善菩提(Ramathibodi I),1
郎宓榭(Michael Lackner),452

郎士宁(Joseph Castiglion),29,286
勒华(Leroy),444
雷公(Loui-koung),442
雷慕莎(Abel-Rémusat),31,32,33,274,
    278,410,411,414,415,416,418,419,
    420,421,422,440,443,444
黎难秋,83,104,154
黎玉范(Juan Bautista Morales),116,127
李安德(Andreas Ly),164,165
李葆嘉,84
李定国,288
李慧,62,86,267,415,440
李济安·阿尔打基(Lien Chi
    Altangi),430
李九功,128,195
李良爵,128
李鲈(Domingo de Nieva),159
李庆,85,87,91,101
李日华,94
李申,193,215
李奭学,148,153,154,167,218
李天纲,142,143,147,148,151,153,159,
    195,216,218,279,286,289
李西满(Simao Rodrigues),127,128
李毓中,85,87
李约瑟(Joseph Terence Montgomery Need-
    ham),157
李真,84,102
李之藻,27,28,103,129,131,139,143,
    144,157,188,189,211,216,230
李主湾,49
李自成,287
里奥尼萨(Joam Francisco de
    Lionessa),380
利安当(Antonio Caballero),127,226,
    227,228,229,230,231,232,233,234
利科(Paul Ricoeur),427
利类思(Ludovic Bugli),29,98,130,185,
    202,280,284,293,372,411
利玛窦(Matteo Ricci),25,26,27,28,29,
    33,34,35,36,40,43,46,47,48,49,50,
    51,53,54,55,56,57,58,59,60,63,64,
    72,74,78,79,80,81,82,83,84,85,87,
    89,90,91,93,94,95,96,101,102,103,
    104,105,106,108,110,111,112,113,
    114,115,116,119,120,121,130,131,
    136,137,139,140,141,143,144,148,
    152,155,156,157,158,169,188,189,
    190,193,195,200,201,208,209,210,
    211,212,213,214,215,216,217,218,
    219,220,221,222,225,229,230,231,
    232,236,237,239,242,261,306,307,
    312,313,314,315,318,321,324,327,
    328,331,332,333,334,338,361,366,
    368,390,393,410,423,425
梁弘仁(Artus de Lionne),246
梁启超,137,138,142,150,151,159
梁作禄(Angelo S. Lazzarotto),452
林金水,49,216,217,244
林奈(Linné),269,442,449
刘斗咨,127
刘禾,110,155
刘凝,139
刘青峰,155
刘献迁,83
刘小枫,131,152
龙伯格(Knud Lundbaek),425
龙华民(Padre Longobardo),55,56,137,
    167,169,200,288,366,368,392,
    393,407

卢安德(Andre Rudomina),204
卢西亚诺·佩特奇(Luciano Petech),312
鲁日满(Franois de Rotagemont),203,294,296
鲁迅,111
陆安德(Andrea-Jean Lubelli),204
陆方济(François Pallu),128
陆九渊,159
陆若汉(João Rodrigues),202
陆于充,49,50
路德(Luther),225
路易·杜莱(L. Duretus),443
罗伯特·B·马克斯(Robert B. Marks),19
罗常培,83,84,102,109,110,212,213,214,279,280,330,331,332,333,360,361
罗光,217,286,298
罗拉马·弗兰卡斯特罗(Girolamo Fracastoro),412
罗兰·巴特(Roland Barthes),438
罗明坚(Michele Ruggieri),25,30,34,35,36,37,38,40,43,44,45,46,47,48,49,50,51,52,53,54,55,57,60,61,62,78,79,80,81,82,93,100,101,103,104,105,108,110,111,113,114,115,116,119,120,121,126,130,131,132,142,158,167,189,195,200,208,215,216,221,232,270,284,298,306,307,308,309,310,311,312,313,314,315,316,317,318,321,323,324,325,359,389,410
罗若望(Jean de Rocha),167,395,400
罗若瑟(Joseph Rozado),275
罗萨多(Eugenio Lo Sardo),306,313,317

罗文藻(Gregorio Lopez),130
罗雅谷(Jacques Rho),137,141,191,403,404,407
罗耀拉(Ignacio de Loyola),250,251
罗莹,313
洛瑞罗(Ruin Manuel Loureiro),253,259,260

# M

马丁·德·拉达(Mardin de Rada),254
马丁·维尔德西姆勒(Martin Waldseemüller),299
马国贤(Matteo Ripa),29,150,287
马欢,1,2,5
马加洛蒂(Lorenzo Magalotti),328,361
马可波罗(Marco Polo),32,187,249,300,301,305,324,325,410,433,436
马雷凯神父(Roman Malek),452
马礼逊(Dr. Robert Morrison),84,102,114,115,158,161,162,163,164,165,184,326
马里诺(Jerónie Marino),127
马里诺·萨努多,324
马玛诺(Marino Sanuto),127
马努艾尔·德·费格来多(Manoel de Figueiredo)369
马努艾尔·迪亚斯(Dias Manoel),400
马努艾尔·杜斯·雷斯,372
马若瑟(Joseph de Prémare),32,84,150,154,205
马士曼(Joshua Marshman),161,162,163,165,184
马泰奥(Matteo Polo),300,301
马西尼(Federico Masini),57,102,110,111,112,113,116,128,129,130,155,

160,223,307,326,327,330,331,332,361,452
马相伯,143,146,210,211
玛得乌斯(Matheus),399
玛窦(Mathieu),275
玛尔定,50
玛利亚,154,181,182,183,191,192
玛讷萨尔达聂大使,297,371,372
麦安东(Antoine d'Almeyda),53,78,79,390
麦克雷(Michele Ferrero),36,46,62,307,308,309,312,313,317
门采尔(Christian Menzel),278,413,414
门得斯(Domingos Mendes),394
门多萨(Juan González de Mendoza),255,258,261,430
蒙曦(Nathalie Monnet)139,147
孟德斯鸠(Montesquieu),239,246
孟德卫(Davide E. Mungello) 221,223,234,235,236,244,247,273,277
孟儒望(Monteiro Joannes),203
孟三德(Edouard de Sande),50,53,79,204,389
孟子,27,31,232
弥次郎,250,251,255
弥维礼(Wilhelm K. Muller),82,451
米怜(William Milne),154,162,163,184
米扎法斯,291
闵明我(Navarrete),127,227,290,371
明成祖,2,3,4
明珠,242
莫哈(Jean-Marc Moura),426
莫斯理(William Moseley),165
莫泰希,10,11
莫小也,218

墨卡托(Gerardus Mercator),304,305
墨子,233
木陈忞,144
穆罕墨德(Tuan Mohammed),14
穆敬远(Jean Mourao),150,286

N

南炳文,149
南怀仁(Ferdinand Verbiest),29,33,59,98,204,205,242,280,284,290,292,361,374,375,376
尼克罗(Polo Niccolo),300,301
聂仲迁(Adrianns Greslon),203,204
诺亚(Noah),275,426

O

欧几里得(Euclid),104,222,239,261
欧莱努斯(Oulenus),443

P

帕涅斯(Vañ Paulo Banhes),384
潘国光(Frarcuis Brancati),59,202
庞迪我(Diego de Pantoja),90,91,137,167,200,218
庞天寿,411
裴化行(H. Bernard),47,57,58,79,80,141,198,199,214,221,314,327,360
佩得罗·依斯皮拉(Pedro Espira),398
皮雷斯(Tome Pires),1,10,13,16
皮特罗·维斯康迪(Pietro Vesconti),324

Q

戚印平,17,79,95,218,249,251,252
岐伯,442
钱存训,142

钱钟书,114
丘道隆,14
邱汉生,151
瞿安德(Andre-Xaveier Koffler),288,364
瞿太素,392
瞿西满(Simo da Cunha),200

苏努,286,287
苏若望(Jean Soerio),200,390,392
孙双,62
孙元化,288
孙中山,246
索绪尔(Ferdinand de Saussure),158

## R

让·里奥蓝(J. Riolanus),443
热奥格·舒哈梅尔(Georg Schurhammer),253
热罗尼姆·达·玛约里卡(Geronimo da Mayorica),370
任大援,160,451
任继愈,63,64,80,81,451
日照,73
容肇祖,151
儒里昂(Julião),384
若望·维里马诺(João Vrimano),398
若望四世(John IV),293,386,397
若望五世(John V),297,386

## S

萨尔多(Eugenio Lo Sardo),311,312
萨帕蒂努·德·维里西斯(Sabatino de Vrisis),392
萨义德(Edward W. Said),437,438
塞内卡(Lucius Annaeus Seneca),230,231
桑多里奥(Sanctorio),444
桑切斯(Alonso Sánchez),221
斯埃拉(Thomas Sierra),127
宋刚,165
宋桔,84
宋黎明,50,53,54,306,314,315,317,318
苏端妈末(Sutan Mahmud Shah),10,15

## SH

沙博理神父(Jean Charbonnier),452
沙不烈(Chabrie),318
沙勿略(Saint Francisco Xavier),58,79,188,196,250,251,252,253,255,283,290,293,321,385
善住天子,74,75,77,78,81
尚祐卿,227,228,230,231,232,233
尚可喜,288
沈国威,109,110,112,113,114,128,155
圣克莱盟六世(Clement VI),291
圣特蕾莎(Santa Teresa),226
施寒微(Helwing Schmidt-Glintzer),452
石云里,43,106,215
史景迁(Jonathan D. Spence),218,235
史罗安男爵(Sir Hans Sloane),164
史有为,108,109,110
释迦牟尼,73
顺贞,74
顺治皇帝,150,228

## T

谈迁,94,95
汤开建,148,151,451
汤若望(Schall von Bell Jean Adam),25,29,33,47,94,95,137,143,144,150,157,191,201,210,212,218,228,232,280,281,284,288,314,403,411

唐高宗,73
托勒密(Claudius Ptolemaeus),299,300,301,302,305,324
托斯卡尼大公(Grand Duke of Tuscany),326,328

## W

瓦莱蒂(Valletti),324
万济国(Francisco Varo),62,115,116,117,119,120,121,126,127,128,134,158,196
万历皇帝,398
万明,3,5,6,8,14,19,80,149,217,297
汪前进,217,299,300,303,304,308,309,312,322
汪儒望(Jean Valat),228
汪汝望,127
王丰肃(Alphonse Vagnoni),149,192,396
王夫之,136,160,439
王赓武,5
王国荣,99,148,156,314
王闿运,114
王力,109,110,132
王泮,26,80,188,314
王仁,91
王仁芳,147
王守仁,159
王叔和(Wan-chou-he),442
王苏娜,48,62
王太后,411,435
王晓朝,153
王徵,83,144,145,212
王致诚(Jean-Denis Attiret),29,287
王重民,145,147,197,208
维萨里(Andreas Vesalius),412
卫匡国(Martino Martini),31,57,59,62,84,132,143,186,190,194,196,203,226,229,230,231,262,271,274,277,306,307,318,321,322,323,324,329,331,338,361,294,411
卫茂平,430
魏道儒,63
魏若望(John W. Witek),34,35,40,46,51,55,61,63,66,78,239,306,359
魏学渠,232
吴伯娅,279,287
吴晗,15
吴旻,127,148
吴三桂,288
吴虞,151
吴志良,10,11,22,218,259,260,292

## X

西麦内斯(Cardinal Ximenes, Jimenez de Cisneros),225
西门华德(Walter Simon),327,334
西蒙·费雷拉(Simão Ferreira),372
西塞罗(Marcus Tullius Cicero),230,231
希波克拉底(Hippokrates of Kos),420,440,441,443,444,445,446,447,448,449,450
席文(Nathan Sivin),157
夏伯嘉,50,54,85,90,306,314
夏娃,111
向达,145,211,279,432
谢方,28,451
谢国桢,151
谢和耐(Jacques Gernet),81,146,218
谢清高,1
辛岩,223,235,

熊人霖, 145
熊三拔(Sabatino de Ursis)
熊十力, 137, 138, 200
徐光启, 105, 129, 130, 131, 145, 147, 148, 188, 189, 203, 216, 239, 288
徐日升(Thomas Pereira), 205, 242, 376, 380
徐时进, 91
徐文堪, 56, 102
徐正考, 93
许缵曾, 144, 280, 285

## Y

亚伯奎, 11, 12
亚当(Adam), 105, 111
亚得里阿诺·格里龙(Adriano Grilon), 384
亚科布·戈利于斯, (Jacobus Golius), 329
亚里士多德(Aristotle), 224, 225, 233
亚历山大·米特罗·德·门得斯·索萨(Alexandre Mitro de Mendez Sosa), 298, 386
亚历山德罗·佐治(Alessandro Zorzi), 9
严如煜, 115
严绍璗, 451
盐山正纯, 172
阎当(Charles Maigrot), 128, 237, 238, 241, 246, 286, 289, 290, 291
阎摩罗法王, 76
阳玛诺(Emmanuel Diaz Junior), 103, 137, 143, 157, 167, 168, 169, 170, 172, 178, 180, 181, 182, 183, 184, 201
杨福绵(Paul Fu-mien Yang), 34, 35, 36, 37, 40, 46, 48, 49, 51, 55, 56, 57, 60, 61, 116, 119, 120, 189, 195, 216, 331, 332, 334, 362
杨光先, 29, 128, 280, 284, 285
杨林(Yang Lin), 244
杨淇园, 145, 201, 205
杨选杞, 83, 212, 213
尧, 277
姚楠, 5
姚小平, 62, 84, 102, 110, 131, 158, 250, 277
耶格尔(W. Jaeger), 224
耶稣(Jesus), 25, 31, 32, 34, 35, 44, 46, 47, 48, 49, 50, 52, 53, 54, 55, 56, 57, 58, 59, 60, 62, 78, 79, 80, 81, 82, 83, 84, 85, 87, 89, 90, 91, 93, 94, 95, 96, 97, 98, 99, 101, 102, 103, 104, 105, 106, 111, 112, 113, 114, 115, 124, 126, 127, 128, 129, 132, 136, 137, 139, 140, 141, 142, 143, 144, 145, 146, 147, 148, 149, 150, 152, 154, 157, 161, 165, 166, 167, 168, 169, 171, 175, 177, 178, 179, 181, 182, 183, 186, 187, 189, 190, 191, 192, 195, 199, 200, 201, 202, 203, 204, 205, 206, 208, 209, 210, 212, 213, 214, 216, 217, 218, 221, 223, 225, 226, 227, 228, 229, 230, 231, 232, 234, 236, 239, 240, 242, 243, 245, 246, 247, 248, 249, 250, 251, 252, 254, 255, 256, 257, 259, 260, 262, 265, 266, 267, 268, 273, 275, 277, 279, 280, 283, 284, 285, 287, 288, 289, 290, 291, 292, 293, 294, 297, 298, 303, 304, 306, 308, 312, 313, 314, 318, 321, 325, 326, 327, 328, 329, 331, 332, 358, 359, 360, 361, 362, 363, 366, 367, 368, 370, 386, 388, 389, 390, 391, 393, 396, 397, 399,

401,402,404,410,411,412,414,440
叶尊孝(Basilio Brollo),102,158
伊拉斯谟(D. Erasmus),223,225,231
伊莎贝拉女王(Queen Isabella),225
伊斯特方·法布罗(Estevão Fabro),405
依纳爵,205
殷铎泽(Prosper Intorcetta),200,282,296,378
尹斌庸,82,83,102,220
尹庆,2,3
英华,114,115,146
永历皇帝,262,411
尤里乌斯·冯·克拉普罗特(Cl. Julius von Klaproth),441
尤思德,163,164,184
余定邦,6
余东,195,198
俞正燮,114,151
郁达夫,114
约翰·范里克(Jan van Ryck),413
约翰·梅耶特瑟(Johan Maetsuykey),413
约翰·韦伯(John Wehb),426,427
约翰长老(Prester John),298

## Z

曾德昭(S.(T.) Pereira),30,31,57,59,186,193,200,226,262,277,288,364,365,396
曾阳庆,166
邹振环,138,156

## ZH

詹姆士一世(James I),225
张安茂,231
张保兴(Zhang Boxing),244

张诚(Jean Francois Gerbillon),205,248,285,297
张奉箴,80,217
张赓,140,327,360,361
张箭,96,97
张朋阁(Zhang Pengge),244
张卫东,133
张西平,34,35,38,50,52,53,56,57,60,61,80,84,102,104,133,141,147,150,154,158,160,186,187,216,217,223,235,250,273,275,278,279,283,292,306,307,318,321,322,324,326,363,410,413,416,417,418,419,453
张先清,127,128,142,151
张献忠,288,411
张燮,1
张星曜,234
张元济,160
张振辉,150,194,263,269,318,321,413,416,417,418,419,425
章太炎,150
赵晓阳,163
赵紫宸,131
哲罗姆(Jerome),172
郑海娟,85,90,154
郑和,1,3,4,5,6,8,19,21,96,98
郑玛诺(Manuel de Sequeira),131
钟鸣旦(Nicolas Standaert),106,128,139,140,147,151,168,169,170,178,184,210,216,218,284,287,292,314
钟鸣仁(Sebastien Fernandez),54,82
周岩,148
周永,166,167,169
周振鹤,148,305
朱棣,2,4

朱谦之, 114, 147, 187, 188
朱世堉, 137
朱维铮, 103, 106, 114, 143, 148, 159, 210, 211, 215, 216, 218
朱熹, 232, 233
祝平一, 106, 147, 216

# 文献索引

416,417,418,419

## A

A Manuscript Chinese Version of the New Testament（British Museum, Sloane 3599）,164

AMEP vol.1084,116

A Question of Rites: Friar Domingo Navarrete and the Jesuits in China,227

A Source Book in Chinese Philosophy,232

Asia Major,256

Ars dem leben des Jesuite Athanasius leich er 1602—1680,186,262

## B

Borgia Cinese 420,116

Bibliotheca Sinica,359

《〈宾主问答解疑〉的音系》,37,60

《把中国介绍给世界:卫匡国研究》,307

《白日昇〈四史攸编耶稣基利斯督福音之合编〉之编辑原则研究》,166

《白日昇的中文圣经抄本及其对早期新教中文译经的影响》,165

《北游录》,95

《比较视野中的概念史》,156

《比较文学形象学》,426,427,430,433,438

《卜弥格传》,318

《卜弥格文集》,150,194,318,321,413,

## C

Chinese Books and documents in the Jesuit Archives in Rome:A Descriptive Catalogue Japonica-Sinica I-IV,35

Catalogue de la Bibliothepue Du Pé-T'ang,79

Curious Land:Jesuit Accommodation and the Origins of Sinology,81

Catalogue des livres Chinois,Careens,Japonais,Etc,Vol.3,85

Christianity and cultures:Japan&China in comparison,1543-1644,252

China illustrata. Das europäische Chinaverständnis im Spiegel des 16. bis 18. Jahrhunderts,273

Cathay and the Way Thither:Being a Collection of Medieval Notices of China,302

《陈垣来往书信集》,146

《传教士汉文小说研究》,154

《传教士汉学研究》,38,63,104,186,216

《从"白、许译本"到"二马译本"》,166,167,169

《从四库全书探究明清间输入之西学》,139

## D

Documenti Originali Concernenti Matteo

Ricci E LA Storia Delle Prime Relazione Tra l'Europa E LA Cina（1579-1615）,48,50

Dictionary of Ming Biography,226

Dictionary of the History of Ideas,231

Die ersten Kenntnisse chincsischer Schriftzeichen im Abendlande,256

Dicionário Português-Chinês,359

《大明国图志：罗明坚中国地图集》,306,309,317,318

《大中国志》,30,31

《道在神州——圣经在中国的翻译与流传》,163

《地图中国》,303,305

《第一页与胚胎：明清之际的中西文化比较》,159,217

《东方学》,437,438

《东林书院及其政治的和哲学的意义》,159

《东南亚的贸易时代：1450—1680》,16

《东南亚古代史》,6

《东南亚与华人——王赓武教授论文选集》,5

《东域纪程录丛》,302

《对欧洲出版的第一部中文字典的注释（1670年）》,57

E

《二马圣经译本与白日升圣经译本关系考辨》,163

F

Francisco Varo's Glossary of the Mandarin Language,114,115,117,118,121

《"佛郎机黑番"籍贯考》,11

《法国国家图书馆藏明清天主教文献》,139,147

《法国汉学的历史》,421

《翻译论集》,153

《翻译史研究》,154

《梵蒂冈图书馆藏明清中西文化交流史文献丛刊》,160

《梵蒂冈图书馆所藏汉籍目录》,140

《方豪六十自定稿》,79,214,217,226,227

《方豪文录》,214

《方豪先生年谱》,146

《封建考论》,155,157

《佛学与儒学》,81

《伏尔泰与孔子》,428

《福音流传中国史略》,80,217

G

《改变对罗明坚（1534—1607）的视角及汉学起源》,306

《关于"异"的研究》,430

《关于古白话起源问题的再思考》,93

《观念史研究：中国现代重要政治术语的形成》,155

《过十字门》,218

H

Humanism and Theology,224

《〈汉语经纬〉与〈马氏文通〉》,102

《〈汉语札记〉对世界汉语教育史的贡献》,102

《〈华裔学志〉中译论文精选：文化交流和中国基督宗教史研究》,159

《海外汉语探索四百年管窥》,110,131,158

《汉书》,113
《汉学神学:接着利玛窦讲》,152
《汉语手册》,84
《合和本〈圣经〉的异化翻译及对中国现当代文学的影响》,154
《和合本与中文圣经翻译》,163,164,184
《贺清泰〈古新圣经〉研究》,154
《洪业论学集》,314
《后现代主义的吊诡》,439
《华语官话语法》,62,84,102
《黄时鉴文集》,304
《黄宗羲与儒耶哲学对话》,160

## J

Japan and China in ComparisonJ 1543—1644.,252

Jap-Sina I,314

《基督教在华传播史研究的新趋势》,147
《简论明末清初耶稣会著作在中国的流传》,140
《剑桥东南亚史》,1,6,7
《剑桥中国明代史》,149
《教廷与中国使节史》,286,289
《金明馆丛稿一编》,149
《近代西方汉语研究论集》,84
《近代中国的国际契机:朝贡贸易体系与近代亚洲经济圈》,20
《近代中国新名词的思想史意义发微——兼谈对于"一般思想史"之认识》,155
《近代中日词汇交流研究:汉字新词的创制、容受与共享》,109,110,112,114,128,155
《近世译书对中国现代化的影响》,142
《镜海飘渺》,218

## K

《康熙与罗马使节关系文书影印本》,286
《康雍乾三帝与西学东渐》,287
《跨文化的诠释:经学与神学的相遇》,159
《旷野的呼声:中国作家与基督教文化》,154

## L

Libr.Sin.29,116
*Leibnitii epistolae ad diversos*,231
《冷庐文薮》,145,197
《李之藻辑刻天学初函考》,143,144,211
《利玛窦:紫禁城里的耶稣会士》,85,306,314
《利玛窦〈拜客问答〉及其流变考》,85,87,91,101
《利玛窦传》,79,217,218
《利玛窦等创造汉语拼写方案考证》,82,102
《利玛窦评传》,79,218
《利玛窦全集》,46,47,156,190,215,218,327,332,361
《利玛窦世界地图研究》,217,318
《利玛窦书信集》,53,169,221,315
《利玛窦与〈四书〉拉丁文译本——从史学传统到新的研究》,313
《利玛窦与中国》,49,217
《利玛窦中国札记》,46,49,55,80,82,89,136,137,215,261
《利玛窦中文著译集》,103,106,114,215,216
《疗心之药,灵病之神剂:阳玛诺译〈轻世金书〉初探》,167

《论明清时期对外交流与边治》,307

《罗马读书记》,110,158

《罗明坚(1543—1607)及其汉诗》,306

《罗明坚、利玛窦〈葡汉辞典〉所记录的明代官话》,55,116,120

《罗明坚:西方汉学的奠基人》,104,410

《罗明坚的〈中国地图集〉》,310,312

《罗明坚的中国研究》,307,312,313

《罗明坚地图中的中国资料》,312

## M

《马可波罗行纪》,249

《马来纪年》,1,4,5,11

《马来西亚史》,1,8,11

《马来亚史》,8

《马礼逊回忆录》,162,163

《马礼逊与中文印刷出版》,161

《马礼逊与中西文化交流》,161,162,164

《马六甲港在十五世纪的历史作用》,7

《马氏文通》,61

《马希曼、拉沙与早期的〈圣经〉中译》,163

《马相伯集》,143,210,211

《满剌加的陷落与中葡交涉》,13,15,21

《蒙古与教廷》,249

《名理探》,29,143,212

《明代闭关政策与西班牙天主教传教士》,221

《明代中国与满剌加(马六甲)的友好关系》,6

《明会典》,5,21

《明末清初旅华西人与士大夫之晋接》,160

《明末清初天主教传华史研究的回顾与展望》,147

《明末清初天主教传教士在粤刻印书籍述略》,140

《明末清初天主教入华史中文文献研究的回顾与展望》,104,141,186

《明末清初天主教入华中文文献研究的回顾与展望》,186

《明末清初耶稣会思想文献汇编》,148

《明末天主教与儒学的交流和冲突》,159

《明末耶稣会稀见文献〈拜客问答〉初探》,85

《明清间耶稣会士译著提要》,140,142,144,146

《明清时期澳门问题档案文献汇编》,148

《明清时期汉语神学:神学论题引介》,153

《明清天主教史论稿初编:从澳门出发》,151

《明清之际西班牙方济会在华传教研究(1579—1732)》,127

《明清之际西方传教士汉籍丛刊》,148

《明清之际西学汉籍书目研究初探》,140

《明清之际西学文本:50种重要文献汇编》,99,148,156

《明清之际西学与中国学术近代转型》,160

《明清之际耶稣会士译著文献的刊刻与流传》,142

《明实录》,3,14

《明史》,2,4,5,11,14,15,89,96,149

## N

Notices biographiques et bibliographiques sur les jésuites de l'ancienne mission de Chine,56

New Catholic Encyclopedia,226,227

《南明史》,150
《南明永历朝廷与天主教》,288

## O

O diciónario Português – Chinês de Padre Matteo Ricci,34
《欧几里得在中国》,222
《欧洲传教士绘制的第一份中国地图》,324
《欧洲近代早期的中国地图所见之欧人中国地理观》,305,325
《欧洲天文学东渐发微》,157
《欧洲形成中的亚洲》,251,252,256,258,324
《欧洲早期汉学史:中西文化交流与欧洲汉学的兴起》,147
《欧洲之中国》,187,423

## P

《评〈大明国图志:罗明坚中国地图集〉》,317
《葡萄牙的发现》,12
《葡萄牙人发现和征服印度史》,254
《葡萄牙史》,9,10,12
《葡萄牙与16世纪的亚欧香料贸易》,16,17
《普通语言学教程》,158

## Q

《七世纪至十九世纪:中国的知识、思想与信仰》,81
《奇异的国度:耶稣会适应政策及汉学的起源》,273
《清初儒家基督徒刘凝生平事迹与人际网络考》,139
《清初士人与西学》,160
《清初耶稣会士鲁日满常熟账本及灵修笔记研究》,294
《清代来华传教士马若瑟研究》,154
《清王朝的宗教政策》,287
《清中前期西洋天主教在华活动档案史料》,148
《全球通史:1500年以后的世界》,16

## R

RACCOLTA GENERALE – ORIENTE Stragrandi. 13a,137
Renaissance Throught: the Classic, Scholastic and Humanist Strains,225
Romae Arch S.C.P.F,231
《日本早期耶稣会史研究》,95

## S

Sinica Franciscana,226,228,229
South China in the Sixteenth Century,254
《〈圣经〉在十七世纪的中国》,168,169,170,178,184
《〈圣经直解〉初探》,172
《圣经翻译和传播》,168
《圣经与近代中国》,168
《神父的新装:利玛窦在中国(1582—1610)》,306,314
《十六和十七世纪伊比利亚文学视野里的中国景观》,253,259
《十六世纪中国南部行纪》,254
《世界汉语教育史研究》,102
《殊域周咨录》,3

## T

Twilight of the pepper Empire Portuguese

Trade in southwest India in the Early 17<sup>th</sup> Century,17

The Rediscovery of a Seventeenth-Century Collection of Chinese Christian Texts:The Manuscript Tianxue jijie,140

The Chinese Bible Manuscipt in the British Museum,164

The Biblioteca Casanatense(Rome)and its China material,179

The World of Humanism 1453—1517,224

The Counter Reformation,225

Traite sur quelques points importants de la mission de la Chine,231

The Forgotten Chiristians of Hangzhou,234

The Adaptation of the Christian Liturgy and Sacraments to Japanese Culture during the Christian Era in Japan,252

The Jesuit Mission Press in Japan 1591—1610,257

The Discourse of History, The Postmodern History Reader,438

《"她"字的文化史——女性新代词的发明与认同研究》,155

《谈早期传教士与辞书编写》,102

《天朝大国的景象:西方地图中的中国》,299,300,303,304,322

《天主教东传文献续编》,146,314

《天主教十六世纪在华传教志》,47,80,214,314

《天主教要考》,38,189,216

《天主教中文圣经翻译的历史和版本》,164

X

《〈西字奇迹〉考》,102

《西方汉学的奠基人:罗明坚》,50,104,306

《西方汉学先驱罗明坚的生平与著译成就考察》,306

《西方汉字印刷之始:简论西班牙早期汉学的非学术性质》,259,260

《西方近代以来的汉语研究》,34

《西方人早期汉语学习史调查》,34,102,158

《西方语言学史》,62,84,158

《西方早期(1552—1814)汉语学习和研究》,158

《西方早期汉语研究再认识——17—19世纪西方汉语研究史简述》,102

《西学与晚明思潮的裂变》,159

《西洋传教士汉语方言学著作书目考述》,102

《西洋番国志》,4,98

《西域南海史地考证译丛》,103,146,274,318,413

《希腊拉丁作家远东古文献辑录》,302

《熙朝崇正集熙朝定案(外三种)》,127

《暹罗史》,1

《现代汉语词汇的形成:十九世纪汉语外来词研究》,110,111,112,113,129,155

《现代性、传统变迁与汉语神学》,131,152,153

《新词语新概念:西学译介与晚清汉语词汇之变迁》,157

《新唐书》,96

《新著国语文法》,61,62

《信仰与传统——马相伯的宗教生涯》,143

《星槎胜览》,1,3

《形神之间:早起西洋医学入华史》,49

《徐光启集》,147,148
《徐家汇藏书楼明清天主教文献》,106,147,292

## Y

《15—17 世纪欧洲地图学对中国的介绍》,301,303,324
《1583—1584 年在华耶稣会士的 8 封信》,80
《16—18 世纪的澳门贸易与社会》,17
《16—19 世纪初西人汉语研究》,158,259,277,278
《16—19 世纪西方人的中国语言观》,34
《17—18 世纪西方传教士所编撰的汉语字典》,102,116
《19 世纪汉英词典传统：从马礼逊、卫三畏、翟理斯汉英辞典的谱系研究》,158
《〈语言自迩集〉的汉语语法研究》,84
《言私其稚》,159
《耶稣会罗马档案馆明清天主教文献》,105,106,210,216,314
《耶稣会士罗明坚〈中庸〉拉丁文译手稿初探》,313
《耶稣会与天主教进入中国史》,94
《叶尊孝的〈汉字西译〉与马礼逊的〈汉英词典〉》,102
《一八四〇年前的中国基督教》,151,284
《一流的学者，二流著作：评夏伯嘉著作〈紫禁城的耶稣会士：利玛窦（1582—1610）〉》,50,54
《以天主和利益的名义：早期葡萄牙海洋扩张的历史》,325
《瀛涯胜览》,1,2
《雍乾间奉天主教之宗室》,144
《域外汉籍研究集刊》,139
《远东耶稣会史研究》,95,218,249,251,252

## W

《晚明汉文西学经典：编译、诠释、流传与影响》,138,156
《晚明社会变迁问题与研究》,149
《晚明史（1573—1644）》,149
《晚明思想史论》,149,151,217
《晚明西学东渐与顾炎武政治哲学之突破》,160
《晚清基督教叙事文学选粹》,154
《王夫之与儒耶哲学对话》,160
《文献通考》,19
《文学革命时期的汉译圣经接受：以胡适、陈独秀为中心》,154

## Z

《在华耶稣会士列传及书目》,46,79,141,190,191,199,200,201,202,203,204,205,206,214,275
《早期澳日贸易》,17
《早期传教士进藏活动史》,431,432
《早期汉外字典：梵蒂冈馆藏西士语文手稿十四种略述》,102
《早期欧洲汉学线索》,36
《哲学史讲演录》,157
《正教奉褒》,127,212,284,285
《郑和下西洋考》,3
《郑和下西洋与亚洲国际贸易网的建构》,6,19
《郑和与满剌加：一个世界文明互动中心的和平崛起》,3,8
《殖民主义史·东南亚卷》,12
《中国，开门！马礼逊及相关人物研究》,

161,165
《中国传教史》,80,215
《中国传统与变迁》,8
《中国的使臣:卜弥格》,318,425
《中国地图:罗明坚和利玛窦》,314,315,317,318
《中国典籍在日本的流传与影响》,156
《中国对德国文学影响史述》,430
《中国翻译史》,154
《中国翻译通史》,104,154
《中国佛教史》,81
《中国古代语言学史》,83
《中国国家图书馆藏汉葡手稿词典手稿及其史料价值》,58,59
《中国国家图书馆古籍珍品图录》,63,64,78,216
《中国和欧洲早期宗教与哲学交流史》,34
《中国基督教史》,49,218
《中国近代出版史料》,161
《中国近代思想史研究亟待实现三大突破》,151
《中国近三百年学术史》,137,138,142
《中国近事报道》,289
《中国科学翻译史》,104,154
《中国礼仪之争:历史·文献与意义》,151,195,218,279,286
《中国礼仪之争:西方文献一百篇(1645-1941)》,286,289
《中国融入世界的步履:明与清前期海外政策比较研究》,297
《中国天主教传教史概论》,78
《中国天主教人物传》,49,131,217
《中国图说》,56,57,141,186,187,188,272,273,274,275,276,277,278,280,281,282,326,327,328,333,413,423,424,425,426,427,429,430,431,433,434,435,438
《中国晚明与欧洲文学——明末耶稣会古典型证道故事考诠》,154
《中国文法》,62,84,277
《中国文化在启蒙时期的英国》,430
《中国文献学概要》,140
《中国志》,253,254,258
《中国转型语法学:基于欧美模板与汉语类型的沉思》,84
《中葡早期关系史》,149,218
《中葡早期通商史》,10,15,17,149
《中文圣经的翻译、反响和挪用》,168
《中文圣经翻译小史》,164
《中文文献与中国基督宗教史研究》,142,147
《中西交通史料汇编》,96,249
《中西文化的初识:北京与罗马》,34,60
《走出中世纪》,159,218